安永天明俳諧の研究

田中道雄 著

和泉書院

目次

はじめに――〝天明俳諧〟の語を疑う

当書本編は、前著『蕉風復興運動と蕪村』（二〇〇〇年岩波書店刊、二〇二二年オンデマンド版刊）の姉妹編として編纂した。それは二重の意味においての関連である。

第一・第二論文は、右書の追加としての意義をもつ。第一論文は右書の第一章の前に、第二論文は右書の第十章の後に配するにふさわしい内容である。一二編を合わせて、安永天明期俳諧にかかわる基本問題を提起している。

これに対して三つ目以下の八編の論文は、右書を補助する位置にある。右書の考察に平行して発表してきたものをも含み、右書に関連する個別テーマを追った内容の諸作である。

以下、第一・第二論文の内容を簡略に述べる。

第一論文は、ベストセラーとなった史的配列発句アンソロジー『俳諧古選』の成立を論じたもの。まず、同書が流行中の『唐詩選』の多層的な模擬であること、また、付された多数の漢詩評語の分析などを通じて、享保期に盛行した蘐園派の文学観それも服部南郭からの影響が基調にあることを解明した。その上で、新しい文壇動向を先取りしていた編者嘯山が、「平穏な表現に深意をこめる風体」を最上とする主張をも中に込めていたことを指摘した。

第二論文は、蝶夢が、蕉風俳諧理念つまり「風雅のまこと」を、自己の内面からわき出る感情の素直な詠出と明和末頃から認識していたことを、蝶夢書簡の解読などを踏まえて論証した。また、これと裏腹に、蝶夢の俳諧理念が言語表現面において淡泊であることを指摘し、この二面をもつ蝶夢の俳諧理念が、日本詩歌史のこの時点でのパラダイムの転換を示唆することを論じた。

第一論文に見える嘯山の新しい主張は、第二論文に見る明和初年の蝶夢の蕉風理解に響き合う。嘯山と蝶夢は、かつては上京の隣り合う町に住む親友の仲であった。また、第一論文は私の極初の業績であり、第二論文は十年ほど前に発表した最後の仕事である。

私の安永天明期俳諧の研究は、主に京都俳壇を対象にし、ここで活躍した蕪村・嘯山・蝶夢の三人に焦点を当てている。この三者が、この日本詩歌史の転換点の問題性を、鋭く提起しているように思われる。

ここで、当書の書名にかかわる問題について少し触れたい。世に「天明俳諧」という語があって通用していた。私自身も使ってきた。しかし現在は、この語を学術用語として使うのは避けるべき、と考えている。ここに至った経緯を述べる。

私は「天明俳諧」の語を、宝暦初から寛政末に至る五十年ほどの期間（十八世紀後半）の俳諧を総括する語と解し、その史的展開の頂点が天明年間にあると考える故の呼称と理解していた。その俳諧史観が、一九七三年（昭和四八）前後、天理図書館・東大図書館などで行った当期俳書の悉皆調査（半年の内地留学期間を含む）の結果、私の内で覆えされた。私は、ほぼ年代順に見て行った。安永から天明に移り、いよいよ頂点の時期と期待した。ところが、天明の俳書からは爛熟・華美という印象がつよく伝わり、安永の俳書に比べ、総体的に何かが衰えて来ているように感じられた。

そこで不審を覚え、幕末から明治に至る文献に当たると、次の事実が明らかになった。

即ち、近世においては、

独楽養性の為に被レ成候はゞ安永迄の正路を御似せ可レ被レ成候。（高橋東皐の儀内宛書簡。文政二年以前）

安永の頃より、諸哲競ひ起りて正風にかへさんとす。……時人同じからねば安永は安永、文化は文化、天保は天保の風潮なり。（弘化二年刊『舎利風語』）

中興正風復古の人々の安永四歌仙（蕪村らの一夜四歌仙か）・都六歌仙をはじめ……安永復古の故人……。（文久三年刊『蕉門中興俳諧一覧集』）

のような用例があり、これを見ると、安永年間を頂点とする理解が継承されていたと推察できる。安永度の俳人が同時代に在って感情の高揚を覚えていたことは、安永六年刊『新虚栗』に載る麦水・二柳両吟歌仙の末尾の二句にも窺える。

吟満て貞享の花けふに映じ　（麦水）
安永ことし後の盗人　（二柳）

「貞享」は『虚栗』成立の時代、「後の盗人」は同書芭蕉跋の「後の盗人ヲ待《まて》」を受けており、復古の意気込みが伝わる。

では明治以降はいかがか。大野洒竹は近世の流れを受け、明治三十年刊『与謝蕪村』で「安永の復興」の章を設け、同年の「俳諧略史」（俳諧文庫第二編収）に「安永の復興時代」の語を使う。ところが佐々醒雪には近世の影響なく、明治二十九年の「連俳小史」（『帝国文学』二ノ一二）で「安永天明の刷新」また「天明の高調」と表現していた。さらに明治四十三年刊の『俳諧史』（大日本俳諧講習会刊）で天明が幾分かの俗調を帯びることを指摘しつつ、同年の『日本近世文学史』（講義録、翌年『近世国文学史』として出版）では「所謂る天明俳諧」と述べている。

醒雪による「天明」の導入が、以後の諸家の論述に影響を与えた。例えば潁原退蔵は、昭和八年刊「天明俳諧史」（改造社版俳句講座）では、「中興の事業は明和・安永に至って遂に完成され、所謂天明俳壇の輝かしい現出が見られた」という表現を採っている。

それが近年、右の状況に変化が兆し始める。清水孝之は、昭和三十一年刊『日本文学史』（至文堂版）で「天明俳諧」の語を使い「安永・天明期に開花した」と述べるが、後年の同書改訂新版（刊年未確認）の増補訂正欄では、明和末安永初に完成し、天明に入ると弛緩が見えるので、天明時代は「最も気力の充実し活気にあふれた安永期を以て、その中心時代と見ることが定説化された」と改めている。鈴木勝忠も昭和四十八年刊『俳諧史要』で「天明俳諧」の語を使うが、昭和五十三年刊『近世日本文学史』（有斐閣版）では「蕉風中興は、明和・安永に達成し、天明・寛政に終結する」と述べ、「天明俳諧」の語を用いていない。

以上の説明でご理解いただけたと思うが、「天明俳諧」という語は、「天明」称揚の理由が他にあったにせよ、俳諧史の理解を誤らせる恐れがある。よって少なくとも学術用語としては使うべきではない。これに代わってここに、「安永天明期俳諧（略して「安永天明俳諧」）」という語を提唱する。永年使われてきたことを考慮し、「天明」の二字をも包み込んでいる。

『俳諧古選』の成立

一　はじめに

　蕉風復興運動の先導的業績として蕪亭三宅嘯山（一七一八—一八〇一）の評論活動を挙げるのは常識であるが、それを言う者はすべて『俳諧古選』に及ぶ。本書こそ、すでに当代において「俳諧諸集の中の最第一の撰なり」（橘南谿『北窻瑣談後編』巻三）と賞され、「著俳歌古選而名動於海内」（『蕪亭句集』守愚庵山人序）と一躍その声名を高めた嘯山の主著であった。本稿は、運動展開に一石を投じた同書の成立を考察し、その評論の思潮的立場を解明しようとするものである(1)。

　本書は、刊記に「宝暦十三年癸未正月吉日発行」とあり、嘯山四十六歳の春に刊行された。ただし自序は同十年三月付、附録自序は同十一年六月付ゆえ、本篇は十年初頭、附録は十一年中葉の成立と推定される。板元は京の西村平八および井筒屋荘兵衛の二店(2)、しばしば再版されたらしく(3)、現存本の多さによってもその盛行はしのばれる。かかる高評は明治以後も引き継がれ、数種の翻刻のほか評釈書さえ現れた(4)。つまり本書は、俳書中の名著であり、いわゆるベストセラーだったわけである。内容は、古俳人の佳句を四季・雑の五巻に分ち、さらに附録一巻を当代俳人にあてた発句撰集。適宜、句の左傍に漢文の短評を添え、また巻頭を漢文の「物論」で飾る。選句に示された鑑識眼もまた漢詩に養われたものというべく、かような漢詩文的知識・教養の俳書への援用が、当時の文化界の風潮に応え、本書の魅力をより新鮮に印象づけたことは想像に難くない。嘯山はかかる新趣向の出版にもっともふさわしい人物であった。若く学僧恵訓に学んで、後『日本詩選』（江村北海編・安永三年刊）に四首を出し、『嘯山詩集』一〇巻を残した漢詩人であり、白話に長じて既に宝暦九年には訳本『通俗酔菩提』を著していた。上方儒学界漢詩文界の諸家に交り、しかも望月宋屋の有力門人として俳壇に臨む嘯山こそ、雅文学と俗文学の接点にあって、両者の交流を促し得る最適の人士であった。

二　外観上の『唐詩選』の模擬

『俳諧古選』（以下、『古選』と略称する）は小本一冊、今その外観を徴すると、かなりの厚さながら袖珍本の形態をとる。古来の佳作を一書に集成して携帯に便ならしむ――その着想は、同じ韻文文学でも既に漢詩界では行なわれていた。言うまでもなく、服部南郭校訂須原屋新兵衛享保九年正月初刊の『唐詩選』である。その流行の実態は最近日野龍夫氏によって明らかにされたが、[5]『古選』の企画はどうやら『唐詩選』（以下『選』と略称する）のそれに倣い、その流布もまた『選』の愛好熱に便乗したものらしい。ここで『古選』と『選』小本一冊本との類似を、まず外見上から指摘して行こう。

最初に両書の書誌的諸元を対照する。[6]（数値は、始めが『古選』、括弧内は『選』のそれを示す。）

縦の長さ、一五・七センチ（一六・一センチ）　横の長さ、一一・一センチ（一一・四センチ）　厚さ、二・二センチ（二・四センチ）　丁数、一二九丁（一四七丁）　題簽の位置、左肩（同）　題簽の縦の長さ、九・八センチ（一〇・五センチ）　横の長さ、二・六センチ（二・六センチ）

右の各項の数値はいずれも近似しており、『古選』を掌中に置く読者が、あたかも『選』を手にするかの感を抱き得たことを思わせる。今仮に次の異同を無視するなら、両書は同一意匠とさえ言えるであろう。その異同とは、一は表紙の色で、『選』が唐本に見る薄褐色であるのに対し『古選』は紺色であること、二は題簽の枠で、『選』が外太内細の双辺いわゆる子持枠であるのに対し『古選』は太い単辺であること、の二点である。題簽の文字が異なるのは当然であるが、一が明朝体で「唐詩選」とあるのに対し、一が行書体で「俳諧古選」と記すのは、枠の単辺と相俟って、やはり漢の剛に対し和の柔を託したのであろうか。表紙の色については後に触れたい。

次に内部の観察に移る。『選』を披いてまず眼に映るのは見返しの封面である。子持枠の中を三部に仕切り、中央に大きく「李于鱗唐詩選」、右に「南郭先生考訂」「翻刻必究」、左に「江戸書肆　嵩山房梓行」とある。[7]『古選』もまた初期の版のものは見返しの封面を持ち、[8]しかも『選』を模して子持枠の中を三部に分け、中央に大きく「俳諧古選」、右に「嘯山先生編纂」「翻刻必究」、左に「平安書肆井筒屋荘兵衛 西村平八梓行」と記す。文字の大小、字配、そして「翻刻必究」を篆書体にしたところまで、驚くほどに両者は酷似する。試みに三つに分割された各部の幅を実測しても両書間にほとんど差はなく、『古選』の『選』模倣がさらに察せられる。

続いて本文刻板の体裁に移ると、各面八行、匡郭あり、しかも行を罫で仕切るところまで両者は一致する。匡郭の縦の長さは『古選』二一・六センチ『選』二一・一センチ、横は『古選』八・五センチ『選』八・六センチ、『古選』の縦がわずかに長いのは、一行一四字の『選』に対し一行一五字（漢文の場合）とするからで、発句を一行に収める必要からの配慮であろう。また、『古選』四辺『選』一辺（綴目側のみ）の違いはあれ、いずれも子持郭で囲むこと、柱刻の書名・巻名・丁付の文字の大小や字配また書名下の山形の形（魚尾）が一致すること、また初巻一丁目表第一行上端に「俳諧古選巻之一」「唐詩選巻之一」、第二行下端に「平安三宅嘯山編」「濟南李攀龍編選」とある用語や割付けを見ると、『古選』の読者が味わった『唐詩選』趣味を想像しないわけにはいかない。『古選』が『選』の外見を意識的に模倣していたことは、もはや疑う余地はあるまい。

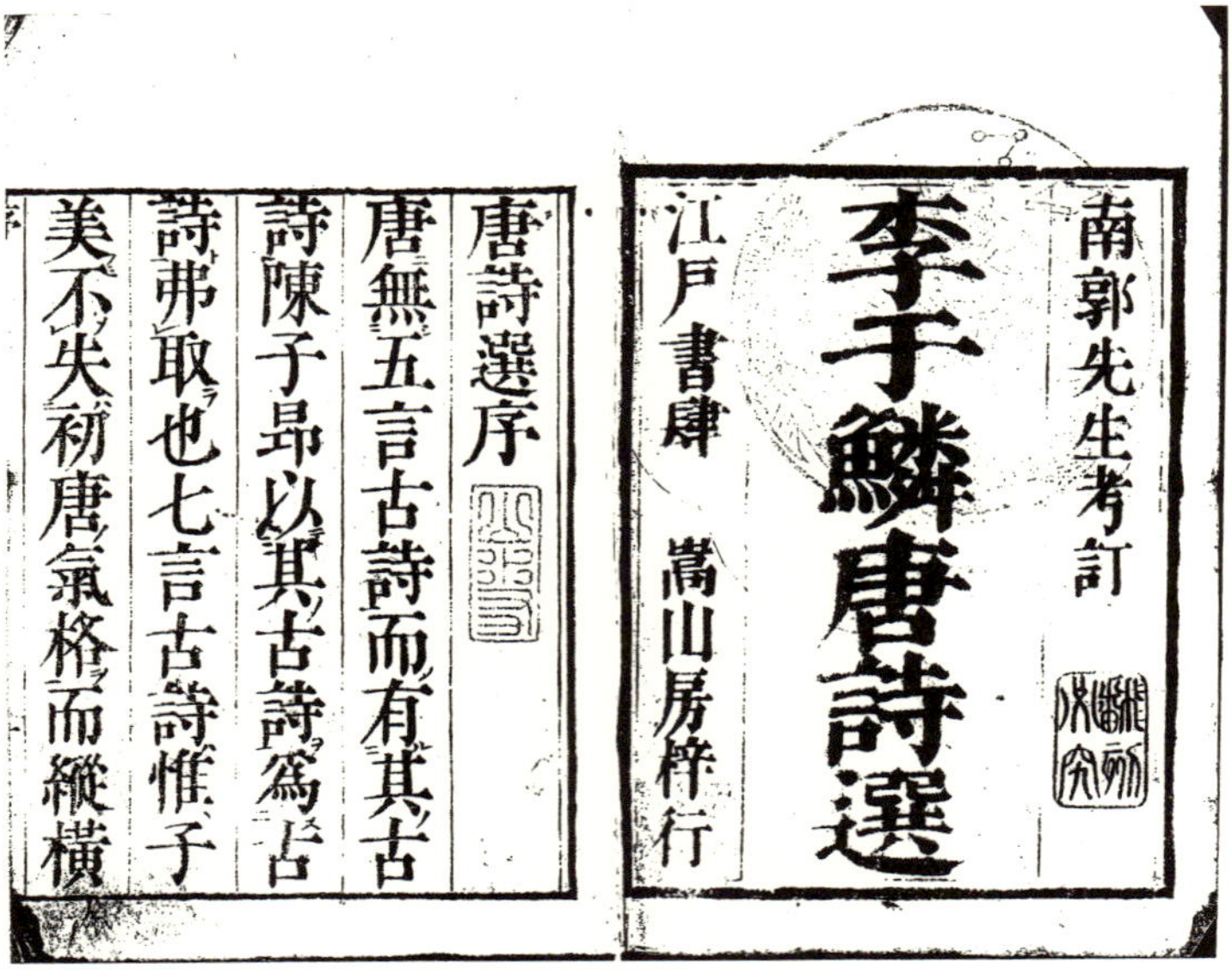
南郭先生考訂

李于鱗唐詩選

江戸書肆　嵩山房梓行

唐詩選序

唐無五言古詩而有其古詩陳子昂以其古詩爲古詩弗取也七言古詩惟子美不失初唐氣格而縱横

『唐詩選』初版本の封面と序（有木大輔氏蔵）

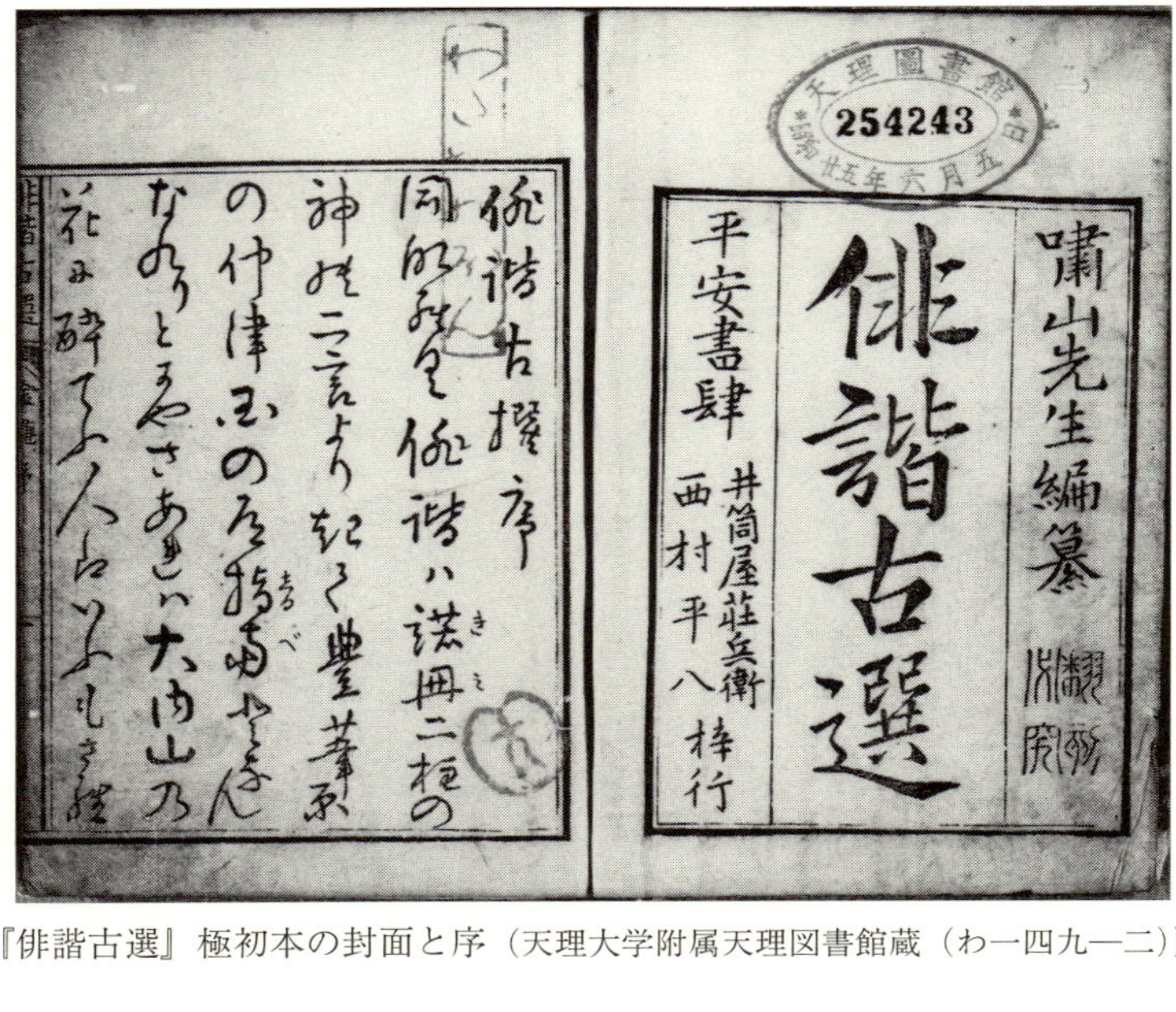
嘯山先生編纂

俳諧古選

平安書肆　井筒屋莊兵衛　西村平八　梓行

俳諧古選序

『俳諧古選』極初本の封面と序（天理大学附属天理図書館蔵（わ一四九一二））

三　編纂上の『唐詩選』の模擬

前節においては、『古選』と『選』の外見上の類同を証した。ところでこの『古選』の『選』模倣は、その内容にまで及ぶものであろうか。以下にこのことを確かめたい。

まず書名であるが、「俳諧古選」はやはり「唐詩選」を意識しての題と思われる。嘯山は序に「近世俳家者流。戸々所《ノ》レ選《スル》書。不二啻《(あらず)ニ》五車《ノミニ》一。雖《トモ》レ名《クト》二是《ヲ》選《ト》一其義不レ存《セ》。且所レ輯《ル》事《トシテ》二一世《ヲ》一而不レ求《メ》二諸《(これを)ニ》古一。」と難じていた。嘯山にとっては、流派の枠と時代の枠を越えて選集されるもののみが選の名に値するのであるから、選別対象の範囲は、わが国で俳諧と呼ぶ様式の全作品を含むものとなる。すなわち『古選』は自ら「日本古今俳諧選」であるはずであり、俳諧は本邦固有のものであるから煩を厭って「日本」を除き、「今之《ノ》撰。古《トハ》也者。一取《ハラル》二元宝之《ノ》諸子《ヲ》一。」（凡例）という建前からさらに「今」を除いた。元禄宝永の作を主としたのは、勿論詩壇における唐詩尊重に対応する。「俳諧古選」は「古俳諧選」の謂であり、正しくは「元宝俳諧選」を意味するから、「唐詩選」にそのまま相似する題名と言えよう[9]。

次に本文内容の編成および配列法について見る。嘯山は凡例で「古来選集。先《ンシテ》二題目《ヲ》一而後標《ス》レ句《ヲ》。今選全《ク》不レ拘《ハラ》レ題《ニ》。唯分《ツ》二四季《ヲ》一耳。標二出《スルトキハ》一人《ヲ》一。則其《ノ》数篇皆《ナ》連《ネ》録《ス》焉。要欲《ス》レ見《ンコトヲ》二家々風調之《ノ》高下《ヲ》一也。」とその新機軸を説いていた。㈠類題別とせず季のみで分つこと、㈡同一季すなわち同一巻内で同一人の句は一個所にまとめて掲げること、を言うのであるが、この外にも嘯山はさらに一つの原則、㈢同一季すなわち同一巻内では作者を時代順に配列すること、を加えて編纂している。今この三点を『唐詩選』に徴してみると、全七巻は五律・七絶等の七詩型で分たれながら、各巻内の配列には右の㈡㈢の原則が適用されている。詩型別の巻分けが季別（四季・雑・附録の全六巻）の巻分けになったのは已むを得ぬとしても、『古選』はここでも『選』に学んだようである。

続いてさらに本文を含めた全体の構成について見よう。版によってその配列順序に異同はあるが、『古選』の内容は次の通りである。

表紙・見返しの封面・金龍道人序（和文四丁）・自序（漢文二丁）・惣論（漢文六丁）・凡例（漢文一丁）・本文（春夏秋冬雑・追加計九〇丁）・附録自序（和文二丁）・附録本文（一二丁）・北門子跋（漢文二丁）・刊記

これに比べ、『選』はやや簡潔である。

表紙・見返しの封面・李攀龍序（二丁）・附言（五丁）・目録（一丁）・本文（巻一〜七計一三七丁）・物茂卿跋（二丁）・刊記

今『古選』の構成を複雑にしている附録を考慮の外に置き、凡例を『選』の附言に相当すると見做すなら、両書の構成上の著しい相違は、惣論と目録の有無ということになる。『選』の目録は、十数丁にも及ぶ他の唐詩集に比すときわめて簡略、『古選』が無くもがなとこれを省くことは有り得たろう。すると『古選』構成の相違すなわち特色は、一に惣論の存在ということに帰着する。

ところがその惣論すら、『選』に範を得たと理解できぬでもない。ただしこの場合の『選』は南郭校訂のそれではなく、唐本の蔣一葵箋釈『唐詩選註』[10]（万暦二十一年跋）なのであるが。前野直彬氏は蔣氏を『選』の偽作者かと疑って同書以前の『選』刊本を見ぬと言われ、[11]南郭がまた同書を原本として取扱ったのは和刻本『選』の附言に『唐詩選原本以《テ》二蔣注《ヲ》一行《ル》』と記す通りで、舶載されて嘯山等知識人の目に触れる機会もあったと思われる。

この書の冒頭に、始に「附録」末に「巻之首」と記す詩論一巻がある。二部に分って前部を「統論二章」後部を「雑論八十二則」と題するが、いずれも「某々曰……」の形で始まる諸家詩論断章の集録で、統論は二条、雑論は一五条より成る。『古選』の惣論は俳論であるが、選集の巻頭に論の条目をまとめ、しかも漢文体を用い、「某々曰……」の一条さえ加える趣向は、やはり詩書に倣うものであろう。そしてそれも、同形式の詩論を持つ高棅編の『唐詩品彙』や『唐詩正声』より、やはりこの広義の『選』に想を得たと解すべきであろう。それは次のような事情による。

実はこの『唐詩選註』の首巻は、袁宏道の注釈と称する『唐詩訓解』（和刻本）の首巻と密接な関係にあった。すなわち、『唐詩訓解』（以下『訓解』と略称する）首巻は「読唐詩評」一章と「五言古風長篇」以下七詩型を七章にあてた計八章より成り、各章「某々曰……」形式の抜萃詩論を材とするが、『唐詩選註』首巻の内容は、右の「読唐詩評」一章を主とし、これに他の章の一部を加えたものに一致する。(12) 多少の錯乱もあるが、その内容のほとんどは『訓解』首巻で代替して読めるというわけなのである。とするなら嘯山は、『唐詩選註』を知らぬ『古選』の読者にも、『古選』の惣論これまた『選』の模倣であると覚ることを期待し得たであろう。なぜなら『訓解』は、悪評を受けながら一般にはなお愛読され、『選』に同一の書と見做されていたからである。(13) 因みに記せば、この『訓解』冒頭の詩論をさして、南郭は「総評」（『選』附言）と呼んでいた。『古選』巻頭俳論の標題には、「歴代名公叙論」（『唐詩品彙』収の詩論の題名）など勿論適せず、「惣論」と題した嘯山の意識には、『唐詩選註』の「統論」やこの「総評」の語が浮かんだことであろう。和刻本『選』に見えなかった開巻まず原理論を提示する様式も、広義に解するなら『古選』はやはり『選』に学んでいたことになる。

『古選』の趣向の新しさとして、人はさらに句毎左傍に付された短評を挙げる。この新形式もまた詩書に負うことを次に述べよう。すなわち『古選』の注や評は、『唐詩選註』や『訓解』の注や評の形式を摸し、また多くその語が似るのである。例えば『古選』に見える「意在《リ》二言外一《ニ》」（雑14オ）なる語は『訓解』にもまた「意在《リ》レ言外《ニ》」（巻六20オ・巻七43オ）と見え、「景情倶真《ニ》」（春19ウ）と「情景倶真《ニ》」（巻三21ウ）、「事奇《ニシテ》　而句亦《モ》奇」（秋6ウ）と「句奇《ニ》意奇《ナリ》」（巻七39オ）も相似た表現と言えよう。勿論その批評態度の全てを受け継ぐものではなく、自家薬籠中の評語を用い、独自の論も成したのであるが、ここではまず、形式的親縁関係のみを指摘しておきたい。

ところで『訓解』の注や評は、作品本文に続く左欄に細字で記すものと、頭注欄に一層細い字で記すものとの二種より成る。この注や評が『唐詩選註』や唐汝詢選釈『唐詩解』[14]（順治十六年序）に多く負うのは、南郭が「世有《リ》二唐詩訓解《ト云》一其《ノ》書剽二襲《シ》唐詩選及《ヒ》仲舒注《カ》仲言解《カ》等《ヲ》一……」（附言）と記す通りである。『訓解』の評語は多くその頭注欄に見られ、『古選』短評の語と相似るものはここに多い。そしてこの頭注欄の評語の多くは、『唐詩選註』によるもののようである。『唐詩選註』の注や評も二種より成る。一は『訓解』のそれの如く本文左欄に長く続き、他の一は作品本文中の要所々々に二行の割注形式で挿入されている。この後者が短評を主とし、しかも『訓解』の頭注欄評語とほぼ一致するのである。精査によるものではないが、簡単な比較で了解できる程度にその一致度は高い。これに対し『唐詩解』では、一見してかかる短評が目に付かない。仮に左注の中に含まれているとしても、『訓解』や『唐詩選註』の如き寸評の妙味を与え得ないであろう。長い注の間に挾まれ、作品本文を遠ざかるからである。『唐詩選註』の短評はさほどに喜ばれていたらしく、南郭も「蔣氏所《カ》レ注《スル》一二三《ノ》評語諸家已《ニ》具《ス》読《ムモ》レ之《ヲ》可也不《ルモ》レ読《マ》亦可也」（附言）と記していたし、釈大典は『唐詩集註』（安永三年刊）の凡例で、蔣注本を使った『選』のある偽本が、書名を変えながら「一二《ノ》評語可レ取《ハ》取レ之《ヲ》」っていると、この短評に触れて報告している。勿論、嘯山が寓目し得た詩書で注や評を伴うものは他にもあった。例えば『選』同様小本に仕立て直された南郭校訂の『唐詩品彙』（享保十八年須原屋刊）であるが、作品本文に連接するこの書の注は量も少なく、それに交える評語も目立たない。けざやかな『古選』の短評が、その形式として学んだのはやはり『唐詩選註』乃至は『訓解』のそれであったと思われる。

しかし次のことはやや考慮の余地を残す。評語の位置であるが、既に記したように、『唐詩選註』は本文中に挿入し、『訓解』は頭注欄に置く——これに対し『古選』の評語は左注の位置にある。小本でしかも発句集である『古選』が、二書同様の形式をとり得ぬのは勿論であるが、『古選』の評語位置に先例はないものか。それは俳諧点巻の評語位置であるから、詩書を模したとは必ずしも言い得ぬのであるが、求めるなら、それを範とし得る詩書は存在した。これまた南郭の序を持つ『明詩選』（寛保二年京風月堂刊）で、『唐詩品彙』に比べるとかなり多くの注や評を付し、しかもその位置と簡潔な書きぶりが『古選』に近い。いずれも細字を使い、各作品本文の次行から天部を空ける状態で記され、地部も余白で残されることが多いのである。同じ小本ゆえか、書面に見る印象がよく似たものとなるので、参考までに報告しておく。

以上筆者は、『古選』の書名、内容の編成、惣論の設置、評語の体裁のいずれもが、その原型を和刻本『選』『唐詩選註』あるいは『訓解』に得ていることを説いて来た。既に述べたように、『訓解』は一般には『選』の一種と見做されていたという。『訓解』重用は宝暦度には本作りの知識人にも及び、釈雪巌（玩世道人）はその著『唐詩訳説』（宝暦十年初刊）の凡例で『訓解』の冤をそそいで、「初学欲《スル》レ解《セント》二唐詩選《ヲ》一徒、固《ヨリ》無レ挟《コト》二蔣註等海舶《ノ》来書《ヲ》一、而《モ》捨《テ》二訓解《ヲ》一無レ読《コト》者《ハ》、如二墻《シテ》レ面《ニ》而立《カ》一、似《タリ》二不《シテ》レ由レ戸《ニ》而欲《スルニ》レ出《ント》レ屋《ヲ》矣、」と述べていた。(15)『選』の最上の手引書というわけであるが、かように解するなら、『古選』は全く当時流行の『唐詩選』趣味をその基盤として装いした俳書であったということができる。外観の上でただ一つ和刻の『選』と相違した表紙の色も、何らかの理由で『選』の薄褐色を嫌い、『訓解』の紺を用いたと解すれば説明がつくのである。その理由は、美濃派俳書が同じ薄褐色を用いていたので、これを忌みて避けたというのが真相ではあるまいか。

四　『唐詩選』との文芸思潮上の連続

これまで筆者は、『古選』が外観やその編纂の趣向において『選』（『訓解』を含んだ広義の）を擬することを述べて来た。しかしかような態度は、はたしてその形式面にのみ止まるものであろうか。以下、『選』流行現象の背後にあった文芸思潮との内面的連続につき考察して行きたい。

まず順序として、嘯山の俳諧観乃至俳壇批評を披瀝した惣論の検討から進める。惣論は全六丁、これを今、便宜的に三部に分つ。即ち、二丁目表一行目までの俳諧史観、三丁目表一行目までの当代俳壇批評、それ以下の俳諧文芸汎論である。第三部は原理論的なものも各論的なものも含み、再び俳壇批評にも及んで多岐にわたる。ところで、その第三部の冒頭に「厳羽卿曰《カ》。詩有《リ》二別材一。非《ス》レ関《カルニ》レ書也。詩有《リ》二別趣一。非《ス》レ関《カルニ》レ理也。然《レトモ》非《レハ》二多《ク》読《ミ》レ書《ヲ》多《ク》窮《ルニ》レ理《ヲ》。則不《ト》レ能《ハ》レ極《ムルコト》二其《ノ》至《レルコトヲ》一。」と厳羽の『滄浪詩話』を引用するのは注目してよいであろう。言うまでもなく『滄浪詩話』は、蘐園一派において聖典視され、(16)『選』愛好に並行して広く読まれた詩論であった。享保十一年須原屋新兵衛刊の『三家詩話』に和刻があり、嘯山の詩友芥川丹丘も、かつて「古今詩話、惟〻厳儀卿《カ》滄浪詩話断《ス》二千古《ノ》公案《ヲ》一」（宝暦元年刊『丹丘詩話』）と述べていた。右の「詩有《リ》二別材一。……」の一条は、『訓解』『唐詩選註』は勿論、『唐詩品彙』『唐詩正声』の巻頭詩論にも収録する著名な言辞であるが、惣論はこの『滄浪詩話』を他にも充分に活用する。

まず第一部の俳諧史観について見よう。嘯山は俳諧史を「大概可《シ》下裁《シテ》作《シテ》レ三《ト》而観《ツ》上也。」と言い、「守武宗鑑《ヨリ》。逮《ニ》二貞徳季吟等《ニ》一」ぶ間、「上自二延宝一。下至二正徳《ニ》一」る間、更に「降《テ》而自《リ》二享保一至《ルマテ》レ今《ニ》三四十載《ノ》間。」の三期とする。これは『滄浪詩話』が冒頭まず「漢魏晋与《ト》二盛唐《ノ》一之詩……大暦以還《ノ》之詩……晩唐《ノ》之詩……」と詩史を三期区分するのと同様であるが、同書はまた三期中で漢・魏・晋・盛唐を第一義とし、次のように評していた。

盛唐《ノ》諸人《ハ》、惟在《タヽ》二興趣《ニ》一、羚羊掛《ヲ》レ角、無《ノ》二跡可《ム》レ求《ニ》、故其妙処透徹玲瓏、不レ可二湊泊《ス》一如《シ》二空中《ノ》之音、相中《ノ》之色、水中《ノ》之月、鏡中《ノ》之象《ノ》一、言有《ルコト》レ尽《リ》而意無レ窮、

嘯山が、俳諧史の三期から「上自延宝下至正徳」時代を選んで最盛期とし、次のように評するのもやはりこれに倣うものであろう。

風化大開《ニケ》。体制初備《テル》。其《ノ》妙悟《ノ》処。不《ルコト》レ可《カラ》二捉摸《ス》一。如《シ》二水中《ノ》之塩味。色裡《ノ》之膠青《ノ》一。言《ト》雖レ有《リト》レ尽《ルコトモ》而意興無《シ》レ窮《リ》也。

二つの評の用語・比喩は極めて類似し、惣論の『滄浪詩話』受容を否定できない。また惣論は、俳諧史第一期の限界を「似《タリ》レ不《ルニ》レ有《ラ》二自然《ノ》之妙一。」「工夫不《ル》二透徹《ナラ》一耳。」と指摘していたが、「透徹」は勿論「自然」の語も、『滄浪詩話』に「博取《クテ》二盛唐《ノ》名家《ヲ》一、醞二醸《シテ》胸中《ニ》一、久《シテ》之自然《ニ》悟入《セン》、」とその用例が見えていた。惣論の価値基準もまた『滄浪詩話』に近似するようである。

惣論の第二部に移ると、その当代俳壇批評は「今代《ノ》之聯句。洛一《ハ》趨《ハラリ》二精工《ニ》一。……」の語で始っていた。これは『滄浪詩話』が、盛唐の評に続いて「近代《ノ》諸公、及作《チシテ》二奇特《ノ》解会《ヲ》一、……」と述べ、盛時との対照において当代批判を展開するのと軌を一にしよう。また第三部において、聯句・発句・俳体の文と俳文芸の諸形式に触れるのは、『滄浪詩話』に「詩体」の章あるに啓発されたのであろうか。

最後に、惣論を中心にして本書の各処に漂う『滄浪詩話』独特の雰囲気を注意したい。先の俳諧史第二期の評にも「妙悟」の語があったが、第三部中の発句論では「近《ロ》中原《ノ》之風調。多《ク》入《ル》二野狐禅《ニ》一。他邦雖二率《ク》粗鹵《ナリト》一。尚《ヲ》不レ失《ハ》レ為《ルコトヲ》二小乗一。」と禅語の比喩を用いて評していた。本文の評語にも「入レ禅《ニ》」（秋6オ）とあり、巻末の北門子跋も四禅変化の論を用いていた。これらの論法は、「大抵禅道《ハ》惟《タヽ》在二妙悟《ニ》一、詩道《モ》亦在二妙悟《ニ》一」と述べ、「論《コト》レ詩《ヲ》如《シ》レ論《スル》レ禅《ヲ》」と言う『滄浪詩話』の影響を思わせるに充分である。同書冒頭は「禅家者流、乗有《ニ》二小大一、……」の語で始り、「小乗禅」「野狐外道」の語も見えるのである。

以上のように見て来ると、惣論がその論調の骨格を『滄浪詩話』（主として「詩弁」の章）に借りたことは明らかであろう。惣論の設置は、『唐詩選註』乃至『訓解』に倣っていた。しかしその内容は、「厳羽卿《カ》曰……」の一条を右二書に借りるのみで、手法をよく体系化された『滄浪詩話』に学び、実質を宝暦俳壇の現状に則した俳論へと換骨した。この結果『古選』の読者は、一書中に『選』のみならず『滄浪詩話』の摂取をも見出して、その趣向の妙に感嘆したであろう。そしてまた本書は、蘐園指導下の文芸思潮を十二分に滲ませた書物ということになるのである。

五　評語では『唐詩選』に近い価値志向

『古選』好評の第一の要因は、右の惣論と本文中の評語の新味にあった。そして嘯山の批評態度を最も明確に示すのも、この評語であるはずである。前節で惣論について確かめられたその性向は、さらに評語についても検証されねばならない。

その方法としては、やはり評語に特徴的な用語を見出すのが捷径であろう。今、『古選』本文の評語から使用頻度の高いもの（四回以上）を抽出すると次のようになる。（ゴシック体は、両書ともに多用する評語を示す）

妙20　**佳**17　精工5　風格5　**真**4　高4　高雅4　風雅4　人情4　**自然**4　和平4　佳絶4

これを『訓解』頭注欄の評語の場合と比較してみる。[17]

妙22　情10[18]　**佳**9　**自然**8　奇7　**真**6　工6　巧5　気4　雄壮4　富麗4

対象とした評語の異り語数はいずれも三〇〇前後であるが、[19] ここに現れた用語使用の性格は極めて相似たものとなる。すなわち、いずれも**妙**・**佳**が上位にあり、いずれも**工**（または精工）・**真**・**情**（または人情）・**自然**を含むのである。**妙**・**佳**の多用は、この二語が両書において基本的な讃辞として用いられたことを意味し、ことに**妙**はその類語を含めた使用頻度の高さにおいても他を圧する。（ゴシック体は、両書ともに使用する評語を示す）

〔古選〕　**妙**20　**妙境**3　超妙2　絶妙2　妙景1　妙唱1　妙処1　微妙1　高妙1（計32）

〔訓解〕　**妙**22　衆妙2　妙妙1　妙絶1　妙婉1　**妙境**1　妙道1　絶妙1　軽妙1　玄妙1　工妙1（計33）

妙は芸術的または宗教的価値の究極を示す語として、古来多方面に用いられる語であるが、この場合の多用現象には、禅を論ずる如く詩を論じようとする評者の立場も顧慮さるべきと思われる。『古選』惣論への『滄浪詩話』の影響については既に述べたが、『訓解』がその評・注の典拠とした『唐詩選註』の蔣一葵跋も「談詩如談禅頓悟者得之言詮之外而一切見解即未嘗不説不二法門亦舛也……則可解不可解者詩之道也」と述べ、厳羽の立場に近いことを示していた。「可レ解《スル》不レ可レ解《ス》者」（雑16ウ）こそ妙の本質であるが、かような、言語表現を越えた次元に真趣を指摘する評もまた両書共通の著しい特色であった。

〔古選〕語意之外《ノ》別《ニ》有《リ》二語意一　（春11オ）
妙在《リ》二筆墨之外《ニ》一　（夏3ウ）
語尽《テ》意不レ尽《キ》　（冬3オ）
寄寓之《ノ》感在《リ》二于言外《ニ》一　（冬5ウ）
〔訓解〕無レ非《コト》二語外見《ル》レ情《ヲ》一　（巻二7ウ）
慮レ遠《ヲ》之意溢《ル》二于言表《ニ》一　（巻四20オ）
傷レ乱《ヲ》之意溢二于言外《ニ》一　（巻五46オ）
言外《ノ》意　（巻六3オ）
客思在《テ》レ言表《ニ》見《ル》　（巻六18ウ）

このように見ると、両書の評は共に「詩有《ニ》二別趣一非《ス》レ関《ルニ》レ理也」とした『滄浪詩話』に依拠する部分を持つようであり、この点でも両書の距離は近い。したがって『古選』評語の基本的性格が、一般読書人が『訓解』などで身につけた唐詩鑑賞法の範囲内に措定されたらしいことも想像できるのである。両書共通の用語は、右に列挙したもの以外にも多いが、ここで観察を、個別の語から特定の類語群に移してみる。

次に記すのは、『古選』『訓解』の両書から特定の価値指向を示す評語を任意に抽出し、さらにこれを使用文字に従って一二の語群に類別して、各語群に含まれる評語とその使用回数を示したものである。[20] 各語群の標示には、類別の指標とした文字を用いている。（ゴシック体は、両書ともに使用する評語を示す）

①高・深・沈

〔古選〕 **高**4　**高雅**4　高秀3　高華3　高逸2　雄高2　高尚1　高古1　高妙1　高絶1　**深**3　**深遠**1
深婉1　深渾1　精深1　沈深2　沈渾1　**沈雄**1　沈練1　（計19語34回）

〔訓解〕 **高**3　**高雅**1　高調1　高健1　高遠1　高意1　**深**1　深厚2　**深遠**1　深長1　深情1　深語1
沈1　**沈雄**1　沈着1　（計15語18回）

②渾・豪・雄・放・力・健

〔古選〕 渾雄3　**渾朴**2　渾成1　渾雅1　沈渾1　深渾1　粗豪2　**豪華**1　豪放1　豪逸1　豪爽1
豪宕1　豪雄1　雄高2　**雄渾**1　雄放1　**沈雄**1　放1　自放1　縦放1　筆力1　**力**1　奇健1
（計23語28回）

〔訓解〕 渾然2　渾厚2　**渾朴**1　豪気2　**豪華**1　豪句1　雄1　雄壮4　**雄渾**2　雄健2　雄奇1
雄暢1　**沈雄**1　**力**3　力量1　工力1　健2　高健1　（計18語29回）

③雅・秀・典

〔古選〕 **雅**1　**高雅**4　風雅4　**清雅**2　閑（間）雅2　温雅2　渾雅1　秀1　秀雅2　高秀3　明秀2
典雅1　（計12語25回）

〔訓解〕 **雅**2　雅絶1　雅雋1　**高雅**1　**清雅**1　醇雅1　秀語1　典2　典重3　典実1　典切1　典確1
（計12語16回）

④平・温・和
〔古選〕**平淡**3　平穏3　**平易**2　平正2　平実1　平々1　温厚3　温雅2　温籍1　和平4　和気1
（計11語23回）
〔訓解〕**平淡**1　**平易**1　平直1　平鋪1　清平1　温麗1（計6語6回）

⑤奇・新・異
〔古選〕**奇**11　奇健1　奇峭1　奇思1　奇趣1　**新**1　新異3　新奇2　清新1　異1（計10語23回）
〔訓解〕**奇**7　奇抜2　奇崛2　奇楚1　奇興1　奇麗1　多奇1　雄奇1　**新**1（計9語17回）

⑥婉・麗・華・富
〔古選〕**婉**2　婉麗2　婉約2　**凄婉**2　深婉1　麗1　佳麗1　高華3　**豪華**1　**富麗**2（計10語17回）
〔訓解〕**婉**3　**悽婉**1　妙婉1　流麗1　宏麗1　温麗1　艶麗1　奇麗1　藻麗1　**豪華**1　富1　**富麗**4
（計12語17回）

⑦清・爽
〔古選〕**清**2　**清雅**2　清空1　清気1　清新1　俊爽2　豪爽1（計7語10回）
〔訓解〕**清**1　**清雅**1　清爽1　清洒1　清峭1　清曠1　清暎1　清切1　清平1　清絶1　清興1　爽2
開爽1　精爽1（計14語15回）

⑧真
〔古選〕**真**4　**真率**3　**真趣**1　**天真**2（計4語10回）
〔訓解〕**真**7　**真率**1　**真趣**1　真境1　**天真**1（計5語11回）

⑨淡・閑

〔古選〕**平淡**3　枯淡1　閑（間）雅2　**間遠**1　間澹1（計5語8回）
〔訓解〕淡2　淡淡1　淡処1　**平淡**1　閑1　**簡遠**1　間悠1　間美1　間趣1　間処1（計10語11回）

⑩**工・巧**
〔古選〕**工**3　精工5　大工1（計3語9回）
〔訓解〕**工**6　工確2　工処1　工妙1　工力1　鬼工1　巧5　巧思1　纖巧1（計9語19回）

⑪**情**
〔古選〕**情**1　**人情**4　**世情**1　神情1（計4語7回）
〔訓解〕**情**10　**人情**1　**世情**1　深情1（計4語13回）

⑫**凄**（悽）
〔古選〕**凄然**2　**凄婉**2　凄々1（計3語5回）
〔訓解〕**凄然**2　**凄婉**1　凄黯1　凄景1　凄楚1（計5語5回）

今①～⑫の各語群について両書の評語を対比すると、㈠各語群のいずれについても、二書それぞれに用例が見られること、㈡同一語群については、二書が近似した頻度で用いられる場合が多いこと、㈢同一語群については、二書の用語がきわめて類似していること、の三点に気付く。つまり、大まかに見ると二書それぞれにおける各語群相互の構成比は二書間でほぼ近似するのであり、しかも二書の用語は類似するから、両書の批評態度はきわめて相似たものと見倣すことができる。また、二書いずれにおいても高い頻度を示した②と⑥は、共に二書間の数値がきわめて近かった。②と⑥の価値志向には相通じるものがあるが、この力こもるもの、美なるものへの愛着こそ、両書の批評の中核にあってその著しい特色をなすものであり、ここにおいても二書は一致する。『訓解』において**豪気**二例と**力**・**力量**・**奇麗**の各一例は杜甫の作にあてられ、『古選』の其角句もまた**雄放**・**渾雄**・**豪華**の語を得ていた。

其角の俳統に立つ嘯山にとって、唐詩の評語は俳諧から遠すぎるものではなかった。力こもるもの、美なるもの（内容・表現のいずれをも含む。以下同じ）のほか、すがすがしいもの⑦や静かなもの⑨も共通して求められ、基本的には、気高く趣深いこと①、芸術的な香気を保つこと③、真実味に溢れていること⑧が望まれた。時には人目を奪う斬新さ⑤も必要であり、時には読者に強烈な印象を刻み込ま⑫ねばならない。勿論、表現に凝る⑩のも大事だが、「不レ見二工力ヲ一」（巻五15ウ）と賞め、「似タリレ失スルニ二大工ニ一」（春22オ）と難ずる（かかる否定的な評語はごく少ない）のを見ると、二書共に末技に走るのを忌むようである。

以上のように見て来るなら、『古選』の批評態度もまた『訓解』乃至『唐詩選註』のそれに大同小異すると言わざるを得ないであろう。すなわちそれは、明清の詩論で言えば、声調を重んじて雄渾・高華を喜び、範を古典に求める格調説を主とし、これに「意在二言外一」として興趣を尊ぶ神韻説を加えたものであり、正しく蘐園の文学観それも南郭の立場に連続する。(21)『古選』編纂はここに立脚し、嘯山は唐詩評の方法と蘐園の文学観をもって俳諧を評したのである。(22)当代の一般読書人が理解した唐詩評の在り方は、『訓解』のそれに近いものと思われるが、『古選』の批評はかかる一般の認識を前提として成立した。従って本書は、詩書に親しむ者にはその趣向の楽しさを、また詩を知らぬ者にも『唐詩選』趣味にひたる喜びを与えたことになる。そして両者いずれにも、詩・歌と対等な〝詩〟として俳諧を見る眼を教えるのである。

六　嘯山独自の表現理念の提示

筆者は、前節までのことごとくを『古選』と『唐詩選』世界との類同の立証に費して来た。『古選』の編纂に当った嘯山の意図に、各部面での『選』の模擬があったのは今や明らかである。とするなら、『古選』は『選』の俳諧世界への変身に過ぎず、嘯山は唐詩評の方法を俳諧に機械的に適用したのみなのであろうか。もしそうであるなら、嘯山はやや気の利いた本作り作者でしかなく、その史的役割りも漢詩文化の紹介普及程度に止まるであろう。筆者は次に、『選』の装いで江湖に迎えられた『古選』に、著者嘯山が託した独自の俳諧観とその史的意義を見出さねばならぬ。そのために、前節で掲げた一二の語群を再検討してみよう。

二書それぞれにおける一二語群相互の構成比が、大まかには二書間で近似することを既に述べたが、微細に観察すると、やはり幾つかの点で差異が認められる。ところで、各語群における二書間の差異は、『訓解』が少なく『古選』が著しく多い場合のみ、これを『古選』批評の特性と見做す根拠とし得るであろう。なぜなら評語抽出の母数は、『訓解』の方が遙かに多かったからである。さて右の一二語群中、『古選』の用例が比較的多かったのは、①高・深・沈、③雅・秀・典、④平・温・和の三語群で、いずれも使用頻度の高いのは注目に値する。今その理由を特定の文字に求めると、①においては**高**を含む語（『古選』10語22回、『訓解』6語8回）、③においては**雅**を含む語（9・19―6・7）、④においては**平**を含む語（7・16―5・5）の著しい多用が明らかとなろう。以下このことにつき考察する。

まず**高**を含む語の多用であるが、今これを本文中の用例について見ると、その二二回中、芭蕉五回、其角四回、北枝二回、他はいずれも一回ずつながら、その中には嵐雪・信徳・鬼貫・素堂・言水・宋阿等が含まれている。すべて嘯山の敬慕浅からぬ人々であり、嘯山は彼等が達し得た風韻格調の高さを理想とするのである。またそれは、嵐雪について「見二得《タリ》主人高尚之《ノ》意《ヲ》一也」（夏10ウ）と記すのを見れば、作者に高次の精神性を求める嘯山の意志の現れでもあろう。先の一二語群には示さなかったが、『訓解』にほとんど見ず『古選』にのみ多く見られた語群の一に、**逸**を含むものがある。逸三、逸宕二、飄逸二、高逸二、逸蕩一、逸気一、豪逸一、俊逸一の八語一三回であるが、この一群も**高**の多用と同じ理由で頻出すると思われ、**雅**の多用もまた同様に考え合わすべきであろう。**雅**は全一九回中、其角三回、素堂・北枝各二回、来山・柳居・宋阿各一回（③の高雅四回は①の高雅四回と重出）とやはり嘯山好みの特定俳人に集中するが、これまた俳諧に文芸としての品格を求める嘯山の意図を示すものと思われる。**高**と**雅**を合すれば高雅、格調のみならずまず意を正さんとする格調説の好む語ではあるが、嘯山が『古選』でことさらこれを説いて心の高さを強調する理由は何か。筆者はここに至って、宝暦の俳壇情況に想到せざるを得ない。この高雅の二字こそ、「盛極《ツテ》衰兆《ス》。」（物論）と断じて享保以降の俳壇の低迷と堕落を憂い、元宝への復帰再興を希う嘯山の心境が吐露されたものであり、当代の現実に置いてみて始めて生命を放つ語なのである。

『古選』の批評が、俳諧という我が国固有の様式に応じてなされた徴証はなお挙げることができる。⑪の**情**の用例が『古選』にきわめて乏しいのは、叙情を主とする漢詩と俳諧発句の相違によるもの、しかし『古選』には**人情**の四例あり、生活詩たり得る特性を忘れてはいない。また⑩において『古選』には『訓解』に見当らぬ**精工**が五例あった。これは他の**精**を含む語群、精深二、精確一、精練一をも考え合わせるなら、俳諧らしいきめ細かな表現技巧を評価するものであろう。「細潤」なる二例の評語の存在もそのことを思わせる。また⑤の語群で、『古選』に比較的**新**・**異**を含む語が多い（『古選』5語8回、『訓解』1語1回）ことも注意しなければならない。これまた、新しみを花とする俳諧の特性に応じるものであろう。

しかし、以上のいずれにも増して嘯山が意を致したのは、④に見た**平**の多用に関する問題であったと思われる。今、その全用例（平々と和平を除く）とこの評を得た句を掲げてみる。

(1)平淡《ニシテ》而高雅　一田つゝ行めくりてや水の音　（夏14オ　北枝）

(2)平淡中有《リ》二妙処一　日たけ起て畠歩ﾒハ秋の風
見る時ハ咲りと思ふ枇杷の花　（附録　守愚庵）

(3)平淡《ニシテ》而逸　春の海終日のたり〳〵哉　（〃12ウ　蕪村）

(4)平穏　　　　乳垂て水汲賤の暑さかな　（夏13ウ　尚白）

(5)平穏佳　　　皆人の昼寐の種や秋の月　（秋1オ　貞徳）

(6)平穏中寓《ス》二無レ限悲涼《ヲ》一宜《ナルカナ》　矣圧《スコト》二晋子之雄高《ヲ》一也

塩鯛の歯茎も寒し魚の店　（冬5オ　芭蕉）

(7)平正《ニシテ》　而悠遠　　萍やけさハあちらの岸に咲　（夏18ウ　乙由）

(8)平正亦《モ》佳　　麦蒔や妹か湯をまつ頬かふり　（冬2ウ　鬼貫）

(9)平易《ニシテ》　而端正　　年もはや半ハ流れつ御秡川　（夏10オ　素堂）

(10)平易　　初月や向ひに家のなき所　（雑5ウ　芭蕉）

(11)皆平実有レ致唯豪逸之《ノ》趣稍少《キ》耳

夕立や智恵さま〳〵のかふり物　（以下五句）　（雑16オ　乙由）

これらの作品には、平凡な素材と平易な語によるなだらかな表現が認められ、しかも作者の静かな眼と澄んだ心が感得され、すぐれた境地を得たものが多い。評は添加の叙述が多く、ここで(1)(2)(3)(6)(7)(9)の評語に注意するなら、いずれにも軽度ながら二律背反的なニュアンスが認められよう。「ニシテ（而）」は、『訓解』の用例は多く順接的であったが、『古選』では逆接的であることが多く、しかも平穏卑近を表す語を上に伴う場合が多い。

(12)愈〻近《シテ》　愈〻遠《シ》所二以《ナリ》　不《ル》レ可《カラ》レ及《フ》也

木の下ハ汁も鱠も桜かな　（春5オ　芭蕉）

(13)是病中《ノ》作語近《シテ》　而意遠《シ》

たゝミなから見やつた斗更衣　（雑4オ　来山）

⒁語近《シテ》意幽　　岩端や爰にもひとり月の客　（秋10オ　去来）
⒂極《テ》近《シテ》二人意《ニ》一亦自《ラ》超然
　　行水の捨所なき虫のこゑ　（〃4ウ　鬼貫）
⒃以二温雅《ノ》之調《ヲ》一寓《ス》二悲憤《ノ》之思《ヲ》一果《シテ》為二傑作一
　　初夜と四つ争ふ秋に成にけり　（〃3オ　来山）
⒄温厚《ニシテ》而不レ露《レ》雖レ然《ト》蕭森《ノ》之気隠二然《タリ》于其間《ニ》一
　　赤〳〵と日ハつれなくも秋の風　（〃5ウ　芭蕉）
⒅句自然《ニシテ》而意濃厚三復《シテ》可三始《テ》識《ル》二其妙《ヲ》一也
　　六月や峯に雲おく嵐山　（夏10オ　芭蕉）

先の⑴〜⑾この⑿〜⒅のいずれにも、やはり芭蕉以下の嘯山敬慕の作者が多出し、『葎亭句集』の序者守愚庵や盟友蕪村の名が見えるのは注意されてよい。すなわち嘯山にとってかかる俳境はきわめて望ましいものであり、重大な関心の対象なのである。ここで、この問題に立ち入る前に、次のことを確認しておきたい。

それは嘯山の雅俗観であるが、惣論で嘯山は、「世又有《リ》下悪《ム》二俗習《ヲ》一士上。而其《ノ》挙動不《ル》レ能《ハ》二卓爾《タルコト》一者《ハ》。憚《カル》二与レ衆異《ナルコトヲ》一耳。是猶《コトシ》二悪《ンテ》レ湿《ルヲ》而居《スルカ》レ下《ニ》。亦復《タ》不レ取《ラ》也。」と述べていた。俗習を悪む者がかえって俗意に落ちることを指摘するのであるが、嘯山の忌む俗が意におけるそれであり、俗全般ではないことは、本文中の評語「以二俚語《ヲ》一弄《ス》二風雅《ヲ》一人知《テ》三経書《ノ》之為《ルコトヲ》二風雅一而不レ知《ラ》二俚語《ノ》之風雅《ヲ》一」（夏16ウ）にも明らかである。かかる雅俗渾一の思想から「豈惟《ニ》詩《ノミナランヤ》哉。和歌聯俳皆然《ナリ》。」（惣論）とする詩・歌・俳同列観が生じるのは自然であり、詩評の法の俳諧への導入もこの観念の上に成立する。「平」の重視も、かかる雅俗観を前提として始めて展開し得たと思われる。

再び**平**をめぐる問題に戻ると、⑴〜⒅の用例には其角の句が見られなかった。しかして⑹の評において、「平穏中寓《ス》二無レ限悲涼《ヲ》一」芭蕉と其角の「雄高」が対比され、芭蕉は優るとするのが注目される。また一方で、其角句は「変格是《レ》濫二觴《スル》後世《ヲ》一者。」（雑8オ）と評されていたが、変格に対する「正格」の語が惣論に見出される。正格変格の語は勿論詩論に出るが、筆者は、嘯山がここで俳諧の正格と見做したものこそ、右の平の風体であったと推定する。『古選』を離れるが、これを裏付ける資料を次に示そう。

風雅に流儀を立るハ一反の事也。……然共初心のうちは。道の東西を弁へされハ。正しきを選て学ふへし。独立成ての後は。一体に拘らす自在を働くへし。軽ミのミに限らす。譬ひ高華俊逸の調を得たり共。それにとゝまりたらんハ大家とハ言難し。（安永二年『俳諧新選』総論）

惣ジテ句ハ、表ニ顕レテ佳ナルト、蔵レテ妙ナルト、或ハ富麗《ウルハシ》ニシテ風情ヲ備ヘタルアリ、又ハ寂《サビ》寞テ味ヲ含ルアリ、……此句（＝古池の句）ハ寂寞ヲ躰トセルゾ、……蕉翁始テ、詩歌ニモ肩ヲ比スベキ姿情ヲ発明セラレシハ、此等ノ句ヲ最トス、故ハ、云カケモナク、拍子ニモ拘ラズ、表《ウヘ》ニ旨《ムマミ》ヲ顕サズ、又俳言ヲ強ク用ントモセズ、自然ニ云ヒ下シテ、裏《ウチ》ニ意ヲ含メリ、（天明五年『雅文せうそこ』）

この二例を見ると、その後の俳諧観が正格変格観の延長上に進展するのが理解でき、『古選』の正格も平の一群をさしたと想像できよう。ところで『新選』の記事には「軽ミ」の語が見えていた。『古選』にその用例はないが、平穏な表現に深意をこめる風体が軽みに近いことは言うまでもない。『雅文せうそこ』の記事につけば、嘯山は「さび」もまたこれに通うものとして理解したようであるが、『古選』がこの平の一群を最上として雄渾高華の上位に置くのは、文学史的に重大な意義を持つ。其嵐系の俳統に立つ嘯山が、支麦系で説き来った俳風を、俳壇の枠を越えて積極的に評価するものだからである。その自由な思考は、俳壇の流派別閉塞状況を難じた惣論の格調高い発言「愛《スレトモ》而知《リ》二其《ノ》悪《ヲ》一。憎《メトモ》而知《ル》二其《ノ》善《ヲ》一。風雅之《ノ》道。安《ンゾ》立《ン》二彼此《ヲ》一乎《ヤ》哉。」などにも窺えるが、ここで嘯山は自らの実践をも示したわけである。俳壇の旧弊な固定観念を脱し、俳風・流派のいずれも自由な立場から再考するところに嘯山の独自な姿勢が見出され、この広量で智慮に充ちた提言こそ、都市系地方系両流を止揚して俳壇を統一し、中興俳諧の新風を導くものと思われる。筆者は、この語平淡にして意精深な風体と自由な思考態度が、明・清の性霊派の詩説に近い(23)ことに気付いている。しかし今は、これがその詩論に由来するとの明徴を得ず(24)、むしろここでは、俳諧と俳壇現実に即した嘯山の主体的な思索をこそ重視すべきと思う。例えば次の如きが想起される。嘯山は其角句の評で「渾雄　惜哉《カナ》不《ルコトヲ》レ令《シメ》三此《ノ》老《ヲシテ》　従二事《セ》於詩《ニ》一」（秋7ウ）と述べていたが、これは変格である雄渾高華の風体が漢詩に近いとの認識を前提とするであろう。とするなら、平の一群こそより俳諧にふさわしく、正格として「詩歌ニモ肩ヲ比スベキ」（『雅文せうそこ』）独自性を発揮し得る。つまり嘯山は、真に俳諧の進むべき道を模索して俳諧史の伝統を遡り、復帰すべき理想の一を俳諧固有の風体に発見したのではないか。詩を知る嘯山だけに、俳諧に別の〝詩〟を求めもしたであろう。「翁……其句正変不レ一《ナラ》」（春5ウ）「湛翁（＝来山）之《(カ)》風格正変双美《ニシテ》　綜二錯《ス》今古《ヲ》一」（春12ウ）と正変両格の兼備を説き、変を極めて「流暢自在」（春8オ）「縦横不レ拘《ラ》二一体《ニ》一」（夏16オ）る其角の自由さを高く評価する嘯山であるが、俳諧の典型を「平」に見出した意味は深い。それは「高」「雅」の多用と同様、何よりも意の精深を重んじるからである。嘯山は、芭蕉の「此道や行人なしに秋の暮」を、異例にも雑の巻尾、つまり総巻末に掲げていた。嘯山の復古の真意をここに見出すことができる。

七　結び

前節において筆者は、『古選』に性霊派の詩論に近きものが萌すことを指摘した。儒者とも交流を持つ嘯山は、思想界の新思潮とその詩壇への影響をも敏感に受け止め得たわけであるが、以下このことに触れてみる。例えば嘯山晩年の編著書序跋に次の如きが散見する。

されと人の心の万に別れぬるは常の事なれハ……（天明四年『花の文』嘯山序）

それか中にも西鶴か著せし書ともは俗中に雅ありて……今此冊子をよむにあなかち古文にも擬せすまた近世の費《ついへ》をも脱して……（天明五年『宿直文』塵庵序）

人顔の同しからぬハ古今世界ハかはれ共一也……詩歌連俳の可否を選むも……（天明八年『をのゝちくさ』嘯山序）

人心不同如面なれ句選ふも之復それにひとしかるへし……（寛政九年『ふたつみち』嘯山序）

このうち「人心不同如面」というのは、袁中郎の言を借りて模擬雷同の排除と個別の情の重視を説く反古文辞の立場であり、雅俗渾一を説くものと並んで、晩年の嘯山が既に清新論的文学観に立つことを明らかにする。(25)ところで雅俗渾一の論は『古選』にも見えていた。嘯山の文学観は、『古選』の時点で早くも革新の道を歩み始めていたと思われるが、次に安永二年刊の『俳諧新選』についてみる。いうまでもなく『新選』は、『古選』の好評の後に太祇と図って編んだ当代発句選集であるが、同じ小本ながら句に評注は見られず、総論も漢文ではない。すなわち模擬ではないのである。そして総論では、芭蕉の軽みは自ら発明したものであり、今世末流の如く千句一体に「雷同」したものではないと述べ、また芭蕉の作品すら、己れの眼を通さぬ盲信の前には無価値であると、文芸における個我の重要性を強調していた。その態度は、嘯山等を評した蕪村の『平安二十歌仙』序（明和六年）にも「其角が月に嘯く体にも倣はず、嵐雪が花にうらめる姿にも擬せず……たゞ己がこゝろのさま〴〵に、思ひ邪なきをのみたとぶ成べし」と窺えるから、明和度には嘯山等の行き方として身についていたものであろう。ところで、京で反古文辞の立場に立つ極初の儒者に清田儋叟がいた。(26)儋叟の親友に芥川丹丘がおり、『嘯山詩集』につけば丹丘はまた嘯山のごく親しい詩友であった。今筆者は、嘯山・丹丘の交渉始期を宝暦明和の頃とする資料を持たぬが、丹丘・儋叟等の新思潮の嘯山への伝達が、何等かの経路でなされたと想像されてならない。例えば、『古選』の序者金龍道人敬雄など、既に僧叟・丹丘等と密接だったからである。[27]

ともあれ、蘐園の風雅論的文学観の影響を脱せぬ内にその批評活動を開始した嘯山であったが、既に進歩的方向への一歩を踏み出していた。筆者は最後に、『古選』の中興諸家への影響を述べるべきであるが、既に紙数も尽きたので、代って、嘯山の足どりが蕪村と共に運ばれたことを記そう。宝暦元年入京し、『古今短冊集』序で俳壇現状を憂えた蕪村は、その後宋屋門と交わり、中でも嘯山とは詩俳両面で親しかったと思われる。蕪村の丹後行に際して『嘯山詩集』は「送㆔朝滄遊㆓丹後㆒」の五律と「寄㆓懐朝滄㆒」と題した七律を録し、蕪村はまた丹後から七絶一首を付して「近頃御佳作等可在之存候。たより二相待候。当地詩客多御噂申出候……俳諧も折々仕候。」（卯月六日付書簡）と書き送っていた。二人は詩俳いずれも実作を交換して批評し合ったのであり、『古選』編纂時の二人の文芸観は極めて近かったはずである。また「彼（＝百川）は蓮二に出て蓮二によらず。我は晋子にくみして晋子にならはず。されや竿頭に一歩をすゝめて……」（宝暦七年「天の橋立図」賛）と言ひ、「馬擬南蘋人用自家」（宝暦九年頃「牧馬図」識語）と一面ながらその画風に独自性を現そうとした蕪村の当時の姿勢も、嘯山の進歩性に通うものがあろう。明和に入って両者の交渉はさらに緊密であり、「嘯山・蕪村など月次にうち寄り句会はひたと致居候」（明和五年存義宛太祇書簡）という状態であるが、「たとハヾ小説の奇なることばは、諸史の《ママ》めでたき文よりも興あるがごとし。」（明和九年『其雪影』序）という雅俗渾一の言はそのまま嘯山の論調に連り、「おのれがこゝろの適ところに随ひてよき事をよしとす。」（安永三年『也哉抄』序）との個我主張の立場も嘯山に並行する。そしてまた蕪村の周辺にも、新思潮を支持する皆川淇園門の儒者たちがいたことが報告されている。[28] 嘯山と蕪村とは、いずれも蘐園の教養に育ちながら俳壇の現実に生き、その革新と新思潮の摂取に思いを致して、新風への道を共に歩んだのである。

（1）従来の嘯山研究には、石田元季「嘯山・蝶夢・無腸」（『俳文学考説』収）、金子和子「三宅嘯山の京都俳壇における役割──『俳諧古選』の史的意義を中心にして──」（『高知女子大国文』創刊号）、同「嘯山編『俳諧独喰』の研究」（同誌四号）がある。

（2）『割印帖』に宝暦十三年十二月二十五日付で記載あり、板元井筒屋庄兵衛、売出須原屋平助となっている。平助は『唐詩選』を出した新兵衛の一統であろう。

（3）潁原退蔵博士は、『日本文学大辞典』「俳諧古選」の項で異版の存在を指摘しておられる。

（4）『俳諧珍本集』（俳諧文庫・明治三十三年）、『俳諧古選新選』（沼波瓊音校訂・明治四十二年初版〈二週間後に再刷〉、昭和十一年再版）、『評釈俳諧古選』（木村架空著・明治四十二年）、『俳諧俳文集』（国民文庫・明治四十三年）、『俳諧古選』（千代田文庫・明治四十四年）、『名家俳句集』（俳諧叢書・大正二年）。

（5）「『唐詩選』と近世後期詩壇──都市の繁華と古文辞派の詩風──」（『文学』昭和四十六年三月。後に『徂徠学派』収）。

（6）いずれも架蔵本について調査したが、題簽に関しては天理図書館綿屋文庫本『古選』（わ一四九・三）・鹿児島大学玉里文庫本『選』による。

（7）この部分に、後刻本では「寛政癸丑再刻　嵩山房梓」などと刊年を記すが、今、寛保三年刊の日野龍夫氏蔵二冊本によった。刊記を欠く架蔵の一冊も「江戸……」とあり、初期の版の一冊本も同様だったと思われる。

（8）天理図書館綿屋文庫本（わ一四九・二）によった。

（9）和刻『唐詩選』の外見を模した詩書に安永四年刊の『日本名家詩選』（首藤水晶編）があるが、この場合もやはり書名の模倣が見られる。

（10）天理図書館古義堂文庫本によった。前野直彬「唐詩選の底本について」（『書誌学』復刊四号）によると、内閣文庫本はいずれも「箋釈唐詩選」と題するという。古義堂文庫本外題は「唐詩選」と墨書する。

（11）註（10）論文四六頁。

（12）ここでは両書の影響の送受関係は、考慮しないこととする。

（13）註（5）論文二九頁。

（14）国会図書館本によった。

(15) 『訓解』収録作品の大部分は『選』のそれに重なり、全七巻の編成は勿論、各巻中の配列も『選』にほとんど一致する。唐詩集で「本邦之所《ニシテ》二刊刻《スル》一、而諸体全備《シ》、有二註解一者《ハ》、惟《タ》訓解而已、」(『唐詩訳説』凡例)という状態では、『訓解』を偽選と断じた南郭が、同じ『選』附言で「亦非《ス》レ無《キ》二一助一」と言わざるを得なかったのも尤と思われる。宝暦以後も、平賀中南が『唐詩選夷考』(天明元年初刊)の跋(明和六年)でその盛行を報じ、解は俗陋多謬だが「平二説《スル》大意《ヲ》一而已《ノミ》。故誤《ルコト》二学者《ヲ》一猶《ヲ》少也《シ》。」と述べている。

(16) 松下忠『江戸時代の詩風詩論―明・清の詩論とその摂取―』五五頁。

(17) 誤解のないように記すが、筆者は「取《リ》二蒋唐《ヲ》一頗為《ス》二刪補《ヲ》一唯是拙工代《レ》斲《テシ》不レ救《ハ》レ傷《ルヲタモ》レ指《ヲ》」(『選』附言)と評された『訓解』の評注を、嘯山がそのまま踏襲したと考えて比較するのではない。『古選』読者の教養の背景に『訓解』を想定し、嘯山批評もこれと共通の基盤に立つと考える筆者は、『古選』の評語が、読者の文芸観と一致し得る蓋然性を証すれば足りるのである。

(18) 「情有レ真」の如く他の評語を伴う場合はとらず、「在レ情」の如きはとった。また「真《ニ》」の如き修飾語はとらなかった。他も同じ。

(19) きわめて粗雑な計数によるが、筆者が両書の評語として選定したのは、『古選』三四五語『訓解』一九三語である。

(20) この特定評語の抽出は、両書いずれかの評語において四回以上現れる文字約六〇に着目してこの中から三一を選び、この三一文字を含む語すべてを両書から抜き出す方法によった。文字の選定は、両書の批評態度の大綱を把握して比較の資とすることを主眼としたので、詩論の基本語彙が欠落することもあり得る。一二の語群の分類も恣意により、また語によっては二つの語群に現れるものもある。

(21) 中村幸彦『近世儒者の文学観』(『岩波講座日本文学史』7収)および松下忠前掲書五七頁参照。

(22) 嘯山が『訓解』と同じ立場で評しながら、直接にはその評語を借りていないのは、一二の各語群において、二書類似しながら異なる用語が多かったことに明らかで、「選中評註亦《ノ》用《タユ》二国字《ヲ》一。後慮《ツテノ》二其蔓莚《ヲ》一。更《メテ》作《スト》二華言一。」(凡例)の言からも、その評語が特定の出典を持たず、また嘯山によって案出されたものも有り得ることを想像させる。

(23) 鈴木虎雄『支那詩論史』参照。

(24) 『古選』附録序に見える「心の同しからさる事またく面の如くなれハ」の一条は、今はこれを反古文辞的発言と解さないでおく。
(25)　中村幸彦註(21)書参照。
(26)　中村幸彦「隠れたる批評家―清田儋叟の批評的業績―」(『中村幸彦著述集』第一巻)。
(27)　中野三敏「金龍道人伝攷」(『近世中期文学の諸問題』収)。
(28)　植谷元「蕪村周辺の人々」(『江戸の文人画人』収)。

(追記)　意心軒十口の「古選ヲ閲ルニ頗ル物茂卿ノ遺風有リ」(『誹諧家譜拾遺集』武然の項)という評などが、一般的な受容であったろう。表紙の色については、柿衞文庫蔵の一本(は一四九―一二四)が薄褐色の原装表紙であり、なお再考を要する。また、嘯山の表現理念については、祇園南海の影写説との関係をも考慮すべきか。

発句は自己の楽しみ――蝶夢の蕉風俳諧理念の新しさ

京で蕉風復興運動を導いた五升庵蝶夢（一七三二―九五）の俳論を調べ、その表現理念の際立つ斬新さに気付いた。そのことを報告し、いささか私見を加えたい。

一　考察のいとぐち

私は、蝶夢が一定の表現理念を備えていることを、かなり前から指摘していた[1]。

例えば、紀行文『遠江の記』の編纂の際に、有力門人の依頼をきっぱり拒絶したことがあった。当日同行していなかったのに文中に登場させてほしいとの頼みを、架空のことを書くのは「文章古雅ならず候」と断り、「有そうなる人のなきこそ面白かるべし」（蝶夢書簡69・白輅宛）と立言する。これなどは、文章表現における事実の絶対的尊重の主張と解し得る。

一方では、この客体のありのままの受容という主張に並立するかのように、主体の情のあからさまな発現をつよく主張していた。例えば蝶夢に近い麦宇は、蝶夢の俳諧作品の巧拙を問われて、次のように評するのである。

下手也。されどもよのつねの宗匠に異なる事あり。句にかゝはらずして、思ふ事をたゞちに句となす人也。老て後我住《わがすむ》武江に赴れし時、「かけはしを二度まで越るいのちかな　蝶夢」と申されけるが、又東国行脚の時、

「三度まで桟こえぬ我いのち」と、世の人の褒貶にかゝはらず思ふまゝを申されし也。（たそがれ随筆）Ａ

麦宇は蝶夢の直截な主情表現を評価し、それを「よのつねの宗匠に異なる」つまり一般的な在り方から隔たるものと認識している。

このように蝶夢の俳論は、客体と主体のいずれをも尊重するという立場をとり、そこに二元的な価値の共存が認められた。

そこで今、私がとくにとりあげたいのは、この内の後者の問題である。なぜなら私は、蝶夢のこの主体の情の重視の在り方が、寛政二年（一七九〇）成稿の、

すべてもとめて思はず、たゞいまおもへることを、わがいはるゝ詞をもて……（布留の中道）

と訴える小沢蘆庵の歌論に連なるものに思え、蝶夢の論が先駆けではあるまいか、と考えてきたからである。

そのように考え始めたのは、昭和四十七年に中村幸彦氏が、小沢蘆庵の歌論の背景の一つに芭蕉の俳論を指摘されたからであった(2)。私は、この芭蕉俳論が、折から高まっていた蕉風復興運動の中で受容されたものと推定し、蝶夢との関係を疑ったのである。

しかし、その確証を得ぬままに過ぎていた。蝶夢の俳論書『門のかをり』は、右に述べた二つの表現理念を論の中核としてつよく押し出すものでなく、「情」の強調についても、同類の他の俳論書との大差を容易には見出せないままでいたからである。

二　諸活動に〝主体の強まり〟

このように私は、永らく課題を抱え込んだままでいたのだが、このたび編んだ『蝶夢全集』（二〇一三年、和泉書

院刊）の解説を執筆する中で、ようやく解決の端緒を得た。蝶夢の多面的な活動のいずれにおいても、自己の主体性をつよく発揮する姿を見出し、これこそが蝶夢の人格的な特質であり、俳諧の表現理念においても当然この主体性の強調が中核をなしていたはず、と類推できたからである。以下に、その〝主体の強まり〟を示す顕著な事項を列挙してみる。

一、まず、伝記上もっともけざやかな事項として、宝暦九年の都市系俳壇から地方系俳壇への転出(3)がある。親友の嘯山から絶交されるほどの、過激な行動であった。

二、芭蕉堂再建から芭蕉百回忌にいたるまで、全国規模の多彩な事業を展開し、多くの資金を要する運動に多数の人々を糾合し得たのは、信念にもとづく蝶夢のつよい意志の力による。

三、俳諧の学習について、享保期以降に蔓延した伝書口授を全面的に否定し、

伝授口伝の品々、みな修行の道々にこぼれちりてあるなれば、一つづゝ拾ふて我ものにすべし。（『故五束斎草稿』に記された木朶への教訓）

と、作者の自修による自覚的体得を求めた。

四、旅を好んだのも、

古き詩歌も、その境その景を見ずしては、古人の心を味ひがたし。（宰府記行）

例の居ながら名所をしると、思ひあがりたる歌人ぞ心もとなき。（東遊紀行）

と、古人の感動を体験的に自得するためであった。

五、各種の編纂事業においても、さまざまに独創的な発想を示している。（『蝶夢全集』解説参照）

六、運動の推進において、書肆橘屋治兵衛を事務局のように位置づけて募金などに協力させたのも、蝶夢の新たな着想であろう。

このように蝶夢の活動は、いずれを見ても、そこにつよい意志の貫徹、独自の発想という色合いが認められる。その強まった蝶夢の自我は、他者に対しては、個々人の主体的行動を期待する態度をとることになる。例えば次のように。

此会式の儀は、曾て何方えも不致催促候て、信仰の人に任せ申候処、扨々……（蝶夢書簡461・青容・杜由宛―天明元年）

時雨会（義仲寺の最重要行事である芭蕉忌）への出句者への礼状である。「信仰の人に任せ」との言いぐさは、蝶夢が、蕉風復興運動自体を、多くの人々の主体的行動にもとづくものにしたい、と考えていたことをよく伝える。このように見てくると、表現理念においても、主体の強化ということが核心に在ったことを、十分に想定できるのである。

三　俳論の全体像

ここで、蝶夢の俳論の問題に移る。

その体系的な俳論書としては、明和五年成の『門のかをり』（別名『童子教』）が一点あるだけである。支麦系俳論をベースにして、時に独自の提言を断章風に織り込む、という性格をもつ。その独自点は、論としていまだ素朴であり、その焦点化・組織化がいちじるしく足りない。だがその独自点は、書簡その他においてもしばしば語られるので、書簡などの記事の援用により、一定の論点として在ったことを知り得る。しかもそこに、ウブさゆえの確乎としたつよい主張の語気があり、表現理念として堅持されていたこともうかがえる。

本節ではまず、独自点を検討するに先立ち、俳論全体の骨格を、『門のかをり』から読みとってみる。

まず基本的な観念として、俳諧は〈我の情〉が〈物の情〉に向かい合う中で詠まれる、と考えていることがある。すなわちここには、すでに主体―客体という二元的思考が成立していると解してよい[4]。（以下の傍点・傍線はすべて田中）

1　ことにふれて情を先にし、物のあはれをしり

2　霞をあはれみ露をかなしむの風情

3　世の中にありとあるものゝその情をのべ

この三例を見ると、蝶夢が「情」を重んじることがよく分かる。その「情」は、主体にも客体にも使われている。1・2の「情」は、いずれも〈我の情〉を指しており、3の「情」は客体について言っている。その対象を指す3の「情」は、1を考え合わせると、「物のあはれ」[5]と重なり合うようでもある。そしてその「あはれ」は、物それぞれに備わる本質的な価値を指すように思われる。

その本質的な価値は、比喩的に言うと「いのち」ということになろうか。この詠むべき対象を「いのち」であると格調高い表現で措定するところに、蝶夢の俳論の特質がまず認められる。次のように言う。

人情を有の儘に詞をかざらず、雪月華は勿論、生とし生ける物のたぐひ[6]にものいはせたらんを、俳諧の風雅の真趣を述るとはいふなるべし。 B

蝶夢は、対象の詠出において、作品中に再現するその対象に生命感つまり実在感を付与することを必須と考えたのである。このように、創作のめざす目標を具体的に明示し得たこと[7]も、蝶夢俳論の新しさと言える。

俳論の他の力点として、俳諧は、自然と人間生活にかかわるすべて（「世の中にありとあるもの」）を素材となし得ること、日常の言葉（「俗談平話の常語」）を用語とすることの二点を挙げるが、支麦系俳論として当然であろう。

さらに、表現の在り方についての主張も重要である。まず、事実に忠実にそのままを詠むという主張（「有の儘

に」）が説かれる。これについては、第一節に記した『遠江の記』編纂の際のエピソードにより、その徹底ぶりが知られよう。蝶夢はすでに、「写真」という語も用いている（芭蕉像三態の説）。これと表裏をなすもう一点は、文飾せずに詠むという主張（「詞をかざらず」）である。これは、第五節で述べる問題とかかわろう。

最後に、まことの風雅の条件として挙げる、「霞をあはれみ露をかなしむの風情」という措辞について触れる。この措辞は、『門のかをり』の他にも散見し、それも蝶夢の論として重要な文献には必ず現れるのである[8]。この措辞を蝶夢が多用する理由は、『門のかをり』の眼目ともいうべき次の文言から理解できる。

ことにふれて情を先にし、物のあはれをしり、花ちり、木の葉の落るをも目にも心にもとゞめて、風雅の大意をしるべき事……

先に「物の情」が「物のあはれ」と同意のように解されることを述べたが、この下りを読むと、無常の相を通して事物をとらえる態度が基底にあることがうかがえる。霞も露も消えやすいのだから。ここに、仏僧の俳論としての色合いがにじみ出る[9]。『芭蕉翁三等之文』では、右の措辞が無常迅速の理に出ることを明言したうえで、

後の世の事は更にもいはじ、此世さまのよろづにつけても情深からむをこそ、風雅のまことをしれる人といはむに……　C

と述べている。「いのち」を詠もうとする蝶夢の俳諧の本質的部分が、浄土僧の思想に出ることをよく伝えている。

四　〝内発する情〟の絶対視

前節で蝶夢俳論の大筋を述べたので、続いて、その独自の表現理念に眼を向けてみたい。それは、現代の私たちが言語化すると、さしずめ「感情の内発性の絶対的尊重」ということになる。だが蝶夢は、この表現理念を自覚し

重視しつつも、いまだこれに宛てる適切な用語や表現を見出し得ない。よって、素朴な言辞をさまざまに弄することになる。

『門のかをり』では、

いひたき事をいひつらねて

と短く言うだけである。「いひたき事」の五文字に重い内容が託されている。すでに第一節の資料Aで紹介したように、麦宇は蝶夢を、

句にかゝはらずして、思ふ事をたゞちに句となす人也。

と評していた。「たゞちに」の語が感情のほとばしりを示唆する。「句にかゝはらず」は巧拙を考慮せずの意で、これと同趣旨を蝶夢自ら、教えの要として述べている。

他のよしとほむるにも驚かず、あしと譏《そし》るにも恥《はぢ》ずして、ひたぶるに思ひを句にのべてたのしむべし。（芭蕉翁三等之文）　D

ここでは「ひたぶるに思ひを句にのべて」が、内からこみあげる感情のつよさを伝えていよう。ただ「たゞちに」も「ひたぶるに」も形容の語であって、〝内発性〟などの抽象名詞にはほど遠く、まずは、このような表現にとどまる。

しかし、他者の褒貶を気にかけない、という揚言は重要である。その趣意を、さまざまな表現でたびたび説いているからである。書簡では、次のような記事を散見する。

発句は全躰赤下手は自分にも得心いたし申候。……兎角古躰而已《のみ》にて恥入申候。たゞ自己の風雅を楽しみ申より外なく候。（蝶夢書簡305・百尾宛―安永二年〈一七七三〉）

自己の御楽しみなれば、強て誉られ候事にも及間敷候。（27・白露宛―安永五年）　E

たゞ人にかまはぬ事にて候。自己に御楽しみ可被成候。（30・白露宛―安永五年）

人の躰によらず、自己を御たしなみ被下、風雅の本意にさへかなひ候はゞ可然候か。（186・里秋宛―安永八年）

世間の是非によらず御楽可被成候。（47・白輅宛―安永九年）

このように蝶夢は、「自己」と「楽しみ」のキーワードを使い、自らが重んじる一点として繰り返し強調していた。それは、〈発句を詠むという行為は、何よりも作者個人の表現の喜びとして営まれる〉という一つの命題であった。蝶夢は発句を、本来的に私生活中の営為の一としてある文芸様式である、と認識していた。蝶夢はその認識を自ら獲得し、信念としたのである。

この「自己の楽しみ」と呼ぶ表現の喜びは、どうやら内からこみ上げる感情を表出することであるらしい。右の資料Eでは、掲げた記事に続いて次の和歌（伊勢物語・新勅撰和歌集）が書き留められている。

おもふ事いはでたゞにややみなまし　われにひとしき人しなければ

句を詠む時の感情を、蝶夢は、「いはでたゞに」「やみ」得ぬ、すなわち表現せずにはおれぬほどのつよい感情と考える。蝶夢は「七情の起るを句になして」（『ねころび草』序に記された支百への教訓）とも言っていた。内発する感情を重視していたのは疑いない。

ここで注意したいのは、右の和歌において、内発した感情を表現せずにはおれぬのを、「われにひとしき人しなければ」と理由づけることである。ここでは既に、人はそれぞれ個別の心をもつこと、それは他者によって代り得ないこと、よって人は己れの心を自ら述べる外はないこと、の三点が承認されている。

蝶夢はまた、右の、人の個別性についての理解が他者の評価の無意味化につながる事情を、次のように説明した。

句のおもてを論ずるは、たとはゞ、鶴の足の長き鴨の脛のみじかきも、おのれ〳〵が生れ得しものなるを、その長きにまねんと短きをわすれ、よしなき名のためにくるしみて、楽しむべき風雅の本意をうしなふぞ、おろ

かなる。（芭蕉翁三等之文）　F

ここで「句のおもてを論ずる」というのは、他者の評を受けて自句の巧拙にこだわることを指している。この記事は、本節の資料Dに続いて述べられているので、このように解釈すべきなのである。「楽しむべき風雅の本意」との措辞も見逃せない。言い換えると〈風雅の本意は楽しむことである〉となるから、先に析出した命題に重なることになる。書簡の語、「（発句は）自己の楽しみ」とも一致する。先にも述べたように蝶夢は、句作の楽しみを、自らの内からわき出るものを詠むこと、と考えていた。

以上の帰結として、感情の〝内発性〟は人の心の個別性と不可分の関係にある、と蝶夢が考えていたことが明らかになる。ということは、蝶夢における〝内発性の重視〟が、蝶夢の活動のすべてに見る〝主体の強まり〟と表裏の関係にある、という理解をも導き出すだろう。個別化は主体化につながるのだから。よって、この感情の〝内発性の重視〟をもって、蝶夢の表現理念の核心をなすもの、と見定めて差し支えないことになる。

蝶夢がこのような表現理念をいだくにいたった背景については、詩壇・歌壇の新思潮も踏まえて慎重に考察すべきだが、蝶夢の意識としては、日本の伝統的な文芸観に則るものとみなしていた、と推定できる。

本節で挙げてきた資料のDとFは共に『芭蕉翁三等之文』に見える記事で、二つは隣り合っている。そしてこのDとFが、曲水宛芭蕉書簡[10]の、

志をつとめ情をなぐさめ、あながちに他の是非をとらず、

の条についての解説文の結びを成すのである。蝶夢はこの条の解説で、次のように自説を展開させていた。

すなわち、この条の前半の「情をなぐさめ」の部分については、まず「人に七情とて色々の思ひあるを、句にうつして心をなぐさむること也」と説き、「なぐさめ」については、

なべて世の中の憂につけたのしきにつけて、心にあまれるをかく句となして、その心をなぐさむる也。

と説明する。また、この条の後半の「他の是非をとらず」の部分については、

唯みづから怡悦すべしと。

と簡潔に説く。「怡《い》悦」はよろこび心満ちること、すなわち、芭蕉が「自ら楽しむがよい」と諭した、と解釈するのである。芭蕉は作句の目的について、人に見せるためではなく「おのれがためにすればなり」と教えていた、との前提に立って、こう解釈したわけである。蝶夢の立場が「世の人の褒貶にかゝはらず」（A）であったのは、芭蕉の言「他の是非をとらず」に従っていたからである。「あまれる」心とは、まさにあふれ出る心、内発する心であろう。「あまれる」心を詠むのが「みづから」の「怡悦」となる——蝶夢はこう解説しつつ、結びとなる文面であるD・Fの強調へと移って行った。書簡で誰に対しても「自己の楽しみを」と力強く説いていた論拠が、まさしくここにある。

「心にあまれるを」という語句は、蝶夢の言説としては〝内発性〟の語意にもっとも近い表現である。ただし、これを未熟と見てはなるまい。この状態こそが蝶夢の表現理念だったと解すべきであろう。『芭蕉翁三等之文』には、芭蕉の遺語の解説というかたちをとりつつ、蝶夢が到達した表現理念がほぼ尽くされている[11]。

また同書には、「誹諧の道は……歌にいふ人の心をたねとするなるに」と述べる部分がある。言うまでもなく、古今集仮名序によっている。また『双林寺物語』においても、俳諧の理念がこの「人の心を種として」の部分にもとづくことを説いている。蝶夢は、自ら思索し続けるうちに、〝自発性〟の根拠を芭蕉の遺語と古今仮名序に得て、自らの理念としたのであろう。Bの「生とし生ける物のたぐひにものいはせたらん」も、言うまでもなく古今序によっている（梨一の触発もあろうが）。

安永天明期の俳書の中に、用例はさほど多くはないが、「心の俳諧」という語を見ることがある。「詞の俳諧」という語と一対でこの時代の俳諧の二潮流を説明してくれ、まことに適切である。蝶夢の文業を、伴蒿蹊はこの「心の俳諧」の語で評していた（蝶夢和尚文集序）。

五　蝶夢が考えた「まこと」

蒿蹊の言をまつまでもなく、「心の俳諧」という語にかなう最たる人が蝶夢であった。それほどに、蝶夢の表現理念は、著しく「心」の在り方に傾くものであった。この傾斜した思考は、実作の場において、「詞」の側面への配慮について相対的な低下をもたらした。

比叡山の五智院に宿り、琵琶湖に映る名月の美しさに法悦を覚えた蝶夢は、

よべまでも見しはうき世の月なりし

と詠み、その句を、

野子生涯の感慨四五度の句に存候。句のよしあしは例の俗耳の及ぶべきならず、たゞ自証の句にて候。（薯蕷飯の文）

と振り返る。「自証」は自分で悟ること。蝶夢は、己れの感動体験の深さを何よりも先行させ、巧拙を度外視する（確かにこの句は、感慨の吐露にとどまっている）。つまり、言語化される前の心の内の問題、すなわち、感情が生起した瞬間の純度が絶対化されるのである。こうなると、言語化については二次的な意義しか与えられないことになる。〈表現の巧み〉を遠ざけることにもなる。例えば、次のように言った。

句の拙きをはづべからず。心の誠なきこそはづかしけれ。世の人、只巧拙の間に眼をかぎり、詞に花を咲《さか》せ、

面白《おもしろく》云出せるを此道の達人と思ふぞ、いと本意なし。（「蝶夢訪問記」に記された風葉への教訓―明和六年）

〈表現の巧み〉は、しばしば趣向の面白さとして現れる。しかし蝶夢は、その趣向のけざやかさを好まなかった。(12)趣向について懐疑的になっている。このことは、

一句すべて実に落て、虚なる処なし。（升六の可笛宛書簡）

もはら実をもとゝして詞花言葉の彩を願ざれば、傍にはまた謗る人も有けるとぞ。（石の光・方広序）

かりにも虚麗のこと葉をかざらず。（日兄の月・瓦全の文）

との、当代人の蝶夢評でも裏づけられよう。

ところで、蝶夢にとって、「心の誠」とはどういうことなのか。これを理解するために、次の記事は重要な手がかりになる。蝶夢が自句を「まこと」と評するのは、まったくもって、この一例だけだから。

青梅や仰げば口に酢のたまる

たゞまことをもはらとして、口とく法楽の心をのべ奉るのみ也。（宰府記行）

太宰府天満宮の飛梅の前での詠である。神の恵みを得た喜びを端的に述べるには、「たゞまことをもはらと」する作法がふさわしかった。ここで「まこと」というのは、純粋な感動体験に忠実に寄り添ったことを指す。すなわち、青梅を見て無意識の内に唾液が分泌したのを感じた。条件反射による生理現象に過ぎぬが、蝶夢はこのささやかなショック、内から起きる軽い衝撃に驚き、不思議だった。思いがけなかっただけに、その驚きに一種の純粋さを見た。よって、その微妙な感動を、巧みを凝らさぬままで素直に言語化した。この一連の精神活動が「まこと」なのである。

このような句もある。

むすぶ手の袂《たもと》へつたふ清水哉（蝶夢書簡421・魯白宛）

「青梅や」の句と同じく、外界から加えられた軽い刺激の実体験を詠む。すくいとった水が、指の間からもれて下膊へ流れてきたのである。両句は、その刺激を味覚（酸味）や触覚（冷感）として受容したわけだが、感覚による反応は意志の作用と異なりおのずから内に起きる。そして身体を通すことで、主体の実在をもっとも敏感に自覚させる。それゆえに、主体性にこだわり始めた蝶夢は、これらの体験をことのほか新鮮に感じ、それに忠実に従ったのである。よって、その句に価値を認めることになる。

このように見てくると、安永天明期俳諧の特色の一とされる感覚性が、こうした素朴な表現の喜びに端を発していたことに気付かされる。感覚を通して受け入れた何かによって己れの内に一定の反応を得る、その心が動いたという事実を端直に言語化する――蝶夢の新しい表現理念の形成は、このあたりから出発したらしい。喜びや悲しみの感情もしばしば身体の感覚を伴う。胸が熱くなったり、体から力が抜けたり……。やがて、感情一般が、あたかも口腔内にわき出た酸味のように、己れの内部から立ち現れる現象として意識され、次第に自覚的になり、やがて新しい表現理念となっていった。このようにして生まれたらしい表現の機巧は、外界の美しさの受容に際して、とくに敏感な反応として働くことになる。

朝露や木の間にたるゝ蜘《くも》の囲《あみ》（加佐里那止）

月さすや髭のきらめくきり〴〵す（蝶夢書簡400・魯白宛）

この二句の繊細な美しさはどうだろう、この期俳諧の代表作に加えるに足る佳品である。

ところがである。この両句が、蝶夢が整えた複数の句集のいずれにも見えないのである。現代の私たちがその感性を評価するのに、当の蝶夢は、言語化された作品を忘れ得ぬほどには心に刻んでいなかった、みずみずしい感動を体験できた、その段階で十分に満足していて――ということであろうか。「心」の次元と「詞」の次元との間には、それほどの隔たりがあるものか。(13)でも蝶夢は、新しい文芸の在り方を模索していたのである。新しい思想の誕生に際しては、ウブであるがゆえの無骨な思考があるのかも知れない。それにしても、佳句が記憶に残らぬとは。

ともあれ蝶夢には、先に述べたように、趣向を遠ざける傾向があった。また蝶夢の発句では、縁語・掛詞の使用が極端に少なくなる。つまり古典的修辞法をも遠ざけるのである。(14)備中の二万《にま》の里に来て蝶夢は、

麦の秋二万のさと人手がたらじ

と詠み、

古歌のよせばかりにや、おもふ事いはぬも例の腹ふくるゝもすべなければ。（宰府記行）

と説明していた。この句は、「みつぎ物運ぶよぼろを数ふれば二万の郷人かずそひにけり」（金葉和歌集）を意識しつつ、農繁期の農民の労苦の現実を詠んだもの。「よせ」とは縁語のこと。「古歌のよせばかりにや」の反語表現には、古歌の発想に対峙しようとの蝶夢の姿勢がうかがえる（「二万」の掛詞の気味は許容したか）。趣向や古典的修辞法や古典的発想が、感情の〝内発性〟の重視と両立しづらい関係にあるのは言うまでもない。(15)つまり蝶夢の創作活動においては、「心」を重んじるの余りに「詞」を相対的に軽んじる傾向、(16)言語表現面の二次化があった、と認められよう。蝶夢の次の文は示唆的である。

寛政の今の時は、芭蕉翁の俳諧行れて心を先にし詞をもとめずなりぬれば、……（水鷹刈序）

「詞の巧みを求めず」のつもりであったはずだが。

六　『三冊子』との出会い

第四・第五節において、蝶夢の新しい表現理念を析出した。この節においては、その新しい理念の成立過程を推測してみたい。今の段階で分かるのは、以下のようなことである。

蝶夢の俳論を通読してまず気付くのは、今日の我々が蕉風俳論の本質をさす語として使う「風雅のまこと」という成語を、すでに用いていることである。初めて現れるのは、安永三年（一七七四）二月の「芭蕉翁発句集序」である。

（芭蕉以前は）たゞ句ごとに狂言をもとゝして風雅のまことをしらず。さるを芭蕉翁世に出て、誹諧の道なる事を自得し、句ごとに風雅のまことをあらはせしより、誹諧の風躰さだまりぬとかや。

ここでは、芭蕉とそれ以前との違いを、「風雅のまこと」の有無という簡潔な指摘で、鋭く切り分けて見せた。「風雅のまこと」をこそ蕉風の本質と見なすのであり、その点において我々の蕉風観と異ならない。

同時代の俳論書を見渡しても、「風雅のまこと」の成語に着目したものは皆無である。それどころか、「まこと」を蕉風俳諧の本質的問題として正面からとりあげた俳論書も皆無である。それはおそらく、「まこと」が論ずるまでもない重要タームとして使われていたからであろう。「まこと」は、「誠」とも「実」とも書く。支考は『続五論』（元禄十二年刊）の冒頭で「淋しきは風雅の実なり」と揚言した。このように「実」は、支麦系俳論を中心にして、「華」の、また「虚」の対義語として多用されて行く。詩歌の表現面に対する内容面が、「実」の語で説かれるようになる。重要性が誰にも周知された結果、蕉風の「まこと」の内実についての関心は薄れるようになる。

蝶夢は、この「まこと」の語の内実を、自分なりにより深く究めてみようとしたのだろう。成語「風雅のまこと」の深意について、心を新たにして向かい合った最初の人が蝶夢だった、と言える。つまり蕉風俳諧の本質についての、新たな意識化が始まったのである。蝶夢の文章で、「風雅のまこと」また「誠」「まこと」の用例はさほど多くない(17)。蝶夢が慎重に使おうとして、濫用をつとめて避けたように見える。ここに、蝶夢のこの語に寄せる思いがうかがえる。

ところで「風雅のまこと」は、周知のように芭蕉その人が使った成語である。蝶夢がこの成語をとどめる『三冊子』に接したのはいつだったのか。伊賀上野に、

此書者伊賀上野蓑虫庵土芳往昔
祖翁在世之時面授口決之数条筆記者也則彼地築山何某授予所也
明和戌年秋七月門人麦雨令写者也
洛蝶夢所持

という奥書をもつ、『わすれ水（内容本文は赤冊子）』の転写本（沖森文庫四〇『由璉筆俳諧雑掌』の内）が残る。その冒頭に、

師の風雅に万代不易あり。一時の変化あり。此二ツに究《きわまり》、其本一也。其一とは風雅の実也。

とあり、次の丁には、

高く心をさとりて俗に帰るべし、との教なり。常に風雅の誠をせめさとりて、今なす処、俳諧に帰るべし、と云る也。

と見える。芭蕉資料の探索に努めていた蝶夢は、明和三年（一七六六）七月頃には上野でこの成語に出合っていた。時に三十五歳。蝶夢は、安永六年（一七七七）刊の『蕉門俳諧語録』の編纂に際し、これを採録した。次のようにである。

土芳曰、師の風雅に万代不易あり。一時の変化あり。この二ツに究りて、其本は一ツなり。其一ツといふはふうがの実なり。（上・不易流行の事）

翁曰、高く心をさとりて俗にかへるべし。常に風雅の誠をせめさとりて、今なす所、誹諧に帰るべし。（下・

雑談）

「風雅のまこと」の「まこと」が「実」と表記されていても、蝶夢に抵抗はなかったのである。赤冊子の冒頭部では「誠」の語が多用されている。著名な「松の事は松に習へ」の諭しもある。『三冊子』の零本で芭蕉の生きた言葉に触れ、蝶夢の受けた衝撃は大きかったろう。その感動の中で蝶夢は、「まこと」についての思索を深めていった、と思われる。蝶夢が「まこと」に深く意を寄せた事実は、「神儒仏はいふに及ず、かりそめの詞花言葉の上にも究竟は実の一字にとゞまりぬ」（芭蕉翁三等之文）と言い切っているのでも察し得る。

さてその『わすれ水（赤冊子）』体験は、明和五年六月に脱稿した蝶夢の俳論書『門のかをり』に反映したのであろうか。確かめると、まだ「風雅のまこと」の成語は現れず、「真」や「実」を含む二字語で「まこと」が多用されたのである。そこに、蝶夢の「まこと」への関心の始まりを見る。

風雅の真趣をあからさまに述る事なり。

俳諧の風雅の真趣を述るとは、たとはゞ……

俳諧の風雅の真趣を述るとはいふなるべし。

この三例の「風雅の真趣」は、『わすれ水（赤冊子）』の「風雅の実」「風雅の誠」をより分かりやすい用語にしようと、自己流に小さな改変を試みたものだろう。他に次の語も見える。

まことの風雅の真龍を見せましかば……

俳諧の実境に入る事覚束なし。

風雅の実地を踏たがへて……

これらの多様な「まこと」の表現は、芭蕉の説く「風雅のまこと」の内実を十分に理解し得ぬままに、その理念を何とか取り込もうと苦心する蝶夢の姿を伝える。このような探求の末に、蝶夢は〝内発する情〟を見出すに至るのだろう。落着を得た安永三年の「芭蕉翁発句集序」では、「風雅のまこと」が文脈にとけこみ、安定して見事に使いこなされたのである。「まこと」を仮名表記にして。

太宰府で詠んだ青梅の句を、蝶夢は「まこと」の語で評した（第五節参照）。明和八年のことである。とするとすでにこの時、蝶夢がこの語に深い心を寄せて使っていたことに気付かされる。その折の心境を、「法楽の心をのべ奉るのみ」と説明したのも注意される。蝶夢は、僧として神域の霊気に心ひかれる中で、「まこと」の句を詠んでいたのである。

蝶夢は、芭蕉書簡中の「方寸」の語に註して、「方寸は一身の中、六識の君たれば、心王ともいふなり。万物に感じて風雅の情の動く根本なり」（芭蕉翁三等之文）と説く。「心王」「根本」の語に、主体の根底に在るものの重さに、深く思いを致す姿を見る。

七　影響関係にある二人

蝶夢の表現理念の形成に影響を与えた者に、越前丸岡の蓑笠庵梨一（一七一四—八三）がいる。学殖ある梨一は、永年考究して大部な俳論書『もとの清水』を著し、その稿本を蝶夢に託した。蝶夢への深い信頼から出たものである。蝶夢もまた梨一に篤い敬意を抱いていた。蝶夢から『もとの清水』を借りて書写した去何は、その本（綿屋文庫一七〇・八二）の奥書に、病臥していた蝶夢が書架から出させて、「不執心の人には遠慮せよと仰られしぞ」と記している。この蝶夢の語気は、『三冊子』の一本（沖森文庫一二五）の奥書に「人の信によりて見すべきもの也」と記したのと同じ特別視を感じさせ、そこに蝶夢の『もとの清水』への尊重の念を察し得る。

この書の成立は、自序を認めた明和四年秋からさほど遡るものではあるまい。成立直後に梨一は蝶夢に預けたの(18)

で、この書の内容は、蝶夢の『門のかをり』やその後の俳論熟成に、一定の影響を与えたと考えてよい。『もとの清水』の冒頭の段「誹諧大意」は、「凡生とし生るものかならず情あり、情あれば感あり。……」との揚言から始まる。これは、『門のかをり』の白眉であるBの「生とし生ける物……」を誘い出したと考え得る。さらに重要なのは、この「誹諧大意」が、俳諧に遊ぶ者を三等に分けて評した芭蕉書簡を取り上げ、これを論じて閉じられることである。言うまでもなくこの書簡は、蝶夢の『芭蕉翁三等之文』において詳しい解説が与えられた。先にも述べたように、これこそ蝶夢の最重要著作の一であり、安永天明期の文芸論として見逃せぬ価値を有する。また『もとの清水』上巻の末には、人心の個別性についての言及もある。梨一の蝶夢への影響については詳細な検討を要するが、この明和四年の時点で、蝶夢が梨一と熱をこめて語り合い、多くを得ていたことは疑いない。

それでは逆に、蝶夢の表現理念からもっとも影響を受けた俳人は誰であろうか。資料による裏付けを得ないが、おそらくそれは、江戸を中心に活躍した加舎白雄（一七三八―九一）であろう。

安永八年（一七七九）春すでに、

万象をよんで自己とすべし。自己をはこんで万象とすることなかれ。（誹諧寂栞稿本）

と、主体優位の立場を闡明している。(19) ここに使われた「自己」という語は、蝶夢に多用が見られた。明和八年（一七七一）、白雄は半年近く京都に滞在し、蝶夢とも交わっていたのである。

八　詩歌壇全体の動向か

以上、蝶夢の表現理念の新しさをめぐって縷々述べてきたが、ここで同時代の詩歌壇全般に眼を移してみる。蝶夢の新たな表現理念は、その言語化の洗練には多少の歳月を要するとしても、原型は明和中期までに成っていたと推定される。思えば、京の詩人たちが郊外散策を好み始めた時期も、ちょうどこの頃[20]であった。題詠によらぬ、実際に野に出て詠む郊行詩の盛行の背景に、実景実情を求める主体意識の高まりがあり、蝶夢の新理念がこれと軌を一にするのは疑いない。蝶夢は、六如・皆川淇園など多くの文人と交わった。その実態は『蝶夢全集』の解説に譲るとして、俳壇のみならず詩壇・歌壇にわたる様式横断の交流だったのは、とくに注意を要する。そこでは俳諧・漢詩・和歌という壁がはずされ、詩歌としての一体感すら在ったようである[21]。そこに文芸理念の共有が生じていても不思議ではない。

先に蝶夢が「霞をあはれみ露をかなしむの風情」という措辞を多用することを指摘したが、その多用は、この措辞が詩にも和歌にも通用することを意識してのことだった。「石山寺奉燈願文」では、この措辞に続けて、自分は詩や和歌について「つらぬべき文字をしらねば、よのつねいひもてなれし言葉のまゝなる、俳諧といふことをさえづりもて思をのべ」たと述懐している。蝶夢にとって俳諧の発句は、詩・和歌と同格の主体表出の手段だったのである。蝶夢は、このような詩歌観をもって詩人・歌人と交わり、相手方もまた、そのような詩歌観に立って蝶夢を遇したと思われる。蝶夢の表現理念は、おのずから詩人・歌人の間にも伝播して行ったろう。小沢蘆庵へも、親友の伴蒿蹊を介して伝わっていたはずである。

私は、俳・詩・歌を含む広い範囲の詩歌壇において、明和・安永頃から新たな文芸思潮が兆し始めたのではあるまいか、との思いをめぐらす。その内の一つが、蝶夢による蕉風復興運動の狼煙[22]であったのか、と。私は、この蕉風復興運動に永く関心をいだいてきた。宝暦末から顕著化するこの文学運動が、単に俳諧にとどまらぬ文壇全体の気運に微妙に連動していたことを知り、感慨が深い。

私はこの運動について、運動を推進した思想の中核に「情」の重視がすえられていた、とかつて指摘したことがある[23]。それがここに至り、その「情」も、運動のリーダーである蝶夢において、個々人において〝内発する情〟として意識されていたことが明らかになった。この事実は、運動の性格を理解するうえで、見逃せぬ意義をもつ。

このことは、蝶夢の芭蕉理解の問題としても重要である。蝶夢は、第三節で挙げたCの記事に見るように、芭蕉の「風雅のまこと」を「此世さまのよろづにつけても情深」いことと認識していた。これを「思いやる心」[24]と言い換えてもよいわけだが、ここで蝶夢がいう「情」は当然に内発するそれであるはずである。蝶夢が、芭蕉は〝内発する情〟を説いていた、と考えていたことは、これまた留意されねばなるまい。

この「情」の〝内発性〟の意識化の俳壇全体への波及や浸透については、現在の私は十分に答えられない。地方の小俳書に感覚性に富んだ佳句を見ることもある、としか言えない。ともかく、近世後期の俳諧については、一茶などごく一部を除くと研究の遅れが甚だしい。今ここでは、この内発性云々を、俳諧史・発句史の問題としてではなく、詩歌史全体の問題として理解しておくことにしよう。俳諧が他様式へ影響を与えることも多い[25]のだから。それにしても、後期俳諧の研究の進展が願われる。

九　詩歌史でのパラダイム転換

蝶夢の表現理念をめぐっては、いま一つ重要なことが残っていた。それは、言語表現面についての相対的な軽視という問題である。これについて私は、歴史の転換期においてしばしば見受けられる、長く続いた価値観の転倒、これによって生じる特定分野の空白状態を示す現象ではあるまいか、と疑うのである。感情や認識の〝内発性〟を〈言葉の巧み〉の上位に置くということは、日本の詩歌史において、表現理念についての枠組みが変わる、ということである。すなわち、詩歌におけるパラダイムの転換が起き始めていた、と考えられる。

嘯山・蕪村と蝶夢の絶交はなぜ生じたのか。蕪村は、蝶夢らの影響を受けて実景・実情の理念を多少受け入れ[26]、いわゆる蕪村調を生んだが、本質的には趣向第一主義にとどまった。表現理念の展開の時間軸の中に置くなら、蕪村は伝統の末端にあり、蝶夢は新興の先端に在ることになる。蕪村・蝶夢を中に置いてその前後を配し、表現理念の構造的特質の変遷状況を、私が描いたイメージにもとづいて模式図に示すと、おおよそ次のようになる。

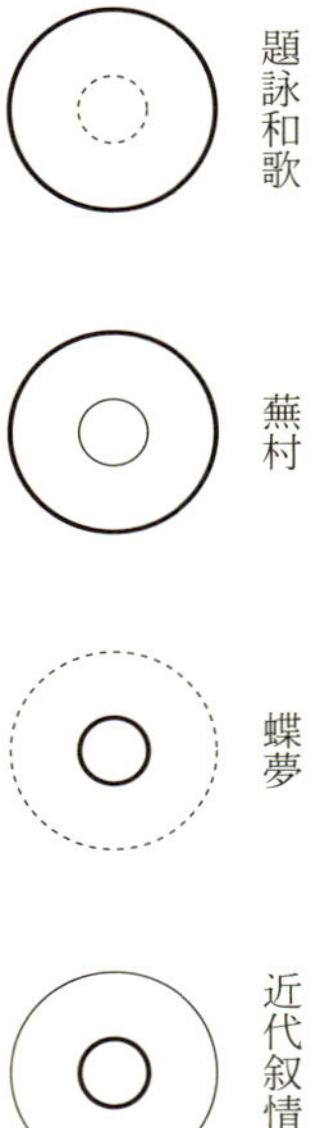

一番上は、量産される平凡な題詠和歌である。言語表現を巧むものの、内容としての情はお定まりの「本情」ですませる。二番目は蕪村。実情にも配意するが、趣向の料にとどまる。[27] 三番目は蝶夢。何よりも実情を重んじ、言語表現への関心が薄い。最後は近代の叙情詩。感動が主題となり、その主題に応じて構成などを確かにし、言語表現を磨く。概念的に過ぎるが、日本詩歌史を考えるなら、蝶夢の〈内発する情の重視と表現面の淡泊さ〉に象徴される言語表現上の空白期[28]があって、そこを転換点として近代へ向かう、という事実が在り得た蓋然性を、ここで考慮すべきように思われる。

先に新たな文芸思潮が兆したかと述べたが、それは顕在化し得ぬ状態であったかも知れない。木下幸文《たかふみ》の『亮々《さやさや》遺稿』に収まる「貧窮百首」は、文化四・五年の詠ながら実情あふれる点で異色である。幸文は、寛政度に澄月・慈延に師事している。澄月も慈延も蝶夢と親しい。京の歌壇での修学あってこその新風であろう。幸文は、

今よむ歌は、けふのわが情とい(をカ)ふ事と心得て……たゞその感ずるまごゝろのかぎりをよみ出べき也。感ずるまゝのおのづから口に言出らるゝなれば、其間に何くれの趣向をおもひめぐらすいとまは侍らぬこと

なり[29]。

と訴えていた。

知られるように、香川景樹は「趣向の穿鑿をやめて、たゞ誠実のおもひを詠出る」（歌学提要）と述べた[補註]。何と幸文の言葉に似ていることだろう。しかしここでは、両者の直接的な影響関係を考えるより、源を同じくするゆえの類似と解する方がよいのではあるまいか。小沢蘆庵の歌論についても、同様に理解すべきではなかろうか。香川景樹はまた、「名所なりとて、いまだ見ぬ境を詠るはいとも浮たる事なりかし」と、名所を詠むについても蝶夢と同じ考えに立っている。詩歌史のおもむく方向は定まっており、一進一退を繰り返しながら、パラダイムはゆるやかに転換して行ったのだろう。若き日の蝶夢は、あるべき新しい表現を模索しつつ、そのとば口にいたわけである。

十　日本近世の自我意識

前節において、パラダイムの転換ということを、一つの仮説として提示した。私は永く、〈近世文芸に現れる近代性の萌芽〉という問題にも心を寄せてきた。今や近代に絶対的優位を認める者はいない。しかし、近代について考えることは必要だ。日本にも近代と呼ばれる時代とその文化があったのは、否定できない事実なのだから。詩歌においてこのことを考える際には、正岡子規の言説を越えることが求められよう。その偉大な功績に惑わされずに、江戸時代の事実をまず確かめねばなるまい[30]。この仮説も、その試みの一つである。蝶夢の新しい表現理念は、近代日本人の自我意識（今はその意義も揺らいでいるが）の特性とその形成過程を知りたい者に、一つの手がかりを与える、と思うのである。

蝶夢の新たな表現理念の背景としては、儒学界の新動向も注意すべきと思うが、私は及び得ない。中野三敏氏が近時「近世的自我」という語で説くように、主体性の強まりは、広く顕著に兆し始めていた。例えば、白雄の名句「ひと恋し火とぼしころをさくらちる」（安永五年初稿・天明中改稿）や蕪村の立言「得たきものはしゐて得るがよし。見たきものはつとめて見るがよし」(31)（新花摘、安永六年初稿）(32)もその一証であろう。中野氏は、この気運を促した契機として陽明学左派の思潮を指摘し、それが宝暦度の上方にも及んでいたとする。(33)この他に、蝶夢が親しかった皆川淇園の思想にも配意しておくべきだろう。(34)

最後に、ここにいたる考察の中で得た私見を、次に、いくつか記しておく。

イ、蝶夢に代表される安永天明期俳諧の発句は、近代俳句の源流と認めてよいのではないか。内発的感情の重視、詠句の生活への取り込みなどの点で。この時代、発句について、連句の第一句であることを離れた、独立した様式としての存在意義につき、次第に意識的になってくる。(35)

ロ、一茶は、突出した個性として理解するより、蝶夢に代表される新しい俳諧の流れに在る、と考えるべきではなかろうか。生活に根ざし「息を吐く」ように詠む多作傾向、小動物を多く詠むような生命尊重思想、それに社会的弱者への思いから出た経世的関心の強さ、(36)この三点は両者に共通する。

ハ、芭蕉については、それに至る俳諧の革新者という捉え方の他に、後世の詩歌の遠祖として見て、その後世との連続性を学術的に厳密に析出することも必要ではないか。蝶夢は、あるべき俳諧の祖として芭蕉を顕彰したのだから。

ニ、蕉風俳諧の本質を「さび」とする従来の認識は、滑稽を楽しむことに始まる俳諧の表現面に対し、詩歌としての内容面をより重視するための手段として成立したのではないか。支考の説く「淋しき」なども作用して。

ホ、日本の詩歌全般については、この時代を一つの転換点と捉えることにより、複数の様式を含む通史の構成を模索できるのではないか。「趣向」という語は、〈言葉の巧み〉の問題として和歌の延長線上にあり、かつまた、表現にかかわる語でありながら、語義自体に自我の問題を内包している。この語の近世的性格を解くのが鍵になろうか。

へ、蝶夢たちの俳論が十八、九世紀頃の西欧の詩論に酷似することは、注意を要するのではなかろうか。イギリスのW・ワーズワースの『抒情民謡集』第二版の序文では、蝶夢とそっくりに、内発する感情を表現して得る悦び、日常的な素材や日常語の重視を説き、擬人法などの伝統的技法や雅語の排除を訴えている(37)。一八〇一年（享和元）刊で、時代も同じい。かつて想像力の重視や郊外散策を好む自然志向が東西軌を一にする事実を指摘したが(38)、これらの類似は、相互の影響関係だけに限定する比較文学の方法を越えて、世界文学史の一環としての日本文学を考える端緒となり得るのではなかろうか（古代から現代までの作品を備える日本文学は、人類がたどった文学生活を考察する素材の一となり得よう）。

ト、内発する感情の重視は、やがて主題意識の生成を促すものとして、近世文学全般に関連してくるのではなかろうか。趣向が担った作品統括力が次第に主題へ移し換えられる、と考えてみると。

以上、言わずもがなの、私的な覚え書をいたずらに掲げてしまった。どうか、お許しを乞う。

（1）田中道雄『蕉風復興運動と蕪村』（岩波書店、二〇〇〇年）二二一頁。
（2）『中村幸彦著述集』第一巻（中央公論社、一九八二年）二七八頁。
（3）田中道雄「文人僧蝶夢」（『蝶夢全集』解説）七八三頁参照。
（4）註（1）拙著第五章参照。
（5）「物のあはれ」の語は、本居宣長以前にも使われていた。日野龍夫氏指摘（『国語国文』四八巻三号）。
（6）『双林寺物語』でも「生としいけるもの〻、いづれか……」を引く。
（7）実体の奥にある本質的価値に留意するのは、皆川淇園の儒学における「紀」の観念の影響か。

（8）『双林寺物語』『芭蕉翁三等之文』「石山寺奉燈願文」など。他に「無公子句集序」と「庭の木のは序」にも見える。
（9）明和七年に成った伴蒿蹊の歌論『国歌私言』に、「風雅の情はいかにといふに……すべて風のそよとふき、露のうち散にも心をうごかし、ものゝ哀をしる心ばへ成べし」とあり、本居宣長の『石上私淑言』に「めでたき花を見、さやかなる月にむかひて、あはれと情《ココロ》の感《ウゴ》く、すなはち是、物のあはれをしる也」とある。影響関係とは別に、蝶夢との微妙な差が興味深い。
（10）蝶夢は、この書簡中の俳諧三等の論の全文を、『蕉門俳諧語録』にも採録している。
（11）『芭蕉翁三等之文』の蝶夢の注釈の成立は天明度中葉と推定するが、刊行は没後の寛政十年。可笛・五明の序につくと、生前から出版の意図があったようにも見える。
（12）勝部青魚の「近年の句の趣向は論ぜず、只口気《クチブリ》を芭蕉らしく作る事を好み、田舎めきたる詞をつかひて」（剪燈随筆）との評は、蝶夢を指すのではないが、一面当たっている。
（13）現在活躍中の詩人の、次の発言を寓目した。

「これが手だ」と、「手」といふ名辞を口にする前に感じてゐる手、その手が深く感じられてゐればよい。

ものを書く人間は、言葉を待っている。けれど、ここでいわれていることは、やって来る言葉の手前の段階、言葉になる以前の状態のことだ。書き手は、言葉を、待っているにもかかわらず、いっそう大事なことはそれよりも手前の段階にあるのだ。（蜂飼耳『おいしそうな草』（岩波書店、二〇一四年）四三頁）

最初の一行は中原中也の評論の一節。蝶夢が自得した表現理念は、これらに連続するところがある、と言える。
（14）嘯山も、『雅文せうそこ』で、芭蕉の秀句の特徴の一に「云カケモナク」を挙げている。「云カケ」は掛詞。
（15）蝶夢は『門のかをり』で、詩語・歌語が庶民に通じず、それゆえ感動を与えぬことを指摘している。
（16）本居宣長の「実情ヲアリノマヽニノブルトハ云モノノ、詞モ風情モズイブン工夫シテ、思慮ヲメグラシ、ウルハシクツヾクル……」（排蘆小船）と比較して、蝶夢の説く情は激しい。
（17）「風雅のまこと」は、他には『芭蕉翁三等之文』で一回（C）使われるのみ。「誠」「まこと」は「芭蕉翁文集序」で四回使うのが目立つほど。「まことの道」の用例が「道の枝折序」・『双林寺物語』に、「誠の誹諧の正風躰」が「蕉門俳諧語録序」に見える程度である。「実景」「実情」も無きに等しい。

(18) 天明元年五月の『もとの清水』の蝶夢序に、預かってから一五年立つことを記す。明和四年から一五年目に当たる。
(19) 註(1)拙著一五五頁。同三七〇頁も参照。
(20) 註(1)拙著七五頁。
(21) 六如の伴蒿蹊に宛てた書簡は興味深い。山上から京の夜景を見て詠んだ詩を贈り、「もし御心もむき候はゞ、歌にて此詩のこゝろを御よみ被遣可被下候」と詠歌をすすめる(思文閣古書資料目録二三一号)。
(22) 蝶夢は、明和三年暮れに帰白院住職を辞し、翌四年三月の『丁亥墨直し』序で、蕉風復興の理念をつよく訴える。本書第六論文を参照。
(23) 註(1)拙著一三三頁。
(24) 註(1)拙著第七章参照。
(25) 大谷篤蔵氏は、俳諧が近世文芸全般の基層に在ることをたびたび語っておられた。
(26) 註(1)拙著第一章参照。
(27) 註(1)拙著第十章参照。三六八頁の考察は、この模式図の理解を助けよう。
(28) これを定義すると、趣向や古典的修辞など、旧来の表現理念における価値を意識的に避けたり拒んだりしている時期、となろうか。
(29) 兼清正徳『木下幸文傳の研究』(風間書房、一九七四年)二六三頁。
(30) この観点から、近く私が刺激を受けたものに、浜田啓介「幕末の写生歌」(『近世文学・伝達と様式に関する私見』〈京都大学学術出版会、二〇一〇年〉収)、今泉恂之介『子規は何を葬ったのか　空白の俳句史百年』(新潮社、二〇一一年)がある。
(31) 中野三敏『江戸文化再考』(笠間書院、二〇一二年)他。
(32) 蕪村については、尾形仂氏の「北寿老仙をいたむ」安永六年成立説(岩波文庫『蕪村俳句集』解説)も考慮に値する。
(33) 中野三敏「近世に於ける李卓吾受容のあらまし」(『国語と国文学』八八巻六号)。
(34) 註(7)、また註(1)拙著三五〇頁を参照。

(35) 許六宛去来書簡に、密かに作句していたことを人に洩らし、「自分のたのしみ」を失ったと悔やむ老女の話が出る。蝶夢は、このような私生活的営為とみなす発句観を本来的なものと認識し、前面に押し出そうとした、と言える。元禄との差である。連句の第一句であるには、「如何にも長高く」(至宝抄)と説かれたように、ある種の格調を帯びねばならない。一個人の私的心境を吐露する場合、その束縛がいとわしくなる、ということか。
(36) 一茶については、青木美智男『小林一茶　時代を詠んだ俳諧師』(岩波新書、二〇一三年)に示唆を得た。
(37) 世界文学大系『文学論集』(筑摩書房、一九六五年)所収の前川俊一訳による第二版本文によった。また、岡地嶺訳『十九世紀英米詩論集』(文修堂、一九六九年)所収の最終決定稿の訳文を参照した。
(38) 註(1)拙著二五八頁および八二頁。

補註　佐賀県立図書館鍋島文庫蔵の『梅月堂謌の多津喜』に、

趣向を立る事は唯其題の実景をよく〳〵思ひ廻らすべく候。……偏に趣向は外に求めず、実景実情を深く思へば、自然にさま〴〵の趣向もうかぶものに候。

という香川景柄の言葉《もと》が見える。寛政四年(一八九二)三月の序によれば、佐賀の山領利昌(師言)の求めに応じて書き与えたもの。この時点で既に、趣向の二義化が地方にまで及ぶことが知れる。

〔右に関連する追加の論考〕

〝自然《じねん》に出《いづ》る〟こそが内実——「風雅のまこと」を解く

私は、二〇二三年十月八日（本書の入稿直後）、蝶夢が住持した帰白院（京都市上京区阿弥陀寺内）に詣でた。その折の御住職・藤堂俊英師（知恩院浄土宗学研究所主任）との懇談の中で、師が、蝶夢の発句に関わる「梅が酸い」という言辞が、仏典に出ることを示唆された。帰宅後改めてお教えを乞うたところ、多くのコピーを添え、二回にわたる懇切なお手紙を賜った。そこで、学び得たことを次に述べる。

「梅が酸い」という言辞は、法然（一一三三—一二一二）の「菓子の中にす（酸）き物あり」という言辞を、「梅トキケバ酸キ徳アリ」と解して拡まっていったようだ。これにはまた、中国の故事が関わっていた。『西要抄』（証賢著、一三二二年頃成）に「たとへば、つかれたりしつはもの〻梅のすき事をき〻て喉うる（潤）ひわたりしがごとく」とあるが、この部分を江戸時代の湛澄（正徳二年〈一七一二〉没）は、

むかし魏の武帝、軍《いくさ》に出て道にまよひぬ。士卒みなつかれ（喉の）かはきて、のまんとするに水なし。曹操（武帝）下知していはく、「今すこしす〻め。さきに大なる梅の林あり。その子《み》あまくしてす（酸）し。とりて渇をやむべし」といふを聞て、つはものどもあらそひはしりて、それをのぞむ時、おのづから口の中に津（唾と同意）出たり。（『西要抄諺註』）

と説明し、その故事の出典も記している。

これを見ると、「おのづから口の中に津出たり」というのは、『宰府記行』の蝶夢の句、

青梅や仰げば口に酢のたまる

の発想に全く符号する。蝶夢が浄土宗仏書に出る言辞と知ってこの句を詠んでいたことは、法然の用例にもどれば、ただちに了解できる。次は、円智（正平十二年〈一三五七〉没）が編み江戸時代の義山（享保二年〈一七一七〉没）が注釈を加えた『円光大師行状画図翼賛』の記事である（同文が『黒谷上人語灯録』にも出る）。冒頭の「又云」は、前出の「上人つねに仰られける御詞」を受けている。

又云。法爾《に》の道理と云事あり。ほのほは空にのぼり、水はくだりざまにながる。菓子の中に、す（酸）き物ありあまき物あり。これらはみな法爾の道理なり。阿弥陀仏の本願は、名号をもて罪悪の衆生をみちびかんとちかひ給たれば、たゞ一向に念仏だにも申せば、仏の来迎は法爾の道理にてうたがひなし。

●宗円記《ニ》四云《フ》、法爾者《ト》、爾《ハ》此也。謂《ク》、不レ構《シテ》二造《セ》其《ノ》法一《ヲ》自《オ》如レ《シ》此《ノ》、猶レ《ヲ》云二《カ》自然一《ト》也。巧マズシテ自ラカクゾトナリ。

●来迎ハ、念仏ニツキタル徳分ニテ唱フレバ自然ニアルナリ。只アルゾト知テ申ヲ本意トス。中シナガラモイカヾトハ思フベカラズ。イカ程モ願フハヨシ、不定ニ思フハ僻事《ヒガゴト》ナリトゾ。梅トキケバ酸キ徳アリ、ミナ自然ノ徳用ナリ。

この一項は、仏教教理を説く用語「法爾道理」をかみくだいて教えようとするもので、ここでは端的に仏の来迎を得ることに結びつけている。「法爾」の語義は、義山が加えた宋の了然著の『宗円記』の解説によってさらに明快になる。「爾」は「此」と同義だから、「法爾」とは、大切なことの法（てだて）はすべて爾（これ）として在る、すなわち「おのづからかくのごとし」（江戸時代の関通の『燧嚢俚語』の説明）ということである。つまり、「自然にそう成る」ということになる。（「法爾」の教理は宋代すでに説かれていた。もって仏教における尊重が知れる。）

結論はこうなる。「梅が酸い」という言辞は、法然が法爾の道理を説く言説の一部であった。大切なことは「自然に成る」という道理として。

そうすると、太宰府の飛梅での蝶夢の句と文、

青梅や仰げば口に酢のたまる

たゞまことをもはらとして、口とく法楽の心をのべ奉るのみ也。

はどのように理解すべきであろうか。これまで私は、この句の「まこと」が仏教思想に関わると気付かずに読んできた。しかし今は、浄土教で説く「法爾道理」を下に敷いて解すべきと考える。四十歳の浄土僧である蝶夢が、これを知らぬはずはないからである。とすると口語訳は、「青梅を見上げて思わず生唾が出た――これ全く法爾の教えの通りだ。今まさに、仰ぎ見るように再認識した真理それだけを咄嗟に句に詠み、天神への捧げものとした。」となろうか。（四四頁・三〇七頁・三一一頁でのこの句文の解釈は改めることになる。）

ところでこの「青梅や」の句と文は、蕉風俳諧の理念である「風雅のまこと」を理解する上で、重要な手がかりになりそうである。なぜなら「法爾道理」が、「自然に出る」という文言でもって語られていたからである。

蝶夢が明和三年に伊賀上野で『わすれ水（赤冊子）』に出合い、

其物より自然に出る情にあらざれば……其情まことに至らず……

の下りを眼にした時、「自然に出る」の文言に気付かなかったはずはない。蝶夢は、この『赤冊子』前半部の本文に接したのを契機に、「風雅のまこと」を深く究め始めたようだ。そして何年かの探求の結果、「風雅のまこと」の内実を、情が「自然に出る」表現の在り方と解するに至った、と私は推定する。なぜなら私はこれまで、蝶夢は「まこと」の理念を感情の「内発性」（後述）という問題に帰着させていた、と考えてきたからである。「内発性」という語は、「自然に出る」という文言に符号する。よって、このように推定するのである。

さて、その蝶夢の意識において、「風雅のまこと」が「自然に出る」と明確に結び付いたのはどの時点なのか。明和五年の『門のかをり』ではまだ確認できないが、安永三年（一七七四）二月成の「芭蕉翁発句集序」では自信をもって「風雅のまこと」の成語を使っている。従って、「青梅や」の句を詠んだ明和八年（一七七一）五月には、

「風雅のまこと」の理解に決着が付いていたのではなかろうか。

このように考えてくると、「青梅や」句文を成した頃の蝶夢の意識には、探求し得たばかりの「風雅のまこと」の問題が前面に在ったと想像できる。また「青梅や」の句は、「口とく」咄嗟に口を衝いて吐き出されていた。「自然に出」た。すなわちこの句自体が「風雅のまこと」として現れたのである。蝶夢は、「風雅のまこと」もまた情が「自然に出る」表現の在り方である、という理解を踏まえた上で、その真理を讃える気持ちを中心にすえて、右の句と文を成したのだろう。

述べ来ったように蝶夢は、「風雅のまこと」を浄土宗教義における「自然にそう成る」と重ね合わせて理解していた、と考えられる。俳諧の詠句について言えば、「自然にそう成る」は「自然に情ある言葉が出る」ということである。『赤冊子』の「つねに風雅の誠を責め悟(る)」また「誠を勉《つとむ》る」というのも、自然に情ある言葉が出るようかねてから修練する、ということになろう。

蝶夢は、蕉風俳諧の本質的原理を浄土教信徒の眼で認識した。すると、その理解内容は浄土教の色彩を帯びるわけだが、それは正しい芭蕉受容となり得るのだろうか。考えてみると、芭蕉には禅があり老荘思想が在った。帯びた色彩は多少異なるとしても、相似たものであったと考えてよいのではなかろうか。

私は、本書の第二論文以後、蝶夢が考える〈文章表現における感情〉について、「内発性」(〝内発する情〟とも表現した)という語を頻用してきた。近代の主体性ということにからむ語なので、いささか抵抗を覚えながら、しかるべき語を見出せぬまま使ってきた。『宰府記行』で「欲」という語に出会ってからは、これが蝶夢の使う語の中で「内発性」に近いか、とも考えた。しかし今「法爾道理」の語を知って氷解した。私が「内発性」(〝内発する情〟)という語で捉えてきた事象の底には、「〝自然に出る〟の理」が在ったのだ。

しかし「内発性」と「〝自然に出る〟の理」との間には差がある。異なると言うべきかも知れない。「内発性」の語の内には、主体性をもった近代的な個人の姿が薄っすらと見える。「〝自然に出る〟の理」の内には、絶対者のはからざる働きがあるだろう。浄土宗で「他力」とも呼ぶ……。

このように述べてきて、私にはなお、「内発性」の語を捨てきれない思いが残る。それはなぜだろう。私は第二論文を書くに当たって、蝶夢の生涯が主体性ある行動に彩られていたことを指摘した（本書三五頁）。また、蝶夢が「自己」という語を多用し（三九頁）、つよい個我意識・主体意識をもつことも見出した（三一四頁）。蝶夢の生涯には、「内発性」という語にふさわしい行動が多々見受けられる。このことと「〝自然に出る〟の理」は、どのように両立させればよいのだろう。

蝶夢としては、四六時中、仏を背後にもって生きていたはずだ。稀なる奇特さの情熱的な宗教者として。しかし一方では、独創性に富んで、徹底的に自己の意思を貫く、いわゆる主体性の強い、近代に近い人間像をすでに獲得していたのではないか。私は、それが十八世紀後半の日本の文化状況だったか、と思う。蝶夢の背後には常に仏が在《いま》した。また蝶夢が言う「自己」にも、背後に仏が在《いま》していた。その背後にあるべき御《み》仏の御姿を見失った存在が、いわゆる近代人のほとんどなのであろう。

実は私は、「内発性」という語を使いながらも、蝶夢に十分になじむ語とは感じていなかった。そして、蝶夢と近代との違いがどこにあるかを知りたい、とも思っていた。はからずもこのたび、藤堂師の御教えに与り、その疑問が解けた。若いころ、『宰府記行』の「青梅や」の句に出会った当初は、日常の些事を詠んだ軽い句のように思えた。やがて重要な鍵を秘めるのを感じて注意し始めたが、いまだ理解できていなかった。それがこのたび、ようやく正解にたどり着けた。やっと蝶夢さんが分かってきた、ということであろうか。蕉風復興に生涯を捧げた、その熱情の根源を見る思いである。

藤堂師のご厚恩に、深く深く感謝申しあげるばかりである。

（二〇二四年一月書き下ろし）

（追記）

芭蕉が説いた「風雅のまこと」の内実について、蝶夢の理解に基き、芭蕉の心の内に在ったそれを、一応は右のように類推しておいた。しかし私は、以前からこの内実を知りたいと思っていた（三九五頁参照）ので、いま少し考察を進めてみる。

この成語を一項目として立項している辞書に、『角川古語大辞典』があり、次のように記す。

芸術の不変性と流行性との二面を統一する根本の芸術的理念ともいうべきもの。俳諧において探求される精粋。

ここで「不変性と流行性との二面を統一」と述べるのが、去来が『俳諧問答』で、

句に千歳不易のすがたあり。一時流行のすがたあり。これを両端にをしへたまへども、その本一なり。一なるは、ともに風雅のまことをとれば也。

と伝え、土芳が『赤冊子』で、

師の風雅に万代不易あり。一時の変化あり。此二つに究り、其本一也。其一とは風雅の実也。

と伝えるのを踏まえるのは、言うまでもない。両書まったく論旨が一致することから、芭蕉の言と見て誤りがないこと、また芭蕉が、「風雅のまこと」と呼ぶ理念について、一定の具体的内容（内実）を思い描いていた、と考え得ることが、明らかになる。

しかし右の『古語大辞典』の解説は、その内実に触れていない。「二面を統一」「根本の理念」というのは、その

内実のもたらす作用であり意義ではあるが、内実自体を明らかにしない。

とは言え、右で私が取り上げた蝶夢の理解――その内実を「〝自然に出る〟の理」と考える――の検証には、一つの示唆を与えるように思われる。

検証とはすなわち、「〝自然に出る〟の理」は、「二面を統一」「根本の理念」の二を含み得るか、つまり条件として受け入れ可能か、をここで問うことである。

答えは「可」となるだろう。不易も流行も、『俳諧問答』によれば句の「すがた」にかかわる。すでに句に詠まれた、その結果を指す語である。これに対して「風雅のまこと」は、句の詠まれ方、現れ方を指す。従って、両者はまったく矛盾なく両立し得る。句の詠まれ方、現れ方を指すのだから、「根本の理念」にもなり得るだろう。

また、こういう考察もできるだろう。芭蕉は右の二書で、「風雅のまこと」の内実について、進んで説明する姿勢を示していない。『俳諧問答』では言及しないし、『赤冊子』で、

其物より自然に出る情にあらざれば……

と述べる部分も、内実を説明しようとの意図からではなく、はしなくも現れ出たという文脈の中に在る。なお考えてみると、芭蕉にとどまらず、「風雅のまこと」の内実を理解したはずの去来や土芳も、この成語について説明するところがまったくない。

このような姿勢を芭蕉たちがとるのは、その内実が「〝自然に出る〟の理」であって、それが宗教的境地に近く、超思弁的・超理知的次元に在り、一種霊妙な精神作用を指す故に、言語化からやや身を引いている結果ではなかろうか。

このように考えて来ると、芭蕉の心に在った「風雅のまこと」の内実が「〝自然に出る〟の理」であった蓋然性は、かなり高いように思われる。

最後にもう一度、蝶夢における「風雅のまこと」の理解を確認しておく。

『赤冊子』の本文の最初の版本化は、「三冊子」の一として出た安永五年、『俳諧問答』のそれは、「青根が峯」の書名で出た天明五年である。とすると、安永三年二月の蝶夢の『芭蕉翁発句集』の序は、史上初めて「風雅のまこと」の成語を版本で世に弘めたことになる。

この序において蝶夢が、「風雅のまこと」の内実を理解した上で、確信をもって用いたことは、蕉風俳諧とそれ以前の俳諧との差違を、この理念の有無でもって論じているので、疑いないと思われる。

蝶夢は「風雅のまこと」の成語を、天明年間成立の『芭蕉翁三等之文』において、もう一度使っている。この書は、よく知られる曲水宛芭蕉書簡を蝶夢が注釈した俳論である。書簡の中に、芭蕉が理想とする俳人像（定家・西行・楽天・杜子に学ぶ人たち）を述べた、次の下りがある。

志をつとめ情をなぐさめ、あながちに他の是非をとらず、これよりまことの道に入べき器

これを解説して、蝶夢は次のように述べる。

おのづから霞をあはれみ露をかなしむの情せちにして（このような人を）風雅のまことをしれる人といはむ

ここのキーワードは「おのづから」である。

蝶夢は、この段で三度「おのづから」の語を使った。すなわち、この文の前では、尊敬する栂尾の明慧上人が「おのづから無為の相をさとり実の道に入」られたと言い、後では、理想の俳人は「おのづからその実を入るゝ器となる」と記している。蝶夢において、「おのづから」は常に「まこと」に結び付けられる。いや「まこと」が「おのづから」であることを求めるのである。「風雅のまこと」は、蝶夢によって確かに、内部から自然に湧き出る情ととらえられている。「無為の相」という語句も、まことに示唆に富む。

では「まこと」は、どうすれば「おのづから」現れ出るのだろうか。蝶夢の思想は明快である。美しい花もやがて散り、澄んだ月もたちまち傾くという「無常迅速のことわりを観じ」て、それを「朝に夕に忘れ」ないという一事である。来世のことを考えて無常を思うだけでなく、「此世さまのよろづにつけても情深からんをこそ」重んじるべきなのである。そのような生活の中で初めて、「おのづから」「風雅のまこと」が現れ出る。

蝶夢は、芭蕉が言う「常に風雅の誠をせめさとりて」（赤冊子）を、このように説いていたのである。

（同年四月）

（追記二）

右の論述を裏付ける資料を、さらに挙げる。

伊賀上野の芭蕉翁記念館（芭蕉翁顕彰会）は、「芭蕉筆「自然」一行物」と呼ぶ芭蕉真蹟一点を所蔵している。「自然」の二文字を大書し、その右下に小字で「注曰従天謂道従道謂自然矣」と注するものである。「天に従ふを道と謂ひ、道に従ふを自然と謂ふ」という文言は、同館発行の図録の解説によると、『老子』第二十五章の「人は地に法《のっと》り、地は天に法り、天は道に法り、道は自然に法る。」に基くようだ。いずれにせよ芭蕉が、根本原理である「まこと」を「自然」と認識していたことは、これで疑えない。

許六宛去来書簡（正月廿九日付け）に、近江の庄屋が初めて詠んだ発句を、その場に居合わせた芭蕉が、「風雅の誠、その心実より出たる、かくのごとし。汝等わすれず書とゞめ置候へ」と賞した逸話を記録する。その句「月影にはね鯉ねらふ猟師《さつを》哉」は、ふとおのづから口をついて出た作だった。

私は先に、蝶夢が追求する蕉風俳諧の本質を「内発性」という語で表現した。そしてこれに宛てるべき当代の用語を求め、得られずにいた。それがこのたび〝自然に出る〟だと分かった。この語句を名詞形で言い換えると「風雅のまこと」または「まこと」になる。となると、蝶夢も軽々には口にできない。その稀なる例として、大宰府の飛梅のもと、「口とく法楽の心をのべ奉る」口元から「まこと」の語がこぼれ出たのであった。

このように、「風雅のまこと」は「内発性」という語に繋がる。とすると、「風雅のまこと」という成語の内実は、中世の宗教の神秘性秘儀性にも通う没主体的要素と、近代の自立した個我にも連続する主体的要素と、相反する二つの指向方向とを共に内包することになる。その二面性・両義性に近世的性格が認められる。

この事実はまた、伝統詩歌と近代詩歌とを媒介する安永天明期俳諧の史的位置を、象徴的に物語るものとなろう。なぜなら、「風雅のまこと」の内実は、他ならぬ蕉風復興運動の先導者・蝶夢によって説かれていたからである。とすると、蝶夢の思想と行動についても、右の二面性・両義性を考慮すべきことになる。

（同年五月）

無外庵既白小伝　付・既白発句集

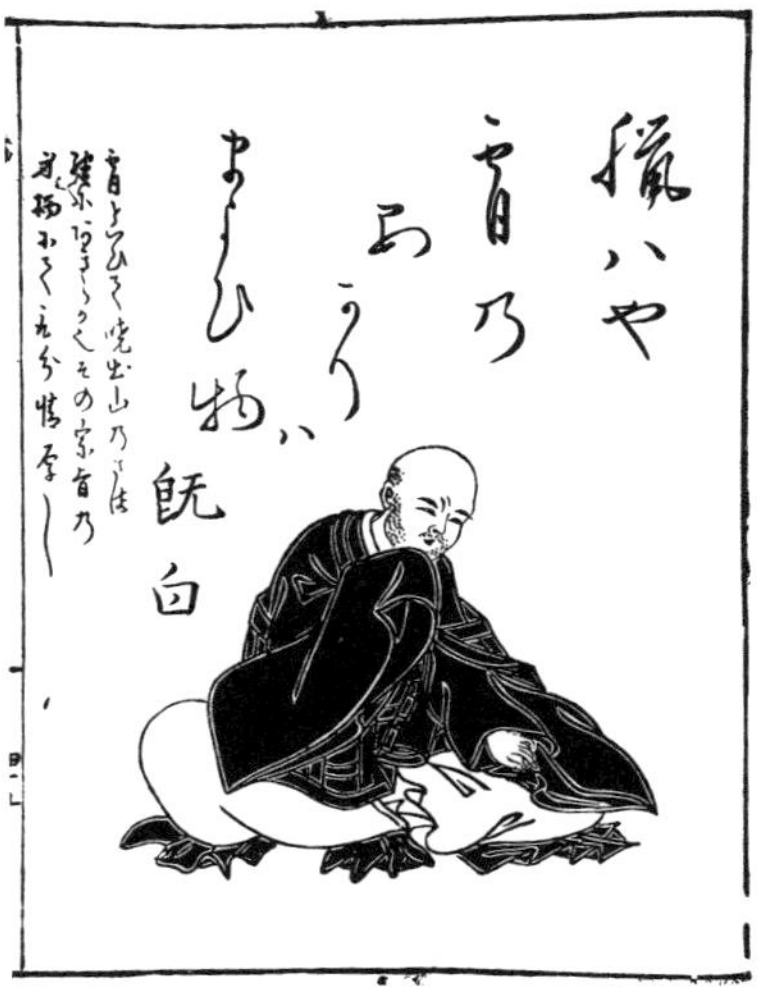

はじめに　既白は、『俳諧大辞典』にわずか五行を与えられ、「加賀の人。号、無外庵・雲樵・雲水房。宝暦末闌更と共に金沢に狐狸窟を営んだが、以後生涯を漂泊の間に了った。生没年未詳。……」と記される人物である。執筆者大河寥々は、かつて『加能俳諧史』で、既白に注目しつつ「伝は全く知りがたい」と述べていた。右の記事の簡略も、おそらくは伝記的事実の不明によろうが、それはそれとして、私には、既白の業績が今少し高い評価を得べきものに思えてならない。ここに管見の限りの資料を提示し、小伝を編む由縁である。

研究史　従来の既白研究には、およそ三つの段階があったと思われる。

その第一は、昭和二年『木太刀』誌上（二五ノ八以下）でかわされた〝既白闌更異名同人論争〟にかかわる。すなわち、八月号に星野麦人が寄せた「近況」所引の「……闌更と既白と同一人でないか……」との巷説に端を発し、九月号で平林鳳二が「闌更と既白は同一人に非ず」を執筆してこれを否定、十月号で大西一外が「闌更と既白附闌更の歿年」、十一月号でも蔵月明が「一人なるか又二人なるか既白と闌更と」を論じた。結着は直ちについたが、論争の意義は、かなり流布していた同一人説(1)の解消にとどまらず、闌更の陰に隠れた行脚俳僧は漸くその姿を現し、伝記研究の緒は得られた。続いて同誌上に西村燕々は「幻住庵にゐた既白」（二五ノ一二）、木村架空は「既白は闌更の影武者か」（二六ノ一）を掲げ、潁原退蔵（二七ノ五）や川西和露（ひむろ六ノ五）も、それぞれ「既白と闌更」と題した小文で新資料を紹介して異人説を補強した。そしてかかる存在認知の後、既白は再び世の関心から遠ざけられた。

その第二は、加賀の有志による研究である。まず昭和十三年、先の大河寥々は『加能俳諧史』において能う限りその事蹟を明らめ、しかも、

既白行脚伊勢止り　樗良か古調なるを聞て風雅いにしへにかへるをしる　送別に樗良　爰に死といへとも聞かす行秋そ（摂陽年鑑俳諧年代記）

などの資料を用いて、これを蕉風復興運動の中に位置づけようとした。また、随筆『寐覚の螢』の著者夏炉庵来首が既白の息らしいとの説にもふれるが、これは同書翻刻（加賀能登郷土図書叢刊・昭和六年）の解説で、校訂者日置謙が「津田太一・長願寺二人云々」(2)の条につき、「小松町の長野貞一氏蔵本には、『所々の角力へも徘徊し、又或時は肴売などに成れり。亡父既白は津田と俳友にて、毎度俳庵に会合し互に懇意なりしが』と書いてある」と指摘したのに由来する。

既白の血縁については、前にも平林鳳二が前掲稿で無窮庵竜石（僧慈円）を既白の長男とする説を提示していた。これを、大河寥々は根拠不明として否定した（前掲書）が、蔵月明はふたたびとりあげ、竜石の小松帰郷記念の『ふるさと集』（寛政四年）に、

古郷に帰るこのかミ竜石に
うめやなき家のかハりて草のかき　寺井　来首

の句あるを証として、竜石を耒首の「このかみ」すなわち兄、したがって既白の息と推定した（俳道・一号「漫草㈠既白・竜石・耒首」昭和二十五年）。蝶夢書簡297（明和九年十月三日）に百尾から預かった追悼句短冊を「子息竜石子え相渡申候」との記事あり、子息と確認できる。

加賀にはまた、昭和二十五年「既白研究」（俳道・四号）を発表した多賀東香がいる。能美郡寺井町に居住して耒首の墓碑を発見し、文政元年八月二十七日没なることを実証した。論はまま独断に傾くが、「俳諧行脚僧既白研究」の稿本一冊を残し、既白墓碑（昭和四十四年）や句碑を同地に建立した誠情は尊い。

その第三は、清水孝之の研究である。昭和三十七年、氏は「伊勢派の古調運動樗良―既白―闌更」（国語と国文学・三九ノ四）において、既白の行脚が、加賀の闌更と伊勢の樗良を結びつけ、宝暦末から明和初年にかけての古調運動を推進させた経緯を詳密に解明する。ここに至って既白の主要業績はほぼ説きつくされ、その史的意義も確認されたと言ってよい。既白の主著『蕉門むかし語』もまた、同氏の手で始めて翻刻紹介された（古典俳文学大系・昭和四十六年）のであった。

以下、筆者の調査結果と見解を述べよう。適宜、稿末に新編した「既白発句集」を参照されたい（本文中の括弧付き洋数字は発句番号）。

没年　明和八年冬までは生存を確認し得ること、蝶夢の句に左の詞書[3]が見えることによって、明和九年（安永元）春または夏の没と推定する。

既白・乙児・蘿来つゝいて古人と成し
七月、六道の珍篁寺にて
誰も来よかれもとかなし迎鐘

蘿来は明和八年七月十六日没、乙児は同九年四月五日没ゆえ、この七月は明和九年に定まるのである。享年不明。宝暦九年すでに「老」と呼ばるゆえ、六十歳近いか。

桜井祐吉編『三重俳諧年表』（昭和三十年刊）明和二年条によると、伊勢楠部の竜石のもとで没し、同地の心證寺に葬られた。この寺はすでに滅び、手がかりを得ない。

出自　加賀の人であることは間違いない。『渭江話』（享保二十一年）に大聖寺連衆として見える既白は、未だ同人とは認め難い。平林氏・多賀氏は能美郡寺井の産とするが、耒首が晩年を過したゆえの説か。管見の資料では小松と能美郡若杉の二を出ない。入集句肩書に「小松」とあるもの二例あり、『菰一重』の旅の餞別句も山叩等小松人から始まって、小松出発を証し得る。活動開始のこの頃までは確かに小松にいたのである。「若杉」と記すは『梅の草紙』・『其唐松集』・「芭蕉翁伝」奥書の三点で、いずれも、晩年または没後のもの。したがって晩年の住地らしくも思えるが、小松の近郊（現在小松市に編入、小松駅東3㎞）ゆえ、本貫若杉で俳壇は小松に属していたと解すべきかもしれない。耒首は小松の人、宝暦三年生、二口姓という（加能俳諧史）。実子説に従うなら、既白は幼児を小松に残して行脚生活に入ったことになる。

師系　「金城暮柳先生のなかれを汲既白法師……」（菰一重）「今はむかし暮柳先生の夜話に……」（やぶれ笠）等の記事から、希因門であることは疑いない。また発句（4）前書を証に麦林門ともする説（大河氏）があるが、「蕉翁の寂しミに麦林叟の花をかさりし先生暮柳……」（月あかり）という言い方を見れば、直接指導を得たとは思えない。（4）前書は伊勢派祖師に対する敬意で、句が麦林句を下に踏むのは、その俳圏を行脚することへの感謝を表明したものであろう。既白門弟についても不明。おそらくいないのであろう（4）。

俳号　延享元年（カ）大睡編『俳諧のきれ』に、

名月や崩の水の落る音　　同　希白

との一句が見える。「同」は小松のこと、前後に松任ちよの句も散見し、希因の一字も得て、既白の前号らしく思われる。調査次第でなお少々集句できようが、今は存疑にとどめる。

〝既白〟[5]は暁の意。「不レ知二東方之既白一」（前赤壁賦）などの用例がある。〝無外庵〟号は、『やぶれ笠』中の闌更との問答句に初出する。〝無外〟は『荘子』の則陽篇に「除レ日無レ歳。無レ内無レ外。」と見える語。郭注には「……若無レ死無レ生。則歳日之計除也。」「無二彼我一則無二内外一也」とあり、生死また主体客体の相対を超越しようとの思想で、これはそのまま既白の自然観や俳諧理念に直結するものであった。たとえば「白上人者霞外之人非啻有済勝之才亦有済勝之具矣……其情況也則寥廓其態度也則瓢逸所謂造化人心混合無間矣……神乎僊乎将活仏乎……」（ゆふ日鳥・鳥鼠序）との評も、既白の本質をここに認めたのであろう。因みに、既白に対座する闌更が、〝半化居士〟と肩書するのは、これを初出とすれば、物と化するに半し、未だ居士に留まるの意か。二人の問答は常に既白の問に始まる。闌更の兄事が察せられる。〝雲樵〟は『松の声』に用いるが〝雲水房〟は未見。

僧籍　その思想・動向の禅的色彩はつとに清水氏が指摘されるところ。今、小松市寺町の永龍山建聖寺に、「既白造之」と刻む芭蕉塚一基がある（追補九四頁で再述）。また蔵氏の古い稿には、既白は当寺住職だったはずとの聞書も伝える。住職の田中覚英氏によれば曹洞宗永平寺派、金沢の名刹大乗寺住職の隠居寺で、詩文に達した者多かったという。既白住職説は論外としても、建聖寺に関係を持って出入したことは、『孤一重』餞別句冒頭の五律が、当寺十二世照天旭光大和尚（当時住職かは不明）の作なることからも察せられる。既白が曹洞宗の禅僧だったことは、まず疑いない。

次に、知り得た事実を年譜として示す。

年譜

宝暦四年　一七五四

○十月頃成の『木槿塚』（温故編）に、加賀小松連衆の一員として発句一（1）入集。同書は、後に既白が訪れる伊勢西行谷の建碑記念集で、樗良・麦水・闌更・素園・三四坊等も見えるが、既白の出句は加賀の一地方俳壇に名を連ねた程度か。

宝暦九年　一七五九

○春の末小松・金沢を立ち、象潟・松島を経て閏七月二十日過ぎ江戸に至る東国の旅あり。蓼太・秋瓜・軽素等に会い、冬帰郷した。（菰一重）

○夏頃成の『両回笠』（梅至編）に、小松肩書の山叩に並んで発句一（2）入集。

○秋頃から東国行脚記念の『菰一重』を編纂して刊行。大本一冊。蓼太序・軽素跋あり、刊記なし。題簽に「東国行脚僧既白」と署名するが、自句は収めぬ。編著第一集。

○冬頃から、金沢の「卯辰山の栞浅野川の流とゞまる所」で、闌更とともに狐狸窟を営む（やぶれ笠）。闌更が既白を慕ったものか。狐狸窟仙はのち、闌更の号となる。

宝暦十年　一七六〇

○春金沢を立ち、吉野・竜田・南紀各地を経て五月初熊野本宮に至る旅あり、しばらく当地の東光山（禅寺か）に滞在して、秋帰途についた（やぶれ笠）。帰郷は冬か。

○冬頃から南海行脚記念の『やぶれ笠』を編纂して刊行。半紙本一冊。半化居士序あり、京橘屋治兵衛刊。「俳諧は衆人を導く最上の法」とする俳諧観や俳壇批判を始めて表明した俳論、闌更と応酬した発句一（3）また狂歌一も見える。編纂には闌更の協力があったと思われ、収める見風の一文「北海に化物あり……」が異名同人説の根拠とされた。編著第二集。

宝暦十一年　一七六一

○六月初、大坂の寸馬（馬明門）が奥州への途次小松・金沢に寄り、既白等も句を贈る（寸馬紀行―加能俳諧史による）。

○七月頃金沢を立ち、天の橋立・須磨・明石・厳島を経て九月頃讃岐に渡り、初冬京に出て冬帰郷する中国四国の旅あり。梨一・寒瓜・風律・蝶夢・風状等と会うが、特に蝶夢との親近が注意される。越中城端の李夫を同行、京では鳥鼠とも一緒だった。（ゆふ日鳥）

○八月頃成の『一字題』（麦浪編）に、「行脚僧」と肩書して発句一（4）入集。同書は麦林二十三回忌集。

○九月、讃岐観音寺で「一夜庵筆海三」に発句一（5）を記す（安永四冬刊・青玉等編『俳諧ふたつ笠』による）。

○十月頃成の『白馬集』（琴路編）に、発句一（6）入集。

○十二月二十五日付樗良書簡（南紀新鹿発、逸漁宛）に、「加州既白も本宮に城をかまへ申候」と見える（潁原退蔵著作集四）。前年のそれではなく、帰郷前、再度短期の熊野行と想定すべきか。『ゆふ日鳥』にその証なく、疑問を残す。

○冬頃から西国行脚記念の『俳諧ゆふ日鳥』を編纂して刊行。半紙本一冊。鳥鼠序・半化坊序・松因跋あり、京橋屋治兵衛刊。題簽に「行脚僧既白選」と署名し、発句三（7・8・9）のほかに、同座した餞別の表六句二巻（半化坊・既白・李生・壺涼・青府・馬来。素園尼・既白両吟）をも収む。また既白・闌更対座する「狐狸窟仙之図」（九一頁の挿図参照）を掲げ、鳥鼠序にも「狐狸窟中之老精」と見えて、闌更との交わりはなお深い。編著第三集。

宝暦十二年　一七六二

○四月頃成の『続夏引集』（兀子編）に、素園・闌更に並んで発句一（10）入集。編者は蓼太門。

○七月頃成の『北時雨』（希因遺編・如本校・半化坊跋）に、闌更に並んで発句一（11）入集。本書は希因十三回忌記念出版。

○十月頃成（?）の『俳諧無門関附録』（蓼太編）に、闌更と並んで発句一（12）入集。

○十一月頃成の『四季の松』（蘆路編・入楚跋）に発句一（13）入集。また継詠の梅百韻に付句一を出す。

宝暦十三年　一七六三

○三月末京を立ち、但馬生野の寒秀のもとにしばらく滞在、当地の句作指導にあたる（ちりの話）。

○四月頃から『俳諧ちりの話』を寒秀と共編して刊行。半紙本一冊。孤松（＝寒秀）跋あり、京橋屋治兵衛刊。既白は序を書き、同座歌仙一巻（既白発句（15）・寒秀脇）も収む。編著第四集。

○六月頃成の『影七尺』（金梟編・也有序）に、素園・後川と並んで発句一（16）入集。編者は巴静門。

○夏以後成の『松しま道の記』（蝶夢編）に、金沢連衆として発句一（17）入集。

○七月頃成の『俳諧わせのみち』（知十編・樗庵序）に、「行脚」肩書で発句一（18）入集。

○八月頃成の『月あかり』（青野・馬来編・梨一跋）に序を贈り、同座歌仙一巻（半化坊・北魚・既白・馬来・青野……）が収まる。同書は闌更点の高点付句集。

○十月十二日頃、蝶夢とともに近江義仲寺の芭蕉七十回忌法要に出席、百韻一巡に同座して他に発句を捧ぐ（粟津吟）。

○十月頃成の『蕉翁七十回忌粟津吟』（文素編）に、右の発句一（19）と百韻一巻（浮巣庵発句蝶夢脇。既白は九句目）が収まる。

○十月頃成の『文塚集』（貫古編）に、跋を贈り発句二（20・21）入集。蝶夢の紹介があろう。
○十月中に帰郷する（花のふること・千代尼句集跋）。
○十月頃成の『花のふること』（半化坊編・文素序）に、巻軸の闌更と並んで発句一（22）入集。同書は、芭蕉古文献紹介・建碑記念等を兼ねた闌更の編著第一集。既白の協力は大であろう。
○冬頃成の『鶉たち』（麦水編・素園序・蝶夢跋）に、巻軸の雅因や嘯山に並んで発句一（23）入集。同書は麦水の編著第一集。既白は、秋頃入京の麦水を蝶夢等に紹介したであろう。当年春刊とすべきか、要再検討。

明和元年（宝暦十四）　一七六四

○一月、前年十月頃から着手した『千代尼句集』の編纂を終え、松因序・半化坊跋を得て京橘屋治兵衛・江戸山崎金兵衛二店から刊行。半紙本二冊。素園は既白の三大旅行記念集にも送別句を贈り、特に親しかった。その風韻を愛する既白が、友情から集句したもの。編著第五集。
○九月、伊勢に旅して樗良等の重陽の宴に迎えられる（重陽・蕉門むかし語）。
○九月成の『重陽』（鳳尾庵月次連編）に、既白発句（24）の歌仙一巡一巻（坡仄脇宗居第三の樗良等九吟）が収まる。

明和二年　一七六五

○春初、（越年した）金沢を立って京に出る。四月九日京を発って近江八幡の西川可昌の元に滞在（四月廿日付け素園宛既白書簡・『義仲寺』誌一三七号に翻刻）、その後吉野・初瀬方面の旅を楽しんで、六月初め再び近江八幡に入り竹庵佃房宅に滞在、秋にかけて鎌倉・江戸へ旅する。秋末帰京するが、帰路伊勢に寄ったようで、しかも「一年に二度見る……」との二日坊句によれば、この年は二回の伊勢行を考え得る。旅中、蝶夢庵・樗良庵・雪中庵（蓼太不在）を宿所とし、近江八幡滞留（二柳の紹介があろう）も初度ではあるまい。冬、帰郷したか。（蕉門むかし語）

○この年春、『霞かた』（見風編・素園序）刊。発句一（14）のほか「千歳の春をまつ風流のたよりなりと……雲水既白とも洛より申」と跋を贈る。

○四月九日、瓢庵（不明）において、「漢に天地の声有……」の俳文を認める（金子健二編『俳人遺墨』所収真跡による）。

○四月刊の『俳諧百一集』（康工編）に、画像（七一頁の挿図参照）とともに発句一（25）入集。「宵といひて暁出山のさま殊にあきらか也。その宗旨の身柄にて取分情厚し」と評さる。

○四月頃成の『烏帽子塚』（文素編・梨一序）に発句二（26・27）入集。同書は雲裡坊追善集。

○五月頃成の『俳諧菊の真砂』（鳳毛編）に発句一（28）入集。既白句は四年頃の追補分か。

○九月頃からか『蕉門むかし語』を編纂して刊行。半紙本二巻二冊（潁原文庫本には別冊附録ありという）。蓼太序・蝶夢序あり、京橘屋治兵衛刊。天巻には、蕉門諸家の俳話を引きつつ「自己の邪見をはなれて天地自然の風流に遊」ぶとの主張を展開した俳論および金沢・京・近江八幡・伊勢における留・送別の発句連句、地巻には、諸国名録の発句を収む。巻頭に「雲水僧既白輯」と署名し、自らの発句三（29・33・34）、他に同座三物三巻（既白発句（30）素園尼脇同第三。既白発句（31）五菱脇半化坊第三。倚之発句既白脇同第三）と歌仙一巻（既白発句（32）子鳳脇蝶夢第三の六吟）および狂歌一が見え、自跋を添える。既白の理念を詳述し、またもっとも広範囲に集句した、主著ともいうべき編著第六集。

○秋、丹頂堂寒瓜（七月十七日没）のため追悼発句一（35）を贈る。追善集『一葉の数』（寒烏編）は翌三年七月頃成、安永六刊。

○十月刊の『華月一夜論』（鏡花坊述・無住坊編・見風序）の総巻軸句として発句一（36）入集。前は無住坊句。同書は綾足片歌論の難書、既白も刊行に多少協力したか。

○冬頃成の『俳諧乞食ふくろ』稿本（巴龍編）に、序を贈り、出句するという（和露文庫俳書目）。現在、天理図書館蔵（わ一五二―四九）だが未見。起筆は宝暦十三年春という。潁原退蔵編「涼袋年譜」明和元年条に「既白の『乞食袋』（稿本）……」とあるはこれをさすか。[6]

○この年頃成の『奥羽行』（以哉坊編・帰童仙序）に発句一（37）入集。肩書は「粟津」カ。

○この年中『埋れ木』の編纂ありという（加能俳諧史）。事実なら編著第七集。

明和三年　一七六六

○一月成の『聖節』（諸九尼編）に発句一（38）入集。

○一月頃成の『出羽俳諧袖の浦』（洪水編）に発句一（39）入集。

○二月頃成の『越贔負』（巻阿編カ）に、闌更・素園と並び「小松」肩書で発句一（40）入集。

○夏頃成の『俳諧親仁』（斑象編・雪中庵序）に発句一（41）入集。

○九月頃成『はし立のあき』（鷺十編・蝶夢後見）に発句一（42）入集。

○十月十一日、既白在庵中の幻住庵で時雨会興行あり。この頃、金沢から来住か。以後、翌四年秋頃まで滞在したらしい（しぐれ会など）。

○十月成の『しくれ会』（文素編・蝶夢序）に、「幻住庵」肩書の発句一（43）、また同座歌仙一巻（五峯発句文素脇既白第三の蝶夢等二五吟）が収まる。

○十二月頃成の『十牛図』（眠我編）に、闌更・素園に並んで発句一（44）入集。

明和四年　一七六七

○一月成の『〔北勢越知歳旦帖〕』（巴竜編）に、「幻住庵」肩書で発句一（45）入集。

○一月成の『明和四丁亥旦暮帳』（盤古編）に、文素・可風・蝶夢等に伍し「幻住庵」肩書で発句一（46）入集（加能俳諧史による）。

○一月頃成の『俳諧初便集』（美濃獅子門編）に、「幻住庵」肩書で発句三（47・48・49）入集（西村燕々前掲稿による）。

○一月頃成の『我庵集』（樗良編・坂仄序・宗居序）に発句五（50〜54）入集。既白句は明和元〜三年にわたる作。

○二月頃成の『俳諧松陰集』（鳥酔編・烏明序）に、文素・可風に並んで発句一（55）入集。

○三月成の『丁亥墨直し』（蝶夢編）に、湖南連衆に伍して発句一（56）入集。

○三月頃成の『すねふり』（綉葉編・竹阿序・素丸序）に、素園に並んで発句一（57）入集。

○春成の『〔逸題春興集〕』（霞舟編）に、文素・可風に並んで発句一（58）入集。

○五月頃成の『湖白庵集』（諸九尼編・風律序）に、文素・可風に並び「粟津」肩書で発句一（59）入集。

○六月頃成の『蟬之別』（左琴編）に、闌更に並んで発句一（60）入集。

○八月頃成の『一日記』（蘭里編・麦浪序）に、加賀連衆に伍して発句一（61）入集。

○十月刊の『〔呉竹庵七回忌集〕』（神風館主人序）に発句一（62）入集。

○十一月刊の『さかみの文』（烏明編）に、諸九・文下等に並んで発句一（63）入集。

○この年中成の『四十四』（乙児編）に、文素・可風と並び「粟津」肩書で発句一（64）入集。

明和五年　一七六八

○三月成の『戊子墨直し』（蝶夢編）に、加賀連衆に伍して発句一（65）入集。

○春頃成の『俳諧根白草』（井波編）に、「近江」肩書で発句一（66）入集。

○四月頃成の『ちとり塚』（漁光編・見風序・蝶夢跋）に、加賀連衆に伍して発句一（67）入集。

○九月頃成の『二夜歌仙』（鳥鼠等編・玄武坊後見）に、素園尼に並んで発句一（68）入集。

○十月頃成の『行もとり』（乙児編・蓼太序）に、加賀見風と並んで発句一（69）入集。

○十二月成の『はちたゝき』（蝶夢編）に、加賀連衆に伍して発句一（70）入集。

明和六年　一七六九

○一月成の『己丑のとし歳旦』（鶏山編）に、加賀連衆に伍して発句一（71）入集。

○五月頃成の『誹諧有の儘』（闌更編・梨一序）に、小松連衆に並んで発句一（72）入集。既白を、無二の僚友とする扱いは見えぬ。(7)

○六月頃成の『松のわらひ・合歓のいひき』（蝶羅編・蓼太序・轟隠跋）に、「加ゝ」肩書で発句一（73）入集。

○八月頃成の『おもかけ集』（昨烏編・烏明序）に、加賀連衆に伍して発句一（74）入集。

○十月頃成の『まことのは』（許適編）に、「加州」肩書で発句一（75）入集。

明和七年　一七七〇

○この年また旅に出たか（古杌）。当年出句少なく、蝶夢編『施主名録発句集』にすら出名せぬのは、従来の関係から考えてきわめて不審である。あるいは病臥中か。

○十月頃成の『古杌』（巴琉編・蝶夢序）に、「行脚」肩書で発句一（76）入集。

明和八年　一七七一

○六月十日付白雄書簡（京発、自来等宛）に、「半化・麦水・既白・後川・桃也などは上京のよし、……」「既白・桃也には京にて逢申候。先生〳〵と野子をたてゝくれ候間、……」と見ゆ（西沢茂二郎・俳傑白雄）。七月十三日付白雄書簡にも「既白など折〳〵出会申候」（俳人加舎白雄伝）と。既白の上京は、闌更・麦水の活動再開に関連あるか。

○夏頃成の『青幣白幣』（計圭編・蝶夢跋）に、「カヽ」肩書で発句三（77・78・79）入集。

○七月頃成の『加佐里那止』（しら尾坊編）に発句一（80）入集。

○八月頃成の『追善秋のまくら』（佳周編）に、加賀連衆に伍して発句一（81）入集。

○秋成の『石をあるし』（樗良編）に発句一（82）入集。
○十月頃、京にありて病むか（しぐれ会）。
○十月成の『しくれ会』（蝶夢編）に、加賀千代尼・後川に並んで発句一（83）入集。
○冬頃、千代尼句集後編『はいかい松の声』を編纂刊行。半紙本一冊。坡仄序・闌更跋あり、京橋屋治兵衛刊。編著第八集。この刊行は、既白最後の上京の用件でもあったろう。

安永元年（明和九）　一七七二

○一月成の『初懐紙』（樗良編）に発句一（84）入集。
○三月頃成の『秋かせの記』（諸九尼編）に、加賀連衆に伍して発句一（85）入集。
○この年春または夏に没。享年不詳。

年代不明

○明和初年刊『蓑生浜』（器水編）に発句一（86）入集。
○明和年中刊『片歌かもかね』（鶏山編）に発句一（87）入集。
○年代不明八月六日付千代尼書簡（すへ宛二通）に、「きはく様きのふ御帰りあそばし……」と行脚戻りや来訪のことを記す（中本恕堂・加賀の千代全集）。
○年代不明千代尼真跡に既白・素園両吟表六句（既白発句88）あり（同前）。
○年代不明真跡（金子健二編前掲書収）に発句一（89）見ゆ。

〔没後〕

○明和九年八月頃成の『秋しくれ』（雨人編・山李坊序・蝶夢跋）に発句一（90）入集。所収の蘿来遺稿に「加州既白のぬし洛に冬籠せしを訪ひて」の詞書見ゆ。

○安永二年三月頃成の『俳諧新選』（嘯山等編）に発句二（91・92）入集。
○安永二年八月刊の『誹諧金花伝』（康工編）に発句一（93）入集。
○安永二年十月頃成の『古にし夢』（烏明編）に発句一（94）入集。
○安永三年三月刊の『類題発句集』（蝶夢編）に発句七（95～101）入集。
○安永三年五月刊の『俳諧瓜の実』（一鼠編）に発句一（102）入集。
○安永三年七月頃成の『秋風集』（李郷編）に発句一（103）入集。
○安永三年九月頃成の『手向の声』（宜石編）に発句一（104）入集。
○安永五年九月頃刊の『続明烏』（几董編）に発句一（105）入集。
○安永五年成の『其唐松集』（引蝶編）に、「若杉」肩書で発句一（106）入集。
○天明元年四月刊の『にほとり』（鷺石編）に、「義仲寺雲裡・〻既白」と並んで発句一（107）入集。近江人に義仲寺の俳僧と記憶されたらしい。
○天明二年十月成（寛政元刊）の『芭蕉門古人真蹟』（蝶夢編）に、「柳陰軒句空真蹟原前幻住庵既白之物而既白先故以故今為義仲寺之什　平安雲羅」の添書が見える。
○天明三年冬頃成の『花のおきな』（其成編）に発句一（108）入集。
○天明六年四月刊の『句双紙』（重厚編）に発句一（109）入集。
○天明七年五月刊の『誹諧故人五百題』（烏明編）に発句二（110・111）入集。
○寛政元年夏頃成の『はすの浮は』（子坤編）に発句一（112）入集。
○寛政三年二月成の『誹諧品彙』（外題誹諧実色、霰打編）に、当時豪家七人[8]中の一人として発句二〇句（113～132）が採録される。板本からの抜書。

○寛政三年九月刊の『鵜の音』（馬来編）に発句一（133）入集。蝶夢跋に「むかしより我国に既白かむかしかたり麦水か鵜たち等のこゝらの集に法師のもの書ぬはあらぬを……」と馬来の言を引く。加賀俳人に、先駆的俳僧として記憶されていることを示す。
○寛政六年夏刊の『俳諧発句題林集』（車蓋編）に発句一四（134〜147）入集。闌更閲ゆえか、他出なき句など多し。
○寛政七年十月刊の『俳諧名所小鏡』（蝶夢編）に発句八（148〜155）入集。
○寛政十二年四月刊の『二季のつゆ』（東几等編）に発句一（156）入集。
○嘉永二年『掌中千代尼発句集』（槐庵六世大夢坊跋）刊。『千代尼句集』の改刻本。
○文久三年、『続千代尼句集』刊。『はいかい松の声』の改題本。

賛説　年譜をもって略伝にかえ、以下はその作成中に得た幾つかの問題を付言するにとどめる。

まず活動開始の突発性が注意される。調査の不充分もあるが、宝暦八年以前の消息はほとんど判明せず、俳諧との疎遠を思わせる。その既白に乞食修行を思い立たせたものは何か。「我俳を売の徒にはあらす」（孤一重）との揚言を見ると、すでにその動機には、単に西行芭蕉のあとを辿る以上のもの、俳壇改革と蕉門中興の意志がひそむらしい。それにしても、その一念発起の直接的契機は、個人的側面・俳壇的側面いずれも明らかでない。

次に、幻住庵退庵の明和四年以後の活動低下を指摘できる。老衰にもよろうが、既白に代る闌更・麦水・蝶夢の活動昂揚を思うと、既白が蕉風復興運動勃興期の人にとどまることが理解できる。その活動は、芭蕉七十回忌の宝暦十三年をはさんだ前後七八年に集中する。この間には、闌更・麦水の入京、蝶夢の松島行、三人の処女編著もあるが、そのいずれにおいても既白が先んじていた。また既白俳論の「天地自然の風流」（蕉門むかし語）「ありのまゝの姿情」（ちりの話・弧松跋）は、闌更の「天地人情の自然」（有の儘）「ありのまゝ」（同）の理念に影響あり、仏者的立場からする蕉風理解と俳壇への精神性導入は、蝶夢に継承されて蕉風復興運動に思想的中核を与えることになる。

さらに、既白の自己表出についての抑制的傾向を認め得る。既白は編著の意図を問われて、「これか為に一夜の舎りも賓主の膝を和らく恩謝の一集にしておのれかおもむき一言半句も交へる事なし」（孤一重）と答えていた。言う通り、三大紀行集は受贈句を主とし、『孤一重』では自句を一句も掲げぬ。また『蕉門むかし語』編述は思い余っての発言だったに相違なく、俳論の末には、「言はじ〳〵とはおもへども／釈迦孔子老子もいはですむ事を知って居ながら口たゝきけり」との狂歌が加えられる。句集を残さず、建碑記念集がないのもその感を深くしよう。先に活動停滞と見たのも、一定の事業を終えた既白が、「留れハとゝまりとめねはとまらすあれハ喰ひなけれハくはす生るまていきて死ぬる時しなむ」（ゆふ日烏）との境涯にもどったまでのことかもしれない。そしてその中で没したようだ。

ただし、そのような無為の行脚とばかり言えぬ面もある。例えば、明和元年九月の既白伊勢行の翌月、樗良は義仲寺に現れて時雨会の施主を勤めていた（同年・しぐれ会）。また、既白幻住庵入庵時の明和三年、時雨会の施主となった三日坊五峰は、前年刊の『蕉門むかし語』で巻軸近くすえられており、既白の知遇を思わせる。義仲寺行事を通じての蕉門復興に協力し、俳壇の啓蒙に心砕いた姿が想像されるのである。

明和初年の樗良との交渉は、清水氏御解明の通り、きわめて意義深いものであった。貞享蕉風的句作（53・54など）や和歌的作風（82など）の句がほとんど樗良俳書に限られる点に、既白の共鳴の程度は察せられるが、その前後から温雅な自然詠（37・48など）が現れるのは注目してよい。（61）に見る優艶は白雄の名句「人恋し……」を連想させるし、（80）の可憐が白雄に選ばれたのも故無しとしない。既白の句風展開も、中興諸家の新風模索の営みのどこかに位置づけ得るのである。

最後に、既白の精神的物質的支援者の問題がある。これも謎に包まれているが、千代尼など重視すべきかと思う。

おわりに

安永の声を聞かずに去った既白には、闌更のごとき名声も俗俳化も無縁であった。しかし、俳諧史の底流にあって、野心を放下した、その純粋な精神性はさわやかである。今私は、他国の人に、「俳-調的ノ妖-精」（浪速住・天明元）と評される江涯、「大唱古調州郡……格高調古《バケモノ》意……高遠……」（からひ鮭・安永五年）「北海に一僊あり……時に高吟舞踏して西にはしり亦東さす……」（都の冬・天明五年）と称される仏仙に、かつて「北海に化物あり……飛行自在の風情にふける……」（やぶれ笠）「例の鉄如意を撫て蘇良中脳蓋とあらゝかに云声の恐ろしけなるに……」（芭蕉むかし語）と形容された既白の怪異な風貌を思う。上方に出た二人はいずれも加賀人、しかも仏仙は、既白を最初の旅に送り出した小松のかの山叩である。かかる高踏洒脱の気韻は、加賀蕉門の伝統として安永天明になお脈打ち、『都の冬』に貞享風らしい仏仙・麦水両吟が載るのを見ると、麦水の新風とも無関係ではないようだ。とするなら、その淵源に立つ既白は今一度かえりみられてよいであろう。作品面での達成は未だしも、中興俳諧を多数者の運動の中にとらえるなら、極初の唱導者としての役割りは決して軽くない。既白は、その名の通り、蕉風復興運動の黎明を告げて去ったのである。

（1）　大西一外は、「此の問題はあちこちの識者達からも、よく聞かされることで、……」（闌更と既白）と記す。また同氏が引用する『卯杖』六ノ一〇所載浅井瓢緑稿もまた同人説に立ち、二十年来の謬伝であったらしい。

（2）　翻刻本の同条は次の如くである。「津田太一医者也。道乙とも。俳名青野。長願寺一向宗二人共長け高く、……不頼放蕩双ぶ者なし。……上方へ出奔す。……或時は又魚うりと成て、京・大阪の町々をうり歩行、国方知る人を見れば猶大声を上て、大鯛〳〵と呼はりしとなり。予が父其頃京師に在て、度々見たりといふて笑へり。……」。青野については、年譜宝暦十三年『月あかり』の条参照。

（3）　『草根発句集』によったが、自筆句稿には「加賀既白・粟津泰勇をはじめなき人の多かりしころ……」とある。

（4）石田元季「化政俳諧史」（俳句講座・史的研究篇）に、定雅を既白門とする説を紹介する。追補の安永元年条を参照。

（5）〝既白〟号は、奥州福島・越前・美濃・豊前小倉・筑前・筑後にも用いる人あり、注意を要する。

（6）『国書総目録』も、典籍秦鏡によるとして、明和二年成の既白著『乞食袋』六冊を掲げる。巴龍編のは五冊本である。

（7）蔵氏は古い稿で、闌更が希因の主要門人を列挙する『ゆめのあと』（寛政九年）の記事に、既白の名が落ちることを指摘する。後年の闌更の既白軽視は、気になるところである。

（8）因みに記せば、他の六人は蝶夢・二柳・江涯・重厚・其董《ママ》・白雄である。他に当時名家として暁台・青蘿の二人、復盛として蕪村・樗良・蓼太、闌更の四人を挙げる。

既白発句集

凡　例

△配列は、年譜掲出順によった。ただし、同形句は、初出句のもとに番号のみ記した。異形句は、初形句の次行に掲げた。

△作者名は、9・21・34・48・49・113〜132はナシ。26・27・39は既白坊、89は無外庵、ほかはすべて「既白」である。

△肩書は次の通り。

無外庵（3）加賀（5・35・42・95・109・112・148）加ゝ（73）カヽ（41・77）仝＝加賀（102）仝＝カヽ（57）、＝加賀（156）加州（39・75）仝＝加州（103）加賀金沢（86）カヽ金沢（91）加賀金沢古人（104）小松（40）加賀小松（87）若杉（106）粟津（37・59・64）幻住庵（43・45・47）大津幻住庵（46）、＝義仲寺（107）近江（66）僧（11・58）雲水（14・26・80）雲衲（24・50・82）行脚（18・23・76）雲水僧（36・62）行脚僧（4・19）加州僧（38）、（＝カカ）僧（28）加州金沢僧（13）

1　異見した僧は闇ゆく鵜舟かな

或僧因に世尊拈華の意趣作麼生と問けるに遍界不蔵と答けれと猶此僧同参の為に名利にくるしみ知識の釣竿に転却せられん事をいとひてかく申遣し侍る（(7)の前書）

2　名月や何を折ても花の枝　(7・40)

隠遁

3　世に倦てひとり住身や枇杷の花　(120)

麦林古尊師の旧恩を仰て

4　萍や広ふ歩行も水の恩

5　玉水を一夜の渕や菊の花

6　凩のつまつく音やひとつ松　(13)

8　臘八や霄のあかりハまよひもの　(25・101・106・119)

9　琴弾へうかれて来るや旅の雁

10　僧は推闇の扉やほとゝきす　(16)

11　梅さくや牛に追ハるゝ日の歩ミ

12　笑ハれた傘納せるしくれかな

14　匂ふ梅翌見に来うとおもひけり　(77)

夜行

91　匂ふ梅翌来て見んと思けり

15　掃さして手を拱くや松の塵

17　秋たつや草に持こす霄の雨　(128)

18　露に添ふ真砂の数やありそ塚

蝶夢ほうしにいさなハれて湖南にまかり　故翁の碑前にぬかつき侍りて

19　まほろしの花や夕日の片時雨

20　そとに寝る身をわすれたる寒サ哉　(92)

21　文塚のたよりも広し帰る雁

行脚のかへるさ翁の碑前にぬかつき

22　草木かれてはかなき霜を手向かな

23　白菊やとこへ捨ても京の水　(127)

西行谷にまかりて（(52)西行谷にて）

24　閑さや籬くつれてきくの花　(52・123)

26　あらさひし其人去て夏こたち

27　畑中の桑に掛たる袷かな　(74)

28　志賀ハ今草の都や虫の声　(41・100・118・152)

閙中閑居

29　松にして聞はやとしの市の音　(129)

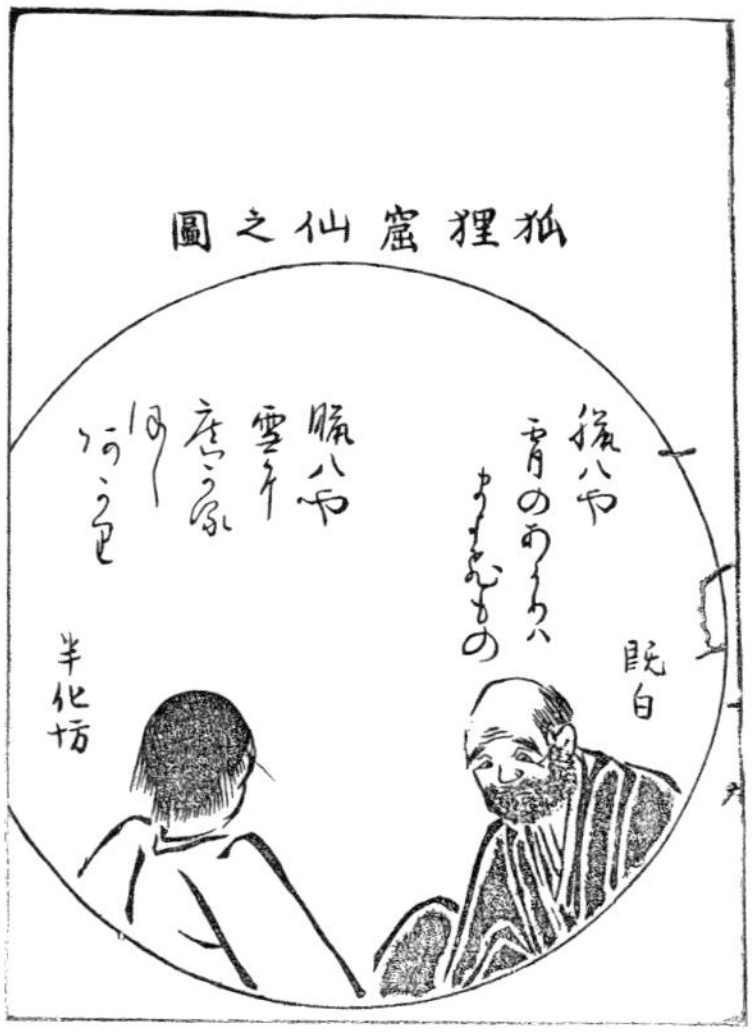

冬日素園尼を訪て

30　水仙やものにそまらぬはなこゝろ　(130)

無外庵にて除夜の三吟よゝし略

31　物もたぬ身は越安し年の坂　(131)

花洛留別歌仙

32　音のある水には添はて蛙かな

33　鶯の初音もかなし籠の中　(132)

34　すへをおもふ心もよはし帰花

一とせ野僧中国行脚の比丹頂堂におとつれ侍れハへ硯（カ）もて花野の雫ふり落せとなん挨拶の句を投せられし寒瓜翁此秋身まかり給ふと聞て再会の約のたかひし事を恨む

35　萩の露硯にしたむ手向かな

36　ことさらに竹の葉青し初しくれ

37　春風や布に水まく小石ハら　(65・95・109・113)

春興

38　淡雪を打払ふてや雉子の声

39　墨染もふかれて涼し袖のうら

42　橋立や浪しつまつて虫の声

43　冬の日のちからや野路の水けふり

44　ひとりさす船に鳴たつ芦間哉

いせの越知のさとなる釜月主人より給ハりけるせうそこのかえしするとて

45　先ひらくふみに南の梅床し

46　鶯の咽うるほすや竹の雨

47　鳰の海初日見せたし花の友

48　うない子の摘ては流す菫かな

(58)(58中七「摘んては」)

49 おほへなき我は何をか年忘れ
〔前書略：編者〕
50 くさの戸をいてゝきえはや道の露 (121)
51 老の身のなにゝなれとやきりくゝす (122)
67 老の夢何になれとやきり〱す (140)
暮秋
53 血に染るこゝろの糸やくれの秋 (124)
粟津の夜坐を題して
54 あらきなミ凮（水カ）古様の雪を聞夜哉 (125)
55 わか草や花をおもへハ摘おしき
56 くへかゝる岨に根強し木瓜の花
57 来る物は水一筋やかんこ鳥
59 六条に汐も焼かとおほろ月
(96・114・148)（(148)は河原院の句とす）
60 石菖や岩うつ水の泡の中
98 石菖や岩うつ浪の泡の中 (116)
61 ともし火に桙はきへて桜かな
73 とほし火は麓にくれて桜かな
87 灯火に麓は暮て桜かな

62 おのか身の哀ハ知らし秋暮ぬ
63 紙板に梅の雫や朝日影
64 梅かゝやまたいて越る垣なから
66 朝露や何もなき野ゝ石の上
68 雨たれハ日南《ひなた》にせわし梅の花
69 見るうちに比良と成たる寒さ哉
70 鉢扣捨し人よりもからひけり
71 机から一葉ちるやけさの秋
72 秋や立うらむかこときの松の凮 (126)
75 朝夕にちれとも萩のさかりかな (137)
76 冬の野や恋に朽たる鹿の角
78 京に居てひとり物思ふ月見哉
79 瓢にもかたむく軒や竹柱
80 藻の花やかさしてあそふ魚は何
81 名もしらぬ山路に花の夕かな
小野尻といへる山の麓の貧家にやとりて
（(102)前書ナシ）
82 うきは旅にしくものとてもきり〱す (102)
老労の身のわり[ムシ]都にハあり□ありな

から
83 その会にもあハつ□過る時雨哉
84 糸竹にハあらす朧月夜の御溝水
85 日にぬれし椎の葉色や初しくれ
〈年代不明〉
86 雨の日も下闇ハなし蓑生浜
88 冬もはやゆふぐれおそし窓の梅
越のありま川となんいへる里はなれの松蔭に
かゝりて
89 蒔うちにしらむうしほや夏の雪
〈没　後〉
90 北山やゆかりゆかしき菫草
93 とにかくに都や雪の朝ほらけ
94 何となく桜かもとのすゝみ哉
97 みしか夜や止んとしてハ橋の音（115）
99 川風に烏帽子かゝえて御祓哉（105・117）
110 川風に烏帽子かゝえつ御祓川
103 撫子に日のいとハるゝ真昼哉
104 たれこめて居ても弥生の庵哉

107 春寒しまたさゝ波に比良のかけ
108 花持しまゝてしハらむ花のもと
111 ほんの月ふたりと寄は踊哉
112 ゆふ暮や花ハともあれ三井の鐘
133 地につかぬ迄の詠や春の雪
134 炭売の欠す贈れる野老哉
135 京に来てよき水飲り氷室の日
136 犬神人や目はかり光る面の間
138 さらハとて雨にも勝すすまひ草
139 野あらしもミへす実なりぬ番椒
141 薯蕷汁や秋騒かしき小摺鉢
142 撰れて犬も先立小たかかな
143 世をはかる神の恵や升のいち
144 名もしらす拾ふてもとるこの実哉
145 せんたんの実よりこほしぬ昼の露
146 身ひとつを包ミかねたり破衾
147 つるの手の凍にも巻す雪の下
149 舞か手の風にのこるやかれ薄（妓王寺）
150 音もせてむこ山風やうめの花（武庫山）

151　朧夜やことさら須磨の古簾　（須磨里）
153　見くらへん月の姉河いもと川　（姉河）
154　川水に影はつかしや女夫星　（恥川）
155　晒のはしめや橋の納涼より　（密語橋）
156　淀川へ散込む桃のけしきかな

〔追補〕

○宝暦十三年一月頃刊の春帖『こゝろまかせ』（半化坊編カ）に発句一入集。

雨たれは日南《ひなた》にせはし梅の花　行脚　既白

○宝暦十三年頃、所持していた芭蕉伝書「うやむやの関秘抄」を蝶夢に写させる（高橋昌彦氏蔵同書奥書）。

○宝暦末頃か、加賀小松の永龍山建聖寺の境内に、芭蕉塚を建立する。中央の「蕉翁」の両側に「しほらしき名や」の芭蕉発句、左下に小さく「既白造之」と刻む。高さ八五センチ幅五〇センチ（弘中孝測定）の長方形。

○明和元年（宝暦十四）九月の伊勢行は、九月十一日付け可昌他宛既白書簡（『義仲寺』誌一三六号に翻刻）によると、近江八幡の西川可昌に同道したものらしい。とすると、その前に近江八幡に滞在したと推定される。伊勢では、伊勢俳人との俳席に可昌とともに連座、発句一をも詠む。

朝日さす常磐の中の紅葉哉　既白

○明和二年八月十九日　尾張鳴海の千代倉家を訪ねて一泊する。

八月十九日　晴天　今夕加賀金沢既白師ト云誹人東店へ泊。千蔵行。歌仙一折有之。

八月廿日　雨天　既白師今日名古屋へむけ御立の由。本家へ寄、笈拝見致度よし。千蔵見せる。

既白法師へ夜邂逅して、翌の日雨ふりけるに、別れを告られける。留錫不駐。

杖錫のいかにぬれたき露時雨　君栗　（『学海日記』）

一、加州金沢俳人既白ト申僧、夜前東店ニ一宿、今日手前へ翁之笈為見ニ来。知人ニ成。ホ句有。挨拶のホ句も致し遣。

北金城下の既白禅僧に初て相見して

月の色その明鏡の嘶より　透翁

蘭の匂ひに残る墨染

（『和菊日記』）

（『蕉翁笈拝見録』にも次の記事。いずれも森川昭翻刻）

透翁主人のもとにて／古翁の手なれ給ひし笈を拝見し侍りて

行すへの千代もあかるし笈の月　雲衲 既白

○明和三年四月成『奉扇会』（文素編）に、既白発句の百韻一巡（文素脇・蝶夢第三）一巻が収まる。

散るあとも名にたつ里や青あらし　既白

○明和四年三月成の『宮古のてぶり』（蕉雨編）に、発句一入集。

涼しさや音も香もなき石の上　粟津 既白

（斉藤耕子翻刻『福井県古俳書大観第六編』）

○明和四年八月一日　八朔の日ゆえ樗良と近江八幡の佃房を訪ね、発句一を詠む。

八朔に竹庵を訪ひて

粟黍に留めけり庵の頼母の日　既白

（『義仲寺』誌一三八号）

○明和四年秋刊の『わたり鳥』（柳隠士左十の伊勢行脚餞別集、書名脇に信上田とあり）に、総巻軸句として発句一入集。その前は蝶夢句。

あしの屋を潜りて虫の鳴夜かな　水雲僧（ママ） 既白

○明和四年秋刊の樗良が近江八幡で編んだ「秋興」一枚刷に、同座の十句表（樗良発句・可昌脇・既白第三、竜石も連座）と発句一入集。

暮るよりうき暁や秋の鐘　　雲衲 既白

○明和五年冬頃、丹後の百尾が編む句集のため、一句を詠んで蝶夢に託す（蝶夢書簡279）。

○明和八年六月刊のしら尾坊昨烏の入洛記念の一枚刷に、総巻軸句として発句一入集。その前は子鳳句。

何気なき桜かもとの涼かな　　行脚 既白

○明和八年七月刊の『蔦の枯葉』（蘆路・青芽編）に発句一入集。

五月雨や飛鳥井殿に琴の音　　加州金沢 既白

○明和八年十一月頃成の『梅の草紙』（後川編・梨一序・蝶夢跋）に、発句一入集。

畑中の桑に掛たる袷かな　　若杉 既白

○安永元年（明和九）四月、雲上の高僧無角の発句を得て、記念に一枚刷を刊行する。既白の道心の俳諧を耳にした無角が「月にほふ西へ心もそふて入」と詠み、三月末、美角を通じて既白に与える。これに応えて既白が「歓喜の袖にはなのつゆちる」と脇句を付け、美角・定雅の春興発句各一、既白の発句一を添えたもの。

初夏吟

瀧の雫卯の花染るゆふ日かな　　既白

○安永元年（明和九）逝去を前にして、惟然の風羅念仏を定雅に伝える。『惟然法師追善風羅念仏』の狼狽窟土卯跋（寛政十年秋）に次の記事が在り、風羅念仏伝承への関与が知れる。

近頃既白ありて此風羅念仏を伝へたり。終焉の時にいたりて椿花のぬし（定雅）にかの念仏の始末をねもころに伝へ、猶惟然師か手跡のたんさくをあたふ。（中野三敏「土卯風流」〈『江戸狂者傳』収〉）

○安永五年序の梨一著『奥細道菅菰抄』に収める「芭蕉翁伝」の末尾に次の記事が在り、芭蕉伝伝承への関与が知れる。

右伝記は、伊賀上野の俳士桐雨の筆記、加賀若杉の僧既白房の覚書を併せて是をしるす。

○年代不明　丹後の木下百尾の留句帳（市立舞鶴西図書館蔵）に発句二が見える。

淀川へ散込桃の気色哉

置霜に羽たゝく音や夜の鶴

○年代不明　近江八幡の西川可昌の留句帳（『義仲寺』誌一六九・一七〇号に翻刻）に発句一〇が見える。

十里亭にて

冬の庭うつくしき葉は掃残し　既白

西行谷にまかりて

閑さや籬くつれて菊の花　既白

華洛に遊ひ故郷へ帰るとて浮巣庵（宗古）に錫をとゝめし折から、主の落髪を祝し侍りて

童部にもとるやはなの雪丸け　加州既白

白菊や何所へ捨ても京の水　既白坊

降でなをひら辛崎やけふの月　既白

海山の闇は果なしけふの月　既白

鳥も来て拾ふや秋のこほれ物　既白

秋たつや草に残りし宵の雨　既白

ちからなき日を曳もとす花の哉　既白坊

初時雨松葉掻《ガウ》く子共さわきけり　既白

○年代不明　出羽秋田の吉川五明の留句帳に発句二が見える。

冬の野や恋に汚《（朽）》たる鹿の骨　　カガ　既白

匂ふ梅翌来て見んと思ひける　　カイ（ガ）　既白

蝶夢の俳壇登場をめぐって——義仲寺行事・橘屋

（本稿前半部は、ほとんどの記事が『蝶夢全集』の年譜などに吸収されたのでここでは省き、一部を摘記するにとどめる。）

一　年代区分

蝶夢の活動の初期として扱う期間を明和七年までとし、さらにそれを〈～宝暦十年〉〈宝暦十一年～明和七年〉の二期に分け、それぞれを第一期・第二期とする。区分の指標は次の通り。

宝暦十一年に初めて支麦系俳書に出句するので、宝暦十年までには、宋屋門から支麦系俳壇へ転じたはずである。俳系変更という重大事。また、明和七年の義仲寺芭蕉堂修復落成は、最初の事業の達成として指標にふさわしい。

二　この期の略伝（略）

三　第一期の俳歴

宋屋への入門の時期は知れない。宝暦四年六月の巴人十三回忌で同座しており、これ以前であるのは確か。『杖の土』に収まる連句三巻に嘯山と共に同座し、一巻では「師翁の歯を寿く」の詞書で発句を詠むが、いずれも年次の特定に至らない。

蝶夢が後に宋屋について語る語が見当たらない。宋屋の没時、追悼百韻に同座せず、追悼集『香世界』には、

散ぎはもさすが老木の桜かな

の一句を寄せるものの、切ない哀傷や追慕の情を伝えない。

四　第二期の俳歴

1　宝暦十三年まで

宝暦末年の重要な事象は、加賀の希因門下の俳人が、相次いで活発な行脚活動を行い、蝶夢にも接して影響を与えたことである。

二柳　敦賀の琴路邸で初めて蝶夢と対面、これを契機に蝶夢は地方系蕉門に転じる。二柳は、宝暦九年八月、琴路邸で『細道伝来記』をものし、十二月兵庫・須磨・明石と旅して但馬の生野で越年、一年間滞在の後、翌十年十月には後援した文狸編『落葉籠』の序を認めて生野を去り、近江八幡で越年、同十一年正月に同地俳壇で『除元帖』を刊行した（蝶夢も出句）。同年三月には都に出、洛東双林寺の墨直会を主催して『墨直筆ついで』を刊行する（蝶夢も旅先から出句）。この年も近江八幡で越年、翌十二年正月『壬午歳旦其しらべ』を刊行（蝶夢も出句）、閏四月十二日には再び墨直会を主催して『墨直この卯月』を刊行する。その俳席には蝶夢も同座して、二柳に邂逅した。二柳はその後伏見に居を移し、同年冬には伏見を発って讃岐丸亀で越年、明和末まで讃阿に滞在した。また二柳は、

早く寛延末には京に出、几圭を通じてかなり多くの京俳人と交流していたようである。

既白　既白については、本書に別稿を収めるので、一、二を記すにとどめる。蝶夢との初めての対面は、宝暦十一年秋かと思われる。二柳の仲介があったか。蝶夢は、出会い直後から蕉風復興について既白から鼓吹され、意気投合したようで、明和二年刊の『蕉門むかし語』に序を寄せるのも、その延長上にあろう。

麦水　麦水は、宝暦十一年三月の墨直会に出席し、二柳と十年振りに再会、二柳に伴われて近江八幡へ入ったはずである。再会の感激の場面を、『墨直筆ついで』は次のように記している。

一別十とせばかりなる四楽主人にこの東山にめぐりあひて

暫くはものゝいはれぬさくら哉　三四坊

見しりは残る髭の雪にも　麦水

折から蝶夢は旅に在ったが、麦水は翌十二年（秋冬頃か）にも上洛しており、この時、蝶夢に会ったと思われる（追記―両者が嵯峨で虫聞きをした摺り物があり、これが同年であろう）。宝暦十三年冬には『鶉たち』刊行のため入洛（より早い十二年冬のことか）、蝶夢はその周旋をしたと見え、与えた跋を「橘やか店にして蝶夢子らく書す」と結ぶ。蝶夢への影響も在り得たろう。

二柳の紹介によって、蝶夢は京の地方系蕉門俳壇へ転じるが、それは、子鳳を中心とする小グループであった。子鳳は支考系らしいが、宝暦六年から三年ほど上方に滞在した烏酔に親炙している。

宝暦十三年には東北へ旅し、江戸で多くの俳人に接したろう。冬、初めて義仲寺の芭蕉忌行事へ参加し、次第に京・湖南俳壇の地方系蕉門俳壇リーダーの位置を得る。

2　明和三年まで

交渉圏が全国へ拡大して行くが、とくに江戸俳壇との密接化が注目される。子鳳グループの誘引によって烏明編俳書に定期的に出句し、明和三年秋からは「月次定連」の扱いを受ける。蓼太にも親近し、反江戸座意識の共有もあって、支麦系の枠を越えた東西連携による蕉門統一の素地をつくり始める。

明和二年の蓑笠庵梨一の来遊は、後に『もとの清水』を託されたこともあり、蕉風追究の篤実な先達として、蝶夢に大きな影響を与えた。

3　明和七年まで

指摘すべき第一は、江戸系俳書への出句のさらに著しい増大である。烏明を介してか、他の烏酔系乃至柳居系俳書へも出句が拡がる。蓼太とはさらに密になり、その傘下の多くの俳書に出句し、東海俳壇との関係も円滑になる。特色の第二は、地方俳壇の広範囲な掌握である。東日本俳壇を支配する江戸俳人との親交は、東日本の範囲にも蝶夢の俳圏を拡げさせ、全国俳壇統一への道をつくる。第三には、旅の多さを挙げよう。長短六回の旅は、地方俳壇へ出向いて結合を固めるなど、積極的な意図に基いている。中でも伊賀上野には三回も訪れており、『三冊子』など多くの新資料に接した意義は大きい。

五　双林寺行事から義仲寺行事へ

1　双林寺行事

前節においては、其嵐系の宋屋門から支麦系俳壇へと転じた蝶夢の活動を、およそ十年間にわたり辿ってみた。

第二期として区分したこの期間は、あたかも蝶夢の生涯で而立と不惑の間にあり、後年の活動の基礎はここに築かれたと称してよい。この期間、蝶夢の編著書と見做し得るものに次の一七点がある。

宝暦十三年『松しま道の記』『蕉翁七十回忌粟津吟[1]』
明和　元年『しくれ会[1]』
　　　二年『乙酉墨直し』
　　　三年『丙戌墨直し』
　　　四年『丁亥墨直し』
　　　五年『戊子墨直し』『門能可遠里』『鳰の二声』『しくれ会』『はちたゝき』
　　　六年『己丑墨直し』『しくれ会』
　　　七年『庚寅墨なをし』『施主名録発句集』『しくれ会』『奥の細道』

この内『門能可遠里』は未刊の俳論、追悼集『鳰の二声』はむしろ故人の社中編とも見做し得るもの、『奥の細道』は校訂書と呼ぶが正しいであろう。とすると、蝶夢の能動的な意志に基く編纂刊行書は、残る一四点ということになる。これはおのずから二類に分ち得よう。編纂動機に私的性格が強い、旅行記念集『松しま道の記』と雅興記念の『はちたゝき』、そしてこれ以外の一二点である。年譜に見るごとく、蝶夢が序跋を与えた刊行後見の俳書はこの期にも多かった。これは蝶夢が、並ならぬ編纂の技倆を有し、すでに経験浅からぬことを物語る。蝶夢は望みさえすれば如何様の俳書も編めたし、それだけの俳壇組織力も既に備えていたはずである。とするなら、右の一二点の俳書に共通する性格こそ、蝶夢の俳壇活動の意図を示すものと言わねばなるまい。

　この一二点は、編者の私的動機より編まれたものでなく、すべて俳壇の公的行事の記念集であり、すべて芭蕉追悼行事に伴うものであった。六点の『墨直し』は洛東双林寺のそれ、残る六点は粟津義仲寺の行事である。そして

『施主名録発句集』を除けばすべて恒例の年中行事であったから、蝶夢の初期刊行書は定期的な芭蕉追善行事集を主とした、と性格付けることができる。追善行事は勿論仏式で行なわれた。初期蝶夢の活動は、仏徒文芸者として、文芸を宗教の中に位置付けることから始められた。そのことを説く前に、芭蕉追善行事の歴史を、まず双林寺から振り返ってみよう。

誰しも知るように、芭蕉は元禄七年十月十二日にその生涯を終えた。葬送とその直後の追悼のさまは、『枯尾花』『笈日記』『芭蕉翁行状記』に詳しいが、門人達の離間分散とともに、その行事は各流派の枠内に止まり、独特な形で儀式化されるものさえあった。その著名なものが、支麦系俳人が例年三月十二日、洛東円山の双林寺で行なった〝墨直会〟である。同行事の沿革は次の通りである。すなわち、その濫觴は宝永七年（芭蕉十七回忌）の支考による芭蕉追悼の石碑建立にあり、その碑面刻字に墨をさし直す行事として、翌八年（正徳元）三月吾仲が主催、『東山墨なをし』を刊行したに始まる。支考とこの地の縁は深く、同書にも「此碑を洛東の双林寺に立る事は古翁の十三回忌を爰に修して万句の連名帳を此碑下にとゞめ……」と記す通り、遡れば宝永三年の十三回忌法要（『東山万句』）、さらには元禄九年の三回忌法要が(2)、ともに三月に当所で営まれていた。正徳三年三月には、この石碑の仮名詩銘に秘注を施して同寺に納めており(3)、墨直会もおそらくは支考の創案指導に成るものであろう。

以後しばらくは例年催されたらしく、正徳四年（21回忌）には芦本編『第四伊勢墨なをし』があり、麦林派の参加をも見るに至る。しかしこの行事も、『三千化』を編んだ享保十年支考主催の三十三回忌（繰上げ）を頂点として、次第に低調化したようである。延享二年（52回忌）百川編『八僊観すみなをし』、寛延三年（57回忌）五竹坊編『墨なをし』、宝暦四年（61回忌）其麦編『東山墨なをし』、宝暦五年（62回忌）巫山編『宝暦乙亥墨なをし』、同七年（64回忌）五竹坊編『墨なをし』など伝存するが、いずれもさほど盛況を示すものではなく、毎年欠かさず行なわれたかも疑わしい。二柳が主催したのは、これに続く宝暦十一、十二年のそれであり、蝶夢が出句また出座したことは既に述べた。明和二年以降この行事を主催した蝶夢が、等しくこの伝統を尚び、先人の意志を継承しようとしていたことは、『乙酉墨直し』序に、

　むかし六条の吾仲、ちればこそ桜を雪に墨直しと吟じそめしより蕉門の公式となりて、物かはり星うつれど都鄙の遺弟その志を継ぎ……中比は吾仲・百川のともがら、みな我門の名匠たりしも……

と記すとおりである。

　このような双林寺行事の系譜的連続を知る時、おのずからその場＝双林寺に関心を抱かざるを得ない。その来歴を探ると、金玉山双林寺はもと天台宗の別院で伝教大師の開基と伝え、(4) 元徳年中国阿上人が時宗に改めてからは時宗国阿派の本山とされ、明治初年に天台宗に復した。その過去帳には、法名に阿号または阿弥陀号を持つものが数多く見られ、十六日条に「建久四年《ママ》癸丑二月西行円位上人」、十三日条に「応安五年子三月頓阿法師」とあるのが注意される。ことさら過去帳を引くまでもなく、西行・頓阿が当寺に縁あることは周知の事実でもあった。西行がこの近傍を往来し、頓阿がまたこれを慕って結庵したことは、それぞれ『山家集』の詞書や『井蛙抄』に明らかで、今も本堂前には、平康頼碑をはさんで、左右に西行・頓阿の石碑が並立する。康頼は、俊寛とともに流され、赦免後仏門に入った悲劇の人物、『平家物語』巻三に当寺に籠って『宝物集』を著したと伝える。頓阿碑の表は「頓阿法師」、裏に「延宝二甲寅年建之」とあり、享保三年刊（天明四年再刻本による）の『京城勝覧』には、双林寺境内に続く西行庵の図を見ることができる。近世人はなお西行・頓阿を忘れずに追敬し、彼等にとって双林寺は、二歌僧に由緒ある時宗の寺だったわけである。

　支考が当寺に芭蕉碑を建てて追福行事を営んだのも、この二事実と無関係ではなかった。その仮名詩碑の銘で支考は、まず「道はつとめて今日の変化をしり、俳諧はあそびて行脚の便を求むといふべし」と芭蕉以来の行脚性を

強調し、末を「東華坊こゝに此碑をつくる事は、頓阿・西行に法縁をむすびて道に七字の心を伝ふべきと也」と結ぶ。芭蕉の行脚の生涯とその西行への帰向は常識であるが、文考が特にこの二を挙げて説くのは、芭蕉をこの地に有縁の者として結びつけようとの意図に他ならない。かく事寄せるには、この寺が西行・頓阿に因み、二人が行脚歌人であると指摘するだけでも足りるが、西行・頓阿が時衆文芸にかかわることを想起させ、芭蕉もまたこの系列で捉えさせようとするなら、その意図は全き成功を得るであろう。三者を時宗と関連付ける根拠もまた存するのである。

西行を時衆と見做すのは時代的に無理としても、後に時宗にも吸収された高野聖の一人とする説がある。[(5)]五来重氏の『高野聖』であるが、[(6)]特に今注意されるのは、康治元年三月十五日の内大臣頼長邸における自筆一品経の勧進を勧進聖の活動とみなし、この後も双林寺・長楽寺等に集う聖たちに交っていたと述べる点である。また同氏は、かの康頼も鬼界ヶ島の帰途に高野聖の勧進大念仏を営んだとするが、[(7)]双林寺がこのような聖たちの集う寺であったがために後に時宗化され、彼等の法名をも記録したのだと理解できよう。西行が時宗に受容されたのは、『一遍上人語録』にその名を見出すことからも明らかであり、[(8)]室町期の頓阿が時衆であるのは言うまでもない。[(9)]そしてまた芭蕉についても、遊行宗的な生き方が影をさしているとか、その俳論に一遍法語の影響があるとかが説かれ始めている。『芭蕉庵小文庫』に見える次の句は[(補註一)]幾つかの真蹟も伝わるが、詞書には芭蕉の聖たちへの親愛感を偲ばせるものがある。

柴の庵ときけばいやしき名なれども、よにこのもしき物にぞ有ける。此うたは東山に住ける僧を尋て西行のよませ給ふよし、山家集にのせられたり。いかなる住居にやと、先そのようう。

坊なつかしければ

柴の戸の月や其まゝあみだ坊　　芭蕉

法衣をまとう行脚姿もさることながら、その生活心情乃至世界観には、やはり時宗的要素を含んでいたと想像できよう。

ところで、支考がその芭蕉追福行事を双林寺に営むに当っては、この時宗寺としての当寺の伝統が充分に認識されており、かつまた彼等の儀式が時宗的粉飾を帯びることに何らかの利点を見出していたものと思われる。例えば支考の『発願文』の「名利解」には「十三年には洛の双林寺に一万句の供養を述るは、巻頭には遊行上人の句を乞ひて」とあり、『東山万句』には「念仏上人の御発句に、法師が脇つかうまつりて、此表のはじめに置奉るべきに、そはおそれおほき事なりとて……長安梓上の名をはゞかる」と断るものの、その句は『三千化』の惣巻頭に掲げられている。現住によらず特に回国の遊行上人に発句を乞う点に、行脚をこととする美濃派俳諧師の非定住の僧への共感と尊敬とが窺えるが、また一方でこの行事が算用を度外視した名利に出でぬ徳行であると主張する（名利解）のは、当寺における追善が、諸国の連衆に評価され得るのを充分勘案してのことと思われる。行動形態を遊行僧に借る彼等にとって、遊行上人との有縁を京の寺院で立証したのは、その後の行動に何かと益したであろう。

今その芭蕉供養碑を尋ねると、(補註二)西行堂に向かって左側に、西面した八基の石碑が立ち並ぶ。右から二番目が例の仮名詩碑、その右に梅花仏（元文二年二月十六日廬元坊建）、その左に廬元法師（五竹坊建）、帰童仙（＝五竹坊）、朧庵（＝再和坊）と次々にその道統の碑が林立する様は、この地が同派の有力活動拠点として機能したことを充分に察知させる。この供養形式が支考の供養にも踏襲されたことは、七回忌の『渭江話』の「口牒」や「洛東建鑑塔序」にも窺えるが、同序は美濃から遠い都に二つ目の同じ碑を築いた理由を、「さるは年〲諸国の風騒も都の花につどへればならし」と述べていた。地方俳壇の掌握に何かと便利な都に拠点を得ようとの意図は明らかで、都も景勝の地で宴遊にも好都合な東山[10]を選んだのは、その目的により適うからであろう。時を三月と定めたのも花の季節ゆえと思われ、花の下の俳諧を気取ることもあったろうか。しかし、幾つかの条件の中心をなすのは、やはり時宗寺院双林寺を場としたことであった。『東山墨なをし』の編者吾仲は京の人、しかも百阿の別号を持つが、この阿号は美濃派俳諧師と念仏宗との関連を暗示するかのようである。

以上は、美濃派の双林寺行事を概観したのであるが、双林寺以外においても、支麦系の芭蕉追善行事は時宗乃至浄土宗の寺院を用いることが多い。例えば寛政の芭蕉百回忌であるが、大坂の二柳は完来・大江丸とともに天王寺の遊行寺に営み（『俳諧袋』）、豊後杵築の菊男・青容等は、その一族の菩提寺を日蓮宗であるがゆえに避け、粟津の得往を招いて浄土宗の法西寺で執り行っていた（『時雨塚百回忌』）。また臥牛洞狂平が伊予松山円満寺において支考二十五回忌に仮名詩碑を建て、同じく三十三回忌を営んだのは、双林寺行事をそのまま地方に引き移した例であり、その三十三回忌の席に導師として行脚俳僧二六庵竹阿が列席するのも注意されよう（『きさらき』）。この円満寺もまた浄土宗と言われる。今、近世中期のすべての芭蕉追善行事を検討するいとまはないが、それに最も熱心だった支麦系の諸俳壇が、時宗乃至浄土宗という特定宗派を選んで法要を営み、またその席に導師として行脚俳僧が列席することが多かった事実を、右の二、三例からもほぼ推測できると思われる。因みに記すなら、『三千化』巻頭に収める口牒は、

従《リ》二東国西国之遠《キ》一乍《ナガラ》レ隔《テ》二雲水之便《ヲ》一将《ンニハ》レ有《ラ》二蕉門通志之人《ノ》一爾者乞《ヒ》二請《ケ》一人一章之《ノ》発句《ヲ》一……

と記していた。この「雲水」の語を行脚僧の意と解するなら、ここには俳壇の末端組織者として機能した行脚俳人を「雲水」と規定し、その行動を遊行僧のそれとして意識的に打ち出す態度が見出されるであろう。支麦系俳人の活動は、かようにその場、その人のいずれにおいても念仏宗的色彩をその特色とするのであった。

2　蝶夢と念仏宗

私は先に、蝶夢の初期の活動が芭蕉追善行事を主とすることを確かめた。その行事は双林寺・義仲寺に限られず、「京極中川の蝶夢なる法師を請じ此地の風雅の導師とせん」（『はし立のあき』鷺十序）との依頼を受けては、丹後や播磨の芭蕉塚供養へも出かけていた。建碑供養の導師を勤め、その記念集編纂に協力する、また諸地方の建碑記念集に序跋を与え、出句することも多かった。これらの活動は、形態的には明らかに支麦系のものと一致する。かような蝶夢の活動は決して第一期には見られなかった。[11] 蝶夢の内面において、仏道と俳諧とは結び付き得るものではなかった。その変化は支麦系に転じて後のことであり、その転機が敦賀琴路亭の頓悟にあるのは自ら白輅宛て書簡などに記す通りである。二柳の手引きで京の支麦系俳壇に参入した蝶夢は、京に有力俳人を持たぬ支麦系俳人集団にとってやがて貴重な存在となる。その蝶夢に期待された第一の利点は、彼が僧籍を持つことであり、これは始めて墨直会を主催した折の蝶夢の言、「法筵の導師は墨衣の役なればとて、そのゑらびにあひたるも……」（『乙酉墨直し』序）からも推察できる。そしてその仏徒的一面は、自ら俳系転向について用いた「頓悟」なる語にも見え、きわめて濃くその色合いを帯びている。よって蝶夢の俳諧が仏道と結合した淵源である琴路亭頓悟に立ち返り、今一度検討し直さねばなるまい。

琴路亭頓悟の時期乃至二柳との交渉開始の時期について、私は初め、「宝暦八・九・十年の間に在って、その後半ほど蓋然性が高い」と考えた。宝暦十一年三月の二柳編『墨直し』が蝶夢の投句した支麦系俳書の最初であり、その年十月頃刊の琴路編『白烏集』・既白編『ゆふ日烏』に入集するからである。『白烏集』は敦賀俳壇の芭蕉忌に因む鐘塚建立記念集で、巻頭の凡例には、

一　総巻頭　遊行上人御発句有。
蓮二坊の三千化に倣ひ、幸に近き頃五十二世のひじりの巡回の輿を持得て、希てこの撰集のかざしとはなしぬ。

と記し、遊行上人一海の発句をも掲げる。この凡例は全く『三千化』のそれを模したもので、遊行上人の代こそ違え、『三千化』同様、本書もまた巻頭を遊行上人の句で飾ろうとするのである。越前敦賀への遊行と言えば、われわれはまず芭蕉の名句を想起するが、そのお砂持ちの行事は近世中期も行なわれていた。

そこで先の「宝暦八・九・十年の間」の巡錫を確かめると、『白烏集』に見える巡錫が宝暦九年であることを、望月華山氏の『時衆年表』が明示している。清浄光寺蔵『遊行日鑑』によれば、遊行五十二世他阿上人一海は、同年九月十一日敦賀に入り、二十日気比大神宮の御道造りを執行した。『白烏集』の編者琴路が「巡回の輿を持得て」と記す事実も、今『遊行日鑑』で裏付けることができる。

十六日清天《ママ》、法事如常。今日常宮御社参之砌御乗船見分ニ弁瑞被仰付候。共《(供)》壱人相添……今日御船見分ニ弁瑞参候処、四百俵積之船、此方より紫幕白幕弐張遣筈也。白崎庄次郎と申仁之船也。

気比神宮は対岸に摂社常宮神社を持つが、そこへ渡る上人の御座船を蝶夢の知る琴路が提供したというのである。白崎琴路は当地の有力町人で回船問屋・酒造業を営み（石川銀栄子『越前俳諧提要』(補註三)）、小宮山蕉雨とともに当地俳壇の中核であった。『遊行日鑑』はまた、

十四日……当所町年寄小宮山伝右衛門・道川九右衛門・三宅俊助伺御機嫌ニ来ル。御礼頂戴……

とも記録する。蕉雨も蝶夢に親しく、後明和七年に没するに当っては蝶夢に書を致した（『蝶夢全集』一八〇頁）ほどである。

このような蝶夢値遇の人を見出すにつけ、当時の蝶夢の動向が思いやられるが、『白烏集』に遊行上人とともに

出句する蝶夢は、お砂持ちには関与しなかったのであろうか。否、蝶夢もまたこの時敦賀に在ったのである。『嘯山詩集』巻六には「送三蝶夢之二越前一」と題する七言律一首を載せ、(12)その題の下に「荷レ土遊行上人、気比祠典故、夢本其派僧、其先塋亦在二角鹿一」との割註を付している。この年九月、蝶夢が敦賀（角鹿は古名）に旅し、その目的がお砂持ち行事の拝観と先祖の墓参にあったことが、ここに明らかになる。おそらくは拝観が主で、その機会を利用しての墓参だったのだろう。蝶夢の出京はお砂持ちの日取りを見合わせてのようであるし、また「夢本其派僧」でもあったのだから。『俳諧童子教』所収の「師伝」は「幼《フシテ》投《ジテ》二洛東法国寺《ニ》一師《トシ》二事《フ》其阿《ヲ》一其阿《ハ》遊行之徒《ナリ》鑑《ミテ》二児《ノ》頴敏《ナルヲ》一九歳《ニシテ》剃度」させたと伝えていた。少年時から聞き知っており、しかもそれまで機会稀だった盛儀を見むものと、先塋の参詣を兼ねて出かけたことは有り得よう。

『遊行日鑑』はまた、お砂持ちに他阿一海の相手を勤めたのが京東山法国寺十世の順察であり、これまでの功労により足下位を免許したと記録している。現在法国寺の地には歓喜光寺があり、(補註四)『法国寺過去帳』も同寺に伝存するが、順察は、

当山十世其阿上人足下順察老和尚
明和三戌年十一月十五日

また前代は、

当山九世其阿上人足下禅量老和尚
宝暦四戌年九月五日遷化

と記され、八世の条を空白に残して七世の覚阿上人（享保十年〈一七二五〉没）が記載されている。蝶夢の師が何世の其阿であるか、今確かめるすべなきものの、九世の法名が「禅量」であるのは注意されよう。なぜなら蝶夢の霊名が「禅蓮社詮誉幻阿量的西堂」で、内に「禅」「量」の二字を含むからである。この老和尚を蝶夢の師僧として

も年齢上に齟齬はないが、もしこの仮定が成り立つなら、順察がかつて蝶夢の法兄だったとする推測も可能であろう。蝶夢の敦賀行は、おそらくは順察のお相手役拝命を知ってのことである。

群衆に交じって盛儀を拝観するその胸中にはさまざまな思いが去来し、若き日師僧に鼓吹された宗教的情熱が新たに躍動することも有り得たろう。琴路亭頓悟はおそらくはこの前後のことと思われ、「俳諧に道のある事を自悟せし」という精神性の発見の背後にこの大なる宗教的事件《イヴェント》を置いてみるなら、理解は充分に自然なものとなり得るだろう。遊行上人の宗教行事に和歌は不可欠のようであるから、蝶夢はお砂持ち行事で仏道と文芸との結合を眼前に見、従来の生活を振り返って二者の乖離を覚ったのかもしれない。またそれゆえに、仏道の色濃い支麦系の俳席に容易に溶け込めたのかもしれない。いずれにせよ、かつて得度した宗派の行事が何か強い感銘を与えてのことに違いない。蝶夢はまたこの感動を、浄土宗信徒である琴路とも語り得たはずである。琴路の檀那寺は敦賀の名刹大原山西福寺で、当寺は古く念仏弘通道場と称されたと言い、江戸期の住職には、蝶夢と同じく蓮社号・誉号の他に阿号を持つ者が多い。また、西福寺の末寺は近江の伊香郡・東浅井郡に多かった。

これまでの論述は、琴路亭頓悟に前後する蝶夢の動向を通じ、その精神的転機を促した要因を探ろうとしたのだが、これにはやはり、彼の仏徒的側面のより深い理解が欠かせぬようである。従って私は、彼の属した浄土宗または時宗という念仏宗教団の特質を知り、その近世における実態を確かめておきたいと思う。

念仏宗教団の起源は、平安中期に現れた聖（ひじり）達の活動に求めることができる。堀一郎氏によれば、聖とは、正統仏教が貴族化し形式化し世俗化する中で、道心堅固に「初発心を宗教的に高め深めようとする恣意的な隠退の行者」(13)に対する尊称であり、彼等は仏寺にありながら、そこから改めて遁世し、入道しようとしたという。彼等の本質はその非世俗性にあるが、彼等はその求道性の故に、次第に俗ながらも精神的非俗性の形而上世界にあこがれる民間の優婆塞の信仰形態の中に受容されて、そこに俗聖的な非僧非俗の求道者の一群を生み出し、その優婆塞的在り方において逆に一層宗教性は純化された。ところで、その「ヒジリの性格を、念仏行に盛って、これを山上の隠遁行から山下里俗の信仰に移した」[14]つまり民間に下降せしめた最初の人は空也であるが、彼は京都市内に隠れて氏姓を言わず、庶民の中に伍して念仏の行をすすめ、「市聖」また「阿弥陀聖」と呼ばれた。伊藤唯真氏によると、「阿弥陀聖」と称されたのは「念仏を自ら唱えるだけでなく、同時に他に勧めて唱えしめた点」[15]すなわち勧化性にあるといわれ、やがてこの称は一般化し、「世ニ阿弥陀ノ聖ト云フ者有ケリ。日夜ニ日夜ニ行キ、世ノ人ニ念仏ヲ勧ムル者也」（『今昔物語集』巻二十九）と記録されるようになる。この一群の民間教化僧は、先に述べた如き優婆塞的宗教形態をもち遊行形態をとることにおいて、古くかつ幅広いわが国民間信仰の伝統に位置づけ得るものであり、その口称念仏の性格は「葬送や死者追福の儀礼と密接な関係」[16]にあって鎮魂呪術的な機能を有し、民衆的世界に密着していた。聖の系譜は、時代を下るにつけ庶民教化性をその著しい特色とするが、仏道を煩瑣な形式から解放してその易行性を強調するためにも、専称念仏はさらに徹底されて行く。

また阿弥陀聖の中には、自らの法号に阿弥陀仏号を用いる者も現れた。この法号は、念仏を勧める教化僧を弥陀の化身または使者と見なそうとし、また自ら称する場合は己を弥陀の化身に転化せしめようとする意図に基くといわれ[17]、早く十一世紀初頭に見えるものの、寿永二年（一一八三）重源の大仏殿再建勧進を契機として急増するという[18]。阿弥陀仏号またそれを略した阿弥号・阿号の所有者は勿論聖の流れに立つものであるが[19]、これらの阿弥陀聖は、法然の登場とともに浄土教団と結びつき、また一遍が出るに及んで時宗へも多く流れ込んだ。中世の念仏宗教団は、これら多くの浄土宗・時宗また特定宗団に属さぬ遊行的勧化僧の社会基層における活動に支えられて成立し、彼等は村落の仏堂・寺庵を基盤として行脚を展開した。しかし織豊による国内統一が進む天正から寛永にかけ、中世においで漂泊の念仏聖たちが寄留したこれら民間群小寺院は、浄土宗教団の制度化移行に伴って浄土宗化する。聖たちは、これらの寺院やまた新たに造立された浄土宗寺院の開創者として定住して行く傾向を見せ、これには時衆もかなり吸収されて時宗衰退の一因ともなったという。(20)(このように浄土宗・時宗は、その宗派の区別以前に念仏聖の活動を母体とした共通の性格を有し、互いに影響し合って存在したものと理解できる。)

しかし、定着の僧侶たちで組織された近世の浄土宗教団は、かつてのように純粋な専修念仏の教団ではあり得ず、僧風は安逸放堕に陥る。するとここで再び教団内部に聖の伝統がよみがえることとなる。「静閑の地に道場を設けて、称念の行に専入し、以て法然の恩に報いんとし(21)」た「捨世派」がそれで、その立場を説いて洛東華頂捨世一心教院四十世妙阿玄秀は、宝暦十二年に「抑捨世とは遁世の事をいへる也……是なん出家中の遁世にして真の出家なるを捨世とは名付たるなり」と述べている。捨世とは、近世浄土宗の場合、出世つまり香衣上人号の綸旨を受け、中クラス以上の寺院の住職となる資格を得ることをいとうことを意味した。従って近世「捨世」僧は往古の聖たちを理想とし、名利を捨て寺院を領しない。小寺庵室に住み、また諸国行脚をこととし、称名中心主義を貫いては「法然に還ろう」との主張を掲げ、浄土宗教団に大きな刺戟を与えたという。ここにおいて、近世浄土宗教団内になお、聖本来の非世俗性・反形式的信仰主義・実践主義が根強く命脈を保って底流する事実を認めざるを得ないであろう。

以上は、堀一郎・伊藤唯真両氏の御研究から念仏宗教団の系譜を辿り、当面の問題にかかわる部分を抽出してみたのだが、ここで同教団の特性を整理してみると、——まず発生期の聖においてすでに現実に対して常に否定的であろうとする反世俗性が認められ、これを彼等の活動の本来的な契機とみなし得る。やがて彼等の宗団は道心ある庶民の追随を得て、その宗教形態は独特の沙弥・優婆塞性を帯びるが、ここにおいて僧俗の関係は相対化され、この宗団に高い宗教性と同時に著しい庶民教化性を、また後には世俗性を加える要因となる。またその活動は実践性に富んで行動形態に遊行勧化を伴い、教化の媒介手段には易行性ある念仏専称が重視されて、儀礼形態は鎮魂的な死者追福を主とする。なおその追福対象は宗団の祖師にも及んで祖師への尊仰回帰が著しい。――およそこのように要約でき、さらに五来重氏の指摘される聖の集団性を付加すれば、申し分ないであろう。これを手がかりに、再び論を蝶夢に戻そう。

これまで冗長を恐れず念仏宗教団の性格を省みたのは、蝶夢その人が時宗出身の浄土僧であり、宗教色濃いその俳壇活動の解明には、その宗団のもつ特性の理解が不可欠と思えたからである。ここでようやく蝶夢のその問題に入るが、その理解にはまず、蝶夢に先立つ支麦系俳諧師達において、既にその性格が濃かったことを確認しておく必要があろう。右の諸属性の内、彼等は少くとも沙弥・優婆塞性、庶民教化性、遊行勧化性、死者追福性を持ち、「我祖の餘風の天下にあまねく彼いふ三千化七十子の風草の徳に効べき」（『三千化』凡例）という双林寺行事は、宗祖への回帰の現れでもあった。仮名詩碑の謎文が「俳諧元祖芭蕉庵」という「七字の心」(碑銘の語)を意味したというのも、支考一流の奸計ながら、六字の名号になぞらえた趣向と言えよう。しかし彼等の勧進は、念仏と俳諧を勧めるよりそれを口実とした勧財に重点がおかれ、結縁の知識勧進というよりむしろ単なる遊行乞食であることが多かった。彼等には聖本来の反世俗性と念仏専称の生き方が欠けていた。これは近世に僅かに残った時宗僧が「時宗之僧侶近来仏祖之遺戒に違ひ、多くは名聞利用につかわれ、実儀を失ふ族おほし。……施財に貪着せしめ奇異の勧化をいたし参詣之道俗信心を消し、外聞実儀卑劣の次第也。」と厳しく制禁される事実や、僧侶一般の頽廃に見合うものであったろう。しかしかような支麦系俳壇の実状であれ、第二期当初の蝶夢は、聖宗団の活動形態に類似する彼等の在り方に大いに共鳴するものがあったに相違ない。なぜなら蝶夢は、それまであまりにも都市俳壇の気風に慣れすぎていたからである。

蝶夢の俳壇活動に、かつての念仏聖の投影を見出すのはさほど難しいことではない。例えば、安永元年の熊野紀行では師の音長を「聖」と呼んでいたが、やがては彼自らも「蝶夢幻阿ひじり」（『遠江の記』跋）と呼ばれるに至る。この用法が浄土僧にはまま許されるものとしても、安永五年頃からの俳書のほとんどで序跋に「蝶夢幻阿」または「蝶夢幻阿弥陀仏」と法号を添えて署名するのは、明らかに仏徒的立場を表明した使用であろう。かかる意識は俳書の編纂にも窺える。追悼行事集を主とすることは述べたが、それ以外の『はちたゝき』についても編纂動機はなお重要と思われる。すなわち本書は、寒夜中川庵に集う連衆と鉢敲きの声を聞き、あるじの法師蝶夢が、

……むかし芭蕉の翁もなつかしとやおぼしけん、嵯峨野ゝ草まくらに此鉢扣を聞もし給ひけめ。さるにても京童べの風俗の昨日とうつりけふとかはる習なるに、ひとり市上人の遺教をまもり侍りて八百余年、今もかゝる修行のかたのごとく世に有がたうすせうなる、などやこの雅興に一詠なからでは……（同序）

とそのかして成ったものといい、ここには「念仏のそし（祖師）」（『発心集』巻七）である空也への追憶が語られ、さらに空也を想起した芭蕉への共感が述べられるのである。このような念仏踊への関心は、「六斎念仏の弁」（『文集』収）や惟然の風羅念仏の重視にも見られるが、(26) 右の序で示された芭蕉と聖との並列的提示の例もまた、蝶夢の発想にはしばしば見受けられる。

例えば『笈の細道』跋では、

行雲老人みちのくの行脚は、遠く円位上人の西住を伴ひ給ひしにも似ず、近く芭蕉の叟の曾良と同行ありしにもあらで……

と述べ、『双林寺物語』(27) では、

双林寺に入るより、先上人の御しるしに洒水し奉り、心ゆくばかりぬかづきて、またかたへの康頼入道・頓阿法師の墳にむかひて回向す……あら垣の外面に芭蕉翁の碑立り。かれといひこれといひ、つねならぬ風雅の古徳のなき名の跡とめてかくならびたるも、さるべき値遇の縁ならめと……

と記して、西行・康頼・頓阿・芭蕉を、「値遇の縁」に結ばれた「風雅の古徳」として同列に把握しようとしている。ではこの「値遇の縁」とは具体的にどのようなことか。蝶夢は芭蕉の「三等の文」中の「西行の筋をたどり」の部分を解説して、

　和歌の古人多かる中に、わきて蕉翁の此上人をしもあげ尊み給ふをかうがへるに、上人の詞に「我、歌を読は尋常に異なり、花・子規・月・雪すべて万物の興にむかひて凡の有相虚妄也と観じ、読出す言句も、一首よみ出ては一体の仏像を造る思ひをなし、一句を読ては秘密の真言を唱るに同じ。我、此歌によりて法を得る事あり。若、爰に至らずしてみだりに人此道を学び《(べ)》ば邪路に入べし」と云々。蕉翁、これらの趣を深く信じ給ひてや、句毎に山家集の面影をうつし、又は西行談抄の故事によりて二見形の文台を作り給ふも、もはらその道心を慕ひ、かつ生涯を旅に暮し給ふけるも、みな上人の遺風を学び給ふなり。ゆゑに其「筋をたどる」とはいふなり。……（『芭蕉翁三等之文』）

と述べる。西行の道心の深さ、その文芸の宗教性、旅の生涯——芭蕉の西行追慕の理由をここに見出し、「値遇の縁」が「讃仏乗の縁」に外ならぬと理解する時、蝶夢の描く芭蕉像もまた西行に似たものとなる。「世に蕉翁をたゞ俳諧の先達と而已おぼえたるは、いとあたらし」（『芭蕉翁三等之文』）なのであり、芭蕉は「生涯を無所住にせし行脚の道人」（「芭蕉翁百回忌序」）「この道の聖」（「故郷塚百回忌法楽文」）と見做され、その仏道は聖の系譜に位置付けられてくる。

　このような観点に立つ蝶夢には、芭蕉がまた仏道を兼備した俳諧の祖師と思えるであろう。念仏宗教団に宗祖への回帰が一特性としてあることは述べた。空也・法然・一遍はいずれも「―絵詞伝」と称する生涯記を持ち、(28)近世捨世派の僧たちもしばしばその派の先達の「絵詞伝」を制作したようである。(29)五来重氏によると、聖たちは偶像的・教祖的存在を設けてみずからの集団を正当化し権威づけようとした(30)というが、かかる組織上の問題はまた道心

者個々の内面とも繋る。あたかも発心体験の想起が個人の内部でその信仰心を維持するように、宗祖や先達への回帰は同朋衆の結合を高め、宗団の純化を促したであろう。(31) 蝶夢の芭蕉追善は、当然ながら念仏宗団の宗祖回帰に強く影響されていたものと思われる。『芭蕉翁絵詞伝』が一遍等のそれを模すものであり、『蕉門俳諧語録』がかの一海の編纂になる(32)『一遍上人語録』等に倣うのは容易に想像でき、『芭蕉翁三等之文』(寛政十年刊)の如きも、或いは芭蕉の文を法然の消息文とか「一枚起請文」(補註五)に比定していたのかもしれない。

蝶夢の芭蕉顕彰のエネルギーがその宗教的情熱に発していたのは、よく知られている。その宗教性を、右の念仏聖の系譜に置いて見る時、その理解は一層容易となろう。二十余年間月毎に義仲寺に詣で、祖廟に洒掃の礼奠怠らずという蝶夢の俤は、「しきりに念仏して一向余事にわたらず……香花燈明、仏前の掃除、恭敬叮寧たるべき事」(33)と教えられた捨世派の僧を髣髴とさせる。思えば明和三年末、帰白院の半閑室に隠居し、同五年末、岡崎に五升庵を結んだのは、捨世派のいう「出家中の遁世」ではなかったか。果して蝶夢は書簡で自らを「遁世者の身の上」と言い、また「打たり舞たりの乞食法師」「薦の下の法師」とも称していた。蝶夢は出世を捨て、芭蕉追善の道を選ぶのである。捨世派と蝶夢との交渉は明らかにできぬが、同時代同地にあった同宗内一派の動向を、住職も勤めた蝶夢が知らなかったとは考えにくい。清水孝之氏は蕪村の発句、

律院を覗きて

飛石も三ツ四ツ蓮のうき葉哉

を取り挙げ、蕪村と右の浄土宗革新思潮との出合いを説いておられるが、(34) 勿論これは蝶夢にも及んでいたと思われる。

このように考えて来る時、琴路亭頓悟の意義はまた新たになる。蝶夢は後にこの体験を語ること多いが、いわばこれは俳諧における蝶夢の発心とも言えよう。中世の聖たちは多くの発心譚を残し、一遍は「往生は初の一念な

り」（同語録）と説いていた。蝶夢の初発心もことあるごとに胸臆によみがえり、「道ある俳諧」の生涯を歩ませる。その発心には、何らかの行動契機がひそむであろう。それを蝶夢は、

都下のはいかいに遊びて空腹高心の人と成しに、さるべき因縁の時いたりてや、越の敦賀の浦にて芭蕉翁の正風体を頓悟して、それより……（『草根発句集』序）

と述べるが、ここには点取り俳諧を専らとする都市俳壇への反発が語られている。堕落した現実への背離、この反世俗性こそ聖の本質ではなかったか。蝶夢がその体験をいかにも貴重に語るのは、そこにそれだけの意義が存した故であった。支麦系俳諧師達はこの反世俗性を欠き、むしろ世俗性そのものであった。蝶夢もやがてこのことに気付くであろうが、ともかく頓悟当初の蝶夢は支麦系俳諧に共感するものを多く見出し、移行はきわめて自然に受け入れられたと思われる。蝶夢の活動は彼等の活動の延長上に立ち、そしてそれを止揚する。庶民教化性・死者追福性・宗祖への回帰は反世俗性・念仏専称と堅く結合して各種の実践性を伴う。庶民教化＝蕉風宣布は私欲を離れ、道そのもののためになされる。奈落の悪人が聖の勧めによって念仏して救われる如く、外道の俳人に蕉風を説いて「心の俳諧」に導く。蝶夢の活動は正しく念仏聖の伝統をそのまま継承し、これを俳諧へ持ち込んだものであった。従って蝶夢が、当代の人々から聖と目されるに至ったのは当然であった。また蝶夢の追悼集『石の光』に載る次の句も、蝶夢を聖の系列に見ようとするものであろう。

　　蝶夢和尚の讃し給ひし円位上人の絵像をかけて

西行に似たおもかげよかれ柳　遠江　盟鷗

3　義仲寺行事

蝶夢が義仲寺の追善行事に始めて参加したのは宝暦十三年である。その参加は双林寺行事への参加より二、三年

遅く、この点からも参加に至る経緯は検討を要する問題であるようだ。以下に義仲寺をめぐる問題を考察してみたい。

これまで義仲寺の歴史を調べられた方に高木蒼梧氏があり、氏の労作「随筆　義仲寺」(35)および「義仲寺と蝶夢」(36)にその変遷の大略は尽くされている。従ってその沿革には触れず、まず最初は次のことを指摘しよう。すなわちその寺院としての性格についてであるが、去何の『古巣園随筆』(高木蒼梧所引による)には、

今の義仲寺は芭蕉翁の徒之を営み、俳諧の会所とす。古き月次一順の筥の表の銘には義仲庵とあり。近年まで無本寺にて俳諧師持なり。

と記し、『粟津文庫』(文政十二年刊)には、

いにしへより今に無檀那の地にしあれば……

というから、当寺は古くから本山・末寺・檀那を持たず、つまり特定教団の組織に属さぬ民間の一寺庵であったわけである。またそれは無住の寺であることを意味するから、当寺は、時として人あり時として人なく、よってしばしば荒廃した。それでも近世については、無名庵世代として一処不住(37)の僧の系譜が伝えられ、その人々の墓碑は膳所の龍ヶ岡に今も残る(38)。その中には丈草・興雲の如き禅僧もいたが、多くは念仏宗の人達だった。中でも注意を引くのは「諸国俳諧勧進」と自称した惟然である。風羅念仏を唱えて回国した姿は、かつての俗聖そのままである。

また『たそがれ随筆』(逮)には、

義仲寺にては待夜と称するのつとめにても有やと尋けるに、今はしらず、祐昌坊聖僧なれば何ぞ勤もする歟。むかしは待夜に俳諧したりと也。

と記している。祐昌は、重厚の後の義仲寺看主である。また当寺には義仲公像一基を存するが、これは宝暦九年、一道院中興木喰心誉法印なる人物が寄進したものであった。大庭勝一氏の御教示によると、この人物は高野山天野

別所に縁をもつ時宗系高野聖で、芝の増上寺にも出入したという。いずれにしても、宗派を問わず、僧俗の差を問わず、時には正体不明の者を含めて、誰でもが何時でも寄留できたのがこの義仲寺であったのであろう。

「俳諧師持」というのは、芭蕉の墓所であるゆえ特に俳諧師が足を運んだこともあろうが、かつての聖の行動形態をとる行脚俳諧師達にとって、このような宿泊所が最も好都合だったためもあろう。闌更編の『俳諧世説』に「蕉翁義仲寺雑魚寝の説」という一章がある。芭蕉が野坡等と義仲寺に仮泊した翌朝、物売りの声を聞いて教訓する話であるが、真偽はともかく、そのような場面は充分あり得たと思える。北川静峰氏（義仲寺執筆）にお聞きした話によると、昔膳所の町では、子供を折檻する際、「お前のようなのらくら者は義仲寺へ行け」と叱ったそうである。漂泊者の宿所、それが義仲寺であった。念仏聖の拠点であった中世の寺庵が、何らかの事情で教団体制に吸収されず、近世に入ってもそのまま残ったのであろう。伊藤唯真によると、阿弥陀仏号乃至阿弥号の所有者は、全国的に見て畿内とその周辺部に多く、中でも近江が最多で、「近江の阿弥僧が湖南を中心に分布していることは、守山を拠点に湖南に勢力のあった時宗と無関係ではあるまい(39)」という。守山は膳所からわずか十数キロの地点、義仲寺をして、かつて念仏聖の寺庵であった寺と見做して差支えあるまい。これがいつしか「俳諧頭陀」（『諸国翁墳記』序者の署名）の宿所となり、芭蕉もまたかかる寺を墓所に選んだのであった。

このような寺であったから、芭蕉の塚に詣でる者は居ても、ここで盛儀を営むことは少なかった。元禄十三年三月支考が七回忌を修して千句を奉納した折の『帰花』、同じく正徳五年三月、二十三回忌（繰上げ）を営んだ折の『発願文』、この二書の後に義仲寺行事を記念する俳書は乏しく、寛延までは管見に入るものを知らない。蕉門は分裂し、組織力に富む支考一派は双林寺行事に拠っていたからである。そしてようやく宝暦に入り、同元年に義仲寺編百川序『奉扇会』の、翌二年に雲裡坊編『蕉門名録集』の刊行を見る。百川は支考・乙由門、雲裡坊は支考門というが、後年は雲裡坊も伊勢派に近かったであろう。百川は雲裡に協力して石垣を寄進し、雲裡は延享四年入庵後、幻住庵を再興（詳細不明）して没年まで当寺を守った。雲裡は真宗の行脚僧で享保十三年には桑名に結庵したことあり、宝暦十一年四月没する前も筑紫の旅を試みていた。十五年間義仲寺を看守した雲裡の死は、地元大津・膳所の俳人達を困惑させたであろう。しかも雲裡門であった巨洲が翌十二年十二月重追放に処せられ[40]、その困惑は一層深まったと思われる。結局大津の門人、文素・可風の兄弟がその世話役を勤めて事後策を講じたのだが、彼等は仏家ではなかった。丁度その頃、京では蝶夢が支麦系俳壇に参入していたのである。

宝暦初年以来絶えていた義仲寺行事は、宝暦十三年の芭蕉七十回忌には確実に再開された。そして以後連綿と続くが、その最初の記念集『蕉翁七十回忌粟津吟』と翌明和元年の『しくれ会』は文素の編に成るものである。時雨会も文素が主催し、蝶夢は導師として招かれてこれを助けたのだろう。既に双林寺行事にも参加していた蝶夢は湖南俳壇とも交わり、義仲寺行事に好個の人物として迎えられた。従って蝶夢は、始めは決してこの行事の主体者ではなかったのだが、明和四・五年相次ぐ文素・可風兄弟の死に遇い、以後は自ら義仲寺を主管する立場となる。既に明和五年四月に芭蕉堂再建の募捐は始まっており、蝶夢は事業開始直後に協力者を失った打撃にめげず、六年十月完工させ、七年三月落成供養を主催、七十七回忌の十月、記念集『施主名録発句集』を刊行した。聖の流れに立つ芭蕉を、聖の寺であった義仲寺に追福する、野寺に堂宇奉献のため勧進する——それは浄土僧蝶夢に相応しい事業であった。またそれは、文素の遺志を継いで『しくれ会』が継続刊行されたのと同様、義仲寺を看庵した先達たちの遺志を成就させることでもあった[41]。それを蝶夢は次のように記す。

此地にこの道をつたへたる丈草・正秀・尚白・乙州がむかしの志にも背かず、ちかくは松毳・雲裡・文素・可風がこゝろざしをもつげるといふべし。（「芭蕉翁八十回忌時雨会序」）

かかる古人への篤情が蝶夢の活動の原動力をなすのだろうが、さらにその一例を挙げよう。

雲裡坊は、幻住庵再興記念とうたう『蕉門名録集』の前編を刊行したが、後編を編んでいなかった。宝暦二年刊の前編は半紙本四冊、その巻末に次の広告がある。

名録集後編目録

発句　四季前編例

俳諧合歌仙首尾　短歌行表合　四季出序

蕉門弟子略伝直旨

通志姓名志其国其所在

翁塚記諸国所々在立其銘其施主

多彩な内容のこの後編が出刊されていない事実は、右の最後に見える「翁塚記」の単独板行と思える『諸国翁墳記』の存在によって明らかであろう。その扉は、

其所其銘其施主

諸国翁墳記

古翁発句露顕

とあり、「後編目録」のそれとほぼ一致する。『名録集』が各巻内題下に「義仲寺雲裡輯」と記すのに比し、宝暦十一年三月の『翁墳記』序は「俳諧頭陀於義仲寺僑居書」と署名する。この序者が同年四月死去の雲裡か否かは不明ながら、雲裡が後編のわずか一部の完成を見るのみだったのは確かである。しかしその遺志は蝶夢によってかなえられた。芭蕉堂再建記念の『施主名録発句集』半紙本三冊は、ある意味では続蕉門名録集ではなかったろうか。諸国俳人を糾合して義仲寺修築の資金を募り、合わせて集句する手段は明らかに雲裡のそれを踏習するものであるし、書名もよく類似している。また『施主名録』上冊の「芭蕉堂中所在三十六人肖像」は、康工の『俳諧百一集』（明和二年刊）の影響などもあって、「名録集後編目録」中の「蕉門弟子略伝」の企画を変更したものとも思われる。

これが後に『芭蕉堂歌仙図』として単独板行されるのも『翁墳記』の場合に似て、その売上げは義仲寺の収入とされたであろう。雲裡の蕉風復興の意図が如何様なものであったかは未だ確かめていない。しかし各種の企画をもって義仲寺管理に心を致した労苦は認められねばならない。蝶夢は、雲裡の事業をも誠心こめて継承したものと思われる。

芭蕉堂落慶法要は明和七年三月十五日であった。その三日前、洛東双林寺では恒例の墨直会が営まれ、やはり蝶夢が主催していた。私は、この年以後の墨直会に蝶夢が関与した事実を知らない。その理由を推測する資料として、蝶夢作の『双林寺物語』（天明四年成）が残る。例年の如く西行忌に双林寺へ詣でた作者は、霊夢のうち西行・康頼・頓阿そして芭蕉に遇い、その発心のいわれを聞く。やがてそれは中つ世の三人と芭蕉の対話となり、芭蕉は仮名詩碑への疑義を問われて、

げにも御不審いはれあり。かゝること書しは、をのれがすゑの門人に支考と申せしゑせ法師なるが……己がさかしきほんしやうにまかせて、あらぬ事ども書つゞりて候事ども多し。これ道をひろむるを名として、己が世わたるたつきのための利となせし、いやし人にて候へば……

と前置きし、また続けて、

しかれども、其かなに書し心を思ふに……情ふかくまことの道にたどらせんとをしへ候を聞て……たゞ読よからしめんと思ひよりてぞ、かゝるすじなきくはだてをなして世の譏りをうけけるこそ、いと念なき事にて候もの哉。この身露もしらざる事なり。許さしめ給へ。

と答える。つまり最初に蝶夢は、支考の狡知は認めつつも、仮名詩碑建立の動機の一半に純なるものありとし、これを弁護しようとする。ここには、その平易な俳風――念仏宗の易行性の影響があろう――を継承した蝶夢の、支考への評価が窺えるが、その弟子達には鋭い非難を浴びせている。すなわち続く内容で、支考の詩碑自体には「何

かはとがむべきや」と納得した西行は、廬元坊以下の道統の石碑建立を「かりそめも風月のすき人といはれんものゝかゝる条こそうけられね」と責め、頓阿も「そが上に其石をならべ侍ることをつたなきいなかう人《（ど）》どものあらそひ侍りて、公の庁にうたへ出しと聞はべりぬるこそけしからね。これを風雅の道とやいひ侍らんか」と決めつける。

古人の口上に託した蝶夢の意図は、当時問題となった再和派以哉派の道統争いを難詰したかったのだろうが、既に久しく蝶夢が美濃派不信の念を抱く様子は作中に充分現れている。またその批判は書簡にもしばしば展開されていたから、明和末年後の墨直会への疎遠は、美濃派への警戒を示すものと受け取ってよいと思われる。かつて越人は、双林寺行事を攻撃して、

芭蕉の遺骨をおさめし塚義仲寺に有を、京と松本迄はわずか三里に、又京に石碑を立、塚を築事、人を誑て銭を取る術なり。喩へ汝京住の者にても、遺躰を納めし塚までは、芭蕉〳〵と申ほどに可レ行事なり。京住ニテもなき身にて何と云事ぞ。芭蕉へ真実のなき事、前に申ごとくにてなき故、只名利の種ばかりを筑塚なり。当年も翁の遠忌なるとて京にてせし由。翁は十月の十二日なるに三月にする事、世間の法事取越すといふ事もあれども、止む事得ぬ事に依ては有。汝何事のやむ事なき事有や。田舎より宝物・霊物開帳に京へ出るを能事と思ふか。悉皆汝が邪智それなり。是も事を追善に寄せ、姪房の謀ばかりなり。（『俳諧不猫蛇』）

と述べていた。蝶夢が芭蕉へ真実を捧げる時、越人の当を得た批判に戻るのはもっともであった。自ずから特定流派の行事を逃れ、芭蕉その人が定めた地、亡骸眠る義仲寺の正忌の行事を重視するに至ったのである。明和に入ると『奉扇会』刊行も復活した。雲裡坊が創始したというこの行事は、墨直会に対する義仲寺の春の行事として、以後一層盛んになったろう。

墓前における芭蕉追福行事は美濃派の創始した形式であった。蝶夢はその形式を継承しつつも、そこに真の精神

の再生復活をはかる。それは美濃派俳諧師が聖の形骸であったのに対し、蝶夢が真の聖であったためであろう。蝶夢は、乞食非人への施し無用と触れした杮植の杜音を激しく責めた（書簡233）。「乞食とは頭陀の行にて釈門の一行なるを、今は野伏非人の名とす」（『芭蕉翁三等之文』）と悲しんでいたからである。そして晩年の蝶夢は「俳諧の世話処にても無御座候、偏に念仏のみの世の中に決申候へば……」（書簡52）と言い、また「たゞ名目の俳諧師事、多年心外の事にて、此度成罪候て風雅事断申候て相止候、と申事御披露可被下候。……諸国文通等も断申候て、一向の念仏坊主鉦敲坊主となり候間、不依何時致下向候て一宿一飯の御慈悲奉希候」（書簡58）と書いている。俳諧すら遠ざけて念仏専称に帰一したいとの言は、蝶夢の本領が仏徒にあったことを物語ろう。近世において聖は、わずかに残余形態としてのみ存在した。しかし形態のみとはいえ、それが現実に在った事実は、人々の心に実態としての聖の記憶が生きていたことを、われわれに想像させる。その追憶は時として個人の胸に甦り、その形骸に宗祖の魂を吹き込むのである。その一例をわれわれは、蝶夢の芭蕉顕彰の活動に見出せるだろう。一遍作の別願和讃は云う。

　始の一念よりほかに
　最後の十念なけれども
　念《おもひ》をかさねて始とし
　念のつくるを終とす

蝶夢は始の一念を琴路亭で体験した。その一念は芭蕉への回帰でもあり、また念仏と一致した。蝶夢の俳諧活動は、生涯かさね続ける念であった。

六　書肆・橘屋との連繋

前節中において私は、蝶夢と支麦系俳諧師がともに念仏聖の庶民教化性を持つことを述べた。蕉門俳諧の宣布は道ある俳諧の勧化を意味し、追福行事を核とする行動形態は、句碑建立等の喜捨の勧進を伴うこともあった。しかし蝶夢と支麦系俳諧師との間には異なる性格がある。それは蝶夢が遊行回国の徒ではなかったことである。言うまでもなく蝶夢は旅を好み、『松しま道の記』以下の紀行も多い。しかし勧化のための行脚は全くなく、彼自身も「風説御座候故に、野子は行脚事嫌候て、一夜も風人の家に不留候」（書簡51）と記している。やはり京の定住僧なのであり、しかも勧化の手段は別に存した。それは出版であり、その出版を通じての庶民教化こそ近世的勧化と言えるであろう。勿論支麦系俳諧師とて出版手段を用いはした。しかしその出版は自派内作品の刊行を出ること少なく、芭蕉の人と作品の正しい認識と普及に役立つには遠かった。[42]

蝶夢が近世出版機構とどのようにかかわり合ったかを見る前に、まず俳諧書肆の機能を見ておこう。少数の作者の作品を不特定多数の読者に提供する小説などと違い、多数の作者の作品を多数の読者（両者は一致するのだが）に提供する俳諧書肆は、そのジャンルの特性に応じた複雑な機能を持ったようである。

以下に列挙すると、①に当然のことながら出版機能がある。著者編者の依頼を受け、又自ら新素材を見つけ、書物に仕立てて出版する本来的な機能である。そのために書肆は、有力宗匠のもとに常に出入しなければならなかったろう。

先師（＝柳居）の……草稿の上に「世の中百韻」と書やり捨られたるを、此東門子（＝辻村五兵衛）目ばやくも

> 見つけて梓行せん事を乞てやまず。「俳諧師の句好キも商人の銭好も、唯其信の一字のみよろづにつけてたのもしき哉」と弁語を添えてあたへ給ふ事あり。（宝暦十年刊『五七記』）

著作・編纂の主体は宗匠にあるから、書肆は常にこれに付従して原稿の有無や執筆の進行を察し、仕事をもらい受けようとする。おのずから両者の関係は密となり、求めに応じて書肆が宗匠を助けることにもなる。

> （支考ハ続猿蓑ノ）うつしを翁の姉聟山岸半残にあたへ置、時を経て井筒屋庄兵衛へ含めて、何ぞ翁の遺書はなきやと伊賀を捜させ、くだんの草稿にさがし当らせ、庄兵衛が奥書を加工させて梓にのぼさせ、おのれは飛退てしらぬ顔にて居たりとぞ。（文化十四年刊『芭蕉葉ぶね』）

後年の記事ゆえ真偽は不明ながら、支考は『続猿蓑』に己の筆を加え、しかもその改竄を世に気付かれぬよう、新企画を求める井筒屋を利用したと言うのである。この問題は越人・支考の論戦で著名であるが、越人は支考の反論に応酬して、

> 次に井筒屋・橘屋の書林を証拠に引るゝは、若輩千万おかしく候。たとへば江源武鑑のうそ八百をも、佐々木家の実録と思ひ板行し商ふ類、続猿蓑やら贋《ニセ》猿蓑やら、井筒も橘も座頭に味噌とは是なるべし。もし寺田重徳ごとき書林ならば、成程証人に成べく候。（享保十四年刊『猪の早太』）

と言う。この場合の井筒屋は、自らは新素材の発見・刊行と信ずる内に知らずして支考に協力したことになろうが、書肆と宗匠のかかわり合いの一端を示すであろう。また勿論、書肆から進んで宗匠を援助する場合も多かったであろう。

②は編集著作機能で、書肆自ら新刊書を編纂し著作するものである。

> 寛治（＝井筒屋四世）又道に信厚く志を運びて、年ごろ国〳〵に求、嘗古記を考探りて記し置けるもの倶に一百廿余句。是泊船・句選の両集に洩たるものなり……今年冬これを其家に版し……（宝暦六年刊『芭蕉句選拾

遺』序）

右二つはどのような書肆でもあり得ようが、以下は特に俳諧書肆に著しいと思われる。

まず③の情報伝達機能であるが、

書林いづゝや庄兵衛が店に来り、毎年の三物を見て、諸国の風躰を味はひ、月〳〵に撰み出せる集ものをながめ、折ふしのうつりかはれるを考へて、古びはつけじとはげむ。（元禄十五年刊『花見車』）

麦水事、貞享蕉門をひらき可申、若しひらき不得ばふたゝび故郷へ帰るまじと申候由、橘屋にて承り候処……（白雄明和八年六月十日付書簡）

洛の橘屋が許に四方の文のつどへるをおこしける中に、此春は遠江の虚白身まかりぬとしるし……（『稿本古巣句集』）

とあるのを見ると、書肆は俳壇の情報センターの如き役割りを果したらしく、それを求めて人々が集り、また書肆から地方へ情報を流す場合もあった。

此小冊を諸国へ訃音のたよりにもと不取敢催し侍りぬ。猶遠近の門葉通志の追悼を得揃へて撰集の趣は、文星観の例に効はんとや。

延享丁卯五月　　橘治判

（『追悼　梅雨しめり』の裏見返しに刷り込みの広告文）

まず情報を与え、合わせて悼句を募ろうとするための出版である。

このような情報提供が進むと、俳壇の人間関係にも介入するようになる。④の人事交流機能で、地方出の俳人に宗匠を斡旋したりもする。

ある日二条なる重寛（＝井筒屋三世カ）を問ふ。……たのむべき師なしといふに、重寛聞て、翁の門葉京師にすくなし、野坡叟ひとり浪華に残り給ふ。いてとはゞかならず教あらん。……庵主（＝野坡）打ゑみて、はるけき国よりはへ出たる人の都の掟どもはヱしり給ふまじ。其掟と云は「此人此国の人なり。京はなにがしのやどりを旅の親とす。いでとひいでやどるとも、こゝろよく許したまへ」とそのやどりの旅の親より申きたりしこそ許さめ、唯ひたむきに若き人の風雅也とてそのこともなくてとひきたらん、ゆるしがたし。京は五条わたりに額田何がしとて書肆あり。雅名は風之と云。けふはまづもとの舟にのりて京にかへり、其風之をたづねて風雅をむつび、扨此庵にくだらんとおもふ日は、いま云掟のごとくすべし。我つれなきにはあらず、はやくかへり給ふべしと……（『京袋家稿』）

この例によると、野坡への入門は、野坡系俳書の版元伊勢屋正三郎を通して乞わねばならなかったようである。このような宗匠と特定書肆との結び付きは、俳壇組織の運営諸般に重要な意味を持つ。

例えば追善行事に際してはその事務の一半を担うから、書肆は⑤行事企画運営機能をも持つことになろう。

当寺におゐて、年々十月十二日追福俳諧無怠慢興行可致候。出席の義……前日浄春寺へ案内可被成、勿論遠国手向の句は浄春寺又は京都書肆井筒屋庄兵衛・橘屋次兵衛、江都は辻村五兵衛・近江屋藤兵衛、大坂は丹波屋半兵衛・北村喜八方へ文通可（被）成候（宝暦六年刊『芭蕉翁墓碑』）

書肆の力を借りねば宗匠は事を運び得ず、書肆はまた協力に応じて利便を得る。書肆は俳壇活動を円滑ならしめる事務局的役割りを持ち、それ故に特定書肆と特定門流との結合が生ずる。俳諧書肆の機能の複雑さもまたここに起因するのであろう。

しかしまた書肆は、単に特定の門流と結ぶだけでは足りなかった。例えば次のようなことが生じる。

われはからずも此集に撰者の名を得るといへども、もとより頑愚の身なれば集句にたくみをもとめず、只人まかせにして他力本願の仏意を敬ふのみ。（宝暦十年刊『花供養』）

この書は親鸞五百回忌に際し諸国の真宗僧から集句したものだが、編纂を志した尾州の五由はその経験に乏しいらしい。総巻軸に書林橘次・雲裡の句が並ぶのを見ると、おそらくは真宗僧雲裡と橘屋が協力して成したものであろう。書肆には、かように時として企画力と組織力に富む有能俳人の助力が必要な場合が生じる。そのような俳人を特定でき、常時相談に応じてもらえるなら、書肆は甚だ好都合であろうし、俳壇にとっても便利であろう。そのような書肆との交流密なる人物、書肆の顧問役は事実存在したようである。

例えば『花見車』で、

一　親かたとは　いづゝや庄兵衛
一　やり手とは　俳諧のせわやき也（略）
一　太夫とは　上の点師（略）
一　大臣は　よき連衆（略）

という場合、「俳諧のせわやき」がそれに該当しはしないか。俳壇と書肆の中間にあって両者の意志疎通をはかる世話役、俳壇中で最も書肆に近い立場の者である。また『三千化』で、

花鳥満座ノ賀　三月十五日
宿坊
俎板やかすみ棚引いかのほり　蓮二
奉行
献立や春つはきより春さはら　吾仲
知客
精進の蛸や安井の藤の花　范孚
茶頭

井筒屋の名を一桶の花に蝶　　井宇
　配膳
燕や其子もつれてかよひ盆　　橘治

という場合、奉行はその実行責任者であり、茶頭・配膳と比喩された書肆井筒屋・橘屋と繁密に連絡をとり合う立場にあるであろう。吾仲は支考門中数少い在京俳人で、美濃の支考の意を体して常に橘屋と接触を保ったはずである。美濃派にとっても貴重な存在であったろう。

第二期当初の蝶夢も、やがてこのような立場に置かれたと思われる。しかもそれが彼の俳壇登場と軌を一にするのである。宝暦十三年、『松しま道の記』を世に送って、始めて義仲寺に芭蕉忌を営んだ蝶夢は、その冬（前年冬か）『鶉たち』の跋に「橘やが店にして蝶夢子らく書す」と記していた。麦水と橘屋へ同道し、店頭で筆を執ったものであろうが、上梓に至るまでの麦水の細かな注文は、すべて蝶夢を通じて橘屋に伝えられたであろう。この頃蝶夢の元にしばしば北陸俳人が来遊することを前に指摘した（第四節1）が、遠国の蕉門俳人にとって、京に有能な同志を得たのは何より頼もしく有難いことだったに違いない。無論書肆側からも同様であったろう。

帰白院は、寺町二条通の井筒屋・橘屋からはわずかに北へ上るだけでよい。（帰白院の過去帳には、井筒屋庄兵衛また橘屋の名がしばしば見えるが、書肆のそれか断定し得ない。）かくて蝶夢と井筒屋・橘屋、とくに橘屋との接触は、双林寺と義仲寺の二行事を通じて急速に緊密化したと思われる。享保十七年興雲の無名庵再興勧進に協力したのは野坡系書肆の伊勢屋だった。(43) しかし宝暦初年雲裡の幻住庵再建に協力したのは井筒屋と橘屋、同六年鳥酔が大坂浄春寺で営んだ芭蕉忌にはこの両店に江戸・大坂の各二店が加わっていた。これらの経験を持つ井筒屋・橘屋は、俳壇行事への協力参加が営業上に意味するものも熟知していたはずである。ところで宝暦頃両店の世話役を勤めたのは雲裡を中心とした湖南俳壇であったらしい。宝暦十年『花供養』の場合を前に見たが、同六年の『芭蕉句選拾遺』は可風が跋を送っていた。雲裡・文素・可風の後を受けて義仲寺を守った蝶夢に、この両店の世話役が回って来たとしても不思議ではない。双林寺行事も次第に小規模化していた。義仲寺に新たに始まった行事は、両店にとっても歓迎すべきものであった。

そして熱意を込めて蝶夢が語った芭蕉堂再興の大事業にも、両店は勿論協力する。『江州粟津義仲寺芭蕉堂再建募縁疏』の発送は明和五年四月、その内容は次の如くである。まず義仲寺現住の弁誠の「あまねく遠近の蕉門の遺弟たる風人に告て一呑半銭の施財を乞」はんとする趣意書、続いて湖南社中・京都社中の事業内容の紹介、そして最後に書肆の募金要領の解説である。

一、寄附物請取所は、京都私共両店より外には義仲寺にとても御渡し被下間敷候。勿論行脚人等勧化之儀申人候共、堅御渡し被下間敷候。（中略）

一、寄附物御登し被成候節、四季御発句二句宛短冊に御認、入料御添被遣可被下候。影堂成就之上、施主名録集板行仕候而……

また、これに応えた出資者側の資料が、桜井祐吉編『三重俳諧年表』の明和六年条に次のように記されている。

正月、粟津義仲寺芭蕉堂再建に付、京都寺町二条橘屋次兵衛、同寺町五条伊勢正三郎幹旋、伊勢久居有季堂桃渓《（溪）》外俳人連中より寄附の扣、桃渓《（溪）》自筆の書留（筆者所蔵）に、

寄附覚、金百疋荷遊○銀五匁交桜○銀五匁桃溪○弐匁五分宛籬江《（紅）》、鷺洲○弐匁づゝ松濤、柳条○壱匁五分宛鼓水、洲鷗、君山、三《（巳）》有、幽谷、枝風○壱匁づゝ文蟻、石水。

〆金三百疋　人数十五人也。

大小の金額に、地方俳壇の協賛の様がしのばれるが、すでに勧進は行脚人の手を離れ、書肆仲間という別種の社会

機構に託されている。商業資本の利潤追求と併存した新しい勧化の姿こそ、まさに近世的と言えるであろう。しかし彼等書肆の手を借りたればこそ、蝶夢は千数百句を座して集め得たわけなのである。その記念集『施主名録発句集』は、巻頭を、

……心は深く鳰の海の讃仏乗の因縁となるべきものか。しかれば祖翁、この供養をいかで納受し給はざらんや、弟子が至誠を歓喜し給はざらめやは。

との蝶夢の熱情溢れる願文で飾り、巻尾に蕉門書林井筒屋庄兵衛・橘屋治兵衛・伊勢屋正三郎と署名した異例の奥書を掲げる。この首尾相呼応した編成は、あたかもこの事業が一者の協力に成るのを示すかのようである。井筒屋・橘屋は石燈籠を堂前に寄付してもいた。芭蕉堂再建事業が、蝶夢と書肆の協力体制在って可能だったことは充分認められよう。

ところで蝶夢の協力書肆は井筒屋より橘屋であることが多く、右の事業も橘屋が主に差配したものと思われる。かつては芭蕉の葬送に随行した(44)という蕉門書林中の老舗の子孫も、明和・安永期には甚しくその勢いを失っていた。『慶長以来書賈集覧』には、井筒屋庄兵衛の項を「筒井氏　延宝―宝暦（下略）」と記すに対し、橘屋治兵衛には「野田氏　享保―慶応（下略）」と注記する。この勢力交替の様は、綿屋文庫の俳書目録から両店の年次別刊行点数を調べることによっても伺え、かつて井筒屋の手代であった(45)橘屋は、宝暦以後は明らかに蕉門書肆第一の実力を蓄えた。その理由は何であったろうか。四世井筒屋庄兵衛寛治が、『芭蕉句選拾遺』を編んだことは前に書肆の編集著作機能の例として挙げたが、彼はそのような能力と関心を有していた。また同書には附録として同家蔵の真蹟目録を掲げており、家柄として当然ながら、彼はまた蒐集愛蔵の趣味を持っていた。蝶夢本『奥の細道』もその家珍の一である。また麦郷観などの号を用いて作句し、出句は野坡系俳書にも及んで、宝暦六年頃は入洛した鳥酔の結庵を助け(46)、これに入門(47)さえしたと言う。俳書に俳号をもって出句する書肆の例は他にも多いが、伊勢屋額田正三郎を名

乗る風之・文下父子もそうで、九十九庵・一歩人等の別号も有していた。文下は蝶夢の俳友で熊野紀行にも同行していたが、かかる文人的生活は父譲りのものと言ってよかろう。そしてこの種の書肆と連衆との関係は、『凉袋家稿』で野坡が青年凉袋に諭して、まず「風之をたづねて風雅をむつ」ぶべしと説く例のように、実務よりもまず雅交を前提とした。これはまた、『花見車』で井筒屋を請人と見立てて、

……万一此人、点者のうちはいかいやめてたいこもち、水をへらしやいとをせず、じんきよして死したりとも御なんはかけず、いづかたまでも庄兵衛出てさばき髪、油や・酒屋・米・屋ちん・とうふ・八百やにいたるまで、相さばくとの定め也。……板行ものをずい分出させ、会にも人をそだてつゝ、……ほめともなくとも、それ〴〵に句をばほめさせ申べし。（「俳諧請状之事」）

と書き、同店に見えぬ俳士はその名の知れぬ者と断じていたような、書肆に全面的に依存した人間関係の名残りでもあろう。

このような古い俳諧書肆に比すると、橘屋治兵衛はかなり異なるようだ。俳号は知れず、巻軸に句を連ねることあっても商号を略した橘治または橘次としか書かない。文人気取りをせず、商行為と文事との弁別が意識されている。今田洋三氏によれば、「享保期は又、新興書商間にも陶汰現象が現われつつ、出版界の分業機構が伸張する時期であった。」(48)という。延宝〜元禄期の新興書商であった井筒屋は、蕉門の展開とともに繁栄し、その中で身につけた鷹揚さは社会進展への即応を阻む。具体的データは持たぬが、享保期から急増する地方小俳壇の編書をこまめに引き受け、その活動を掌握する努力に欠けたのであろう。これに比し享保に擡頭した橘屋は機敏に動いて地方蕉門と結びつき、井筒屋の商圏をも次第に侵蝕する。木村三四吾氏によると、両店の地位は宝暦期を境に逆転し、衰亡期の井筒屋が最後まで販売を続けたのは『俳諧七部集』だったという。(49)四世寛治は宝暦十年没した。(46)七部集板木を受けついだ五世は、橘屋の庇護のもとに生きたのであろう。多部数を永続的に販売できる七部集如き俳書は、井

筒屋にとっては命の綱であり、他の俳諧書肆にとっても渇望の商品であった。七部集の合板者に加わっていた橘屋も、同種のものを欲したであろう。

蝶夢が橘屋から出した『芭蕉翁発句集』以下の芭蕉関係書は、正にその希望に添うものだったと思われる。しかし勿論蝶夢は橘屋の希望に応じてのみ編んだのではない。しかし両者の利害は一致した。橘屋は寛治のように自ら芭蕉句集を編もうとはせず、それを蝶夢の手に委ねた。宗匠・連衆との関係もさほど密着したようには見えず、書肆としての機能をより本来的な出版にしぼろうとする。その合理的経営は、俳諧の世話役の性格をも変えるであろう。蝶夢の世話役としての在り方は、当初から主体性の強いものであったが、明和末年以後はさらに新たな性格を加えるであろう。年代考証を踏まえた芭蕉句集編纂に見られる如き、合理性に富んだ、有能な〝本つくり〟[50]としての活動――それは編纂機能の書肆からの独立であった。秀れた企画者であり編纂者である蝶夢を、橘屋は離さなかった。

とし月机の下にひめ置しを、此ごろ書林何がし見て、我に給へ得分にせんといふに、あなおこかゝるもの人に見すべきにあらず……まだ聞もらし見及ざるも猶多ければ管見の譏り恐れありといへど、例の商人の心に何のわいだめかあらん、ひたすらに得させよとせめまどへば……（『類題発句集』明和七年の序）

橘屋の期待につい応えてしまう蝶夢ではあったが、蝶夢もまた橘屋と結んで益したであろう。

例えば、蝶夢の指導を得た日向城ヶ崎の俳人、可笛の来簡集には次のような記事が散見する。

……猶御風流追々承可申候。京都橘治方へ御互に書通相頼可申候。左候得ば直に当地へ相達申候。貴書当城下を経、漸此節相達、貴報遅々及今日申候。（度雄発、十一月廿八日付）

……御互に爾来は京師之橘屋治兵衛方へ相頼不申候ては、大坂は此方より之便無被存候。（其両発、正月廿五日付）

……追々京便にても御登せ可被下候。大坂問ヤ之御書付も相達可申候へども、其所迄達候跡甚不自在ニ付、一向に蝶夢庵か又橘ヤ方早速可致と存候。此節も此書状京便に岡崎迄頼遣候。（其両発、亥二月五日付）

度雄は土佐宿毛、其両は筑前笹栗の住、その二人の文はいずれも京経由でしか日向の可笛へ届かない。町人の可笛が、海上の通商ルートに乗った大坂便を利用するに対し、其両がその不自在を訴えるのは福岡近在の武家ゆえであろうか。ともあれ、誰にとっても橘屋経由の文通がもっとも便利で確実だったことが窺われ、また「蝶夢庵か又橘ヤ」と並称する書き振りに、俳壇中央に位置して地方俳人相互の交流を促した、蝶夢と橘屋の連繫の姿が如実に知られよう。このように、蝶夢が京に定住して地方俳壇を指導できたのは、その組織に通じていた橘屋に多くを負うと思われ、その例は芭蕉堂再建においても見た。また『芭蕉翁発句集』は京刊の『芭蕉句選』『芭蕉句選拾遺』を追うものであったが、『芭蕉翁俳諧集』の編纂については蓼太編『芭蕉翁附合集』（桃鏡により宝暦十一年成、安永五年刊）、『芭蕉門古人真蹟』については、桃鏡編『芭蕉翁真跡集』（明和元年刊）が意識されなかったであろうか。とするなら、蓼太と江戸俳諧書肆戸倉屋の連合に対する、蝶夢と京の橘屋の対抗意識があり、両者の結合が強まることもあったろう。ともあれ、義仲寺行事に並んで蝶夢の最大課題である芭蕉関係書の刊行は、これまたすべて橘屋との連繫を通じてなされ、蝶夢はいわゆる〝本つくり〟の文人としての性格を形成する。蝶夢の多くの編著書・後見書を地方に送った橘屋は、これまた蕉風勧化の一役を担ったと言えるであろう。両者の連繫は、蝶夢の俳壇登場当初から始まっていたのである(51)。

七　俳諧史的意義

本稿は明和七年までを限って蝶夢の初期の活動を跡付け、その特性を見出そうとしたものであった。都市の遊戯的俳諧に遊んでいた蝶夢は、宝暦九年の琴路亭頓悟を契機としてこれを否定し、以後支麦系俳壇に転出する。その後鮮明に顕示される芭蕉宣揚の諸活動に、私は念仏聖的庶民教化の姿勢を見出した。一遍は和歌を教化の手段とみなしたと言うが[52]、蝶夢もまた同じく俳諧を手段とみなし、「俳諧の句の耳ちかきをもて人にさとすとて、聖賢の語を引て誠の道に教えみちびくたよりとす」(「道の枝折序」)と述べていた。これは「俳諧は衆人を導く最上の法」(『やぶれ笠』の既白の語)と揚言した北陸俳壇の意識分子の立場とも一致し、支麦の流れに立ちながらも、反世俗性という聖の本質を内包し、常に祖師芭蕉の精神性に回帰せんと志向する点で、擬似聖的な一般の支麦系俳諧師と峻別し得る。『双林寺物語』において蝶夢は、「俳諧元祖芭蕉翁」の謎を秘める仮名詩碑について、頓阿にまず、

そも〳〵誹諧の名は、躬恒・貫之の比ほひよりいでて、其句躰は守武神主・宗鑑入道らにさだまり侍りぬと聞ぬ。其外ちかきころ貞徳と申せしものも此道の中興ともあふぐべきに侍るものを、何とて元祖とは書侍りしやらん。

と問わせ、次いで芭蕉に、

むかしの誹諧には狂言利口の花のみにて候を、上人の風躰に発明して、おのれはじめて俳諧と中道の実を得たるとて……

と言わせる。支考が元祖と称したとの弁明だが、この点では決して支考を攻撃していない。芭蕉が西行の風体に発明したと繰り返して言う蝶夢は、蕉風俳諧に念仏信仰の投影を見出したのであり、その芭蕉宣揚もこの観点に立っている。

かつてかような措定を敢えてした支考一派にとって芭蕉が単なる手段と化した時、蝶夢は再び目的として取り戻そうとする。同じ形式ながら、そこには新しい質が獲得されたのである。これはまた、支考一流によって無意味に絶対化された芭蕉像を斥けて、嘯山が俳諧史の中に相対化して示した(『俳諧古選』惣論)後を受け、一つの価値観

をもって芭蕉を史上に位置づけたものと言えよう。そしてそのような宗教詩人芭蕉のイメージを広範な庶民に示し、蕉風俳諧を弘通せしめようとする。新しい文芸の成立の前には何らかの精神昂揚が伴わねばならぬし、文芸運動は目途とする理想のイメージを持たねばならぬ。中興俳諧が近世中期の新しい詩性を発見する前に、宗教から汲んだ純なる精神性を俳壇に注入し、復帰の対象の具体的イメージを与えた蝶夢の貢績は大きい。そのような俳諧を支持する層が社会の一部に生じていたことを私は他に述べた(53)し、清水孝之氏もまた、蕪村を始めとして、復興期俳壇全般に浄土教的色彩が濃いと言われる(54)。社会に一定の広がりを持ったこの精神の昂揚こそ、中興俳諧を生んだ母体であり、俳諧中興が文学運動と称される由縁であるに違いない。運動体としての性格やその展開過程はなお充分明らかではないが、民衆を対象にした社会的規模の運動であったからこそ、中興俳諧は相互に刺戟し合って新たな詩性を生み出したのである。人々の内に萌していた精神的希求をひき出し、一つの運動にまで高めた蝶夢は、また優れた組織者であったとも言えるだろう。

純粋に祖師芭蕉への回帰のみを目的とする時、流派はその意味を失う。それは聖たちが集団性を尊び、浄土宗門で「一堂の同朋なる故に二世の契り深し」（『念仏名義集』）という連帯感を生ずるに等しい。初期蝶夢の果した役割りの一には、蕉門各流の統一促進もあった。その動きは既に蝶夢周辺の人々に現れており、例えば鳥酔は「出席の義、蕉門通志方は自門他流に限らず候」（宝暦六年刊『芭蕉翁墓碑』）と述べ、嘯山は「近時蕉門所レ輯。多限二其一派一而不レ波一及他。亦狭小ナル哉」（宝暦十年成『俳諧古選』惣論）と批判していた。これを受けて蝶夢が、「都鄙の好士、自門他流のわいだめなく蕉門の祖風を仰がん人は、ともにこゝろざしをはこびて」と高らかに理想を掲げたのは、明和四年の『丁亥墨直し』の序だった。これは同年の『門能可遠里』で、

芭蕉翁没し給ひて後より、門人の誰かれをの〳〵その門をたて流をわけて教ゆる著述の書……これみなかたみに彼をそしりわれを賛て風雅のこゝろざしをうしなふ事、血を以て血を洗ひ汚るゝ事益々はなはだし。

と説くように、当時の蝶夢の重大関心事だったと推測できる。後の書簡でも蝶夢は「自他に親疎もいわず、たゞ芭蕉翁をいふものゝ百回忌を、に申にて候」(書簡95)と言うが、かかる発想にはやはり「於二同一念仏衆一者無二親疎一真実堅固可二思想一事」と戒められた[55]捨世派の僧たちの影響をも考慮すべきであろう。

ともあれ、『施主名録発句集』[56]の出句者を『蕉門名録集』のそれに比べると、そこには支麦の枠を出た俳人の名を見出すことができる。その数は格別多いわけではないが、そこに理論の実践化を試み、蕉門俳壇を糾合しようとする蝶夢の意欲が伺える。これはやがて完成する、俳壇の全国的統一に基礎を与えるものであろう。蝶夢は支麦系俳壇を背景に地方に新しい俳壇を形成して行き、しかも東の蓼太に応ずるべく西の京都においてそれをなす。俳壇の全国化気運の中で京俳壇の地位は高まり、蕪村等の活動舞台をしつらえる。また鳥酔の『芭蕉翁墓碑』には、三都俳諧書肆の合板のことも見えていた。俳壇機構の全国統一化は、東西主要俳人相互の提携と平行して、書肆相互の協力という形でも進行していた。とすると書肆と顧問役俳人との関係も一層緊密であることを要したろう。

蝶夢の俳壇活動は、義仲寺行事を核とした芭蕉顕彰と、書肆橘屋と連繋した俳書出版を軸として展開した。この二は表裏一体をなし、ともにこの初期の活動に始まり、その後の活動にも受け継がれて行くのである。安永二年上京した鳴海の蝶羅は、

寺町書林たちばなや治兵衛、新椹木町井筒屋庄兵衛をたづね、下岡崎五升庵蝶夢坊を尋ぬ。数十年文通の知己なりしが、はじめて相見、然後時をうつしばせを堂奉扇会催主ならんことを約す。(『続多日満久羅』)

と記している。ここには蝶夢の活動の二つの軸が、遠来の客の手ではしなくも記録されている。

（1）ともに文素編であるが、蝶夢が後援した。
（2）堀切実『支考年譜考証』による。
（3）註（2）に同じ。
（4）『増補都名所車』（文政十三年刊）による。
（5）五来重『高野聖』二四二頁。
（6）註（5）書一五九頁以下。
（7）註（5）書一二八頁。
（8）岡見正雄「室町ごころ」（『室町文学の世界』）一八頁や仁枝忠「芭蕉と遊行上人」（『解釈』六ノ七・八号）。
（9）広田二郎「芭蕉と遊行」（『武蔵野文学』一八号）や同稿に引用の伊藤博之説。
（10）『都手引案内』（宝暦九年刊）に「双林寺……寺中五軒あり此所も一日座敷をかし精進料理を仕出す」、『増補都名所車』（文政十三年刊）に「双林寺……此寺中いにしへあまた坊舎ありしが、今は西阿弥・閑阿弥・文阿弥の三坊也。円山と同じく遊客坊舎を貸《かり》て宴楽す」とある。享保頃から行われたのであろう。
（11）もっとも宝暦四年に巴人十三回忌法要を帰白院で営んではいるが、蝶夢が宋阿とも号された巴人と同宗の僧であるため、その住寺が会場に選ばれたのであろう。
（12）蝶夢と嘯山との関係は、『蝶夢全集』七八七頁参照。
（13）堀一郎『我が国民間信仰史の研究』一六頁。
（14）註（13）書二七頁。
（15）伊藤唯真「阿弥陀の聖について—民間浄土教への一視点—」（『藤島博士還暦記念論文集』収）一五七頁。
（16）註（15）論文一五九頁。
（17）伊藤唯真「阿弥陀仏号について—我が国浄土教史研究の一視点—」（『仏教大学研究紀要』三五号）九一頁ほか。
（18）註（17）論文七四・七五頁。
（19）吉川清『時衆阿弥教団の研究』二四六頁所引の寛永四年の文書「諸国一流沙弥由来之事」に「法名何阿弥別名聖」と見える。

（20）伊藤唯真「浄土宗寺院の開創傳承よりみたる聖（ひじり）の定着について」（仏教大学『人文学論集』二号）による。

（21）伊藤唯真「「捨世」の系譜—近世浄土宗における—」（『近世仏教』三ノ二）一頁。

（22）註（5）書四三頁。より大きな作善をなそうとして、聖は好んで集団をなすという。

（23）和田茂樹「狂平編「きさらき」について」（『愛媛国文研究』一三号）によると、『碑銘秘註』にこのように解くというが、『双林寺物語』では「俳諧元祖芭蕉翁」という。

（24）註（19）書三九一頁所引の享保七年「時宗法度書」。

（25）それは享保七年の「諸宗僧侶法度」（『徳川禁令考』前集第五収）などにも窺える。

（26）『思文閣古書資料目録』四五号によると、「五升庵伝来芭蕉門墨宝」五点中に惟然自筆の「風羅念仏」が含まれている。また因みに記せば、五升庵の隣地すなわち湖白庵は、かつて惟然が風羅堂を営んだ趾という（「湖白庵の記」）。

（27）蝶夢十七回忌集『後のひかり』所収。今、酒竹文庫本による。

（28）しかも、一遍のは安永五年、空也のは天明二年に始めて刊行された。

（29）註（21）論文による。

（30）註（5）書四三・四四頁。

（31）『俳諧時勢粧』巻四上の多久独釣独吟百韻中の次の付句も、これらのことを裏付けるようである。

かたみの太鼓うちなくばかり
うけつぎし師匠を思ふ時宗寺
西もむかしも藤沢のみち

（32）宝暦十三年刊。一海はまた宝暦七年『一遍上人絵詞伝』一巻を金台寺へ寄進している（『日本の美術』五六号解説）。

（33）註（21）論文八頁所引の享保二十年関通が念仏講衆に示した制規。

（34）清水孝之『蕉村の芸術』一四六頁以下。

（35）俳誌『こよろぎ』二〇六～二〇九号。

（36）義仲寺史蹟保存会機関誌『義仲寺』誌四～一二号。のち『義仲寺と蝶夢』（昭和四十七年刊）収。

(37)　この語は俳書の作者部類にも用いられる。例えば『渡鳥集』では芭蕉・丈草・支考・惟然・雲鈴を挙げるのである。
(38)　市橋鐸『丈草伝記考説』七七頁以下にその調査報告が載る。
(39)　註(20)論文一〇五頁。
(40)　高木蒼梧『俳諧人名辞典』三六〇頁。
(41)　例えば興雲は、享保十七年無名庵再建を志しながら中途に没している。
(42)　芭蕉塚建立をすすめたり(『一声塚』序)、阿弥陀寺の鐘を買い戻すために奔走したり(「阿弥陀寺鐘の記事」)することもあるが、聖の勧進の形態からは遠い。
(43)　高木蒼梧「随筆　義仲寺㈢」(『こよろぎ』二〇八号)に「無名庵再興勧進帳」を紹介する。
(44)　『芭蕉翁墓碑』所出の麦郷句前書による。
(45)　『削かけの返事』による。
(46)　鳥酔編の『露柱庵記』に「下官、花洛中川の辺に草庵を求るも此おのこのすゝめによれり。庚辰六月死す。いまだ初老にたらず」という。
(47)　『新選俳諧年表』三七三頁による。
(48)　今田洋三「元禄享保期における出版資本の形成とその歴史的意義について」(『ヒストリア』一九号)六三頁。
(49)　木村三四吾「『冬の日』初版本考」(『木村三四吾著作集Ⅰ俳書の変遷』)による。
(50)　この語の概念については浜田啓介「造本とよみもの―ある視点とその諸問題―」(『国語国文』二六ノ五号)参照。
(51)　木村三四吾前掲稿によると、寛政七年の刊記ある七部集合纂本に諧仙堂浦井徳右衛門版のものあり、井筒屋と連名する橘屋も、この頃は退転の兆濃かったと言う。このことは、橘屋が七部集板木を入質したと報ずる瓦全書簡(吾萍宛、五月十二日付)によっても裏付けられるが、とすると、橘屋の最盛期はそのまま蝶夢の活動期と重なることになる。
(52)　金井清光『時衆文芸研究』一〇八頁。
(53)　田中道雄「蝶夢を扶けた人々―運動の地方的基盤―」(『蕉風復興運動と蕪村』)。
(54)　清水孝之「釈蕪村と浄土宗」(『蕪村の芸術』収)。
(55)　伊藤唯真「「捨世」の系譜―近世浄土宗における―」(『近世仏教』三ノ二)七頁所引の称念制定の「専称庵同行衆

法度」。

(56)『施主名録発句集』の書名は、さらに「蕉門」を越える意識を示すと思われ、巻頭の「芭蕉堂供養願文」にも「諸国の好士」「諸国の施主」の語は見えて「蕉門」の語は出ない。

補註一　この句がまた蝶夢によって回想され、『祖翁百回忌』に次の作を見る。

翁、ありし世、東山にて柴の戸の古歌おもひ出られけることを、所も同じ東山なれば

柴の戸やけふも時雨の阿弥陀房　　蝶夢

補註二　一九七〇年前後の調査である。現在は異なるか。

補註三　同氏には別稿「白崎琴路」(『幹』五四〜五六号)があり、蕉雨にもふれる。

補註四　歓喜光寺は、現在は山科区へ転じている。

補註五　中村俊定「俳諧と一枚起請文」(『大法輪』二三ノ四号)は、一枚起請文に擬した俳諧資料数点を紹介している。

蝶夢編『墨直し』の史的意義

蕉風復興運動の推進者であった五升庵蝶夢（一七三二―九五）が、運動の中枢に、湖南の義仲寺における芭蕉追悼の時雨会行事と、その記念俳書『しぐれ会』の刊行をすえたのは、すでに述べたとおりである。[1] ところがその創出当初においては、蝶夢は、並行的にいま一つのイヴェントにも手を染めていた。洛東双林寺境内における墨直会《すみなおしえ》行事と、その記念俳書『墨直し』の刊行である。墨直会は、宝永七年（一七一〇）の支考の仮名詩碑建立に端を発し、翌年三月、吾仲が儀式を主催して『東山墨なをし』を刊行したことに始まる。従って、年中行事となってからも、美濃派の俳人が催すことが多かった。それを蝶夢が、明和二年（一七六五）から同七年までの六年間に限って主催したのである。このことは、蕉風復興運動の展開に大きな意義をもたらした。

すなわち記念俳書は次の六種である。いずれも他に伝存を知らない。

『乙酉墨直し』　東京大学総合図書館蔵（竹冷文庫）
『丙戌墨直し』　田中旧蔵　加藤定彦蔵
『丁亥墨直し』　富山県立図書館蔵（中島文庫）
『戊子墨直し』　金沢市立玉川図書館蔵
『己丑墨直し』　天理大学附属天理図書館蔵（綿屋文庫）
『庚寅墨なをし』　岡山市立中央図書館蔵（燕々文庫）

右の内、『庚寅墨なをし』は影写本一冊、他の五点はそれぞれ板本一冊である。いずれも半紙本、『庚寅墨なをし』を除く五点の表紙は薄褐色、題簽は無辺で中央に付す。一面行数は六点とも八行。ここで懸念されるのは、『庚寅墨なをし』の最末丁の形態である。その裏面は八行すべてに句をあてて刊記を欠き、ノド近くにあるべき細字のそれが見当らない。或いはいま一丁を欠くかと、一抹の不安が残る。また書名の表記も、外題が板本題簽を影写したものではなく、原姿を思い描けない。

○

蝶夢が初めて墨直会を主催したのは明和二年三月で[2]、義仲寺の時雨会に初めて出席した宝暦十三年（一七六三）十月から、およそ一年半を隔てている。しかし蝶夢の義仲寺行事への本格的参与は明和五年からで、明和二年三月の三年半後になる。蝶夢は、すでに二度関わっていた（後述の宝暦十一・十二年）この墨直会の主催と『墨直し』の刊行に逸早く積極的に取り組み、以後六年間、着実にこれを継続させた。その並ならぬ意欲のほどは、伝統継承をうたいあげた『乙酉墨直し』の序文、同書題簽に記された「洛蝶夢」の三文字、さらに干支を冠して一貫させた各年本の書名にうかがえよう。

墨直会は、美濃派を中心にした行事であった。蝶夢は当初、このことにさして違和感を抱いていない。それにしても蝶夢は、俳僧として、いかなる経緯で墨直会に関与するに至ったのであろうか。まず思い浮かぶのは二柳である。二柳は、宝暦十一年と同十二年の墨直会を主催し、『墨直筆ついで』『墨直この卯月』を刊行していた[3]。蝶夢を蕉門俳諧に導いた二柳が[4]、ここで仲介の労をとることは充分あり得る。しかし二柳は、すでに上方を去っており、この蝶夢編『墨直し』への出句もない。とすると、仲介役と思われる人物は、ただ一人にしぼられてくる。すなわち子鳳である。二柳編の宝暦十一年・同十二年の『墨直し』、蝶夢編の『墨直し』、それに『しぐれ会』のいずれにも出句するのは、蝶夢の他は子鳳と書肆の橘屋治兵衛だけである。さらに子鳳は、蝶夢が出句せぬ、宝暦十三年の白馬仙編『墨なをし』にも出句し、しかも巻軸に近い位置を占めていた。京の美濃派グループで重く扱われた子鳳が、蝶夢を墨直会の主催者に推挙していた（陰で橘屋の意志も働いたはず）、と思われる。

美濃派系の行事である墨直会を継承した蝶夢は、その記念集『墨直し』の編集において、次第に独自色を強めていく。その違いは、蝶夢編六種の前後に刊行された、宝暦十三年の『墨なをし』、明和八年の『墨直し』(5)と比較することにより、きわめて明瞭になる。前者は白馬仙編、後者は壺江編、いずれも五筑坊琴左が序を与え、巻頭発句を詠んでいる。つまり、美濃派直営の墨直会・『墨直し』である。蝶夢編六種をこの二点と比較すると、まず始めに丁数の違いに気付く。五筑坊指導の二点が六丁と八丁であるのに対し、蝶夢編六種は、それぞれ七・一一・一〇・一八・一一・一二丁である。

五筑坊指導の二点が小冊であるのは、収録内容を儀式参列者の作品に限ったからである(6)。これに対して蝶夢編六種は、いわゆる「文通奉納」の発句を併載するのを特色とする。このことは再述するとして、問題を儀式参列者にもどすと、その人数は、五筑坊指導の宝暦十三年と明和八年はいずれも三五人、蝶夢主催の六回は、それぞれ五〇・八二・四九・四六・五三・二九人である。蝶夢主催の場合が盛大であるが、これは蝶夢が京・近江の俳人を糾合したからである。この内、京および近郊の俳人は、三三・三七・二八・三一・三一・一六人と、例年三〇人前後を占め、蝶夢編『墨直し』は京都俳書の観をなす。蝶夢が『乙酉墨直し』の序で、「やゝ艮啄の時至れるにや、蕉門下の風人かしこにずんじ爰に吟じて、九陌にみち〳〵たり」(7)と京蕉門の興起をうたうのは、まさにこの事実をさすのである。これに対し五筑坊指導の二回の京俳人は、宝暦十三年の八人が明和八年には二人に減じ、京美濃派グループの衰退を如実に示している。しかし京・近江を除く、地方からの出席者に眼を向けると、事情は多少異なる。五筑坊指導の二回の二七人・三三人に対し、蝶夢主催の六回は、それぞれ一二・二七・一一・九・一二・八人である。ところがこれも、それぞれの出身国について見ると、五筑坊指導の二回の六国・五国に対し、蝶夢主催の六回は、一〇・一四・八・六・七・六国であり、相対的に多くの国にまたがることが知れる。五筑坊指導の二回の出席者は、実は美濃国からの参加が多数を占めていた。宝暦十三年は一二人であり、明和八年は二六人である。つまり五筑坊指導の墨直会は、美濃派の閉鎖性をそのまま存していた。これに対して蝶夢主催の墨直会は、美濃派の枠を越えて俳壇に広く開放されている、と言える。因みに記すと、蝶夢主催の六回を通じ、美濃からの出席は皆無であった。

○

蝶夢編『墨直し』の史的意義は、同じ蝶夢が編んだ『しぐれ会』との比較によっても明らかになる。まず、墨直会と時雨会への参列者の内訳を、明和五・六・七の三ヶ年について見ると、次のようになる（括弧内が『しぐれ会』）。

	京	近江	諸国	計
明和五	31（4）	6（18）	9（1）	46（23）
〃　六	31（8）	10（21）	12（1）	53（30）
〃　七	16（4）	5（16）	8（4）	29（24）

墨直会の方が参加が多いことがうかがえるが、それは近江より京に俳人が多く、京から粟津へ出るより、近江から洛東へ入る方が心理的負担が少なかったことにもよろう。しかしこれにとどまらず、墨直会盛況の要因に、多数の諸国俳人の出席があったのは見逃せない。墨直会はすでに伝統をもつ儀式で、全国に知られていた。また洛東で営まれるという地の利もある。地方俳人が、「花の盛の頃なれば、さらぬだに都の空のなつかしく」（『丁亥墨直し』序）、続々と上ってきた。このように墨直会は、蝶夢が意図する蕉門の全国的組織化にとって、きわめて有効な交流の場であった、と思われる。明和度においては、時雨会はまだ充分に周知されていないからである。例えば、丹

後俳壇は明和四年から『墨直し』に多数出句するが、その前に明和三年八月の、蝶夢の丹後旅行があった（『はし立の秋』）。そしてその丹後旅行を契機として、同年墨直会への竹渓の出席があったのである。

ここで、蝶夢主催墨直会の中核をなした、京・近江の俳壇について検討してみる。まず近江だが、これは文素を中心とした浮巣庵連とも呼ぶべき集団で、時雨会の関係から、蝶夢を強く支持していた。松笙・卜士・智丸・泰勇・魯江らが活躍する。京の場合は、当初複数のグループを成していた。その様相を、『丙戌墨直し』の版面が伝える。すなわちそこには、松雀・子鳳を筆頭とする一一人、用舟を筆頭とする八人、天池を筆頭とする三人、文下を筆頭とする三人、几董を筆頭として蝶夢を軸とする六人の、五つのグループが区別されている。天池グループは美濃派であろう。天池は、宝暦十三年『墨なをし』で総巻軸句を詠んでおり、京美濃派連衆の重鎮である。このグループは、蝶夢編『墨直し』では、明和四年から姿を消す。文下は、書肆額田正三郎。従ってこのグループは野坡系の色が濃く、蝶夢ときわめて密接で、文下は明和五年の催主を勤めている。松雀・子鳳グループと用舟グループは京蕉門俳壇の主力を成し、蝶夢の活動の基盤であった。松雀・子鳳グループは、地方系蕉門へ転向した蝶夢が最初に親しんだ集団で(8)、子鳳は、『草廬集』二編巻之五に「沢子鳳ニ寄ス」の題で見える人物、詩作もよくしたと思われる。松雀は、『蕉門むかし語』では「花洛岡崎隠士」の肩書を得ており、このグループには文人的色合いがちらつく。安里・李完・素流らがよく活躍した。同グループにも増して熱心だったのは、用舟のグループである。用舟・鯉風・可磨・七峨・附尾は、六年間を通して出席あるいは出句した。几董を筆頭にしたグループは、蝶夢と個人的に結ばれる人々であろうか。几董は、この明和三年の他にも明和二年に同座し、明和五年に出句しており、やがて夜半亭を継ぐ人物だけに、この経歴はきわめて興味深い。以上、五つのグループを概観したが、始めは区別されていたこれらも、後には相互に交わったらしく、明和五年の臘八、蝶夢の下で歌仙を巻いた文下・李完・用舟・素流・魯江・鯉風・巴陵・吾東のように（『はちたゝき』）、日常的に蝶夢に親炙した人々が、その融合を進めたと思われる。京近郊の俳人では、貫古・一瘤を中心とした鞍馬グループの存在を見落とせない。

○

蝶夢編『墨直し』と『しぐれ会』との差異は、例の「文通奉納」の発句においてさらに著しい。明和二年の『乙酉墨直し』は、美濃派直営『墨直し』に倣ってこれを収めぬが、翌年の『丙戌墨直し』で始めて一三句を掲げ、次第にその数を増やしていく。いま京・近江を除き、その出句の人数と国数とを、明和五・六・七の三ヶ年について見ると、次のようになる（括弧内は『しぐれ会』の数）。

	人数	国数
明和五	140（26）	37（10）
〃六	58（6）	12（4）
〃七	41（29）	10（11）

まず明和五年の爆発的な増加に驚くが、同年の『戊子墨直し』が一八丁という大冊になったのも、実はこのためであった。同書には、山李坊・旧国・梨一・麦水・既白・半化坊・素園・蓼太・烏明などの著名作者も名を連ね、すでに『墨直し』の域を脱した俳書へと成長しつつある。蝶夢は、前年の『丁亥墨直し』の序で、

……しかれば都鄙の好士、自門他流のわいだめなく蕉門の祖風を仰がん人は、ともにこゝろざしをはこびて……

と、格調高い呼びかけをしていた。明和五年の活況は、まさにこれに応えるかのようで、蝶夢経営の墨直会の加速的な高揚と、ここに至るまでの努力が察せられる。

それにしても、右の表における『墨直し』と『しぐれ会』の格差は甚だしい。先に見た参列者の場合と同じく、墨直会の知名度に基くのであろう。集計してみると、『墨直し』六種に収まる「文通奉納」発句は三七国から寄せ

られ、六回の儀式の参列者は二八国から上京していた。察するに蝶夢は、明和度の墨直会経営によって諸国俳人との人脈を太くし、それをその後の時雨会経営に利用していったのであろう。例えば、「文通奉納」発句を多数送っていた丹後（六種中59句）・陸奥（26）・筑前（26）・豊後（22）・播磨（19）・備後（16）・但馬（11）の七国は、『しぐれ会』においても多数出句国になっていく。私は先に、『しぐれ会』なる俳書の最大の特色が、「文通奉納」発句の重視にあると述べた[9]が、その方針は『墨直し』において定まり、実績を積みつつあったのである。『墨直し』は、『しぐれ会』の基礎をつくったわけで、『しぐれ会』が明和八年本から急速に発展する[10]のは、『墨直し』で得た組織力を移し替えたもの、と考えられる。

因みに記せば、『墨直し』六種に収まる発句作者は三八八人、この内一六二人（41・8％）は『しぐれ会』にも句を出している。一六二人の内の一〇九人（28・1％）は明和七年までに名を見せ、五三人（13・7％）は明和八年以降に出句する。興味深いのは、この五三人の内、二八人が安永二年の、八人が天明三年の『しぐれ会』に初出することである。安永二年は芭蕉八十回忌、天明三年は九十回忌で、『しぐれ会』は大冊となる。この二八人と八人の出句は、かつての『墨直し』への出句と無縁ではなかろう。墨直会を支えた用舟グループや、松雀・子鳳グループの一部は、やがて義仲寺行事を中で担う者となる。稀な例では、明和三年の墨直会に出席した越中城端の嵩平が、四七年後の文化八年の時雨会に参列しており、二つの行事の結びつきを思わせる。

○

これまで述べたように、蝶夢は、美濃派の場であった墨直会を経営し、その記念集『墨直し』を編んだ。それが蕉門の統一と再興の念に発していたことは、先の『丁亥墨直し』序が示す通りである。蝶夢のこの蕉風復興の意志の純正さは、『墨直し』六種の版面にも現れている。

例えば、『墨直し』各年本の巻頭書式（端作）を見ると、明和六年の『己丑墨直し』だけが、興行年月日・場所の二つにとどめ、次行に連句様式名「百韻」を欠く。他の各年は年月日・場所・様式名の三つを備えるが、実は三つを備えるのも、蝶夢の『墨直し』が初めて試みたものであった。蝶夢以前の『墨直し』の伝統的な巻頭書式では、興行年月日・場所を省き、連句様式名だけを記すのである。これは五筑坊指導の二点の『墨直し』に限らず、二柳編の二点の『墨直し』でも守られている。つまり、蝶夢は当初、新しい要素を盛り込みながら、古い要素も温存して両立を図ったのだった。しかし蝶夢の真意は明らかで、明和三年以降の『しぐれ会』は、興行年月日・場所だけの書式をとっている。明和六年の『己丑墨直し』の巻頭書式は、純正な『しぐれ会』の方針を貫いて『墨直し』にも導入しようとしたものと思われ、翌七年の『庚寅墨なをし』での「百韻」の復活は、これへの抵抗があったことを物語る。蝶夢は、美濃派色を払拭し、厳粛な儀礼を伴う正式俳諧として、謹直と端正を得ようとしていたのである。この書式は、後の几董の『初懐紙』にも反映するように思われる。

また、『己丑墨直し』では、連句の短句を一字分下げて書く、という従来の方式を改め、短句も長句と同じ高さに書く、という新方式をとっている。これは『庚寅墨なをし』でも守られ、明和六年以降の『しぐれ会』も踏襲する（寛政四年まで）。これもまた、蝶夢の明確な意志によるものであった。蝶夢門の去何に師事した南兮の『たそがれ随筆』には、蝶夢の言が次のように記録されている。

師曰、短句を一字ばかり下げて認め侍る事は、……下懐紙初一順の時は短句をすこしさげて、長短の句場見安きがためしたゝむる也。其外は曾て是なき事也。近年は集などにも見へ侍る、と也。

蝶夢はここで、一字下げが当時の俳書で行なわれることを知りつつ、これを認めぬ立場をとっている。蝶夢の見解は、おそらく元禄期の蕉門俳書に徴して成ったものであろう。(11)『猿蓑』や『炭俵』の古典俳書を模範とし、その書式までを己れの版面に再現させようとしていたのである。

このように蝶夢の『墨直し』は、次第に蕉風復興の性格を強め始める。この動きは、美濃派の相容れるものとはなり難い。庇を貸したつもりの美濃派にしてみれば、この儀式を取りもどさねばならない。明和八年の墨直会は、再び五筑坊が指導して営まれ、盛り返すかのように、美濃から大挙して二六人が入京した。明和四年以後姿を見せなかった京の天池も、我が家に戻ったかのように列席する（子鳳は明和六年から名を出さぬ）。

このようにして蝶夢の墨直会と『墨直し』は、六年間継続して終った。しかしこの営みの意義は、場所が京都であっただけに決して小さくない。この京都俳人中心の『墨直し』は、京俳壇全体に影響を与えたはずで、明和七年三月の蕪村の夜半亭継承という一事をとってみても、それ以前の数年間、時雨会と並び行なわれた墨直会が全く無関係だった、とは考えにくい。蝶夢が「九陌にみち〳〵たり」と誇る京蕉門の盛行の中、かの几董までが参加し、丹後の竹渓・鷺十も名を連ねていたのである。蕪村が書簡等で「今の世にもてはやす蕉門」（『平安二十歌仙』序）にしばしば言及し、複雑な意識を示す[12]のは、やはりこの蝶夢らの動向に関連していた、と思われる。

春の句集である『墨直し』は、同じ蝶夢の編ながら、『しぐれ会』に比べその作品世界がきわめて明るい。佳句も多く、ここから几董の『初懐紙』へ通う、一筋の水脈がひそむようにも思われる。

（1）　田中道雄「時雨会と『しぐれ会』」（『時雨会集成』義仲寺・落柿舎、一九九三年）。

（2）　六種に限定するのは、宝暦十一年から同十三年までと明和八年の『墨直し』については、それぞれ他者の出刊が確認でき、宝暦十四年（明和元年）本については、その伝存は不明ながら、それが蝶夢編書である蓋然性は低い、と考えられるからである。その理由一。蝶夢は、宝暦十三年十月、義仲寺において初めて芭蕉追悼行事の開催に関与した。並行する双林寺行事を翌年三月から担った、とすると、事の運びがあまりにも性急なことになる。理由二。『蝶夢和尚文集』巻一の冒頭に「墨直し序」が収まるが、これは明和二年の『乙酉墨直し』の序に一致する。蝶夢はこれを、記念すべき最初の序文と意識していた、と思われ、また、明和二年本が前年の本の序を直ちに再使用した、とも考えにくい。蝶夢編の年刊句集に序文再使用の例はあるが、初出の翌年という例はない。

（3）いずれも『天明俳書集』三に収録。
（4）本書一〇〇頁参照。
（5）宝暦十三年刊『墨なをし』は柿衞文庫蔵、明和八年刊『墨直し』は岐阜県図書館蔵。
（6）明和八年刊『墨直し』は「追加」として発句七句を付すが、いま除外した。
（7）この「艮啄」は、『蝶夢和尚文集』では「啐啄」と改まる。「啐啄」は、鶏卵の孵化に際しての母鶏とひなとの内外の呼応をいい、逸すべからざる好機の意。
（8）本書一〇一頁参照。
（9）註（1）拙稿六八七頁。
（10）註（1）拙稿七〇四頁。
（11）『己丑墨直し』では、連句の折や面の移りを示す「ウ」「二ヲ」などの記号を用いていない。これも意味あってのことと思われる。
（12）田中道雄「蕉風復興運動の二潮流—運動の基本構造—」（『蕉風復興運動と蕪村』収）一一頁。

（「翻刻・蝶夢編『墨直し』六種」の解題による。）

短篇の右稿をここに収めたのは、年刊句集『しぐれ会』の役割を重く見ることにも関わる。実は『時雨会集成』の解説「時雨会と『しぐれ会』」の収録を、その大部さゆえに心ならずも放念したのだった。

蕉風復興の宣言――「義仲寺芭蕉堂再建募縁疏」をめぐって

一　「芭蕉堂再建募縁疏」の貴重さ

『ビブリア』誌への寄稿を求められた。四十年来の学恩への感謝をこめ、欣然、綿屋文庫でもっとも心に残る一冊につき述べることにする。それは、万巻の貴重書を蔵する天理図書館の中では、わずか三丁の共表紙半紙本という、まことに粗末な摺り物である。内容については、これは俳書とすら呼べない。その上、本文の後半を欠く。これが、「私が選ぶ綿屋文庫の一冊」である。私は、このような零細な資料をも蔵するところに、天理図書館の偉大さを思うのである。

その資料は、『綿屋文庫連歌俳諧書目録』に単独では立項されていない。『目録』第一の二〇一頁、明和七年刊『施主名録発句集』（わ一五七―二八）の項に、「附」と断って名が示されるにすぎない。すなわち該資料は、この『施主名録発句集』の旧蔵者が、この三冊本の下巻の最末丁と後表紙の間に、廃棄を惜しんで合綴したものなのである。

表紙の中央には、枠（太い単辺）でかこんで、「江州粟津義仲寺芭蕉堂再建募縁疏」と摺外題がある。旧蔵者が該資料を合綴したのは、これが『施主名録発句集』の成立にかかわるものだったから。しかし廃棄を惜しんだ心には、単なる懐旧趣味にとどまらぬ、内容への価値評価が存したようにも思われる。

ともあれ、ここで全文を翻刻してみよう。（以下、翻刻には句読点・濁点を加え、通用の字体を用いる。）

江州粟津義仲寺芭蕉堂再建募縁疏　（1オ）

（余白）　（1ウ）

元禄のむかし、[a]なき體を笠にかくすやかれ尾花と其角の挽歌せしよりやゝ七十余年の春秋を暦て、[b]碑面の文字は苔にうもれぬれども、[c]年々歳々芭蕉葉の下陰ひろく茂り、その徳化を仰ぎて[d]拝墳の輩、常に絶ざるにより、[e]終に東海道の一名区となりぬ。されば廟前に[f]一宇の堂ありて蕉翁の肖像を安置し、夏は奉扇会を修して影前に扇を奉り、冬は時雨会を営て堂内に短冊を備へぬる恒例より、世に短冊堂とも号しけるに、物かはり星移りて（2オ）、軒の瓦松生て長等山の月をやどし、壁の土蔦はひて琵琶湖の風寒く、既に影像の風雨に侵されなん事を見るにしのびず、[g]新に一堂を造立せんの心切なりといへども、貧道の一鉢是をなすの力なければ、あまねく遠近の蕉門の遺弟たる風人に告て一帋半銭の施財を乞ひ、速に輪輿の功を成し、祖翁の風雅の余光をしてながく百世にかゞやかさんことを希のみ。

明和五子年四月奉扇会之日　義仲寺現住

弁誠（印）　（2ウ）

一当寺芭蕉翁影堂及大破候ニ付、今般東南之方ニ新ニ、桁行弐間梁行壱間半之藁葺之堂建立仕度候旨。

一当寺本堂より芭蕉堂迄、五間余之瓦葺之廊下建立仕度候旨。

一当寺ニ古来より芭蕉翁祠堂財之類、一円無御座候ニ付、今般影堂寄附物之余財ニ而、祠堂田等寄附仕度候旨。

右之趣、義仲寺住持被相願候間、御助力被遣可被下候。已上

湖南　社中
京都　社中　（3オ）

一寄附物請取所は、京都私共両店より外江は、義仲寺江とても御渡し被下間敷候。勿論、行脚人等勧化之儀中人候共、堅御渡し被下間敷候。

一寄附物之儀、来ル丑年正月中迄ニ御寄附可被下候。来春早々寄附物寄高之多少ニ応じ影堂建立、并ニ祠堂財迄寄附仕度候。万一建立及延引候はゞ、寄附物私共より御返弁可申候。

一寄附物御登し被成候節、四季御発句二句宛短冊ニ御認、入料御添被遣可被下候。影堂成就之上、施主名録集板行仕候而　（3ウ）

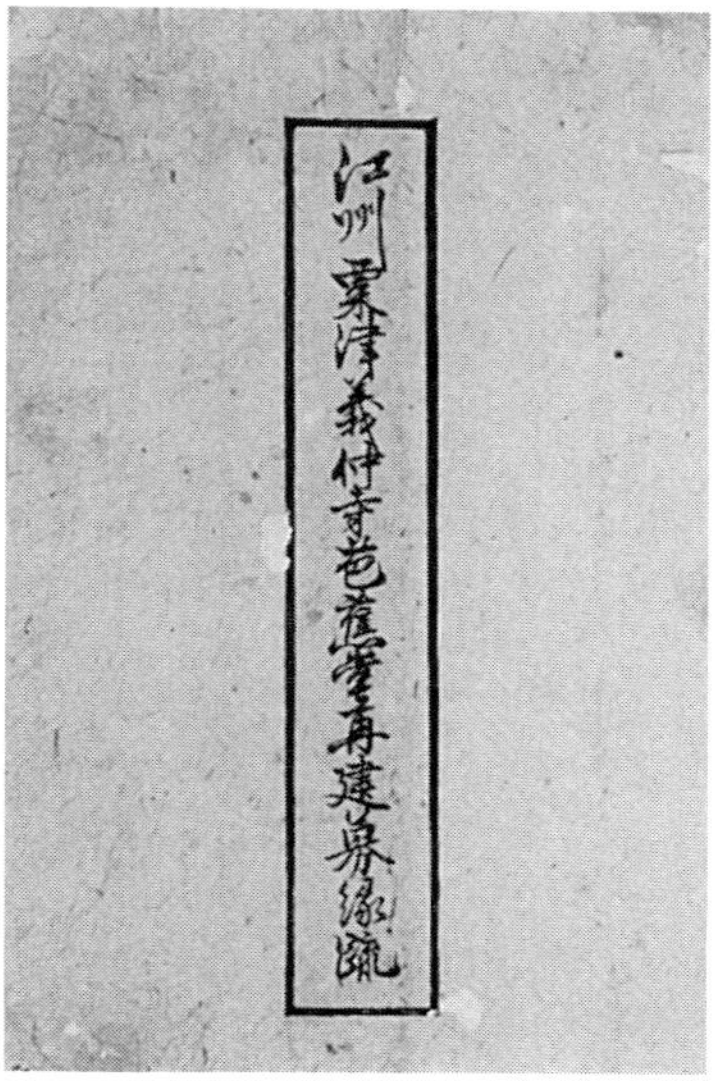

一読して了解できるように、これは、義仲寺芭蕉堂の再建資財を募金するために全国に配布された、事業内容を伝える趣意書である。内容は三部に分かたれ、まず二丁目（表紙を一丁目とする）の表裏にわたって義仲寺の現住である弁誠の序文があり、事業発起の趣意を述べ、明和五年（一七六八）四月奉扇会之日つまり十二日、と募金呼びかけの日付を明示する。次に三丁目表は、再建する構築物の内容を、芭蕉御影堂一棟・渡り廊下一棟と、その規模や屋根の仕様までを懇篤に伝え、さらに寄附の一部を、「祠堂財」（御影堂経営維持の財源）としての田地の購入にあてたい、と告げる。ただしこの文面伝達の主体者は湖南社中と京都社中であり、

「企画した義仲寺現住の意向に応えて寄附して下さるように」といった、協力依頼文のかたちをとる。

三丁目裏以下の内容は、これに続く四丁目からの丁を欠くが、三丁目裏の文面から、京都の俳諧書肆、井筒屋庄兵衛と橘屋治兵衛による応募要領の告示と推定される。第三項の半ばまでしか判明しないが、寄附の納入期限を翌明和六年一月末とし、寄附の際には四季発句二句にその入料をも添えてほしい、と要望している。ここで注意すべきは、寄附について「寄附物」という語を用い、発句の入料と区別することである。「寄附物」の内容については、当の二書肆が石燈籠を寄附していることを見ると、貨幣以外の物をも含むことを予想している、と解すべきだろう。「寄附物」は再建の費用に、入料は『施主名録発句集』の出版費用にあてられたわけである。

ところで、出句された四季発句二句は、いうまでもなく『施主名録発句集』の中・下巻に収まることになった、と思われるが、ややくわしい事情が、同書巻末の、次の刊語で明らかになる。

芭蕉堂施主名録発句集彫刻早。当堂造立之意趣者蝶夢法師之願文委細也。所載之発句者、自諸国好士被奉納二枚之短冊之発句也。一枚者載而為手鑑置于堂中、一枚者祖翁生国伊賀上野旧庵之文庫奉納者也。庶幾使後世此門之人、継今之施主輩之志而、有補当堂之修復而已。

明和七寅歳十月十二日

井筒屋庄兵衛
蕉門書林　橘　屋治兵衛
伊勢屋正三郎

同書収載の発句は各人一句、残る一句は伊賀上野へ届けられたのであろう。「募縁疏」の四丁目には、このことの説明も含まれていたかも知れない。

ところでこの刊語では、俳諧書肆三店が名を連ねる。私が先に、「募縁疏」第三部の告示主体を井筒屋と橘屋の二店に特定したのは、『施主名録発句集』の諸国俳人の発句の末に、下巻三十六丁目裏の一面をあてがって掲げた、

石燈籠を堂前に寄附し奉るとて

月花の道の光りをかき立ん　書林井筒屋　庄兵衛

幾世これ朧月にも秋の夜も　同　橘屋　次兵衛

の二句を見いだしたからだった。主体となったのはこの二店で、伊勢屋（額田氏）は後から加わったのである。とは言え、半紙本三冊のこの書の跋の位置に、俳諧書肆の名を連ねた刊語がすえられるのは重視すべきだろう。思えば、「募縁疏」第三部の第一項も留意すべき内容だった。寄附物は、「京都私共両店」でのみ受付けるから、その他の者へは、勧化の行脚人は勿論、義仲寺へさえも渡してくださるな、と堅く念をおすのである。蝶夢の蕉風復興運動の活動形態の新しさとして、私はかつて、俳諧書肆との連携を指摘した。(1) 俳書の文面に書肆が積極的に登場することと、共表紙とはいえ、半紙本の冊子に仕立てられた「募縁疏」のもつ重みとは通いあうものがあるように思える。「募縁疏」の内容にもまた書肆の参入を見るからである。この種の趣意書は一枚刷であることが多い。冊子本であり、版面の書体に風格漂う「募縁疏」の外題には、蝶夢とこれに協力した俳諧書肆の意気込みがうかがえるようである。

二　「芭蕉堂再建募縁疏」の筆者

ところで、その蝶夢は、この「募縁疏」でどのような役割をはたしたのだろうか。第二部の伝達主体者である「湖南社中・京都社中」は例の時雨会の開催主体でもあり、(2) 中心人物が蝶夢であったことはいうまでもない。従って、第三部の俳諧書肆の告示もまた、時雨会の運営と同様、蝶夢の指導のもとにあったであろう。とすると、残る第一部についてはいかがか。

ここには、歴とした義仲寺現住弁誠の記名がある。しかもその下の方形陰刻の印（難読。「辯誠之印」か）は、朱肉をつかって捺印されたものである。しかし先にあげた『施主名録発句集』巻末の刊語には、「当堂造立之意趣者蝶夢法師之願文委細也」とあった。そこで同書の巻頭を飾る蝶夢作の願文を、煩をいとわず次に写してみる。

芭蕉堂供養願文

伏ておもふに、祖師芭蕉翁在世のむかしより、ひたぶるこのあふみのや粟津の浦辺の風景にめで給ひ、しば〴〵無名庵をむすび、または幻住庵に住給ひけるも、なをあかずやおぼしけん。禅智山光好墓田のおもひやるかたなく、常に門人に語りて死しなばこのさゞ波のよする渚に骨をうづみ侍りてよと、罪深きまでも宣ひ置しとぞ。その遺辞を忘れずして元禄七年の冬十月十二日遷化のみぎり、遠く難波の蘆のかり屋より此寺に棺をうつし、[a]なきがらを笠にかくすや枯尾花と挽歌し侍りて葬り奉りしも、やゝ百年に近ければ、[b]石碑の文字は苔にむもれ侍りぬれど、[c]その道の光りは年〱月〱にかゞやき侍りて、矢橋の浦に舟さす男、草津の駅に馬追ふ童部までも[d]此塚を拝ざるものあらねば、[e]今は東海道の一名区とはなり侍りぬ。

さればいづれの頃よりか此寺にかたのごとくの[f]一宇の堂ありて短冊堂と名付て、祖翁の肖像を安置し奉り、その風雅をしたへる人に値遇の縁をむすばしめ侍りしが、年月久しければ軒端にむかしをしのぶ草生しげりしをかなぐるに力なければ、諸国の好士に告て[g]あらたに影堂を造りいとなみ、風雅の報恩に擬せんといへるあらましを思ひ立侍けるに、その徳の孤ならざればにや、東はこがね花さく陸奥のはてより、西は隼人の薩摩潟まで、もとめずして布金の施主あまた出来侍りて、日あらずして土木の功をなす。されど軒に鬼瓦のいかめしきを置ず、垂木に象鼻の巧なるを造らで、たゞ屋根はあたり近き野路の玉川の萩薄をかりて葺しめ、棟柱は醍醐・笠取の松杉をきり、窓蔀は黒津・田上の竹をもてあみはべりて、いさゝかの結構を尽ざるも、祖翁の素意にかなはん事を願ふのみ。

しかはあれど、堂前の額にはせをの三字の大和文字は、ありがたくも竹園の筆を染て賜ひ、堂内の聯に花月の七言の漢の文章は、かしこくも菅家の墨を点じて下されける。これみな祖徳のいたすわざなるべし。しかのみならず、東西の壁の上に親炙の門人三十六人の画像を、その子孫或はその門人に画しめて懸つらねぬれば、まのあたりに其角・嵐雪は左にあり、去来・丈草は右に侍座して、その世の俤を見るがごとし。(3) されば今月今日、花もさき月もみつる、いとおもしろき折なればとて、影堂落成の供養を修行し侍るに、よしや大仏殿の供養に万部の法華経はいざしらず、道成寺の鐘のくやうの千遍の陀羅尼は物かは、けふ此寺の会上に俳諧の連歌一千句を興行し、且諸国の施主の捧げる短冊の発句を影前に備へ奉れば、忽天に紛々たる花を文台の上に降しめ、地に嚶々たる鳥の音楽を執筆のうちあげたる声の匂ひにたとひその言葉は三井の浅き狂言綺語文字の業たりとも、(4) 飄て心は深く鳰の海の讃仏乗の因縁となるべきものか。しかれば祖翁この供養をいかで納受し給はざらんや。弟子の至誠を歓喜し給はざらめやはと、僧蝶夢敬白。

明和七年庚寅のとし三月十五日

この内容を見ると、この願文もまた三部に分かち得る。私に段落を改めてそれを示したが、第一部は、義仲寺の芭蕉墓所が東海道の名所となったことを述べる。次の第二部は、その境内の芭蕉堂が頽廃したので、諸国の有志に再建を呼びかけたところ多数の賛同者を得、見事に事業が成就したこと、その造作は芭蕉の本意にそって質素を旨としたこと、の二点が報告される。最後の第三部は、元禄の昔を今にするような新しい芭蕉堂のしつらいを描写し、落成供養の荘厳さを讃えて、芭蕉の霊がこの供養を受納することを願って結ばれる。

ここで『施主名録発句集』の刊語にあった、この「願文」の中の「当堂造立之意趣」という語を考えてみる。それは「願文」第一部の中程「その遺辞を忘れずして……」あたりから、第二部の中程「……といへるあらましを思ひ立侍けるに」あたりまでを指すのであろう。とすると、興味深い事実に気づかされる。ここで「願文」のこの範囲と、例の「募縁疏」の本文とを対比させてみよう。文脈の運び、使われる措辞はほとんど一致すると言えるだろう。(対応する部分に傍線を付した。実線は一致する部分、波線はこれに準ずる部分。)

この事実は、「募縁疏」の第一部が蝶夢の筆になること、それが言い過ぎだとするなら、現住弁誠の文章に、蝶夢が少なからず加筆したこと、を推定させる。第二部の伝達主体者である「湖南社中・京都社中」が、「募縁疏」の中でとった立場は、先にも記したように、事業の企画・実行の主体者を義仲寺の現住と見なし、どうかその意向に応えてほしい、と側面から依頼する、というものであった。この二社中の中心人物は蝶夢である。蝶夢は現住の立場を立てている。しかしこの事業を実際に推進したのが、蕉風復興の熱意にもえる蝶夢だったのは言うまでもない。「募縁疏」第一部も、現住を表に立てながら、蝶夢がその再建事業への協力をつよく訴える文章であった、と言える。とするなら、この「募縁疏」という文書は、第一部から第三部までのすべてに蝶夢の意思が貫いている、と理解しなければならぬことになる。

私は、蕉風復興運動の展開の中で、画期的な意義をもつ最大のイヴェントが、この明和七年三月の義仲寺芭蕉堂再建だった、と理解している。『施主名録発句集』の役割も大きい。書肆橘屋との密接な連携によって、蝶夢はこの時、全国五〇か国から一三九三人の出資者を糾合できた。これを契機に、例年十月十二日に催される時雨会への投句が急増していき、芭蕉八十回忌の安永二年には、全国三七か国から四二六句を集め得た。つまり、この芭蕉堂再建は、蝶夢の復興運動にとって、第一段階の到達点と第二段階への出発点とを兼ねる、きわめて重要な位置にあった。(5) しかも、ことは蝶夢系の俳壇にとどまらず、蕉風復興運動全体にとっても、大きな飛躍をもたらす重要な意義をもったはずだ。なぜなら蝶夢は、流派の枠を越えることを常に主張していたからである。その影響は、義仲寺を内に含む上方俳壇においてもっとも大きかったに違いない。(6)

私が「募縁疏」を、綿屋文庫の中の私の一冊と呼ぶのは、その大事業に際し、蝶夢が全国俳壇に向けて発した指令書だった、と言えるからである。安永天明期俳諧の本質理解にこの運動の解明は不可欠、と考える私にとって、運動の転機をつくったこの文書の存在はまことにありがたく、限りなく貴重に思えてならないのである。

三　蝶夢の『丁亥墨直し』序

私はこの小論に「蕉風復興の宣言」という題を冠した。蕉風復興の気運が、多数の俳人の参加によって運動という社会的動態となる時、そこには必ず一部の者によるつよい呼びかけの言動があったはずで、それをどこかに見いださねばならない。私は永い間、この「募縁疏」をその宣布にとっての最重要文書と見なすべきかと考えていた。再建趣意書でありながら三丁をこえる冊子形態の重みをもつ点に、無視できぬ存在感を覚えたのである。旧蔵者が廃棄するにしのびずに『施主名録発句集』に合綴して残したのも、おそらくは同じ事情であったろう。

しかし今これを読み返してみると、運動の理念や目標を説く内容ではない。すでに理念や目標を説いた後、その理念や目標に近づく具体的な手段の第一歩として、芭蕉堂再建というわかりやすい形を選び、それを現実社会の中で実現しようとする、一つの事業に的を絞った呼びかけなのである。勿論、蝶夢にかぎらず、蕉風復興運動の実際の展開は、しばしば芭蕉を祀り供養するという形態をとる。従ってその個別の事業への参加を促す文書の裏に、その基盤となる精神として、運動の理念や目標がこめられているのは疑いない。とは言え、その理念や目標を明快な言葉で正面から訴えるものは少い。この「募縁疏」も同様、明確に訴えるものではない(7)。

それでは、右に述べた蕉風復興運動の理念や目標とは、内容としていかなるものと見なすべきか。まず理念としては、芭蕉の俳諧理念の再興ということが言えよう。つまり、「誠の俳諧」であり、より具体的には実景・実情の尊重ということになる。次の目標とは、その理念を俳壇全体が共有するために、俳壇は大小の流派の枠を捨てて一体となる、すなわち全俳壇を蕉門化する、という理想がこれに当たる。実際の主張としては、目標を実現すれば、結果的におのずから理念も実現する、と考えられる故か、抽象的な理念を説くより、俳壇の現実に即して目標の実現を説く場合の方が多い。

右の理解に立って、運動の目標の明示という点で、明和期までの蝶夢の発言において注目すべきは、蝶夢編『墨直し』の序文である。蝶夢は、運動推進上きわめて有効とみて、支麦系の行事である京東山双林寺における墨直会を主催した。その明和二年（一七六五）から同七年にいたる六年間の主催が、湖南の義仲寺における時雨会経営の下地をつくり、運動展開に大きな意義をもたらしたことは、すでに報告したとおりである。(8)

まず、はじめて主催した明和二年三月の『乙酉墨直し』序は次の通りである。

> むかし六条の吾仲、「ちればこそ桜を雪に墨直し」と吟じそめしより蕉門の公式となりて、物かはり星うつれど都鄙の遺弟その志を継ぎ、終にかの白狂の未来記に応じ、「北野ゝすゞり洗ひ・東山の墨直し」と、京童部も口ずさみぬ。されば祖翁の戯にも、「我俳諧は京の土地にあはず。蕎麦切の汁の甘さにもしるべし」とはむべなりけり。在世には去来・凡兆の人〴〵、中比は吾仲・百川のともがら、みな我門の名匠たりしも、あるは五人あるは三人に過ざりしに、やゝ艮啄の時至れるにや、蕉門下の風人かしこにずんじ爰に唫じて、九陌にみち〳〵たり。是またくばせを葉の陰ひろくしげれるの徳ならん。さは其下露に浴するの恩を謝せんとて、おの〳〵碑前に灑帚の如在を尽す。法筵の導師は墨衣の役なればとて、そのゐらびにあひたるも、鼻じろめるわざなれやと、京極なか川の法師書す。

この文章は、『蝶夢和尚文集』全五巻の冒頭にすえられている。蝶夢の運動の端緒ともなる、記念すべき一編なのである。右の内の「艮啄」は、『文集』では「啐啄」と改められており、逸すべからざる好機を意味する。ここで蝶夢は、視野を全国規模にまで拡げてはいない。ただ単に、京都俳壇に蕉門俳諧興隆の気運が高まったこと、その現れとして墨直会が盛大になったことを喜びとしている。
それがその二年後の明和四年三月、すなわち「募縁疏」の一年前の『丁亥墨直し』序では、次のように綴られる。

　むかし東華坊、この双林寺に祖翁のかなの碑を造立し、春ごとの弥生十二日を墨直しの会式と定められしも、大やうたがはずと云へる花の盛の頃なれば、さらぬだに都の空のなつかしくて、遠き海をわたり近き山をこへ来る風人のために、たよりよき時なればなり。もとより心ざしあつき輩は、其日の施主となりて法筵のもうけをなす事例にして、数十年連綿たるも、またく祖徳の余光ならんかし。しかれば都鄙の好士、自門他流のわいだめなく蕉門の祖風を仰がん人は、ともにこゝろざしをはこびて此会式の碑面の文字とおなじく消ざらん事をいのらんのみと、京極中川のわたりの法師書之。

ここで蝶夢の視野は、すでに全国規模に拡げられている。そしてことに重視すべきは、「自門他流のわいだめなく」と揚言することで、この「自門他流」の範囲がどこまでかは明らかではないものの、既成概念の枠を越えた俳壇の糾合を訴えていることは疑えない。蝶夢にとって墨直会という行事は、この時すでに二次的な意義しか与えられていないのではなかろうか。蝶夢の本旨は、墨直会にかかわる比喩的な修飾部分「此会式の碑面の文字とおなじく」よりも、「蕉門の祖風を仰がん人は、ともにこゝろざしをはこびて……消ざらん事をいのらんのみ」という主文に重点が在って、「消ざらん」の主語は前に出る「祖徳の余光」だと解されるからである。
　この『丁亥墨直し』の序は、俳壇に一定の反響を与えたように思われる。翌五年の『戊子墨直し』において軸句を与えられた文下は次のように詠んだ。

　けふの会式や、自門他流をいはず都鄙遠近の(をカ)

いとはで、或は席を同うし或は句を投じて、
ともに祖風を仰ぎ奉るも、誠に蕉門の教ある
風雅の有がたきなるべし
一すじの風に遊ぶや鳳巾　九十九庵　文下

この詞書が前年の蝶夢の序に呼応した内容であることは言うまでもない。この文下こそ、やがて『施主名録発句集』刊行の書肆の三人目に名を連ねる、伊勢屋正三郎なのである。『丁亥墨直し』の序が俳壇に迎えられ、尊重されたことは、同じ本文が、明和六年の『己丑墨直し』および翌七年の『庚寅墨なをし』の序としてそのまま用いられたことからも窺える。この明和七年の三月、墨直会の三日後、義仲寺では芭蕉堂落成の供養が営まれていた。「蕉風復興の宣言」と呼ぶには、文芸理念を豊かに含むより高い格調を求めたくもなるが、ここに「自門他流のわいだめなく」という言葉でもって、復興運動の俳壇糾合という目標が明確に掲げられたのは、運動展開に一つのエポックを画することになるだろう。その目標は、義仲寺の時雨会にそのまま引き移されていく。『しぐれ会』の序は明和元年の文素の序を再掲するのを恒例としたので、蝶夢による『丁亥墨直し』序に類する主張を認め得ぬが、行事を推進させたエートスは、まったく等しかったはずである。蝶夢による、そのような運動目標の明示がすでに一定の拡がりをもったからこそ、「募縁疏」は、目標の実現へと向かうための具体的な一つの事業を提示し、これへの参加を呼びかける、という一点に的をしぼった文書にすることができたのである。

四　几董の『あけ烏』序

ところでこれまで、「蕉風復興の宣言」という言葉から連想されるのは、安永二年（一七七三）秋に几董が認め

た『あけ烏』序の前半部である（後半部は編纂事情の説明）、と理解されてきたのではなかろうか。次にその本文を示し、そのことに考察を加えてみたい。

> 俳諧に不易流行の沙汰は、古えの書に譲りて暫くさしおく。今や世の風流漸変化して、其流行にとゞまる有、前ムあり、又後るゝあり。しかりといへども、都て蕉翁の光をたとぶの一に止れり。
>
> 夜半の叟、常に我にいへらく、今遠つ国〴〵のもはら蕉門といひもてはやす、やゝ翁の皮肉を察して其粉骨をしらざるもの也。たとはゞ附句に、「敵よせ来るむら松の声　有明のなし打烏帽子着たりけり」、是等の意を味ふの徒希也と。
>
> 今や、不易の正風に眼を開るの時至れるならんかし。既、尾張は五哥仙に冬の日の光を挑《かかげ》んとす。神風やいせの翁とももてはやせし麦林の一格も、今は其地にして信ぜざるの徒多し。加賀州中に天和・延宝の調に髣髴たる一派あり、平安・浪華のあいだにも、まことの蕉風に志者少からず。……

今、私に三段に分かち、段落を改めてみたが、この第二段は、すでに私が指摘した、蕪村にしばしば見られる、いわゆる「蕉門」に対する批判的言辞である。この「蕉門」の概念には蝶夢も含まれる、と考えてよい。[9] ここでこの第二段を除き、第一段と第三段だけを読んでみよう。先の蝶夢の『丁亥墨直し』序の訴え——「祖徳の余光」を消さぬよう「自門他流のわいだめなく」俳壇を糾合しよう——に符合しないであろうか。几董序の力強い文面に、私は呼応の気味すら感じる。第三段は暁台を挙げ、樗良を暗示し、麦水を言う。とすると、続く「平安・浪華のあいだにも」というのは、一体誰のことだろうか。蕪村一門は含まぬはずだから、平安が蝶夢を、浪華は二柳を指すと考えねばならぬだろう。その証拠に、同書には、蝶夢・二柳の発句をいくつも収めている。さらに重要な傍証として、几董が『墨直し』の出句者という経歴をもつことも見逃せない。明和二年・同三年・同五年の『墨直し』に、それぞれ発句一句を見いだすのである。嘯山が明和九年八月の『其雪影』跋で、几董の連句について「近頃世にもてはやすなる梅路・希因が輩の逸也といふめる句の調、またく阿堵の中に（その中にの意）具せり」と評しているのを見ても、几董の志向が嘯山の眼にやや異質に映ったことが想像できる。几董と蝶夢とは、俳諧観においても、交際においても近い関係にあったのであり、几董が『丁亥墨直し』の序を読んでいたのは確実である。とすると、『あけ烏』序の内容については、『丁亥墨直し』序との関連を充分に考慮すべきであろう。几董は、蕪村の「蕉門」批判はそれとして肯定しているのであって、蕪村一門の俳風と蝶夢のそれとの小異を認めつつ、なおかつ蕉風復興をめざす俳壇の糾合を意図している。この点で、几董と蝶夢はまったく一致しているのである。蕪村は、几董の意識との間に微妙なずれを感じつつも、そのことは了解していたのであろう。

天明三年（一七八三）十二月に蕪村が没した折、二柳は、

　　嗚呼此叟去て、蕉門一方のはしらくじけたり
　　気短に消しや春の雪ぼとけ　　浪華　不二

と追悼句を詠んだ（『から檜葉』）。ここではもう「蕉門」という語へのこだわりは見られない。「自門他流のわいだめ」のない俳壇の一体化が、次第に定着しつつあったのである。

五　二柳の「枯野集発起序」

蝶夢の盟友であった二柳が出たところで、二柳にかかわる芭蕉追悼事業の資料を紹介する。近江八幡市の大文字屋文庫（西川宗行氏）所蔵、天明八年（一七八八）三月の「枯野集発起序」と題する、大小二葉一組の一枚刷である。[10]

（その一）

枯野集発起序（11）

二柳荞撰

抑、俳聖芭蕉翁は、我浪華に終りをとり給ふ事、世あまねくこれを知る所なり。よて門生野坡はやく其墳墓を築きて、爰に其旧跡をとゞむ。此碑やことに世にたぐひまれにして、碑面の題額は佚山禅師の筆を染る所、はた四言の賛詞はかしこくも滋野井黄門某の卿のみづから題書し給ふ所なり。且碑陰の銘辞は其世に鳴れる豊の小倉侯の侍医香月牛山翁のしるせる所にして、誠に三絶と称すべし。しかるに此地、昔は医王善逝の小堂のみありて、頗る風景閒雅の勝境なりけるを、かの遊行上人巡国のをり〳〵こゝに其一宗の蘭若なくて、逗錫して化を施し給ふべき道場のあらざれば、終に公に申下して、此地をあらためて梵宇を創立し給へるより、はじめのものだにやうかはりて、此碑もあらぬ叢林の中に埋れぬれば、ありとだに人しらざる事年ありき。茲に余此津に住どころ求しはじめより、より〳〵に詣じて洒掃するにも、かゝるめでたき碑のいたづらに破壊せん事を恐れ、いかにもしてさるべき浄所に墓地を改トせん事をおもふといへども、一山の内さらに其所を得ず。しかるに一時、聊の露地ありて、即此円成院の有となれるより、やがて現住弁良上人にはかりて、今の所には移し早ぬ。尚且別に一碑を添築きて、古翁絶筆の吟を款刻しつゝ、わづかに鶴林の跡を不朽に備ふ。かつ故ありて、さきに祖翁の肖像一軀を得て、此院の内陣に安置す。こゝにおもふに、遺骸は湖東に送りはふるといへども、神霊は猶此地に止り給ふらん。しかれば、粟津は関巳東の惣廟といふべく、浪華は関巳西の惣廟といふべし。かくて惟みれば、其翁の没後星霜積りて今年ぞはや九十有五年に及びぬれば、百廻の正忌、旦暮にせまれり。よて此碑の傍に方丈の一室を造りいとなみ、かの遺像を安じて、其遠忌の法筵を設けん事を希ふといへども、貧生弱羽の力におよばず。こゝにおいて諸邦の好士の四序の句を勧進して一集を撰び、その余慶をもて造営追福の功を遂んとす。諸好士、粤に丹誠を抽て愚老が微志に左袒し給はむ事を乞ふ故に、ことに遅月・瓜房の両衲をそゝのかして東北西南の行脚をすゝむ。人〴〵此便の折をすぐさず、得意の英吟を嚢中に投ぜよ。猶くはしくは両僧の口演に托すといふ。

時天明八戊申暦三月日

二柳莽桃居
発願主　長月庵若翁
安井氏旧国

弄哦
双魚
甫　助　丁江
野鶴
逮雅

遅月
勧進主　瓜房

（その二）

枯野集凡例

一　此集を枯野と題目する事は、かの祖翁の旅に病での絶筆の吟にもとづきて、百回追福の法楽のためにすればば也。

一　此集の立る所は、諸好士の四季の詠吟を混雑に乞あつめて、其精撰に至りては、春夏秋冬、月々の題を分ちて、其題下に句をつらね、初心の稽古に便りあらんとす。しかれば、異なる季の句を贈り給はゞいよ〳〵珍重ならむ。しかれども、季詞によりておのづから題に用ひがたきものは、たとひ秀吟なりとも猶用捨ありたし。只句数を贈り給はん事を要す。是等類を改めて撰すればなり。

一　百回忌の法筵は、明後庚戌のとし、三月十二日を結願として、三ヶ日に百々韻を供養せんとす。その刻は、諸好士必ず来集ありて、共に報恩の志を運れん事を乞ふ。よて、寄枯野懐旧のほ句をもて表八句を作りて贈り給はゞ、それに継て一巻の百韻となして、其日の席のかざしとせん。もとも表八句は悉く其集につらね撰して、不朽に備ふ。諸好士、ことに心を用ひよ。

已上

浪華　二　柳　庵(12)

同入花式

一　発句一句　二銭目　一　表八句　金百疋

但し、発句は数章加入あらん事を乞ふ。造営等の志願重ければなり。よて志あらむ人々は、別に祖室に志を運び給へよ。

天明戊申春

書肆

江戸　山崎　金兵衛

京師　井筒　庄兵衛

野田　次兵衛

大阪　石原　茂兵衛

右は、芭蕉百回忌の追善事業として、大坂下寺町の円成院（遊行寺）に芭蕉堂を建立し、万句俳諧を興行して、俳書『枯野集』を刊行したい、よろしく協賛願いたい、という趣意書である。その供養は寛政二年三月に開かれるはずだったが、予定通りに進まなかったらしく、『不二庵終焉記』は年次を示さず、百回忌追福を三日間行い、百歌仙を興行した、とのみ記している。さらに『枯野集』の刊行も成らなかったらしく、今残る同名の俳書は、門弟たちによる後年のものである。

それにしても、「発起序」と題する二柳の趣意書は、何とも冗長に過ぎる。それは記事内容の大半が、芭蕉墓碑の移建、芭蕉句碑の建立（天明三年）、芭蕉木像（梅旧院に現存）の取得と寄附、という己れの過去の事績に費やされているからである。義仲寺の芭蕉堂再建の場合と異なり、再び行脚俳諧師が登場するのも興味深いが、遊行寺を、東の義仲寺に対する西の惣廟に位置づける言いぐさには、現実的利益への期待がかいま見えぬでもない。

私が長々しいこの資料を持ち出したのは、同じ芭蕉追善事業でありながら、明和期と天明期に大きな相違があることを示すためであった。復興運動高揚期の初々しい純なる精神の横溢。そこに新しい文芸理念の具体的開陳はないが、『丁亥墨直し』序に現れる高らかな呼びかけは、「蕉風復興の宣言」と呼ぶにふさわしいだろう。この運動は、近代を前にして興起した、文学史に逸すべからざる事象と思われる。その故に、この呼びかけは記憶されねばならない。俳諧研究においては、俳書とも呼べぬ趣意書のような資料すら貴いこと、このこともまた忘れてはなるまい。

（1）本書一二七頁。
（2）田中道雄「時雨会と『しぐれ会』」（『時雨会集成』収）七〇一頁参照。
（3）『蝶夢和尚文集』所収の本文では、ここのところ「書しめ其世の発句を讃せさせて」とある。
（4）ここのところ、「たとひ」を掛詞としようとしたか、文意がとらえにくい。それ故か、『文集』所収本文は、「執筆の吟じ上て供養し奉る。たとひ……」とある。
（5）註（2）拙稿七〇四頁参照。

（6）例えば、蕪村が明和六年五月刊の『平安二十歌仙』序で「今の世にもてはやす蕉門」を気にするのは、再建事業のまっただ中の時期になる。蕪村の夜半亭二世としての立机が、芭蕉堂落成の明和七年三月であるのも、偶然の一致に過ぎぬとしても、多少気にかかることである。

（7）『文体明弁粋抄』（寛文元年刊）の「募縁疏」の項は、「按ズルニ募縁疏ハ、広ク衆力ヲ求ムルノ詞ナリ。橋・梁・祠・廟・寺・観・経・像……凡ソ一力ノ能ク独成フ所ノ者ニ非ズ。必疏ヲ撰テ以テ之ヲ募ル（カ）。詞儷語ヲ用フ。蓋シ時俗ノ尚ブ所ニシテ、而シテ……祠廟ノ設或ハ祀典ニ関ル、尤モ（カ）他事ノ比ニ非ズ。則斯ノ文ナリ」（原漢文）と述べる。

（8）本書一四五頁以下を参照。

（9）田中道雄『蕉風復興運動と蕪村』第一章参照。

（10）冒頭のごく小さい破損部分について、本文を、『青裳堂古書目録　一枚もの　その一』（青裳堂書店、一九九二年）掲載の写真で補った。

（11）この下に、長円形陰刻「芭蕉／之流」の印がある。

（12）この下に、直径四センチの正円形陽刻「順慶町壱丁／目東へ入北側／露地之内／不二菴」の朱印がある。

（追記）

①　執筆後に、『丁亥墨直し』序の「都鄙の好士、自門他流のわいだめなく」の下りが、渡部狂（支考）の「通夜物語ノ表」（『和漢文藻』収）の一節、「自門他流をえらばず、洛陽の名ある宗匠をまねきて」に似ることに気付いた。また、『乙酉墨直し』序の「かの白狂の未来記に応じ、北野ゝすゞり洗ひ・東山の墨直しと、京童部も口ずさみぬ」の下りも、同じく渡部狂の「双林寺ニ石碑ヲ修スル教」（『本朝文鑑』収）の一節、「爰に年〳〵の会式となせれば、本より北野の硯あらひも、東山の墨なをしも、都に一とせの行事なるべし」を受けていよう。

これらを見ると、墨直会を引き受けた当初の蝶夢が、支考の事業に敬意をいだいていたことは疑えない。とは言え、「自門他流のわいだめなく」との蝶夢の呼びかけが、支麦流の枠を超え、蕉門以外の貞門をも含めた全俳壇を視野に入れ、高邁な理想をめざす純粋性を帯びていたのは間違いない。

②　蝶夢のこの理念は、烏酔が「(芭蕉追福に)出席の義、蕉門通志方は自門他門に限らず候」(『芭蕉翁墓碑』宝暦六年序)と言い、嘯山が『俳諧古選』(宝暦十三年刊)で蕉門の閉鎖性を厳しく批判したことをも踏まえていよう。

③　几董の『あけ烏』序について再考する。

その第二段の冒頭で触れる蕪村の蕉門評の文言は、かの「取句法」の「世に蕉門と称する者有り。特に蕉翁の風韻を知らず云々」によく符号する。すなわち、かなり厳しい。とすると、第三段の地方系蕉門俳人の列挙という内容は、右の文言に食い違う。前後の齟齬。

几董は、まず蕪村の厳しい主張をそのまま受け入れた上で、「敵よせ来る」以下の付け合いを挙げて、その例証とした。但し、巧みに転じる筆法で。この付け合いは、前句ちり、付け句芭蕉の詠、『赤冊子』に出て「其句の勢ひに移りて付たる句也」と説かれている。いわゆる匂い付けの一だが、几董はこの付け合いを「是等の意を味ふの徒希也と」と評した。すなわち、「蕉門は理解できない」とは言わず、一般化した。

この付け合いの挿入は、蕪村の蕉門評の厳しさを削いで和らげ、蕪村と蕉門との両立調和を図る、緩衝材として働いている。第三段で蝶夢を、「平安・浪華のあいだにも」とおぼめかして挙げるのにも、几董の苦心を垣間見る。蕉風復興運動の中で几董が果たした役割の大きさを、ここに見出す。

立川曾秋と『曾秋随筆』

——蕉門俳諧と石門心学の接点として

立川曾秋（一七五八—一八一九）は、今日ではほとんど忘れられた近世中期の地方知識人である。しかしかつては、学界にその名を知られたことがあった。石川謙氏の『近世日本社会教育史の研究』（昭和十三年刊）『石門心学史の研究』（同年刊）に登場し、心学布教者として記憶されたのである。

ところで私は、同時代の芭蕉顕彰家として著名な俳人・五升庵蝶夢（一七三二—九五）の周辺を調査する内、曾秋が蝶夢門下の俳人であり、蝶夢の事業を経済的に支援するなど重要な役割を果したことを知った。すなわち曾秋は、蕉門俳諧と石門心学との二つの分野で活躍した人物だった。蕉門俳諧には、「俳諧は衆人を導く最上の法」（既白『やぶれ笠』）とする、庶民教化という要素が含まれている。この文芸思想に親しんでいた曾秋は、庶民教化を旨とする石門心学に相似るものを見出し、入信にまで至ったのだろう。

一　その生涯

最初に、その生涯について述べよう。それには、立川欽一氏所蔵の『立川肥遯君事蹟』(1)が第一の資料であるから、まず、その全文を次に紹介する。

○

〔立川肥遯君事蹟〕

肥遯君、名は政伸、字曾秋、性《ママ》立川、雅名は銀之介と称し、後庄十郎と改、金右衛門と称す。後荘平と改め、自ら肥遯と称し給へり。世々和田村に住り。父は遊賀君、母は中尾氏の女也。為人温厚篤実にして、至りて倹遜なり。生質柔弱にして病多し。しかれともよく是を守り、養生の功を積給へり。父の養育も正しかりしに、よく其命にしたかひ、少しも違ひ給ふ事なし(2)（く、甚《其カ》志を継給へり）。

一若きときより俳諧を好み給ひ、伊賀の桐雨・」1 長者坊等にしたしみ、幻阿法師を師として学ひ給へり。沂風・菊二・杜音等はしたしき友たり。若きときより年老たる人に親しみ（む）事を好み給へり。

一父の業を継給ひて（年二十六七才なり）、常に業（農事）を大切に心懸給へり。且、米粟交易の業をし、大津・伊勢なとへは度々暑寒の厭ひなく（数々）行給へり。これみな父の命にしたかひて、少しも自らの物好し給ふ事なし。

一安永七年の比、大久保村西田氏の女を娶り給ひ、一男子を生り。母子ともに先達て没し給へり。天明元年五月、伊賀国上野西村氏の女を娶り給ひ、」1ウ 男子五人を生めり。

一年二十四五才の比、肝鬱の症にて久しく脳《ママ》み給ひしか、京なる医師後藤何某灸治を進められしを深く進用し給ひ、三年のほと日々灸治をすへつゝけ給ひしとそ。其功にや、病およそ愈《ママ》給へり。其後も月々二三度つゝ灸をすへ給ふ（ひ）て、深く身を慎しみ養生し給へり。

一寛政元酉年七月、母痢を病給へり。其比令閨肚《ママ》身居給ひけれは、病に感し給はむ事を恐れ給ひて、かたく母看病をさせ給はす。奴婢の類ひは年若きものなれは行届く事あたはす、肥遯君、昼夜心を尽、看病し給ひしなり。終に八月九日といふに、母身まかり給へり。深哀傷し給ふといへとも、父いまたすこやかにいませは、その追功の精《カ》をあらはし給ふ事」2 あたはす、ひそかに母の喪をつとめ給ひしとなり。

一寛政二戌のとしのころ、石田先生の門人にて諸国へ道を弘められける北村翁、伊賀国より来り、はしめて道話講尺等を聞給ひしか、かねて沂風坊のすゝめによりて、先のとし堵庵先生にも一度相見し給ひし事もありけれは、いよ〳〵此道を尊ひ厚く信し給ひけり。夫より北村翁はしめ度々講師を請待し、家族はいふに及はす、村中并近村に至るまて同士《ママ》の人を誘ひ、懈怠なく修行し給ひけり。（奥村）望月山下等と常に会輔討論等し給ひて、油日村江度々通ひ給へり。

一寛政五丑とし、（同志とかたらひ、終に）方来舎を営みて、〔原本改行〕淇水先生を請待して開講をねかひ給へり。（其比ハ）此道」2ウ（日々に）同志の人々も多く、殊外盛なりしかとも、真実に志の立たる人もすくなくして、はしめ志厚かりし人も日々に無数なれり。しかれとも、（なりて、）只三五輩の同志の人と、月々の会輔怠りなく務め給ひ、且朝夕家事多忙の中にて、朝は早く起、夜は遅く寝て、少しも（の）暇をもおしみて書を見給ひ、その疑し事は記し置、度々京に登り給ひ、上河先生にて正し給へり。先生も深く愛憐し給ひて、方来舎には度々下り給ひて数日逗留し給ひしなり。夫ゆへ、淇水翁には深く親炙し給ひしなり。

一天明三年の比、父遊賀君家事（勤役）を辞し給ふて、則《カ》翁に（家事悉く君に譲り給へり。）同し勤めを命し、《脱カ》同年七月、男政瑞を生給ふ。すへて六男有て、女子一人もなし。

一寛政七卯年六月ゟ九月に至、君家に凶事ありて、召れける。」3九月十九日出立にて東武に下り給へり。（此時、主家の大故にて、深く心を労して勤め給へり。）□《不明》当君（公）いまた幼少にて、同家のかたに寓居を命られ給へり。其事終りて、十月廿六日帰国し給へり。

其後文化三寅年二月より、ふたゝひ東武に下り給ひ、堀田君の御家事等、その采地の人々とはかりて、深く心を尽し給へり。此度は〔原本改行〕君家に事もなかりけれは、ゆる〳〵日を重ねて居給ふへき（く）おほしけれと、江戸大火事ありて、これにおそれ、やかて国にかへり給へり。

一平常、朝ははやく起たまひ、夜の更るはいとひ給へり。日夜の家事繁けれとも、少しもおこたり給ひ事なし。何ほと閙しき日といへとも、朝夕のうち、(少しにても)書を見給はぬ日はなし。」3ウ外に出給ふ時も書を懐中し、少のいとまもをしみて書を見給へり。平常社友の人来りて物語果ぬれは、少しなりとも道学の物語し給はぬ事はなかりし也。

一衣類調度に物好し給ひし事なし。只有にまかせて用ひ給へり。(然れとも)貴人より賜へる服は、其時によりて用ひ給へり。常に清きを欲し給ひしゆへ、よこれ汚たるものは用ひ給はす。洗たるものは新らしきものと同しく用ひ給へり。刀脇差のるい、少しも物好し給ふ事なし。有来のまゝ修覆を加へて用ひ」4給ひし。鮫鞘の脇差を一腰とゝのへ給ひし事あり。其後、有来の刀脇差を衣糸柄に作り給ひし事あり。年老給ひて軽《カ》き麁なる大小を求め給ふ事あり。其余いさゝか物好し給ふ事なし。小道具といへとも、とゝのへ給ひし事なし。其余は推して知るへし。

一食は麁なるものを好み給ふ。魚(鳥の)類は、好み給はす。若有合候ても、少しより用ひ給はす。酒は少しつゝ嗜み給ひて、日々一度つゝ用ひ給ひし。さかなは何も好み給はす。有合のものを用ひ給へり。麦飯、或は(菜・)大根・牛房・」4ウ茄子・竹の類は、好みて喰し給へり。其余のものは、嫌ひ給ふにはあらねと、余り好み給はさりし。若き時より病身に居給ひしゆへ、喰の養生はかたく慎しみ給へり。生冷のものは、(菜の外は)用ひ給はさりし。茶は好みて、煎茶を(梨子・柿・密柑)常に嗜給へり。菓子、厚味のものは用ひ(好み)給はす。淡薄のものはかり用ひ給へり。

㊁何《ママ》かたへ行給ふにも、帰りの日を定め置たまひて、夫より少しも後れ給ふ事なし。若遅く成候時は、人をして其旨告給へり。告すして日限の(を)違へ給ふ事なし。常に恭敬厚く、何事も慎しみ給へり。仮にも戯言・戯動の事」5はなかりし。去なから其中に自ら和はとゝのひて、人の言をよく容給へり。朋友より諌むることは、かな

らす厚く信用し給へり。

一農業を大切に心懸給へり。田うへの時は、かならす自ら手伝ひ給へり。畑は常々手伝ひ給ひ、秋干物なとは、（拠々心付給へり。）□（不明）々婢僕の所為夫々差図し給ひ、少しも怠り給ふ事なし。田うへの後は、日々自ら見廻り給へり。

一居宅は、有のまゝに修覆を加へて、新規のものは少しも建給はす、享和三亥とし、かねて年比心懸給ひて、持仏堂を作り」5ウ給へり。此外にいさゝか建物作り給ふ事なし。其後、政常か宅を作り給へり。文化〔以下余白〕

一先代より伝へし道具類は、いかにも大切に用ひ給ひ、其外道具類、当用の外何にても求め給ふ事なし。常々示していわく、衣類調度とも麁粗なるものほと日用の調法なり。形よきものは取扱にも気遣にて、麁粗なるものほと用なし。形とゝのへましきとなり。

一米粟交易の業は、子孫に至り其害あらん事を恐れ給ひ、其父遊賀君に告給ひて、寛政〔二字分余白〕年の比より、果と止給へり。」6

一春日の社、年古く成大破に及ひけれは、村内のもの深く痛みにならぬやう謀り給ひて、文化元子年にこと〳〵く造営成りぬ。此事、深く心を用ひ給へり。

一朝暮、神仏師を拝し給ふ事。（ことに）祖先の忌日、祥月等には熟々祭り給へり。文（享和）三亥とし、持仏堂土木なりしより、年々春秋の祭、誠敬を尽して祭給へり。」6ウ

○

この『事蹟』は、心学的立場から、その業績と生活態度を賞揚することを主眼とするが、簡にして要を得た略伝ともなっている。他の資料も援用しつつ(3)、その生涯を簡単に辿ってみよう。

曾秋立川金右衛門政伸は、宝暦八年七月二十五日、近江国甲賀郡和田村（現滋賀県甲賀町）に生まれた。同家は

代々、旗本伊賀守和田伝十郎（伝右衛門とも）知行地の代官を務めた家柄で、政仲は三代目金右衛門政峯の次男（兄専太郎は早世）として生を享けたのである。家業は農を主としたが、米・粟・綿などの交易にも携わり、藤堂家など高位の武家の金融にも応じていた。天明三年（二十六歳）家業を受け継ぎ、寛政七年（三十八歳）家督を相続して金右衛門と称し、文化七年（五十三歳）それを次男政瑞（長男は早世）に譲って荘平と称した。[4]曾秋・杉風庵は俳号、肥遯は心学上の号である。安永七年（二十一歳）に西田氏女を娶ったが没、天明元年（二十四歳）に伊賀上野の医、西村良化の女のぶを娶って、都合男子六人を儲けた。文化十二年十月二十七日没、行年五十八歳。和田の善福寺の墓碑には「肥遯居士之墓」とあり、長文の銘文が、風化のため読みとれぬのは惜しまれる。法号、尋誉声迎肥遯居士。葬儀の参列者一三七〇人に及んだという。

心学への関心は、寛政二年（三十三歳）に北村柳悦の来訪あり、その講席に列したのが端初で、[5]寛政五年三月にはついに自邸内に方来舎と名づける学舎を営むに至った。その急速な心学への傾倒は、父を憂慮させるほどであったらしく、曾秋は、

寛政五癸丑、父七十一才の云、未熟の学文たてをして、ものこと窮屈に心得たる、よろしからす見ゆる也。又、人の噂をするをきくに、その人の行ひを善きの悪きのといふ、つゝしむへき事そ。又、志なき人に先生の道の事物語する事あるへからす、と也。（方来舎聴書）

と記している。性急な思想青年のように激しい求道の姿が、そこに思い描かれる。その後の曾秋の心学活動の実態を、石川氏の著書によって窺うと次の通りである。

氏は、入信後の生活二六年間を三期に分け、寛政二年から同九年までの八年間（三十三歳～四十歳）を修行時代、寛政十年から文化四年までの一〇年間（四十一歳～五十歳）を近郷近国へ教化布教に出向くようになった時代、文化五年から同十二年までの八年間（五十一歳～五十八歳）を心学振興に渾身の力を注いだ時代とされる。そして曾

秋の『講席覚』に基いて活動年譜を作成し、その生涯の講席が一三〇〇回余にも達したこと、第二期の活動地が方来舎を中心とした郡内五箇村（和田・油日・毛牧・滝村など）と伊賀国三箇所（上野の有誠舎・柘植村の麗沢舎・友田村の山尾氏宅）に限られたのに対し、第三期にはその範囲が著しく拡大して、近江・伊賀は勿論、伊勢・大和を含む四箇国二〇地方にも及んだこと、また中山美石（国学・儒学に達す）を通じて尾張・三河にも影響を与えたこと、等々を実証された。また氏は、曾秋が近江心学の中心人物として目覚しい活躍をなし得た要因として、「その優れた人物と、絶えざる修養と、充実した財力」(6)の三つを挙げ、他に京都正統派勢力の支持後援を指摘しておられる。中でも、手島堵庵（享保三―天明六 一七一八―八六）の高弟上河淇水（寛延元―文化一四 一七四八―一八一七）の寵遇を受け、淇水やその門下の来援を得たり、淇水の遊説に同道して協力したりしたと言う。つまり曾秋は、地方に育った心学者として地方に活動基盤を持ち、一方で京の指導と後援を受けつつ、京を中心として拡大する心学運動の一翼を担ったのである。

このようなことを知るにつれ、私は、心学活動に先立って参加した、曾秋の俳諧活動との類似が思われてならない。俳諧の師と仰いだ蝶夢は、やはり京にあって全国的規模の蕉風復興運動を進め、地方の支持者に指導と援助を与えていた。曾秋はこれに応じて協力を惜しまず、天明六年には、蝶夢編『芭蕉翁俳諧集』の刻板料を出資していた。

また、曾秋が心学を最初に布教した地域に関しても、思い当ることは多い。石川氏によると、上柘植の麗沢舎は寛政五年頃の創立、曾秋の指導のもとに創設経営されたと言う。和田から南へわずか二、三里の上柘植には、曾秋ともっとも親しい俳友・富田杜音がいた。蝶夢からの書簡も、「杜音様・曾秋様」と連名のもの多く、同階層の両者（杜音は大庄屋）は、社会的・経済的にも密接な関係にあったと思われる。杜音宅は、後に曾秋の講席会場に使われることがあった(7)。俳友が、思想上でも友として協力することは、当然あり得ただろう。伊賀上野は、上柘植からさらに西南へ四、五里の地点。その上野の講席会場築山氏宅(8)とは、築山忠右衛門邸と思われ、豪商平野屋を指す。

天明二年に没した先代は、桐雨と号した当地俳壇の中心人物で、『事蹟』に記すように曾秋とも近く、蝶夢との親交で知られていた。その簗山家は、曾秋の姉が嫁した上野の内神屋窪田惣七郎家と姻戚関係にあり(9)、上野会場の一である西村氏宅(10)が、曾秋の後配のぶの実家と思われることも注意したい(因みに西村家には、後に曾秋の三男重昭が入籍して恕安と称し、心学にも携わった)。このように、石川氏は、上野の有誠舎創立を寛政七、八年頃と記されるが、これにもまた曾秋の影響を察し得るのである。このように、和田―上柘植―伊賀上野のルートは、曾秋等にとって、社会生活・経済生活や文事を営む上の、基本的な回路をなすものであった。『事蹟』にも、「石田先生の門人にて諸国へ道を弘められける北村翁、伊賀国より来り、はじめて……」と言う。勿論上野から来たのであり、その同じ道を、行脚俳諧師も通ったはずである。そしてまた『事蹟』が、「かねて沂風坊のすゝめによりて、先のとし堵庵先生にも一度相見し給ひし事もありければ……」と続けるのも見逃してはなるまい。そのルートは北へ進んで湖南に出、さらには京へ連なる。湖南には蕉門俳諧の聖地として義仲寺があり、蝶夢の親弟沂風坊がその看主を勤めていた。曾秋は、その俳友のすすめで、晩年の手島堵庵にも会っていたのである。

二　蕉門俳諧と石門心学と

ここで曾秋の俳諧活動の概略を述べよう。これまで曾秋の俳諧について記されたものは、『新選俳諧年表』の一項と、西村燕々氏の「近江俳人列伝」第一〇一回「立川曾秋」の記事だけと思われる。西村氏稿は、『太湖』誌一三六号(昭和十二年五月九日)に掲載された小文であるが、要を得たものである。

西村氏は、曾秋の初出俳書を安永五年刊の『笠の露』(琴之等編の文下追善集)として、

ゆふかほや門わろくさき馬盥

の句を示されるが、俳諧への親近を、この十九歳の頃と推定して、ほぼ誤りはあるまい。俳系も、蝶夢等のそれと思われ、翌六年からの『しぐれ会』には例年出句を見る。その『しぐれ会』所収の曾秋句を、当初のものだけ掲げてみよう。

宵闇やこほれて通るはつ霙　（安永六年・二十歳）
鶏の啼ほとに晴てはしくれ哉　（安永七年・二十一歳）
しくるゝ夜みるや翁の終焉記　（安永九年・二十三歳）
はせを忌やおもへは遠き世てもなし　（天明二年・二十五歳）
翁忌や尾花に伊賀の人恋し　（天明三年・二十六歳）

安永九年以後の句が、芭蕉追慕の情を色濃くたたえるのは、次第に蝶夢の感化を蒙るに至った、曾秋の意識の発展を反映すると思われる。蝶夢の曾秋宛書簡は二、三通しか知られていず、その指導の全貌は窺うすべもないが、杜音宛や自露宛の書簡に徴しても、きわめて懇切なものであったと想像し得る。そのように親密な交渉展開の帰結として、天明六年の『芭蕉翁俳諧集』上梓に際し、蝶夢から刻板料出資が要請されたのであろう。同書の跋で、曾秋は次のように記している。

この芭蕉翁俳諧集は、わか五升庵大徳のとしころひめおかれしを、同し友にこの国の北浅井の住人何かし去何、ひそかにうつしけるなり。そもいまの世に、この道にあそふ人の、この翁の遺風をしたはさるはあらす。されはこそ、続扶桑隠逸伝の蕉翁の讃に、「この風雅は仏祖の肝胆なり。衆生の心性也。濁海の宝筏なり。夜闇の明燈なり。」と示し給ふとはあり。かくまていとたうときことわりあるを、ひとりのみ見んも無下なり。ひろく同志の人にもしらせまほしく、梓にちりはむるよしを、近江国甲賀山の杉風庵にて、

曾秋謹書。

『続扶桑隠逸伝』は釈義道の著、正徳二年に刊行された。中に芭蕉と呼ぶ人の伝を収めるが、俳人の芭蕉とは別人である。ところが蝶夢は、誤解したままこの記事を信奉し、芭蕉肖像の讃を頼まれると常にこの記事を揮毫した。右の跋は、蝶夢の教えを信頼して誠実に帰依する曾秋の姿を髣髴させる。一方で「かくまでいとたうときことわりあるを、ひとりのみ見んも無下なり。ひろく同志の人にもしらせまほしく……」の下りは、庶民への伝道教化を意図し、行動へ向かって一歩を踏み出そうとする、実践的な曾秋の姿勢をよく伝える。

曾秋の作句は晩年まで続いた。しかし、心学に専念するようになってからは、さほど熱心だったとは思われず、句稿は残るが、句集は刊行されていない。このような寛政以後の俳諧活動の中で、特記すべきは、享和元年の『爾時庵発句集』刊行に関することだろう。同書は、曾秋を蕉風俳諧や心学に導いた爾時庵沂風（一七五二―一八〇〇）の句集で、曾秋は次のような跋文を寄せている。（句読点は筆者）

爾時庵琳澄法師者、洛陽高田山之衆徒也。自少、務一向専修念仏矣。為人、沾澹無事、而信樹下石上之趣。且勤行之暇、慕蕉門之俳諧、師事于五升庵主。其気象風流不群、故字曰沂風、亦称得往、一号方広。生質多病、而性好羈旅、常愛勝地、而徘徊于京師湖南之間、数年也。然終不卜容膝之草庵、優遊自在也。寛政十二庚申歳羅疾、同四月晦日、口唱名号、終于高田道場。享年四十有九。同葬于山内云。

享和改元之冬

湖東　立川政伸謹識

この発句集は、諸家の句を併載した追善集の形式をとらず、出板費用はすべて曾秋が負担したものと思われる。沂風の、専修念仏・優遊自在の境涯を愛した友情の発露であろう。

曾秋が親しく指導を受けた人物の一人に、『事績』にも記す長者坊浮流（？―一七八二）がいた。浮流は三河生まれの行脚俳人で伊賀友生村に定住し、曾秋や杜音等、近隣の俳人に影響を与えていた。

その浮流に宛てた曾秋の書簡（さ月八日付け）が残り、若き日の曾秋の生活と意識を窺うことができる。一部を抜書すると、「此ごろ杜音には翁之直伝を貴師より被承候由、あやしく承候」と不満げに申し立てて浮流の無音を責めた後、次のように記す。

惣体不風流、杜音の青あらし、佳章の様に被申越候も、左も不覚候。元来、風流の魂不居、いかにいふとも叶申間敷候。美濃流などゝ貶《けな》し申こされ候へども不分明、無詮事歟。只風流、魂入らばかくは有まじく、野子など、是迄のほくひとつも魂なし。此うへもなし。暫口を閉て、古人の心をさぐり申たく、その談合に、貴衲様など御出可被下候。中々付句など望不申候。

天明元年以前の書簡ゆえ、曾秋は二十歳代前半である。焦りながらも意欲に突き動かされたような心境は、追而書にも、

うき我をさびしがらせよと申翁の御句、このうきといふ詞、いかゞ御聞被成候や。こゝらよしありげに覚候。うき恋・うき人などいへるうきとは相違、意味深長、無常迅速のきはにや。これを静にうけ玉《たまは》りたく候へども、俗事おほく心治らず、徒に相過候。恥し。

と現れている。

〇

蕉門俳諧と石門心学の間には、一見して共通するかと思わせるある言辞が存在する。すなわち〝私を去る〟という主張である。

例えば蝶夢はこう言う。

山はたの岨の立木に居る鳩の友よぶこゑの凄き夕ぐれ　西行法師
枯枝にからすとまりけり秋のくれ　芭蕉翁

かゝる体にて、目前の実境、心外の余情に、一己の私意を交《まじへ》ずして申如《のべカ》たるを、真趣と覚え居申候。

（蝶夢書簡24・白露宛て）

このように蕉門俳諧の中で使われた「私意を交へず」や「私を言はず」は、私意による説明や作意を一切排除して事実伝達に徹するの意で、これでこそ実情をたたえ外界を正しく把握できるとするのである。「時雨《しぐる》ゝや私ならぬゝれごゝろ」（文化二年『時雨会』の如岡の句）なども使われた。

一方の石門心学においても、「我なし」「私案なし」というのが最重要タームとされた。曾秋が最初に出会った心学指導者である手島堵庵は、次のように述べる。

「人之所レ不レ学而能者其良能也。所レ不レ慮而知者其良知也」。本心を知るは外の事にあらず。此無我無知の本体を知る事なり。故に女童却て甚近く発明しやすし。其いはれいかなれば、初より我すくなし。我を拙しとして用ひず、師を恐れ信ずる事厚く、又教示を麁に聞ず、指南により彼思案を捨て、偏に師に帰するを以て也。

（安永二年刊『知心弁疑』）

本心を知れば我なし。我なければ天地万物を吾とす。何物をか愛せざらん。愛すれども私なし。（同右）

人間は、外界を正しく写し取り、正しく相接しようとして、絶え間なく働き続ける「本心」を持つ。その「本心」の自らなる働き＝「思ふ」を中断させ、誤りや悪に逸脱させるのは「我」であり「思案」である。「我なし」「思案なし」の状態でありさえすれば、人間は外界に常に正しく相応じ、正しく働きかけることができる。堵庵のかかる理論は、石田梅岩の思想が内包した社会体制への批判を失い、まったく個人的な処世訓に矮小化されたと言われるが、個人の主体的な精神生活の態度・方法を示すものとして受容されたようだ。

厳密に考えると、蕉門俳諧のそれと石門心学の「我なし」の思想とは別物だが、一見相似るところが在る。ここに曾秋のたどった、蕉門俳諧から石門心学へ続く道を察し得る。蝶夢書簡244によると、蝶夢は堵庵と交わることがあった。曾秋は蝶夢と、心学を話題にすることもあったはずだ。

因みに記すと、石川氏は、曾秋の思想は、上河淇水の学説を継承したもので、「その独自性は教化普及の勢力の上に認められるのみ」と言う[11]。いわば「京都心学の思想取り次ぎ人」として教化第一の活動に徹したわけである。石川氏は淇水を、町人社会に生きる個人のための実践的思想として成立した石田梅岩の学が、次第に社会教化的な面に力点を移し変質して行く中で、その思想体系を朱子学的説明によって再編成した人物と見做している[12]。堵庵の「思案なし」の論を「私案なし」の論に作り替え、逆に個人の主体的な意志の発動を規制して、道徳教化運動の理論に転化して行った、という。すなわち、松平定信の政策に適合したものとなるのである。

三　『曾秋随筆』について

前節では、蕉門俳諧と石門心学に共通の性格があり、かかる事情が、曾秋にその二を矛盾なく両立せしめたことを説こうとした。本節では、熱心に励んだ蕉門俳諧から後半生を捧げる心学へと、その活動の中心を移す過渡期にあって、曾秋が著述した一書を紹介することにする。

それは、大本二冊に認められた随筆で、題名を与えられていないから、いま「曾秋随筆」と仮題しておこう。署名はないが、内容と伝来から考えて、曾秋著であることは間違いない。寛政元年九月の記事で終わるから、当時の成立と推定し得る。立川欽一氏の所蔵で、自筆草稿本・同清書本の二種があり、草稿本は一〇一段、清書本は八三段を収める。墨付の丁数で示せば、草稿本の第一冊三九丁、第二冊一五丁、清書本の第一冊二五丁、第二冊一五丁である。草稿本には、蝶夢による綿密な添削の書き込みや付箋があり、章段の削除も指示されていて、清書本が、蝶夢の指導を忠実に生かして浄書されたものであることは、両者を比較すればたちまち明らかになる。立川家には蝶夢添削の句稿も残るが、ともに蝶夢の懇切な指導ぶりを窺う好資料と言えよう。本稿では、ひとまず清書本全文を翻刻して付載した。以下清書本の内容に従って、問題点を指摘する。

この随筆の内容を検討して、まず気付くのは、歌人・画人・書家などの当代文化人や、僧侶・隠逸人の逸話を多く収める点である。文化人は、澄月③・蘆庵⑦・蒿蹊⑧・慈延㊱・大雅⑲・蕪村㉑など著名の人は勿論、馬瓢㉔や髭風㉕などの地方俳人にも及ぶが、地方知識人の文雅への憧れ、就中、京文化へそれがおのずから反映したものであろう。この系列中でさらに多いのは、僧侶や隠逸人の逸話である。文粲上人㉓は念仏行者として、鈴木周敬⑳・浮流㉒・俊鳳上人㊹・涌蓮㊺は隠逸人や遁世者として、その生活のあり様が述べられており、歌人の澄月③も、師の蝶夢㊱も、同様の人物として把握されている。かような隠逸人・遁世者に対する曾秋の強い関心は、同時代人からさらに過去の人物へと遡る。中納言藤房㊳・隆堯上人・栂尾上人・夢想国師・元政㊴・長明⑳・頓阿㉛・宗鑑㊳など登場するが、それらがいずれも、そのゆかりの地に触れて述べられるのが興味深い。つまり曾秋は、彼らの遺跡を実地に踏査し、感懐と同時に、何らかの事実に基いて逸話を述べようとする。その探求的態度が著しいのは、公任にゆかりあるやしほの岡の段⑯であろう。西行の歌も思い合わされ、「かゝる所かろうじて尋ねありく、いと興あるものなり」とさえ記している。芭蕉の幻住庵㊷や蓑虫庵㊸も同じような興味から記事にされ、丈草㉚・去来㉛の塚もまたしかりと思われる。このように、全体に底流する文化人や求道者への敬慕の念が、まず見出されるのである。

また、各段に和歌の引用が多く、歌物語的性格の段⑤⑥㊸が存することも注意したい。発句を詠む話が歌物語風に仕立てられ⑦、花見㊽月見㊾は勿論、蝶夢との紅葉刈㊾の段にも、風雅を慕う曾秋の心が窺える。

他に目立つものとして、宮中に関する段①⑭⑮㉗㉜、寺院に関する段㊶㊺㊾㊷、地方の珍しい風物や奇異な事柄に関する段⑨⑪⑫㉙㊱㊲㊹などがある。これに、観想的な内容を持つ段㉖㊼㊼㊶㊸や一芸の達人の言行を伝える段

⑧⑧⑧の徒然草調を思い合わせると、これらの諸段があいまって、この随筆の内容をより多彩にしていることが理解できる。

以上幾つかの指摘をしたが、これらにも増して曾秋らしい特色を、筆者は次のような点に見出す。

まず挙げるべきは、天変地異に関する記事の多さである。浅間噴火②・日蝕⑦・洪水・地震・落雷⑩・暴風㊴・怪光㊺、それに天明八年の京大火㉜を加えると、大方の災害は出そろったことになる。編年的な配列法をとるこの随筆が、単に変異を記録したに過ぎないとも言えようが、方丈記に似た文面もあり、記述が災害に苦しむ民衆に及ぶのを見ると、右の諸段を軽く見過すわけにはいかない。他の段①⑰では、凶作と米価の高騰のため飢餓に悩む民衆の姿も伝えており、曾秋の意識の中で、民衆の存在はかなり大きかったと考えられるからである。すでにこの時点において、曾秋が経世済民にかなり心を砕いていたことは、京の大火を「上下の奢日々に超過しければ、天の怒ある変ならんかし」ととらえ、奢侈を戒める段㊷によく窺うことができる。曾秋は、世相の退廃に厳しい批判を向け、遊女に溺れる者を目覚めさせ㊳、孝心の功徳②を説こうとする。正直者は称えられねばならず㊾、堕落者は僧侶といえども糾弾されねばならない㊻。ここに描かれる僧は京の阿弥陀寺住職らしいが、宗教界にも及ぶ末世的退廃の根源が、貨幣の流通と蓄積にあることを、この段は的確に示唆している。

このような社会的情況の中で、人々に期待されたのが、すぐれた指導者の登場である。本書中、白川侯松平定信の記事が四度にわたる⑬㊷㊸㊼のも、曾秋の並々ならぬ期待を物語り、「俗を移し、風をかゆるにいたる」㊸善政に、人々が「おのづから心あらたまりて……ます〳〵安穏の思ひをなす」㊷さまを、筆を尽して述べるのはまことに彼らしい。この随筆は定信登場直後の成立であるから、その歴史的な転換を受けとめた、一地方人の生な感情が、ここに記録されたと言えるであろう。思い出されるのは、曾秋とも交友があった、俳人塘雨の書簡（四月十一日付）である。塘雨は江戸から、日向の可笛に宛てて「時移世替、今ハ田沼侯の邸迄廃壊之形状、懐旧之情相催申候。」

と書き送っていた。曾秋の記事より後年に属するが、俳人たちの意識は、政権担当者の動向に、かように敏感に反応していたわけである。（本書にも、意次に関する記事が二段⑬㊲ほど見えている。）その中で曾秋が、高く評価する定信の、その文教政策をも支持したことは想像に難くない。儒者柴野栗山の東下に際し、師蝶夢が、

　柴栗山先生東行餞別会に、
　年比の学徳いちしるく、東へもきこえて、公の召を蒙らせ給ひけるいさをしは申もさらに、かしこきを用ひ挙させ給ふ御代に生逢しは、大かたならぬ天か下のよろこひなるへし。
　世のために猶ふみわけよ雪の道　（草根発句集）

の句を贈ったのと軌を一にし、曾秋もまたその壮挙を慶賀して、「福蒼生」の語ある留別詩を書き留める㉘のである。曾秋の心学転進を考える上で、注意すべき事柄と思われる。

ここで、俳諧に関して興味ある記事を紹介しよう。定信と親しかった伊勢神戸藩主本多忠永について述べる段(67)で、遊蕩のため「民をおさむるの徳はなかりしが、去年より年来の御ふるまひ改りて、美人をしりぞけ、賢人を招き、その民をおさめ給ふ」ようになったと、やや皮肉まじりに大名を評している。寛政改革が、まず定信の周辺から実を結ぶのが知られるが、曾秋は、すでにこの時点で、藩主クラスの為政に批判を抱いていた。そして賢君を期待した。すぐれた為政者の記事は本書中にも見え㊵、かような意識は、後年の実践活動に受け継がれて行く。石川氏によると、曾秋は文化六年頃、近江宮川藩主堀田豊前守正穀《よし》に講義しており、その依頼で領内を巡講したと言い[13]、この外にも、曾秋が信頼を得た藩主は多い。この随筆の内容は、そのまま心学活動に連続するものを持つようである。

藩主層に対してさえしかりであるから、曾秋が、在郷の指導者層の在り方に対し、明確な理念を抱いたのは至極当然と言える。油日村源左衛門⑰とか丹後の五宝十右衛門⑱など、まさしくその理念に一致して、「常に人の愁を己か事とおもひな」す仁者であり、曾秋もまた同じ階層に属するのであった。曾秋は、源左衛門や十右衛門のような役割りを、新しい道徳思想の伝達普及という形で担おうとしたに違いない。曾秋の生き方は、その『事蹟』からも窺えるが、この随筆の内容として、農耕の技術・慣習に及ぶ段㊿51 52や漢方・灸治につき述べる段37 53 54 76など、民生上に役立つ知識を多く含むのも、いかにも農村知識人の著作にふさわしい。曾秋は、心学の講壇に立った際、この随筆中の話柄を用いることもあったのではなかろうか。26など素材として適切なもの多く、生き生きした会話文体を含む46など、そのままの語り口で利用され得たであろう。

淇水の心学は、広範な社会教化を特色とするものであった。それは、都市中心の心学が、農村へと拡大されることを意味した。曾秋は、農村の知識人として、その尖兵の役割りを果たした。役割りを担うに充分な見識を、蕉門俳諧の教養で身につけていたからこそ、曾秋はそれをなし得たと思われる。その見識を裏付ける最良の資料が、この『曾秋随筆』であり、その内容は、師蝶夢の影響によるところが、きわめて大きいと考えられる。(14)

最後に筆者は、曾秋に真剣な社会教化活動を決意させた要因として、百姓一揆などの社会不安を指摘しておきたい。蝶夢を始め、曾秋と交友ある俳人たちの書簡にもしばしば言及があって、蕉門俳諧の精神性希求も、石門心学の地方展開も、等しくこの社会不安を背景にもつと考えられる。両者が共通的性格を持つ理由もまたそこに求め得るであろう。

（1）　写本一冊。半紙本、墨付六丁。書名なく、いま石川謙氏が用いた名称に従う。心学をも継いだ次男立川葉山の稿であろう。

(2) 原本の抹消部はミミで、補入・訂正部は（　）内に示した。
(3) 立川欽一氏所蔵文書、同氏談、また石川氏の著書であるが、一々記さなかった。
(4) 家業の継承は『事蹟』に、家督の相続は『石門心学史の研究』四一三頁に記す。これらに従い、二次にわたるものと理解した。
(5) 石川氏は『石門心学史の研究』一一八頁で、「植村賢道によって心学の門に入ったと伝へられてゐる」と記す。
(6) 同書六二二頁。
(7) 同書六一一頁その他に「富田氏宅」とある。これは杜音没後のことになるが、生前にも何らかの協力があり得たであろう。
(8) 同書四一四頁他。
(9) 菊山当年男『はせを』一七七頁。
(10) 『石門心学史の研究』六〇五頁他。六一七頁には西村恕安宅とあり、恕安は、明倫舎都講にゆかり深い心学者だったと言う（六二九頁）。恕安を曾秋の三男重昭にあてるのは、立川欽一氏の御示教によった。
(11) 『石門心学史の研究』一一八・一三五頁。
(12) 同書九八頁以下。また、堵庵の論の理解も、多く同書による。
(13) 『石門心学史の研究』一〇九九・一二八八頁。
(14) 北田紫水『俳僧蝶夢』四一七頁には、『幻阿上人随筆』一冊の伝存を記している。未見ながら、おそらく『曾秋随筆』の内容に近似すると思われる。

〔翻　刻〕

〔曾秋随筆〕　壱

」表紙

① 安永九年の十二月三十日、節分なり。ことし、元日立春なり。子の年なり。諒闇なり。（原本ココデ改行ス）先帝を後の桃園院と申奉る。丑の年四月、天明と改元ありて、辰のとしの春、諸国米の価たうとくて、伊

賀の国に松の皮を米の粉にあはしてくらふ事あり。同しくにゝ孝子留松といふものあり。国守より物贈る。その事を書て、孝子伝をつくる。

② まへの年七月、いつかたとなく日夜鳴動す。何の」1 音といふことをしらて、日を過しけり。しなのゝ国浅間か嶽のやけたるにて有けるよし。さしも大山のやけ崩れけるに、麓の里は人家崩れ、利根河なといふ大河までも、その焼出し石に河水も湯となりあせけるとなん。上野の国高崎といふ所に一紅といふ老女、『文月物語』といふもの書て、その事しるせり。小野彦総は、この折から吾妻に下り申されけるか、父の命せられしまゝに東海道を下られけるか、木曾」1ウ 路にかゝる変ありて、これへおもむきし人は、みな道路をうしなひ、あるは横死の事もありしに、この人はつゝかもなく下りて、公の務をせられけり。日ころ孝心の厚き、こゝに顕れけるか。

③ 澄月上人は天台の学侶なり。遁世して大原山に庵してかくれ給ひけるか、遙に年経て後、大原あたりに行て、もと住給ふけると覚え給ふ谷かけを尋入り見給えは、今もすむ人のありと見えて、柴の戸」2 さしけるを見給ひて、

大原やむかしの夢の跡とへは結ひしまゝの庵は有けり

④ 祐為と申すは、加茂の県主なり。家きはめてまつしかりけれは、『源氏ものかたり』を書写せんに料紙のなかりけれは、「こゝろあらん輩は料紙えさせよ」と壁に書てはり置り。やかて写し終りけるに、そのおくに、「此料紙何ほと何某施しぬ」と、仏者の寄附の檀那の名書ることくしるされし、すせうにこそ。年の葉を」2ウ よめる歌に、

身につもる年はおもはす思ふ子のをひゆく末をかそへてそまつ

⑤ 清といへる女は、みのゝ国五筑坊か妻女の姪なり。和歌よみて情ありし女なりけるか《イひさ後くれと云》、はしめ人に嫁して居りしか、ゆへありて離縁しける。その夫、そのゝちこの女にうちたはむれて、ものかたらひたき風情なりけるに、

秋にあひて枯にしものを今さらに何おとろかす

荻の上かせ

⑥ ひたちの国土浦の武士、妻をむかへけるに、その婦女」3かた目なりけれは、うとみてこと女をむかへたくおもふけるに、かの婦女のよめる、

みめよきはおとこのために不幸なり女房は家のかためなるものを

これは、やまとうたの道にはかなふへきにもあらさるへけれと、わかき人のこゝろ得ともなるへきにや。

⑦ 天明六年ひのへ午の元日に、暈蝕皆既にて、万物黄に見えてくらくなる。この心をやよみけん、蘆庵の歌に、

あまつ日のみかけかくせしいにしえをしはし見せける空もかしこし」3ウ

この人は、ことなること歌によむをこのまれけるにや。狸の出て人を驚しけるとて愁ひける人の家にて、

穴さひしませ鼓うて琴ひかんわれ琴弾んませ鼓うて

また、きらゝ坂に慈悲心鳥の啼けるとて、

御ほとけの心を声になく鳥のすかたは人に見えすやあらなん

⑧ これは日光の御山にても啼けるよし、鵜川筑後守と申人のかたられけるにて、伴の蒿蹊なる人も、

慈悲心となく声きけは鳥にたにしかぬ我か身のはつかしきかな」4

その外にもこの鳥をよめるはおほし。さて、この蒿蹊と申すはさえたくましき人にて、『国歌或問』『国津文世々の迹』等の書をつくられける。

⑨ 京に住る何かしとかいふ医師、ある夜人のもとめに応してのりものにかきのせられて行けるに、夜くらくて東西をもわかす、行先とをくていたく更わたるころ、あやしの住家にいたりぬ。ますらをとものあまた居りける中に、金瘡をやめるものありて、これに薬をあたへける。さて、聞なれぬ鳥の」4ウ声きこえて、仏法〳〵となくなり。いとこゝろゑす思ひ、かへりてのち人にあひてしか〳〵とかたりけれは、「仏法となく鳥は、松尾山に住侍るやらん。古人この山にこの鳥をよめる歌あり。さてこもり居るものは、しらなみのたくひにてやあらん。」といふ。

そのゝち、時の諸司代板倉殿、そのくすしをめして、さるものともからめとりて見せさせ給ふとて、「古歌のよみ合せによりて、松尾よとはしれり。」と仰ありけるとそ。またこの鳥を、よしのやまにてきゝ侍るよし。」5 浅井の去何か発句に、

　声すむや秋のよし野は仏法僧

⑩ ひのへ午は陽のまされる年なれと、元日の暈蝕にてまされる陽気をゝさへけるにや、春より秋にいたりて雨ふりつゝく。七月、諸国洪水して地震・神鳴しは〳〵す。女の、雷の落るにあふて即死せしもの、ちかきあたりにふたゝひ聞く。此年、病狼おほく出て、伊賀の国阿波山といふ所にて、多人をそこなふ。関東の御家人高崎次郎兵衛といふ武士、」5ウ この所にて狼ふたつを切ころす。

⑪ こさといふものは、ゑそのゑひすとものふきける笛のたくひなるなり。『新選六帖』に証歌あり。南部の素郷、こさひとつをもとめて都にのほしける時、澄月上人、

　雲霧を吹すてたりしこさやこれゑそか千島もおさまれる世に

⑫ とゝきの矢といへるも、かの島につくれるなるよし。矢つかは鹿の骨に柳をつきて、羽は鳶なり。矢の根は竹にて巾ひろくつくり、すこしくつみたる所ありて、その中に毒をいれ、」6 たつ矢をぬけとも、やしり残りてかの毒にあたる工なり。

　あさましや千しまのゑそかつくるなるとゝきの
　　矢こそ隙はもるなれ

『袖中抄』に、顕昭も読人を挙給はす。後に人のいふを聞は、左京太夫顕輔卿の歌にてしのふ恋といふ題あり。それにて、恋のこゝろかくれなく聞ゆるにや。

⑬ 八月、（原本ココデ改行ス）幕下薨せさせ給ひて、白川の侯、政をとらせたまふ。

⑭ 十一月朔旦、冬至の調進ものゝ中に、餅米・粟・大角豆を」6ウ ひとつにかしきて奉るを、かしきませとゝなふとかや。かしこけれと今上の御製、

　天行南経一陽来　春信含香冬至梅
　盛礼復依周代古　乾々生意聖庭開

⑮ 未の正月、山しなの郷より白鳥を献し奉るに、家〳〵これをかうかえさせ給ひ、祥瑞鳥なるによりて、狩人のたくひあやまち申ましきおもむき、官庁よりふれられけるとかや。」7

⑯ やしほの岡といふ所をたつねはへれと、牛牽る翁、田くさ取女なとはつゆもしらす。長谷川を経て、かすかなる寺院のありけるによりて見れは、いとうと〳〵しき老僧のすめるあり。やかてかの岡の事たつね侍りしかは、法華庵といひて尋ぬへきよし、おしえられける。さて里の子にたつねゆけは、やかてかの岡にいたりけり。これは、いにしえ公任大納言のすませ給ふける所にて、『栄花物語』に「斉信民部卿の、公任卿発心の後尋ねおはして先せられ奉り侍ぬれは、いまは二の舞にて、人の御まねをするになりぬへきかはと」7ゥ口惜し」とあるもこの所にや、とおほえ侍る。またこのやしほの岡に、西行上人の歌あり。かゝる所かろうして尋ねありく、いと興あるものなり。

⑰ 去年、五穀みのらす、世のなかいふせく、春より夏にいたりて、米のあたひ常にこえて、はては洛中へ米はこふ舟・車なく、うゑ人おほくいてきぬ。六月はしめつかたより、御千度めくりとて、禁裡の御築地をめくるに、洛中の貴賤むらかり出つ。かくして、世のなかをたやかになりける」8古きためし、ありとかや。

⑱ 八月十五日、九月十三日、月、晴明。

⑲ 大雅道人は、書画に名たかき人なり。墓は菊渓にあり。その妻玉蘭といへりしも、書画をなす。夫婦とも、常にかたちつくることなし。下河原に、ふるく荒たる家に住てありし。この道人の像ならひに伝なと、三熊海棠か書るあり。さて、この海棠といえるも画人なり。年〳〵、花暦といへるものかうかえ」8ゥ出しける。南部の盲暦といふものゝたくひにはあらす。

⑳ 鈴木周敬といふ人は、まれなる隠逸の人なり。大仏の菅谷といふ谷に臨める所に住居しけるか、なへての音律にたえなる人にて、催馬楽・朗詠の類ひより琴・琵琶はさらにもいはす、一節切なといふもの

までも堪能の聞えあり。

㉑　みよしのは、名にあふ所にて、花にはわきてなつかしむところなれと、山ふかくて優ならす。嵐山は、水にそふて」9花のけしきもいとしほらしき所なりとおもへり。画師蕪村は、はしめてよし野ゝ花をみるとき、多武の峰の峠よりこの山を見おろして、「けに花のよし野といへる風景、世にならひなかるへし。山の広きには、よしの川のかく隔りあらされは、画にかきて風景かきつくされす。」と云り。誠に何の道にもあれ、人にすくれて得し人の見るところ、庸人の眼とははるかにたかえり。」9ウ

㉒　浮流法師、庵に端午にあふて、

菖蒲ふきて色こくせはや草の庵

といふほくして、「をのれすまふ庵とおもへは、庭のちり芥もとりすてたくなりぬ。樹下石上にも信宿せすといへる　仏の教とふとし。また血気さかんなるうちは、ものに恥つゝしみ事におそれて、発句のひとつをもふかく思ひをゆたね侍る。年老にたらは、いかゝあらん、四十にたらて死なんこそめやすけれといへる、又とふとし。」と云り。

㉓　文梁上人は、若きよりいみしき念仏の行者なりけ」10り。

㉔　馬瓢は、井伊家の御林をあつかりおれり。名を中西次右衛門といふ。としころ風雅をこのみて、また農作をたのしむ。あるときこの人の長なる人、公の事を申しのへけるついて、風雅のことを尋ね申されけれは、座をたちていふやう、「次右衛門なれは爰に座せとも、馬瓢の時はそなたより上に座し申へし。」といへりとかや。景清・七兵衛の類にや、いとおかし。ひとゝせ、更科の月にひとりおもむきて、」10ウ

姨捨や袖かき合すけふの月

㉕　髭風老人、うきす庵にかり住せられける比、文の中のたはむれに、「市中の隠者と山家の俗人と等類ならん」と申つかはしけれは、老人いたく笑はれけり。

㉖　花やかなる所（「人」ヲ消シテ「所」トス）にすむ人は、姿かたちうつくしく、ゐなかの山かつはいと見くるし。心の

すゝやかに、へつらひなき事は、うつくしき人の姿かたちにひとしかるへし。

㉗ ことし大掌《（ママ）》会行はせ給ふ。悠記・主基の」11御殿とて、茅葺に黒木の鳥居かう〳〵しく、その御屏風の和歌は、近江と丹波の名所を、烏丸・日野ゝ両家より詠進あり、絵は、絵所預土佐守、文字は、書博士甲斐守の書て奉れるとか。

㉘ 柴野彦助といふ儒者、幕府より召ありて下られけるに、洛陽の諸友へ留別の詩の中に、

詩書雖宿好　大義非所明　豈有経済略
可以福蒼生　況乃衰病余　何以勝簪纓」11ウ

の句あり。誠に君々たりといふへき時にや。先生、栗山といふ。讃岐の八栗山の辺りの人なり。年いまた五十に三をあませり。「行すゑたのもし。」なと世の人いひあはれける。

㉙ 備後の国禹余糧谷といふ所にて、百歳の老婆、身すくやかにして、みつから苧をうみ笠をぬふ。其笠をうらふ笠とて、友人風葉をくれり。

㉚ 丈草の塚は、大津番場村の南、竜か岡といふ所にあり。灯籠の施主、「尾州犬城の士、丈草弟内藤曠憧」12建」とあり。

㉛ 去来の塚は、真如堂にあり。

㉜ 天明八申歳正月三十日の暁かたより、洛東団栗の辻子より火おこりて、艮の風つよく南へ吹、さて巽にかはりて洛中へ飛ひ、大雲院先やけしより火の勢たけくなり、東本願寺・仏光寺・六角堂・因幡堂・誓願寺をはしめ一時に灰塵となり、西は壬生寺まてやけゆき、洛中一宇ものこらすやけあかり、戌の刻はかりに北野の社頭に火うつらんとす。」12ウこの時神鳴しきりにとゝろき出て、雨もつよく風忽西にかはりて、この御社はのこりけれと、終に　内裏炎上す。（原本ココデ改行ス）主上、夜半に聖護院へ遷幸まし〳〵、（原本ココデ改行ス）仙洞御所はかりに青蓮院にまし〳〵けれは、むかしかたりの里大裡と申に似て、　女院・女一の宮・何の門院なと申奉るは、北やま・にし山いつくとなくにけさせ給ふ。まして洛中の貴賤は、野山となくなきさまよひ、田舎の縁もとめなとして落ゆく。うたて浅ましなといはんかたなし。命あり

て逃まとふは」13猶幸にして、火の中に死するもの、いくそはくそともしらさるへし。そも八十年のむかし、三月八日油小路の火のために（原本二字分余白）炎上せしと聞く例も遠く、善つくし美尽し給ふ　皇居の壮を尊ひ、四海安穏の思ひをなしけるに、いかなるおほんことにやと、安き心もあらす。西洞院入道殿のよませ給ふとて、

　行なやむ煙のみちにおもふそよ君か御幸のつゝかなかれと

かく恐れある御事ともかいつけ侍る罪、かろからさるへけれと、虫けらにひとしき土民の身なれは、とかむる人もあるましかりける。」13ウ慈延上人の歌とて、

　もろともに思ひの家を出よ人かゝるうき世をみるにつけても

けに猶如火宅のおしへはかみなかしもにわたりて、よのなかにありとあるたのしみとすることは、みな一時の煙なり。

㉝　よし田啓斎といへるは、筆の道に名を得し人なり。かゝる中を逃るにも、その師の法帖数十巻をひとつもちらさて、東山の辺へ逃のかれしとかや。

㉞　高橋若狭守ときこへしは、御厨子所の預りと申にて、」14八十有余まて有識の事にくはしく、生涯この事に思ひをゆたね、おほくのふみとも書て、今は四とせはかりのむかし人となり申されしに、かの文書をひめ置れし倉のこたひ灰塵となりける。かなしといふもあまりあり。

㉟　『翁草』の老人といへるは、これも八十になるまて世の中のこと書あつめたるもの百五十巻、「翁草」と名つけしよりあさ名せしにや。すへてふみに書のこせるものは、末代の記念にて、かたゐなかのかたくなゝるものも、ほのかにむかしを忍ひ、かみつかたの御」14ウ事をもうけたまはりつたへ、道に入るたつきともするならひなるに、たれかしらん、心つくしに書しるせるふみの、たちまち煙の中にうせ果んとは。

㊱　花山院殿の館を、白狐の守りてやけさりけるよし。「土おほねの敵をしりそけたるたくひにや、あやし

のわさかな。」とおもひしに、ちかころ、豊後の国、松田といふくすし、洛にのほりくる道にて美少年の男にあひぬ。かの若男のいふやう、「われは何〳〵の里にすむ狐なり。山城の国稲荷の社に参りて」15官を得んと願へと、山野に犬のおそれ有て願はたさす。ねかはくは和殿このよしをつたえて、かの社の官をさつかり、しるしの箱を何〳〵の所におきてよ。」とねもころにいひてうせぬ。かのくすし、けゐの思ひをなしなから、洛にのほりて、稲荷の社司羽倉氏か許にしか〳〵とつたへけれは、社司は日ころ例あることにや、いふかりおもふ体なく、官のしるしのひとつの箱をわたしぬ。さてその箱を、さきに白狐の化人かいひける所におきてわたしけるとかや。その箱を、かの医師か旅宅にて、」15ウ幻阿上人見給ひしものかたりなり。

㊲ サンコカイといふ鳥は、大さ鳩のことくなりとかや。ちかころ京にて、鳥屋又兵衛といふもの、いかにしてかこれをもとめ、そゝま《（ママ）》ゝ公の庁にたてまつりけるに、大に感しまし〳〵て、即時にかの鳥を幕下に献し給ふ。比類なき薬になるものとかや。何の病の薬にやありけん。

㊳ ある男、遊君に契をかはすことありけるにいつしかわりなき思ひをなして、ふかくかたらひけり。かの女、容顔人に」16すくれて、心さしいやしからさりけれは、男もとかくあはれみをかけて、年ころふるまゝにつゝみへたゝる心なけれは、ある時閨の内にてこしかた行すゑをおもひて、「その父母はいかゝましますそ。」と尋けれは、女のいふやう、「父母ともに、いとけなきとき別れまいらせてのち、風の便もきかす。生死の事もしらす。」といふ。男いとゝかなしくおもひて、「ひんなきふるまひかな。さはあれ、その行衛たつねきけよ。」と申けれは、女は、「われをかく浅ましき道に売れるはかりのつれなき親々の事、露もおもわす。」16ウたゝ何ともなし。」といふに、男、興さめて、「心にはさもあらし。」とうかゝひ見れとも、しちに心にもかけぬさまなりけれは、「親をさへおもはぬ、まことにうかれ女のはしたなきなめり。」とうとみおもひて、そ

ののちはふたゝひこの女のもとへかよはさりけるとかや。

㊴　正月三十日、いかなる日にてやありけん。都に火の災ひおそろしく浅ましきかうへに、江府に雷なりおち雨いたくふり、播磨の灘には風のために大船二艘・小舟四十六艘くつかへりうせけるよし。その余の国々、大木吹たをれ軒の瓦おちくたけぬる類は、かそふる」17にいとまあらす、民家ひしけて死につくもの、おほく有けるよし。

㊵　二月、諸司代和泉守殿京につかせ給ひ、洛中へ米三千石・銀百貫目賜りけり。丹州亀山の城主紀伊守殿、京に火のおこり初けるよりはせ登りて、かゝる中の、皇居を守護し給ひしとそ。

㊶　聖護院は、寺の長吏なるかゆへに山の大衆いきとほりて、昔の例により　皇居を妙法院にうつし奉るへきよし、訴申すといへとも、とかくして民の煩ひとなるへく　叡慮おは」17ウしましけれは、女院・新女院、北山におはしましけるを妙法院に遷し奉りて、山門の強訴のさたはやみけり。

㊷　こたひ京のやけたるは、ふかく浅ましと思ひしかと、久しく御代治りて、上下の奢日々に超過しけれは、天の怒ある変ならんかし。そも奢といふは、衣食住の三ツを貪るにおこりて、これかために金銭を費し、費のために金銭をいやかうへに求んとす。上より下に至り（「る」を「り」に改む）て、これに心あれはひとしく乱をなすものに似たり。おとゝし五穀みのらす、去年の夏は世にうへ人おほくいてきて、まつ食」18におこれるものこれをつゝしみ、ことし火のために洛陽の千門万戸一時にやけうせて居をたのしむわさなくなる。さて白川の侯の政事によて、錦繡綾羅はうへの服といふことしりぬ。「しかあれはおのつから心あらたまりて、身はいやしくとも、おの〳〵その児孫なかく家を保んことをねかひて、ます〳〵安穏の思ひをなすへし。」とある人仰られし。いかなるものゝ口すさみけるにや、

都には花も紅葉もなかりけりくらのとまやのはるの曙」18ウ

これは狂歌といふものなりとそ。

㊸ 水口に住ける大仰といふ法師は、古冷泉大納言殿の和歌の門人なり。ひとゝせおくの松島一見すとて、みなくちをたちてゆくといふことを句ことの沓冠におきて、

　見をくれな雲たつ山路をちのかた千里をわけて
　ゆくみちのおく

といふ歌をはしめによみて、道の歌ともあまたよみけるを、大納言殿見給ひて称嘆せさせ給ひけるよし。この人、壮年にて髪おろしける時、その妻もおなしくさまをかへけるに、」19つかひけるひとりの童部もおなしさまになりて、道に入ける。いかなる前世の因縁にやありけん。

㊹ 飯道寺の閼加の井に、つゆ玉といふものありける。入梅のころ、水の泡かとみるものいてきて、二日三日のうち水をはなれて、草の葉木の枝につきてしろくひかり、大さ手鞠のことといてきて、夏至より小暑までの間に消ける。年〳〵多少のたかひありとそ。

㊺ 石山寺の本堂は、山しけりてほのくらく、拝をなす時、心しま」19ウりてことさらに尊し。三井寺は、湖水の気色に魂うははれて、（以下余白）

㊻ ある法師すむ寺に火のおこりけるとき、あはたゝしく逃出てふるひわなゝき居けるに、その居りける所へもやかてちかくもえ来れは、また外へにけ行んとするに、いたくおもたけなる挾箱ひとつを、弟子の房とともにからうしてかゝへゆくを、あたりの人見とかめて、「僧都、何をもて行給ふ。」ととふに、「これは、わか年来たくはへし、こかね・しろかねを入れたるなり。もたてやは行へき。」といふに、「僧都、本尊」20の御仏はいかゝなし給へる。」と尋ねけれは、「本尊はいかゝなり給へるや、をのれしらす。」と答ふるに、かのもの興さめて、「本尊ならせ給ふはてもしらすして、いかて財をいたくおしみ給ふぞ。」と又とひけれは、「本尊たとへやけうせ給ふといふとも、この箱のうちのこかねをもて求んに、何のわつらひかあらん。」と申ける。この僧、のちに還俗してけり。「末の世とは申なから、あさましの僧の心なりける。」とある人かたられ侍る。

㊼ 渓満六と申せしは、土佐の国の人なり。さえたか

く、医をも」20ウなし、又、風雲の思ひふかゝりける。あらし山の花にあそひて、夕つかた松尾山にのほるとき、人々酔つくして道ふみまとひけれは、「跡へや帰らん、先へやすゝまん。」といひのゝしりけれは、「道はふみ迷ひてこそ興あれ。」とそ申されける。

㊽「花のさかりは立春より七十五日、と書れしかと、口のよし野は七十日にさかりなり。年の寒暖にもよらす。」と大和の国、白魚老人のいえり。あらし山も、これにおなしくおほえ侍る。

㊾伊賀の国岡はのゝ里に、弥兵衛といふ農民、田地を開発」21せんとて藪を穿ちけれは、金をほり出しけり。壱歩のこかね四十三片ありけり。この藪は、三七といふ者、むかし住ける迹なりけれは、かのこかねを三七にもとしあたへんといふに、三七、まつしけれとも正直なる若者にて、うけかはす、「価を得てうりたる地に有し金なれは、をのれとるへきいはれなし。」といふに、弥兵衛か申すやう、「藪こそ買ぬれ、金は有へしともおもひぬへき事かは。」とてあらそひけれは、庁にうたへぬ。双方ともまめやかなる志を感しおほして、金は三七にたまはり、弥兵衛には」21ウ小袖・腰のものなと賜りけり。

㊿暮春のころ野山をやくことは、田をうへてのち、鹿猪の類に苗をくらはしめさるためなり。そのゆへは、やきし野やまに枯葉はなくて、つはな蕨やうの若葉のもえ出るにつきて、田地のところまてはいてこぬなり。いみしきはかりことにこそ。

51さひらきには、栗の枝に紙手きりかけ、はしめてうゆる苗をこれか前におき、むしよね・酒なとそなへ、この枝を田の神とあかめ申て、さなほりの日まて家のうちにおくなり。」22

52田をうゆるに下手なるもの、左右みなうへしされとおくれて居るほとに、うへせはめられて出くちほそくなるを、壺に入るといふ。

53山城の国和束といふ所に、癩病の薬あり。これを服していゑたるもの、あまた見はへる。

54瀉痢は、八九月におほき疾なり。そのころかねてふくしおくへき薬、

黄柏　葛根　寒麹はなをさる　各細末 」22ウ
疾をうけてのちも、かろけれは瀉痢こと〳〵くいゆ。この方、丹後の国宮津の湊にてもはらおこなひけるよし、医師後藤何かし、かたられ侍る。常に霧ふかき所、この疾多しとそ。

㊺ 四月十一日の夜戌の刻はかりに、天地にかゝやきて火の玉のことひかりわたりけるもの、艮の方より南のかたへ飛行しけり。ほかけ夕陽にひとしく、人家にてりこみけれは、おとろき怪しむ。とみに跡かたなくなりぬ。

㊻ おなし十五日、雷なりて氷ふる。 」23

㊼ 吾東法師やまふにつかせ給ふける時、をのれもやまふ事ありて京にとゝまり侍りしかは、とふらひまいらせけるに、法師の、いまはたのみすくなくおはしなから、「そなたはなにの疾そ。」と仰られけるに、「こゝちのむすほをれ侍るやらん。」と申侍る。「なんてうさる事あらん。万事は放下すへし。疾は、月にむら雲のたくひなり。よく〳〵工夫めくらすへし。」と仰られける。そのゝちほとなく、うせ給ひし。

㊽ 横田川の南、三雲の郷妙感寺今この所の村の名とすと申は、むかし」23ウ 万里小路在吉田の中納言藤房の卿、隠遁の後かくれまし〳〵けるところなり。そのころは、授翁宗弼禅師と申奉るを、妙心寺の二世の国師になさしめ奉りしなり。この所に、自の像をのこし給へり。はた書せ給ふ歌にも、「よのうさをよそにみくもの山ふかく」なとあり、まのあたり拝し奉る。

（三行分余白） 」24

（余白） 」24ウ

〔曾秋随筆〕弐 」表紙

㊾ 金勝山といふありて、金勝菩薩の開基といふ。西寺・ひかし寺といふもこのあたりなり。元明天王和銅年中、かの菩薩の創造とかや。本堂・三重の塔、わつかに朽のこれり。和銅よりいま天明まて、およそ千三百年に及ふ。おなし郷に阿弥陀寺と申すは、

隆堯上人の遁世の迹なりとそ。

たちよりて影もうつさしなかれてはうき世に出
る谷川の水

かくよませ給ふといふ。又この歌、栂尾上人のよま」1 せ給ふとも聞くなるものを、

よそうさにかえ《イた》ぬる山のかくれ《イさかしさ》家をとはぬは人
の情なりけり

これは、美濃の国虎渓の山寺にて、夢想国師のよませ給ふなるよし。ちかきころ深草の元政上人、

朽ねたゝ折ふし人のとひ来るも心にかゝる谷の
柴橋

いつれ、隠逸の人のおもひなるへし。

(60) 大岡寺は、鴨長明の発心の所といひつたへ、『海道記』に歌あり。今この所に、何のしるしもなし。但、『海道記』は長明」1ウ ならす、源光行といふ。

(61) 頓阿法師の住給ひし迹、伊賀の国三田の山里に、ちかきころしるしの石建たり。『宗祇抄』云、いかの国の国分寺へまかりしに、頓阿法師の手迹なと、この寺に侍りしゆへに、いふかしく覚えられて、人に尋侍れは、この所に五六年も住けるよしいひたる、さるゆへにやとおほゆ。国分寺の坊の屏風に、自筆にてかゝれしちいさきれ有しか、その歌に、

とにかくにうき身をなをもなけくこそ心にすて
ぬこの世なりけり」2

(62) 幻住庵の事、猿みの集にくはしくありて、今は古き迹なり。しるしの石、また傍に経塚のしるしあるは、近きころ、井口氏保孝これを書す。世の人しる所なり。しかるに、木曾寺の隣の庵に、「幻住庵」の額を掛たり。遠国の人、爰に来て思ひまとふへし。これは、むかしの無名庵の迹なり。ちかころ、雲裡禅門むすひて、国分山の旧庵の椎の木をうゑ、有椎翁なとみつから名乗しとそ。

(63) みの虫庵は、むかし土芳なる人の住捨し迹なり。はせを翁」2ウ の「みのむしの音を聞に来よ草の庵」と申されしを、名とせしにや。近き世、桐雨老人その迹にふたゝひ庵を結ひて、月に花に行かよひけれは、人みなみのむしの主とそいひける。人麿さくらといへる桜の古木、なをあり。

(64) 浜名の橋のあたりを、今は新井の渡といひぬるは、橋のなけれはせんすへなきも、なを口おし。三上山をむかて山といふは、きくたひに口おしくおほゆ。

(65) 六月 白川侯御上洛ありて、中仙道より都に入り給ひ、」3 難波津に出、伊賀路を経て伊勢にこえ給ふ。道のほとも人馬のわつらひをはふき、さたまれる人馬の価をたまひ、官吏の賂をむさほるを罰し、民の家業にうときものをおとしめ給ひけれは、俗を移し、風をかゆるにいたる。また、『国本論』『求言禄《ママ》』『鸚鵡言』等の書を著述し給ひて、国政を補佐し給ふ事、細川頼之の後に聞さる賢臣也といふ。

(66) ふみ月中の八日、五升庵の柴の戸をたゝくに、折から和田」3ウ 荊山先生、日向の塘雨老人も来りて、こしかたのもの語し給ふ。しりへに座して、ひと日の閑を得る。秋もまたたえかたき暑なれは、いさとてうしろの泊庵にすゝまんと人々を具し給ふに、したかひまいらす。こゝはまた人気遠けれはや、昼なから音になく虫のこゑすみ、萩のみたれたる、松風ひゝきあひていとさひし。京のやけし後は、慈延上人のもと住給ひし隣の庵も、何の頭の中将とかいふかたの住み給ひて、いとしつかに、人ありともみへぬさまなり。また、藪垣の北東の」4 かたに、やことなき管絃の聞え侍るは、一条の大臣のかり住せさせ給ふなる所なり。夕月のかけいとさやかに、くさ〳〵の露きらめきわたる。かゝる山里に、雲のうへ人の罪なくて住せ給ふ。木の間かくれに烏帽子きたる人のたちさまよひ給ふは、みしのひありきし給ふにや、たゝ絵を見るこゝちす。めつらかなる世に侍るよと、みたりの老人、いよ〳〵ものかたり、ゐつほの会にそありし。

(67) 伊勢の国神戸の城主何かしの侯は、いとけなきより」4ウ 白川の侯の学友にておはしけるとかや。年ころは、わいためなき戯をのみし給ひ、みめよき女をあまためして、民をおさむるの徳はなかりしか、去年より年来の御ふるまひ改りて、美人をしりそけ、賢人を招き、その民をおさめ給ふ。この年比のふるまひは、ゆへありし事とかや。

(68) 山崎の宗鑑の井は、「飲んとすれと夏の沢水」と、近衛殿に脇の句奉りし迹ならん。今は、関戸院の道の」5傍に、とあるあき人の家のうらなり。おとゝしの春、この井を尋ねしころ、住ける人の、草かり石ならへて井を掃除しけるに、いと興さめて覚へぬ。

⑲ 八月十日あまり、湖水にあそひて、「月さし入れよ」とありける浮御堂のあたりみんとてゆく。みち、水あふれて行わつらふに、日も西にかたふくころ、空うちくもりて雷なりとゝろく。かろうして堅田に着き、海士か伏家に宿もとむれと、月見るへくもあらねは、」5ウ 人々たゝうち侘ていぬ。そのゝちある人、この事聞て難して云、「遊山翫水は、およそ四美をゑらむ中にも、ゆくさきの興をのみおもひて、不覚に出るは、わつらひ多し。」とそ。

⑳ したしくましらへる僧何かし、まつ宵の夜の雨の中に蓑笠うちかつきて、大津よりやはたに詣てられけるを見て、ものこのみのやうにおもひけるに、亥の刻はかりより、そらきらひやかにはれわたりて、うらやましかりしか、帰りて後の」6ものかたりに、「十五日の曙、神輿、山を下らせ給ふよそほひ、よにたうとくて、

　この朝天かた《（くカ）》るかと月の人

といふ句口すさみける。」と。かの登蓮の薄のためしもおもひあはせられて覚ゆ。

㉑ やんことなき人、ねちつよき疾にて終にのそみ給ふとき、いとくるしけに声をあけて、「なき事とのみおもひしに、こは有けるよ。」といひて落入給ふよし。この君つねに儒道を崇め給ひ、仏道は疎かりけるゆへにや。御臨終にいかなる」6ウ 悪相をや見給ひけん。年経て後、その家臣なる人、「かゝるさまのあたり見候ひし。よきに追福いとなみてたひ給へ。」とて、清浄華院の上人にたのみけるよし、上人の物かたりなりしとそ。

㉒ 隋の陳仁陵の書し「襄陽石刻弥陀経」、筑前州宗像の浦にあり。小松の内府の、異国の育王山へこかねをおくらせ給ひける、その酬におくりけるものなるに、その比、平家ほろひて源氏の世となりて、これをいれんこと、」7鎌倉の聞へをはゝかりて、その石をとりあくへきものなかりしに、宗像大宮司な

る人、ひろひてかの社内に立おきける。世に普通の『阿弥陀経』に脱せし、「一心不乱」以下廿一字の文あり。此石経の事は、宋の竜舒の『浄土文』をはしめ、此国の仏書にもあまた見えて、世にしれる名石なり。石の巾弐尺五寸、高サ四尺八寸、厚サ九寸、石の色むらさきなるよし。表に弥陀の座像を刻み、上に六字の名号を書す。経文は裏にあり。この事は、去年文梁上人九国に下り給ひ、」7ウ帰京の後のもの語りなり。又、色定法師か一筆にて書写せし『一切経』も、この社宝となれりとかや。法師廿九歳、文治三年四月より始て筆をゝこし、嘉禄二年に功なる。その間四十一年なり。経巻のすへに、「建暦三年書写、比丘営祐法師」なと書り。又は「建久六年一切経一筆行人、比丘良祐」とも、或は「文治三年、僧良祐」とも書り。この外は、「色定」と書り。この色定法師は、田島の座主兼祐か子にて、字を良祐といふ。聖福寺開山栄西禅師の法のはらからなり。一日法華四」8功徳の文を誦して、蔵経一筆書写の大願を発し、入宋して安覚と云。『鶴林玉露』に日本僧安覚一切経を暗誦せし事をしるせし、是なりといふ。「今は、此経蠹多く、焼うせてたゝ四千六百巻となれり」と、貝原篤信か『筑前続風土記』にあり。

(73) 才ある人の才につかはれ、財ある人の財につかはるゝ、ともにうるさし。

(74) 俊鳳上人は、遁世のゝちも護法のこゝろさしふかく、さえ」8ウたくましかりけれは、『大乗戒義』なとの書を著述せられたり。日々十万声の念仏懈怠なかりしに、ことし往生の後、灰中に舎利数粒を得るとそ。

(75) 涌蓮法師、嵯峨の庵にてしらなみにあひて、

とられしとおもふ心もはつかしやかねてなき身
をおもひ忘れて

また、「寄七夕釈教」といふ題に、

まれにあふ御法なれとも七夕のひと夜はかりの
よろこひもなし

(76) 三里の炙の事、信州草津の湯に入りし人に、」9老翁のつたへ申せしとかや。月毎の朔日より八日まて、

朔日左右二十六宛　二日より八日まて左右七ッ宛かくして怠らされは、よろつの疾、かならすいゆといふ。

⑺　油日村源左衛門といへる、直なる農民なり。常に人の愁を己か事とおもひなして、これを救はんとのみおもふ。ひとゝせの凶年に、五穀価を出せともとゝなひかたかりしに、源左衛門、所持の米こと〳〵くわかちあたへ、なを金銀も有かきりわかち、後は家にもちつたへたる山林田畠まてうりひさき」9ウて、貧しき人に施す。聞つたふるもの感嘆せさるはなし。しかあるに、源左衛門喉の奥にものいてきて、面に腐通りて、いゐすして死す。風帳（ママ、脹）といふ疾なりと。この人にしてこの疾とやいふへき。

⑱　丹後の国日間の浦に住る、五宝十右衛門なる人、その家ひさしく富て、人をあはれむ心さしきはめてふかく、風雅にもすける人にて、ひとゝせ、浮流法師その家に残し置ける茶碗を、法師かなき跡に塚に」10築て、「茶碗塚」をいとなみける。住るあたりのまつしきものに、あはれみをつくすことつねのことなり。去年他国船のやふれたるか、この浦ちかき所につきて日を経けるに、ある夜いつくともなく、船の中にこかね数多を投いれけるものあり。船の中の人、いとけゐの思ひをなして、この浦辺に来りて尋もとめけれと、あらす。「五宝氏ならて、さる事すへき人はなし。」と、浦人申けるとそ。

⑲　十月十七日、幻阿上人にしたかひまいらせて、何かし宗兵衛」10ウなる人を具して、東福寺の紅樹見にゆく。通天橋のほとりにて、沂風・誓好両法師にまみへ、ともに酒くみかはして遊ふ。万寿寺のうちに、江雲隠士を訪ふ。さて、すけ谷の奥にかくれ住る鈴木先生のかりをとふらふ。暮山軒端にそひへ、数株の紅葉夕日に映す。そか中に七絃の雅琴を弾して、おのれか明日京を去らんといふによりて「離別難」とかいふ曲を弾せらる。優に情ある遊ひなめり。」11

⑳　何かし宗兵衛は、年ころ囲碁のすき人なるか、いふ。「碁をかこみて勝ことを欲せす、たゝ自然にかなひたる手をうちて、十とせを経て石ひとつすゝむ

を勝とす。いにしえより、囲碁このむ人の盤にむかひて、きわめてめつらしく未曾有のよき手うち出せるは、さま〳〵あり。そもはしめの（「より」を「の」に改む）一石より終までを、ひとつもすかさす、むりなる手をうたす、またく打終ること、かたき事にや、おほくはなし。」といへり。まことや、」11ウ歌をよむにも、「詞は、むかしよりよみならはせたる詞をもて、心は、あたらしくよむへきを、たゝつゝけからにて、よくもあしくもなりぬ」とかや。幽斎法印の書せ給ふも、今さらに、よろつの道、みなつゝけからにこそよるへけれ。

(81) ある男、日ころ舞まふ事をこのみて、したしくましらひける男に別れをおしむとて、「をのかつたへたる秘蔵の舞一かなてまひて見せ」12まいらせん。」といふ。この男は、この道にうとければ、「いかによく舞ひ給ふとも、おのれしらぬ道なれは、見るかいあらし。」と辞し申けれと、とかくいひてまいて見せける。さて舞おさめけるのち、見てありける男の、いたく感して申けるは、「おのれ、いとけなき比より鎗をたしみ侍れは、舞の道はしらねと、すき間あらは鎗の手をおろし申へしとうかゝひ侍りしに、そのすき間を得侍らす。但中ほとに、」12ウ扇をひらきて左の方へ歩み給ふとき、いさゝか拍子をはつれ候ひけるこゝちし侍りし。」といふ。まひける男、手をうつて大に感し、「さる事侍るへし。その時こそ、おのれか心のうちにおもふやう、かく秘蔵の事をまひて見せ申すといふとも、その道しらぬ人のみんには、何のかひもなし、とおもひしほとに、さはかりのすき間侍りしならん。」といへりしとかや。」13

(82) 柳生但馬守の、家の術をまなひたる門人、「その奥義をきはめたり。」とおもふさまなりしにむかひて申されけるは、「かく修練のうへは、いかなる敵にあひても負ましとおもふへけれと、さにはあらす。たとへは今、ゆへもなきに我か奴を殺害せんに、その奴僕か一子ありて、何ゆへに我か父を殺害せしや。この怨、ともに天をいたゝくへからすとて、我にむかひて敵せんに、」13ウわれいかに秘術を尽すとも、勝へからす。かれは刄をつかふ道をしらす、我は奥義をしれるうへなれとも、勝へからさるのゆへを、人々工夫すへし。」とかや。

⑧③ 寛政元酉九月、伊勢御遷宮。

（三行分余白）」14

（余白）」14ウ

（付記）本書への収録に際し、第二節を大幅に改稿した。

行脚俳人と近江商人・西川可昌——京の後背地としての八幡俳壇

かつて五升庵蝶夢（一七三二—九五）の初期の活動を調べていた私は、行脚俳人たちが近江八幡にしばしば立ち寄る事実に気づいた。そこで現地調査の必要を感じながら、その後、十余年を無為に過ごしていた。ところが思いがけぬ幸運に恵まれ、たちどころに大量の関係資料に接することになる。昭和五十二年、義仲寺の護持に情熱を傾けていた大庭勝一氏が情報をもたらし、八幡で熱意を注がれる古市駿一氏にめぐりあえたのである。行脚俳人が立ち寄っていたのが西川庄六家であることを始めて知り、しかも版本にとどまらず、書簡・草稿・摺り物等の生の俳諧資料がそのままの状態で残るのを目にして、大きな驚きと深い喜びを覚えたのであった。同家の当主の信頼を得ていた古市氏は、関係資料のすべてを借り出され、以後私は、古市氏の整理作業に協力することになり、書簡解読については大内初夫氏のお力も借りた。古市氏は、その資料の全容を『義仲寺』誌などに紹介され(1)、俳書については私家版で目録を刊行された(2)。これらのお仕事は、蕉風復興運動の俳壇展開において、近江八幡を京都の後背地と見る視角を導き出し、運動の実態をより明らかにした。だがそのお仕事は、掲載誌の流布のうえに限界があって、世に周知されるものとなっていない。従って本稿の目的は、その限界を補うことにあり、資料の追加は、俳諧についてはさほど多くなく、古市氏のお仕事をなぞるにすぎぬ。ただ蕉風復興運動研究上の一級資料に接し得た喜びは忘れがたく、かつ、いまは亡きお二人の老人の厚情がしのばれ、お二人への捧げものとして、この一編を草するのである。

一　家系

最初に、行脚俳人を迎え入れた西川可昌について述べる。西川家の菩提寺・哀愍山正福寺（浄土宗鎮西派）の過去帳に「七年」として、

解脱院相誉観秀了碩居士　七月十三日　西川庄六

と記載されるのがこの人で、同寺の墓碑にも同じ法名が刻まれている。しかし、いずれも行年を記さない。そこで西川家に詳しい亀岡静栄氏および堀聖氏にいただいた系図（ペン書きおよびワープロ使用）につくと、享保十二年（一七二七）生、寛政七年（一七九五）没とある。従って、過去帳の「七年」は寛政七年、行年は六十九歳ということになる。系図によると、幼名は五助、長じて数久と名乗った。可昌は号である。実は、西川利右衛門家四代目数常（法名泰秀、号喜友）の子だが、分家である西川庄六家に入り、その三代目となったのである。

西川家は、本家分家ともに近江八幡でも屈指の商家で、平瀬光慶著『近江商人』（明治四十四年刊）の「西川利右衛門の事」の条によると、その来歴はおよそ次のようである（一部を系図で補った）。初祖の西川勘右衛門数吉はもと越前の朝倉氏の家臣で、同家滅亡ののち近江の蒲生郡市井村に逃れ住む。その息の利右衛門数政（法名浄向・一五九〇―一六四五）が八幡新町に移住して商家を興し、馬をつかって旅して、畳表・縁地・蚊帳などを商う。やがて大坂瓦町一丁目に出店を設けて近江屋八右衛門を称し、江戸日本橋通二丁目にも出店して大文字屋嘉兵衛を名乗った。その利右衛門家二代目重数（法名浄貞）の次男（法名浄碩・一六六五？―一七四四）が分家して西川庄六家を興す。同じく大文字屋を号して蚊帳・繰り綿・真綿・砂糖を商い、三代目庄六（すなわち可昌）の時、やはり江戸日本橋通四丁目に店を出し、本家に劣らず発展して豪商の列に入った。この砂糖というのは、島津藩の御用とし

て琉球産の樽入り砂糖を扱ったもので、大坂淡路町一丁目に店をもち、近江屋与助を名乗っていた(3)。両家とも繁栄をつづけて近代に至り、利右衛門家は昭和初年に絶えるものの、庄六家はいまもって興隆し、東京日本橋に本店を置き、各地に支店を擁している。因みに、近江八幡市新町二丁目に道をはさんで現存する両家の住宅は、伝統的建造物として利右衛門家が国の重要文化財の指定を受け、庄六家が滋賀県の指定文化財とされている。

可昌が活躍した時代は、利右衛門家がさらに京都に出店しており(4)、江戸に出店した庄六家にも、大いに上昇の気運が充ちていた、と思われる。

なお、文人・伴蒿蹊（一七三三—一八〇六）を出した扇屋・伴庄右衛門家は、利右衛門家と縁戚関係にある。右の重数に、庄右衛門家初代道悦の女清薫が嫁しているのである(5)。従って利右衛門家に生まれた可昌は、同世代として蒿蹊と親しかったはずである。

二　佃坊の竹庵

ここで近江八幡の俳諧のことに移る。

この地の蕉門俳諧は、まず佃房原元（?〜一七六九）によって開かれた。佃房の活動を明らかにされたのも古市氏だが(6)、同氏によると、寛延元年前後に、新町浜付近の竹林に粗末な庵を結んで竹庵と称し、爾来この地にあって人々を導き、明和六年十二月に没した、という。佃房は其角の流れを汲む人で、業績としては、寛保三年に芭蕉五十回忌を営んだうえ(7)、宝暦六年の其角五十回忌に際して、門人たちに追善集『思亭《おもいのちん》』上下二冊を編ませたことが大きい。この集は、近江八幡俳壇で、つまりその連衆の経済力を背景にして成っており、いま注目されるのは、伴庄右衛門家五代目の資芳、すなわち後の蒿蹊が、「幽玄のさかひ道のまこともあらはれ……」と蕉風を賞揚した序を寄せることである。資芳はこの時弱冠二十四歳、家督を譲って京都に住むのは明和五年だから、八幡の商家の当主としての参加である。後に『近世畸人伝』を編んだ時、巻三の猩々庵原松の項で、その門人佃房にふれて、「予二十年前の旧友なれば、ついでにこゝに追慕す。世並みの俳諧行脚などいふ類ひの人にはあらざりき」と記すのも故なしとしない。『思亭』の集句範囲の広さは、佃房が行脚生活を経たことを思わせ、かなり個性的な人物であったらしい。

この集には多くの八幡俳人が出句し、当時三十歳の可昌が実父喜友（数常の号）とともに名を見せ、数常の父了泰の辞世の句まで載せて、西川家の人々の俳諧への志向をうかがわせる。ともあれ、この佃房の竹庵結庵が、のちに多くの行脚俳人が来遊する下地となったのは、佃房の七回忌供養に、可昌が「此地蕉門の開発なりしが……」と証言するとおりである。因みに、越前丸岡の蓑笠庵梨一は、明和二年三月、大和の帰路に竹庵に泊まっている（『大和めぐり』）。(8)

三　運動高揚期の来遊

近江八幡の俳壇は、佃坊によって蕉門への志向を高め、来遊の行脚俳人が急に増えてくる。時はあたかも、蕉風復興運動は高揚期に入り、相次ぐ行脚俳人の来遊は、それを大きくうながすことになる。

二柳　その来遊は、まず加賀の三四坊二柳（一七二三―一八〇三）から始まる。一年ほど但馬の生野にあった二柳は、宝暦十年十月ごろ生野を去るに際し、留別句（『落葉籠』収）の詞書に「さゞ波や鳰のほとりにもかねて友ちどりのまつ便も折〳〵なれば……」と記した。近江をめざしての東行だが、待つ友は佃坊であったか否か。いずれにしても八幡で越年したのは間違いなく、同十一年春に刊行した『除元帖』（蔵巨水氏蔵）の表紙には、「寓湖八幡山／二柳庵編」とある。「竹庵に法師の昼寝を驚かして」と詞書ある巻末歌仙の脇句は三四坊（二柳）ゆえ、二柳は佃房の竹庵に宿ったらしい。この年三月、二柳は京東山双林寺の墨直会を主催する。その記念集『墨直筆ついで』の序に「予ことし其会上につらならんと東湖の寓居をはなれて」とあるのは、八幡から出かけたことをいう。この墨直集は、例年にくらべてあか抜けした造本で、巻末には湖東八幡山連中として一六人が句を連ねる。その軸句は可昌にあてられており、可昌を中心にした八幡俳壇の後援が察せられる。二柳はこの席上で、十年ぶりに麦水に再会し、麦水を八幡へいざなった。[9] 当然、麦水は可昌に会ったはずである。

この年の秋、二柳は二回も一枚刷を発行した。一は「良夜」と題するもの（古市氏が『義仲寺』誌一二六・一四五号に翻刻。以下号数のみを示す）、一は「重陽」と題するもの（一二七・一四五号）。いずれも八幡俳壇の二〇余名の句を載せ、可昌が巻軸あるいは巻頭に配されている。また喜友の名も見える。こうして二柳が可昌の蕉門俳諧熱を高めたことは、三月十一日付の書簡（一四六号）からも想像できる。宝暦十一年のこの日、二柳が可昌へ京都から発信したものである。中に次の条りがある。

> かねて御望之古翁発句入之文真筆、無紛則江戸レウエンの極札も有之候。則竹圃へも申登し候。御相談被成、いづれへ成とも御求被成候而不苦物に候。代金三両と申候へども、弐両計にと申捨置候。文之名当者野坡にて、発句は名月の吟か藪も畠も不破の関とか申句にて相しれ候句にて候。尤出所も相知申候。如何様とも可被成候。
>
> ……

芭蕉書簡の入手斡旋など、行脚俳諧師ならではの役だったろう。二柳は、同十二年の春ごろ八幡を去る。この年に出した『壬午歳旦其しらべ』『墨直この卯月』は、いずれも八幡俳壇に支えられての刊行だろう。

麦水　二柳については、大坂に定住した安永元年以降の資料も多いが、これらはすべて省略し、次は樗庵麦水（一七一八―八三）に移ろう。麦水は、先に記したように、宝暦十一年には八幡に来ている。可昌との交流を裏づける初期の資料は、宝暦十三年冬成の麦水編『うづら立』、その前年秋と思われる虫聞の摺り物（一五六号）、明和二年の麦水歳旦集『年またぎ』（一五四・一五五号）である。『うづら立』（宝暦十四年春刊か）は麦水の活動開始を告げる俳書で、出句者はほとんど加賀俳人で占められている。巻末にわずかに近江と京の俳人が見え、その中で重きをなす八幡の一一人の筆頭は可昌、軸は佃坊である。麦水はこの書の刊行のために入京しており、自序にも「ことし（宝暦十三年）は湖東・西京にくれなむ。……（補註二）」とあって、八幡俳壇も何らかの支援をした、と考えてよい。虫聞の摺り物は麦水[10]・唖仏・羽鱗・蝶夢が嵯峨野で詠んだ発句をおさめ、『年またぎ』はこれまでよく知られなかった編著である。これらの珍しい資料が西川家に残るのも、麦水の親交を思わせる。

既白　蕉風復興運動の高揚期、目覚ましい活躍を見せた加賀の俳人の中でも、もっとも先駆的な人は無外庵既白（～一七七二）だった。可昌は既白に関心を寄せ、宝暦十三年正月、既白編『俳諧ゆふ日烏』（同十一年刊）の版本を書写して奥書を認めた。そしてこのすぐあとに会っていたのか、明和二年の既白編『蕉門むかし語』には、次の句を見る。

　春はかならずと約せしも、よし野・初瀬の花
　にうかれて、漸みなづきの初に再会有し既白
　ほうしに対して
此ほどのよし野も白し雲の峰　　八幡　可昌

右の詞書の「再会」は、いかなる前回をふまえるのか。ともあれこの度の八幡来遊は、同書の多少の句（秋季）の詞書に「既白ほうし夏のはじめよりこゝの竹庵に錫をとゞめ、今はた一所不住の旅立を送る」とあるから、三月ほども滞在したのだろう。このようにして竹庵は、次々に訪れる行脚俳人にとって、格好の宿りとして提供され、新しい蕉風理念の唱道者であった二柳・麦水・既白は、いずれも熱っぽく鼓吹したはずである。

ところで右の前回は、九月十一日付の可昌らに宛てた既白書簡（一三六号）によると、明和元年の九月[11]、場所は伊勢だったらしい。冒頭、「先日者御類に而、不数奇乞食坊主不相応之参宮仕、難有仕合大慶不過之奉存候」とあり、可昌の紅葉の発句で巻いた宗居・坡仄以下の伊勢連衆の連句を記すのである。勿論、既白も同座する。文面では、既白は帰途に可昌と別れて加賀に向かったようだが、往路は、あるいは八幡から同行したものかもしれない。この書簡の用件は、紅葉の摺り物の発行に関すること、約束したが佃坊の出句がないので見合わせるとし、「貴雅御物数奇も御座候はゞ佃師の句を御加入、其元に而板下御調、橘屋方へ被遣可被下候。若々御止被成候はゞ、来春我に存命仕候はゞ集に出し申度候」と訴える。行脚俳人と可昌との関係が如実に伝わろう。

既白の資料としてさらに興味深いものに、四月二十日付の素園（千代尼）宛の書簡（控カ）一通（一三七号）がある。

> 先日橘やより状出候。……われらも当九日京都を罷立、此ほどしばらく八幡に逗留いたし申候。就夫こゝもと可昌と申御方、貴尼の染筆殊之外之懇望に御ざ候。われら書てもらい申をも大かた京都に而心安きかた懇望にまかせ遣候ゆへ、今ほどは壱枚もなくなり申候。ちか頃御世話申かね候へども、可昌子より申まいり次第御調被遣可被下候。われら懇意にいたしくれられ候方に候間、かく御頼申候。どふぞ〳〵此人に御返事可被下候。いさいは可昌子より可申参候。……

知られるように、既白は『千代尼句集』の編者で、前年は刊行にも力を貸していた。その立場で、可昌への配慮を依頼するのである。千代尼の人気のほどと、行脚俳人を通じて有名作者に近づこうとする可昌の姿がうかがえる。これらを見てくると、俳論を主とした『蕉門むかし語』の刊行に可昌が与った、と考える余地が十分にある。

麻父　越中富山の老俳・〳〵《へっほっ》庵麻父（〜一七七四）も来遊し、表紙に「雨舎歌仙／宝暦十四申卯月十一日興行」、発句詞書に「可昌亭に降こめられて」と記す一巻（一六一号）その他を残している。

樗良　既白は伊勢におもむいた折、無為庵樗良（一七二九―八〇）を訪ねていた。両者の交流が復興運動にもたらした意義は、つとに清水孝之氏が説く[12]ところ、加賀と伊勢を結んだ二人の交情はあつい。恐らく既白の誘いであろう、樗良もまた八幡に遊んでいる。それはおそらく明和四年のことと思われる。茂木秀一郎氏の「樗良年譜[13]」によると、同三年十月に事をおこして山田を出奔し、北勢大島に仮居したという。森壺仙著『宝暦ばなし』には「山田俳人樗良と云う者、不宜欲道にて山田のかまいばらいものになる。後、桑名・四日市に住す」とある。同五年には江戸に下っているから、同四年は、転々とした生活だったのだろう。その中で一時、八幡に在ったわけである。

八幡にかかわる樗良の資料の一は、「卯月三日　於可昌亭興行」と端作する歌仙の草稿（一三八号）である。病中の可昌を見舞った樗良と可昌とで、

散藤におこり病人いさめけり　　樗良
　こゝろに涼しけふの綿ぬき　　可昌

の唱和があり、第三以下、竹庵（佃坊）もまじる八幡連衆の同座で満尾している。その二は、「明和四丁亥／秋興／湖東八幡」と題した、樗良編の一枚刷（同号）である。最初に十句表があり、次のように始まる。

湖上眺望
ゆふぐれや露に煙れる鳰の海　　樗良
　幾さとぐの低き三日月　　可昌
公ヶのことりづかひを蒙りて　　既白

この発句は、可昌たちが、八幡北郊の古刹・長命寺観音に船遊びした折の作で、連句に同座する既白も勿論同行していた。樗良はこの時、「遊長命寺記」と題する俳文をものしており、その草稿（同号）が残る。

こうして見ると、樗良は、この年の夏秋を八幡で過ごしたらしい。八幡商人には、安土時代に生まれた、楽市楽座の自由な精神が受け継がれていた、というが、事をおこした人をも受け入れる、あたかもアジールのような雰囲気があったのかもしれない。

後川　来遊の俳人には、北国加賀の人が多かった。加賀蕉門の重鎮希因の息・暮柳舎二世後川（〜一八〇〇）もまた、八幡に入った一人である。西川家の資料でもっとも早い時を記すものは、「明和七寅三月廿三日　可昌亭」と端作された、後川と可昌の両吟歌仙の草稿（一三二号）である。冒頭の唱和は次の通り。

　雲に入る鳥の心やけふの宿　　後川

　　まづ咲までと庭に萩の芽　　可昌

実はこの前の三月十五日、後川は、蝶夢が主催した義仲寺の芭蕉堂供養の百韻俳諧に列席しており、八幡から高野山へ登った後は、京の蝶夢のもとで薙髪していた。その記念の一枚刷（『蝶夢全集続』八七八頁）の後川句の詞書には「明和七卯月半にして、岡崎の草庵に我元どりを置く」とある。後川は、ここで行脚俳諧師らしい姿に変わったわけである。八幡の俳壇は、それを待ち受けたかのように後川を迎えた。

　さくらかざせし都の春もすぎて、卯月のはじめ湖東なる十里亭にたどり頭陀の袋を解くより、ひと〲日毎に入つどひてしたし。此地に竹庵とてあれたる草の戸の侍りけるにうつり居て、風雅のとだへをすゝめよとあながちにいへば、よしやさゞ波のよるもよするも漂泊の身の習ひなれば右の後川の句は、後川編『梅の草帋』に出るもの。十里は、可昌の俳諧仲間の八幡商人である。竹庵の主の佃坊は、同六年の暮に没していた。この春が七年か八年か定かでないが、西川家に残る後川関係の多くの資料を見ると、京の蝶夢と緊密に接しながら、八幡に在ってその俳壇を大いに扶けた後川の姿が窺える。そして同八年の末頃、北に帰ったようだ。約二年にわたる京・近江滞在を記念するのが『梅の草帋』上下二冊で、八幡俳人を多く出す同書を、可昌らは後援したはずである。

因みに記すと、後川の上方入りをめぐっても、樗良のように、郷地における不祥事があったらしい。同書の蝶夢の跋には、「はてはその花鳥に心をなやまし、家産をやぶり、世にたはれ男のうき名の立しやしらず。されど四十といふ年の栄にや、誰いさむるとしもなければど、みづから往事をくひて都に上り……」という条りがある。このことに関しては、あらためて述べる。なお、京の湖白庵諸九尼は、明和八年四月、松島の旅の途上、後川の竹庵に泊まっている（『秋風の記』）。

青蘿　後述するように、可昌は、明和の中頃から蝶夢に近づく。後川も同様だろうが、蝶夢の紹介と思える俳人の来訪が相次ぐ。その一人が、山李坊青蘿（一七四〇―九一）である。表紙に「明和七年寅閏六月廿二日／俳諧連歌／半歌仙二巻」とある草稿一冊（一三三号）があり、二巻とも喜友・後川・青蘿・可昌の四吟で、来遊を証しうる。所は可昌亭であろう。

以上、蝶夢の義仲寺芭蕉堂再興のころまでを見てきたが、可昌を訪れた俳人たちが、いずれも芭蕉復興運動の立役者であることに驚く。彼らは、義仲寺を経て京に入ると、蝶夢の庵と書肆・橘屋治兵衛を軸にして行動した(14)。可昌が蝶夢の存在の重さを知り、親炙したのはもっともである。そしてその運動を援助した。明和五年と考えられる(15)、蝶夢宛の可昌らの書簡（控カ）二通（一五八号）は、その敬意をよく伝える。いまその内の一通の全文を示してみよう。

良久不啓に罷過候。秋冷之砌益御安静御風流に可被為有御遊、欣悦奉存候。寔に先達而は貴翰被下候処貴答も不仕、失礼之至御高許可被下候。且豊後蘭里丈御風流之一篇預御恵贈、辱不浅感吟仕候。則此度貴答相認差上し申候。近比乍御面働、宜便之節御届可被下候。尚又宜敷御挨拶奉希候。

一先達而御噂被下候芭蕉堂奇附、乍些少連中より金弐百疋差上し申候。是又乍御面働、御達被遊可被下候。

一御風流之御間暇、此地へも御飛錫被下候はゞ、連中大慶可仕候。必々御光来奉希候。尚期拝眉時、万々可申上候。頓首

砆石

可昌

九月八日

蝶夢雅

尚々　先達而一声塚集宮津御社中より御恵被下候。此度乍延引御礼書状上し申候間、彼是乍御面働、御達被下度奉希候。且先便高詠二章御聞せ被下、感吟仕候。又々御佳作承度、相待罷有候。乍序愚句入貴覧候。御高評奉希候。以上（各人三句ずつの発句略）

右によると、可昌らは豊後杵築の蘭里の編著を、蝶夢経由で入手していた。西川家に残る『かきかたびら』と思えるが、可昌はこれを機に蘭里と交渉をもつ。宮津の『一声塚』には、三月十三日付によると、可昌も出句していた。蝶夢を通じて、可昌の前に全国の蕉門俳壇が拡がってくる。高吟をもらい自句の批評を乞うなど、指導をも得ようとする。八幡への来遊を乞う文面は、三月十三日付にも見えていた。また同日付の末尾にも「聊一封進上仕候。御落掌可被下候」の言があった。右の芭蕉堂再建の募金に応じる文辞にも、可昌が蝶夢を支持し、援助する姿が明らかに読みとれる。はたして『施主名録発句集』には、「八幡」として可昌・杜洲・紫芝・玞（砆）石・十里の出句を見る

のである。

洛東岡崎の五升庵は、蕉風復興運動の京の拠点だった。この蝶夢庵と湖南の義仲寺と湖東の可昌亭とは、一つの線でつながっていく。その線の上を人が、情報が、そして資金が動いた。可昌は、京からやや離れた八幡にあって、蝶夢の運動を背後から支えたことになる。

八幡への蝶夢来遊を待った可昌らは、ついに待ちきれず、みずからが蝶夢を訪ねた。時は明和六年四月、その京紀行の俳文（一二三・一五八号）が今も残り、蝶夢の発句で、豊後の蘭里、京の諸九尼、播磨の羅来などと同座した連句も書留められている。

四　運動結実期の来遊

私は、安永二年の芭蕉八十回忌からの十年間を蕉風復興運動の結実期とし、それ以前の十年間を高揚期と呼んでいる。ここでは、結実期の可昌の周辺を見ることとし、まず初めに、この期に至っても絶えない、八幡来遊の行脚俳人を窺ってみよう。

雲羅坊　この期の長期滞在者の一人は、雲羅坊呉山（〜一八〇九）である。これも行脚をよくした加賀の北海坊仏仙の門人で越中の人。西川家に残るかなりの関係資料は、不明な部分が多いその行動経歴の欠を補うものになる。ところが、雲羅坊の八幡に入った時期は明確ではない。おそらく、八幡に在ってもしばしば旅に出たゆえだろう。明確に年次を伝える資料は、安永二年秋、但馬の城崎温泉に旅した折の一枚刷（二四〇号）である。おそらく雲羅坊の発行で、伴蒿蹊に同行していること、嚏《はなひ》坊一音に六年ぶりに再会して「一音兄に越路にて別れしのち、予もおなじみちに漂ひ、今はためぐりあふことをよろこぶに」と詞書すること、蝶夢を援助した但馬豊岡の翠樹が居合わせることなどを伝え、興味深い資料である。巻軸の蒿蹊の歌を示そう。

ゆあびのともがき、国は三つ四つにわかるれど、こゝろざしぞひとつなりける。さればつどふ毎にいひあへる言の葉どもかいしるして興とす。やつがりも何にまれ添よとあれど、其歌の半なるものは元しらねば、言は永うしてこゝろは同じはいかいに此みやびをほむ

もろびとはこゝのいでゆにならふらし

言葉のいづみつきせずも見ゆ　　閑田子

蒿蹊の歌俳同列観はおもしろく、翌年に刊行する『国文世々の跡』の板下を一音が書く機縁も、あるいはこの時にあったか、と思わせる。ともあれ雲羅は、城崎から八幡にもどった。旅先から可昌に宛てた十月十二日付の書簡（一四一号）には、「貴家よりも御懇意被成下、忝仕合奉存候。且小子儀伴氏御伴にて但馬の城崎入湯仕宜遊行、御察可被下候。当十日比に帰庵仕候」と認めていた。「帰庵」というのは竹庵をさしての語だろう。他の諸資料を総合するに、雲羅坊の来遊は、おそらく前年頃からと推定される。

江涯　西川家の資料の中で、八幡来遊の掉尾を飾る行脚俳人が呉夕庵江涯（一八〇〇年頃まで生存）である。加賀の人。江涯もまた閲歴に不明な部分が多い。江涯が八幡に来たのは、「題雪／湖東播山／竹莽連」と標題し、末に「乙未」とある一枚刷（一四一号）があるから、安永四年の半ばだろうか。巻頭に江涯、巻軸に可昌の発句をすえ、江涯が竹庵を預かり、従来通り可昌が後見するさまが見てとれる。

江涯について特筆すべきは、八幡滞在中に、すぐれた俳書二点を刊行していることである。すなわち、安永五年

春に成った『張瓢』と、翌六年春に成った『仮日記』である。『張瓢』は整然と編集され、しかも八幡俳壇の多数の作品と中央の著名俳人の作とが、バランスよく配合されている。例えば、江涯が脇、可昌が第三をつとめる八幡俳壇の歌仙がある一方、京で巻いた江涯・美角・定雅の三吟歌仙が収まる。さらに「安永四年未七月十二日／於可昌亭興行」と記された、樗良・江涯・可昌の三吟歌仙も見え、発句の部には蕪村・美角・定雅・大魯・樗良・麦水・半化（闌更）・後川・旧国・暁台・几董・山李坊（青蘿）・二柳・梨一など、上方に片寄るとはいえ、安永天明期の代表作家を網羅するのである。序も跋も八幡俳人の手に成っており、この書はまさに、八幡俳壇がつくり出した当代俳書の佳品といえる。同様の好ましさは、『仮日記』についてもいえる。春の句だけで編まれたこの書は、冒頭まず美角・定雅・樗良・蝶夢・蕪村・月居・几董らの洛外散策の発句を連ね、次に江涯・定雅・美角の三吟歌仙を置く。さらにつづく発句の部には八幡俳人による近江名所の句が並び、詞書を付してゆとりを与えた版面は、冒頭に呼応して駘蕩の気を醸す。多くの行脚俳人を受け入れ、その活動を支えてきた八幡という町が、ここでみずから安永天明期らしい俳書を生みだした、と言ってよい。宝暦期の『思亭』以来、二十年ぶりのことである。このような功績を残して、江涯は、安永七年には八幡を去ったようである。

以上、八幡を訪れた行脚俳人の数々を素描してみた。彼らが蕉風復興運動の中ではたした役割を思う時、背後にあってこれを支えた八幡俳壇の存在が、あらためて評価される。行脚俳人は、八幡俳壇を足がかりとして京に出入りした。八幡俳壇は、京の蕉風復興運動に刺激を与え、多くの実りをもたらした行脚俳人にとって、いわば後方基地のような位置を占めたのである。

可昌は、その八幡俳壇の中心人物であった。従って同家にはきわめて多くの資料が残されている。たとえば、麦水が唱えた漢詩文調俳諧をいちはやく試み、これに麦水が加点した「栗調歌仙／近江八幡／竹庵社中」とある草稿（一五六号）など、きわめて興味深いものである。また、やはり加賀の出である半化坊闌更（一七二六—九八）の可昌宛書簡（一六六号）もある。しかしここではすべてを省略し、次の一事だけを指摘しておきたい。先に一音の名を見たが、かの蕪村は、行脚俳人として遍歴した一音[16]を認め、その著『左比志遠理』に序を与えていた。蕪村のもとには、かつて行脚をこととした二柳や樗良もつどっている。思えば蕪村自身、かつては行脚の人だった。私が都市系俳人とみなす蕪村は、行脚経験をもつ地方系俳人と交わりつつ新しい俳諧を生む。可昌は、蕪村の交遊圏の中には含まれぬものの、蕪村の周辺人物のそのまた外側、つまり周縁部には位置していた。そのように思わせるものとして、幾夜庵斗酔（〜一八〇三）関係の資料が注目され、とくに安永五年に編んだ『春興』一冊の伝存は貴重である[補註二]。美角・定雅兄弟に近かったようで、蕪村・几董の句をも収めるのである。ほかに二柳・大魯・青蘿・梨一・樗良・暁台の名も見え、軸に闌更の句をすえて、小冊ながら清新な趣の俳書である。そして本書もまた、軸句の前に可昌ら四人の八幡俳人の句を置き、その後援をしのばせる。斗酔は可昌に寄せた正月七日付書簡（一四二号）に、「御出府之節御尋被下候様奉待候」と書いた。行脚俳諧師である斗酔の京の仮寓を、八幡商人の可昌が訪問することがありえたわけで、二人の交流が、蕪村に一つの舞台を用意したことにもなる。

五　来遊をもたらした条件

　このように、八幡俳壇に多くの行脚俳諧師が身を寄せ、結果としてこの俳壇が復興運動に貢献したのは、近江八幡というこの商人の町が、社会的に何らかの好条件を有したことにも起因しよう。次にそのことを考えてみる。

　その一は、地理的な有利さである。近江八幡は、中仙道は勿論、東海道にも近かった。中仙道は北国街道にも通じる。また陸路だけでなく、湖北と大津をつなぐ琵琶湖の水路をも利用できた。西川家の裏近くまで入りこんだ八幡堀は、多くの物資を運んだだけでなく、行脚俳人にも利用されたはずだ。かつて清水孝之氏は、既白の事績を

「江戸の蓼太と京都の蝶夢を結ぶ横の線にクロスする加賀と伊勢の間を取り持った行脚の意義[17]」と表現された。近江八幡は、クロスするその十字路の交叉点に近く、しかもやや京に近く位置する。

その二は、交易を背景にもつ、と推測されることである。来遊俳人の多くが、加賀にゆかりをもっていた。これは、八幡と加賀との商業上の往来と無関係ではない。西川家の経営関係の古文書を知る立場にはないが、後川の来遊にかかわる次の書簡（一三二号）は、商業ルートの存在を裏づけるようである。

未得貴意候得共、一書申上候。………

一当春已来後川儀、貴御地へ罷越申候処段々御懇意之仕合、先達而申越候……後川儀、御聞及之通、七八年以来独楽之志御座候処、先当年より心任せに被致候様私共にも承知仕、身分麁抹無御座者に候間、何分宜敷御頼申上候。身分之儀、如何様之御申通にも被遊候はゞ可被仰下候。尤後川儀、兼而随分身軽に世の中遊び申度望に御座候故、猶々私共安心仕居申候。乍憚、外之御連様方へ茂可然御取成奉願候。右、御礼申上度、如斯御座候。以上

四月五日

能登屋与左衛門

絹　屋嘉右衛門

大文字屋庄六様

米　屋三十郎様

油　屋長四郎様

これは先に述べた、後川の一身上の不始末にかかわる内容である。可昌たちがその身柄を引き受けたことを感謝し、さらに配慮を依頼している。しかしこの書簡には、俳諧の匂いはまったくない。発信者・受信者ともに、俳名では

なく商用上の名乗りを使っている。発信者を町年寄と考えることも可能だが、文面にはことを内輪ですまそうとの姿勢が窺え、八幡と加賀の商業取引関係をたよっての後川の来遊、という見方も否定できない。

右の資料は、八幡の可昌たちと加賀の交易を十分に証するものではない。しかし、それが事実としてありえたことは、宮本又久氏の論文[18]によって想定できる。『八幡町史』をも引く同論文によれば、加賀の口郡（羽咋・鹿島の二郡）へは、苧《お》かせ（からむしをつむいだ麻糸の巻き束）を買いつけるため、正徳年間以前から近江商人が入りこんでいた。そして当初は神崎郡の商人が優勢だったが、享和頃に、西川利右衛門・西川庄六・伴伝兵衛ら八幡商人の五家が連合して能登綛《かせ》仲間を組織し、七尾方面に進出して直接に苧かせを買いつけた、という。享和年間となると可昌の時代をくだるが、宮本論文は口郡にしぼった考察であり、可昌の時代すでに、加賀の他地域で苧かせの買いつけがあったのは、考慮できることである。苧はおそらく近江特産の蚊帳の素材で、近江商人は互いに競い合っていたと思われる。また、近江商人の営業形態は多角的ゆえ、何も苧かせだけに固執する必要もあるまい。比較的に近い大国加賀に、まったく取引がなかったとは思えず、可昌時代にも、何らかの交渉をもっていたはずである。

ここで改めて思うのは、蕉風復興運動の背後にあった、地方的なものの存在意義である。私はこの運動をリードしたのは地方系の俳人たちと考えている。その典型的な例が、これまで見てきた、続々と南下する加賀俳人たちである。安永天明期の新風は、この地方的なものの刺激なしには成らなかった。私はまた、蝶夢の支持者の中に地方城下町の商人が多いこと、彼らが近世中期の経済発展の波にのって成長したことを指摘して[19]、蕉風復興運動の背景を説明した。近江商人の成長も、地方の経済発展と深く結びついた部分があり、西川家の繁栄も、享保期以後に著しいようだ。ともに、同時代のうねりの中にあったのである。

八幡への来遊をうながした条件の一つには、当然にこの町がもつ財力を挙げうる。しかしそれは、八幡俳壇がこころよく受け入れる、という前提あってのことだろう。とすると次には、可昌たちの理念や意識が問われねばならない。

六　可昌たちの理念と意識

八幡の俳人たちは、名だたる八幡商人だった。従ってその意識は、日常の商いの中に培われた行動原理や理念を底にもつ。それを端的に表明したものが、彼らの家訓である。西川庄六家の家訓には、標語形式のものと、箇条書きの長いものとの二種がある。

標語形式のものは、軸装して床にかけることが多い。西川家で披見した一点には、「先義而後利／好富施其徳」と二行に書き、「戊寅元二静斎」と落款があった。戊寅は文政元年、静斎は五代目碩真数居の号である。同じ文言は、家訓を集めた『近江商人・その心の系譜』（近江八幡市立資料館他刊）の口絵写真にも西川家家訓として見え、その軸物には「先義後利者栄好富／而施其徳」とある。当主が家訓を大書して掲げ、常に自らの戒めとし、家人に諭したさまが思われる。ここには「義」の尊重がうたわれ、「施」が説かれている。可昌が行脚俳人を援助したのは、家訓のいう「施」に値すると理解したからにほかならない。

箇条書きの方は、墨付き二三丁の冊子本。内題に「子孫の為に書残候条々」とあり、長短二六条から成る、かなり長文のものである。奥書の末に「明和五戊子年書／于時安政五戊午歳写之／湖東西川氏某弄華園」とあるから、明和五年の成立であること、西川家に家訓として伝来したこと、の二点は疑いない。原本のコピーをくださった十一代当主・西川宗行氏によると、西川家では、現在も家訓として尊重されているよしである。家訓の内容としても充実したもので、奥書に書肆が版行したがった、と伝えるのもうなずける。だがこの家訓を、明和年間の当主である可昌が書いたと認めるには、ややためらいがある。奥書に「此一巻薬種店何某子孫附属秘書（ニ）シテ」「小子故有テ写事得（タ）リ」の文言が見えるからである。とはいえ、西川家に伝わったものであり、可昌と同時代の成立であるから、可昌のいだいた理念や意識を類推する役には立つと思える。末尾に「世渡り七分、心の掟三分に書きつゞり候もの也」とあるように、営業や処世の具体的方法を示すほかに、理念や心遣いのあり方を教える部分が多いのである。

次にその内容を窺うと、まず第一項では、基本的な理念が述べられる。意図的に冒頭にすえ、比喩を二つもつかって強調する条目である。

一堪忍と用心と簡略とは、かなゑの三足のごとく、又仏家の仏法僧の三宝の如し。仏ならでは法を説き初給ず、しかも法を弘るは僧にて、……其ごとく、物ごとに堪忍せねば簡略はならず、簡略は末の用心也。物を買求んと思ふを堪忍して費をなさず、見苦しきをかんにんすれば簡略也。酒食をかんにんするは無病の用心也。無病は第一の簡略也。

要するに、忍耐と慎重さと簡素さ（始末）の三つを至上の命題とし、それが相互に連関することをいうのである。しかし私は、この三つの中でも最重要の理念は「用心」であって、この「用心」が全編を通底するように思う。それは、病気や火事への対策にとどまらず、公儀や隣人そして取引相手に対する、実に細やかな気配りとして現れる。そこには、時間的には未来を（おそらく空間的には遠隔地をも）、人間関係としては他者の内面を把握しようとする、きわめて緻密かつ繊細な理知的精神が働いている。それは日常の中で、たえず人の心の機微をつかみ、みずから精一杯に智恵をめぐらす生活態度をつくるだろう。それらの例を、順に見てみる。

○ひとなみの類焼に人よりこまる事あるは、是も不用心の一つにて、常に望の品を調へ、不時の為に兼てかせがざるなり。勿論、手前の火の用心は誰もせぬ人はなし。其上を一段念いれよとのことなり。（第二項）

○病気も自身を随分用心し、家内に病人あらば、ちと仰山な程に取計ふべし。（第三項）

○御公辺は用心も勿論、猶又、かんにん第一也。されども、表向き御訴訟きらいと見せ候得ば、邪心の其よわみを見入候ゆゑ、うわべはきつとして十が九つは内済すべし。（第二項）

○万の仕損じ、ものをかろしむるより出来する也。又、十が六、七まで言葉を慎まぬより出づ。舌は禍の門と申伝へたり。珍らしき人には勿論、至極心安き人にも、少といんぎむ成ん方よし。何によらず人なみ〳〵と口上すべし。先様をしゐて興じさせんとする故さわる事あり。口上は細川を船をこぐやうに、寄らず、さわらずに梶を取たし。たま〳〵たはむれおどけも、先へあいさつ計にて手前は面白からぬやうに、しかも、たわむれは至極かげんもの也。（第六項）

○吉事は常が吉事也。よさそう成ん事も、珍ら敷には凶事あり。好事もなきにしかずとは是也。（第八項）

○少しにても名聞と自慢はおもてにはぢをまねき、うらに簡略のさはりをする也。（第十二項）

○我に敵ふ人を上手にあしらい遂るは、少と心掛れば仕安し。我が面白き人に余り深いりせぬは仕難し。（第十七項）

○書物の上への事、其外万の理合、人に向て、理屈めき説ききかする見苦し。且又、家業の上の事、或は人のとりなし、人に異見する、是等は随分すなをなる事ながら、夫だにあまりくどからぬ様に、先き人の気持になれ合て云たし。（第二十二項）

○無拠頼母子、初より和らかに受て、頭掛計りにて随分うつくしく云て除くべし。……尤も人の身上の洗濯は頼母子と出かけねばならず、夫は脇に居て一段と挨拶有べし。（第二十三項）

右はいずれも慎み深さを説くもので、第六項の悪洒落の戒めなど、人の心理をうがって鋭い。このように、慎重をきわめた生き方は、『徒然草』に見るような、理知的な聡明さを重んじるものと言える。人の道を誤ることが家運を危うくする、との観念に基くが、それは一方で、おのずから彼らを倫理的にする。謙虚な人格をつくる。

また、基本理念の「簡略」ということでは、彼らは始末それだけで通したのではない。生きた金なら出費をいとわぬ、積極性を伴う。

○御法度の事は、人が致そうが、損があらふが、親類が何と申共、きつと御触の通り相守るべし。たとへば、三両五両の損をいとい、大法をかくしおかし、其跡より目立つ程の親の法事を致し、或は金銭ゆたかに遣ひて参宮する人あらば、おかしからん。此度、か様の御触あれば、是を捨て外に大義なる銭を出し、買改候はゞ、伊勢への御初穂、先祖への馳走と思ふべし。（第二項）

○御上へ相障候儀は勿論、惣而盗人え用心、火の用心、家のわづらい、けが事、隣家へ障る品、此しな〳〵に相障る衣服、道具、普請などは一日も差置ず、少しもはやまる程に、損利をいわず、早速可相調。其外の衣服、普請、道具は堪忍、成だけは相延し、勿論五品を三品に弁じ、二品を一品は、外分あしき程にてよし。（第五項）

○返礼事、薬礼、仕着せ抔のやう成る事は、余り簡略はせぬものなり。万によき程といふは一生知れぬものなれば、人に相談のなる事は聞合せにしくはなし。（第十一項）

まことに柔軟な対応で、「簡略」が吝嗇とは別物で、徹底した合理的思考にでることが知れる。可昌の俳諧への出費も、ある価値を見定めたうえの行為なのである。行脚俳人との交流も、第二十項に「諸芸は人に知られぬをよしとす。殊に百姓・商人はさしていらぬ事也。……家業に少しもさわらば無用也」とあり、これを踏まえたうえでの、節度あるものだったはずである。

以上、この家訓の中の理知的側面を見てきたが、最後に、この期に現れた新しい倫理観を指摘したい。それは、第三項に示される。

一道といふにも、堯舜、孔子のみち、老子の道徳、神道、仏道それ〴〵の道に少しづゝ差別ありて、仁義と云、忠孝と云も、書籍の上にては様々子細あれど、百性・町人の身にては、誠ありて、善事を好み、悪しき方へおもむかぬといふ一通りにて皆済事なり。忠は主人を大切にし、孝は親を心安くよろこばしむる也。慈悲・善言とて、ひたすらに金銭をほどこすにてもなし。万に思やりのあるこそよけれ。

ここには「誠」の語があるが、私には、末を「万に思やりのあるこそよけれ」と結ぶことがより重要に思われる。すでに指摘したように[20]、この時代になると、社会の中で自他を二元的に認識する傾向がつよまり、その乖離した自他の結合としての〝思いやる心〟が意識され始めた。そして「思いやり」の語が倫理の色を帯びてくる。近江商人にも意識され、この語が近江商人の家訓にも現れてくる。その最初の使用例が、管見のかぎりではこの第三項のそれで、その点でも意義ある資料といえる。〝思いやる心〟とは、本来、情に基く心である。先には、この家訓がすぐれて理知的な面をもつことを述べた。その一方で、この情の側面をも合わせ持つのであり[21]、ここに近江商人の精神の、全人的なあり方を認めることができる。

この〝思いやる心〟が近江商人に拡がっていた例として、伴蒿蹊の資料を一つ挙げてみる。享和三年に孫の能尹（伴庄右衛門家七代目）宛に遺言として認めたものの一節で[22]、明和当時からの信念と思える。

家財裕余有之候はゞ貧人を憐み、人の難儀を救ひ被申候へば、自然に此方へ報来り候。……自己に奢り候へば他へ不情・不仁に相成申候事、可畏儀に候。

このように篤い情をもつ八幡商人の一人である可昌が、「人の世話も、随分跡のつかぬ事はすべし」（第九項）として、行脚俳人を迎えたのは理解できる。

この家訓で理念にかかわるものとしては、第七項も挙げるべきだろう。ここには、近江商人の重んじた「正直」という語が明示されるからである。

一郷に入ては郷に随ひ、又時代〳〵の風俗にならふと、此二品は則天道なり。天は陰陽を躰にして、盛衰を外にす。人も忠孝・正直は五行の万年も替らぬごとく、時の風俗と所のならいは南北と夏冬との替るが如し。

伴蒿蹊の影響を受けた小沢蘆庵の歌論のキイワードとされる「ただごと歌」は、「正しく直き歌」の意だと解釈されている[23]。すでに説いたように、蒿蹊の歌論の発想の基底には、近江商人の倫理観が大きく反映している。蘆庵の「ただごと歌」に至りつく過程で「正直」という倫理的価値が多少は影響したことも、あながち否定できない。

ここで可昌の問題にもどるなら、右に見てきたような新しい倫理や情の重視、しかも合理性・理知性を尊ぶ精神、つまり近江商人の理念や意識が、来遊した蕉門俳人の文芸観に一致するところがあった、ということが言える。蕉風復興運動は、当初の唱道者である既白や二柳から俳壇を糾合した蝶夢にいたるまで、俳諧を「道」ととらえて倫理性を説いており、また「情」を重視した。さらに外界を忠実に把握しようとする表現理念は、合理的・理知的な精神を内にもつ。可昌は、蕉門俳諧に共鳴したからこそ行脚俳人を迎えたのであり、ありきたりの旦那芸としてのそれではない。近江商人の合理的精神においては、無意味なことに手を出すことはなかったはずだ。

この家訓は明和五年に成った。蝶夢が五升庵を結んで復興運動に本格的に乗り出したのも明和五年、蒿蹊が家督を譲って京の文人となるのも明和五年だった。また蝶夢が始めての俳論『門のかをり』を執筆したのも明和五年、蒿蹊が始めての歌論『国歌私言』を書きあげたのは明和七年だった。偶然の一致にすぎないが、その背後に新しい時代思潮があったのは確かだろう。そして、その世の動きは近江八幡にも及んでいた。このような気運の中で、可昌は行脚俳人を迎え入れたのである。

七　結　び

これまで述べてきたことで、近江八幡という商人町の俳壇が、蕉風復興運動の高揚期・結実期において、多大な役割をはたしたことをご理解いただけたろう。八幡はまた地方の一つの町にすぎないが、そのすぐれた条件を生かして、地方から京へ上る行脚俳人に活動拠点を提供した。いわば京の俳壇に近づくための後方基地、往来のための中継基地として機能した。この八幡俳壇の行脚俳人たちへの援助は、経済面のそれにとどまらず、蕉風復興運動の意義を理解したうえでの、精神的援助をも伴った。八幡俳人は、行脚俳人が説く蕉風復興の理念に、近江商人としてみづからいだく理念や意識に通うものを認め、あえて共鳴したのである。場合によっては、後川のように、行脚俳人が八幡商人の教導をえることもあったろう。八幡商人の、自己抑制がきいた強い意志は、利潤獲得に際して積極的な行動力を発揮する。そのエネルギーは、時に行脚俳人を鼓舞することもあったろう。また、興隆する近江商人にきざしていた他者配慮の情は、大きな包容力で行脚俳人を迎え入れたろう。

西川庄六家に残る多様な大量の俳諧資料は、これらのことを余すことなく伝える。[24]二〇〇点を越える俳書は、当家にゆかりあった編者や著者からの贈呈本も多く、従って初刷の原姿をとどめている。[25]蕉風復興運動と安永天明期俳諧を理解するうえで、この資料群は、これからも多くを語ってくれるだろう。

(1) 古市駿一「続・夢望庵俳諧雑筆―続記五升庵訪問―」(『義仲寺』誌一二三号)・同「近江八幡豪商・大文字屋喜友、可昌父子と不二庵二柳のこと・一〜四」(『義仲寺』誌一二六〜一二九号)・同「近江八幡豪商西川庄六所持・大文字屋文庫翻刻紹介撰・一〜四十」(『義仲寺』誌一三二〜一七一号)・同『佃房原元と八幡商人』(近江八幡歴史シリーズ)・同『佃房ゆかりの俳人達』(同シリーズ)。
(2) 古市駿一・田中道雄共編『近江八幡西川庄六家蔵・大文字屋文庫俳書目録』(昭和五十九年古市末子発行)。
(3) 江南良三『近江八幡人物伝』一二七頁。
(4) 註(3)書四七頁。
(5) 近松文三郎「近江商人の出身日本有数の歌人・伴蒿蹊・並伴家の事歴(五)」(『月刊太湖』一六号)による。他に、伴伝兵衛家から三代目数正に嫁したとする説もある。

（6）註（1）の連載シリーズの二著、および同シリーズの古市駿一『郷土の俳人・佃房原元の生涯と俳諧』。

（7）『佃房原元の生涯と俳諧』一一頁。

（8）註（7）書二頁。

（9）当書一〇一頁参照。

（10）啞仏は、蝶夢周辺の人物として、この時期にのみ見える。

（11）当書七九頁参照。

（12）清水孝之「伊勢派の古調運動　樗良—既白—闌更」（『国語と国文学』三九巻四号）・同『追跡・三浦樗良』。

（13）『連歌俳諧研究』一四号。

（14）当書一〇〇頁以下参照。

（15）三月十三日付は、橋立翁塚の集つまり『一声塚』の刊行が明和四年十月頃であること、九月八日付は、芭蕉堂再興のための募金が同五年四月から始まること、による。

（16）前田利治「嚏居士一音覚書—蕪村とその周辺考（一）—」（『武蔵野女子学院短期大学紀要』四号）参照。

（17）註（12）論文一三〇頁。

（18）宮本又久「加賀藩の産物方政策をめぐる近江商人と加賀商人—口郡の苧かせの場合—」（『北陸史学』二号）。

（19）田中道雄「蝶夢を扶けた人々—運動の地方的基盤—」（『蕉風復興運動と蕪村』収）。

（20）田中道雄「〝思いやる（想像ル）心〟の発達—二元な主客の合一—」（註19に同じ）。

（21）第十六項に「人の家のもめは十が八、九、姑婆よりおこれり。嫁のくるしみひどき、殺生程の事なり。女子のそだて時に婆々に成て嫁にくまぬ様の伝授にてもありそふな物なり」とあるのもその一例。

（22）『月刊太湖』一四号に収める註（5）の近松文三郎稿の（三）による。

（23）註（20）拙稿二三二頁参照。

（24）『天明俳書集』に、『墨直筆ついで』『墨直この卯月』斗酔編『春興』『張瓢』『俳諧氷餅集』『年またぎ』『新みなし栗』『登宝当安布微農伎』を影印版で収録させていただいた。

（25）　当然ながら、同資料は、公開されていない。

補註一　『うづら立』の成立の年次については、さらに後考を待つ。宝暦十二年か。

補註二　当書二七六頁以下を参照。

『安永三年蕪村春帖』の位置——挿絵の解釈をふまえて

かつて存在を知られなかった安永三年の蕪村の春帖は、入手した雲英末雄氏がいち早くこれを紹介し(1)、さらに複製本まで刊行した(2)ので、学界は多大の恩恵を受けている。石川真弘氏が挿絵の解釈に自説を提出した(3)のも、その成果の一であろう。蕪村の春帖については、私もかつて考察したことがある(4)ので、この新資料についての私見を述べてみたい。

雲英氏・石川氏ともに挿絵を中心に論じているように、拙論も、疑いなく蕪村が描いた挿絵を扱うことが多くなるが、その際に参照する両氏の論文のテキストは、雲英氏の場合は『俳書の世界』所収のもの、石川氏の場合は『蕪村の風景』所収のものとする。なお書名を、所蔵者雲英氏の命名に従わずに「安永三年蕪村春帖」としたのは、私の規定する概念に従う場合、当書の性格を純粋な春興集と認めがたいからである。雲英氏が「春興集」と呼ばずに「春興帖」と呼ぶことに、雲英氏独自の考えもあろうかと察するが、拙論の展開に関わることでもあるので、あえて右のように呼ぶ。所蔵者の意に背くことを、お許しいただきたい。

一　当書の挿絵を理解する立場

この春帖の内容は、明快に三部より成る。つまり一丁目表から六丁目表までの歳旦句の部、六丁目裏から十一丁目裏までの歳暮句の部、十二丁目裏から二十九丁目表までの春興句の部である。歳旦句五丁半、歳暮句五丁半、春興句一七丁という数だが、歳旦句の部と歳暮句の部の合計は一一丁で、歳暮句の部の後に半丁分の余白があり、春興句の部がその余白の裏面から始まること、つまり意図的に多少の隔てを置いて始まることをも考え合わせると、歳旦句・歳暮句としてまとめられる一群が、春興句の一群に並び立つように見える。

これを句の数から見てみよう。歳旦三ツ物が一組あるので、その脇句・第三を除くと、全句数は一八四句である。この発句だけの数の内訳は、歳旦句三六句、歳暮句五四句、春興句九四句である。(5) 歳旦句・歳暮句の合計は九〇句、この数で、歳旦句・歳暮句のまとまりが春興句とほぼ対等に扱われていることが、一層明瞭になる。丁数で見た時に春興句の部に偏重を感じたのは、ここに一面一句一画（私が仮に使う呼称）の丁が八丁も含まれるため、句数に不相応に、丁数が大幅に増えた故であった。

内容が三部に編成されるから、一人が複数の出句をすることが起きる。そこで、このことを検討してみる。この春帖へ出句した作者は一二三人である。(6) この内、九句を出句したのは蕪村一人、三句（歳旦・歳暮・春興）を出句した者は一七人、二句を出句した者は一九人、一句を出句した者は八六人である。二句を出句した者の内訳は、歳旦・歳暮のみが一五人、歳旦・春興のみが一人、歳暮・春興のみが三人、一句を出句した者の内訳は、歳暮のみが一九人、春興のみが六七人である。二句出す場合に歳旦句と歳暮句を対にするのは、作法にそった順当な在り方だろう。春興句一句のみを出した六七人という数は、作者が全部で一二三人であること、春興句の句数が九四句（内五句は蕪村）であることを考えると、新しい動向を示すようだ。

ここでくだんの挿絵の在り方を見てみる。挿絵は一六点あり、すべて一面一句一画の形式をとる。従って一六面に収まるが、その挿絵を伴う一六面が三群に分かたれ、すべてが春興句の部に配置されている。すなわち、十三丁目表から十五丁目裏までの六面、十九丁目表から二十一丁目裏までの六面、二十三丁目表から二十四丁目裏までの四面である。今この三群をそれぞれ第一群・第二群・第三群と呼んでおこう。

挿絵がある面の第一群の作者は、自笑・我則・月渓・李蹊・帯川・百池の六人、李蹊だけが春興句一句のみの詠者、他の五人は三句詠者である。第一群の前の面、すなわち十二丁目裏（春興句の部の第一面）に置かれた五律・也好・維駒の三人は、それぞれが二行分の紙面を与えられており（一面は六行から成る）、蕪村が丁重に扱っていることが知れる。しかもその内の二人は、三句詠者である。この三人の後に続く第一群は、蕪村の近くにいる重要な作者たちと考えてよいだろう。六人とも、『安永四年蕪村春帖』では冒頭部に名を連ね、当書の歳旦句の部でも、李蹊を除く五人が冒頭近くに座を占める。

次に第三群だが、作者は台斗・馬圃・銀獅・呑獅の四人、三句詠者は但馬出石の馬圃だけで、他の三人は春興句一句のみを詠む。しかし、一句詠者である浪花の銀獅も島原の呑獅も、『明和辛卯春』以来の仲であり、遠地の者を含んで多少色合いを異にする親しい人々と考えてよい。台斗については知るところないが、三人に準じる作者であろう。

残る第二群の作者は、九湖・素旭・路曳・万容・嵐甲・竹裡の六人で、いずれも春興句一句のみを詠んでいる。この内、九湖・万容・竹裡・嵐甲は『安永四年蕪村春帖』に「春夜楼社中」として出ており、路曳は『安永五年初懐紙』で九湖等四人に伍している。素旭だけは知り得ないが、春夜楼社中と解して差し支えあるまい。つまりこの六人は、几董の門人たちなのである。

この春興句の部の配列を、改めて見直してみる。挿絵を含む面の三群の内、第一群は冒頭近くにあって、巻末の几董・大魯・雪店・宰町・蕪村の句群に対応するかに見える（この句群は、本来、巻頭つまり歳旦句の部の初頭、すなわち蕪村・雪店・宰町の三ツ物と大魯・几董の発句の部分に対応するものだが、春興句の部に限って見ると、その冒頭部分にも対応するような印象を与える）。続いて、第一群と第二群の間には三丁三〇句があり、その中央部に「浪花芦陰舎社中」と前書した一〇句ほどが配されている。また、第二群と第三群の間には一丁七句があるだけだが、第三群の後には四丁半（最末の半丁は刊記）を使う三八句があって、その中央部に「浪花二柳庵社中」と前書して三句が置かれている。

このように見てくると、挿絵ある面の配置について、蕪村がどのように配慮したかが分かる。巻頭・巻尾に置いた蕪村・几董・大魯は除いて、この三人以外の重要な作者が第一群・第三群を成し、几董の門人たちが第二群を成している。その三つのグループを、春興句の部にバランスよく配置して、この部全体の変化を図ったのである。このような配置の在り方は、都市系俳書に多かった、絵俳書における一面一句一画の面の配置の在り方と、さほど異なるものではあるまい。

このように考えてくる時、蕪村の挿絵についての理解も、従来の絵俳書における挿絵の役割をふまえるべきように思える。すなわち、まず句があって、仮に蕪村の添削を得ているとしても、まず句そのものの解釈が成り立っていて、それを支える立場で絵が加えられる、ということである。句が主であり、挿絵は従である。いかに蕪村が編んだ春帖とはいえ、この基本的な在り方は守られたはずである。

ただし、次のことが重要になる。その支えるべき立場に、蕪村が大幅に役割を拡げて臨んだ、という事実である。従の立場でありながら、蕪村は存分に己れの趣向を凝らすのである。たとえば、②の「扇にて梅花をまねく夕哉」の句と挿絵の場合、句の作者の我則と蕪村とが相談の上、我則が句を蕪村が挿絵をつくったとは考えにくいから（挿絵は一六点もあるのだから）、挿絵がない状態で先に我則が句を詠んだ、とまず推定できる。さらに句の解釈にまで進んで、熊谷直実が趣向に使われた、と考えることもできる。だが、その理解に立つと、蕪村の挿絵は、句の作者が心中に持ったイメージを、紙上に描いて見せただけの働きしかないことになる。これはまさしく挿絵が従の立場だが、蕪村の働きは小さいものとなる。しかし仮に、我則の句が熊谷直実を趣向に使わずとも面白く読めるとするなら、熊谷直実は蕪村が加上した趣向と解さねばならない。すなわち蕪村は、精一杯に従の立場を守りながらも己れの見せ場を設け、これまでの一面一句一画の挿絵の在り方（十分に検討しているわけではないが）を継承しながら、さらに先へ歩を進めて独自の試みを示した、ということになる。

右のように考えをめぐらすと、当書の蕪村の挿絵の働きを知るには、句の解釈がまず成り立っており、それをふまえた上で蕪村の趣向豊かな挿絵が成った、という認識を基本にすえねばならない、との思いがつのるのである。

二　第一群の挿絵の解釈

右に述べた立場に従い、一六面の句と挿絵のそれぞれを解釈してみる。まず、第一群から。

①うくひすや日あたる枝に来たはかり　自笑

〔句解〕流行の自然詠の春興句の典型のような句で、春の到来を喜ぶ情も感じとれる。差し初めた陽光という素材に、「ばかり」という強調表現が加わり、季節と時刻のいずれにも初々しさがにじむのである。

〔画解〕石川氏の、「庭掃除」をしている様、という解釈に従う。竹箒であること、左上から右下へ曲がっていることは、雲英氏も石川氏も指摘している。注意すべきは、その斜めの姿で、『蕪村全集・第六巻』に収まる図版を一覧して得た蕪村の箒の図が、いずれも垂直に立った（垂れたか）姿であることを思うと、何らかの意図を含むと考えられる。私は、その曲がる姿を、穂先を地面に多少押さえつけ、箒の全体が撓っている状態と受け止めた。すなわち、道具として機能している状態と。春景に、掃除という人の営みが加わったのである。動いているとも、止まっているとも解し得るが、句の内容から、止まった状態と考えたい。

そして、その止まった状態に何らかの趣向があると察し、とりあえず、次の和歌で解釈することにする。

暁に鶯を聞くといへることをよめる　源雅兼朝臣

鶯の木伝ふさまもゆかしきにいま一声は明けはてて鳴け　（金葉和歌集）

この歌をふまえると、箒の穂先が止まったのは、一声目の鶯の声を聞いたからだった。箒の主は、掃く手を止め、二声目を待って耳を澄ましているのである。この挿絵だけでは、この和歌を想起するのは無理である。句と合わせて鑑賞する時、あるいは可能だったかも知れない。

ともあれ蕪村は自笑に、「人も耳を澄まして、春告鳥の声を待っていますよ」と応えたわけである。

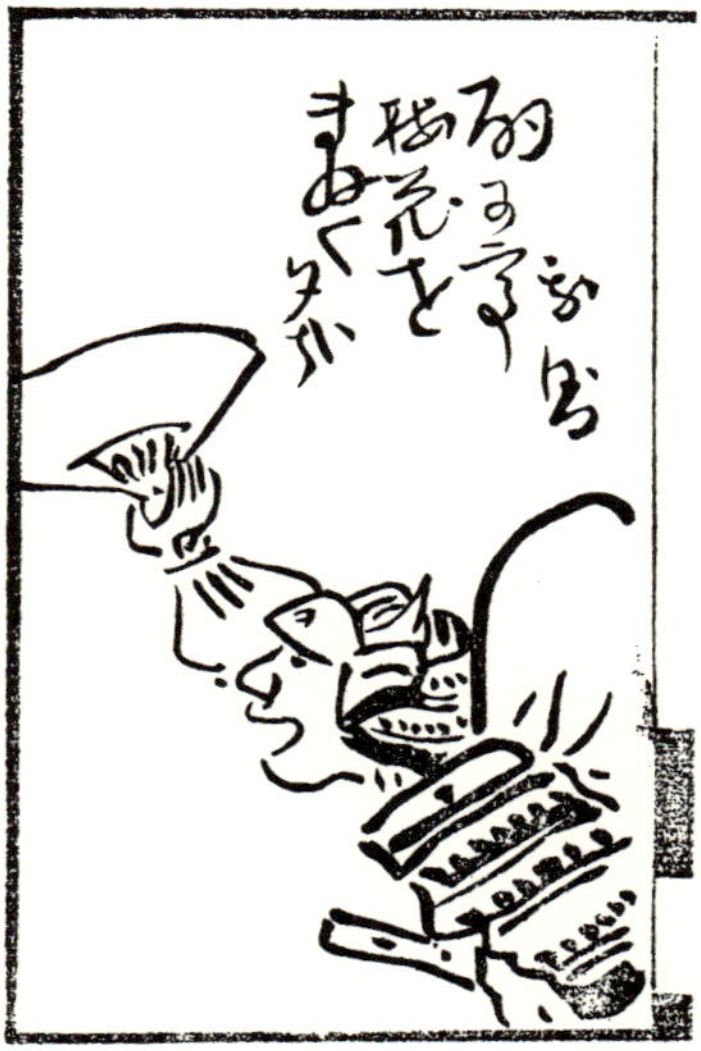

②扇にて梅花をまねく夕哉　我則

〔句解〕工事の進捗を急ぐ平清盛が、昼間の時間を保つため、扇を振って沈む夕日を招き返した、という俗説によっている。岡田三面子編『日本史伝川柳狂句』によると、明和年間の万句合ですでに素材化しているから、これを趣向にしたのは間違いない。「夕日をまねく」が「梅花をまねく」の下敷きだったことは、座五の「夕」から察せられる。句意は、春も半ばに入り梅花も終わりに近い春日和の夕べ、その香を惜しんで扇で招き寄せることだ、となろう。

散りぬとも香をだにのこせ梅の花こひしき時の思ひでにせん　（古今和歌集）

梅の花にほふあたりの夕暮はあやなく人にあやまたれつゝ　（後拾遺和歌集）

このような和歌的世界に、〈扇で招く〉を入れ込んだのが俳諧なのである。

〔画解〕『平家物語』巻九にある、一の谷の合戦の、熊谷次郎直実が平敦盛を扇で呼び戻す場面とする、雲英氏・石川氏の理解に異存はない。問題は句との関わりである。雲英氏は、句は敦盛の美しさを梅花に例えたことになるとし、石川氏は、挿絵は直実が梅花を招き寄せる姿を描いた、とされる。

私は句解で、梅の香を招く場面と述べた。もし蕪村がそのように読んでいたとするなら（その蓋然性は高い）、蕪村は源平香を連想した、と考え得る。香道の源平香は、代表的な組香の一つで、源平の二手に分かれて勝負を競い、盤上で赤白の旗を進める遊びである。蕪村は、我則の清盛の扇に対して直実の扇を持ってきた。つまり蕪村は、〈扇で招く〉ゲームを、源平で競わせたことになる。しかして挿絵は句を支えるわけだから、招く対象は梅が香となる。つまり蕪村は我則に、「源氏方も扇で梅が香を招きましたけど、勝負はついたのでしょうか。やはり源氏方ですかね」と戯れかけたのである。

③筧から流て出たるつはきかな　月渓

〔句解〕これも、①の系列の叙景句である。水流に勢いがあり、筧の筒口から赤い椿の花を吐き出したのである。筧の水に、椿の花を浮かべたのが趣向である。石川氏の指摘の通り、椿の花は、花柄で折れて一輪がそのまま落ちる。半開きの固い状態で落ちることも多い。従って、赤い塊が筧から勢いよく流れ出たイメージは強さを伴い、春の息吹を感じさせる。

〔画解〕雲英氏が詳細に解説される通り、司馬温公の故事「撃甕小児」による挿絵である。雲英氏は、同じ故事による蕪村句を挙げて甕から流れ出る水の勢いを、石川氏は、椿の花の落花の特性をとくに強調するが、二つの水の勢い、椿の花と甕から出た小児、この二つの対応関係を見出す点に変わりはない。私は、句の中心素材が椿の花であることは認めつつ、水の勢いをも重視する。

従って、蕪村が月渓に、「真っ赤な椿の花が、まるで撃甕小児のこわっぱのように勢いよく流れ出たのですね」と応じたもの、と読む。

④几巾きれて鳶さはかしき夕哉　　李蹊

〔句解〕春の夕空の高みに大きな円を描き、舞うように悠々と翔っていた二、三羽の鳶、その高さにまで上がっていた凧の糸が切れ、鳶の群に迷い込んだ。面白い趣向ながら、やはり①の系列に属するだろう。

〔画解〕石川氏が指摘した「紙鳶」の表記の問題は重要だが、李蹊の句は、そこまで考えずとも景として充分に面白い。しかし挿絵については、「紙鳶」の表記が解釈の鍵となるようだ。蕪村はこの表記を連想し、、句の凧をトビ凧と読み取って挿絵を描いたのだろう。雲英氏は、鳶を「あたかも凧であるかのように描いている」と指摘し、石川氏は「自分と同じ格好で飛ぶ凧を見て鳶は驚き」と述べて、凧をトビ凧ととる解を鮮明にしている。岩波文庫版の『嬉遊笑覧』には「今とびたことといふ物、これ古風也」と記し、同文庫の『近世風俗志』には「紙鳶　文字によれば、鳶形を本とするか」とある。近世後期には見られなくなったようだが、蕪村は知っていたろう。鳥の形そのままの凧は東アジアに広く分布していたようで、現在もバリ島の土産品に使われている。

そこで蕪村の挿絵にもどると、雲英氏は「トビが空中で羽根をひろげて静止している姿態」とし、石川氏も「羽を広げた鳶の絵」と認識している。しかし、両氏ともその判断の根拠を示していない。私はというと、描かれたものが鳶なのかトビ凧なのか、全くもって判別がつかない。そこで、その事実こそが、蕪村がこの挿絵に託した趣向ではないのか、と考える。鳶の群に交じってしまったトビ凧、鳶たちは仲間との見分けがつかなくなって大騒ぎだ、読者のあなたも、眼を鳶の眼に替えて見てください、と。すなわちこの挿絵は、当時多かった判じ物を念頭において描いたのではあるまいか。判じ物は、絵を手がかりに考えさせる遊びである。その応用とみなし、解釈の一案として提示しておく。

試みに解すると、蕪村は李蹊に、「鳶が困ったようですが、あなたにこの絵は、トビ凧と鳶のどちらに見えますか」と問いかけたのである。「それはもちろん凧ですよ。何といったって紙に描かれている鳶ですから」という答が返ってきたか否か。

⑤雉子啼や梅花を手折うしろより　　帯川

〔句解〕梅花を手折る行動は、当代の野遊びの中の一場面と解すべきだろう。多少の後ろめたさを覚えて折ろうとしたその時、まさに後方から鋭いキジの鳴き声が聞こえた、というのである。咎められたかのように、ドキッと

した心理の表現が趣向だろう。

〔画解〕雲英氏の指摘のとおり、謡曲「羅生門」の鬼が、渡辺綱の「後より兜の錏《しころ》をつかんで引き留め」た場面を描いている。句との関係は、雲英氏・石川氏ともに緊迫感において相通じるとし、特に石川氏は綱の表情に着目している。

蕪村は帯川に、「後からの不意討ちには驚いたでしょうね。鬼につかまれた時の渡辺綱のように」と応じたのである。

⑥十五夜とかた〳〵よらすおほろ月　百池

〔句解〕「かた〳〵」を、雲英氏は「あちこち」の意の副詞と解し、石川氏は「御方々」の意の名詞ととる。つまり、人をさすと見る。いずれも王朝的場面として読んでいるのは、蕪村の挿絵が手がかりとはいえ、もっともであろう。そこで、『源氏物語』における用例を検討すると、「方々」は八三例あって、その内の六九例が副詞的用法、一四例が人をさす語である。一方、「御方々」の五二例は、もちろんすべて人をさす。ところが注意すべきは、その人の性別である。「方々」は男性二例、女性一二例、「御方々」は女性五〇例、男女双方と思えるもの二例である。どちらをさしてもよい語だが、実態としては、合計六二例と圧倒的に女性をさす場合が多い。女御・更衣などを核にした女性集団をいう語として意識されていたようである。右で男性とした二例も、「方々のおとゞたち」（真木柱）、「さかしき方々の人」（若菜上）であるから、実体としての人をさすというより、抽象性が濃い形式名詞なのである。

右のように整理したうえで、この句の場合は人をさすと考えたい。とすると、その人は女性ということになるが、それはこの句が、『源氏物語』花宴巻の、朧月夜の君が登場してくる場面を連想させることからも言えそうだ。桜の宴が終わって、御方々がそれぞれ局にもどる、朧月夜の君も一人で帰って来るという状況は、集いを解消するという点でこの句に似ている。句の発想の契機になったのではあるまいか。(7) ただしこの句の場合は、初めから集わないのである。花宴巻は、「きさらぎの二十日あまり、南殿の桜の宴せさせ給ふ……」と始まる。その二十日あまりの朧月夜とは異なり、今宵は格別、十五夜の朧月夜だからである。その思いが「十五夜と」と、強い理由付けの口吻をつくった。

秋の月見の宴も春の花見の宴も、皆で集う半ば公的な場である。それだけに気骨が折れることもある。これに対し、春の朧月の十五夜は、一人か二人でゆるりと心ゆくまで風月を楽しめる宵となる。というわけで、御方々は、それぞれのなさり方で春の満月を観賞しておいでになる。

〔画解〕雲英氏が、蕪村の「阿倍仲麻呂図」を掲げて、同じ烏帽子と直衣の姿から公卿と見なし、石川氏が王朝歌人と記した通りである。そこで挿絵は、句との関わりで、男君たちのその宵の過ごし方を描いたものと解するほかないが、文台を前にしながら、なぜ所在なさそうに顔を横に背けているのだろう。何だか、歌をすぐには詠めない風情である。蕪村は百池に、「そういうことでは男君たちも、それぞれのお屋敷でぽつねんと和歌を詠むしかなかったでしょうね」と軽く応じたわけである。

第一群の発句は、①の自然詠の系列の③④⑤、古典をふまえた②⑥に区別できる。

三　第三群の挿絵の解釈

次に、第二群より先に第三群の各面について検討する。第一群同様、蕪村にごく親しい手練れの作者が多い、と思われるからである。

⑬夜にうとき星の匂ひやんめのはな　台斗

〔句解〕まず、「星の匂ひ」だが、これは星の光である。「匂ひ」が嗅覚以外の感覚について使われる例は、早く『古今和歌集』に「春雨に匂へる色もあかなくに香さへなつかし山吹の花」「ふりはへていざ古里の花見むと来しを匂ひぞ移ろひにける」とみえる。これは視覚について使うが、共感覚的表現が豊かになる『玉葉和歌集』『風雅和歌集』になると、郭公や鶯の「声の匂ひ」（玉葉三七五・風雅六一）の聴覚や「風の匂ひ」（玉葉三八〇）の触覚が加わり、「心の匂ひ」（風雅二一〇一・釈教歌）と精神状態にまで及ぶ。「山遠き霞の匂ひ雲の色花のほかまで薫る春かな」（風雅）とも使うように、繊細な心の認知の対象として漂い出す、さまざまな趣をさす語なのだろう。俳諧もこれにならい、芭蕉等の元禄五年の「水鳥よ」歌仙には、女人について使う「声の匂

ひ」の用例があり、蕪村と同時代にも、

その〳〵梅夜は雲星の匂ひかな　吟哦

月の匂ひみちたり雨の高砂子　暁台

蘭の香は薄雪の月の匂ひかな　青蘿

などの例がある。(8) 吟哦の句は、当書と同じ安永三年の樗良の春帖『むめの吟』に出る。「うとき」は、『角川古語大辞典』「うとし」の項が語意の一として挙げる、「目や耳のよく利かないさま」であろう。月夜のように明るい満天の星空も、春の宵ゆえ朧な紗のベールに霞み、星影が定かでないのである。その春の夜空を見上げていると、梅の香もまた柔らかに匂ってきた、というのだ。吟哦・青蘿の発句同様、「匂ひ」を視覚と嗅覚の双方に使ったところが働きである。

〔画解〕雲英氏が、衣装の紋が笹竜胆であること、顔が大きく描かれていること、の二点を鋭く見抜いて明快に説明するように、源頼朝が鎌倉の星月夜の井をのぞいている図である。蕪村は、台斗の句の星月夜の場面から、源頼朝と鎌倉を連想したのだろう。粕谷宏紀編『新編川柳大辞典』「ほしづくよ」の項には、②源頼朝の異称、③鎌倉の異称、と見える。②には「朝日夕日も入はて〳〵星月夜」の例句を挙げるが、朝日は木曾義仲、夕日は平清盛（先の夕日を招いたという俗説による）をさす。③は鎌倉に星月夜の井があることに由来する、という。すなわち蕪村のこの挿絵の図柄は、②の異称と③の異称とを二つ合わせて使ったことになる。星月夜の井には、昔、これをのぞくと昼間も星影が見えた、という伝承がある。蕪村は、句の夜の景を真昼の景に転じて描いて見せたわけである。

蕪村は台斗に、「春の朧夜で星影がよく見えないのですって。頼朝様は、梅薫る春の日、その日盛りにだって御覧になっておられましたよ。あの星月夜の井戸でね」と応じたのである。

⑭我とゝもに琴かき撫る柳かな　但出石　馬圃

〔句解〕「琴《きん》かき撫る」「柳」からは、音律を解しないので酒を飲むと無弦琴を撫で、家の近くの五本の柳に因んで五柳先生と呼ばれたという陶淵明を連想し得る。しかし、撫絃・撫琴の語があって、「撫」は淵明の琴に限られるものではない。また、この句意を淵明に寄せると、蕪村の絵は働きが薄いものになる。

この句は、『書言故事大全』にも出る「相如琴心」の故事による詠だろう。[9]『史記』の司馬相如列伝に見え、簡略には『蒙求』にも「文君当壚」の題で出る。下野していた相如が、富豪の音楽好きの娘卓文君の気をひこうと、宴席で琴を弾いた際、その楽の音に奥意をこめて誘いかけ、文君がそれに心動かされて家を出て妻となった、という話である。また柳は、女性を暗示する語で、柳腰や流れる黒髪のイメージを引き出す。風にそよぐ柳を、文君の姿態に見立てたのである。よって句意は、春風に乗って楽しげに緑の枝を揺らす柳は、相如に従い心を合わせて琴を奏でる文君のようだ、私もつい相如の気分になって、柳がもたらす春の喜びにひたっている、ということになる。

〔画解〕雲英氏・石川氏が陶淵明の像と見なす通りである。右の無絃琴の故事と五柳先生の号は、この挿絵の制作時に至って、始めて句と結ばれる。

ところで、この像の上向きの視線、かすかな微笑み、慈愛さえにじむような優しい表情は何を意味するのだろう。句意によって、画面の外の上方に、柳の枝が軽やかに揺らいでいるのを想像できる。画中の淵明は、そこに楽しげな相如と文君の楽の音を聴き、見上げながら我が意を得たりと耳傾けているのである。『蕪村全集・第六巻』三六

（参考図1）「柳下陶淵明図」蕪村画（『蕪村全集』講談社刊より転載）

九頁に見える「柳下陶淵明図」は、この挿絵と同じ髭面・衣装の淵明像の背後に、すなわち画面上部に柳を配している（参考図1）。これを淵明図の一つの型とみなすなら、その型に添いながら趣向の面白さをねらったことになる。淵明の視線が柳を対象化し、なおかつ、その柳を画面の外に置いた、ということである。

すなわち蕪村は馬圃に、「その夫婦の合奏の場には、琴を愛しながらついに弾けなかった、あの淵明さんにも出てもらいましたよ」と言い添えたのである。

⑮入る船は朧出舟は霞哉　浪花　銀獅

〔句解〕雲英氏は諺によるとし、石川氏は歌謡的な言葉のリズムを感じるとする。私は雲英氏に荷担したい。入り船と出船、それに夕べの朧と朝の霞と解するなら、この二組の対は「入船の逆（らふ）は出船の順風」（加藤定彦他編『俚諺大成』）といった諺に似るし、歌謡のリズムにしては語調が硬いと感じるからである。朝な夕な、四六時中のどかな春の港、どの船も柔らかいベールの中を滑るように過ぎて行く、という景色であろうか。叙景風の句意は簡明で、諺調というところに趣向があろう。

〔画解〕雲英氏も石川氏も、仕事を終えて下船した船頭と見る。それは、「朧」から夕刻を見取り、画中の人物がくわえるキセルから、仕事を終えた解放感を読み取ったからである。しかし煙草は、仕事を始める前にも一服やるものではなかろうか。句の霞が朝霞なら、今日も働くぞと、勇んで船に乗り込む船頭の姿でもよいのではないか。

この挿絵は、夕景にも朝景にも使えるのではないか。とすると、いかに解すべきか。

ここで初期俳諧における、素材としての煙草の扱いを振り返ってみよう。

春の小草にふける北風
舟岡やかすむけぶりはたばこにて　貞徳
（犬子集・巻七）

乗かけつゞくあけぼのゝ空　在色
遠山の雲や煙のきせる筒　雪柴
（談林十百韻）

富士はものか雁頸《くび》に立《たつ》雲の嶺　重秀
（誹諧当世男）

煙草の煙を、霞などなびく天象現象（聳き物）に見立てるのは常套手段で、その用例に事欠かない。画意は、煙草好きの船頭の眼前には、いつも聳き物が見える、ということになる。船への視線が、船からの視線に変わるのである。あるいは、銀獅も煙草好きだったたか。

つまり蕪村は銀獅に、「春日和のこの頃、朝夕の舟景色ものどかですね。もっとも、煙草好きの船頭は、遠くの景色には目が行かず、入り船の時も出船の時も、もっぱら目前にくゆらせた朧や霞を見て楽しんでいるのでしょうけど。あなたと同じようにね」と戯れたのだろう。

⑯　冬のたゝすまゐはさることなれとも

菜の花のふとん敷たりひかし山　　呑獅

〔句解〕この句にだけ詞書がある。句意を補うというより、最後にすえた呑獅の句を、とくに丁重に扱うための配慮である。詞書も句も、嵐雪の名句「ふとん着て寐たる姿や東山」をふまえる。句は、冬を春に転じただけでなく、掛け布団を敷き布団に変えたのが趣向。菜の花は、石川氏が指摘するように、東山の麓の田園風景を取り入れている。春の京都の郊外を、広く菜の花が彩っていた様子は拙著でも述べたが[10]、東山の麓の聖護院村なども、一色に埋め尽くされていたろう。それを黄色の敷き布団に見立てたのである。とすると、横たわるのは、春の日の温かさで眠気をもよおし、ちょっと横になってうたた寝をする男でもあろうか。東山の山容を、その姿に見立てたのである。

〔画解〕猫の図は、雲英氏が詳細に述べるように、嵐雪の後妻烈女が格別に猫好きだったという逸話によっている。首輪の飾りに、その愛翫ぶりが伝わる。

蕪村は呑獅に、「その黄金色の布団の上で春眠をむさぼるのは、もしかすると、妻の猫狂いに嵐雪さんも手を焼いたという、かの烈女さんの愛猫ですかな。あの家で一番偉いのはお猫様ですからね」と一ひねりして応えたのである。

これで第三群を終わる。⑬は自然詠の句、⑮の句は叙景風ながら諧調によって趣向の色は濃い。⑭⑯の句の趣向はかなり巧みである。違いはあるが、これに寄せた蕪村の四画は異彩を放つ面白さで、ことに最後の⑯の絵の趣向は意表をつき、シリーズの押さえとしての役割を十分に果たしている。

四　第二群の挿絵の解釈

ここで前にもどり、第二群を検討してみる。春夜楼一門の六句である。

⑦先うこく枝の目につく柳哉　九湖

〔句解〕ようやく春風が吹き初め、かそかに一本だけ揺れる柳の枝、その動きに何気なく目をやって新芽の色に驚く。春の到来の実感を表現していて、実景実情を尊ぶ新しい動向に従っているかに見える。だが、雲英氏が『和漢朗詠集』の「柳気力無クシテ条《えだ》先ヅ動ク」を指摘したのは、これが同書に「立春」の題で収まる故に見逃せない。実体験を詠むように見えていて典拠をもつ作法、と見なすべきだろう。

〔画解〕石川氏が指摘する、小野道風の書の上達の故事によっている。道風の奮起をうながしたという、柳の枝に何度も飛びついた蛙の話である。挿絵は、動く物をじっと見つめる蛙の習性をとらえた図柄。見上げるのは「枝」の文字か。

蕪村は九湖に、「柳を見て春の到来に感動したのは蛙である〈蛙だったのですね〉と洒落たのである」（石川氏著からの引用）。

⑧枯芝に道見つけたり梅花　　素旭

〔句解〕この梅は梅林のそれではなく、藪の茂みの中に二、三本か数本かが花をつけている野梅だろう。一本でもよい。その遠景と香りに誘われ、その近くまで行こうと枯れた草むらの中に道をさがすと、既に誰かが歩いてできた、細い踏み分け道があった、というところか。「探梅」は古い詩題で、『円機活法』にも出るし、蕪村の時代の漢詩人たちも使っている。その本意は、『円機活法』「探梅」の項にもまず「探春信」とあって、いちはやい春の訪れを探し求める、というところにある。とすると、この枯れ芝という素材は効果的である。[11]「見つけたり」は道を言いつつ梅花にも及ぶようだ。従って、春を見つけた喜びでもある。

几董を中心にした蕪村一門が、樗良たちの春帖の影響を受けたことをかつて指摘したが[12]、樗良たちの春帖の中核になる素材が梅だった。当書と同じ安永三年、樗良は梅一色の春帖『むめの吟』を編む。この素旭の句は、この春帖の中に置いても、さほど異質には感じられまい。次はその集中の句。

　梅か香にみち踏《ふみ》迷ふやま路哉　　其調

　まよひ来て梅見る池の汀《みぎは》哉　　逸漁

素旭の句もまた、迷いつつ梅を探し求める類型の作と思われる。因みに、安永五年成七年刊の『詩語砕金』の「春日郊行」の項には、「花径　ハナニアルコミチ」の語が出る。

〔画解〕行脚姿の人物を、雲英氏は道を見つけた行脚俳人と見、石川氏は芭蕉と見て、句の「枯芝」に芭蕉の辞世の句の「枯野」を読み取ってもいる。

私は、この人物を直ちに芭蕉と認めるのには躊躇する。描き方に、わずかなりとも厳粛さを与える配慮が見えないからである。私も雲英氏と同じく、『新華摘』の中で月渓が描く蕪村の行脚姿に近いように感じる。この人物は、芭蕉という別格な行脚俳人ではなく、行脚俳人の一般的な容儀を描いたもの、と見なすべきだろう。

とすると、解釈はどうすべきか。明解を得ないが、石川氏の、蕪村の素旭への挨拶、とする理解が役に立つようだ。そこで、憶測の解を述べると、素旭は、行脚俳諧師だったのではなかろうか。『初懐紙』諸編・『几董句日記』にも名を見ず、春夜楼門下だった期間ははたしていかほどか。当時、几董・蕪村に接近した行脚俳人は多かったはずである。そこで、句の「道」を抽象的な語義で解してみる。職業・生活手段という意味である。すでに、「身過の道急ぐ犬の黒焼」（日本永代蔵・巻二目録）、「其道を覚えて渡世しけるは商人のつねなり」（西鶴織留・巻六）などの用例あり、この解釈も許される。永い行脚生活を体験した蕪村である。その厳しい境涯を、身にしみて知っているはずである。やがて行脚に出かけようとしている素旭に対し、祝福と激励のメッセージを贈ったのではなかろうか。

蕪村が、芭蕉を尊敬していたことは言うまでもない。「枯芝」に「枯野」を結びつけることは十分あったろう。ただし蕪村はこの句の「道」に、蝶夢が盛んに説いていた求道的な精神性を託すことはなかったろう。前年すなわち安永二年の十月には、八十回忌ということで、義仲寺での蕉風復興の気運がひときわ高揚していた[13]。同じ蕉門の流れに立つとは言え、蕪村は遠く見ていたはずだ。

蕪村は素旭に、「新しい門出ですね。蕉風俳諧師として、芭蕉さんの歩いた道に花を咲かせてくださいよ」と軽く挨拶を贈ったのだろう。

⑨酒屋あるふもとも見えつ雉子の声　　路曳

〔句解〕春の山路の景である。日帰りの行楽であろうか。すでに下り道になったが、日も西に傾いて疲れを覚える頃、鋭いキジの鳴き声に励まされるのである。折もおり、麓の村里が見え始め、さらに元気が出てきた。「も」からは安堵感が伝わる。

〔画解〕挿絵は、「開帳」「ちか道」の文字がある提灯である。雲英氏も石川氏も、蕪村の趣向を、山寺で秘仏の開帳があったことにして、句の人物をその参詣者に仕立てた、と解している。私もまた、この解釈をそのまま認めてよい。ただ石川氏が、これを往路の景と解釈しているのは、安堵感を含む句意に齟齬する。道程が長い正面の本参道を避け、脇の細い近道をたどる復路の景であろう。提灯の「ちか道」の文字は往路の人のためだが、それを復路の者が酒屋への近道として逆利用した、というところが面白いのである。因みに『日次紀事』につくと、京都およびその近郊の春の開帳は、圧倒的に一月が多い。

蕪村は路曳に、「お帰りには、近道を下られたのですね。近道ですと、麓の村がじきに見えてきますから。その村には酒屋があり、あなたの御足も軽かったことでしょう」と軽く戯れたのである。

⑩春雨のはれてさひしき夜明哉　　万容

〔句解〕夜の間しとしとと降っていた春雨が、夜明けにはすっかり上がってしまい、何か物足りない想いがする、の意。春雨がもたらす、繊細さ・柔らかさ・温かさを伴う独特の情感への期待を失った、淡い空虚感を表現したも

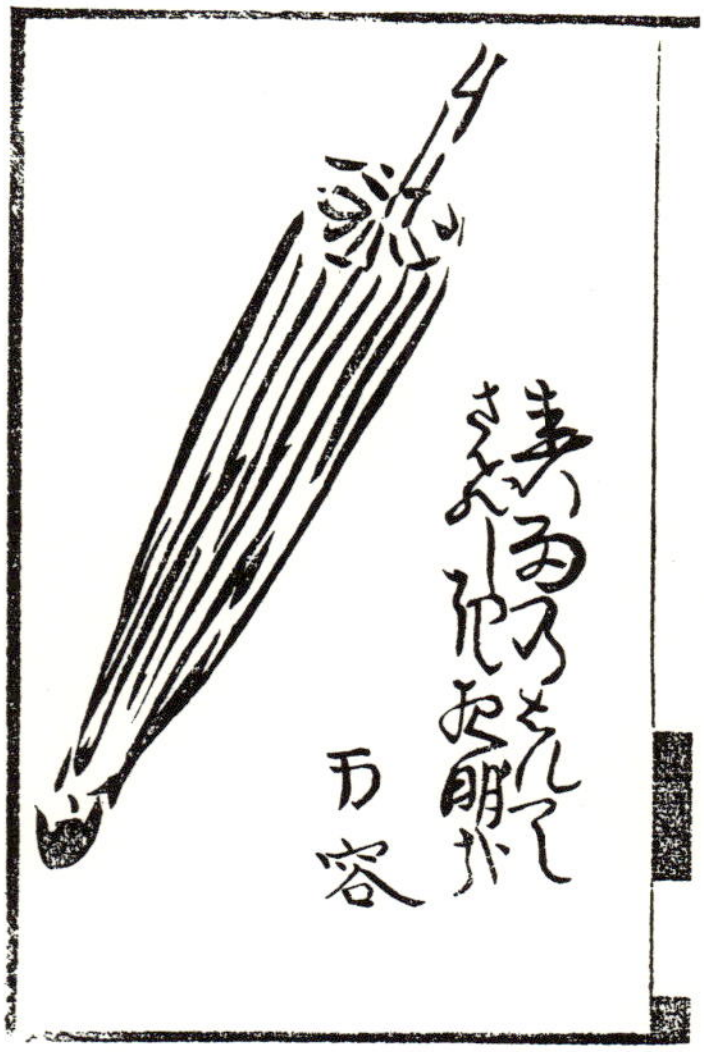

のだろう。和歌で「大かたおとなくしづかに降《ふる》ものなれば、ながめがちにさびしとも」（文政十年刊『和歌布留の山ふみ』）ととらえた春雨を、それが晴れたので寂しいとしたのが働きで、それこそ俳諧なのだろう。

近世歌謡には春雨がしばしば現れる。それは「春雨の降るかは涙か袖袂、濡れし雫の別《わかれ》にも」（新編江戸長唄集・春の曙）と涙に連なる一方で、「はる雨にしつぽりぬるゝ鶯の、羽風にかほる梅が香の……ねぐらさだめん木はひとつ、わたしや鶯ぬしは梅」（江戸端唄集・改正哇袖鏡・百七一）と艶情にも重なる。右の句で春雨に期待された情感は、純粋に天象としてのそれだろうが、その基底には、近世歌謡に「しっぽり」という語で表現された、当代好みの情趣や美意識が潜んでいよう。

〔画解〕図柄は閉じられた雨傘である。挿絵だけなら、開く直前とも閉じた直後とも解し得るが、句意から、閉じられたままで、開かれぬ状態ということになる。

この図柄と句意から、歌舞伎の助六が連想される。江戸歌舞伎の演目だが、上方の蕪村たちにも広く知られていた、と考える[14]。助六は、宝暦十一年に『江戸紫根元曾我』二番目を、「助六所縁江戸桜」という浄瑠璃名題の河東節で演じた頃には様式が定着していたようである。すなわち、満開の桜の下、吉原の遊女揚巻に通う男伊達助六は、紫の鉢巻きを締め、片手に傘を持つ、という姿である。その定形化を示す図像が、右の浄瑠璃本の表紙で、上巻で開いた傘を差す助六を、下巻に閉じた傘を提げ持つ助六（参考図2）を描いている。傘は重要な小道具として、「辻うら茶屋にぬれてぬる、雨の蓑輪のさえかへる」、また「つゝみ八丁風さそふ、めあての柳はなの雪、傘につも

(参考図2)『助六所縁江戸桜』下巻表紙(部分)(『日本名著全集』より転載)

りし山あひは」という詞章と呼応するのである。また、時代は天保にまで下るが、長唄「花翫暦色所八景」(常磐友後集)の「助六」の冒頭は「傘さしてぬれにくるわの夜の雨」とあって、助六の傘が、春雨の連想を伴って定着していったことを裏付ける。

今一つ、生温かい春雨のかもす弛緩的な気分が、遊里での流連(居続け)を誘い出すことも注意したい。悪天候を口実にすることは、川柳などにも詠まれたが、『江戸端唄集』「歌沢節・二編」の冒頭に「今朝のナア雨にしっぽりと、又居続けになが(き脱)日を、短ふ暮す床の内……アレねなんすか、起《おき》なんし。曙ならで暮の鐘」の作が見える。

蕪村は万容に、「そんなにいいお天気になって、あの助六さんも流連ができなくなったわけですね。お気の毒に、それはお寂しいでしょう」とちゃかしたわけである。

⑪乙鳥や牛の車を行めぐる　　嵐甲

〔句解〕牛の車は王朝の牛車ではなく、近世の牛が牽く荷車である。石川氏が説くように、ゆっくり進む牛歩とすばやく飛び交うツバメとを、対照的な行動としてとらえたのが趣向だろう。作者は京都の人ゆえ、竹田街道の景が思い浮かぶ。

〔画解〕雲英氏は、伏見から京都へ通う牛車と推定し、石川氏は、荷台の上の人が、鞭で牛の尻を激しく叩く様

子と見る。石川氏は、牛が遅いので人が鞭打って急かせ、ツバメの激しい飛行はその人の働きを手助けするようだ、ととらえるのである。

挿絵を見ると、雲英氏も指摘するように、車輪を大きく描いている。車輪の陰に荷らしい物が見えるが、男はその上に座しているようだ。重い荷を積んだ時は、牛方は牛の横について路上を歩くはず、この挿絵の車は、空荷に近く荷が少ない状態と解してよい。とすると、京都から伏見の方へ進んでいるのである。

描かれた牛は、脚が直立していて、立ち止まっているかに見える。せわしないツバメの行動からすると、スタート直前の景ではなく、往路の重荷に疲れた牛が、帰路半ばで人の意に抗っている図なのだろう。確かに石川氏の説くように、牛方は、牛の歩みをつよく促して車上から鞭を振るっている様子だ。『俳諧類船集』によると、「車」からは「淀路《ヨドミチ》」「鳥羽」が、「淀」からは「水車」「車借《クルマカシ》」「伏見」「下鳥羽」「竹田」が連想され得る。画面に大きく前向きに描かれた車輪は、有名な淀の水車を思い出させる。この大きな水車は、古くは『狂言小歌』に「淀の川瀬の水車、何とうき世を廻るらん」と歌われ、「淀の川瀬の水車、誰を待つやらくるくると」（三十石船の船頭歌）など、近世歌謡にしばしば採られる素材であった。また『類船集』では、「廻《メグル》」の付合語に「車」がある。

蕪村は嵐甲に、「あまりに牛が動かぬのでツバメも気が気でなく、牛方を励ますように、『車よ、くるくる回れ。休みなくめぐる淀の水車のように』とばかり、車の上を軽やかに飛び回っていたのですね」と応えたのである。

⑫黄昏や春のあはれを啼蛙　　竹裡

〔句解〕夕暮れ時に、たまさか蛙が啼き始めた、蛙にも春の情趣が分かる蛙がいるらしい、の意。蛙を擬人法で詠むのは古今集仮名序によろうし、黄昏に「春のあはれ」を見出すのは、『枕草子』の「春は曙」を意識した対照的把握かも知れない。

〔画解〕左下に、『芥子園画伝』で高垂柳と呼ぶ画法で柳二本が描かれ、そこから右上に延びる道があって、その先端に小楼を点じる。漢画様に描いた風景に感じられたので『唐詩選』を閲すると、次の七言絶句を見出した。

折楊柳　　段成式

枝枝交影鎖長門　　枝枝《しし》影ヲ交ヘテ長門ヲ鎖ス
嫩色曾霑雨露恩　　嫩《どん》色曾テ霑《うるほ》フ雨露ノ恩
鳳輦不来春欲尽　　鳳輦《ほうれん》来ラズ春尽キント欲ス
空留鶯語到黄昏　　空シク鶯語ヲ留メテ黄昏ニ到ル

「折楊柳」は楽府題で、別れのイメージを伴う。この詩の主題は、漢の武帝の寵を失った皇后陳氏の怨嗟である。長門宮に閉じこめられ、ひたすら武帝の訪れを待つ。その心情が春の「黄昏」の情趣に溶け込む。陳氏は、まさしく黄昏に「春のあはれ」を泣いているわけである。ことさら高みに小さく描かれた建物を、孤絶した長門宮ととるのは穿ちすぎだろうか。嫩色は柔らかな若葉の色。「鶯」は、古今序において蛙と対をなした素材である。柳を描く挿絵は、この絶句を踏まえた作と、とりあえず解しておく。

蕪村は竹裡に、「その春の黄昏には、蛙に合わせて鶯も鳴いていたことでしょうね。陳氏の故事まで思い出されるようです」と応じたのである。

以上で第二群を終える。ご覧のように六句のすべてが、実景実情を重んじる地方系蕉門がとる作風に近い。古典に関わる句も⑦⑫とあるが、かすめる程度にとどまる。これに応じる蕪村の六点の挿絵をどのように理解すべきか、すべては次節での検討にゆだねよう。

五　挿絵の方法の分類

ここで、蕪村が一六点の挿絵を描いた際に、一六句の発句のそれぞれとどのように関係づけようとしたのか、またそこに、一六点全部に共通する方法上の原則を認め得るのか否か、ということを考えてみる。もちろん右の三つの節で試みた解釈を前提とするわけで、解釈の正しさが保証されぬ場合には、この考察の結果も意味を失う。

まず始めに、雲英氏・石川氏の述べるところを見てみよう。雲英氏は、③の「筧から」の句と挿絵について、

> 発句と絵とが単なる説明を補いあう関係ではなく、まったく別種のものを取り合わせるのだが、そこにはある種の不即不離の関係で呼応する。(ママ)連句用語でいえば、「べた付」でなく「にほひ付」的な趣向が明らかに見てとれよう。

とし、⑤の「雉子啼や」の句と挿絵については、

> 一見何の関係もないように見えるが、じつは「梅花を手折」行為と、「うしろより」「雉子啼」かん高い緊迫し

た雰囲気とが、羅生門の鬼神が渡辺綱の後から兜の錏をつかみかかった、その緊迫感とに《ママ》あい通ずるものがあると考えられるのである。

と述べている。また、⑫の「黄昏や」の句と挿絵については、「発句に背景となる田園の景を添えたものと思われる」とし、⑯の「菜の花の」については、連想が重ねられて猫の図となった、と説いている。つまり、手法の多様さを認めている。そして結論部で、句と挿絵が「単なる説明的な補足の域をこえた」関係にあり、「新しい世界を構築していた」とまとめる。

石川氏の理解はこうである。①の「うくひすや」の場合は「庭掃除をする句の作者の様子を発想し、竹箒一本を描き添えた」もので蕪村の連句に共通する趣向とし、④の「几巾きれて」についても「連句の付合のように絵をもって句の意味を面白く展開させた趣向」と見る。しかし③については雲英氏の「匂付け」的な趣向という解に異議をとなえ、流れ出た椿の花は大甕から流れ出た小児の「故事そのものだと譬喩的に絵を添えた」とし、⑤についても雲英氏の緊迫感を相対させた趣向との解をとらず、雉子の声に驚いた句の作者は「綱が後ろから鬼に捕まえられたのと同じような恐ろしい思いをしたことだ」と比喩的に読むべきだとして、「この場合も連句同様、句画一体となって表現される意味を理解すべきであろう」と述べる。そして結論部で、「その企みは決して一様ではない」としつつも、連句の「付句的唱和の手法に通うもの」とする。

両氏とも、手法が同一ではないことを認めている。また、連句の付合手法との類似を挙げている。特に石川氏は、これを基本的な性格と見たいようである。しかし③については、雲英氏が連句の「匂付け」を挙げるの対して石川氏は比喩的だとする。私は、③には二つの解釈が両立し得るものと理解する。連句の付合手法との類似という点については、付合にはさまざまな手法があるから、二つの作品を関係づけようとする時、その付合との相似性は避けがたいものになる、従って今は重視するには及ぶまい、としておく。

最初に述べたように、本書における挿絵は、一般の一面一句一画と同じく、まず句があって時を隔てて挿絵が成ったものと考えられる。従って、句が先だつ点で俳画の場合に似るが、一六点の数ともなれば、余情が通いあって句と渾然一体となる挿絵を、すべてに期待するのは無理だろう。

私は、蕪村が挿絵を描く前に、句をいかに解釈したかをまず知ろうとした。とすると、②の「扇にて」では、挿絵の趣向とは異なる趣向が、句自体にあることが分かった。この場合の挿絵の趣向は、句の趣向に向かい合わせるように仕立てられている。これは一つの例だが、蕪村はさまざまな方法で句を支えようとしている。あたかも主人が客を迎えるように、それぞれの句に応じて精一杯に工夫を凝らして描いている。それは、脇句が発句に付く形に似るが、より積極的な立場で振る舞う。いわば、対話の座興を盛り上げるような役である。従って、〔画解〕として示した口語訳風の解は、すべてこの応答の言葉としてまとめた。

ここで、蕪村が句に挿絵を付けるに際にとった方法を、いくつかに分類して考えてみる。それはおよそ、相対型・転化型・拡大型の三つに大別できるかと思う。

A　相対型　句の一部の要素を使って、句の内容に対応し得る別の主題の挿絵を描くことである。これは、素材的相対と情意的相対の二類に分かち得る。

Ⅰ　素材的相対　②「扇にて」の挿絵は、「扇にてまねく」という動作を介して同じ源平の二つの故事を相対させ、⑭「我とゝもに」の挿絵は、「琴かき撫る」という行為を介して同じ中国の二つの故事を相対させている。

Ⅱ　情意的相対　③「筧から」の挿絵は、「流て出たる」水の激しさを介して中国故事を春景に相対させ、⑤「雉子啼や」の挿絵は、「うしろより」の驚きを介して日本故事を春の人事に相対させている。なお③については、水流・球体（椿の花・小児の頭）という二組の素材的相対も認められる。

相対型は、一つの要素を支点として、挿絵と句とが左右に向かい合う形をとる。場面としては別個のものになるので、両者を結合する心理的距離は遠くなる。それだけに趣向の効果はきわめて高い。歌合・句合などの合わせ物をも思わせる形式である。

B　転化型　句の全部を使って、これを下敷きにしながら、句と何らかの点で異なる別の内容を示唆する挿絵を描くことである。

⑬「夜にうとき」の挿絵は、伝承を織り交ぜて夜の景を昼の景に変えた。⑮「入る船は」の挿絵は、キセルを描いて朧・霞を煙草の煙の見立てとし、視線の方向を逆転させた。⑦「先うこく」の挿絵は、人の目の視覚を蛙の目の視覚にした。⑧「枯芝に」の挿絵は、「道見つけたり」を手がかりにして、探梅の句を行脚俳諧師への挨拶の句とした。⑫「黄昏や」の挿絵は、春景の句を中国故事による人事句に読み替えた。

転化型は、読者に発想の転換をうながす故、意外性も大きく、趣向がけざやかになる。手法が多様で、下位分類がしにくい。

C　拡大型　句の全部を使って、その内容に付加あるいは発展をほどこして挿絵を描くことである。これは、場面的拡大と話材的拡大の二類に分かち得る。

Ⅰ　場面的拡大　①「うくひすや」の挿絵は、春景に添う人事を加え、⑪「乙鳥や」の挿絵は、少ない荷・直立する牛の脚・鞭を揮う牛方を加える。ことに⑪が、牛車の車輪を大きく描いて淀の水車の連想をうながすのは重要である。

Ⅱ　話材的拡大　④「几巾きれて」の挿絵は、「鳶さはかしき」の理由を識別困難ゆえと説明し、⑥「十五夜と」の挿絵は、「かた〳〵よらす」の結果として男君の無聊があったことを説明し、⑨「酒屋ある」の挿絵は、「酒屋あるふもと」へ向かう手段としての山寺への近道の逆利用を説明する。⑩「春雨の」の挿絵は、

「はれてさひしき」心情の主を解き明かし、⑯「菜の花の」の挿絵は、黄金色の「ふとん」の上に眠る主を解き明かす。

拡大型は、相対型・転化型にくらべると型としての趣向の力は弱まるが、内容に工夫を凝らして趣向性を高めている。例えば、⑪の車輪は水車にも見え、④の図柄は鳶にもトビ凧にも見える。また、⑨の提灯に書かれた「ちか道」の文字は、山寺へ登る者にも酒屋のある麓へ下る者にもその案内の役を果たす。これらは、いわば二重に情報を伝達する絵である。これもまた趣向に含まれるであろう。因みに、転化型の⑮「入る船は」の挿絵も、二重伝達の絵である。

蕪村の挿絵の描き方を分類すると、ほぼ右のようになるだろう。相対型が四図、転化型が五図、拡大型が七図である。これを挿絵を含む面の三群の別で見ると、相対型では、第一群に三図、第三群に一図、第二群に無し、という結果になる。第二群に趣向性の強い発句が見えなかったことが反映しているか、とも考えたが、第一群の③図・⑤図も実景実情風の発句に加えられているから、あえて相関関係を求めるべきではあるまい。第一群・第三群の作者が、蕪村の気心知れた手練れだったことが、あるいは微妙に作用しているかも知れぬが。

雲英氏が「匂付け」的と指摘したのは、AⅡの情意的相対に当たるだろう。強いて連句の付合を適応するなら、素材的相対は向付け風、転化型は取成し付け風と言えるかも知れない。しかし今は、蕪村が多様な方法で挿絵を描いていること、そこに意欲の著しい高揚を見ること、この二点の確認だけで十分のように思われる。挿絵の方法の原則的なものも、何せ絵画と文芸との関係だから、あらかじめ一定のものを備えていた、とは考えにくい。手法は多様にならざるを得ず、一貫するものがあったとするなら、それは句への応接の構えであろう。蕪村は、どの句についても面白さを生みだそうと腐心している。その意志だけは一六点の挿絵を貫くのである。そして、挿絵と句との渾然一体化という点でいうなら、舞い手と歌い手が協力して一つの舞台を創り出すような、巧みな統一があると言える。

六　旺盛な趣向の意図

挿絵の描き方を通して、蕪村が本書の編纂に際し、旺盛な意欲を示したことを述べた。このことは、蕪村の俳諧活動の中でどのような意義をもつのだろうか。次にこのことを考えてみたい。

ここで先ず、本書の基本的性格に立ち戻ってみる。私は本書を、いまだ歳旦帳の段階を完全には脱していない、と理解する。冒頭に一組ながら三ツ物を据え、発句についても歳旦句と歳暮句の句群を、それと明示して配置するからである。しかし一方で、春興句を重視することも見逃せない。句数の多さ、挿絵が春興句に限られること、の二点がまずあり、一句詠者のほとんどが春興句を詠んでいたのも示唆的である。

ところが三ツ物については、奇妙な事実が認められる。三ツ物は三組つくるのを原則とする。例外的には一組であることもあるので、(15) 一組ということは取り上げないとしても、なおかつ異様なのである。それは、この蕪村・雪店・宰町による一組の三ツ物が、蕪村の独吟と考えられることである。宰町は言うまでもなく蕪村の初号である。そして、雪店(16)もまた蕪村の別号と考えられる。これは光田和伸氏が指摘したことだが、(6) 私もこの説を認めたいのである。雪店号は他に一回だけ現れる。すなわち、同じ安永三年の六月に成った蕪村編『むかしを今』の、脇起し第一歌仙の名残の折の表の十二句目（折端）である。

　雨もりて夕いぶせき長廊下　　　宰町
おぼつかなくも蟇の足取　　　雪店

ここで、前句（十一句目）を宰町が詠むこと、さらに同じ名残の折の表の一句目（折立）・二句目の詠者の号が注目される。次である。

今みとせ小松の内府世にまさば　蕪村

甥の法師に法の名を乞ふ　宰町

すなわち、懐紙の同じ面（名残表）の両端に対称的に置かれた四句は、いずれも蕪村の作なのである。本書の三ツ物の際に仮にこしらえた別号を、半歳も経ぬこの時点で今また仮に用いた、自分の俳号を駆使しての戯れ。

しかし、三ツ物の独吟とはいかなることか。そもそも三ツ物とは、明暦頃には定着を見ていた連歌師・俳諧師の儀礼的慣習だった(17)。延宝四年の跋ある『日次紀事』には、元朝の俳席で作られ、「之ヲ作ルニ随テ、則、剞劂氏、梓ニ鏤《ゑり》テ市中ニ売ル。……高声ニ連歌俳諧ノ三ツ物ト呼テ、街衢ニ往来ス」と記している。そこには百年を越える永い歴史があった。縁起物として都市民に迎えられる摺り物であり、民俗に根ざした素朴な自然信仰に由来する行事であった。三人で各三句を三回に分けて詠むということは、三元の語が示すように、年・月・日の始まりと天・地・人の新しい始まりとを、流派の重鎮三人が句を連鎖交錯させて言祝ぎ、一年の福を祈ることである。それは本来、多少とも聖性を帯びる営みであったろう。その三ツ物を蕪村が一人で詠むというのは、異端的としか言いようがない。

蕪村は、その異端を敢えて試みた。そこに新しい春帖としての趣向を盛ろうとして。宰町という初号、雪店という急ごしらえの別号を使ったのは、いかにも三人の作者による三ツ物らしく仕立てるためであった。つまり、読者に擬装を面白がらせることを意図した三ツ物、いや三ツ物もどきである。これが趣向の一なのである(18)。その方法の大胆さは、句の挿絵で斬新多彩な手法を駆使する大胆さと同じ態のものである。一面一句一画の常識を離れ、己れの趣向を自在に発揮した挿絵の華麗さは、冒頭の三ツ物の擬装という趣向と呼応し、前後のバランスを保つことになる。とするなら、この前後ともに蕪村独演という意欲あふれる振る舞いを、どのように理解すべきであろうか。

ここで、やはり奇妙な『夜半楽』の巻頭歌仙の冒頭三句が思い出される。

歳旦をしたり皃《がほ》なる俳諧師　　蕪村
　脇は何者節の飯袋　　月居
第三はたゞうち霞み〳〵　　月渓

この冒頭部の奇妙さについては先にも触れたが[19]、この『安永三年春帖』の三ツ物の奇妙さとの脈絡が十分に考慮さるべきだろう。発句の「したり皃」は「歳旦をしたり」と掛詞になり、謙退の気味を含む。脇の「節」は節振る舞い、「飯袋」は「酒嚢飯袋」の熟語で無為徒食の者をいうから、やはり謙退の語である。第三の「うち霞み」は韜晦の遁辞であろう。そのような遠慮がちな気分は、句頭に置いた「歳旦」「脇」「第三」の語と無関係ではあるまい。すなわち、三ツ物を作らないで春帖を編み、しかもなお三ツ物へのこだわりを払拭できないでいる蕪村の意識が、かように奇妙な冒頭部を生んだ、と思われる。しかしこれは、巻頭歌仙の冒頭三句に三ツ物の痕跡をとどめるということで、それなりに一つの趣向なのであろう。とするなら、『夜半楽』のそれは、『安永三年春帖』の擬装された三ツ物に相似て、伝統的な三ツ物からの離脱という方向性において両者は通いあう。

　三ツ物を捨て去ることは、蕪村にとって抵抗が大きいことであったらしい。蕪村の春帖の巻頭を見ると、三ツ物三組（明和八・明和辛卯春）→独吟三ツ物一組（安永三）→三ツ物三組（安永四）→三ツ物の痕跡ある歌仙（安永六・夜半楽）→巻頭連句の廃止（天明二・花鳥篇）と変遷している。そこには揺り戻しもあり、試行を繰り返し、ある時点でようやく壁を乗り越える、といった過程が読み取れる。本来、春帖の編纂形式は、流派ごとに固定するのが普通である。蕪村のように毎年異なるのは、珍しい現象である。それだけに、蕪村が何かを目指して模索し、意欲をかきたてていたのは疑いない。本書に窺える趣向の横溢は、その過程の中のピークに近い状況を示すものではなかろうか。そのような継続的な追求の末に、かの『夜半楽』と呼ぶユニークな春興集が生まれたのだろう。蕪村の編纂した俳書はさほど多くはない。蕪村は、新しい俳壇動向の中で、自らの好みにあう斬新な俳書を生み出したかったのだろう。その俳書編纂は、蕪村にとっては、春帖という形をとるのが最も手近な道だった。[20] 蕪村の俳諧の創造的営為を考える上で、本書はまことに貴重な存在と言えよう。

蕪村が斬新な春帖の編纂に意欲を示していたのには、次のような事情もあるかも知れない。林進氏によると、蕪村は『夜半楽』の刊行の前に、医師の山脇玄冲と豪商三井高典に手紙を送り、二人の出句を大いに期待していた、という。[21] 『安永四年蕪村春帖』に、売酒郎を名乗る文人嗜々が出句しているのを見ても、蕪村が新しい支持者の獲得に努めていたことが分かる。そこには実利的見地だけではなく、新たな創造への理解者を増やしたい、との願いもあったろう。

蕪村は、明和八年、銅脈先生こと畠中観斎が編んだ狂詩集『勢多唐巴詩』の見返しの扉絵に大神宮参詣図を描いていた。[22] 銅脈先生が、京都最初の狂詩集『太平楽府』を出したのはその二年前である。蕪村と親しい上田秋成の『雨月物語』は、明和八年に予告が出、安永五年に刊行された。蕪村は、かような上方文壇の新しい気運の中に在った。蕪村が斬新な春帖を志向するのは、まったく以て同時代の文運に乗った自然な営みだったのである。私はかつて、「天明俳諧」という語は、〈蕉風復興の清新さを示す頂点は安永にある〉という認識を妨げること、近世人は正しく「安永の復興」と認識していたのに、明治のある時期から天明俳諧の語が広まったこと、を報告した。[23] 本書に見る知的精神の高揚と作品の充実は、安永という時代への認識をさらに新たにするのである。

最後に、もう一度、挿絵を描いた意識を考えてみる。本書が春興句を重視していることは先にも述べた。その「春興」ということを、蕪村は独自の方法で実現したかったのではなかろうか。春興句は、地方系蕉門の中で地位を高めていた。蕪村もその動向を承知しており、几董一門がその影響を受けていることもあって、自らも関心を高めていた。[24] 本書における重視も、その流れの上にある。蕪村はそのような状況において、自然詠をこととする地方系蕉門の春興句とは異なる、蕪村色濃い春興句の世界を人々に示そうとした。それには、一方において、伝統にしばられた歳旦帳の性格を蝉脱しつつ、かつ都市系俳諧の作風の本質である表現の面白さは生かすということ、他の一方において、地方系蕉門の求道者臭や作品の平板さをいといつつ、かつその実景・実情重視には心を寄せるということ、この二面を相携えねばならなかった。『夜半楽』の巻頭のアフォリズム「蕉門のさびしをりは／可避春興盛席」は、まさにその表現理念の核心を述べたものである。ことに「春興盛席」の四字は、その前の「祇園会のはやしもの」の比喩と相俟って、この『安永三年春帖』の華やかさを説明するかのようである。

この書の挿絵は、まことに面白くて楽しい。発句に戯れかける知的な趣向にあふれている。発句のそれぞれに応じてさまざまな手法を繰り出す様は、一見、即興的にさえ見える。座敷の俄芸にも通じるような、当意即妙の感ある軽妙な挿絵の応酬は、見物役である読者の笑いを誘って大いに楽しませ、また驚かせただろう。しかしそれは、新春の福笑いに似ていて古典の素養なしには解せない画面である。見立てを多用したり、箒一本、傘一本を描いて謎解きを楽しませたり、読者の知的読み取りへの期待がこもる。「春興」とは、春の自然の情趣を楽しむだけではない、かように大人にふさわしい知的遊戯であるべきだ、蕪村はそう理解していた。『夜半楽』冒頭のアフォリズムはその謂いであろう。

さて、その三年後の『夜半楽』には変化が現れる。三ツ物・歳旦句群を捨てて春興集となった春帖としての変容、巻頭歌仙冒頭三句の趣向、「春風馬堤曲」等の〝春興の俳詩〞という異色の趣向など[25]もさることながら、その豊かな趣向の内に実情をこめるに至ったという一事[26]、この変化の文芸史的意義は大きい。趣向横溢のこの『安永三年蕪村春帖』は、実情を包む趣向を生命とする『夜半楽』の成立へと向かう、その助走路の位置に立っていたわけである。すなわち、模索していた蕪村は、趣向の面白さを求める営みの延長上に、趣向に実情をこめる手法を見出した、と理解される。躍動する理知的精神の奥では、情動の関与があるはずだからである。

（1）雲英末雄「〈資料紹介〉『安永三年蕪村春興帖』（仮題）」（『文学』一九九五年冬号）。さらに「蕪村の俳画を考える―『安永三年蕪村春興帖』の挿絵をめぐって―」（『文学』一九九六年冬号）が発表され、同稿は後に同氏著の『俳書の世界』（青裳堂書店、一九九九年）と『芭蕉の孤高　蕪村の自在―ひとすじの思念と多彩な表象―』（草思社、二〇〇五年）に収まる。

（2）雲英末雄編『安永三年蕪村春興帖』（太平文庫38・太平書屋、一九九六年）。

（3）石川真弘「蕪村俳諧の趣向―『安永三年蕪村春興帖』読解試論―」（『京都語文』四号、一九九九年）。後に石川真弘『蕪村の風景』（富士見書房、二〇〇二年）に収まる。

（4）田中道雄『蕉風復興運動と蕪村』第八章。

（5）春興句の部の中に収まる大雅堂の句は歳旦句であるが、春興句として扱う。

（6）雪店を蕪村の別号と見る、光田和伸氏の説（『蕪村全集・第二巻』二六九頁）により処理した。詳しくは後述。

（7）蕪村の発句にも「蚊帳の内に朧月夜の内侍哉」がある。

（8）蕪村たちが共感覚的表現になじんでいたことは、先にも多少述べた。田中道雄「蕪村の「鮒ずしや」の句」（本書三三四頁）参照。

（9）蕪村発句「妹が垣ね」の前書「琴心挑美人」も同じ。

（10）註（4）拙著第三章。

（11）蕪村発句にも「真直に道あらはれて枯野かな」がある。

（12）註（4）拙著第九章。

（13）田中道雄「時雨会と『しぐれ会』」（『時雨会集成』収）六九九頁。

（14）助六は、元来上方の心中物狂言として成立し、宝永三年の『助六心中紙子姿』以来の流れがあり、明和五年にも大坂で人形浄瑠璃『紙子仕立両面鑑』が興行された。江戸に移されて最初の上演は正徳三年の『花館愛護桜』、二回目は享保元年の『式例和曾我』、三回目は寛延二年の『男文字曾我物語』（浄瑠璃題「助六廓家桜」）で、いずれも二世市川団十郎（栢莚）が助六を演じ、名声を得た。栢莚は、寛保元年から同二年にかけて一箇年ほど大坂の歌舞伎に出演し、帰途京都に立ち寄った。また栢莚は、蕪村が『花鳥篇』の中で絶賛する歌舞伎役者である。傘という小道具は江戸の二回目においてすでに現れ、三回目において助六劇の基本形式は成立していた。江戸では、明和元年に中村座・市村座・森田座の三座が助六を競って上演して大当りとなり、明和八年三月の中村座の『堺町曾我年代記』二番目、浄瑠璃題「根元江戸紫」も助六物である。江戸歌舞伎の華となった助六のイメージは、役者絵や草双紙等によっても流布した。(『歌舞伎年表』その他による)

(15)　註(4)拙著二八五頁参照。

(16)　雪店の「店」は旅宿の意である。蕪村発句「宿かさぬ灯影や雪の家つゞき」「宿かせと刀投出す雪吹哉」が連想される。いずれも明和五年作。

(17)　『中村幸彦著述集』第九巻三〇頁。三ツ物形式の発生については、『島津忠夫著作集』第二巻一五六頁を参照。

(18)　『夜半楽』の刊記部分の「門人　宰鳥校」も、別人めかして「蕪村門人の」の意で使った趣向と考えられる。

(19)　註(4)拙著三〇二頁。

(20)　蕪村が本書で体験した、俳書の挿絵に趣向を凝らすことの面白さは、晩年の『花鳥篇』で再び現れる。本書二七七頁以下参照。

(21)　林進「山玄冲・井高典宛の『蕪村書簡』について―安永六年春興帖『夜半楽』の出版をめぐって―」(『ビブリア』一一八号)。

(22)　「竹苞楼大秘録」(水田紀久編『若竹集』佐々木竹苞楼書店、一九七五年)に、与謝蕪村の板下への礼金が四匁弐分五厘だったことを記す。

(23)　平成十四年度日本近世文学会秋季大会(於長崎大学)で口頭発表。

(24)　註(4)拙著第八章・第九章参照。

(25)　大谷篤蔵「蕪村二題」(『芭蕉晩年の孤愁』収)の、銅脈先生作狂詩「婢女行」の影響の指摘は重要である。

(26)　註(4)拙著第三章・第十章参照。

蕪村「花ちりて」句文の解釈

一　「花ちりて」句文の私解

このたび深沢了子氏は、蕪村編の『花鳥篇』について新たな論考を発表した(1)。すなわち、同書の編纂に際し、蕪村がある意図に基いて全体を構成していると考え、その意図を読み取ろうとする論である。深沢氏は、その立論に先立ち、同書に収まる「花ちりて」句文の再検討に取り組む。その過程で、かつて発表した私の解釈(2)に触れ、その半ばを肯定し、半ばを否定した。一部でも評価されたのは有難いことである。しかし否定された残る一部については、やはり反論しておきたいと思う。蕪村を考えるうえで、きわめて大きい問題を含むと考えるからである。

くだんの「花ちりて」句文を、次に示してみる。句読点・濁点は私に付した。

さくら見せうぞひの木笠と、よしのゝ旅にいそがれし風流はしたはず、家にのみありて、うき世のわざにくるしみ、そのことはとやせまし、この事はかくやあらんなど、かねておもひはかりしことゞもえはたさず、ついには煙霞花鳥に辜負するためしは、多く世のありさまなれど、今更我のみおろかなるやうにて、人に相見んおもてもあらぬこゝ地す

花ちりて身の下やみやひの木笠　　夜半

発句「花ちりて」は、図1でご覧のように、笠への書き込みという趣向をとっている。

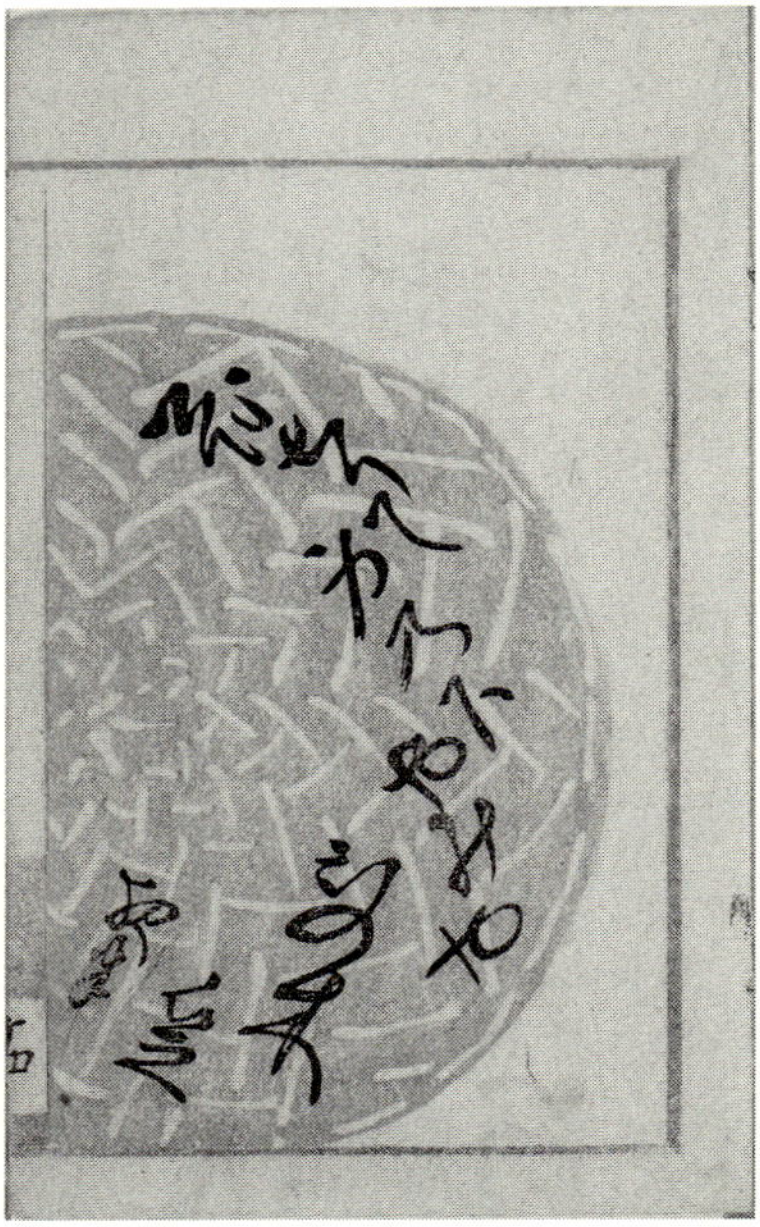

図１　『花鳥篇』の「花ちりて」句文の挿絵（天理大学附属天理図書館蔵）

私は、この句文を、この『花鳥篇』の刊行に先立て蕪村が実行した、天明二年（一七八二）三月の吉野行を踏まえたと理解し、発句の脚注を次のように記した。

花の間は木の下闇もないとか。その花の散り際まで存分に見てきた私は、我が身を檜木笠でかくそう。世事に励む人に恥かしいので。「卯の花の散らぬかぎりは山里の木の下闇もあらじとぞ思ふ」（玉葉集・夏・藤原公任）を踏む。

すなわち、「多く世のありさまなれど」までの前半部に、蕪村の姿を読み取らないのである。

深沢氏は、絵の趣向についての私の解を、「笠が顔を隠すかのようにみえるという点は、まさに指摘通りであろう」（一七頁）と肯定するものの、文章の解釈については、先行研究と軌を一にして、前半部に蕪村の姿を読み取る立場をとる。そして、私の解釈を次のように批判する。

詞書を素直に読む時、「多く世のありさまなれど、今更我のみおろかなるやうにて」は「（世事に取り紛れて風流に徹し得ないことは）世の常ではあるが、やはり（そうなってしまった）自分のみが愚かに思われる」と解するのが自然であり、「今更」の語の落ち着きようからいっても、「世の中」対「蕪村」と読むことは難しいのではないだろうか。（一七頁）

深沢氏がそこを取り上げるように、解釈の分かれ目は、「多く世のありさまなれど」までの前半とこれに続く後半をどう繋ぐかにある。この接続点には表現上の空白があり、その省略された語句をどう補うかで解釈が変わるのである。表現上の空白がある証拠に、深沢氏も、ここに（そうなってしまった）と補って解釈している。補わないと文意が通じないのである。でもなぜ、ここに（そうなってしまった）と補うことができるのだろうか。

二 「花ちりて」句文の旧解批判

私は、この前半部に蕪村の姿を読み取らねばならぬ理由をまったく見出すことができない。まずもってこの前半部は、「多くの世のありさま」をとらえたものであり、「（芭蕉の）風流はしたはず」も、世間一般の人つまり町人たちについて述べている。ただし蕪村の意識の中では、この「多くの世のありさま」においては、蕪村周辺の人々が具体的な対象として前面に立ち現れていたのではなかろうか。「人に相見んおもてもあらぬこゝ地す」とあるからには蕪村が恥じ入る相手を想定すべきだし、その相手は、「今更我のみ」などの恐縮の語調からすると、世間一般の人ではなく蕪村の意中の特定の人々を指す、と考えられるからである。深沢氏と先行研究の解は、このうえにさらに重ねて、蕪村の姿を読み取ろうとすることになる。

そう読みたい心の働きは、「（芭蕉の）風流はしたはず」のくだりに由来するだろう。蕪村の対芭蕉意識を読み取るものとして重要な言辞だと、直ちに反応したのだろう。しかしよく考えてみるなら、蕪村が芭蕉を口にする場合、かならず自分の対芭蕉意識を披瀝しなければならぬ、というものでもあるまい。また蕪村が、他者の芭蕉意識に言及することがあっても、少しもおかしくはあるまい。「（芭蕉の）風流はしたはず」には、ここに蕪村の姿があると解するに足る決め手を見出せない。世の人々が「したはず」ということを述べたのであり、そこに重ねて「蕪村もしたはず」と読むのはいかがなものだろう。

深沢氏と先行研究の解釈に、私はある欠落を見る。その解釈は、前半部に心を奪われたゆえか、後半部の解釈がおろそかに見えるのである。

今更我のみおろかなるやうにて、人に相見んおもてもあらぬこゝ地す

「おろかなるやうにて」は、蕪村に何らかの振る舞い（行為）があったことを示唆する。しかしてこの文節は、「我のみ」とする限定と「今更」という強調の意を伴っている。もちろん、おどけた気分も漂うが、この一文で述べられているのは、この力んだ表現に見合うほどに甚だしい、「おろかなるやう」な行為と、その結果としての深く恥じ入る「こゝ地」である。行為なくして「こゝ地」はない。しかしてその行為は、時間的に少し前に起こされた行為であり、蕪村周辺の人々にも周知の事実であったはずだ。今、蕪村が深く恥じ入ろうとする時、その理由を皆が理解できたはずだからである。その行為こそ、前に述べた省略された語句に盛られた意味内容であり、蕪村周辺の人々と同じく、解釈を試みる我々にも指摘できるはずのことがらである。

右の蕪村の行為として、深沢氏と先行研究は何をあてているだろうか。深沢氏は「やはり（そうなってしまった）」と解するが、「そうなって」は、本文中の文言でいうなら「煙霞花鳥に辜負する」を受けることになろう。するとここで、一に、蕪村のとった行為とは、自然に入ることをしない、無実行という行為だということ、二に、蕪村のとった行為は、「多く世のありさま」ひいては蕪村が恥じ入る相手となる人々と同一だということ、の二点が明らかになる。

こう考えてくると、奇妙なことが生じる。「煙霞に辜負する」蕪村は、同じく「煙霞に辜負する」世の人や蕪村周辺の人々に対し、同じくとった無実行という行為について、「我のみ」と限定し、「今更」と強調し、「相見んおもてもあらぬ」ほどに大仰に恥じ入ることになる。

蕪村の行為を「煙霞に辜負する」こととして解釈し、なおかつ後半部の表現に適うように解するためには、この

句文において、蕪村のそれと世の人々のそれとの間に、何らかの差異化が図られていてしかるべきだろう。例えば、世の人々は嵯峨へ行かなかったが、蕪村は遠い吉野へ行かなかった、などと。しかし、この句文には、その差異化を読み取る手がかりを見出せない。

深沢氏と先行研究の解釈に立つと、後半部のそれぞれの語句が担う意味内容を把握しがたくなる。蕪村の行為との対応が曖昧になるのである。つまり、言葉が浮いてくる。

三　蕪村のいそがしさ記述の検討

深沢氏と先行研究の解釈では、前半部の描写の中には、蕪村のいそがしい日常の姿も含まれることになる。深沢氏は「浮世の業に取り紛れた自分を描いて見せた」（一八頁）と述べ、山下一海氏は「いろいろな日常の俗事に苦しみ、ついには風雅に尽くすこともできないので恥ずかしいものだとして、句を記す」(3)と言う。このことについても疑問をいだく。

蕪村の日常の多忙さを伝える資料として、蕪村の書簡があるのは周知の事実である。幸いに講談社版『蕪村全集』第五巻の書簡篇が昨年の十一月に刊行された。尾形仂・中野沙恵両氏による待望の労作であり、四四六通、参考書簡二三通を収める。早速この書（以下、新全集と略称）を通覧し、いそがしさを伝える書簡を、「いそがし」などの用語を指標にして拾うと、実に七八通に達した。かなりの高率である。文意からそれと察せられるものを加えると、優に九〇通を越えるだろう。

「花ちりて」句文にもどると、その前半部のいそがしさの描写は、「そのことはとやせまし、この事はかくやあらんなど、かねておもひはかりしことゞもえはたさず」の部分がきわめて具体的で、町人たちの日常を活写している。

諸事が交錯する、紛雑のさまである。蕪村の書簡にも、この描写によく似た表現が確かにある。「かれこれ取込」（書簡七四）、「彼是取紛候て」（同一七三）、「何やかやいそがしき事絶言語候」（同三七九）などである。ここで両者を比較してみると、「花ちりて」句文が、多忙ゆえに予定の諸事をこなせないという欲求不満の心理状況をいうのに対し、書簡の記事は、自分が今まさに多忙の渦中にあることを端的な語句で告げている。

いそがしさの指標に使った用語を、多いものから順に挙げると（一通に重複して出る場合を含む）、「取込」が三一回（九回は「大取込」）、「いそがし」が一七回、「風塵」が一六回、「多用」が一〇回、「取紛」が四回、「紛擾」が三回である。蕪村が使う「風塵」については、すでに大谷篤蔵氏に蕪村の頻用語とする指摘[4]があって注目されるが、類語の「塵用」五回、「世塵」一回、「余塵」一回をも加えると、このグループは計二三回となる。

蕪村書簡の中でいそがしさを伝える記事を読むと、いくつかのことに気付く。まず、弁解の中で使われる例の多さである。

かれこれ取込、延引及申候。（書簡七四）

いまだ旧臘之余塵甚取込、延引御免可被下候。（同八二）

其節は内外大いそがしく延引ニ及候段、（同二〇八）

只々画用しげく、一向手透無御座、中〱春帖之事にかゝり居候いとま無之、又当春も等閑ニ成行候。（同二三四）

此節大取込、昼夜いそがしく、表徳を案候いとま無之、自延引ニ及候。（同三九四）

来信や依頼事に応え得ずにいる長い間の心の重荷、それに耐えようとする息づかいまで伝わってくる。言い訳に使うのは、書簡に句作を伴わない、または佳作を得ない場合にも多い。

当春は塵用しげく候而拙作も甚寥々、御耳に触候句も無御座候へども、（書簡四六）

とかく風塵に苦しみ、例之通句も無之、無念ニ御座候。（同六八）

此せつ画用さはがしく、発句は一向不得之候。（同一八六）

書簡の末に近作を披露する、俳人間の慣習に添い得ないことを詫びる文意である。

また、いそがしさを言う語句が、書簡の結びに多く見えることにも注意したい。「折節取込草々頓首」（書簡七五）、「時下風塵草々頓首」（同一二〇）、「此節世塵取紛草々如此ニ御座候」（同一二八）といった結ばれ方が実に多い。書簡執筆を短いままで打ち切ろうとする気持ちがにじみ出ており、これも一種の弁解の文脈と見てよい。

蕪村書簡の中のいそがしさを述べる記事には、今ひとつ目につく特徴がある。すなわち、相手の理解を求める言辞に伴って現れることが多いことである。

とも〻、くのも、先頃はさん〳〵、漸盆前ニ快気いたし候体、風塵御察可被下候。（書簡六一）

何角と塵用、意外之御無音、且御憐察可被下候。（同一〇八）

其節は内外大いそがしく延引ニ及候段、御察可被下候。（同二〇八）

時下風塵、雅俗混雑、御憐察可被下候。（同三五七）

此節大取込、……自延引ニ及候。御照量希《こひねがひ》候。（同三九四）

また、「兎角世ニくるしみ」（書簡三九）、「甚世営ニ苦しみ」（同五七）、「とかく風塵に苦しみ」（同六八）と、少例ながら苦痛を訴える語が現れるのも、相手の理解を求めるものであろう。このように見てくると、蕪村書簡におけるいそがしさに関わる記事は、蕪村の生活における切実さ、ひたむきさを裏にもつと言える。

ここで、「風塵」という語について考えてみる。大谷氏の指摘の通り、漢詩人が使う語を蕪村も使うわけだが、蕪村書簡における使われ方には、ある傾向が見出せる。

蕪村書簡におけるこの語の意味は、新全集の頭注が「世上の雑事。俗事。」（八四頁）、「俗世間の用。俗用。」（九九頁）、「俗世間の営み」（五一六頁）と説明する通りで、多くの場合は画事をさし、家族の病気看病などにも使っている。そこで比較のため、蕪村と同じ時代に上方に在った、僧籍にない詩人として江村北海と竜草廬の二人を選び、その詩集[5]の中の「風塵」の語について検討してみた。「塵」字を含む類語は多いので、これも対象とする。

その結果、詩人たちの使用と蕪村書簡中の使用には、次のような違いがあることが分かった。詩人たちの用例は、多く三つのケースに分類できる。まず一つ目は、都市空間として使う場合である。

君ヲ懐テ燈下ニ書ヲ読ム時、京国ノ風塵知ル可カラズ。（草廬二九七頁）

京都は塵に満ちる所ととらえられ、「洛陽ノ塵」（北海三七六頁）、「京塵ヲ出ヅ」（草廬六五頁）などと表現される。清水の大悲閣に登った草廬は、散る花を見て次のように思う。

到来シテ世ヲ観ズ風塵ノ外、始テ悟ル我ガ生ノ是ノ如ク浮ナルコトヲ。（草廬二二頁）

塵の巷から外に抜け出ることで、人生を振り返る心のゆとりを得たというわけで、塵の空間から無塵の空間へ、という明確な指向方向が認められる。

二つ目は、境遇ともいうべき、長期にわたって個人がそこに留め置かれる状況をさしている。

自ラ咲《わら》フ飛蓬此ノ身ニ似ルコトヲ、天涯幾処カ風塵ニ傍《そ》フ。（草廬七二頁）

官途をいうのであり、「風塵ノ吏ト為ッテ」（草廬八一頁）などとも使う。この場合にも、「当年綬ヲ解テ塵ト疎ナリ」（草廬三二頁）というように、塵から遠ざかることを喜びとする。

三つ目は、精神状態ともいうべき「風塵」である。ある僧房を訪れた草廬は、花を眺め雲を仰いで、

風塵心裏ニ尽キ、何ゾ用ン忘憂ニ酔フコトヲ。（草廬五七頁）

と詠む。清涼寺に遊んだ際も、「座シテ久フシテ塵心都《すべ》テ浄尽ス」（草廬一七九頁）と、塵の彼方への指向が尊ばれる。

詩人が使う「風塵」には、このような用法が顕著である。とすると、蕪村書簡の使用例は著しく異なることになる。すなわち、詩人たちの「風塵」が、都市空間とか境遇という大きな状況や精神状態をさすのに対し、蕪村書簡の「風塵」は、生活の中にしばしば入り込む、避けることを得ない心身の負担のさまをさしている。時間的に見ると、境遇が長い時間であるのに対し、その日その時で変わりゆく厳しい小状況である。それだけに蕪村書簡の中の「風塵」は、生な生活感情の色を帯びている。

このような大きな落差が、公刊された文芸作品と私信という、伝達手段の位相の違いに出ることはいうまでもない。当然のこととして、詩人の作品に、蕪村書簡のごとき、体験した個別の雑事・俗事をいう「風塵」の用例を見出すことはない。世間一般の雑事・俗事の在ることを漠然という、

主客塵趣ヲ忘レテ、杯尊ノ興窮ラズ。（草廬一〇八頁）

のような例を、かろうじて見る程度である。

このように、蕪村書簡に見る「風塵」は、詩人の作品に見るそれとは明らかに異なり、蕪村が日々の生活で直面し、全力で取り組まざるを得ない、個々の事象をさす語であった。生活の実情をさらけだす態のそれである。まさに蕪村の生活の楽屋裏を見ることになる。しかし、「風塵」という語を使用する意識において、その語の本質的な意味の把握において、蕪村のそれは、詩人たちとまったく変わるところはなかった。その本質的な意味とは、塵から遠い方向を指向することである。無塵に価値をおくことである。この当時の詩人たちが、こぞって郊外への散策をこととした(6)のも、まったく同じ指向方向にある。また蕪村が説く離俗論も、同じ理念の延長上にあるものだろう。「風塵」は「市俗ノ気」と重なりあう。

蕪村が「風塵」の語を使う時、この語に寄せる思い入れは深かったのではないか。

此節大取込、草々如此ニ御座候。（書簡二一七）

此節甚風塵、草々如此御座候。（同四三）

この二例を並べると、蕪村が「取込」という語を「風塵」に置き換えていることがよく分かる。「取込」と言わずに「風塵」という時、蕪村には苦汁を多少のみこむ思いがあったのではないか。「風塵」という語は、蕪村の世に処するうえでのポーズ、身構えを映すものであり、誇り高い心を支えもしたろう。

蕪村書簡の「風塵」の中で、特に意味が限定されて使われた例がある。

盆前御仕廻何と被成候や。相かはらぬ風塵御楽之事に御ざ候。（書簡一五二）

几董宛のもので、早く大谷氏は、「御楽」は「御互」の誤読であろうとしたうえで、「盆前御仕廻」に「盆の決算期の支払」、「風塵」に「家計やりくりの俗用」と注を付した。(7) 新全集も同様の注をつけており、ここでは「風塵」という語は、金銭の工面という狭い意味に収斂して使われたことになる。同じ用例は他にもある。

節前風塵甚紛擾、草々かくのごとくニ候。（書簡二〇〇）

新全集の頭注によれば、これは「端午の節供前の支払いのやりくり」である。

いかが御しのぎ候や。扨も風塵大払、お互ニいやなうき世也。久しい物也。（書簡二七一）

書簡一五二と同じく几董宛のもので、新全集は、「風塵大払」を「盆の節季の諸々の支払い」と説明している。蕪村と几董は、苦をしのぎ、したたかに生きる意志を「風塵」の語に託し、励まし合っていたのだろう。

これらの例を見ると、蕪村書簡の「風塵」の語が、家計不如意の現実と隣り合わせで使われていたことが分かる。この家計不如意の現実は、詩人たちが理想とする境地の対極にあるものであろう。

このことは、蕪村がいそがしさを口にする時の意識を考えるうえで、きわめて重要だと思われる。確かに蕪村には、他人事ながら「とかく人はいそがしきが無事の第一に御座候」（書簡一四八）と言い放つゆとりもある。いそがしさや家計の不如意などにめげぬ、磊落さを身上とする蕪村ではある。しかし、改まった文章を書くとなると、

「風塵」と呼ぶ自分のいそがしさを題材にするなど、軽々にはできないのではなかろうか。ましてや公刊俳書で述べるなら、漢詩集と同じく世に弘通する。いかに俳諧とはいえ、「花ちりて」句文がそうだとするなら、よほどの理由があってのことになろう。

深沢氏はこの句文を、蕪村がその俳諧の姿勢を、声高にではなく表明したものと説く。そこで今仮に、已れの俳諧の姿勢の伝達という重要な目的のため、蕪村が己れのいそがしい姿を俳書に登場させるという大胆な手段を選んでこの句文を成した、と考えてみよう。そして耳を澄ましてみるのだが、蕪村から届くメッセージはまことにもって稀薄である。声高にではないとしても、そこに、大胆な手段に見合うほどの、意欲や中身の濃さを感得できない。その内容が、町人の生活実態を描くという一点にのみとどまるため、主張としての実体が乏しいことになるからである。ここに深沢氏が引く「臥遊」という理念にしても、すでに当書の序で述べているので、その理念のために、あらためてここで大胆な手段をとることもあるまい。このように深沢氏の解釈においても、この句文に、蕪村が己れのいそがしい姿をあえて描いたとするに足る理由を見出すのは、やはり困難だと思われる。

四　蕪村の吉野行は天明二年

ここで、蕪村の吉野行のことを考えてみる。蕪村は、天明二年の三月中旬頃、確かに吉野へ旅していた。

このことを最初に指摘したのは河東碧梧桐で、一九三〇年（昭和五年）刊の『俳人真蹟全集』第七巻三二頁に、「蕪村の吉野吟行は他の梅亭宛の書翰によって天明二年と判定せらるゝ」と記している。ここでいう「他の梅亭宛の書翰」というのは、一九三三年刊の潁原退蔵編『改訂増補蕪村全集』七七三・四頁に見える二月廿三日付および三月四日付の梅亭宛蕪村書簡のいずれかをさすと思われ、両書簡には吉野行にかかわる記事があり、かつ天明二年春刊の几董編『壬寅初懐帋』に出る蕪村句「春の雨日暮むとしてけふもあり」を掲げている。

ところが新全集は、右の二通の梅亭宛を偽簡とみなして収録していない。にもかかわらず、吉野行関連の四通（書簡三〇一・三〇六・三〇七・三一〇）は天明二年として処理されている。私が確かめたところでも、天明二年はまず動かないと思う。安永九年は三月十二日付几董宛（書簡二三五）の内容が吉野行をうかがわせないし、安永十年（天明元年）は前年暮頃から春にかけて長く腹瀉に悩んでおり、天明三年は三月に暁台の芭蕉百回忌行事があり、八日九日頃嵯峨の花見に出かけているからである。

「花ちりて」句文は、この直前に蕪村は吉野へ行ったわけだから、そのことを前提にして読まねばならぬはずである。ところがなぜか、前半部に蕪村の姿を読み取る大礒義雄氏も清水孝之氏も、その読み取りに際して蕪村の吉野行の事実を考慮していない。それぞれが執筆した蕪村年譜の天明二年の項には、吉野行を明示している[8]のにである。お二人と違い深沢氏は、前半部に蕪村の姿を読み取ることと天明二年の吉野行を両立させようとした。その結果、あえて「花を見損なったという無風流を演じ」（二三頁）たという解釈を立てることになる。

蕪村の吉野行が折り込まれていると考えると、「花ちりて」句文の解釈は容易になる。前に述べた、前半部と後半部との間の接続の難しさも解消する。先に私は、そこの省略部分に蕪村のある行為が含まれており、その行為は蕪村周辺の人々にとって周知の事実だったとも述べた。省略部分には、（私は吉野に行って）が入るだろう。これは皆にとってあまりにも知られたことであり、今人々は、その吉野の土産話を待ち受けているのだとしたら、人々はその省略に、何の痛痒も感じなかったはずだ。こう解釈することで、後半部のそれぞれの語句も生彩を帯びることになる。

吉野行は、蕪村にとって長年の念願だったらしい。早く安永五年十二月二十四日の延年宛（書簡一二八）で「来春より身も軽う相成候故、よし野曳杖のおもひしきりニ候」とあり、安永六年頃の三月三日の賀瑞宛（書簡一三六）

には、「よし野行思召立ニ付愚老御催之次第、一々承知いたし候。併当春もよし野の本意をとげがたく候」という。賀瑞の誘いにもかかわらず実行できなかったのは、近衛殿下に献上する屛風が「日限せまり候て、手をはなしがたく候」ことと、近所に空屋が増え一軒屋になったので、女だけの家族を残すのは心配というのが理由だった。いずれも「風塵」であろう。そして、「右之訳にて当年も空しく打過候儀遺恨御察可被下候」と心情を述べる。「当年も」からは永年の願いであったこと、「遺恨」からは、天明二年以前において、吉野行を「風塵」のために実現できなかった無念さを体験したことが分かる。

安永九年二月三十日の赤羽宛（書簡二三四）では「愚当春は是非よし野行とおもひ立候。三月十日頃ニ発足仕候」と意気込むが、やはり実現には至らなかった。このように見て来ると、天明二年の実現は、永年の念願がようやく適ったものであり、「風塵」のために実行できなかった過去を振り返り、感慨を催しもしたであろう。

吉野行実行直前の、天明二年二月十二日の百池宛（書簡三〇一）は、「よし野行御遠慮、御尤ニ御座候」と記す。百池には「風塵」が生じたのだろう。「人に相見んおもてもあらぬ」とする「人」に百池も含まれることになり、蕪村は百池たちの「煙霞花鳥に辜負」した無念さを、自分の体験を踏まえて十分に思いやったはずだ。前半部の「そのことはとやせまし、この事はかくやあらんなど、かねておもひはかりしことゞも」の中には、自然に分け入ることも含んでいるに違いない。

五　「花ちりて」句文の挿絵の趣向

蕪村研究のうえで、一九九五年の『安永三年蕪村春帖』の出現は期を画するだろう。ことに蕪村が描く挿絵については、その趣向を十分に考慮すべきことになった。

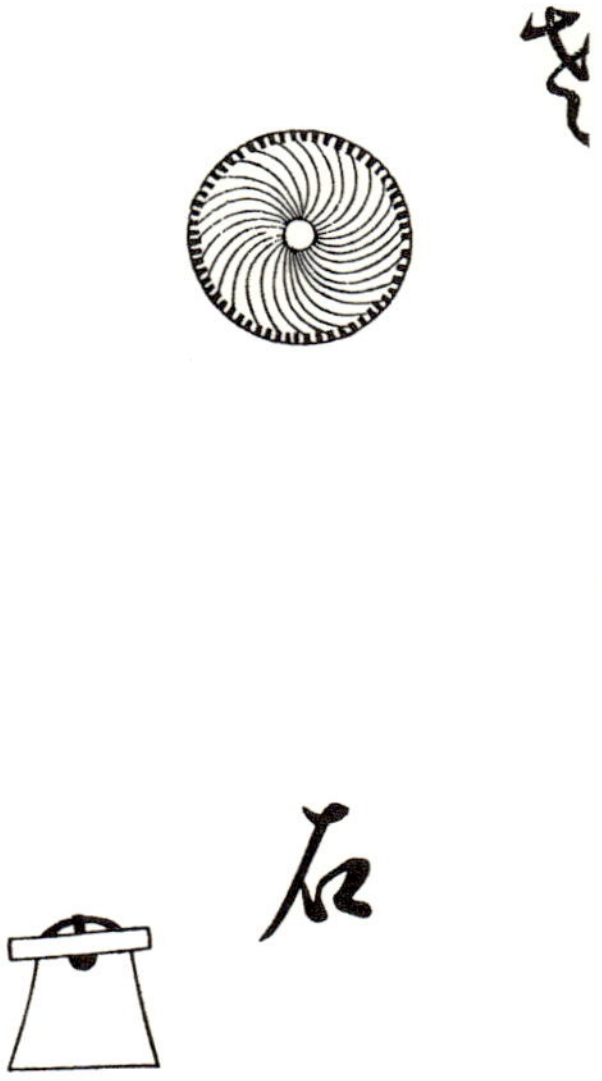

図２　『新撰小口あはせ』の第十番の図（臨川書店刊『新編稀書複製会叢書』三八より転載）

「花ちりて」句文の挿絵も、その観点から理解しなければならない。まずこの絵では、すでに指摘したように(9)、発句を絵の中の笠に書き込んだ文字として掲げるのが一つの趣向だろう。行脚人が笠に筆書きする、「乾坤無住・同行二人」に似せたのである。

二つ目の趣向として、前稿では「挿絵で檜木笠の表を大きく描くのは、顔をかくす構図か」と述べた。その後、新しい資料に出会ってこの読みを多少修正した。まだくわしい説明をしていないので、現在の私の読みを次に述べることにする。

資料とは、宝暦六年（一七五六）刊の雲洞著『新撰小口あはせ』という半紙本三巻三冊の書(10)で、江戸の近江屋藤兵衛・植村藤三郎の刊、『国書総目録』では咄本に分類している。各丁の表面に、合わされた左右一対の謎めいた事物を描き、裏面でその正体を明かしつつ評定を加えるという一種の判じ物で、読者は、一丁ごとに発想の転換を求められ、謎解きという知的な遊戯を楽しむものとなる。その事物が謎めいているのは、登場する物すべてが、その正面から描かれていないためである。すべて側面から描かれる。書物なら、表紙ではなく小口だけが描かれる。鉛筆なら、横から見た細長い長方形ではなく、真ん中に黒丸をもつ正六角形を描くことになる。読者は、その側面の姿の意外さに驚きつつ、正面の姿を察するのである。小は毛抜きや扇子、大は据え風呂の桶や和船、複雑なものになると、鯛を持つ恵比須像や裃を着た男を真上から見た姿がある。図２の第十番は、唐傘と足駄で、裏面の評定は次の通り（句読点・濁点は多く田中）。

からかさの小口はさすがにはり合物もあらじと思ふに、足駄も又はなをならべて、いづれまさりおとりもなく松風むら雨のふり捨がたき中成べし。

他愛ない遊びではあるが、蕪村時代の人々がこのような遊びに心を寄せたことは注意しなければならない。ここには、読者の想像力への期待がある。当時は、想像力の働きに大きな関心が寄せられていた、と考えられる[11]からである。上・下巻各一五番、中巻二〇番、計五〇番の全一〇〇図、作者も作者だが、このような書が迎えられた時代の好みは否定できない。蕪村がこの書の影響を受けたということではなく、時代の嗜好として注目したいのである。

「花ちりて」句文の挿絵は、画面いっぱいに檜木笠の表が描かれている。私は前稿で「顔をかくす」と解したが、この笠の裏側には蕪村の旅姿があるのではないか。前かがみして恐縮する、蕪村の全身像が。読者にそれを想像させ、吉野の旅土産とする趣向ではないか。或いはこの挿絵は、吉野へ行けなかった人々にとって、吉野へ臥遊するよすがになり得たかもしれない。臥遊もまた、想像を働かせる楽しみなのだから。句意は、「身は檜木笠の下闇に」ということになる。

このように、吉野行という期待される題材を軽やかな笑いの一小段に仕立てたのは、理由があってのことかも知れない。『花鳥篇』刊行のちょうどその頃、天明二年六月七日の東瓦宛（書簡三一〇）には次の記事が見える。

よし野記（紀）行の事、先達二句書付、御めニかけ候外ニは一句も無之候。只々絶景ニ眼をうばゝれ候而句をいたす事はならず候。もちろん記（紀）行の文章幷ニ発句などは、名家ニてもおもしろからぬ物ニ候故、労しても益なき事故、等閑ニ打過候。

まともな紀行文に残すことを、蕪村は避けているのである。軽妙飄逸を選んだ、というべきか。

六　摺り物の企画があったか

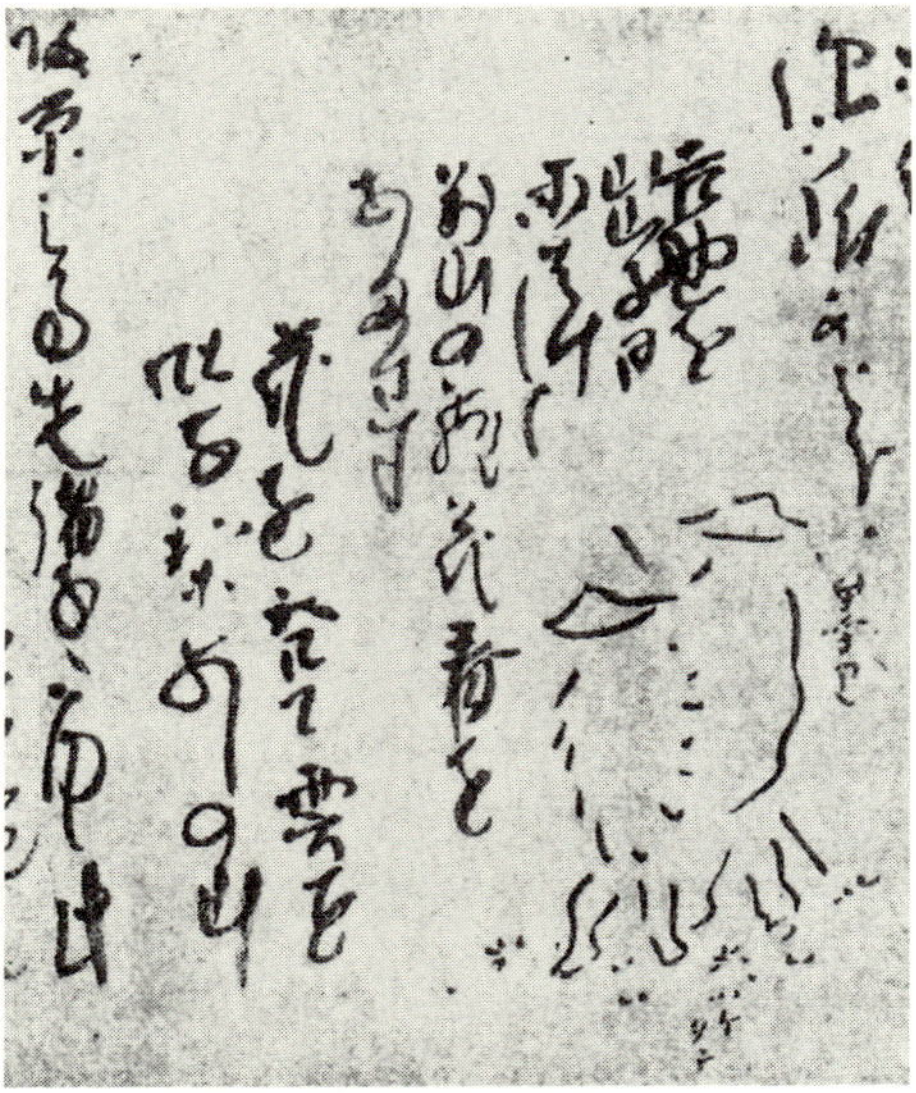

図3　三月十八日付梅亭宛蕪村書簡の中央部
（平凡社刊『俳人真蹟全集』七より転載）

ここでしばらく、幻想の論を述べる。

新全集は参考一三として、「昨夜よし野より帰京いたし候」と始まる天明二年三月十八日の梅亭宛書簡を収めている。蕪村筆ではないが、写しの可能性ありとするのである。先の『俳人真蹟全集』第七巻に出るもので、図3に見るように、中央部に、笠・蓑をつけ杖をもつ旅姿の二人を略画で描いている。略画の左上方には、

吉野を／出る日、／雨はげしく、／
万山の飛花春を／あまさず
花を呑で雲を／吐なりよしの山

と句文があり、その前後に「大急にすりもの諸子へ送り度候」、「此すりもの、直段御積らせ、早々御出可被下候」とあるから、書簡の中央部は、摺り物の本文を掲げて大まかなレイアウトを示すもののようである。幻想はこう展開する。蕪村は当初、全身像を正面から描いた摺り物を構想していた、この摺り物は実現せず、このプランは『花鳥篇』の中で趣向を加えて生かされることになった、と。「花ちりて」句文の時宜に即応した話題性（当座性）、挨拶性は、摺り物のそれに通うものがある。

この書簡には、「帰京之事、先諸子へ御内々」という気になる文言がある。皆を驚かそうとの蕪村のいたずら心だろうが、参考書簡ゆえ深入りはしない。

幻想のついでに今ひとつ。新全集が偽簡と見なした二通の梅亭宛は、内容をほぼ同じくし、いずれにも二人の門人（二月廿三日付は我則・佳棠、三月四日付は几董・我則）が「異変」あって吉野行参加を取り消したこと、よって梅亭の同行に期待する旨の記事を含む。偽簡とはいえ、一部は事実を背後にもつかも知れず、その内容をにわかには捨てがたい。仮に事実とするなら、百池だけでなく複数の門人が、心ならずも断念していたことになるからである。

七　まとめ

私のこの反論が認められるとするなら、私たちは今、何を思うべきだろうか。

芭蕉という名が放つ不思議な力。深沢氏は、前半部に蕪村の姿を読み込まぬ場合は、「蕪村は芭蕉の風流に連なるのだと宣言したことになるだろう」（一七頁）と唐突にいう。そうだろうか。蕪村が芭蕉を口にする場合、常に重々しい何かが必要なのだろうか。「花ちりて」句文の場合も、芭蕉の吉野行を懐かしみつつ吉野へ行った、芭蕉にならって、私も檜木笠に格別の役を担ってもらった、という程度でよいのではないか。「とかくはいかいは蕉翁を標《しるし》ニいたし候へ共、又蕉翁ニなづむもあしく候。……蕉翁之風調ニ違ひ候而蕉翁之微笑捻華之場所、大切之所ニ御座候」（書簡五七）と蕪村が自ら述べるように、蕪村の自在さを見るべきだろう。小糸とのことにしても、そのような蕪村理解に立つべきだろう。

（1）　深沢了子「『花鳥篇』の趣向─蕪村「花ちりて」句文をめぐって─」（『連歌俳諧研究』一一六号）

（2）田中道雄他校注『天明俳諧集』（『新日本古典文学大系』73、岩波書店、一九九八年）二三四頁・四二九頁。
（3）山下一海『芭蕉と蕪村の世界』（武蔵野書院、一九九四年）五四頁。
（4）大谷篤蔵「風塵・懐袍」（『俳林閒歩』岩波書店、一九八七年）。
（5）『詩集日本漢詩』（汲古書院、一九八五年）第五巻所収の『北海先生詩鈔』初編・二編・三編、及び同叢書第六巻（一九八六年）所収の『草廬集』初編～七編。編名・巻名・詩題は略し、同叢書の頁を記した。
（6）田中道雄「郊外散策の流行」（『蕉風復興運動と蕪村』収）を参照。
（7）大谷篤蔵他校注『蕪村集』（『古典俳文学大系』12、集英社、一九七二年）三六八頁。
（8）大礒義雄『与謝蕪村』（『俳句シリーズ・人と作品』2、桜楓社、一九六六年）二八二頁、潁原退蔵校註・清水孝之増補『与謝蕪村集』（『日本古典全書』、朝日新聞社、一九五七年初版、一九六六年三版）四七頁、清水孝之『与謝蕪村集』（『新潮日本古典集成』、新潮社、一九七九年）四〇三頁の年譜記事。碧梧桐の天明二年説は、根拠とした二通の梅亭宛書簡の真偽が問われた（改訂増補蕪村全集）ことで、その信頼度を低めていた。お二人の年譜記事は、疑念をいだきつつの記載であろうか。
（9）註（2）拙稿。
（10）『新編稀書複製会叢書』三八巻（臨川書店、一九九一年）に収まる。
（11）田中道雄「〝思いやる心〟（想像）の発達」（註6に同じ）を参照。
（付記）玉城司「蕪村「花ちりて」句文を読む――『花鳥篇』をめぐって」（『連歌俳諧研究』一二二号収）は、拙稿の欠を補っている。

雑纂

祭られた芭蕉

芭蕉は、元禄七年十月十二日に没し、十四日義仲寺に埋葬された。墓碑は、自然石に「芭蕉翁」とのみ記す。その後直ちに、伊賀上野や肥前長崎に門弟たちが築いた塚は、「芭蕉桃青師」と記され、「芭蕉翁之塔」と刻まれている。いわゆる芭蕉塚であるが、その数の漸増、地域の拡大は年とともに傾向を強め、幕末には、松前から薩南にいたる津々浦々に、優に一千基を超えて存立したと思われる。その実態を紹介するものとして、早く宝暦十一年に『諸国翁墳記《しょこくおきなづかのき》』が刊行され、塚の増加にともなって何度も増補して追い刷りされた。最近では、出口対石氏の『芭蕉塚』（昭和十八年）が全国を網羅し、川上茂治氏の『九州の芭蕉塚』（昭和四十九年）が一地方博捜精査の範を示している。

これらをひもどくと、塚の正面には、古いものほど「芭蕉翁」の三字を刻み、後のものほど芭蕉発句を記すことがわかる。芭蕉塚が句碑の性格を兼ね始める時期は、『諸国翁墳記』の扉面に「古翁発句露顕」と刷り込まれたころから、さほどさかのぼりはすまい。ここにおもしろい事例がある。小松市建聖寺に既白が建てたものは、中央に大きく「芭蕉翁」とあり、その両脇に「しほらしき名や」「小松ふく萩薄」の発句が配されている。また豊橋市聖眠寺に也有が建てたものは、大きく「芭蕉翁」と記した下に、二行書きの発句が示されるのである。つまりこれらは、古い型と新しい型を備えた中間形式であり、宝暦・明和・安永年間の造立に際立って多い。

右の現象を次のように考えることができる。古い塚ほど「芭蕉翁」と記すのは、義仲寺の墓碑をそのまま模して各地に移し築いたのである。その性格は、故郷上野や遠国長崎の弟子たちが、参詣のため手近に墓所を得ようとして築いた塚に近かった。直門の遺弟やそれに近い人々は、かつて肌身近く接した師を慕い、あるいは伝え聞いた人格をしのんで建立した。だからそれは、通常の墓の性格にさほど隔たるものではなかった。「芭蕉翁」と刻む塚は、そのような性格をまだ多分に残していた時代のものである。

　これに対して発句のみを記す塚は、生身の人間としての芭蕉の記憶がすでに薄れ、蕉門であると否とを問わず、すべての俳人が尊崇するに至った時代に増えてくる。芭蕉塚の前に立つとき、人は発句を読む。しかし墓である以上、それが作品だけを伝えることはありえず、必ず芭蕉その人を伝えることをともなう。塚は、発句をとおして人格を伝えるものとなる。生身の芭蕉を記憶する者がいない時代、自然の成りゆきとしてその人間像は神格化され、芭蕉は、俳諧の仏、また神となる。そのような時代への移行が、宝暦・明和・安永ごろになされたと思われる。前代同様の敬虔な動機から義仲寺風の芭蕉塚を築きたいとする意志、それと精神性高い作品を広く世に知らせ、後にも伝えたいとする願望、その二を両立させるものとして中間形式は現れた。人格への敬慕と作品への傾倒が共存し、その二つながら宣布しようとする意識は、やがて発句のみの塚に変わっても、作品の背後に人格をすべり込ませ、句は人格をぴたりと裏打ちされたものになる。

『諸国翁墳記』の刊行者は義仲寺だった。その頃この寺にいた俳諧僧の序文に、次の一節がある。

> 旅行の風騒・風客も駕を枉《まげ》、馬を駐《とめ》て、（義仲寺ノ）墓前に拝礼せざるはなしと也。是よく道の徳を慕ひ、是よく道の風を学ぶの切なればならし。さるから諸国に霊を迎んと、塚を築《きづき》、碑を建《たて》、或は遺物の品を収め、あるは筆蹟の物を霊として、正忌命日の香華を備ふ。

諸国の芭蕉塚は、義仲寺から霊迎えをして築かれ、入魂のための霊物として、芭蕉の遺品（笠塚など）や遺筆等（文塚・反故塚など）が埋められた。なかでも、義仲寺の土を運んで築かれた天の橋立の一声塚や豊橋の松葉塚など、文字どおり墓分けの形をとるが、一声塚の場合、入魂の導師として蝶夢が出向いているのが注目される。芭蕉顕彰に生涯を捧げた蝶夢は、明和ごろから義仲寺の再建に力を尽くし、義仲寺での芭蕉供養行事を軸として、蕉風復興を進めていた。そして地方の芭蕉塚建立にも積極的に力を貸したのである。

このようなわけで、各地の芭蕉塚の建立者と蝶夢は密接な連携を保ち、義仲寺は全国芭蕉塚の拠点として、総本山的な位置を占めることになる。芭蕉供養行事を軸としたことにより、蝶夢の復古運動は大きな成功を収めるが、塚を中心にしたその活動形態は、支麦派ごとに支考の創案によるものであった。京東山の双林寺がその拠点で、かなり長い実績を積んでいる。蝶夢はそれに倣いながら、秘儀性や閉鎖性を捨てて広く解放する。儀式の場を義仲寺に移してより純粋に精神化し、芭蕉供養参加者の拡大と定着を図ったのである。年々の芭蕉忌には義仲寺で供養が営まれ、同時に全国各地の芭蕉塚にも地元の俳人たちが集う。義仲寺では地方を想い、地方では義仲寺をしのぶ。そしてその儀式の場は、俳諧の場でもあった。いずれにおいても、供養の席では必ず百韻が興行され、発句が献じられた。蕉風を慕うこれらの作品は義仲寺に集められ、年刊句集『しぐれ会』として刊行される。このような行事が年ごとに盛大化し、蝶夢系以外の俳壇にも波及し、極点に達したところに寛政五年の芭蕉百回忌があった。

芭蕉百回忌が、蕉風復興運動における目的達成の時点であったのは、芭蕉が二条家から〝正風宗師〟と追号されたことに象徴的である。それまで単に、守武以来の俳諧史の中での中興者ととらえられていた芭蕉は、以後は蕉風俳諧の宗祖として、絶対的な権威を与えられることになる。それはまた、平明な俳風を媒介として、さまざまな流派とまちまちの俳壇が、全国的に展開し連係する時点でもあった。そして正にこのとき、芭蕉の神格化も完成したのである。確かに「幾しぐれ風雅の神や翁塚」（明和九年　しぐれ会）などという句が早く見えはした。しかし、父の死に際して追善俳諧を催し、「弟子子坤、帰命稽首して吾蕉翁に告す事あり。……今この功徳をもて、俳諧無漏の安養世界に（亡父ヲ）引摂したまへ」（寛政元年、子坤編　はすの浮ば）と芭蕉に願文を捧げたり、甥の死を悼んで「此道の如来ばせを翁も来迎ましく〳〵（亡甥ヲ）導き給ふらんと、手向草の露ばかりを我家の経陀羅尼共うけ給へかし」（寛政二年、東旭編　続冬かづら）と祈るような現象は、寛政度に近づいてはじめて急増する。つまりこの時点に至って芭蕉の神性がきわめて観念化され、誰にも自在にとらえうるものとなるのである。「南無芭蕉仏」（寛政五年　松の葉）とか「先師神位・俳諧師芭蕉居士」（同　其蔓集）とかとりどりの呼称が登場し、神道を信ずる人々に迎えられては「桃青霊神」として桃青霊社に祭られる。「花の本大明神」にまで至るその後の状況は、周知のとおりである。

以上私は、芭蕉神格化の過程をたどってみた。九州の寒村の芭蕉塚が、その地の俳壇解体後も疫病平癒の神として詣でられたと聞くと、芭蕉信仰も民俗学や宗教社会学的見地からとらえ直す必要があるのかもしれない。近代になっても軍人や政治家の名を冠して社寺を造った日本人の信仰の特性を、そこに見いだすべきかもしれない。しかし私は、ここで次のことだけを述べておこう。

全国俳壇の統一化は、芭蕉という一死者に対する、敬虔な追慕の情を中核として実現した。逆に言うと、統一化の気運がそのような人格を必要としたのである。各地の俳人は芭蕉塚を中心に相集った。全国の俳壇は義仲寺を中心に連係しあった。つまり組織の結び目に芭蕉が在《いま》して、連衆の、また諸国俳人の心を一つにまとめあげたのである。われわれは、今なお数多く残る芭蕉の画像や木像に接することができる。これらは、俳諧興行の席で床の間に飾られたものであった。精神共同体としての〝座〟がそこにあり、座は構成員の心を結ぶ紐帯として、おのずから神を求める。人麻呂が影供《えいぐ》となったのも、天神が詩文の神に変わったのも、座の文芸が発達する中世であった。芭蕉が同じ役割を果たすようになるのが、一方で連句解体の傾向も現れる、俳諧の再編成期だったのはきわめて興味深い。

芭蕉の神格化が、蕉風の俳壇制覇のために必要な道程だったとしても、それは現代のわれわれにとってどんな意味を持つのであろうか。われわれは芭蕉の名を聞いて、その文学より先に人格や生涯を思い浮かべる。同じような人物を文学史上にさがすなら、それはまず西行であろう。説話に登場し、絵巻になり、旅の生涯が人々に語り継がれた。そこには親しみ深い民衆性がある。人麻呂や天神に通う神性に、西行に重なりあう民衆性を加え、尊くも懐かしい人物として芭蕉は近世人の心に定着した。俳聖であると同時にかような国民的詩人となったから、近代に入って子規にその神性を否定されても、「芭蕉様、ようこそ妾《めかけ》を持って下すった」（沼波瓊音）とやはり作者の人間性（作品とは別に）が重視され、作品を知らぬ人の脳裏にも、その人間像（ひたすら精進求道する日本人の一典型として）が鮮やかに刻み込まれているのである。

（付記）その後、弘中孝『石に刻まれた芭蕉』が刊行され、全国に現存する句碑等をすべて写真で示している。その数三千余基。二〇〇四年智書房刊。『諸国翁墳記』については、最終版と思える本を田坂英俊氏が入手し、「『諸国翁墳記』―翻刻と検討―」を刊行した。明治六年十月建立の碑まで四二一基を収める。二〇一四年私家版。

『芭蕉翁絵詞伝』の性格（抄）

標記の論文は、『鹿児島大学教育学部研究紀要』29巻・30巻（昭和五十三年三月・同五十四年三月）に分載したものである。同誌で六〇頁を費やした紙幅ゆえ、本書での収録を割愛して「むすび」の章のみを次に示す。

十二　むすび

最後に、前章までの内容を要約して本書全体の性格を考え、合わせて芭蕉受容史上における本書成立の意義を記すことにする。これまでの要点をまとめると、次のようになるだろう。

一　本書は、芭蕉を蕉門俳諧の祖師とみなす立場で編まれ、仏教諸宗派の祖師伝の形態をとる。（第三章）

二　本書は、芭蕉の出自・生涯・墓所のすべてを全円的に網羅し、充分に詳しく、各部相互の均衡やなめらかな内容展開にも配慮して、慎重に叙述されている。つまり伝記事実を記録する資料本位の伝記ではなく、読み物として鑑賞に値する[49]一編の伝記作品として編まれたのである。竹人の『蕉翁全伝』に多くを負いながら、これを抜きんでる点がここに認められる。（第四・五・六・七章）

三　本文には主に芭蕉の紀行文や俳文を利用し、これを伝記作者の視点に立って叙述し直している。また発句が多く挿入されるので、読者は芭蕉の主要作品を鑑賞しつつその生涯をたどることになり、文芸性が高い伝記と言える。（第四・五章）

四　芭蕉の生涯でも不明確部分が多い延宝以前について、本書が新事実を供するところはさほどない。逆に本書には、史実に基かない、伊賀地方の芭蕉所伝に依拠する部分も僅かにあり、これに独自の解釈さえ付加している。蝶夢が本書で利用した『芭蕉翁発句集』が土芳の『蕉翁句集』を基礎にしており、竹人の『蕉翁全伝』等の恩恵も大であることを思うと、本書は、伊賀蕉門における芭蕉研究や所説の流れに添って、これを発展させて公刊した、という一面を持つようだ。（第六章）

五　本書が依拠した伊賀地方の芭蕉所伝の中で、〝芭蕉遁世説話〟とでも呼ぶべき、芭蕉の離郷に関する口碑は重要である。蝶夢はこれを継承してさらに独自の解釈を与え、芭蕉の伊賀出奔を、主家の相続問題に際して忠節を尽した、武人らしい道義的行為として理解しようとする。また合わせてそこに、主蝉吟の急死に〝無常を悟って遁世した〟という、熱い宗教的心情を見出そうとする。後者は、其角の「芭蕉翁終焉記」を利用した天和の火難による〝猶如火宅の悟り〟と相俟って、芭蕉に旅の生涯を運命づける起因として位置づけられ、発心譚めいたものに仕立てられる。また同時に、芭蕉の人格について、義と情に篤い人物というイメージが与えられる。（第五・六章）

六　芭蕉の生涯は、旅の連続として描き出される。その象徴的事件が旅中の発病であり、旅中での死である。このように旅の生涯を描いた祖師伝のモデルとして、おそらく聖戒の『一遍聖絵』が利用されたであろう。従って、全体の構造や雰囲気は『一遍聖絵』に類似し、思想的にも相似て、全体に浄土教的色彩が濃い伝記となる。（第五・七章）

七　つまり本書は、一定の傾向性、つまり独自の芭蕉観を持って叙述された伝記なのである。そこに底流するものは浄土教的無常観であり、中世宗祖のイメージであり、また義と情を重んじる近世的倫理観乃至人間観がこれに付随する。

八　本書は、蝶夢の芭蕉百回忌記念事業の一として編まれた。蝶夢は、芭蕉の徳恩に報いるため、芭蕉の正伝を編述して顕彰し、これを義仲寺に奉納しようとしたのである。従ってその編纂・奉献には、義仲寺の護持と繁栄という願いも込められていよう。（第一・七・十一章）

九　本書編纂の目的には、芭蕉の遺業を庶民に広く宣布啓蒙することも含まれた。三三葉の挿絵は、芭蕉の全生涯を視覚的にイメージ化することになり、このイメージは多くの人々の意識に定着して、芭蕉の旅の生涯を具体的に把握し、その人格を身近な親しい存在と感じさせることになった。このような芭蕉イメージの普及に、板本またその飜刻本は大きな役割りを果したはずである。本書はイメージ化された伝記とも言える。（第

一・八・十一章）

おおよそこのようなことになろうが、その核心にあるのはやはり、芭蕉の生涯が当初の無常の悟りによって決定づけられ、そのため一所不住の旅に明け暮れることになった、という明確な認識を示し、本書が一定の芭蕉観を打ち出すことであろう。確かに我々は、芭蕉の生涯を旅の一生として把握することに慣れている。また、芭蕉自身が旅を志向し、次第に一所不住の心境を得るに至ったのも事実である。しかし、芭蕉自身の意識と、芭蕉を漂泊者とみなす認識とは異なる次元の問題であり、ましてやかかる認識の一般化という事象とは、はっきり区別して考えられねばならない。おそらく芭蕉直門の人々は、芭蕉を漂泊者とみなす認識を、芭蕉生前から持ち得たであろう。だがこれが、いつ頃からどのような過程で一般に滲透し、庶民の常識となったかは、充分検討を要するように思われる。芭蕉伝について考えるなら、そのような認識を明確に打ち出し、しかもよく整備されて公刊にまで至ったのは、正しく本書をもって嚆矢とするのである。従って本書の性格のまとめには、次の一項も加えねばならない。

一〇　本書は、芭蕉研究史・受容史上に登場した、最初の本格的伝記と言える。本書には、史実に即した資料的価値を求めるべきでなく、芭蕉の生涯の総体を漂泊とみなす芭蕉観の定立と、その一般化の功をこそ評価すべきだろう。

このことの意義を、我々は軽く考えてはなるまい。本書は確かに、蕉風復興運動の掉尾を飾るにふさわしい、一大絵巻作品であった。芭蕉百回忌は、この運動の一応の終結点であり、この時点で芭蕉の権威は確立した。(50)と同時に、一定の芭蕉のイメージの定着も、急速に進み始めたようである。つまり我々の抱く〝旅ゆく芭蕉〟のイメージが、本書刊行の前後から、確実に広く深く滲透して行ったと思われるのである。そしてそれは、近代人の胸中の芭蕉像形成にもかかわったはずである。そのような芭蕉イメージの定着に、本書がいかに寄与したかは、想像以上のものであるだろう。芭蕉は近世後期以後、その作品を読む前に、その人そのものが、その人生が、庶民に周知の存在となった。西行に並び、庶民に愛される国民詩人となったのであるが、[51] そこで本書の果たした役割りは決して小さくあるまい。しかしまた一方を考えると、芭蕉の偶像化・神格化や俳聖観の定着も、この時点から始まったのであり、このことにも本書は無関係ではあり得ない。すなわち本書は、中世求道者的芭蕉観を普及し定着させたのであったから、そこに悲壮の色がさし、一種ストイックな調子の高さがはいり込むのはやむを得なかった。本書の持つこの傾向性は、刊行当時すでに指摘されており、[52] このような芭蕉イメージへの反発もまた、秋成から鉄幹[53] にまで至るのである。本書はきわめて個性的な芭蕉伝、蝶夢の芭蕉伝だったのであり、しかもその影響は長きにわたって深く滲透したはずである。とするなら、我々の思い描く芭蕉の旅と実際の芭蕉の旅、我々の抱く芭蕉イメージと芭蕉の実像との間に、これまで気付かずに見過した微差があることも、我々は一応心得ておくべきかと思われる。

（49）幸田露伴は、菊山当年男『はせを』の序で、「芭蕉を伝ふるの善き者、古に蝶夢あり。蝶夢の伝詞簡にして趣饒し。」と本書を推奨している。

（50）田中道雄「蕉風復興運動の二潮流―運動の基本構造―」（『蕉風復興運動と蕪村』収）参照。

（51）田中道雄「祭られた芭蕉」（本書三〇一頁）参照。

（52）鈴木道彦は、寛政六年三月十二日付の双烏宛書簡で本書に触れ、「……尤十二匁五分と申事ニ候。是ハ日蓮上人の一代記をみるやうにて、彦などハ大嫌いものニ御座候。一度斗ハ見ても御たのしみに可相成と指遣申候。御望無之候てけツしてしいて御求被成候事ハ御無用……」と述べている。（矢羽勝幸氏の御示教による。）

（53）秋成の芭蕉批判は『去年の枝折』に著名。与謝野鉄幹の「人を恋ふる歌」には、「……石をいだきて野にうたふ芭蕉のさびをよろこばず」の一節がある。

日本詩歌史の忘れられた巨星――蝶夢の佳句のもたらす不思議さ

この春の近世文学会で蝶夢について話した。『蝶夢全集』（和泉書院刊、二〇一三年）の解説を執筆した際、蝶夢のいだいた表現理念の斬新さに気づき、とりあえず学会の皆さんに報告しておこうと思ったからである。（研究発表の内容は本書第二論文、この稿はその紹介を兼ねる。）

蝶夢というのは、十八世紀後半に活躍した京都の俳人である。浄土僧で俗姓名不詳。初めて芭蕉の作品を集成し本格的な伝記をまとめたので、戦前までは芭蕉顕彰上の最大の功労者として知られたが、今は名を忘れられている。組織的な門下をもたなかったし、自分の名を包む人で、永年整えてきた大部の句集の刊行を、没前になって急に取りやめた。その高潔さゆえに、人々の記憶から消えていった。

私は、安永天明期俳壇を席捲した蕉風復興運動の中心人物として注目しており、蕪村につよい影響を与えたことをかつて指摘したことがある。

また私はこれまで、蝶夢の表現理念が小沢蘆庵の「たゞ今思へることを我が言はるゝ詞をもて」（布留の中道）との言辞によく似ることに気づき、蝶夢がその先駆けではあるまいか、と疑ってきた。永くその確証を得ずに過ぎていたが、このたび全集を編んでようやく解決できた。蝶夢の多様な活動のいずれについても、作者の主体性を重視する点で、その表現理念との一致を見出したからである。例えば、旅を好んだのは、題詠をきらい名所の実見を重んじたからだった。秘伝書を否定したのは、作者自身の主体的探求を求めたからだった。

蝶夢の俳諧についての発言は、理論として組織化されたものではない。書簡の中に断章風に織り込む形式が多い。

そういう意味では素朴で単純であり、俳論として未熟である。しかしウブであるがゆえの、確乎としたつよい主張がそこにある。

従来、俳諧関係の文献の中に文芸思想を読み取ろうとする場合、多くは既成のそれの影響として把握することが多かった。例えば、漢詩壇のしかじかの論が俳諧に、という具合に。それが外来思想由来のこともある。でも、私は思うのである。よしや外からの影響があるとしても、俳人自身が新しい感じ方、考え方を内部に胚胎していたからこそ、その受容は成り立ったのではあるまいか、と。さらに言えば、影響を受ける前に、俳人自身が自らの営みの中で新しい文芸の在り方を模索することもあるのではないか、ある意味では、俳諧というジャンルだからこそ、俳人は民衆レベルの文芸の志向を敏感に感じとり得たのではあるまいか、新しい理念を求めたのではなかろうか、などと。

蝶夢は、人の評価や褒貶にかかわるな、ただただ「自己の楽しみ」として詠めと、多くの人に繰り返し説いていた。ひいては、作品の出来ばえは二の次のこと、心の内に生まれ出た、言葉になる前の感動体験こそ大切だと主張した。〈言葉の巧み〉もいらないと。

太宰府天満宮で境内の飛び梅を見た蝶夢は、

青梅や仰げば口に酢のたまる　（宰府記行）

と詠み、これを「たゞまことをもはらとして」と説明した。酸味を感じて無意識に唾をのみこむ生理現象を詠んだもので、現代人なら〝条件反射〟の語を思い出し、簡単に納得するだろう。蝶夢には、このささやかなショックが新鮮な体験だった、ゆえに句にする価値があったのである。このような句もある。

むすぶ手の袂《たもと》へつたふ清水哉　（書簡421）

夏の日、清水を両手ですくおうとして、油断で掌《て》から水が漏れて袂に流れてきた。冷たいと感じた瞬間のショックを詠んだのである。

右の二句に共通するのは、外界の何かから加えられた軽い刺激の実体験である。その刺激を味覚や触覚という感覚として受容したわけだが、感覚は身体を通して主体の実在をもっとも敏感に自覚させる。それゆえに、主体性にこだわり始めた作者は、この体験をことに新鮮に感じる。そこで、このような句に価値を認めることになる。

こう考えてくると、安永天明期俳諧の特色の一とされる感覚性が、まことに素朴な表現の喜びの中において意識化され、新しい句風に育っていったことを察し得る。

朝露や木の間にたるゝ蜘蛛の囲《あみ》　(加佐里那止)

朝の冷気の中で見た、昇る日を受けてイルミネーションのように光る露の列の美しさ。外からの刺激を受け入れることに慣れてきた感覚は、外界の美しいものに敏感に反応するようになる。こうして「自己の楽しみ」は拡がり深まってゆく。次の句はいかがか。

月さすや髭《ひげ》のきらめくきり〴〵す　(書簡400)

ことさら解釈するまでもない、夜の庭の片隅の瞬間の美しさを詠んだまでである。稲妻のように消えてしまう……。しかしこれをとらえた蝶夢は、何と繊細な感受性の持ち主だろう。このうえなく細い光の筋のゆらめき、そこにか細い命がたまゆら輝く。

ここで私は、思いもかけぬ事実にであってたじろぐ。右の「朝露や」「月さすや」の両句が、蝶夢が整えた大部の自句集に見えないのである。どう考えればよいのだろうか。現代の私たちが感性豊かだと評価できる句を詠んだのに、蝶夢は、「久々に佳句を得た」と心に刻み込むほどに喜んではいなかった——そう理解するしかあるまい。みずみずしい感動を体験できたと、その段階で十分に満足していて……。そう解してみても、何かいぶかしい思いが残る。心の問題と言葉の問題との間には、それほどの隔たりがあるものだろうか、と。でも考えてみると、蝶夢は新しい文芸の在り方を模索していたのである。新しい思想の誕生に際しては、ウブであるがゆえの無骨な思考があるのかも知れない。そこに、創造という営みの不思議さを見るような気がする。

迷いの中で模索していた蝶夢は、このような形で新しい表現理念を獲得していったのではなかろうか。そして、内からこみあげてくる何か、熱いものやみずみずしいもの、それを表現することこそが俳諧だ、と確信する。このような思想を、つとに明和期にはいだいていた。蝶夢は、俳諧の弟子達にこの持論を繰り返し説いている。多くの詩人や歌人と交わる蝶夢である。この思想は俳壇以外にも拡がっていったはずである。小沢蘆庵にも間違いなく影響していたと思う。

簡単に言うと、蝶夢の主張は、〈感情や認識の内発性〉を至上とする表現理念の成立を意味するだろう。これに〈言葉の巧み〉を超える価値が与えられた。この立場に立つと、従来の表現上の最重要課題であった〝趣向〟が次第にその価値を低めていく。蕪村の俳諧も、〈言葉の巧み〉を至上とする点で新古今集から遠からぬものとなる。

こうして俳諧の表現理念は変わっていくが、この理念が俳諧以外の詩歌にも広く及ぶとしたら、日本詩歌史においてパラダイムの転換が起きた、と考えざるを得ないだろう。近世中期の始点から近代のある時点まで、それは口語自由詩が現れる時だろうか、その時点に至るまでの長い年月、日本の詩歌史は一進一退を重ねながら、そのパラダイムの転換を少しずつ進行させていったものと思われる。

最後に、老いのたわ言。

グローバル化ということは、文芸研究にも及ぶだろう。外国人に尋ねられて、日本の詩歌の大きな流れを説明してやれるだろうか。和歌・連歌・俳諧・漢詩・近代詩等々、それぞれの歴史の説明はできるとしても……。日本人はその生活の中で、詩歌にどのような歓びを求めて創ってきたのか、その心の歴史が在らねばならぬだろう。どの分野の研究者も、日本の詩歌への愛をいだいている。智慧を出し合って、日本詩歌史を構想すべき時代に入っているように思う。困難だろうが、試みは必要ではあるまいか。

蝶夢の『宰府記行』の新しさ

蝶夢の、明和八年執筆の『宰府記行』の文芸性は斬新で、前作『松しま道の記』と比べると、飛躍的な変化を示す。改めて両作を再読し、直ちに印象づけられたのは、『宰府記行』における作者の感情の横溢である。前作にも蝶夢の感情表出は少なくなく、「哀れになつかし」「胸ふたがる」「あはれ爰《ここ》に日を暮らさまほし」などと、その場面についての批評めいた感慨が、短い語句で記されていた。

しかし本作では、語句の次元を越え、一つの場面全体に感情表出が認められる例があり、興味深いのである。

厳島神社の回廊に来ると、燈籠が灯り、板の下に潮が満ちていた。

灯の影の潮に映じて、此の世にかゝるながめまた有るべしとも覚えず、心も空なり。……あはれ、ふる郷の誰に見せまし、かれに詠《なが》めさせせなばと、おもふばかりなり。興に乗じて同行が青海波の譜をうたふに、予も助音し、回廊の板を踏みならして夜更《ふ》くるまで徘徊す。こよひこそ三景眺望のほいとげぬと、うれしき事かぎりなし。

お供の桐雨が舞楽の曲の青海波の節を口ずさむと、蝶夢も低い声でそれに合わせる。蝶夢は、日本三景を見尽くした喜びにひたる。

このような場面がいくつかある。肥前の辺地の宿では、隣家の子が歌う声を聞いて、その章句と声音《こわね》から「頻りに故園の情むねにせまりぬ」と記すのである。

感情の表出は、他者と交わる喜び、すなわち人間交歓の場でより著しくなる。その折の蝶夢の感情をよく伝えるのが、表情・動作・行動・発語の具体的描写である。躍動感がよく伝わる。

備前の山中ではからずも肥後の文暁に出会った際は「手とりかはしてかた」って懐かしがり、岡山城下の孤島を訪ねると「ひたいに手をあてゝよろこ」ばれ、笠岡は知人が多いので「しのびやかに笠をかたぶけて通りけるに」、宜朝という俳人の目にとまり、「など一夜は」と引き留められる。福岡の連衆は、東へ帰る蝶夢に別れを惜しみ、酒壺を下げ「うちざゞめきて」付いてくる。多々良浜で「いざ帰り給ひね」と告げても、とうとう香椎潟まで見送ってくれた。

右に述べた他にも、『宰府記行』の表現内容の濃密さは多々指摘できるが、この著しい変化は、蝶夢が文章表現の在り方について、新しい思想を獲得した結果と考えねばなるまい。そう考えてもう一度本書に戻ると、興味深い記事がいくつかある。

冒頭では、蝶夢が旅への憧れをもつ理由が長々と述べられる。すなわち、人は誰しも「おのれ〳〵がこのむ欲多」いが、自分は名勝をめぐって尊い寺社に詣で、「わが身の罪障をもほろぼさんとおもふ欲念」がわくのだという。私はここで「欲」という語に注目する。

また、太宰府天満宮の境内で飛梅を見て、

　青梅や仰げば口に酢のたまる

と詠み、それを「たゞまことをもはらとして、口とく法楽の心をのべ奉るのみ也」と説明するのが心をひく。句は〈青梅を見たところ思わず唾液の分泌を意識した〉の意。説明は〈身体の内部からこみあげたことをそのまま表現した句で、それこそが「まこと」の表現であり、神仏の有難さを端的に述べたまで〉の意であろう。

ここで、先ほどの「欲」の語が思い出される。たとえば「食欲」は、体の内部から湧き出る。意識する以前に、個人が生存する現象の一部として内から現れ出る。旅へ出たいという思いを、蝶夢はそのような心の現象と理解した。そしてまた、句を詠む行為、すなわち文芸表現も、「食欲」同様に、自分の内部からこみあげる何かだと理解する。かねて神仏の尊さを、自分の内部で即座に感じとっているように。

要するに蝶夢は、自分の内部からこみあげる何かを、大切なものと理解する。それ故に、そのつよい内的要求に応え、こみあげた内容そのままを素直に言語化する、これが文芸表現の真の在り方だ、と考えるに到ったと思われる。文芸の内発性の認識である。現在なら「内発する心」とでも言うところに、「欲」の語を当てたのである。

それをさらに裏付ける記事も別に見える。備中の二万《にま》という村にやって来た蝶夢は、次のように記した。

　　麦の秋二万《にま》のさと人手がたらじ

　古歌のよせばかりにや、おもふ事いはぬも例の腹ふくるゝもすべなければ。

ここで「古歌のよせ」とは、この句が『金葉和歌集』の、

　みつぎ物運ぶよほろを数ふれば二万《にま》の里人数そひにけり

という和歌を踏まえることを指す。「よほろ」は、お上に徴発されて働く民人のこと。「二万」は、いずれも地名と人口数との掛詞。

蝶夢は自句について、古歌を踏まえた伝統的修辞つまり言語表現面だけでなく、内容面の重要さに注目してほしい、と釘を刺す。その内容とは、〈民は常に苦しい労働を強いられる暮しをしている〉との強い主張である。

つまりここには、〈文芸には、修辞つまり言葉の巧みさが求められる。しかしより重要なのは、伝達する言葉の内容であり、作者の内部からこみあげる思いの吐露である〉という思想がある。言葉より心を、と。

「おもふ事いはぬ」云々は、言うまでもなく『徒然草』に始まる諺だが、ここでは蝶夢の文芸理念を具体化する言葉となっている。

（『義仲寺』誌二七六号収の連載㉟による）

蝶夢の文芸理念の形成過程

蝶夢が新しい文芸理念の獲得に到る道程、即ち明和八年の『宰府記行』成立に到るまでの蝶夢の理念追究の姿を追ってみたい。

宝暦九年（一七五九）、蝶夢は蕉風俳諧の正風体に目覚めた。新たに属した京の蕉門の小グループは、江戸の鳥酔一門から〝影写説〟を受け入れていたようだ。対象が含みもつ捕え難い情趣を、対象を具体的に描くことで読者に実感させる、というこの説が、蝶夢にも伝わった可能性がある。

次に考慮すべきは、親友三宅嘯山の文芸理念である。嘯山は名著『俳諧古選』を宝暦十年に完成した。この書で嘯山が俳諧の理想としたのは、〈平穏な表現の内に深意がこもる〉という作風だった。「平淡中ニ妙処有リ」というわけである。嘯山は多彩な言語表現を十分に評価しつつ、作品の内容つまり精神的要素を何よりも重視する。蝶夢は、嘯山からも内容優先の文芸理念を鼓吹されたろう。

京の蕉門俳壇の人となった蝶夢のもとへは、加賀俳人の訪問が相次ぐ。その内でも、無外庵既白から受けた影響は大きい。既白との交渉は宝暦十一年から始まる。次は明和二年刊の『蕉門むかし語』に出る既白の言説だが、早く蝶夢に説きもしたろう。

> おのれが外に師もなく弟子もなし。万別千差も自《ワレ》はわれにして他《ヒト》はひと也。何ぞ他人の機に斉《ひとし》からんや。是はこれ蕉門第一の奥義、終日修し終日行てその深理をあきらむべし。

まことに厳しい自我・個我の独立の主張である。蝶夢の書簡に「いつもほめて物囉《もら》ふこと法師はせず候。一人の門弟一人の師なき事は海内しれることにて候」（書簡190）と見えるのも、無縁には思われない。

さらに明和二年（一七六五）、蝶夢のもとに越前丸岡の蓑笠庵梨一が訪れ、俳論『もとの清水』稿本を預けた。その冒頭は次のように始まる。

凡生とし生るものかならず情あり、情あれば感あり。情、物に感じて終に言に発す。

何とも明快な定義付けに驚くが、感情を生命体にとって本質的普遍的なものとみなし、感情の外界との接触が感動という作用を生起させ、それが言語表現を生む、と言う。蝶夢が俳論『門のかをり』で「生とし生ける物のたぐひにものいはせたらんを俳諧の風雅の真趣」と説くのも、その影響だろう。

ここまでで蝶夢は、文芸理念に関して四点を嚢中のものとした。

①相対的に、外の言語表現より内の精神的要素を重んじる。
②自我・個我の独立を前提とする。
③文芸の核となる感情を、生命にとって本質的なものと考える。
④感情は外界との接触によって感動をひき起こし、それが言語表現を生む、と考える。

このような理解の中で蝶夢は、芭蕉その人の言説に出会った。

蝶夢は明和三年、伊賀上野に赴き（初回か）、土芳著の俳論『わすれ水（内容本文は赤冊子）』を手にする。その冒頭の「……其《その》一とは風雅の実《まこと》也」や「常に風雅の誠をせめさとりて」の下りで、「風雅の誠」なる語句につよく惹きつけられたはずである。そして、

其物より自然に出る情にあらざれば、ものと（我脱）二つに成て、其情、まことに至らず。

の下りに及んで問題を抱え込んだ、と想像される。

この時点から蝶夢は、芭蕉が「風雅の誠」と呼んだ文芸性の本質、即ち〝まこと〟の内実を、真剣に考え始めた

のではなかろうか。明和五年に脱稿した俳論『門のかをり』に、「風雅の真趣」（三回）「風雅の真龍」「俳諧の実境」「風雅の実地」と「まこと」を含む語句が頻出するのは、そのことを裏付けよう。

右のような過程を経て蝶夢は、明和八年の『宰府記行』に持論を開示する。人誰しも「欲」をもち、自分は旅へ出たいという「欲念」を抑えられない。青梅を見たら無意識に唾液がわいたという、その事実をそのまま句に詠んだ。これが「誠」の俳諧だ。「思うこと言わぬは腹ふくるゝ」の諺通り、人間は、内にもつ思いを外に吐き出さずにはおれないのだ。——とこのように訴える。ここには既に、先の①②③④が含まれている。

この四点に加えて蝶夢の言説には、新たに、

⑤誠の情は、自己の意志にかかわらず自然に現れ出る。

⑥誠の情は、内部から、力を伴って現れ出る。

という二要素が含意された。⑤については、『赤冊子』の「自然に出る情」が関わったろう。おそらく蝶夢は、①から⑥にいたる要素を含むものとして、芭蕉の「風雅の誠」を理解したと思われる。

安永二年（一七七三）頃から蝶夢は、

たゞ自己の風雅を楽しみ申より外なく候。（書簡305）

との主張を繰り返すようになる。蝶夢が得た結論である。蝶夢は始めて、安永三年刊の『芭蕉翁発句集』の序に「風雅のまこと」（本書四七頁参照）を織り込んだ。その時、蝶夢はその語句の内実を十分納得して用いたはずだ。けだし、芭蕉以外の人が使った最初の用例であろう。

改めて考えてみると、『宰府記行』は紀行である。その中で蝶夢は、自分の文芸理念を得たりと開陳しているかに見える。冒頭直ちに、

生死のながき眠の中、はかなき夢の戯にもおのれ〳〵がこのむ欲多し。

と断じ、長々と説くからである。

しかし意図的に、その開陳のために紀行の筆を執ったわけでもあるまい。義仲寺の芭蕉堂再建という最初の大任を果たし、『施主名録発句集』刊行の俳壇での好評をも耳にし、芭蕉の「風雅のまこと」に思いを馳せていた蝶夢には、ある種の気負いがあったろう。そのような思いの中で、新たに獲得した文芸観がおのずから紀行作品の中ににじみ出た、ということであろう。

（『義仲寺』誌三七七号収の連載㊱による）

安永天明期俳諧における蕪村の位置――〝姿・情〟をめぐって

安永天明期俳諧の中で、蕪村はどのような位置を占めるのであろうか。それを知るには、まず俳壇の中での位置を明らかにしなければならない。そしてまた、この時代の俳壇を席巻した蕉風復興運動への、蕪村の対応のあり方を探らねばならない。これについては先にも述べたが[1]、かいつまんで説明しておこう。

この文学運動は、十八世紀の後半、およそ数十年にわたって展開した息の長い運動である。私はこの名称を、ここでは『俳文学大辞典』の項目名に従って蕉風復興運動と呼んだが、運動の推進者の意図に沿うなら、「蕉門中興運動」と呼ぶのが適当と考えている。私がこの称を重視するのは、運動の主体がみずから「蕉門」と名乗る俳人集団にあり、彼らが運動の目標を純正な蕉風俳諧の復興におき、これに参加するすべての者を「蕉門」の名で統括しようとしていたからである。つまり、蕉風俳諧の正統な継承者を増やし、これを糾合しようとしていたわけで、右の称はその運動の実態をよく伝えると思うのである。このような性格だったから、運動は、蕉門系統のさまざまな流派を、また蕉門以外の貞門派や談林派をも巻き込んでいくことになる。そして運動の一応の終結を見る寛政年間の中ごろ（一七九〇年代）、全俳壇が、濃淡の差はあれ蕉風俳諧の色を帯びるに至る。

……しかれば都鄙の好士、自門他流のわいだめなく蕉門の祖風を仰がん人は、ともにこゝろざしをはこびて……

これは『丁亥墨直し』の序に見える蝶夢の発言だが、この明和四年（一七六七）の呼びかけが、三〇年後に現実のものとなるのである。

今や我御国の風人、十にして八九は翁の風を慕ふ徒なり。（寛政五年刊『まぼろし』）

国々在々残りなく一統の正風躰となんぬ。（同『その浜ゆふ』）

寛政に入ると、かような言辞は、枚挙にいとまがない。

ここで、この「蕉門」を名乗る俳人集団について述べると、その中心になったのは、いわゆる五色墨系や美濃派・伊勢派傍流の人々だった。彼らの中から多数のリーダーが現れ、糾合を進めていく。そしてその主張は、当初は一見多様に見えながら重要な点では共通し、運動が横の連携を進める中、次第に一つの方向へと向かうのである。共通点の一に、句意を理解できないような言語遊技的な技巧の排除があって、それは裏返すと、句意の平明の要求ということになる。平明であるなら誰にでもつくれる。運動の背景に、俳諧が近世社会へ広く深く浸透していくという、俳諧人口の数量的問題があったのは否定できない。

平明の主張は、とくに美濃派・伊勢派の流れをくむ人々によってなされた。地方に活動の基盤をもつ両派の俳諧師たちは、この主張で俳圏を広げてきたのである。彼らは、事物をありのままにとらえ、自分の感動を素直に現すことを求める。この立場の人々のことを、かつて私は地方系俳人と呼んでみた。これに対して都市系俳人と呼んだのは、蕉門の中でも其角・嵐雪の流れをくむ人々や貞門派・談林派で、趣向など言語表現の面白さにより高い価値を与える立場にある。私は、大別された二つの俳人集団が、それぞれに持ち味を保ちながら、相互に交流して影響しあい、その差異を薄めていったのが、この運動の実態だったと考えている。そしてもっとも重要なことは、運動をリードしたのは地方系の側であり、その主張の核心を成した〝蕉風〟が、ついには全俳壇に定着したということである。

〇

このような蕉風復興運動を、私は大まかに五期に区分している。芭蕉の年忌で区切る一〇年を一期とした、五十回忌ごろからの胎動期、六十回忌からの準備期、七十回忌からの高揚期、八十回忌からの結実期、九十回忌からの収束期である。高揚期が始まる宝暦十三年（一七六三）、蕪村はまだ俳諧に積極的ではない。蕪村が俳壇に乗り出してくるのは、明和七年（一七七〇）の夜半亭継承からで、高揚期も末に近い。そして天明三年（一七八三）には世を去るから、蕪村が活躍した期間は、五〇余年にわたる運動の内のわずか一〇年そこそこということになる。しかしその一〇年は、安永年間の結実期を中におく一〇年だった。蕪村はまさに、長期にわたった運動に、豊かな実を結ぶ者として登場したのである。

ここで注意しておきたいのは、明和年間の京都の俳壇状況である。京俳壇は、貞門や淡々系（其角系の一）など、伝統的に都市系俳諧が有力なところだった。地方系といえば、美濃派の俳人がわずかにいて、例年の三月十二日、東山の双林寺で墨直会《すみなおしえ》を催す程度のことだった。墨直会というのは、芭蕉作と伝える仮名詩の石碑の文字にあらたに墨をさしなおす行事で、その日は美濃派・伊勢派の俳人が諸国から集うのである。かように低調だった京の地方系俳壇が、高揚期に入ると急に活発に動きだすようになる。それはひとえに、蝶夢が運動に参入したことによる。蝶夢は浄土宗の僧だった。それが蕉門俳諧が内にもつ精神性にめざめ、寺を出て、その再興に生涯をささげようと決意したのである。蝶夢の活動は多岐にわたるが、かの美濃派の墨直会を、明和二年から同七年まで、美濃派俳人に代わって主催した意義は大きい。蝶夢はこの法会を、美濃派一派のものから蕉門全体のものにまで高めようとし、諸国の俳人に出席を促していた。その呼びかけに応え、蕪村と旧交があった丹後の竹渓や鷺十、さらには蕪村に近い几董までも参加した。[2] かような蝶夢の積極的な活動が、おなじ京にすむ蕪村の眼に映らぬはずはない。明和六年の『平安二十歌仙』序で、「今の世にもてはやす蕉門」とこれに言及するのも、その活動を気にしてのことで、都市系に属する蕪村が本格的な活動を始める契機に、地方系俳壇の活発化があったのは疑いない。更にはまた、いくばくかの影響も受けたかと思われる。

○

私は、蕉風復興運動をになった俳壇の構造を、地方系と都市系の二つに大別してみた。それはまた、俳風の大まかな区別でもあった。その区別はすでに当時も意識されており、用例はさほど多くはないが、当代人は、地方系俳諧にあたるものを「心の俳諧」、都市系俳諧にあたるものを「詞の俳諧」と呼んでいた。たとえば二柳は、『俳諧直指伝』の中に「心の俳諧・詞の俳諧の弁」の一項を立てて論じ、竹護は、『餅黄鳥』の序で「むかし守武・宗鑑の比《ころ》は言語の俳諧にて余情うすきを、芭蕉翁この道の神魂を得給ひしより、都鄙其風流をしたひ……」と述べるのである。実はこの「心の俳諧」「詞の俳諧」の語は、すでに貞門時代から使われており、前者を俳意ある句、後者を技巧的な句にあてていた。それを当代人は、前者に情のある蕉風の句という意味を与え、後者を蕉風以外の俳諧を一括するのに用いたのである。

ここで、「心の俳諧」の内容をいま少し検討してみる。先の竹護の序は、余情こそが蕉風だと言いたげだが、「心の俳諧」の本質を「情」とみなしても、決して間違いではない。だが蕉風は、情を最重視するとはいえ、この概念だけでは説明できない。たとえば樗良は、次のように述べる。

発句は、月華にあそびて哀深き折〳〵、色にたはぶれては色深きふし〴〵、人にわかれ、人に逢ひ、恋をかこち、故郷を思ふ、其情、其姿、捨がたき時なるを、其まゝ発句にしたる書付置なり（安永二年成『樗良伝記』）

蕉門の俳人が実作を論じる際、情と並んで欠かせない用語が「姿」だった。従って蕉門の俳論は、しばしば姿情論の展開という形をとる。そしてこの姿情論が、蕉風復興運動の中で次第に成熟していくのである。平明の主張は、これと表裏をなしている。

姿情論のもっとも進んだ段階は、鳥酔系の俳論に見出せる。従来の姿情論では、実作にあたって姿を先とすべきか、それとも情を先とすべきかが問題とされていた。これを受けた鳥酔系の俳人は、その先後の論を解消し、姿情は車の両輪のように一対のもの、とみなした。姿は外界にかかわり情は作者にかかわる、従って位相が異なるから先後は問題になり得ない、と考えたのである（従来は、姿・情ともに外界・作者の別がなかった）。かような理解に到り得たのは、彼らが、作品を生みだす主体と制作の対象となる客体とは、まったく異なる次元にある、という認識を獲得したからであった。このような二元論的な認識は元禄蕉風にはなく、安永天明期蕉風の到達を示すものである。そして同系の白雄は、さらに一歩をぬきんでて、客体は主体の情が発動してはじめて把握されるということ、つまり主体の優位を確認した[3]。

かように鳥酔系の姿情論は、制作のメカニズムについての理解を、より近代に近いものへ組み替えることになったが、この二元論的認識が成立し得たのは、その背後に、「姿」についての新たな解釈があったからである。鳥酔系俳人は、姿を外界にかかわると定める一方で、次のようにも述べていた。

金石すら心を答ふ。まいて其言を人聞て、其すがたをふたゝび見るが如くに歎じさするものならずや。（安永元年刊カ『蓑のうち』）

ここでは、読者が作品中のイメージを自己の内部に再現する、と理解されている。ということは、論者が、その作品中のイメージは外界のそれに等しく、作者の内部に受容されたものもまた等しい、と考えていたことを裏付ける。すなわち、イメージは外界・作者・作品・鑑賞者を媒介するもの、との理解が成り立っていたのである。従って、彼らはイメージに強い関心をいだき、これを重視した。たとえば中途失明した作者が「心に姿を見るは目に見るもひとしく」と句作を楽しむことが評価され（宝暦四年刊『天慶古城記』）、同門内で「老師（＝鳥酔）の閑居を想像す」（宝暦十四年刊『わか松ばら』）などと「想像」という漢語をつかうことが流行した。白雄の「名月や眼《まなこ》ふたげば海と山」の句もその関心をあらわす。

イメージの尊重は、かように鳥酔系俳人において顕著だったが、実は蕉風復興運動の中で、俳壇全体をおおう現象でもあった。蕉門では、『二十五箇条』が「発句 像《かたどり》やうの事」の一条をもうけて「発句は屏風の画と思ふべし。己が句を作りて目を閉、画に準《なぞ》らへて見るべし」と説くように、はやくからイメージに意を注いでいた[4]。その関心が、安永の前の明和ごろになると、蕉門の枠を越えて一挙に高まる。

惣而《スベテ》、発句・平句共に、画に写されぬ句は死句《シニク》にて、画に写さるゝ句は活句《イキク》と知るべし（明和七年成『俳諧六指』）

抑、古池の句は寂寥の一躰也。淋しみ此上もあらじとすがたを調ふ。又見ずして観察の句也。其庵ちかき古池に音あるは蛙也と、音の字則字眼也、句魂也。しかるを欵冬《やまぶき》やと五文字を置て見べし。さすれば眼前の句と成。眼前の句に蛙の飛入し音はしれたる音也。又音の字無益に成、一句何の詮もなき句と成。見ずして観察するに音の一字、寥しみ上も成（あカ）らじ。（明和九年成『若葉合』）

前者の著者栢舟は素堂系の馬光門、後者の著者唫花廊は貞門の人、いずれも蕉門ではない。もって俳壇の趨勢がうかがえよう。後の記事では「観察」が「眼前」に対置されている。この観察は、『二十五箇条注解』では、「心相にみるを観といふ。不見をもみるを察といふ……観は姿を見て、察は情を見るなるべし」と説明されていた。記事の筆勢からも、この著者がイメージを重くみることがわかる。

　このように、俳壇全体にイメージや影像性の重視がひろがる背景には、漢詩壇の影響もあった。とくに、宝暦六年に刊行された祇園南海の遺著『明詩俚評』によって広まった影写説は、俳壇も大いに受け入れたらしく、そのキーワード「有声の画」は、俳書にもしばしば現れる。

　　詩は有声の画、画は無声の詩にして、俳諧も有声の画なる教を尊む。（明和四年刊『玩世松陰』）

というわけで、いわば〝絵のような俳諧〟が一般となるのである。

　このような俳壇状況の中、「詞の俳諧」の俳系に立つとはいえ、蕪村も当然、イメージに関心を寄せた。それどころか、もっともイメージを活用する作者になっていった。いまさら作例を示すまでもあるまい。思えば画家である蕪村にとって、この俳壇動向はきわめて興味深いものであったに違いない。

　　冬ごもり心の奥のよしの山

　　ちりて後おもかげにたつぼたん哉

蕪村もまた、イメージそのものを句に詠んでいる。

○

　ここで、蕪村の姿情のあつかいを述べるまえに、蕪村がとった立場にふれておこう。蕪村の制作意識を解明するうえで、自筆句帳の出現は画期的であった。ことに、自賛の合点を付した句が、近代の評価とずれを示すのが驚きを与えた。そして、この合点句の検討を通して解明が進み、まず紹介者・尾形仂氏は解説のなかで、蕪村の評語「しほからき」の重要性を初めて指摘され、蕪村が世上の叙景句の流行に背いて、趣向のかった俳諧性のつよい作風を志向したことを述べられた。(5)私もこれを受けて、叙景句は地方系俳諧が本領とし、趣向の面白さは都市系俳諧が特色としていた、従って蕪村は、叙景句の流行と魅力に心ひかれながら、これを無条件には肯定し得ず、時に反発して俳諧性を強く主張するに至った、という複雑な制作心理を指摘した。(6)要するに蕪村は、「片よりは万芸ともにあしく候」（鬼道宛書簡）と考えて自在にふるまい、系列を越えて多様な作風を駆使し、しかも独自性を追求したのであろう。

蕪村もまた姿情を重視していた。しかし右のように、姿情をあつかうに際しては、地方系俳諧を意識することが多かったらしい。蕪村は自画賛（角屋蔵）で、芭蕉の付け句、(7)

敵よせ来るむら松の声　　千里
有明の梨打烏帽子着たりけり　　芭蕉

を、「今の世に蕉門との丶しる輩、すべて此句の姿情をしらず。遺恨のことなり」と評していた。蕪村は、地方系蕉門が姿情を強調しながら、実際にはその真味を理解し得ていない、と非難し、一方で芭蕉の姿情の深みに達しうるのは自分だと、自負をほのめかす。この付け句は、『初懐紙評註』で「一句の姿・道具、眼を付て見るべし」と註され、『三冊子』では「移り」の付けの例とされていた。松韻にまぎれて伝わる来襲の気配、月明の下、身を引き締める武将の姿（蕪村の画は、烏帽子・狩衣・太刀をつけ、耳を澄ます姿を描く）、戦場の緊迫感がそのまま迫るようである。ここに形象された場面は、視覚的には薄闇、聴覚的にもかすかな昏迷の中にあり、それ故、そこに濃い感情が漂う。その情を漂わせた見事な形象の手柄を、地方系蕉門の徒は理解しえない、というのである。自画賛は軸物に仕立てられ、人目にさらされるもの。蕪村の気負いが思われる。

○

では当の蕪村は、どのように詠んだのか。次の記事は、その方法の一端をうかがわせる。

……夏木立（ノ句ハ）、いぶせき姿情有之候。しかれども、「行者いたまし」と云所を、「行者のきぬや」と致たき物に候。「いたまし」といふては、さん用詰めに相成候。「きぬや」と申にて、かのしをりも有之、一句のすがた、たけ高く覚候。いたましきは言外に見え候。もちろん、「いたまし」と云詰め候ては、一句初心成かたにて候。（士川宛書簡）

とりあげられた句は、「……行者いたまし夏木立」という形であろうか。蕪村はこの内から感情をあらわす抽象語「いたまし」を除き、具体的な物である「きぬ（衣）」を素材に加える。感情語を全面に出すと算用詰め（理詰め）になり、読者に感情を強いることになる。これに対し具体物「きぬ」を素材とした場合は、句の作りが格調を帯び、「いたまし」という感情は余情として自然に伝わることになる。つまり蕪村は、具体的な景すなわちイメージをまずこしらえて、感情はその背後にしのびこませる、これを基本と考えていた、とまず理解できる。

　ところがこの手法は、当時の俳壇ではかなり周知されていた。先の影写説が、景と情との結びつけを、そのように説いていたからである。

……影写トハ、物ノ本形ヲウツスヲ云。……其形ヲ直ニアラハシ、雪ヲ白シテ皚々ト云、月ヲ輾玉輪ナドヽ云タグヒ……何程巧ニテモ細工物ニテ……其真情ハ曾テアラワレズ。……詩ノ妙ハ、其形ヲステ、其風情ヲノミ写シ出ストキハ、其所レ賦スノ物、生テハタラク故、読ム人自然ト感ヲ起ス事、直ニ其景ニ対シ其物ヲ見ル如シ。（『明詩俚評』）

詩、景気ヲアリノマヽニウツシテ、此方ヨリ感ハ一ツモツケズ……言ステヽ風景ヲノミウツシテシラシム。此姿ノ詩、皆有声ノ画ト云テ賞翫ス。（同　）

ここでいう「本形」とは物そのもの、「形」とはそれを形容することがらである。「本形」と「形」は、ここで対語になっている。論者・南海は、対象がかもしだす情趣を何よりも重んじ、作品はその情趣を移しとらねばならない、と考えた、その結果の論である。この論は、鳥酔系俳人にまず伝わり、蕉風復興運動の中にとけこんでいった。蕪村もまた、南海の影写説を承知していたはずである。

○

それでは、姿情の問題に関して蕪村は、地方系など他の俳人たちと変わるところはなかった、と言えるのだろうか。次の、自ら解説を加えた蕪村句は、自筆句帳で合点を得たものである。

水にちりて花なくなりぬ岸の梅

右の句、定而おもしろからぬ句と思召候はんと存候。春のうつり行を惜たる姿情也。梅といふ梅にちらぬはなけれ共、樹下に落花などの見ゆるは、いまだ春色恋々の光景有之候。崖上の梅は散と其まゝ流水が奪去て、樹下にのこりたる花もなく、すご〳〵とさびしき有さまを申のべたる也。ちよと聞候ては水くさき様なれども、とくと尋思被成候へばうまみ出候句也。（安永六年春・何来宛書簡）

この句は、別の資料、地方系蕉門の俳書『仮日記』にも載り、「落花尚不離樹根／春色恋々如有情／さるが中に此ひと木は」と前書があった。編者は行脚俳諧師の江涯である。蕪村はこの句を、地方系蕉門の好みにかなう、姿情兼備の作として選んだのだろう。しかも深い情をこめるものとして。ところがこの前書は、自筆句帳等には見えぬのに『仮日記』にのみ加えられ、鑑賞を助けるために付したことが思われる。前書第一行の「落花」は「此ひと木」以外の木のもので、右の書簡に「樹下に落花などの見ゆるは」とあるそれである。たしかに情景を解説するようなこの前書があると、対比により、主題は理解されやすいことになる。しかし対比でもって解説されるとなると、鑑賞者に生じる情は薄れるのではあるまいか。蕪村は、相手が地方系蕉門ゆえ、あえてそうしたのだろうか。

この句と句解は、姿情に対する蕪村の意識をよく伝える。蕪村はこの句を、表面的には「おもしろからぬ」「水くさき」と心得ている。同内容の霞夫宛書簡にも「うち見にはおもしろからぬ」とあった。ここに一見平凡な景だけが詠まれていることをいうのである。しかし作者は、その景を通して読者に「すご〳〵とさびしき有さま」（霞夫宛では「あわれ成有さま」）を汲みとらせようとする。その情を感得することを「うまみ出候」というのであろう。具体的な景をつくり、感情を背後にひそませる、という図式は、先の士川宛書簡でも見えていた。とすると、この句を秀句とする理由は別にあるはずで、それを解く鍵は、「ちよと聞候ては水くさき」という表現における平淡さの強調と「とくと尋思被成候へば」という条件付け（霞夫宛書簡も同じ）にあるように思われる。「とくと尋思」というのは、読者に精神活動の負担を求めるものである。景が平凡なら、読者の精神活動の量は少なくてすむはず。しかし景中に情があるとするなら、景が平凡であるほど、読者の精神はより活動しなければならない。景の表面から、その奥にある情にとどくよう、心を馳せねばならぬから。ところが蕪村は、わざとのように景を一見平凡にこしらえた。意図的に、景の表面からその奥の情までの距離を大きくとった。言い換えるなら、句の表現は、情趣の存在を気づかせるにとどめ、読者に対して、読者自身が情趣を求めて存分に心を馳せることを求めた。この馳せる心が〝想像力〟だろうが、想像すれば情が生じる。蕪村は、制作や鑑賞に際しての想像力の働きを承知していた。鳥酔は、「姿をそのまゝにいひはらひて、句中をおもひやるほど情のこもりたるは、感ずる余りに涙こぼるゝぞかし」（『俳諧提要録』）と述べ、地方系蕉門においても想像力の問題は自覚されつつあった。だが、蕪村は誰にもまして心を寄せていたと思われ、(8) 想像の所産の作品の豊饒が、そのことを物語る。蕪村における姿情は、どうやらこの想像の問題と切り離せないようである。

これまで私は、地方系蕉門の俳人が、〝姿・情〟つまりイメージと情趣とを重視し、また蕪村も、その立場を等しく受け入れたことを述べた。ところで地方系蕉門では、この〝姿・情〟も、どちらかというと〝情〟の方に重きが置かれていた。極論するなら、姿は情を運ぶ器でしかない。麦水らは、ことさらに〝情〟のみを挙げて次のように言う。

俳諧に古人無しとは、文明の頃（ノ）宗鑑を始とし、守武・宗因・季吟と俳諧伝はり、皆言語の作のみの事にして、情に感ずるの俳諧なし。故に古人なしといへり。（『蕉門廿五ケ条貞享意秘註』）

然るを我翁始めて心の俳諧といふ事を悟り給ひて……言外の余情を……（同　）

去来曰、情の俳諧よく味ふべし。（同　）

ここに明快に定義されるとおり、蕉風俳諧は「心の俳諧」であり、この「心」とは情を意味した。とするなら蕉風復興の目標は、俳諧における情の回復にあった。蕪村もまたそのことを了解したと思われ[9]、蕪村なりに運動に参加した。だが、その蕪村の眼から見る地方系蕉門の作品は、情の表現においては、声高な主張にそぐわぬ低みにあった。『新雑談集』によると、几董が、言水の「菜の花や淀もかつらもわすれ水」にふれて、「淀もかつらも夕がすみなどゝ幽艶めかして、句をまぎらかし侍るが今の流行なり。我ともがら此病いかふ（う）癒しぬべき」と歎じたところ、蕪村がうなずいた、という。右の流行の体はおそらく地方系蕉門を指すと思えるが、几董らは、その情趣が表面的な付加にすぎぬことを見抜いていたのである。

　これに対し蕪村は、より深い情、読者に実感を与えうる情を求めた。そのために情を、景の表面に漂うそれではなく、奥にひそむ情にしようとした。つまり、句の奥行きやその深さを考えた。となると、そこには当然、理知的な操作が加わることになる。情をかもしやすい趣向や句作りが求められる。

　燈を置かで人あるさまや梅が宿

この蕪村の句も、一見平凡な景が前面に現れる。しかし、改めて静かに味わうなら、香りにみちた夕暮れの梅屋敷全体が生動するものとなる。素材が、梅林のような庭―家―薄暗い内部―人、と同心円状に配置されており、そのため読者の意識は、かすかに感じとれる人の気配に向かって、句の奥へと求心的に導かれる。その過程で、次第に情感を覚えるのである。このように蕪村は、情を句中にひそめるには、それなりの醸成法が必要と考えた。その理知的な構成の巧みさは、「詞の俳諧」の伝統から受けるものでもあった。理知的に姿をつくる手法により、より深い情を描き得た、そこにこそ地方系蕉門との違いが見出されるのである。

○

このように蕪村は、姿を通して情を表現する法にたけていた。それは画家だったことにもよろう。たとえば、「竹渓訪隠図」や「新緑杜鵑図」である。あのみずみずしい新緑は、みなぎるような何かを感じさせ、観る者に、内にひそむ力や命を思わせはしないか。樹上をかすめる一羽のホトトギスは、目に見えぬ澄んだ大気の薫りを伝える仕掛けではないのか。思えば、このみずみずしく柔らかい樹木の表現は、安永元年（一七七二）の「四季山水図」あたりから現れていた。蕪村が、安永初年ごろから、景や物の内部に心をそそぎ、これを視覚化しようと努めたことが察せられる。蕪村にとっては、句の情もまた景の内側のものであった。

蕪村が事物の内部への配意をつのらせたのは、あるいは皆川淇園の影響かもしれない。淇園は京都の儒者で、すでに明和七年（一七七〇）に蕪村の画に賛を与えている[10]。淇園の哲学的な著作の数々は、事物を構造的にとらえ、その内部に本質的な価値が隠されて在ることを指摘した。しかしてまた、明和八年に刊行した『淇園詩話』においては、

蓋シ、凡、詩ヲ作ル、未ダ一語ヲ成サザルノ先、必ズ立ツルニ象（＝像）ヲ以テス。象立テバ則チ精神寓ス。而シテ其ノ物タルヤ、窈然、冥然、倏然、忽然、是ニ於テ心之レガ為ニ哀感ヲ生ジ、情之レガ為ニ詠歎ヲ発ス。是ニ於テ文辞以テ之レガ物象ヲ明カニシ……（原漢文）

と、制作にイメージの形成が重要なこと、イメージの形象を通じて情が生じること、を説いていた。また、「人、独リ能ク心ニ虚象ヲ設ケテ文字之レヲ実ニスルコトヲ知リテ、而シテ未ダ知ラズ、実景又当ニ之レヲ虚象ニ帰スベキコトヲ」とも言い、イメージと外界の姿との対応をも明らかにした。蕪村の方法は、この淇園の文芸思想にこと

ごとく一致する。

〇

これまで述べてきたように、蕪村における〝姿・情〟のあり方は、地方系蕉門が目指すものと同じでありながら、これを超えていた。その延長上には、浪漫性が濃い空想的な作もありえた。それらもまた、豊かな形象と情とを備えるなら、蕉風と呼ぶに値する。蕪村の独自性は、内へ、また外へと馳せる心の延び、つまり想像力の大きさにあった。その想像力の大きさは、蕪村が都市の人だったからこそ恵まれたのであろう。蕉風復興運動における蕪村の位置は、俳壇的に見るなら傍流にあった。しかし、運動が志向した俳風に即してはかるなら、まさしくその先端にあった。蕪村もまた、蕉門中興の大役をはたしたのである。

(1) 田中道雄「蕉風復興運動の二潮流―運動の基本構造―」(『蕉風復興運動と蕪村』収)・同「蕪村が占めた座標」(鑑賞日本古典文学『蕪村・一茶』収)。
(2) 本書一四九頁参照。
(3) 田中道雄「「我」の情の承認―二元的な主客の生成―」(註1に同じ)。以下もこの論を参照。
(4) 堀切実『蕉風俳論の研究』参照。
(5) 尾形仂編『蕪村自筆句帳』。
(6) 註(1)拙稿。
(7) 貞享三年のいわゆる「丙寅初懐紙」の一部。蕪村は前句の上半を、「敵よするやと」と揮毫。
(8) 田中道雄「蕪村の手法の特性―〝趣向の料としての実情〟」(註1に同じ)および本書三二八頁の一文を参照。以下もこれらを参看。
(9) 蕪村もまた、姿情兼備を蕉風の条件と考えていたろう。そのことは、盟友・嘯山の次の記事から類推できる。

蕉翁始テ、詩歌ニモ肩ヲ比スベキ姿情ヲ発明セラレシハ、此等ノ句（＝古池やの句）ヲ最トス。故ハ、云カケモナク、拍子ニモ拘ラズ、表《ウエ》ニ旨《ムマミ》ヲ顕サズ、又俳言ヲ強ク用ントモセズ、自然ニ云ヒ下シテ裏《ウチ》ニ意ヲ含メリ。（『雅文せうそこ』）
ここでも、句の内部が重視されている。

（10）『蕪村事典』の「絵画一覧」（田中善信稿）による。

蕪村発句の「中」

芳賀徹氏が、

うづみ火や我かくれ家も雪の中

をとりあげて、蕪村の発句の特性を論じた一文は、斬新な蕪村理解として広く迎えられたように思う。好著『与謝蕪村の小さな世界』において、雪の夜空↓屋根の下の小部屋↓火桶にかぶさる我、また灰↓埋火という、同心円状の内部への集中があることを指摘されたのであった。実は私もこの手法に興味を抱いており、関連して、最近私見を述べた（『蕉風復興運動と蕪村』第十章）。ここで、拙論にいささか贅言を加えたい。

右の句は座五に「中」の語を用いるが、この「中」は、蕪村が比較的多く使った用語であった。いま試みに、『蕪村句集』『蕪村遺稿』の「中」の用例数を、古典俳文学大系『中興俳諧集』所収の諸句集の場合と比較してみる。数字は、所収発句数・「中」を含む句数とその百分比を示す。

蕪村句集	八六八	一五	一・七二%
蕪村遺稿	五八〇	七	一・二〇%
（二書の計	一四四八	二二	一・五一%）
千代尼句集	五四六	〇	〇　%
太祇句選	五六九	九	一・五八%
太祇句選後篇	四〇六	四	〇・九八%
（二書の計	九七五	一三	一・三三%）
春泥句集	九〇三	五	〇・五五%
蓼太句集	六八二	一〇	一・四六%
半化坊発句集	六二七	一四	二・二三%
井華集	八二二	一二	一・四五%
しら雄句集	一〇九四	六	〇・五四%
青蘿発句集	五九五	九	一・五一%
蓴亭句集	二〇一五	一二	〇・五九%
暁台句集	一一五三	一三	一・一二%

右の表を見ると、いずれも「中」の使用頻度は低いながら、蕪村の頻度が相対的に高いグループに属することが認められよう。蕪村がこの語に関心を抱いたふしがある。

この蕪村の「中」は、用例数もさることながら、個々の用法につくと一層興味深い。もっともその多くは他の作者の用法に似るが、一部に蕪村ならではの作があり、見逃し難いのである。先の「うづみ火や」の句もそれで、特に意識した使用であった。次は、四月二日付柳女宛の蕪村書簡である。

なつかしや朧夜過て春一夜　(A)

朧夜過て　今宵わけておぼろ成るは、春のなごりを惜むゆへかとの御工案、おもしろく候。されどもこれにては、朧夜の過ぎ去ることになりて、過不足の過にはならず候。

なつかしや殊に朧の春一夜　(B)

右のごとくにておだやかに聞え候。それを又更におもしろくせんとならば、

なつかしや朧の中に春一夜　(C)

桃に桜に遊びくらしたる春の日数の、さだめなく荏苒《じんぜん》として過行興象《すぎゆくきようしやう》也。心は、朧々たる中に、たった一夜の春が名残をしく居るやうなと、無形の物をとりて形容をこしらへたる句格なり。……三月尽の御句　甚《はなはだ》おもしろく候故、却《かへつ》ていろ〳〵と愚考を書付け御めにかけ申候。……

(A)は柳女の句で、書簡の内容は、この(A)を批評した上で、その添削指導へと移る。(A)を蕪村が「おもしろく候」と評するのは、一句が、〈三月尽の今宵が殊に朧であるのは、春が名残りを惜しむゆえであろうか〉との発想に成ると解し、その趣向を評価したのである。蕪村は、中七以下を〈わけて朧夜過てあらしめる春一夜よ〉と擬人法的に解釈した。この解は、ここでは省略した書簡の後文の賈島の詩からも証し得る。とすると上五の「なつかしや」は、作者の惜春の情の底に、擬人化された春が名残りを惜しむ気味をも含むものとなる。こうして趣向に心を奪われた作者は、景の表出にはさほど配意していない。

この(A)を添削して蕪村は、まず(B)を成し、次に(C)へと進む。中七を「殊に朧の」と改めた(B)は、作者の意図を正確に伝え得ぬ（「過て」を時間的にも解し得る）表現上の難を去って、句意の安定を求めたもの。朧の程度を強調する句意は(A)と変らず、従って朧夜の景は重視されない。これに対し(C)では、「更におもしろくせん」と、表現に新

たな作意が施される。それは、中七を再度改めて「朧の中に」とするもので、この斧正によって一句は、「朧々たる中に、たつた一夜の春が名残をしく居るやうな」作品になる、と蕪村は言う。そして、(C)の表現は(A)(B)を凌駕する、と自負する。

　ここで(A)(B)と(C)との差異を考えると、(C)にはまず、景の存在を確かに印象づけることがある、と思う。それは、(C)が「中」の語を含むからである。「朧の中」と言う時、読者の意識には、「朧」についての一定のイメージ形成が求められる。「中」が〝外〟の存在を前提とするからである。また文中には「形容」の語があった。この語はここで、「かたち」「ありさま」の意に用いられている。この語があるのも、(C)が景を重んずることを裏付ける。

　さらに(C)の特徴として、「中」の語によって、その景に構造性が与えられることがある。即ち、外からうかがい得る「朧々たる」景と、その内に在って見え難い「春一夜」との二層である。「春一夜」は、ここでも「たつた一夜の春が名残をしく居るやうな」と擬人的に説明され、(A)の趣向はなお生かされている。しかし、この(C)の「春一夜」は、すでに移り行く晩春の情趣そのものをさすと解してよい。つまり、景が含む情である。こう解すると、「無形の物をとりて形容をこしらへたる句格」という下りが、大変理解しやすくなる。私はこの句格を、祇園南海の影写説に近いと考えるが、この詩論は、「詩ノ妙ハ、其形ヲステ、其風情ヲノミ写シ出ス」(『明詩俚評』)と説くものであった。表現の目的は何よりも情を醸し出すにあり、景はその実現を援けるものと位置づけられる。情はとらえ難いから、具体的な景を借りて表現するのである。蕪村もこの論の影響を受けており、こうして(C)は、外の景と内の情の二層構造をもって仕立てられたのである。

　(C)は、景を構造体として表現したため、そこに奥行きを生み、読みは味わい深いものとなる。そのことを、文中の「興象」の語が示唆する。これも作詩法の用語で、『角川古語大辞典』では、「詩的対象に向って、情が刺戟されて詩趣が胸中に形成される、その主観的な内容をいう。表現されれば叙情となるもの。客観的な内容を称する景象の対」と解説されている。やはり景の対になる情をさすが、作品中ではなく、作者の側の情に関する語なのである。また服部南郭の『唐詩選国字解』では、「詩ハ貴ブ二興象ヲ一」を「詩ハ、興象、思ヒヤリヲ以テ云フ事」と説明している。この場合も作者内面の情の発動を指すらしく、その情が作品に向かうことを述べるのである。書簡中の「興象」は、「桃に桜に遊びくらした」作者の情が、景の奥の「さだめなく荏苒として（＝次第に）」過ぎ行く春の情趣へ投射される作用を言うと思われ、上五の惜春の情は、明らかに景の内部へと向かっている。

〝景の中にひそませた情〟という思考は、物を構造的に把握しようとする、当時の新しい儒学思想にも対応する。京で新風を興した皆川淇園の学がそれで、すべての物は内と外とに区分されるとし、内には内容と物それぞれの本質性が収まる、と考えるのである。淇園は「憐《アワレム》」の語を、「物ノ内ツラヲ思ヒヤリテ、格別可愛《カワユ》ソフナルモノトシ、(己れの)心ニツケスユル事」(『虚字詳解』)と説いていた。(C)の発想は、これに相似ぬであろうか。

蕪村の発句には、情の醸成を図って景に趣向をこらすものが、まま見受けられる。蕪村の「中」の多用は、どうやらこのことに係わるようである。

蕪村の「鮒ずしや」の句

私の蕪村との出会いは、中学校の教科書の、

　月天心貧しき町を通りけり

による。玲瓏な月光が、貧しい人々が眠る低い屋根屋根を等しく照らす中、作者は心に充ちるものを覚え、一人静かに通り過ぎる。

この句は、邵《しょう》康節の「清夜吟」を下に踏まえるが、その絶句は、天心にある月の「清意味」を理解する者は少ない、と結ばれる。天心の満月は深夜の景、月見客も去り、ようやく中天の高みに昇りつめた月は、ひとり地の果てまで清らな光を届け続ける。

ところで、次の句はどう解釈すべきだろうか。

鮒ずしや彦根の城に雲かゝる

蕪村自身が、大魯宛の書簡で、「此句《この》、解すべく解すべからざるものに候。とかく聞《きき》得る人まれにて、只、几董のみ微笑いたし候」と、難解さを示唆している句である。「解すべく解すべからざる」が、漢詩壇に現れた影写説の用語で、微妙複雑な、高度の感情表現をさすことはわかるのだが。

十年ほど前、彦根の魚屋で鮒ずしを求めて帰った。独特の味わいと強烈な酸味は、今も口中によみがえるほどだ。聞くところによると、魚一貫目に対し米二升を使うという。魚一貫目は、鮒一尾二五〇グラムとすると、わずか一五尾である。

解釈のヒントを得たのは、『続明烏』などの註釈をした折だった。蕪村や几董たちが、玉葉集・風雅集をよく読んでいることに気づいたのである。

島原や踊に月のむかし顔　　几董

この句は、玉葉集の〈久方の月は昔の鏡なれや向かへば浮かぶ世々の面影〉（西園寺実兼）を思い出すことで深みを増し、一人だけ吉野の花見をした我が身を恥じて笠で顔を隠そうという、

花ちりて身の下やみやひの木笠　　蕪村

は、やはり玉葉集の〈卯の花の散らぬかぎりは山里の木の下闇もあらじとぞ思ふ〉（藤原公任）を踏まえて面白い。

次いで私は、玉葉集・風雅集に親しんでいた蕪村や几董は、共感覚的表現にもなじんでいたのでは、と推察した。玉葉・風雅は、新古今に続いてこの手法を多用しているからである。共感覚的表現とは、

海暮れて鴨の声ほのかに白し　　芭蕉

のように、五感の表現を作為的に交錯させるもので、韻文表現の洗練を顕現する。

冬木だち月骨髄に入《いる》夜哉　　几董
此《この》句老杜が寒き腸《ハラワタ》　　蕪村

冴えた冬の月光は、視覚表現でありつつ骨にしみる寒さという触覚表現になり、蕪村はそれを受けて脇を付けた。蕪村や几董の体得が知れ、「几董のみ微笑いたし候」という、会心の良句を得て喜びを共有した、書簡の文面へ思いが及ぶのである。

即ち、「鮒ずしや」の句は、共感覚的表現の一と解してよいのではないか、と。鮒ずしの舌にこたえる味覚的爽やかさが、白く聳える城に見合う、夏雲のダイナミックな視覚的爽やかさと響き合う。口にした庶民の菜から空のかなたの清涼な空間への心の飛翔――それは陋屋の軒間から天心の満月を仰いだ句と同様、読者を高く広い世界へ誘《いざな》って浄化する。

蕪村は、「俗語を用て俗を離るゝ」と言った。「嘯月賞花、心ヲ塵寰ノ外ニ遊バ使メ……俗気ヲ脱スル」とも言った。右の解釈をとると、この二句は、離俗の法のわかりやすい実践例に見えてくる。

「鮒ずしや」の句については、「雲」の一語から巫山の神女の故事を引く解釈もあるが、やはりこの句は、「口中と視界に清涼の気がみなぎってくる」（蕪村全集）との、穏当な解釈に従うべきだろう。もし典拠を求めるなら、王維の「座シテハ看ル雲ノ起ル時」（三体詩・終南別業）があろうか。

稲田利徳氏の一連の共感覚的表現研究は、正徹に始まって和歌・連歌全般、さらに芭蕉の発句にまで及んで詳密である。多くを教えられ、味覚にかかわる表現が皆無に近いことも知った。

とすると、「鮒ずしや」の句はこの手法の斬新なものと言えるが、次の付合が思い出されてくる。

芙蓉の花のはら〳〵と散る　凡兆
吸物は先出来《でか》されし水前寺　芭蕉

いうまでもなく匂付けの典型とされる付けで、視覚的な爽やかさと味覚的な爽やかさとの結合は、やはり共感覚的表現の一と見なせよう。蕪村や几董は、芭蕉にも十分学んでいたのである。

「傘も」など蕪村二句

最近、これまで幻の存在だった百池旧蔵『夜半亭蕪村句集』が天理図書館に収蔵された。それに同図書館は、その全文翻刻をいちはやく機関誌『ビブリア』に掲載してくださった。その内から二句を拾い、解釈を試みてみたい。勿論、いずれも新出句である。

傘も化(け)て目のある月夜哉

「傘」の読みは「からかさ」。この句には、「化物題」という詞書が付いている。蕪村が読者に、見事な化け方を見破ることを求めたわけである。蕪村は俳画で妖怪絵巻や百鬼夜行図を手がけ、化け物に大いに心惹かれていた。

この句の表に、傘の主は出てこない。まず物としての「傘」が詠み出される。次に「傘も化けて」だから、その傘に何らかの変化が起きたことを「化けて」とおどけて言った、と推察できる。次に助詞「も」が他にも変化があったことを示唆し、「月夜哉」で、雨が止んでにわかに月が出たのだ、と分かる。すなわち、傘の変化は天候の変化に応じた故と知れ、読者は、その変化とは、雨にぬれぬよう誰かが差していた傘、つまり開いていた傘が畳まれてすぼんだ状態になったことだった、と解するに至る。ではなぜ、すぼまるという単純な変化が「化け」るという語で表現されたのか。傘が「目のある」姿になったからである。ここで読者は、蕪村の言葉の魔術にかかり（「目のある」の、前を受け後にもかかる効果に注意）、畳まれて柄を下にした破れ古傘にただ一つの目が付いている化け物、すなわち一つ目小僧が現れると思いきや、何と一つ目だけは瞬時に遙か彼方に飛び去って天空に浮かんでいた。「おっと一つ目、傘を離れ、今や雲間に現れて」とユーモラスに戯れたのが、蕪村の仕掛けた趣向である。スケールの大きい化け方の楽しさ、爽やかさ。飛躍する発想は、あたかも談林俳諧のように、読む者の心に解放と高揚をもたらす。雨上がりの清々しく澄んだ大気の彼方、広い夜空にこうこうと冴えわたる満月の美しさ。雲間に突如現れた満月は人を驚かせ、「一つ目」とは言い得て妙。それが破れ傘の一つ目に見立てられて、読者は軽やかな滑稽味を味わう。意外性がもたらす笑い。

私たちは、ここで鑑賞を終えるのは惜しい。このような場合、蕪村の心には同じ情景の古歌が浮かんでいた、と考えるべきだからである。例えば次である。

秋風にたなびく雲の絶え間よりもれいづる月の影のさやけさ（藤原顕輔・新古今和歌集・百人一首）

蕪村の読者は、趣向の面白さに重ねてこの古歌を思い返し、自然の美しさをも味わうことになる。さらに蕪村の、

月天心貧しき町を通りけり

を思い出し、蕪村と嘆美の心を共にするのである。

猫の恋閑院様の御簾の外

閑院様は、平安時代の閑院左大将朝光のことである。この人には、色好みの逸話が多い。この句ひとまずは、恋多き閑院様のご寝所の外で猫もまた恋の季節、求愛の声がかまびすしい、と春景に解釈できる。しかしここで、「猫の恋」の語からすぐに連想できる越人の名句「うらやましおもひ切る時猫の恋」を加えるなら、解釈はさらに面白くなる。『猿蓑』に出る句ゆえ、蕪村は勿論知っている。さらにもう一つ、詠み人知らずの和歌が伝える、閑院様のある行状を考え合わせてみる。

左大将朝光、女のもとにまかれりけるに、「悩まし、帰りね」といひ侍りければ、帰りての朝、女のもとよりつかはしける

雨雲のかへるばかりの村雨にところせきまでぬれし袖かな（後拾遺和歌集）

上の句は、戻って来た雨雲が降らせた村雨によって、の意で、男が帰って行った後に作者が泣いたことをいう。感情を高ぶらせた女は、朝光を閉め出して内に入れなかったのである。蕪村の句は、その朝光がすごすご帰邸した後の情景を描いた。とても思い切れずに悶々と一夜を過ごす朝光と、同様の猫と。越人の句は、猫の恋がある時期になるとぴたりと止むことを言うが、ここは人も猫もまだそこに至らないのである。

蕪村は、閑院様に心惹かれ、「嵯峨ひと日閑院様のさくら哉」という句も詠んでいる。大谷篤蔵先生によって、当句の趣向が新古今集の歌によることも明らかになった。(註) 蕪村は八代集に通暁していた。蕪村の趣向のこしらえ方は、新古今時代の歌人達が古歌を駆使した手法に似通うところがある。設定した二つの世界が奥行きを生むのである。

（註）大谷篤蔵「閑院様の桜」（『芭蕉晩年の孤愁』〈角川学芸出版、二〇〇九年〉収）。座談でも、蕪村句は近世的に読むべしとしばしば説かれた。

（「新出した蕪村発句の解釈」より抄出）

蕪村の句は近代的か？

私が蕪村研究を志したのには、萩原朔太郎の『郷愁の詩人与謝蕪村』の影響もあった。私同様、朔太郎に導かれて蕪村好きになった方は多いに違いない。ことに年配の方には。同書は昭和十一年に刊行されて青年たちに迎えられ、その人気は戦後もしばらく続いた。書名の中の語「郷愁」「詩人」からして、若者の心をひく。本文中には「浪漫的」「近代的」の語も散りばめられる。

蕪村研究を始めてからも朔太郎は心を離れず、蕪村の俳諧は本当に「浪漫的」「近代的」と言えるのか、それを学問的に検証しよう、と考えるようになった。そして今、長い年月の後、私なりに一つの答えを得ることができた。その問いへの回答、すなわち蕪村の創作意識を伝えてくれたのは、何よりも蕪村の手紙だった。そのことを、少し詳しく述べよう。

解明の最初の手がかりとなったのは、蕪村のいくつもの手紙に、くり返し現れる他流派への批判の言辞だった。次はその一例。

さくらなきもろこしかけてけふの月

此の句法は、当時（最近の意）流行の蕉風にてはなく候。近来の蕉門といふもの、多くあやなし候句ばかりいたし、俗耳をおどろかし、実はまぎれものに候故、わざとか様の句をいたし置き候。（如瑟宛て）〔手紙の表記を一部改めた〕

この手紙は、天明三年秋の発信、蕪村がこの没年にいたるまで、ある流派を目の敵《かたき》にしていたことが分かる。その相手は「当時流行の蕉風」「近来の蕉門」と呼ばれた。おかしいぞ、蕪村だって芭蕉の流れを汲んでいたはずなのに、という疑問がまず生まれた。当時の俳壇は複雑、多くの流派が併存し、蕪村の夜半亭一門は、その中の一小グループに過ぎなかった。

蕪村の主張はこうだ。「近来の蕉門」による「当時流行」の作風は頼りないから、あるべき正風のお手本として、わざと「さくらなき」のような句を作るのだ、と。他の資料によると、ライバルの作風は「けしき」ばかりで味が薄い、これが問題で、俳諧には、その本質ともいうべき「俳力」が必要なのだ、と。つまり「さくらなき」の句には俳力があるということになる。「さくらなきもろこし」とは表現が奇抜で面白い。それに月の運行を中国大陸にまで拡げてイメージさせる雄大な発想、そこには確かに表現上のある「力」がある。この俳力は、江戸文芸全般に見出される「趣向」という技法の内に含まれよう。

「けしき」という語は「写生」という語に繋がる。つまり写実。写実主義は、文芸史上での近代到来を告げるもの。蕪村は、写実を評価しつつも、それだけでは満足しない。逆に、ライバルである「近来の蕉門」は、これをどこまでも徹底させようとする。蝶夢に代表され、素朴清新を旨とした同時代の多数派である。近代文芸の写実主義の前兆がここにある。

それでは蕪村は、日本の詩歌の近代化にまったく無縁なのだろうか。そこでもう一度、蕪村の手紙の世界に戻ると、次が見出される。

山吹や井手を流るゝ鉋屑《かんなくず》

……右のおもしろき故事を下心《したごころ》に踏みてしたる句也。只一通りの聞き（理解の意）には、春の日の長閑《のどか》なるに、……鉋屑の流れ去るけしき、心ゆかしき様也。詩（漢詩のこと）の意《こころ》（趣向をさす）なども、二重に聞きを付けて句を解き候事多くあり。（嘯風等宛て）

この句は二段階の解釈ができ、第一段階では、のどかな春景色の詠として十分に鑑賞できる。だが第二段階へ進んで、凝《こ》らされた趣向の仕掛けを読み解くと、この句の上質な出来具合をさらに理解できる、というのである。その趣向は、句の下に故事を踏まえるところにある。

井手は山城の歌枕で、山吹と蛙《かわず》の名所。右の故事とは、数奇《すき》者節信が歌僧能因へ見参の折、能因が摂津の長柄《ながら》橋の工事の際の物として一片のかんな屑を贈ったのに対し、節信が井手の川の堤の物として乾いた蛙を贈った、という話を指す。確かにこの故事の内容を連想しながらもう一度句を読むと、浮世離れして高踏洒脱な中世人の風流に心洗われ、改めて春景句を味わい深く楽しむことができる。「一粒で二度おいしいキャラメル」ごとき、作者が仕掛けた二重鑑賞法である。当時の文壇に現れた〝影写説〟の影響を見るが、蕪村はこの手法を得て安堵したろう。「近来の蕉門」と同じ写実力と共に自負する「俳力」をも兼備できる、として。

写実的作品は、作者が外界の美しいものに触れ、感情を喚起されて成る。よって読者はその「情」を得て鑑賞の喜びとする。これに対して「俳力」は、「面白さ」を価値とする。「面白さ」は理知的な喜びである。ここでは「情」は詩歌の内容面と言え、「面白さ」は詩歌の表現面にかかわる。右の二重鑑賞法の登場は、あたかもそれぞれの句が、いずれも内容面と表現面の両面兼備を前提としたような印象を与える。仮に蕪村が、この二面の必要を無意識ながら感じていたとするなら、やがて現れる近代詩歌の〈主題と構成〉の原型を用意したと言えよう。すなわち蕪村作品の構造は、近代詩歌の作品構造の前段階にあったことになる。このように蕪村作品には、近代化の兆しが見られる。しかし、これをもって結論としてよいか。

確かに蕪村は、表現面をより重視しながら、その中に「情」をも込めようとした。

　春雨や人住みて煙壁を洩る

化け物が棲《す》むという噂で荒れ果てていた家で、ふたたび人の生活が始まった。一句は、蕪村がその貧しい家族の幸せを願うかのようで、「情」を感じとることができる。しかしこの句を成した時に蕪村は、壁の破れから漏れ出る煙で家族の存在を読者に伝えようとした、その巧みな趣向にこそ満足したろう。蕪村の作品では、やはり趣向が最優先されていたと考えてよい。

そもそも近代詩歌における内容面、つまり主題とは、作者において内発する「情」にかかわる。よって作は「叙情」の詩となる。その作品中では、主題（内容）は構成（表現）の上位に立つ。

蕪村作品において、作者蕪村に内発する感情を伴う作品は、例の「春風馬堤曲」だろう。確かに読者は、蕪村の望郷の情、亡母を恋う情を感得できる。しかし同作品を鑑賞する時、作者を藪入りの少女に化身させるという大胆な趣向、漢詩壇で流行中の郊外散策詩を踏まえるという斬新な発想、こういった表現面の圧倒的な力が、内容面の「情」の力を凌《しの》ぐのを否定できない。私はこの事情を、同時代の歌論から借りてきた、「趣向の料（手段の意）としての実情」という言葉で説明したことがある。趣向つまり「面白さ」の効果を上げるために取り込む真実の情、という意味である。ここではまだ、表現面が内容面の上位にある。

このように蕪村は、もっぱら趣向つまり表現面を優先した。趣向という語は、中世の歌論の中で使われ始めた。もともと和歌では、本歌取りのような理知的な技法が発達していた。また、その技法を駆使するには、先行古典についての豊富な知識が求められた。豊富な知識に裏打ちされた知的な技巧こそ、詠歌に際しての基礎学力だった。

この文芸観は俳諧にも伝わって初期俳諧を生み、さらに江戸中期俳諧にまで及ぶ。蕪村は、その伝統をかたくなに守ろうとしたのである。「近来の蕉門」の多くは、地方の人々だった。また新興階層の人々だった。古典の教養という点で考えると、蕪村一派とは大きく隔たる。

見てきたように、蕪村の優れた作品の数々は、趣向の力に支えられていた。私には蕪村が、古典詩歌の伝統の、その長い歴史の流れの最末端に位置するように見える。豊熟した蕪村作品を前にすると、近代詩歌に一歩近づいた新しさ、近代詩歌のほのかな曙を見る一方で、この思いが尽きない。蕪村作品は、古典詩歌の正統を嗣いで最後に輝く光であることをこそ、まず評価されねばならない。

私がこのような蕪村観をいだくためには、蕪村の手紙が欠かせなかった。蕪村の手紙は、蕪村の心へと開かれた小さな窓なのである。

蕉風復興運動とは何か

十八世紀後半、芭蕉の精神や元禄俳風の再生を求めて、俳諧と俳壇構造に変革をもたらした文学運動。全国各地に現れた革新的俳家が、個性を示しながら流派を超えて協同し、俳壇を統一的に蕉風へと導いた。当代人は「蕉門中興」と呼ぶ。

【略史】 ㈠胎動期。寛保三年（一七四三）の芭蕉五十回忌ごろから。『五色墨』（享保十六年）に萌芽を見せた俳壇現状への批判が、蕉風への志向として胎動し、運動らしい姿をとる時期。江戸で『続五色墨』のグループが結ばれ、蓼太は『雪颪《おろし》』で江戸座を難ずる。㈡準備期。宝暦三年（一七五三）の六十回忌から。蕉風志向の活動が多様になる時期。江戸の鳥酔の「伊賀実録」など、芭蕉の伝記・作品・俳論についての調査研究が始まる。加賀国の既白など、復古唱導の行脚が活発化して東西俳壇の連携がきざし、京の蝶夢の蕉門転向のように、個人内部で蕉風再認識が進む。㈢高揚期。宝暦十三年（一七六三）の七十回忌から。革新諸俳家が出そろい、多彩に活動して復興気運が一挙に高まる時期。京の嘯山の『俳諧古選』刊行や、蝶夢が推進した義仲寺の芭蕉追悼行事は運動に指針を与え、陸奥国の涼袋の片歌説、加賀国の闌更の『有《あり》の儘《まま》』、信濃の白雄の『かざりなし』、尾張の暁台の『秋の日』の刊行など、個性的な主張と論戦が展開する。新しい俳風が模索され、京の蕪村らは三菓社を結ぶ。㈣結実期。安永二年（一七七三）の八十回忌から。運動が全国化して蕉風の地位が確立し、新風の佳作が生れる時期。蕪村・几董の『あけ烏』、伊勢の樗良らの『誹諧月の夜』、加賀の麦水の『新みなし栗』など、運動の成果が多数刊行され、革新諸俳家が縦横に交わる。㈤収束期。天明三年（一七八三）の九十回忌から寛政五年（一七九四）の百回忌まで。運動が大衆的な流行に変質する中で、蕉風化が都市系俳壇にまで及び、芭蕉が偶像化される時期。主要俳家の半ばが没し、残る者も職業俳家色が濃くなる。その中で百回忌の諸事業が盛大に行われ、二条家は暁台らに花の本《もと》宗匠の称号を贈る。

【性格・意義】享保期（一七一六―三六の前後）の俳壇には、貞門流・其角流を中心とした都市系と、支麦派を中心とした地方系との二つの流れがあった。運動は、都市系の点取俳諧の遊戯性や奇矯な技巧、地方系の作風の低俗、集団の閉鎖性、両派を通じての過度の職業化による腐敗堕落と、そのいずれをも批判し、本来の蕉風の回復を説く。したがって、革新俳家は両系から出たが、主力は支麦派、殊に伊勢派傍流の人が多く、これら地方系革新俳家が運動を主導することになる。その蕉風理念は、姿情《しじょう》論を基礎に、実景（ありのままの写実的形象）と実情（純粋な感動の表出）の尊重という形に整理され、この理念が都市系革新俳家をも引き寄せて、やがて俳壇の二つの流れを一つにする。すなわち、実景実情の俳風と、趣向性や都市的洗練を本領とする都市系の俳風が混交して、多様な新風を生む。例えば、浪漫的・芸術的な香気をたたえる蕪村の作品など、その典型である。運動には、俳壇に地歩を築こうと競う新興俳家の現実的側面も垣間見えるが、俳諧に精神性・文芸性の回復を願って芭蕉を追慕する、純粋な意志も存した。したがって、時に大坂の二柳のように庶民教化的な啓蒙性を帯びるとはいえ、脱俗高雅の作品を生み、これ「天下ひと手の風」〈『文庫びらき』〉となり得た。運動の背後には、徂徠学や国学における復古的思潮があり、これに続く漢詩文の隆盛や文人的生活の追求があった。その影響は、用語・素材における雅文的色彩、俳論における影写説の応用、郊外散策による自然美の再発見など数多く、繊細な感性や清新の詩情が、裏に教養を伴うことを思わせる。逆に、この運動が歌壇・詩壇に与えた影響も大きい。また、運動の社会的基盤には、蝶夢の支援者のように、地方都市の上層町人をも含む。享保期に経済成長を遂げた彼らは、地域社会の中で責任を担い、その自覚的な人間愛の精神が芭蕉の人格を慕った。当代の蕉風俳諧は、麦水の作品に見るように、作者の主我性を強め、白雄が理論化したように、「対象に対峙して独立する作者が、対象を正確に見、深い感動を覚える時、平明に表現する俳諧」と理解されてくる。その核心にあるのは作者の「情」であり、その情に発する視線が想像力として対象の内部にまで及ぶ、そのことを期待するのである。こうした表現機構の理解は近代に近いものであり、主客の二元的把握への到達は、運動が、主客未分化だった元禄蕉風と近代俳句とを媒介したことを、充分に物語る。復帰の目標だった芭蕉は、あたかも宗祖のごとく神格化され、「生涯を旅に過ごした」という俳聖的芭蕉観が定着する。その一方で、雑俳・川柳が俳諧から分離していく。俳諧は俳諧本来の何かを失い、近代俳句への道を歩み始める。

（一九九五年角川書店刊『俳文学大辞典』の「蕉風復興運動」の項目）

佐賀美濃派俳壇の成立事情——蕉風復興運動にからめて

歴史の流れを見ていると、ある時期にさしかかって重大な分岐点が現れ、二つの道の一つを選んだ結果、歴史はもっぱら一方へのみ滔々と流れていくことになる、という劇的な場面がある。これは文学の歴史にしても同様である。佐賀の文学史においては、俳諧の場合にそのドラマチックな一場面が見られる。

一

佐賀県の江戸時代の文学を顧みると、全域にわたって俳諧が盛んに行われた。唐津地方や田代地方も盛んだったが、ことに旧佐賀藩域では、江戸時代を通じて多くの作者が活躍した。しかも、その大いに迎えられた時代が二度もあり、二つのピークをつくって文学史の流れを彩るのである。

最初のピークは、俳諧が全国的に大流行した、十七世紀中葉の貞門・談林俳諧の時代である。佐賀の俳人たちは、中央にも進出して、当時の代表的な作者と対等に交流し、たくさんの作品を残した。もっとも有名なのが、如自と号した石井又右衛門忠俊で、『葉隠』にも一挿話が記録されており、「大器量の者にて候」と評されている。また任他と号して活躍した枝吉三郎右衛門順恒についても、『葉隠』は、衆道の極意を語った興味深い言説を書き残している。また、これも多く出句して中央にも知られた団弥兵衛朋之については、『葉隠』は「歴々にて候を、町人に召成され候とも申し候」と、その閲歴を伝えてくれる。つまり、当時の佐賀の上層の武士や町人が、全国規模の俳壇活動に参加していた、ということなのである。

二

この、旧佐賀藩域における近世初期の俳諧興隆は、期間としてはおよそ二、三〇年ほどのものだった。ところが、近世中期に始まる二番目のピークは、十八世紀後半から幕末に至り、その余流は何と昭和四十年代まで跡をとどめるのである。つまり、二百年に近い歴史を刻むことになる。

近世中後期に佐賀の地で大流行したこの俳諧を美濃派俳諧とよぶが、本来この流派は、蕉風俳諧の一派で、芭蕉の晩年の弟子・各務支考（享保十六年〈一七三一〉没）が、自分の郷里の美濃に本拠を置いて、十八世紀初頭から盛んな活動を始め、その直門の弟子たちが活発に行脚して、全国各地に勢力を広めつつあったものである。佐賀の美濃派はその分流であり、美濃の大宗匠の指導を仰ぎつつ、旧佐賀藩域に、独自の一大俳壇をつくりあげるのである。

旧佐賀藩域に於けるその俳壇の拡大の有様は、まことに目を見張らせるような急成長ぶりだった。最初は、佐賀城下で俳壇が結成されるわけだが、ただちに鹿島・神代（島原半島の飛び地）・大町に作者グループができ、十八世紀が終わるころには、柄崎（武雄）・伊万里・北山・中原・小城・神辺（現白石町内）・吉田（現嬉野市内）・七浦にまで拡がっていき（多久・有田も含まれよう）、時代を下るごとに俳壇ネットワークの目は密になってくる。幕末に、長崎の南の深堀領で俳書が編纂刊行されている事実など、旧佐賀藩域のすみずみまで美濃派俳諧が浸透していたことを、象徴的に物語るだろう。

三

そこで本稿では、そのように盛大になる佐賀美濃派俳壇がどのような曲折を経て誕生したのか、その成立事情をめぐる一断面を紹介してみたい。

佐賀藩内の文化状況を分野ごとに歴史的に詳述した、全国的にも同種のものをあまりみない、『雨中の伽』という随筆風の書物がある。堤主礼の著で、文化八年（一八一一）にできている。その『雨中の伽』には、「佐嘉にてばせを門の俳諧は、十知庵を開祖とす」と明記し、この人から芭蕉七部集や獅子門つまり支考系統の俳書を読むことが始まった、と述べている。この十知庵というのは、別に苔峨《たいが》という俳号をもち、本来、花房良庵と名乗る藩医だった。佐賀県立図書館に残る花房家の系図によれば、寛政四年（一七九二）に没している。

その苔峨が蕉門俳諧に出会った経緯は、『雨中の伽』によれば次のとおりである。

（苔峨が）故有て暫伊万里に居住する比《ころ》、大村長淵寺浄土住持に白雲戸一洛と云僧有り。蓮二房（＝支考）の直弟・伊勢国幾暁房春波に学得し也。此一洛僧に伝へられて、伊万里にも社中有り。

右にかかわる石川八朗氏の調査によれば、(1) 白雲戸一洛は白雲戸一路、大村の長淵寺も白竜山長安寺が正しい。十二代住職で、宝暦九年（一七五九）に没したという。ただし、伊万里という出会いの場と、一路が春波から教えを得た、という二つの指摘は誤っていない。

伊万里の大庄屋であった前田家には、今なお多くの資料が残るが、その中に、『岨蘿《そら》・袖日記』と題した写本の俳書がある。岨蘿とは、第五代目当主前田善五左衛門利寿の俳号で、同書は、天明四年（一七八四）に没した後、息の坐翠が編んだ遺稿集である。その序文には、岨蘿もまた一路に学び、その没後は「其血脈の勢州なる行脚文藻舎に附学し」たと記されている。文藻舎というのは、先に見えた春波の弟春渚《しゅんしょ》である。この書に次の記事が見える。

此文月の末比、吾師白雲戸老翁、聊《いささか》の風興ありて、幾年か住うき松浦の草庵を尋ね給ひぬ。折しもさめやらぬ暑さに清水さへなければ、

ひたすら萩の雫を汲て、煎茶一碗まいらする
より他事なし

萩植て今日は手柄や秋の庭　　苔峨

執中庵先生、吾師の藜《れい》杖を助られて、同じく
草庵を敲《たた》き給ふに申す

未染《まだそま》ぬ野に入廻《いりめぐ》る月夜哉　　苔峨

「此文月」というのは、他の記事から宝暦七年(2)の七月と知れるが、この一路の伊万里俳壇訪問が初回のそれだったことは、岨蘿の発句の詞書「今年文月の末、白雲老翁、はじめて此地へ曳錫あり、対顔し奉り……」からも察せられるのである。このようにして苔峨は、伊万里滞在中に蕉風を知ったのである。

ところで「執中庵先生」とは誰であろうか。この書の中に「執中庵兎夕」との記名が見られ、筑前を基盤に活動していた出羽出身の蕉門俳諧宗匠で、至元坊兎夕、別に無耳庵嶺雲とも号した人物であることが明らかになる。一路は肥前に旅してきた兎夕を道づれに、この時、伊万里に入った。二人がこの地の俳壇と交わった様子は、『袖日記』にくわしい。以上によって、『雨中の伽』の記事の、一路が伊万里俳壇に蕉門俳諧を伝えたという記事は、充分に裏付けを得たことになろう。

とすると、春波および春渚との関係はいかがであろうか。安楽坊春波の活動の重要性を始めて指摘した大内初夫氏(3)によると、伊勢出身の春波は、元文元年（一七三六）に九州に下り、九州一円に蕉門俳諧を普及させて、延享四年（一七四七）に帰国しており、一路の春波入門は、元文初年という。従って、一路が春波の教えを得たのは確かであり、苔峨や岨蘿は、一路を通して春波を知ったのである。しかし、春渚については事情が異なる。春渚は、兄が開拓した九州の俳諧地盤の継承を意図し、春波が没した二年後の宝暦八年（一七五八）に九州入りした。そして

宝暦十二年（一七六二）には伊万里に来遊し、前田家に滞在した。『袖日記』には、春渚にかかわる、岨蘿の発句二句を見出せる。

　　春渚翁に夜話をまふけて
更《ふけ》て猶嵐のすつる桜かな
　　春渚へ送別
浪立や野九里山九里咲《さく》尾花

季語から見て、春から秋へと約半年間の長逗留だが、これこそ地方の素封家を訪ねて旅する、行脚俳諧師の行動の常だった。

その間には、夜話、つまり夜に俳諧はもとより和歌や連歌の講義を受けることもあった。「更て猶」の句の意は、夜話の理解が深まらぬことを、へりくだって述べたものだろう。前田家には、その夜話にかかわる資料が多数残されている。その奥書には、この宝暦十二年の月日を明示し、秘伝を春渚が岨蘿に伝授した旨を重々しく告げるのである。その日付がもっとも早いのは、『本式俳諧法伝』の四月十一日である。この書の奥書のみ宛名を欠くが、岨蘿が伝授を受けたことは疑いない。奥書には「幾暁庵直弟白雲戸一路師ヨリ相伝セシムル所也。誠ニ以テ蕉家獅子門・麦林門深甚之秘書也」の一節あり、「蕉翁三世幾暁庵肉弟　文藻舎春渚」と署名する。ここには、春波の実弟という立場をフルに生かして、宝暦九年に没した一路の俳圏を受け継ごうとする意図がうかがえる。坐翠の句控え『若葉梢』によると、この同じ日、伊万里俳壇では、春渚を中心に、春波の七回忌追福の俳諧が興行されていたのである。因みにその他の奥書ある秘伝伝授書を記すと、閏四月十二日付けが、『十論為弁秘鑰《やく》』、同月二十五日付けが『三五伝』と『連歌比興抄』、五月十五日付けが『古今集伝授秘訣』『歌書伝授秘訣』『知題抄和歌詠方打聞秘訣』の三書である。この歌書の場合は、署名に「小島先生門人　文藻舎武田源誠庸」と認めており、権威づけて和歌をも指導した行脚俳人の生態がうかがえる。

四

ここで再び、先に挙げた『雨中の伽』の記事にもどると、続いて次のように記されている。

（苔峨は）其後佐嘉に再び居しければ、幾暁庵の門弟・伊勢文藻舎春渚、江戸五色墨の宗匠・二六庵竹阿、幾暁庵門人・梅噎庵莫抱、京師の五升庵蝶夢、伊賀蓑虫庵桐雨ばせを高弟・猿雖の孫、加賀北海坊仏仙、其外諸国の行脚、常々十知庵を訪ふ是等、佐嘉に俳人の訪ふはじまり也。

苔峨は伊万里から佐賀にもどり、そこに続々と藩の外からの訪問客、すなわち行脚俳人が訪ねてきたというのである。苔峨の屋敷は川原小路（現川原町）に在った。春渚は、伊万里訪問の際には苔峨はすでに去っていたので、岨蘿の紹介状を携えて佐賀の苔峨宅に赴いたのだろう。次の竹阿というのは、後にかの一茶の師匠になる人で、旅を好んで宝暦十二年に江戸から西下し、伊予の各地を経て明和元年（一七六四）春九州に入り、秋まで長崎にいて、伊万里・唐津・名護屋・佐賀と巡って筑後・豊後へと向かった（遺文集『其日ぐさ』による）。伊万里で岨蘿に歓迎されたのは、『袖日記』に記す、

江戸二六ノ庵へ対して
手の届く迄はすがらん松に蔦《つた》
三夜の月ならでも立まちの月みよと、　岨蘿
亭に招かれて
打戦《うちそよ》ぐ稲葉〳〵に月清し　竹阿

の二句によっても明らかだろう。この後、佐賀の苔峨を訪ねた竹阿は、やはり岨蘿の添書を持参したことだろう。

その次に名が出る莫抱については、私はまったく知識を持ち合わせぬが、春波の門人という点を注意したい。その後に出る蝶夢を苔峨に紹介したのは、先の春渚だと考えられるからである。やはり莫抱の場合もその縁が察せられる。

蝶夢〈寛政七年〈一七九五〉没〉というのは、この時代の俳諧を考える上で、もっとも重要な人物である。その説明に入る前に、蝶夢の佐賀来訪の時期を確かめておこう。蝶夢は、京都に住む文人僧だが、日本人の心に、芭蕉史上最高の俳人である、という意識を広く植えつける上で、もっとも功績があった人である。やはり旅を好み、明和八年（一七七一）に太宰府・長崎をめざして西下したのである。その『宰府記行』の五月十三日頃の条には、「佐賀の城下花房氏に宿る。都にその子の遊学して居ける、その音づれなど語れば、夏の夜の習ひにはやく明ぬ」とあり、蝶夢は来佐以前から苔峨と交渉をもっていたらしい。おそらくは医業の修行に上洛していた苔峨の子息に、蝶夢は多少の助力をしたのであろう。そう思わせる資料がある。蝶夢の俳壇活動で目をひくのは、活発な芭蕉供養行事の主催だが、早くは京都東山の双林寺で営む〝墨直会《すみなおしえ》〟が、続いては湖南粟津の義仲寺で営む〝時雨会《しぐれえ》〟があった。この供養の席には全国から蕉門俳人が参列するが、同時に年一回の行事を記念する俳書が編纂・刊行されていた。その句集に、苔峨たちが句を送っているのである。それらへの出句状況は、明和五年の『戊子墨直し』に苔峨と如柳の二名、明和七年の『施主名録発句集』に十知（苔峨）・菊両等一五名、明和九年の『しぐれ会』に苔峨・菊両等五名、安永二年の『しぐれ会』に苔峨・菊両等九名、といった四回に限られるものの、ともかく一度は、佐賀俳壇の人々が、苔峨や菊両といったリーダー格の人に誘われて、京都の蝶夢が主催する、芭蕉供養の行事に参加していたことは事実である。そのような関係の中で、子息への助力や、蝶夢自身の佐賀来遊が生じたのだろう。

『雨中の伽』の記事にもどるなら、伊賀の桐雨は蝶夢の弟子筋の立場であり、右の蝶夢の九州旅行にお供役で同行していた。加賀の仏仙も著名な行脚俳諧師だが、佐賀来遊の時期は不明、おそらく蝶夢の紹介によると思われる。

ところで『雨中の伽』の続く内容は、先に出た執中庵兎夕について詳しく紹介し、「度々佐嘉へも来て、十知庵（＝苔峨）の連中を導く」と述べている。それを裏づけるかのように、兎夕の『無耳庵句集』には佐賀来遊時の発句が見え、兎夕が関わった明和九年（安永元）の柳川俳壇の歳旦帳には、苔峨も出句し、安永五年、兎夕が博多の住吉に、芭蕉供養のために風羅堂とよぶ一宇を建立した際の記念俳書『冬扇会』には、苔峨・菊両等二〇名がこぞって句を送っている。

五

これまで述べてきた内容を要約すると、全国各地のさまざまな流派の行脚俳人が、かなり前から苔峨や岨蘿を訪ねて、伊万里や佐賀の土を踏んでいた、ということになる。この行脚俳人たちには、俳壇史的に見ると、ある共通点が見出せる。それは、美濃派と近い関係にはあるが、例え美濃派の流れを汲むとしても、決して美濃派本流の人ではない、ということである。例えば、一路に俳諧を教えた春波は、とりあえず支考の直弟とは言うものの、大内氏によると、伊勢派の乙由にも就いており、あいまいな立場を保ちながら、美濃の大宗匠の支配を受けることなく、自由に思うままに九州の俳壇に自己の影響を広めていた。蝶夢も、美濃派の行事である墨直会を主催して、一時は美濃派と近い関係に立ちながら、やがて美濃派と関係を断ち、独自の蕉風復興運動をくりひろげていった。

このような俳人たちを一括して、私は傍流美濃派と呼んでいるが、その一派の存在を、『雨中の伽』の著者はしっかりと認識しており、「（美濃派の流れの）間に古調と自ら称して諸国を歩行《あるき》て悟す人有。……都《すべ》て、翁（＝芭蕉）在世の式の如し。風調も素也。是、高才の人、今世の人の下に立ずと、復古を起す也。……歌にていへば、契沖・真淵の人〳〵、万葉を起すが如し」と評している。実は、ここで「古調」と呼ばれている俳人たちが、安永・天明期における、蕉風復興運動の推進役を担った。享保期以後の俳諧の頽廃を愁い、元禄の芭蕉が拓いた正風の俳諧へ帰ろう、と訴えるのである。俳壇全体が、俳諧史上屈指の大変動を生む再編成期を迎えていたのである。その足下の揺らぎは、宝暦に兆し、明和・安永にかけて高まっていた。

六

このような俳壇全体の動きの中で、佐賀の俳壇は、突然、舟舵の向きを切り替えた。天明期に入ると、右の傍流美濃派俳人との接触を示す資料は皆無となり、これと入れ替わって、美濃にいる正統美濃派の大宗匠と直結した俳壇経営を展開するのである。それはおそらく、正統美濃派側からの働きかけがあったためと推測される。九州の俳壇は、それまでは、異なる流派の行脚俳諧師がやって来ても、そのつど素直に迎え入れることが多かった。無拘束かつ流動的な状態にあったのである。言葉を替えると、中央の俳壇との結合が弱かった。例えば、かの春波でさえ、九州を去った後、かつての弟子たちを充分に掌握したかは疑わしい。行脚俳諧師たちは、素地を耕すことはしたが、俳壇に花を咲かせるまでには至らなかった。そののどかな状況が次第に変わってくる。その勢いを促進させたのが、先に述べた蕉風復興運動である。例えば、福岡・杵築（国東半島）・城ケ崎（現宮崎市内）には、かの蝶夢を強く支持する俳壇が生まれ、例の義仲寺の時雨会に熱心に参加する。とすると蝶夢は、佐賀の苔峨庵の一夜の宿りにおいても、佐賀俳壇の同行事への参加を、誠心こめて勧誘したに違いない。それが、翌年・翌々年と二年にわたる佐賀俳壇の出句として現れたのである。

だが、安永三年以降、プツリと断ち切ったように、佐賀俳壇の時雨会への出句は見られなくなる。未開拓の九州俳壇をしっかり掌握することは、蝶夢同様、美濃の正統美濃派にとっても大きな願望であったろう。つまりここで、系列化という点でまだ処女地であった佐賀俳壇をめぐり、傍流美濃派の代表選手である蝶夢と正統美濃派の間で綱引きがあった、と考えざるを得ないのである。いずれに就くべきか、佐賀俳壇における結論は、わりと簡単に出たようである。伝統に培われた強い組織力をもつ正統美濃派は、傍流美濃派に奪われる危険を知って、迅速に動いたものと思われる。

佐賀俳壇は天明二年（一七八二）と天明四年に独自の歳旦帳を出し、天明七年には『笠の晴』と題する本格的な美濃派俳書を刊行した。この書は菊亮（菊両を改号）の編だが、序文は苔峨が認めている。この頃、苔峨はもっとも信頼していた菊亮に宗匠の地位を譲っていた。これを受けて、佐賀藩士であった菊亮（寛政十一年〈一七九九〉没）は致仕し、剃髪して禅門に入った。そして天明六年三月、その発心の旅として高野山に登り、六代目藩主鍋島宗教公の菩提を弔った後に美濃に至って、正統美濃派第六世・朝暮園傘狂に拝謁を乞い、宿願の師弟の契りを結んだ。『笠の晴』は、この一連の行動を記念して編まれたのである。

その帰路に菊亮は、美濃から派遣された俳諧師・百茶坊巒古《らんこ》を同伴して佐賀に戻る。百茶坊はすでに天明二年に佐賀に来ており、このことは、佐賀俳壇が同年から独自の歳旦帳を出したことと、無関係ではなかろう。再び来佐した巒古は盛大に歓迎され、ここにおいて佐賀俳壇の正統美濃派への系列化が、確固として成立する。そして、以後二百年にわたる佐賀美濃派の繁栄を生み出すわけである。一方、十数年にわたった傍流美濃派の佐賀俳壇接近は、ついに誰も実を結び得なかったことになる。しかし視点を換えれば、佐賀美濃派俳壇の成立は、全国的規模で展開した蕉風復興運動の波紋の一としてあった、と言うことが許されるかも知れない。

七

苔峨と菊亮は、熟慮の結果、正統美濃派への帰属を決意したに違いない。とは言え、正統美濃派への帰属は自然な成り行きではあったろう。なぜなら、佐賀俳壇を構成するのは多く上中層の武士だったし、蝶夢の支持者には町人が多かったからである。佐賀美濃派の俳書をひらくと、後継宗匠の決定について美濃の大宗匠の裁可を求め、地元の宗匠の就任や年賀の慶事、また葬送や年忌の弔事に際しては鄭重に儀式を営んでおり、その謹直さは敬服に値する。このような俳諧は、やはり佐賀藩の精神風土にみごとに相応じるものだった、と言えるだろう。

（1）石川八朗「豊前小倉俳諧資料㈠」（『九州工業大学研究報告』二七号収）。
（2）私はかつて、この年を「宝暦三年頃」と推定した（新郷土刊行協会刊『佐賀の文学』五八頁）が、今、これを改める。
（3）大内初夫『近世九州俳諧史の研究』（九州大学出版会刊）第六章。

（追記）鳥栖市田代上町の門司家には、『発句之伝』と題した明和二年十月十二日付けの春渚の奥書ある伝授書が残されており、肥前への再遊が察せられる。石川八朗氏によると、明和三年には伊万里とその周辺に在ったと言い、唐津市相知図書館は、春渚の句稿を伝える。
○蝶夢が双林寺の墨直会と関係を断ったのは、明和八年前後であった。美濃派側は、この頃から蝶夢を中心とする傍流美濃派に距離をおき始めたのだろう。
○蝶夢は、長い空白期を経て佐賀美濃派の俳書に「皆ふるき鐘の声也霜の朝」の一句を出す。享和元年（一八〇一）刊、十方庵画山編の『残夢塚集』である。当書の内容の前半は菊亮編の芭蕉百回忌記念集で、蝶夢に菊亮からの出句依頼があったと思われる。
○前田家資料は、現在は伊万里市民図書館に寄託されている。
○佐賀美濃派については、別稿「佐賀美濃派俳諧の展開――深江文庫の紹介をかねて――」（『佐賀大国文』三六号収）を参照されたい。

地方から編む文学史

私がはじめて公表した研究業績らしいものは、肥前鹿島にあった宗因捌きの連歌の翻刻だった。しばらくして、肥前多久にある維舟加点の俳諧を翻刻した。どちらも、この地の作者が催している。

この二点の資料は、いずれも島津忠夫先生からいただき、翻刻をすすめられたものである。この他にも、資料のある文庫などにお供すること多く、資料調査の手ほどきをしていただいた。

多くをお教えいただいた中で、今も私の学問の核をなすものがある。右の連歌の解説を書いている折、先生は、連衆の多くが『誹諧時勢粧』にも出句することに気づかれ、初期俳諧は連歌壇を母胎として成るのでは、という新見（島津忠夫著作集第三巻第十四章参照）を、初学びの私にご披露くださった。そして、出句の事実だけでも解説に加えるように、と。新しい文芸の創出の現場を地方に残る資料から垣間見得る――その目覚めるような認識は、心に深く刻まれた。

やがて私は、テーマを安永天明期俳諧に定めるのだが、研究を始めて数年の後、ゆくりなくもその体験が甦ることになった。中心人物である京の蝶夢のパトロンが全国に散在するので、それぞれの事績を現地に出かけて調査する内、地方俳壇こそ当代の俳諧の高揚をもたらした基盤である、と知ったのである。

この高揚、つまり蕉風復興運動ともよぶべき俳壇全体の新しい動きを牽引したのが、蝶夢など、「蕉門」と自称した俳人の集団である。これについては、江戸時代にすでに、類がない的確さで述べた明快な解説がある。思いがけなくも、それを佐賀の文献の中に見出した。

古調《コテウ》と自ら称して諸国を歩行《あるき》て悟す人有り。やはれ《ママ》翁の七部書のごとくし、歌仙・五十韻・百韻の外をせず。懐紙、長短の句に高低《ママ》なしに書《かき》、都《すべ》て翁在世の式の如し。風調も素也。是、高才の人、今世の人の下に立ずと復古を起す也。加賀半化坊、同国の北海坊仏仙等、数多此古調の徒あるといへど、行れ難し。歌にていへば、契冲・真淵の人〳〵万葉を起すが如し。

文化八年に成った、堤宗魯著『雨中の伽』（本文は鍋島文庫本による。『随筆百花苑』第十五巻に中村幸彦本による翻刻がある）の俳諧の項である。この書は、佐賀藩の諸文化、儒学から武芸・芸能にいたる四八部門それぞれの歴史を詳述した、百科全書的なユニークな著作で、著者は俳名乙馬、佐賀美濃派俳壇草創期の有力俳人でもあった。各項の末に、諸芸の概説や全国の状況を説く部分があり、俳諧の項ではこれが長文になる。

右はその付記の中の記事だが、「悟す」という活動の啓蒙的性格、「素」すなわち質素な作風、連句の短句を一字分下げて書く方法を採らない板下の独特の書き方、「復古を起す」という史的認識、加賀俳人の役割の大きさ（仏仙を挙げるのは佐賀に来遊したからか）、古学的風潮との類似、そして「行れ難し」という文化年間頃の状況——これらは「蕉門」の全体像を見事に描き出していて、その情報把握の正確さに驚かされる。

佐賀の美濃派俳壇は、当初は蝶夢に近づき、そして離れた（前章の「佐賀美濃派俳壇の成立事情」を参照）。その後は藩内で閉鎖的な在り方を保つように見えながら、実はかように全国俳壇事情にも通じている。むしろ、鋭く冷静に観察している。

地方から編む文学史——ふと、そんなことを考えた。そして島津先生の学問が、その視角を豊かに含むことに、今、改めて気づかされるのである。

『雨中の伽』の著者の素顔

『雨中の伽』という、ユニークな写本の書物がある。

佐賀藩の諸学諸芸の四八部門について、歴史と現状とを述べたもので、儒学・礼法・有職また数・書・画はもとより、武芸、文芸はもちろん、碁・将棋・香道・盆石、音楽は胡弓・唐笛まで、浄瑠璃や相撲もあって到らぬはない。まさに佐賀藩文化の百科事典である。『随筆百花苑』に翻刻があり、その解題で、中村幸彦先生は、近世に「かかるものの存在を聞かない。……存在そのものが既に珍ではなかろうか」と評しておられる。

著者は、文化八年（一八一一）の自序に以心庵と記した堤主礼である。鍋島家文庫に残る堤宗閑家の系図に「範房　同主礼　初左馬助　隠居名宗魯」とあり、文政三年十月十二日没、行年七十一歳。経歴は、寛政四年鉄砲組頭、享和三年手明槍頭とあり、文化六年に致仕している。『類題白縫集』姓名録によると、南十間端（現在の水ケ江三丁目付近）の住。

主礼の文事についていては、中村先生ご指摘のように、佐賀の歌壇を、中心になって導いたことが特筆される。事情はこうである。重松道雄と山領師言が京都の澄月に学び、やがて香川景柄に就く。中央の新気運を佐賀にもたらした二人を中心に、寛政六年に歌壇ができ、翌七年には月次会が開かれ、次第に盛んになる。主礼は、当初からの一員である。やがて道雄が没し、師言は公務多忙で離れ、歌壇の活動が低調化してきた文化五年、五十九歳の主礼が月次会を再興し、『源氏物語』や『日本紀』の会まで始める。主礼は、京の正親町前大納言実連卿（堯空）に学んでいた。

ところが和歌に熱意を示す前にも、主礼の生活には文芸があった。系図に「俳名ハ若キ時ヨリ以心庵乙馬ト云」と記すとおり、早くから俳諧に親しんでいたのである。佐賀美濃派の最古の俳書、天明二年刊の『菊亮春帖』にすでに見え、しかも発句の部の最末句（軸句）を詠んでいる。

女にもうしろ見せけり二日灸　　乙馬

二日灸は、旧暦二月二日にすえれば特効あるとされた俗習による季語。妻が夫の背にすえる場だろうが、背中を見せる逃げの姿勢、というところに俳諧味がある。主礼はこの時、三十三歳である。

佐賀美濃派俳壇が、美濃の道統家の傘下に収まるのは、天明六年七月、無漏庵菊亮が美濃に出かけ、六世朝暮園傘狂と師弟の契りを結んでからである。その旅の記念集『笠の晴』の巻頭、菊亮首途の連句の発句の詠者を主礼が勤める。発句につけた長い詞書で、主礼は、俳壇の新たな出発への期待を述べ、旅中での天神の加護を祈っている。右の二件を見ても、佐賀美濃派俳壇の成立時、主礼がその中枢にあったことが明らかになる。

寛政五年春、佐賀の連衆は長徳寺に残月塚を建立して、芭蕉百回忌供養を盛大に営む。その百韻では菊亮が発句を詠み、主礼が脇を継ぐ。この盛事の後、菊亮は宗匠の文台を主礼に譲ろうと申し出る。しかし、主礼は固辞し、百韻で第三を詠んだ海左が宗匠の座に就く。

寛政五年、主礼は四十四歳になっている。前に述べた歌壇の胎動がちょうどこの頃で、主礼の心がそちらへ動いたことも考え得るが、その人柄のゆかしさは察せられる。中村先生は、『雨中の伽』の到れり尽くせりの行き届いた内容に、主礼の、後世の人を思う親切と、これに伴う編纂の苦心を読み取っておられる。

それにしても、この書に見る百科全書的な教養の幅の広さには驚く。石井鶴山が大田南畝と深く交わっていたこと、山領師言が和漢の学の他、美術・芸能・天文・物理・民俗・考古学にまで関心をもち、司馬江漢と密に交流していたことなど思い合わせ、江戸中期の佐賀藩中級藩士層の文化水準の高さに、あらためて瞠目させられるのである。

虹の松原一揆の俳諧

「一揆」という語を連歌・俳諧に結びつけて考える時、私はいつも戦国時代を思い出してしまう。小勢力の土豪たちが結束して大きな勢力に立ち向かう場合、その結合を「一揆」と呼び、その集団内では団結心を高めるためにしばしば連歌を創った——このようなことである。連歌という文芸は、数人で協力して創りあげるもの。呼吸が合わねば完成しない。仲間同士の精神的一体化をはかるには、うってつけの手段だった。従って、このような目的で連歌を創ったのは、何も小勢力の土豪たちだけではない。歴とした武将達もしばしば連歌を創った。例えば、竜造寺政家や鍋島直茂たちも、朝鮮半島への出陣に際し名護屋城で連歌を巻いたのである。慶長二年（一五九七）正月のことである。

だが十八世紀も半ばを過ぎた虹の松原一揆において、その結合手段に連句形式が利用されることはなかった。連句形式は、連歌の時代を過ぎ俳諧の時代に入っても引き続き主役をになっていたが、この頃はすでに元禄俳諧以来の高い格調を失い始めていた。そして、連句の第一句である〝発句〟は、連句と無関係に作者の想いを述べる〝俳句〟への道を歩みつつあった。近代を前にして、文芸も変わりつつあったのである。実は私には、この一揆が起きた明和八年（一七七一）という年次が、ことのほか意味深く映る。

この明和頃、俳号を蝶夢（〜一七九五）と名乗る京都の僧が俳諧を大きく変革する。自らの事績を残すことに慎ましい人だったので忘れられてきたが、最近ようやく偉大な足跡が明らかになった。例えば、私たち誰しもが思い描く〝芭蕉の生涯は旅つづき〟というイメージは、この蝶夢が定着させたものである。このように芭蕉顕彰の最大の功労者である蝶夢が、その活動の最初の成果を挙げるのが、右の虹の松原一揆があった明和八年の前の年だった。芭蕉の墓所である大津の義仲寺に、芭蕉堂を再建したのである。全国の俳人一四〇〇人余の拠金によって成ったのだが、この大きなイヴェントが、全国津々浦々に蕉風俳諧を弘めて行く、蕉風復興運動の幕開けとなったのである。

ところで蝶夢は、蕉風俳諧をどのように理解したのだろうか。それが実に斬新だった。発句つまり今いう俳句について、次のように考えたのである。自分の心の底からこみあげてくる感情を、ただ素直にそのまま言葉にすればそれでよいのだ、と。出来具合の巧拙は気にしないでよい、と。自分の内なる想いをそのまま句にすることは個人の何よりの楽しみであり、これこそが蕉風俳諧の醍醐味なのだ、と。

蝶夢が初めてこのような文芸理念を示したのは、安永二年（一七七三）、虹の松原一揆の二年後である。蝶夢はやがて、芭蕉が説いた「風雅のまこと」とはこのことだ、と考えるようになる。

蝶夢はこのような考えを十分に理論化するには至らなかったが、このような蕉風理解に立って運動をすすめ、全国俳壇をリードしたのである。島崎藤村が『藤村詩集』の序文で「新しき詩歌の時は来りぬ。……ためらはずして言ふぞよき」と、詩歌の本質は内発する情を言葉にすることだ、と訴えたのは明治三十七年（一九〇四）だった。詩歌についての新しい思想は、藤村より実に百年以上も前に萌芽を見せていたのである。

虹の松原一揆に先だって、宝暦九年（一七五九）八月、幕府への越訴のため大庄屋たちの代表三人が唐津を旅立つ。二十二日、浜崎の瑞雲寺であった壮行会の席で、漢詩や発句の応酬があった。次はその内の一句。

吾妻へと義気に吹かるゝ一葉哉　　大谷簣《き》山

簣山は、代表の一人の佐志村の大谷治吉である。我が身を風に吹かれて飛ぶ一枚の木の葉に例え、その行動の動機を「義気に吹か」れたから、と説明する。つまり、一人の人間として、やむにやまれぬ自分の内部からの要求で江戸に出かけるのだ、と言う。また、次もある。

旅立つやうなづき合ふも萩薄《すすき》　浜田以天

以天は、やはり江戸に行く鏡村の浜田善右衛門。他の二人と結んだ堅い同志的な感情は、風に揺れる萩と薄が葉と葉を交わし合うような、「うなづき合ふ」鋭い眼差しの交換となる。

右の二句には、蝶夢が説いていた発句を詠む原理とまったく同質の、個々人の心が現れている。このような内容の発句を詠み交わすことこそが、連句を巻かなくなった十八世紀の一揆の文芸にふさわしい。一揆の文芸においても、文芸のスタイルは時代が決めるのである。

唐津を発って五日後、三人は下関の湊に繋がれた船の中にいた。天候回復を待って、二十七・二十八日のまる二日を停まった船の中で過ごしたのである。つれづれに任せ、連句を巻く。

枕思千里外

筆記方寸中

色かへぬ松には劣《まけ》じ我が操《みさお》　前田尾仝(瓦カ)

月は冠《かむり》を洗ふ海原　大谷簀山

思ひ入る伊豆のさ霧の岩は抜きて　浜田以天

尾仝は徳居村の前田正吉。松の翠《みどり》の色は、変わらぬ志を喩える素材。尾仝は、題辞で「枕思千里外」と述べた遠い江戸へ馳せる思いが、松のように永久《とわ》に色褪せぬ決意なのだ、と詠んだ。簀山の脇句は、荒天の夜空にかかる月の暈《かさ》を、その松にかざす冠に見立てたのだろう（古来、松は位をもつ樹とされた）。以天の第三句は、江戸へと向かう航路の厳しい景色を思い描く。

確かにここには連句がある。ただし、懐紙に書き残す謹直な正式の作法は略され、「枕思」「筆記方寸中」という詠み方で。つまり、体を横たえることも許される、船中の気楽な暇つぶしとして詠み、句は「方寸」すなわち心の中にのみ記録される。連歌の座には神仏の気配があったが、ここの連句の座は、高邁な心を詠んだとはいえ、やはりひとときの戯れとして営まれている。何がしかの連帯意識をうかがわせはするが、荒天による滞船という偶然がもたらした連句である。団結心を高める手段としては、連句形式はすでに力を失っている。連句形式という外からの力（個に集団への同化を求める力）で人の心を結び合わせることに代わったのは、個々人の心の内からわき上がる感情を詠む発句であった。もうそこまで近代が近づいていた、ということであろう。

（付記）文中の引用資料は、八田《やつだ》千恵子氏がご提供くださった、唐津市鏡組大庄屋・浜田善右衛門（俳号以天）の記録『公訴割記』（唐津市近代図書館蔵）の写真によっている。

もう一つの旅——行脚俳人の境涯

一

芭蕉は、元禄二年三月二十七日に江戸の深川を出発し、同年八月二十一日に美濃の大垣に着く。言うまでもなく『奥の細道』の旅である。旅とは、このように二つの時点と二つの地点とを結ぶ一本の線をイメージし、その線上を同じ方向へ移動し続ける人間行動である、と一応は考えてよい。

しかし『奥の細道』は、新たな行動の開始でもって結ばれる。すなわち、九月六日、大垣を出発して伊勢へ向かう、と述べることで終わる。この後の芭蕉は、二年以上にわたって上方に滞在し、元禄四年十月二十九日に至ってようやく江戸に戻った。近江の大津を立ったのは九月二十九日だったから、最後に一ヶ月の旅があったのは確かだが、二年ほどの上方での生活は、右の一本線のイメージの旅とは趣を異にする。その故か今栄蔵氏は、この期間を「上方漂泊期」と呼んでいる[1]。芭蕉の定住地は江戸だった。とすると芭蕉の上方での生活は、右のイメージに沿う旅ではないが旅に類したものではあり、今氏は、その微妙な違いを意識して「漂泊」と表現したわけである。

私は、ここで今氏が漂泊と表現した人間行動も、やはり旅と呼んでよいのではないか、と考える。いわば、〝もう一つの旅〟である。

私が育った長崎の街ではかつて、他地から来て住み着いている人のことを、老人が陰でタビンヒト（旅の人）とかタビンモン（旅の者）と呼んでいた。来住者を隔てなく迎え入れる土地柄で、大陸から帰ってきた船から下り、さらに鉄道で東へ帰郷すべき人が、居心地がよいのかそのまま住み着いた、などという話に事欠かないのに、この語にはやはり区別するニュアンスがこもっていた。また長崎については、その歴史に忘れられない旅がある。キリシタンの弾圧は維新後まで持ち越された。明治政府は、明治二年から六年にかけ、浦上村の全村民を萩・津和野など西日本の二十余箇所に総配流した。「四番崩れ」と呼ばれるこの苦難の体験は、「タビ」という語で後に伝えられた。

このような用法は、けっして長崎だけのことではない。『邦訳日葡辞書』には「タビジン　他国の人、または、客人」と見え、「タビビト」の項の解説も、「他国の人、あるいは、自分の家をあとにして歩き回っている巡歴者」と、「他国の人」という解が先にくる。ここに〈定住者の中に割り込んできた異質の存在〉という意識が、使う人によって程度の差はあれ、なにがしかこもるのを否定できない。〝もう一つの旅〟では、一本の線のイメージは薄い。始点や終点が見えにくいこともある。ひたすら終点めざして進み続ける非日常の生活ではなく、悲惨な配流の身であってすら、そこにある生活はやがて日常の形をとってくる。

二

旅人は、定住者にとっては異邦人である。〝もう一つの旅〟の旅人の場合は、滞在が長期におよぶに従い定住者の違和感は次第に薄れていくだろう。しかし、なにがしかは残るだろう。とは言え、旅人が定住者に喜ばれることもあった。『日葡辞書』に「客人」とあるように、稀人であり、新たな文化や情報をもたらしたから。

近世、そのような旅人として、日本列島のくまぐまに現れたのが行脚俳人や行脚絵師だった。行脚という語から、我々は右の一線上をひたすらに歩むイメージを思い描きがちだが、実態としては、一定期間、一つの地に滞留する俳人や絵師が多かったのではなかろうか。若年の蕪村が、しばらく下総結城の砂岡雁宕のもとに身を寄せ、さらに奥羽にも足を延ばしていたように。そのような生活を送る俳人や絵師は、時代を下るほど増えたのではなかろうか。

そのような俳人の存在を実感したのは、中部地方の山間の僻地においてだった。五升庵蝶夢の支援者の一人である越智古声（一七四六―一八二五）が住んだ、広島県甲奴郡総領町上市（当時は稲草村田房）を訪れた際、はからずも「麦宇翁之碑」という石碑に巡り会ったのである。それまで私は、麦宇（一七五〇―一八一三）という俳人をまったく知らなかった。刻まれた碑文を読み終わって、その生涯に思いを馳せ、この碑を建立した村人の情にうたれ、両者の交流に江戸時代の人間味を尊く思ったのである。次に全文を掲げてみる(2)（句読点を補った。以下同）。

麦宇翁之碑

翁、姓小川氏、名致理、号麦宇、京師人。為人篤重簡然、善詩文画、且学諧歌於幻阿上人、碩有出藍之称矣。後落魄遊東都、好習書師寺沢氏。故冒其姓。連喪内遭災、遂遊于四方。翁、素與本村眠亭翁有故。以故、文化丙寅歳、弛担於其村桃庵、訓導村子弟四年矣。己巳春東帰、請某氏之子為義子嗣其家。我毎謂、都下華靡之俗、吾不以為自楽也。欲再帰于桃庵、遂辞東都、路歴京師、航于瀬水、至浪速港口而、俄然病没。実文化十年癸酉十一月廿三日也。眠亭翁、與村子弟相議、樹之碑云。銘曰、

是維、桃庵翁之廬、山兮水兮、再所遊娯、神其帰之、継永居。

文化十三年丙子九月　　木村雅寿鶴卿甫撰幷書

幻阿上人とは蝶夢、眠亭翁は古声のこと、従って麦宇の滞留が蝶夢に縁ある古声の招きによるのは言うまでもない。田坂英俊氏が紹介した古声の「麦宇追想文」(3)は、古声が若い頃に上洛して蝶夢のもとで交わったこと、文化元年に九州へ下る麦宇が立ち寄ったこと、そして同三年夏、京にいた麦宇を田房に招いて「桃庵をしつらひ、俳諧道場となし、社中に風雅のまことを教化」させたと、その永年の交誼を伝えてくれる。古声が若い頃に上洛したのは何時のことだろう。古声と蝶夢との接触は明和五年に始まるが、上洛を明証できる資料として、安永八年刊行の『山里塚』がある。この夏、編者の古声は草稿を持って上洛しており、同書には麦宇も出句した。この時、麦宇は三十歳、古声は三十四歳である。田房に来住した文化三年（一八〇六）、麦宇は五十七歳、古声は六十一歳になっていた。三〇年近い歳月を経たことになる。

麦宇の田房での生活が、「追想文」で「社中に風雅のまことを」と述べるように、俳諧を重んじたものだったのは疑いない。『山里塚』には田房として一七人の名が見え、文化三年の『時雨会』には麦宇を含めて一〇名が出句する。田房は俳諧を楽しむ村だった。翌文化四年は蝶夢の十三回忌にあたり、古声と麦宇は力を合わせて追善集『雪のふる言』を刊行した。

麦宇は一方で書道も指導したらしい。「追想文」に「むかしの筆道の門生達八十余人打むれて」と記されるからである。碑文にも「好習書師寺沢氏。故冒其姓」とあった。寺沢氏とは、江戸で御家流の一流派をなした、寺沢政辰（友太夫・一七四一年没）を祖とする寺沢流の書家である。『古今諸家人物志』明和六年版には、門人として寺沢

姓を得た政興（友之進）の名が挙げられている。麦宇もその姓を与えられていたのである。麦宇の『時雨会』への出句状況をあたると、安永二年から天明元年までは京、同二年からしばらく途絶え、天明六年に江戸を住地として現れる。天明八年二月末、蝶夢は大火があった京を後に、江戸へ旅立った。同行した木姿の紀行『富士見行脚』によると、四月七日、夏目成美の招待で隅田川の船遊びを楽しんだ折、重厚・其由とともに麦宇も加えられている。

麦宇が江戸に下った事情も、「追想文」に詳しい。麦宇は初め冷泉宗家卿に仕えていたが、この公家が明和二年に[4]没すると、京の下夷川の辺りで手跡を業とし、小川新助と称していた。ところが、兄の家が滅びたのを契機に松島・象潟を見る風雲の旅に出、まず江戸に入って井上重厚を訪ね、やがて成美のもとに寓居する。そして、その成美との縁で寺沢氏の相続を勧められ、寺沢友幸を名乗って書家となった、というのである。文政四年刊の『筆道師家人名録』初編に「御家流　浅草元鳥越町寺沢友幸」と出るのは、西下した後に名だけ残されたのであろうか。ともかくここで、しばらくは落ち着いて妻帯する。

しかし、その平安はどれほど続いたろう。最初の妻は早く死に、次に娶った妻をも喪う。しかも火災にたびたびあい、江戸暮らしに倦みはてた麦宇は、ふたたび旅にあこがれ、江戸を去る。まず常陸の水戸にいた遅月上人を訪ね、さらに南部盛岡の富商平野平角のもとに二年ほど滞在して、先の九州旅行を思い立ったのだった。麦宇の江戸生活は、十数年程度のものだったようだ。

古声が、九州から四国を巡って京に帰った麦宇を田房に招いたのは、文化三年の夏だった。そして去ったのは同六年の春だった。まる三年の滞留である。田房を立ったのは、江戸に残した義父母の墓に詣でて供養を営むためであったというが、碑銘に「請某氏之子為義子嗣其家」とあるのを見ると、江戸の生活で何らかの義理を負い、その解決をはかるためでもあったろう。寺沢氏と関わるようだが定かでない。ともあれ麦宇としては、江戸に行って知己と旧交を暖めた後は、再び田房にもどる予定だったようだ。それが、江戸に着くと病がちになる。その病を養って江戸逗留が長引くが、京で実父の五十回忌を営みたいという願いから、ついに文化十年九月末に江戸を出、何とか京に着いて、その勤めを終えたらしい。そして、いよいよ十一月二十日頃、田房に向かうために高瀬川を下り、淀船に乗船したが、その間に病状は悪化し、浪速の港に至り急変して没する。

麦宇に帰村を促し、ひたすら待ちわびていた古声と村人にとって、その悲報の衝撃はいかばかりだったか。「せめて都に在すか、浪花の旅泊にてかくならばおもひもわくべきに、船をあがるといな命きれしこそかなしけれ」という古声の悔やみの言葉に、その嘆きの深さが察せられる。古声は「二つなき友なりけり」と言い、「信友をうしなへるぞ老る心をなやまし」と悲しむ。麦宇は、山里に住む古声にとって、共に語るに足る教養を身につけた、得難い友だった。村人にとっては、江戸の水準の筆道を教える、田舎に得難い師だった。タビビトは、新しい文化を運んで来る異質の隣人なのである。両者の心の通いが、碑を建てさせた。

三

万延二年（一八六一）春、豊後国海辺郡吉野里の天満宮（現大分市内）で、近郷の雅客による観梅の催しがあった。総勢三二人、他に僕七人を従えた賑わしさ、その内に、行脚俳人と思える遊客三名と画工一名が含まれる。この折の作品を収めた『雲米与之野』は楽しい俳書で、今も人を引きつける。(5)

この書の特色に、多色刷の挿絵がある。六丁目裏から八丁目表にかけ、四面連続する遊宴の図には全員が登場し、赤毛氈の上で踊る者あり笛を吹く者あり、それぞれが様々な姿で描かれるのである。他に梅を描いた扉画があり、その片隅に雨耕という画工の名がとどめられている。

珍しいことにこの俳書は、巻末に俗名入りの参加者名簿を掲げ、それには「御盾　肥前小城、画工、墾氏、号雨耕」とある。また、この日の行楽を述べた俳文には「吟松はきのふの朝けに佐賀ノ関をたち出て、肥前人御盾と杖を並べ、松岡なる七香園まで七里ばかりをはせ来りて」とあって、雨耕が佐賀関に滞在していたことが分かる。雨耕は行脚画人だったのだ。蕪村や青木繁のように。

あかつきをおぼえぬはるのねぶりさへ
　さむるばかりにかよふうめがゝ
　　　　　　　　　　御盾

この書に、雨耕（御盾）の俳諧の作は見えない。

ところで、右の吟松は佐賀関の徳応寺の僧のこと。また松岡の七香園は別号石友、俗名安藤伝左衛門、と参加者名簿によって知れる。松岡は天満宮に近い。吟松は西本願寺派の寺院の十代目住職で、法号を竜潭と称した。石友は松岡の富商で、この催しを発起した一人だった。佐賀関の徳応寺には、今も竜潭の日記が伝わる。その元治元年の条に次の記事が見える。

雨耕　子十一月十日、離盃。肥前雄城里ニ帰ル。八年目。
　送別　美しい足跡残す千鳥かな
　遠き其里にかへるもよしの山
　　また来る花の春なわすれそ
　　　　　　　　　　きよら
十二日ニイヨ〳〵発足。未貞方昼飯。実客也。

きよらとは坊守の名であろう。この句と歌から、徳応寺に家族のように出入りしていた、雨耕の八年近い佐賀関での生活が察せられる。あるいは、この寺に寄寓していたのかも知れない。実客とは、正式な送別の宴を言うのだろう。土地の人にも十分なじんでいたようだ。

僧の吟松には絵心があった。その日記には、佐賀関の港に入るたくさんの黒船が描きとめられている。たとえば、この元治元年（一八六四）の六月十五日には、入津した薩摩の蒸気船が黒煙を吐く姿がスケッチされる。色も加えて、三本マストの先の丸に十字の旗は丸の外側、船尾の日の丸は勿論丸の中、そして吃水線より下には朱墨が入れられた。同じ月の二十三日には、沖を行くイギリス船を描いた。異国の旗にもまた朱を加えている。言うまでもなく、長州へ向かう軍艦であろう。同日記は、この年二月十五日、幕府の長崎丸が入港して、勝麟太郎の一行が徳応寺に止宿したことを記録する。また、四月十日に再来した折の記事には、坂本竜馬の名も残された。吟松に画法を指南したと思える雨耕もまた、幕末から維新へかけての歴史をまざまざと目にし、一緒に絵筆を揮ったことだろう。

肥前の小城（現佐賀県小城市）に帰った雨耕は、どのように迎えられたか。わずか八年ほどだった雨耕の場合はともかく、一般に旅戻りの者が郷土に再び溶け込むには、しばしの歳月を要したはずだ。雨耕も、黒船の見聞を語ることから始めたに違いない。

四

同じ頃、肥前の国で活動する、八束庵荷了という行脚俳諧師がいた。佐賀県鳥栖市田代上町の門司家には、荷了に関わる資料が残されている。一つは、「弘化四丁未卯月、東都荷了写置もの也」と奥書ある『山中問答』の写本、いま一つは、表紙に「嘉永四辛亥臘月廿三日より／越年入用控／荷了」と書かれた出納簿である（弘化四は一八四七、嘉永四は一八五一）。後者の内容については吉田寛氏の紹介があるので(6)、次に一部を引用してみる。

嘉永四辛　臘月廿三日夕方、外町金屋喜三清宅に移る。

入　白米弐升　　花碩家より

入　白米三升ト札三匁　達夫家より

入　燃シあぶら　　ちかやめより
出　百八拾五文　炭壱俵
出　四拾弐文　　薪三把
　同廿五日
入　白米弐升ト札弐匁、敷蒲団壱枚、梅歩家より人持参。

年末の慌ただしい引っ越しは、それまでいた家に事情が生じたのだろうか。田代の町中での移転である。金屋宅では、離れの一間でも借りたのだろうが、家賃は誰かが払ったのか、払わずにすんだのか。右を見ると、自立した家計であるのは確かだが、花碩・達夫・梅歩という俳号を見ると、俳人たちの扶助に与っているのは明らかだ。「敷蒲団壱枚」の語に、つましい暮らしがうかがえる。

荷了はやがて、対馬領の田代を去って、唐津領の俳壇に入る。唐津の街では、今も荷了の短冊を見かけるが、私の手元にある水無月末八日付の荷了書簡は、唐津の東に接する浜崎村（現浜玉町内）の富商、堤亀友に宛てたものである。次はその一節。

扨其節御預之句控及延引に多罪、々故者其後風邪之うへ、又々暑中に苦しみいまだ心不勝れ、案外御無沙汰御詫申上候。幷に御脇句藪蚊もやつくと申御作相居、側第三致見候所、思はしうは無之候得ども先是にて御間に合せ可被下候度、尚御預句控一同に差送り申候間、御落掌可被下候。

ここには、行脚俳人が営む仕事と、顧客とも言える俳人たちへの絶えざる気遣いが示されている。行脚俳人の生活は、常にかくあったのだろう。

唐津市の聖持院には、この荷了の墓が立つ。正面に「荷了墓」、その左脇に「夢事もしらぬおろかや霊祭」と遺句を刻み、向かって左の側面に「門人中」とあり、背面から次の碑文を綴る。

荷了宗師、遠州浜松人。世号八束庵。幼而剃髪入俳門、頗極其道。旁嗜茶好画。周遊于四方、播名於天下。晩年軴杖於我唐津之野、（7）寄寓于卜子亭、有年於此矣。為人寡慾、不阿于世、従遊益衆。慶応三丁卯七月十四日卒。行年七十有。辞世之句、門人会議、葬于聖持院、表墓、誌以不朽之□（欠）。

ここにも、定住する人々と行脚俳人との暖かい心の交流が読みとれる。

五

これまで紹介してきた三人の行脚人の生活を、私は〝もう一つの旅〟の概念でとらえている。麦宇の江戸滞留期も、そう理解してよいようだ。

ところで旅という語は、厳しい条件に身をゆだねる、というニュアンスを伴うことがある。芭蕉の発句「旅人と我名呼ばれん初しぐれ」もその気味を帯びていよう。その厳しさには、季節や天候、難所や道のりの遠さ、身体の疲労、路銀の乏しさ、土地柄の悪さ、などと様々あるだろう。しかし旅には、これらと異なる厳しさもある。自分を迎える各地の定住者、外来者にいささか違和感をいだくであろう他境の人々と、向後親しく交わるべく、心の準備を整えねばならない。この緊張感もまた、厳しさに含まれないであろうか。

このことは、〝もう一つの旅〟の場合にもあてはまる。一つの土地でその定住者になりきるには、一世代を経ねばなるまい。定住者の側の区別意識も、それまでは全くは消えない。本来は、心優しい人々なのだが……。すなわち、〝もう一つの旅〟のタビビトは、定住者と一線上の旅人との中間に位置する存在なのである。

一線上の旅も〝もう一つの旅〟も、定住地を離れるという点で変わりはない。定住地の原型は故郷であろう。故郷とは、固有の風土と気風を踏まえて共同体をつくり、母胎のような安らぎを覚え得る、閉じられた空間である。故郷を捨てて開かれた都市に定住した者にも、やがてその感覚が少しずつ生まれ、安らぎを覚えている自分に気づくようになる。

旅の別種の厳しさである他境の人との交わりとは、この閉じられた空間の中に参入することである。一線上の旅では、それが単なる往復で終わるならば、この空間からの離脱は容易である。それが〝もう一つの旅〟ではいつまでも続く。荷了のように、ある空間から次の空間へ移ることもある。この状態を流離という。

現代において〝もう一つの旅〟に身を置く者は、多くの海外生活者であろう。須賀敦子の胸にしみるようなエッセイの数々に、私はタビビトの心を見る。

（1）今栄蔵『芭蕉年譜大成』（角川書店、一九九四年）。
（2）翻刻に際し、田坂英俊編著『備後俳諧資料集』三集―越智古声特集号―（私家版、一九九二年）の翻字に教えられるところがあった。
（3）註（2）書五七頁。
（4）『公卿補任』明和二年条によると、宗家は下冷泉家の人。権大納言正二位であったが、同年十一月二十三日、六十四歳で落飾し、寂静と法号した。古声には誤り伝わったのだろう。
（5）田中道雄「翻刻・俳書『雲米与之野』」（『別府大学国語国文学』四五号）参照。
（6）吉田寛「幕末田代の俳壇」（『佐賀大学文学論集』四号）。
（7）「唐津之野」というのは唐津郊外を指すのだろうか。浜崎村は対馬藩領だったから、その縁で田代から浜崎へ移ったと考えられる。

『春興』と幾夜庵斗酔のこと

大文字屋文庫蔵の『春興』は、幾夜庵斗酔が編んだ、安永五年（一七七六）の春興集である。

本書は、およそ三つの点で注目されるべきである。その一は、作風と編集の清新さである。筆者は先に、春興集とでも呼びたい、歳旦・歳暮句中心の歳旦集とは区別される春の句集が、この安永頃から刊行されることを述べたが（拙稿「蕪村一派と地方系蕉門の交流—とくに樗良をめぐって—」〈『蕉風復興運動と蕪村』収〉）、本書はまさにその春興集の典型をなす。従って作風は、自然愛の情感に充ちた春の景物の写実的詠出を旨とする。また、本文わずかに八丁、発句だけを簡素な編成で小冊に仕立てた編集法は、飾り気のない造本と相俟って、かえって瀟洒を感じさせる。試みに、巻軸の発句「すかし見る舟げしきよし江の柳」を見よう。春の青柳を詠む闌更のこの句、大胆な遠近の構図は、近世絵画の手法にも通じ、趣向からにじみ出る実感は、読む者に新鮮な感情をもたらす。

その二は、比較的無名の編者に不相応に、出句者が多彩なことである。蕪嵐（二丁目裏）から甫尺・玄化（三丁目表）に至る二五名は京俳壇のグループで、蕪嵐は闌更に近く（吉田九郎右衛門の刊行書目で、一時期「半化門人」と肩書）、甫尺・玄化は樗良に親しかった。巻頭の斗酔句の詞書に「同じこゝろの友がきよりつどひ……」とあり、二五名は斗酔と師弟関係を結ぶではないが、斗酔は、時に指導を与える立場ではあったろう。このグループに続いて蕪村・几董等六名、さらに大坂の二柳・大魯等五名、蕪村とも親しい伏見の鷺喬等五名の各グループが見え、個々の俳士としても、寒秀・青蘿・布舟・梨一・樗良・暁台の名を見出す。そして最末丁に近江八幡の四名を置き、巻軸は闌更に与えられている。

この巻末の配列から二つの示唆を得る。一は、本書刊行に際しても、四名中に見える可昌（西川庄六数久）が出資したであろうこと、それを恐らく、その隣に出名する江涯が仲介したであろうこと（江涯については後述）である。他の一は、この頃すでに入京していた闌更が、本書編纂に協力したことである。大文字屋文庫には、「冬の吟」と題する安永四年の一枚刷がある。この巻軸には斗酔と闌更が並置され、両者による刊行と推定される。翌春刊の本書は、二人の同じ関係の中で編まれたのであろう。几董の安永五年の『初懐紙』では、闌更は「在京」と肩書され、未だ定住者と看做されていない。恐らく安永四年後半に入京したのであり、京俳壇への参入に際し、斗酔が何らかの役割を果たしたことが想像される。

その三は、編者斗酔に関してである。当時、京に在った行脚俳諧師の一人として注意したいのである。斗酔の事歴は、従来ほとんど知られず、『水口町志』に、〈肥前国長崎産の俳人で、本姓伊東氏、水口に移り住み、幾夜庵と号し、天明寛政の頃水口俳壇の重鎮として活躍し、筆札をも善くした。……寛政九年春に「はるの吟」、同十一年に「こぞのしをり」を編し、享和三年六月四日に没した。墓は水口町蓮華寺にあって、過去帳に「幾夜庵広学斗酔居士」と記されて辞世の句がある〉とあるのが、今のところ最も詳しい。『はるの吟』は、長崎県立図書館に寛政八年本・同九年本（いずれも別書名で登録）が、『こぞのしをり』は、慶大図書館奈良文庫に寛政十年本・同十二年本など三点が所蔵されている。

斗酔の主編著は、右二種の年刊句集であったらしい。『はるの吟』九年本の巻末広告には、翌年より『去年の枝折』と改称して四季の句を募ると告げており、この一連の年刊句集を刊行したころが、俳諧宗匠として最も安定した時期だったろう。また編著に、刊行に至ったか疑わしいが、『松浦言葉』があった。右の巻末広告で「肥前一国句集」と肩書して「近刻」と記し、肥前俳士の作を収めたものと思われる。この九年本には肥前人の句多く、肥前の一部地域が闌更系花の本俳諧の扶植地となった事情が察せられる。また斗酔は、清風の『飛登津橋』の再刻に際し、その校訂者となっていた。吉田九郎右衛門の刊行書目（『仮日記』等に付載）に、「洛斗酔再校」として出るのである。これは、闌更の驥尾に付し、中興運動の一側面を成す元禄俳書復刻事業に参加したものと言えよう。こうして見て来ると、斗酔と闌更とは、地方から京へ登り俳諧で身過ぎした者同士として、かなり密接な関係にあったようである。

斗酔の入京年・活動始期はいずれも定かでないが、大文字屋文庫には、安永二年の冬の吟として編まれた斗酔の一枚刷がある。また湖東の水口に定住した年も確定し得ない。義仲寺の『時雨会』の寛政七年本では、上州俳人グループと近江俳人グループとに挟まれた形で、「長崎」と肩書して斗酔が出句する。そして翌八年本では、水口俳人三名に続いて、やはり「長崎」の肩書で出句している。また『はるの吟』寛政八年本の貫志句の詞書には、「きさらぎ半の夕つかた斗酔宗匠の旅寝ある一更亭にをとづるゝ折ふし……」とあり、自序の署名にも「水口休杖」と冠している。これらに従うなら、水口定住はこの八年を遠く遡るものではあるまい。かつて斗酔は、関東遊歴を経験していた。『時雨会』寛政七年本の出句の位置は、その名残りをとどめるかも知れず、もしそうだとするなら、寛政七年頃に西帰し、近江を新たな場に選んだのであろう。斗酔の東行は、天明元年序刊江涯編の『浪速住』に、「江戸」と肩書あって証し得る。闌更の紹介で、本書にも出る甚化・化一等を頼ったと推定される。似鳩編安永八年序刊の『せりのね』に「東都」の肩書で見え、同人編同七年序刊の『〔栗庵句集〕』にも出るから、本書刊行の後、さほど間をおかず東下したと思われる。

斗酔の俳歴で特に注目されるのは、蕪村やその周辺人物との交渉であろう。すでに安永二年の斗酔一枚刷に大魯の出句を見、翌三年刊の美角編『ゑぼし桶』には斗酔も入集する。そして安永五年の当『春興』に、蕪村・几董・美角・定雅と鷺喬グループの出句を見る。これに相応ずべき斗酔の句は、当春の鷺喬の歳旦帳『曙草紙』に出るものの、同年の几董の『初懐紙』『続あけがらす』のいずれにも現れない。どうやら蕪村・几董は、斗酔を低く評価し、一定の距離を置いていたようである。俳書の版面には、「蕪村・几董・美角・定雅・斗酔」（安永三年冬江涯一枚刷）、「美角・斗酔・定雅」（同四年冬同）、「蕪村・美角・斗酔」（同五年『張瓢』）、「几董・斗酔」（同）、「美角・斗酔・定雅」（同六年『仮日記』）、「几董・斗酔・美角・定雅」（同）と、斗酔があたかも蕪村の周辺人物の如く配されることもあった。確かに右四点は、いずれも江涯編のものであり、また美角・定雅兄弟に隣り合いはするが、蕪村・几董との接近を証し得るものではない。しかし一方で、その名が蕪村・几董の眼にとまり、美角・定雅に並置された人物として記憶されたのは、紛れもない事実である。『曙草紙』における斗酔の扱いも、二箇所に出て、並みの軽いものとは思えない。それにもかかわらず、蕪村・几董は、斗酔の句を自編書に採っていない。本書への出句も、闌更に配慮した儀礼に過ぎないのであろう。この事実は、蕪村の俳諧生活の考察に何がしかを供する。蕪村一派の交流圏には地方系蕉門の俳人も含まれた。だがその個々については、親疎において相対的な差があり、例えば樗良や二柳とは、往来し応酬し合う対等関係で結ばれていた。美角・定雅は、京にあってあたかも同門の如くに遇せられ、斗酔は、その交流圏の最外縁に位置づけられていたのである。疎隔の理由が那辺にあったか、創作力か、人格か、それとも俳系の頼りなさか、興味をそそられぬでもない。

本書の版元吉田九郎右衛門は、「蕉門書林」を称し（『書賈集覧』）、闌更や樗良が当初専ら用いるなど、この期の京俳壇で重要な役割を果たしている。本書は、活動期間が短いこの書肆の、数少ない刊行書の一点であったわけである。刊行の際に一件あったらしく、『諸證文標目』（京都書林仲間記録・四）に、安永五年七月として、「一誹諧春興　吉田九郎右衛門」の一項を見る。

（『天明俳書集』第三巻の解題より抄出）

加賀行脚俳人の南下

私が二柳のことを調べたのは、蕉風復興運動の立役者である蝶夢の伝記研究の過程だった。二柳は、都市系俳諧に遊んでいた蝶夢を蕉門俳壇に誘い込み、以後の蝶夢の生涯を決定づけた重要な人物である。その二柳と蝶夢が交錯する時点を明らかにしたく、私は二柳の行動軌跡を追ったのである。

二柳は宝暦九年八月、敦賀の琴路亭で素竜本『奥の細道』を披見して『細道伝来記』をものし、十二月は須磨・明石に遊んで但馬の生野で越年、一年の滞在の後に東へ向かい、近江八幡で越年したのだった。冒頭「ことしは湖東の八幡山に寓して、名にあふ鳰の春を迎ふれば……」と始まる宝暦十一年の二柳編の歳旦帳には、すでに八幡俳人が多く名を寄せており、二柳の名声と実力がうかがえるが、生野と敦賀の俳人にはさまれた華洛連中の軸句を、かの蝶夢が詠んでいるのが目につく。蝶夢は、宝暦九年九月の気比神宮のお砂持ち行事に参列しており、この頃二柳に接近したことが充分察せられるのである。

二柳は、右の歳旦帳で、歳暮句に「来る春は大和路に行脚の約あれば」と前書きしており、行脚を好んで席暖まらなかったようだ。しかしその宝暦十一年の春には、京都東山双林寺の墨直会《すみなおしえ》を主催し、その席上で、麦水と十年ぶりの再会を果たして感慨にふけっている。このように、宝暦後期には、加賀の俳人が続々と京都にやってきた。二柳に次いで蝶夢に影響を与えたと思えるのは、既白である。既白は、宝暦九年に東国、同十年に南紀へ旅していたが、十一年には中国・四国を回って京に上っており、この旅で蝶夢に会っている。既白は同じ希因門の闌更とごく親しい仲で、二柳も希因に近かった。希因末流の俳人を核にして、加賀俳人が相次いで蝶夢に近づいており、その刺激が蝶夢を蕉風復興運動に赴かせ、上方俳壇を活性化させたのは疑いない。注意すべきは、そのいずれもが行脚をこととしていることで、二柳も、宝暦十二年の冬には讃岐へ渡るのである。

闌更については、この頃の動向をよく知り得ないが、明和に入って信濃や甲斐を行脚したことが注意されてよい。私はこの地方の資料に暗いのだが、まだどこかに多少の足跡が残されているのではなかろうか。私には、蝶夢を訪ねた人たちも含めて、この期の主要加賀俳人が、宝暦から明和にかけて行脚の生活を送っていたことが興味深く、闌更も例外ではないことを知るのである。

その闌更は、天明三年になって京都東山の双林寺境内に南無庵を結び、芭蕉堂の建立に至る。すなわち、定住生活に入るのである。二柳はすでに明和八年頃、四国から大坂に移って定住生活に入っていた。二柳が遊行寺を拠点にして後に枯野忌を営んだ（本書一六八頁参照）ように、闌更は芭蕉堂で年ごとに花供養の法会を営む。そして共に、蕉風俳諧の扶植に多大な貢献を果たすのである。二人の活動拠点は、蝶夢が拠点とした湖南の義仲寺よりも、都市の中にあるだけに多くの人を集め、実効を挙げ得たかも知れない。以後も二柳は、中国・四国の俳壇に影響を及ぼす。

ことに闌更の流れは、受け継いだ蒼虬や梅室の活躍もあって、幕末・明治初頭に至るまで、西日本から始まって全国に広く深く浸透する花の本流俳諧となる。ここであらためて、蒼虬も梅室も、加賀金沢の人だったことを考え直してみたい。加賀俳壇が後世に残したものは、一般に考えられる以上に重く大きいのではなかろうか。

（付記）内容の乏しいこの稿を収めたのは、闌更とその流れを汲む花の本流俳人たちの活動実態に心ひかれるからである。近代との接続を知る手がかりとして。その点において、竹内千代子氏の芭蕉堂にかかわる一連の仕事と、労作『「花供養」翻刻集成』ⅠⅡⅢ（二〇一二・一三・一四年、私家版）は貴重である。

行脚俳人甚化のこと

私は、闌更が後世に及ぼした影響は想像以上に大きいと考えている。それ故に、まず京都定住以前の生活が明らかになったらと願う。ことに行脚の時代の実態を知りたくなる。かつて楠元六男氏は、可都里の子孫の五味家に所蔵する、明和七年十一月に葛履が闌更に差し出した、芭蕉翁俳諧正風大意の伝授の際の誓約書の控えを紹介され（『連歌俳諧研究』八二号）、その一端が明らかになった。

ここで私は、右の願いに十分かなうものではないが、その頃の闌更の周辺人物を一人取り上げてみよう。それは、甚化と呼ぶ行脚俳諧師である。

甚化は、安永五年に幾夜庵斗酔が京都で編んだ『春興』に、「東都」の人として、化一と並んで出句している。

春の月誰そや入江に京言葉　甚化

春の朧夜、水辺の月見で柔らかい京言葉を耳にした、という小粋な秀作だが、京言葉を詠み込んだのは句を京へ送ることを意識したからだろうか。この春帖の総軸句は闌更で、編纂に際し闌更が後見したことが察せられ、甚化は闌更の求めに応じて出句したと考えられる。甚化は闌更に親しく、安永五年頃は江戸にいたのである。

甚化については、『加能俳諧史』の明和七年条に、

甚化は、蝶夢の新類題発句集に越後甚化とし、俳諧新選・もゝの枯葉も同様で、闌更の安永四年江戸歳旦帳に文月庵甚化とするもの、発句題叢が加賀の人とするのは誤である。

と記されている。加賀人と見られていたのは事実らしく、平成二年刊の『山梨県立図書館所蔵古文書目録8』の一

四四頁にも、「甚化は加賀の人、甲府に住す」と備考欄にある。素性が分かりにくいのは、行脚俳諧師だったからである。

『加能俳諧史』の甚化の記事は、畝波の『皐月の雨』について述べる下りにあった。その『皐月の雨』につくと、明和七年六月初、江戸に向かっていた闌更は越後高田の畝波を訪れ、迎える人々と歌仙を巻いた。発句を畝波、脇を闌更、第三を甚化が詠んでいる。これに先立ち、次のような出来事があった。前年闌更に入門していた甲府の素嵐は、「東都はわが旧里なれば道の案内せんと」、闌更を高田まで迎えに来て、闌更を待つ間に直江津の文月庵（甚化）に遊び、その俳席で急病に倒れ、甚化の介抱空しく五月二十六日に逝った、というのである。

この書の発句には甚化の、

番匠の鶏頭提て戻りけり　　甚化

が見えており、「行脚」の肩書で、一音また大阿の名も見出す。大阿は、翌明和八年に甲斐で、可憐な春帖『辛卯春興』を編んだことが思い出されるが、その巻頭の連句は、発句半化房・脇葛履・第三大阿であった。やはり闌更周辺の行脚俳諧師なのである。

『皐月の雨』によると、甚化は越後直江津に滞在していた。月明文庫で拝見した安永二年刊の『蟬の声』でも、闌更に並んだ甚化は「越後」と肩書しているので、しばらくは越後に在ったのだろう。しかし、右の斗酔の『春興』によると、安永五年には江戸にいたことになる。天明元年刊の『ゆめの光り』（大内初夫氏ペン写本）にも、「江戸」と肩書して蓼太と並んで出句している。

甚化については、三点の編著が確認できる。いずれも春帖の類である。その内、年次の分かる物は一点のみ。近江八幡の西川庄六家が蔵する『三朝唫』である。半紙本一冊、本文一四丁。柱刻「一」～「十四」。巻頭に「丁酉春」とあるから、安永六年の歳旦帳と知れる。甚化の住地は明示されていない。右の二書の肩書に徴すると江戸ということになろうが、一冊の仕立てにどこか鄙びた趣があり、一之という作者に「東都」の肩書があるので、東国の一隅と考える方がよいだろう。冒頭に、甚化が梅の挿絵と共に掲げた発句三句を示して見る。

　北越の旧友、盛なる一枝を携来りけるに
故郷の雪ぞと梅のはつにみる
　ある夜ふたつの山を夢見る
とし浪の中にしづけし不尽筑波
　世に狗肉の商人すくなからざりければ、又
どくだみやうめのしづくをうけながら
　右三章　甚化

第一句の「故郷」は曾遊の地の意だろうか。いずれにせよ、甚化が江戸市中に住んでいるようには感じられない。それにしても、この書は歳旦帳としての体裁を十分整えており、菊明・為外・顧三・風化・柳尾などかなりの連衆を擁し、遠隔地からの集句もあって、ひとかどの宗匠として振る舞っていたことを物語る。総軸句は半化房ゆえ、その後援あってのことだろう。闌更の句は、

すかし見る舟気色よし江の柳　半化房

で、斗酔の『春興』の総軸句と同じである。半化房の前には、「文通」の前書、「江南」の肩書で江涯が出句している。甚化は江涯と面識があったのだろう。当時、江涯は近江八幡に滞在していたので、西川家に残るのもそのゆかりだろう。

年次不明の内の一つは、金沢市立玉川図書館と山梨県の甲州文庫に残る『三朝唫』である。やはり半紙本一冊で、本文一九丁。柱刻「一」～「十九」。無地の表紙の左肩に題簽を貼ること、無辺の題簽の「三朝唫」の書体、いず

れも安永六年本にまったく同じである。表紙は褐色。また、やや緩いとも言える柔らかい板下の筆跡も同一、連衆の名が多く重なることも、安永六年に近い年の同じ地の歳旦帳であることを思わせる。

巻頭は次の二句である。

過し冬は、信上のちまたにあそびしことをおもひ出て

裏白や去年は分来し山の草　文月庵 甚化

師はしり人ゆきゝする声の、あるは笑ひあるはいどみなどするといへども、予が扉を敲く輩もなければ、行べき用意もなし

市中にかくれて春をまつ夜かな　おなじく

総軸句は、例によって半化房である。

曙や里はくだかけ野は雉子　半化房

その前に合浦と甚化の句が並ぶが、合浦には「加賀」の肩書が付く。甚化の句は一五丁目にも一句あった。今、順に掲げる。

殿町や几巾にはだぬぐ男振　甚化

魚浜や寺は春なきほし蕪　甚化

本書にも、安永六年本にも、甲斐の可都里が出句している。

三つ目の春帖は、雲英末雄氏蔵の『春なつの巻』である。原題簽の剥落によるか、「春なつの巻」と墨書された題簽を左肩に貼る。従って、書名も仮に用いたものである。表紙は、枯色の紙に薄い焦げ茶色で梅枝を全面に描い

た骨太の構図、先の二点と趣を異にする。しかし、板下の筆跡は全く同じで、甚化の筆と考えてよいようである。半紙本一冊、本文一二丁。丁付けは、裏面ノドに「一」「三」「八」のみ認められる。先の二点とは連衆をも異にするようで、可都里発句、甚化脇の歌仙表が収まり、甚化の総軸句の前に黒沢（房）・可都里が置かれているのを見ると、甲府で編んだと考えてよいかも知れない。内容としては、書名にいうように夏句一丁半を含むが、巻頭に「春興」とあり、実質は春興集と見てよい。中に梅の挿絵二面と杜鵑のカットを含んでいる。用紙の粗末さ、刷り色の薄さ、装本上の不手際（十丁目表は紙の幅が狭いため、綴じ糸が掛かっていない）などは、どこか田舎版を思わせるものがあり、書体から、また俳風からくる大どかさが、よく似合うように感じられる。

本書にも半化房が出句するが、総軸句ではなく、八丁目の末に出ている。この書は、甚化が自力で刊行したのであろう。半化房の前には一音が句を並べる。

さくうめのみどりの蕚《うてな》日は麗　　一音

春の空低ふなりたる月夜哉　　半化房

甚化の、春の部の軸句と夏の部の軸句（総軸句）は次の通り。

うめがゝや綺麗におもふ塀の内　　甚化

山や水に孝行ちかふ田長鳥　　甚化

甚化の編著三点を紹介してきたが、その素性については知れぬことが多い。没年も明らかでない。寛政七年九月に闌更が認めた『秋のゆふべ』の序には、次のような夢物語が披露されている。

……ふるき消息どもとりいでひらき見る中にも、かねてちぎりをきたることかひなく、いまはかたみとなりし人すくなからず、

……いつとなくともしびのもとにねぶりふしけるに、肥前の君山、筑前の竹両、相州の蜀花、長州の薫里、洛

の車蓋、浪花の山父、加賀の一菊・盧峯・黄花・馬来、上州の南楼・松谷、江戸の甚化などまどゐて連句をつゞる。をの〳〵よになき人なるに……

この記事に従うなら、甚化の出自は江戸と考えられる。甲府の素嵐との交情も、二人が同郷だったことによろう。寛政の始めには世を去っていたと思われる。

闌更は多くの地方俳書を後見している。その後見した俳書の編者を追跡することで、闌更の前期の活動を多少解明できるのではなかろうか。先の斗酔もそのような行脚俳諧師の一人である。

因みに、新刊の玉城司『上州富永家の俳諧』には、甚化の手紙が二通と、関連の午のとし秋興の摺り物が紹介されている。

幕末佐賀の本作り・中溝文左衛門

『翠の曠《はれ》集』は、現在所在不明の俳書である。小振りの半紙本、扉一丁、本文九丁、計一〇丁という小冊。この書は、文久三年（一八六三）二月、肥前鹿島の美濃派俳壇の宗匠を継承した、寛吹亭翠二の立机記念祝賀集である。この俳壇の初代宗匠桜庵蘭石から数えて五代目にあたるが、父・寛吹園翠波が三代目として天保十三年に、蛺蝶園花狂が四代目として嘉永七年に立机しており、これを継承したのである。残念なことに俗姓名を明らかにし得ないが、鹿島藩士であった、と思われる。

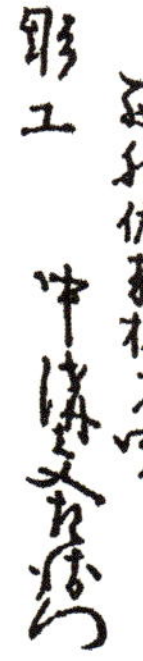

（七〇%に縮尺）

私がこの俳書に関心をいだくいま一つの理由は、この書が佐賀の彫工名で出されている点である。刊記に「彫工　西肥佐嘉材木町　中溝文左衛門」とフルネームで示されており、従来の共表紙本で「中文刀」と略記されたものに対して、ある気負いが伝わる。嘉永七年から慶応四年まで七点の俳書出版を知り得るが、フルネームで記すのは本書だけである。地域の出版活動の高まりを感じさせ、その時代に生きた佐賀の彫工へ、つい思いを馳せたくなる。技をいかにして得たか不明ながら、佐賀に現れた最初の本作りなのだから。

そこで三好不二雄・嘉子編『佐嘉城下町竈帳』につくと、嘉永七年（一八五四）の「材木町東側竈帳」に「彫刻師　松崎官之允殿被官　弐拾四才　中溝文左衛門」と見え、禅宗長徳寺の檀家とされている。とすれば、生年は、天保二年（一八三一）である。ところがなぜか、文左衛門は親元ではなく「修理方手男　三拾壱才　定助」の元に住んでおり、しかも定助の家族には加えられていない。「廿八才　同　女房」とある定助妻の弟でもあるのだろうか。修理方というのは、佐賀藩の役職の一、姓を持たぬ定助は、その労務に従事したのだろう。文左衛門の親元は、やはり「材木町東側竈帳」に記載があり、当然ながら帰依寺は長徳寺である。そこで先に、牛島村（現佐賀市東佐賀町）の大悲山長徳寺の過去帳を見てみよう。

過去帳には、「実山宗悟居士　明治二年十月廿四日　中溝文左衛門　三十九年　岸川元七実父」とあり、元七には「次男」と註記されている。行年三十九歳というのは、『竈帳』の嘉永七年二十四歳というのと矛盾しない。『翠の曠集』は、三十三歳の職人が、多少の自信を持ち始めたころの仕事だったのだ。過去帳によって、文左衛門の家族をも知り得る。「円寿妙融大姉　明治八年五月十六日　中溝ミツ　四十五年　岸川元七実母」とあるのは、文左衛門の妻、文左衛門と同じ年齢だった。また「維貞童子　万延元年八月廿二日　中溝貞吉　五年　中溝文左衛門長男」とあるのを見ると、長男誕生は安政三年（一八五六）、文左衛門夫婦はともに二十六歳だった。二人はその少し前に所帯を共にしたのであろう。次男元七の生年は安政五年ごろであろうか。とすると元七は、十二歳で父を、十八歳で母を喪ったことになる。父と姓が異なるのは、兄貞吉の没以前に養子に出されたのだろう。

卑属に比し、尊属の方はやや分かりにくい。過去帳には「寿岳道栄居士　弘化元年三月十四目　中溝儀助　五十七年　平民」とあり、喪主を「長男」の文左衛門とする。また「春月良光大姉　安政三年一月廿九日　中溝チノ　三十三年　中溝儀助妻」とあり、喪主を「夫」の儀助とする。チノは年齢から言って文左衛門の実母ではないから、後妻であろう。としても、弘化元年（一八四四）に没した儀助が安政三年（一八五六）に喪主をつとめ得るはずはなく、儀助の没年は、誤記と考えねばなるまい。「平民」とあるのを見ても、明治に入ってからの転記による誤記であろう。再び嘉永七年の『竈帳』にもどり、儀助の記事を見てみよう。

一　屋敷表口三間　入弐拾間四尺　裏三間壱寸　松崎寛之允殿被官
　丸散売子　五拾二才　中溝儀助
　十四　才　同娘きみ
　九　才　同　よし

文左衛門と同じ被官の肩書、また帰依寺を長徳寺と記すことからも、儀助を文左衛門の実父と見ても間違いはあるまい。この時点では、儀助に妻はいない。しかし娘の年齢から、九年ほど前まではいたはずである。文左衛門にとっての母であろう。妹は二人いたわけである。この記事に従うなら、過去帳に記された儀助の没年は全く誤っている。弘化元年は嘉永七年を十年もさかのぼるからである。行年は誤っていないとするなら、没年は安政六年ということになろうが、これとても確定はできない。

儀助の職業は「丸散売子」だという。『竈帳』解説によると、「丸散（がんさん）」は丸薬と散薬のこと、漢方薬の置き薬の行商に雇われたのであろうか。「売子」という語からは、自営のイメージはやや得にくい。『竈帳』が成った嘉永七年は、「中文刀」と刻む俳書が始めて現れる年。間口三間奥行き二十間という細長い家で育った二十四歳の男が、新しい時代の文化の息吹を伝える仕事に自分の未来を託そうと夢見た、そんな幕末の佐賀の一隅に目を注いでみた。

判明する同人刊の他の六点を、次に記す。いずれも「中文刀」または「サガ中文刀」とのみ記し、④⑤は半紙本一冊、他は共表紙の横本一冊である。

①西肥・志保田　退歩室遊亭編　嘉永七　歳旦帳　全四丁
②西肥・佐嘉藩中　五流園六閑編　安政二　歳旦帳　全八丁
③西肥砥川・追善　竹塢亭恕風編　文久元　追善集　全四丁
④花かたみ　丹頂園汶水編　文久頃　追善集　本文九丁
⑤千代の遊び　於保元如・同貞夫編　慶応四　年賀集　本文九丁
⑥西肥・塩田　静娯園廬雪編　慶応四　歳旦帳　全四丁

（「翻刻・俳書『翠の曠集』」の解説より抄出）

俳諧随想

俳諧は、近世文芸の基盤ジャンル

近世のすべての文芸は、その基盤に俳諧をもっている——かつて大谷篤蔵先生は、くりかえしこう述べられていた。西鶴の『好色一代男』の登場を談林俳諧ぬきに考えられぬのは、その端的な例だろう。

漢詩との関係で見るなら、豊後の広瀬淡窓の伯父が、秋風庵月化と号する八千坊系の著名な俳人であり、父もまた桃秋と号して俳諧を楽しんだことが思い出される。一世代上の漢詩人菅茶山も、俳諧が近くにあったようだ。芭蕉百回忌を前にした俳書『ねなしかづら』の中に、「備後」と肩書きする「茶山」の名を見出して驚いたことがある。

神酒《みき》徳利ならべて縁の寒さかな

確かに漢詩人の菅茶山の句か一抹の不安は残るが、ここに示しておきたい。ともあれ漢詩で、日常の情景の描写がきめ細かくなるのは、俳諧の盛況と無縁ではあるまい。

小沢蘆庵の「ただごと歌」の歌論には、どうやら蝶夢らの俳論が影響しているようだし、肥前佐賀の美濃派俳壇草創期の有力俳人・乙馬が、後に同地桂園派の歌人として、実景に即したユニークな歌を詠んでいるのも、ささやかな例証になる。

影響ということで言えば、逆に他のジャンルから俳諧へ向かう場合もあった。蕉風誕生の契機をつくった漢詩文調俳諧は申すまでもなく、漢詩壇にはじまった郊外散策の流行がいちはやく俳壇に及んで、かの蕪村の「春風馬堤曲」の誕生の土壌となったことも忘れられない。

「趣向」とか「実情」とか、俳諧の本質にかかわる用語が歌論でも使われていたのは、上野洋三氏のくわしい研究で明らかになった。いずれが淵源かという問題は別にしても、理解には二つのジャンルをとりあげねばならぬことになる。

一方でこのようなこともある。幕末佐賀のある人の年賀集『千代の遊び』には、俳諧・和歌・漢詩がほぼ同量で収まる。ことに地方の小文壇では、異なるジャンルの人々が相交わることも多かったに違いない。そしてその内に、一人がいくつものジャンルを手がける――その場その時に応じて、心境のおもむくままに使い分ける、ということもおき得る。『千代の遊び』で祝われた老人は、友恕仙の号で歌仙の発句を詠み、和歌の部では、元明の名で感謝の一首を連ねているのである。その創作意識の機微は興味深い。

俳諧を、文芸表現の内的要求という観点から、日本詩歌史の中に位置づけてみたいものである。

句を、二つに引き離す意味

戦後の俳諧研究が、学術としての深化を始めたのは、尾形仂《つとむ》氏等による談林俳諧の究明からだろう。その中でも記念碑的な業績は、「ぬけ風」とよぶ作風の発見とその史的位置づけである（尾形仂『俳諧史論考』）。

　　どこからつぶて衣うつらん

　比良の山鼻の高いはみえねども

この付け合いは、一読後すぐに意味をつなぎ合わせるのは難しい。しかし、「天狗風」（急なつむじ風）の語を思い出すと、たちまち見事につながる。

ぬけ風は、かくされた意味を読者が鋭く読み取ることを求める余意付けである。蕉風俳諧の匂い付けは、かくされた情感を読み取る余情付けだが、二つの「余」の字は、蕉風が談林俳諧を踏まえて成ったことを納得させる。

相似た推移を発句にも見出す。

　菊の香や奈良には古き仏達　　芭蕉

切れ字「や」で、句は上と下に分割され、二つの部分は情感を交え合って、匂い付けに似る。

この、上五を「や」、座五を名詞で結ぶ、我々に親しい形式は、実は談林時代に急増して定着したものだった（本書四〇九頁参照）。ただし談林では、二つの部分をつなぐために読み取るものは、情感ではなく、言葉の表で省かれた意味ということになる。例えば次は、上五を比喩として読む。

　白味噌や雪につゝめる鶯菜

でも、さすが談林の発句ゆえに新鮮で、貞門の、

　書きぞめやこゝろいそ〳〵筆の海

と比べてみると、句は明らかに二分割されている。

　このように、談林から蕉風にかけて、付け句であれ発句であれ、隔てられた二つの部分の個別性と関係性への関心が高まり、新たな創造の契機となったようである。連歌以来、親和性が濃い句を親句《しんく》、淡い句を疎句《そく》とよぶ習わしがあるが、乾裕幸・白石悌三両氏が、親句から疎句へという俳諧の流れを考えていたことも思い合わされる。

　ところで、元禄期に近づいてこのような傾向が現れるのは、なぜなのだろう。その現象の基底には、元禄頃の人々の好み、ひいては心性の在り様の変化があり、そこに深く根ざしたからこそ、蕉風俳諧は達成を実現できたに違いない。

　時代に固有の表現傾向があることを、中村幸彦先生は、「表現の時代性」という言葉で説明された（『中村幸彦著述集』二巻）。右に述べた現象は、元禄期に至って、始めて近世らしい表現形式が整ったことを示唆し、近世人の心性をもうかがわせる。

「自然の中へ」から「自然を前に」へ

　個々の作者自身が得た、自然の美しさや生命感を、可能なかぎり忠実に再現しようと意図すること、それを蕉風

俳諧の一特色と見てもさしつかえはあるまい。とは言え、元禄期と安永天明期の間には、微妙な差異があるようである。

初めて『奥の細道』を読んだ若い日、月山の頂上の条で、何かはぐらかされたような物足りぬ思いを抱いた。この旅の中で、もっとも標高が高い地点である。眼下の広い眺望が、芭蕉の筆でさぞ雄大に描きだされるだろう、と期待していたらしい。ご存じのように芭蕉は、「日没して月顕る」と天象のみ短く記し、一夜明けても、「日出でて雲消えれば湯殿に下る」とそっけない。

対照的な安永天明期の蝶夢の紀行『遠江の記』では、高所に登るとかならず眺望を伝える文章になる。すなわち、遠くに何、近くに何、麓の花は……といった、こまやかな描写である。

ここで、例の「松の事は松に習へ……習へと云ふは、物に入りて……」という、芭蕉の教えが思い合わされる。作者が物に入り、その後に物から自然に出る情が誠になる、と説明する『三冊子』の一文である。ところが、この俳論についても、安永天明期には芭蕉の論と対照的な言辞が現れる。白雄は、「万象を呼んで自己とす」と言い、その理由を、自己を対象に運びこむと、作者の精神が空しくなるからだ、と述べるのである。

月山での芭蕉は、神秘な大自然にとけこんで一体化している。松島でも、幻住庵に在っても、芭蕉はたわやかに自然に包まれている。蝶夢や白雄は、自然と向かい合い、観察的ともいえる態度で自然に迫ろうとする。つまり、見る主体と見られる客体の区別が意識され、二元化している。

　　ほろ〳〵と山吹ちるか滝の音

　　牡丹散りて打ちかさなりぬ二三片

同じ落花を詠んでも、芭蕉はその事象の本質を衝《つ》くのを主眼とし、蕪村は事象を細部まで見極めた上で、美の形象化を目指している。

ところで、現代に生きる私たちには、はたしてどちらが創りやすいのだろう。

右に述べた二つのタイプは、元禄期から安永天明期へかけての、日本人の心性の変化に見合うものと思われる。いわゆるポスト・モダンの思想では、二元論的に主体と客体を対立させる認識の在り方を、近代主義として旧いと見なす。こともあろうに、安永天明期という近世の内に右の二元性を見出した私は、今やとまどうほかはない。

安永天明期に大きく変わった

安永天明期の俳論には、「実景」「実情」という語が多くなる。見たまま、思ったとおり、すなわち「ありのまま」ということである。

京の蝶夢は、浜名湖の船遊びを記念した『遠江の記』に、所用で当日不参だった白輅《はくろ》を登場させなかった。白輅はこの地へ招いた当主ゆえ、不満だった。当時は、宗匠が門人の句を代作するなど普通のことで、文中の虚構もあり得たのである。蝶夢は、事実そのまま、それこそが「古雅」（文芸性）を保証する、と考える。継承すべき芭蕉風なのだと。

「実景」「実情」の「実」はマコトと読める。とすると、実景・実情は芭蕉の説く「風雅の誠」とつながるように思える。しかし単純に、実景と実情を合わせたそれが「風雅の誠」だとは考えにくい。芭蕉のマコトと実景・実情のマコトの間の差、それを正しく測れぬものか。ともあれ蝶夢は、芭蕉の「風雅のまこと」の内実（最近の理解を六〇頁に示した）を、正しく理解しようとして思索し続けたようである。

安永天明期以後、絵画の世界で「真景」「写真」などの語が増えていく。この「真」もマコトと読める。これはもう近代の「写実」の「実」に近い。

一方でこの時期には、古典をつかって趣向を凝らす作法が、最後の花を咲かせる。

籬落

うぐひすのあちこちとするや小家がち　蕪村

籬落は垣根のこと、『源氏物語』の夕顔巻の冒頭を連想しないだろうか。「垣根」に夕顔の花が咲く、「小家がち」な五条わたりの風景である。連想語辞典『俳諧類船集』も、「夕顔」の連想語に「賤が垣ほ」「小家ならび」を挙げている。

この句は、夕顔巻の場面を思い浮かべずとも解釈できる。しかし思い浮かべるなら、句の内容は二重構造をつくり、奥行きが深くなる。

かような古典駆使の趣向は、この期を過ぎると減少に向かうようである。次は、幕末佐賀の桂園派歌人・古川松根の和歌である。

もれ出づる雲間の星の数ばかり降りこぼしたるむら時雨哉

うちとくる池の氷のひまごとにさざ波寄する春の初風

実見を伴うとしても、空間を絞り込んで焦点化する発想は二首に通じ、趣向めいた構図と言える。しかし、全体と限定部分という二重構造にした、景の知的な構成は、新しく面白い。

香川景樹は趣向を否定していた。趣向は次第に変容し、近代詩歌の構成となるのだろう。

寂びと〝旅ゆく芭蕉〟像の起原

若い頃、与謝野鉄幹の「人を恋ふるの歌」を高吟しながら、「石を抱きて野に歌う、芭蕉が寂びを喜ばず」の下りでいぶかった。それはともあれ、芭蕉を浪漫主義の対極と見た明治の鉄幹も、こだわった私も、芭蕉の俳諧の本質を寂びと信じていた。ここで寂びは、旅のイメージと共存している。

芭蕉が旅を重んじたのは疑いない。しかし、全く旅に明け暮れた、というわけではあるまい。芭蕉が旅の生涯を送ったというイメージは、蝶夢著の『芭蕉翁絵詞伝《えことばでん》』が出た寛政頃から急速に広まった。いかにも、そのように編まれた絵入りの芭蕉伝で、広く永く読まれた。

寂びや閑寂を本質と見る蕉風観・芭蕉観も、安永天明期に急速に拡大する。これに対し文壇の一部には、「蕉翁隠逸閑寂のみを尊みて、いつしか寒乞相に陥りたり。……蕉翁若《も》シ再生あらば、斯《コウ》ではないと嘆かるべし」（勝部青魚著『剪燈《せんとう》随筆』）などと、この風潮への批判も少なからず現れる。念のため、芭蕉の遺語を確かめると、侘びに比べて寂びは乏しい。

ところが明治から昭和初期に至る文学史書・教科書を開くと、芭蕉は、千篇一律に閑寂・幽玄の語で語られ、旅による天地自然の吟詠が説かれる。安永天明期に確立した二つの観念が、そのまま受け継がれた、というわけである。

寂び重視の蕉風観は、もともと支考の俳論に始まる。そして、旅に出て街や村を訪ね、蕉風普及にもっとも努めたのが、その門流だった。彼らと彼らの追随者の活動が、安永天明期に至って世に明確なイメージ形成を生みだすことになる。

支考一派に代表される蕉風普及活動を担ったのが、例の行脚俳諧師で、芭蕉像と同じ、笠をかぶり衣をまとう旅僧姿で旅した。「俳諧師の身もち（持）はかるくさびたるを元とす」（智角著『或問』）というわけである。全国くまぐままで旅する行脚俳諧師にとって、寂びの蕉風観と〝旅ゆく芭蕉〟イメージは、はなはだ好都合だったはずである。

安永天明期には、求道者・俳聖と見る芭蕉観も成立する。「古池や」の句を蕉風頓悟の句として尊重する慣わし、芭蕉塚建立の流行、あるいは『奥の細道』コース踏査の増加もこの期に始まる現象で、右の二つの観念の成立に関連している。

正岡子規は、芭蕉の神格化を批判した。神格化と同じ時期に固定した寂びの蕉風観についても、元禄の芭蕉の全体像の中での寂びの位置を、正しく測り直すことが求められる。

天保俳諧に眼を向けよう

俳諧史研究で未開拓の荒地は、化政期から天保期を経て幕末・明治にいたる過程だろう。つよく心ひかれるのは、雑俳とのからみなど、分からぬこと多く、様々の探求課題を秘めるゆえか。

例えば、淡々系俳諧が勢力を振るっていた肥前北部の唐津地方は、いつの頃からか花の本系俳諧の色に染まってゆく。同じ現象は豊後地方でも著しく、淡々系俳諧に遊んでいた俳人が、花の本系に変わることもある。

さらに興味深いのは、この頃から盛行する神社などへの奉納俳額に、淡々系宗匠と花の本系宗匠との共催がしばしば見られることである。本来の淡々系は都市風で、言語表現の面白さを重んじていた。それが、実景実情重視の花の本系の作風に近づいたように見える。

ここで特に、奉納俳額などが、月並の行事を基盤にして集句されたと察せられるのは見逃せない。近年、多くの研究者によって、月並俳諧のまとまった資料が紹介された。このような資料のまとまりは、今後も大量に発掘され得るだろう。伊万里の旧家では、近世資料そっくりに形態を引き継ぐ明治の月並俳諧資料を見た。

また、この期の花の本系俳壇の資料群を調べると、俳人がこまめに京都に出、京都からもこまめに地方俳壇へ足を運ぶことが知られる。中央と地方を結ぶ通信・交通の在り方が、近世中期とは明らかに異なるようだ。これは、集句という俳壇経営の基本システムの変質に影響するだろう。上洛して芹舎に学んだ豊後の宗匠凝北《ぎほく》は、「世ノ俳諧者流ノ脱俗之風ヲ為スヲ好ムヲ喜バズ」（顕彰碑）と評された。ファッションもまた、新しい時代へと歩み始めている。

地方俳壇の拡大充実に伴うこととして、肥前大村の悠々のように、有田・伊万里・唐津・田代（鳥栖）と、居住地域を越えて広い地域へ花の本俳諧を扶植した宗匠もいた。地方で広域を担う準大型宗匠が現れ、俳壇の全国統一に参与するのである。

西国で、花の本系がリードして俳壇を一体化している姿は、安永天明期に地方系俳諧と都市系俳諧の融合が進んでいた現象の延長上にあるだろう。

つとに中古の歌人たちは、言語表現の洗練が人間の喜びの一であることを十分自覚していた。とすると、日本詩歌史上での俳諧の功には、外界に接しての個人の感性の発動と、そこで得た「認識」の言語化の確立を挙げるべきだろうか。

(付)　〝古池や――〟型発句の完成――芭蕉の切字用法の一として

一　はじめに

人口にもっとも膾炙した俳諧の発句は、おそらくは芭蕉の、

古池や蛙飛こむ水の音

であろうが、(1) このことは、かように上五を体言と切字「や」で仕立て、句末を体言で止める形が、俳諧の発句の典型的な構成様式として人々に理解されている事実を背後に持つ。長屋の御隠居が一句ひねる情景では、季語に「や」を付けた上五を二三度口号むのが常套だし、現代の俳人は、それだけにことさらこの形を嫌うようである。ところでこの形式（今仮に、「古池や―」型、また略してF形式と名づけておこう）も、これが文学的事象である限り、その成立に至る歴史的過程を辿ることができる。結論を先に言えば、それは連歌以来の伝統を経て俳諧に持ち込まれ、芭蕉によって質的に完成されたものであった。芭蕉のすぐれた句にはこの形式が多く、しかも後年ほどこれを重視し、発句の約半数は切字に「や」を、さらにその半数以上がF形式を用いている。芭蕉におけるこの「上五や」用法の発見を鋭く指摘されたのは山本健吉氏であったが、氏は次のように述べられた。

「や」といふ感嘆詞（乃至助詞）の持つ深い含蓄を発見したのが俳諧、ことに正風の発句であったと思はれるのである。（中略）「や」と置いて、作者によって切取られた客観世界の実在感を、はっきりと指し示す、詩人的認識の在り場所を冒頭確かに教へるのだ。だから、これに続く七五は、そのやうな認識、そのやうな実在感

の具象化であり、言はばリフレーンであり、「もどき」に過ぎないのだ。初五によって示された力強い、大胆な、即事的・断定的・直覚的把握が、七五によって示された具象的・細叙的な反省された把握によって上塗りされ、この二重映しの上に微妙なハーモニーを醸し出すのだ。

だから「古池」の句は、厳密に言へば二つのものの取合せではなく、一つの主題の反復であり、積重ねであると言ふべきである。「行く春や鳥啼き魚の目は泪」「夏草や兵どもが夢の跡」「明ぼのや白魚白きこと一寸」「閑かさや岩にしみ入る蟬の声」「荒海や佐渡に横たふ天の川」「秋風や藪も畑も不破の関」「淋しさや華のあたりのあすならふ」など皆さうである。(「俳諧についての十八章」六、「や」についての考察)(2)

上五の体言で提示された主題は、中七・座五の叙述によって具象化される。ただし、上五末の「や」が作る断切は、論理性を一旦棄却して表現に空白を与え、これが座五の体言による断切と照応する時、再び深層に意味結合を復活し、同時に余情を生むのである。二句一章の屈折的表現を俳諧発句の特質と見、その解明の一法としてF形式に焦点をあて、芭蕉の完成に至るまでの小史を素描してみよう。

二　連歌から俳諧へ

外形だけから言えば、F形式は既に連歌も宗祇以前の時代において成立していた。(3)その技法上の可能性が充分に開発された芭蕉の時点までおよそ二百年間、この形式は量的に増大し、質的に変転する。勿論それは、発句構成様式の時代的変化に基くが、その大勢の把握は、一句の眼目である切字用法の変遷につくのが捷径であろう。それにはまた、きめあらい観察ながら、まず統計によるのが便利と思い、以下は切字用法の計数的調査を軸として論を進める。(4)

I表およびI図は、連歌から俳諧に至る数点の句集(5)について調査した、〈切字の種類別に見た使用頻度の変化(6)〉

を示すが、一見して大凡次の傾向を見取ることができる。

①連歌から俳諧へと移るにつれて、それまで最も多用された「かな」は著しく減少し、これに反比例して漸増した「や」が、かつて「かな」が占めた地位を奪う。

この現象を理解するには、引き続いて〈切字の一句中における位置の変化〉(7)を示したⅡ表およびⅡ図を見ておかねばならない。ここでは次のように言える。(「上五切れ」とは、切字が上五の句末または内部にあることを示す。他も同様。)

②連歌から俳諧へと移るにつれて、それまで最も多用された「座五切れ」は著しく減少し、これに反比例して「中七切れ」と「上五切れ」との和が漸増する。

②によって、「や」の増加が、切字位置の上五また中七への移動という変化に由来することが明らかとなった。逆に、「や」の増加が切字位置の変化をもたらしたとも考え得るが、むしろ

Ⅰ表　切字の種類別に見た使用頻度の変化

書名	調査句数	かな	や	けり	し	下知(よ・せ・れ・へ・け)	か
	句	句 %	句 %	句 %	句 %	句 %	句 %
菟玖波集	119	61(51.3)	7 (5.9)	10 (8.4)	8 (6.7)	8 (6.7)	1 (0.8)
竹林抄	285	140(49.1)	42(14.7)	5 (1.8)	38(13.3)	15 (5.3)	13 (4.6)
園塵	413	204(49.4)	99(24.0)	1 (0.2)	40 (9.7)	20 (4.8)	13 (3.1)
宗祇発句集	906	342(37.7)	203(22.4)	4 (0.4)	111(12.3)	115(12.7)	19 (2.1)
犬子集	949	322(33.9)	375(39.5)	4 (0.4)	2 (0.2)	66 (7.0)	90 (9.5)
玉海集	939	249(26.5)	496(52.8)	6 (0.6)	12 (1.3)	43 (4.6)	64 (6.8)
芭蕉発句集	988	195(19.7)	384(38.9)	29 (2.9)	64 (6.5)	59 (6.0)	27 (2.7)

Ⅱ表　切字の一句中における位置の変化

書名	調査句数	座五切れ	中七切れ	上五切れ
	句	句 %	句 %	句 %
菟玖波集	119	80 (67.2)	21 (17.6)	18 (15.1)
竹林抄	285	176 (61.8)	61 (21.4)	48 (16.8)
園塵	413	224 (54.2)	104 (25.2)	85 (20.6)
宗祇発句集	906	404 (44.6)	316 (34.9)	186 (20.5)
犬子集	949	335 (35.3)	449 (47.3)	165 (17.4)
玉海集	939	258 (27.5)	465 (49.5)	216 (23.0)
芭蕉発句集	988	270 (27.3)	358 (36.2)	360 (36.4)

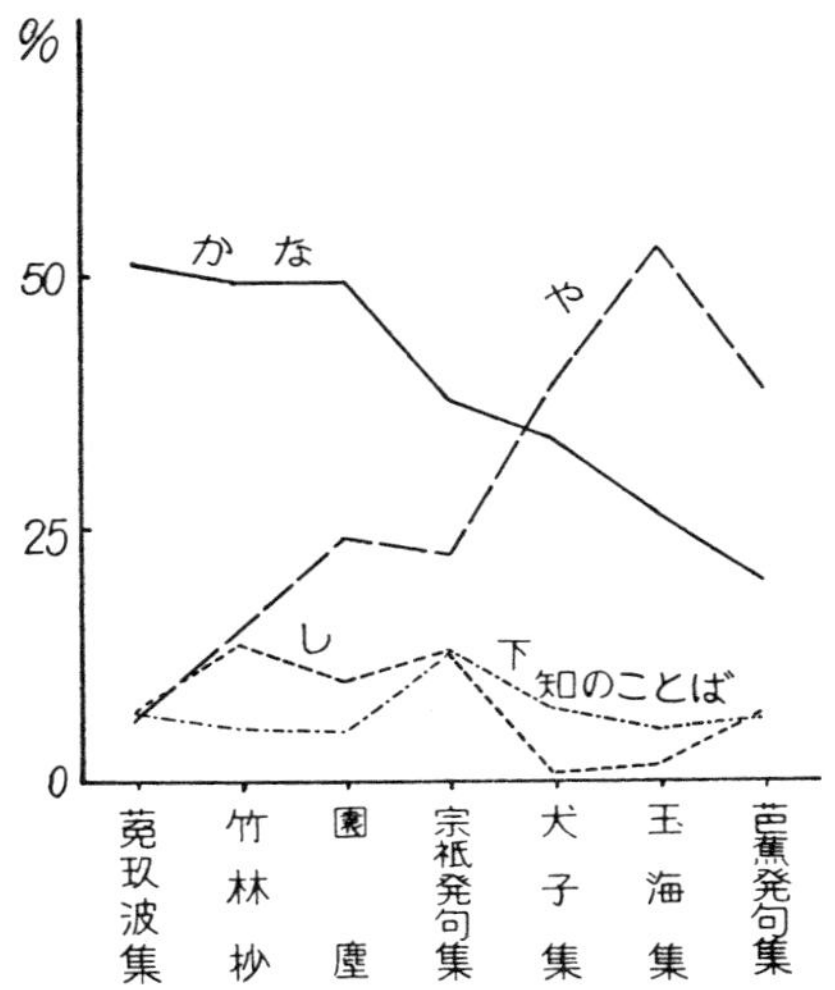

Ⅰ図　切字の種類別に見た使用頻度の変化

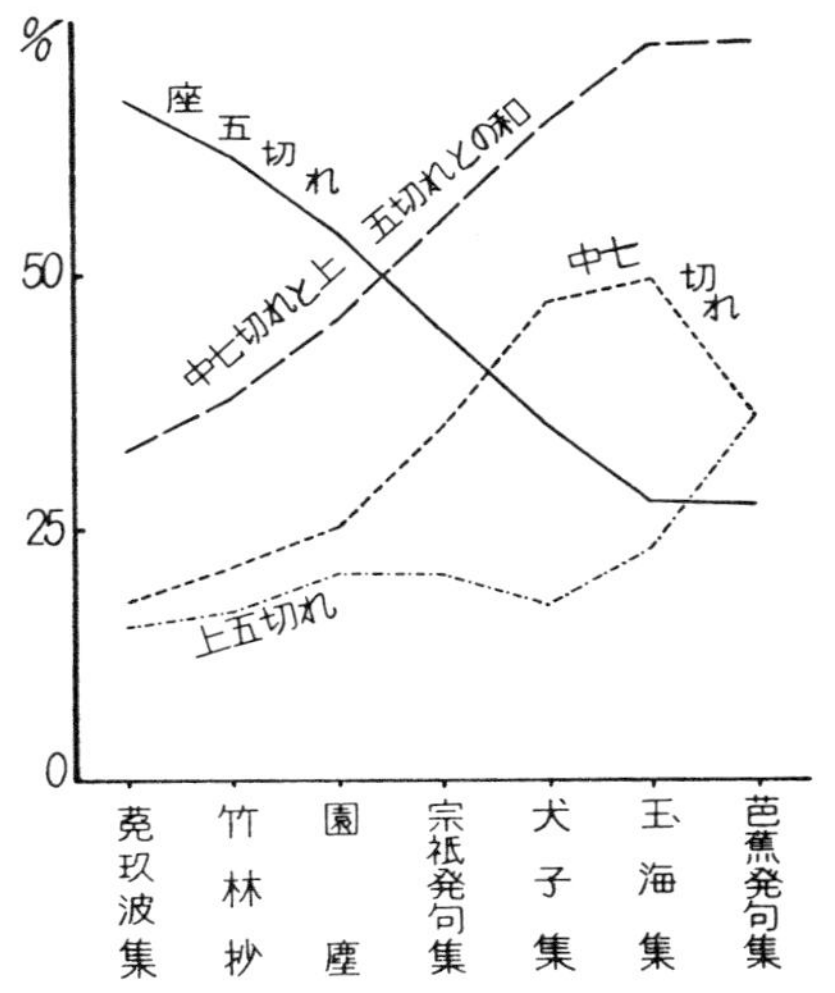

Ⅱ図　切字の一句中における位置の変化

この二現象は、相関し合って成ったと見做すのが正しいであろう。俳諧時代へと移るにつれ、独立したジャンルとして単独の発句制作が次第に重視されて行くのを思うと、脇句との断絶を明示する「座五切れ」より、一句の姿に変化あらしめる「上五切れ」「中七切れ」が増加するのは自然の成り行きであったろう。また同じ理由から、自由に位置を選べる「や」が好まれもしたろう。「座五切れ」の減少は「かな」の忌避にも基く。「かな」は、簡便に句の下限を示す符号として短連歌時代から多用され[8]、和歌以来の主情的詠嘆性を濃く残した二音の重い切字であった。位置も固定された「かな」にくらべ、「や」はいかにも俳諧にふさわしい軽快さを特質として増えたのである。右の統計によれば、「や」増加の端緒は宗祇の時代にあった。〝切字〟なる用語ができ[9]、〝十八の切字〟や季語が整備された連歌文芸の確立期だったことは注意されてよい。この時代に切字は、発句完結の要件としてのみでなく、発句表現に及ぼすその修辞的効果も意識され始めたと想像できるからである。ただしそれも、心敬（?）が『馬上集』で「大方切れると云て、十八の切字侍るとなん。しかあれども愚老は大略かなと留り侍り」と述べるのを見ると、充分に一般化されたとは言い難い。したがって、①②の傾向も決して一般に意識されるはずはなく、近世を待たねばならぬのである。「天水抄」（貞徳）に掲げられた「まづはきれたり先はきれたり／習あれや哉とはとめぬ発句して」なる前句付は、まさにその意識化を示すものであった。指導者のかかる認識あって、傾向は一層促進されたであろう。よってここで大まかに集約するなら、連歌は「かな」による「座五切れ」を、俳諧は「や」による「上五切れ」「中七切れ」を重視したと言える。「上五切れ」「中七切れ」は一句の内側に断切を作るから、発句の歴史は、連歌の一句一章から俳諧の二句一章の時代へ移ったとも説明できよう。

三　座五へ係る「や」

前節で見たように、連歌時代においてF形式は決して多くはなかった。しかし、完成へ向かってここで用意された幾何かの達成を見逃すわけにはいかない。連歌における「や」の用法などを、今少し見て置こう。『白髪集』では、俳諧にも踏襲された次のような「や」の分類がなされている。

連歌やに七の次第

きるや　散花や嵐につれて迷ふらん
中のや　鳥帰る雲や霞に日の入て
すてや　かくしても身のあるべきと思ひきや
疑のや　思へばや鴉鳴までとまるらん
はのや　今はゝやとはじと月に鳥鳴て
すみのや　思ふやと逢夜も人を疑ひて
口合のや　月や花より見る色のふかみ草

例句を見ても、その断切は決して深くなく、「中のや」「口合のや」など、むしろ句に抑揚やアクセントを置くもののごとく思われる。このうち、F形式に使われるのは、勿論「きるや」であり、また「疑のや」がこれに準ずることも、後続の解説「切や　うたがひものにもかよふべし。又知ぬにも似たり。……疑のや　うたがひながらとがめて、底に悦たる詞也。」から明らかである。この二つは確かに他と比べて断切が深い。しかし俳諧のそれには決して及ばない。その理由を、右記事の最後に求めることができる。

此内のやにて、にてと　留る分。中のや。はのや。すみのや。

らんと　とまる分。切や。疑のや。

係助詞「や」は、未だ充分その係り機能を残しているのである。「や」はいわゆる〝押へ字〟であり、座五の特定語に係って始めて効果を発揮する。従って「や」に至った読者の心には、常に句末への連続が予想されるわけであり、「や」の断切は真の断切とはなり得ない。むしろ前もって座五の断切を予告して、その断切をより強化する点にこそ本質は存するのであろう。『宗砌返札』に「山さびし日影はよ所にうつるらん……只何ともしてやの字を入候はでは、覧とはね候ばやと存候歟。山寒し日影やよ所にうつるらん、と候はんずるこそ道理も風躰も可然候へ。」と述べるのは、その一証と思われる。

ここでしばらく問題を他に転じよう。同じ『宗砌田舎状』には「五月雨は峰の松風谷の水」「あなたうと春の日みがく玉津嶋」の例句をあげ、「五もじ（註、ここでは座五のこと）にて切候。」と記す箇所があるが、この二句は後に「大まはし」と称する技法の証句としてしばしば引き合いに出されるものである。後者について同書は、「あなと申詞にて」切れるとするが、『一紙品定之灌頂』では、ただ「物の名は二三あれば、発句はきるゝ事也」としか述べていない。言切られた体言が持つ断切性への理解が、作者達に次第に深まっていることをここで指摘したいのである。しかも、単に切字なくして切れるという句意の完結に関してだけでなく、その余情効果を意識するに至つた点を注目して置きたいのである。『宗祇発句判詞』は、「松かぜもほに出る秋を荻の声／此荻の声、切れざるよし申人侍りき、……詞をいひのこしたる所に切るゝ心侍るものをと、愚意に（はふかく）おぼゆ」と記すが、これは「多くの心を含ておさへけることばなれば、切字をかゝへけるにや」（春夢草）ということになるのであろう。

ところでF形式とは、体言におけるこのような断切および余情醸成の効果が認識されて行くにつれ、体言が次第に〝留め字〟の「らん」に置換されて行って成立したものと思われる。そうなればまた、そこには様々な語の選択の余地も生じるからである。ところで、係り行くべき留め字を失った「や」は、そこでしばらく躊躇らわねばならぬことになる。そこに生じた瞬時の空隙は、はからずも句末の断切に出会ってさらに深まる。『雨夜記』が「余情の句」として、「あなたうと」の句に続いて「さす花や瓶の上なる山桜」を挙げるのは、このF形式の可能性を充分に暗示するかのようである。ただし当初においては、『梅薫抄』で「霰路やあやおり乱る冬の雲（空）」が、「あなとふと」と並んで「是等の発句、……初心のときなどいだすべからず」とされるように、未だ上手の作者に限られることが多かったらしい。

四　貞門から談林へ

俳諧史の展開にそってF形式の成長を見るには、やはり「や」を中心として、その増加を位置の変化に関連づけながら観察するのが有効な方法と思われる。

そこで、諸句集[11]について〈「や」の使用頻度と位置の変化[12]〉を調査したⅢ表およびⅢ図A・A′ラインを御覧いただきたい。ここではまず、次の三点が指摘できるであろう。

③貞門から談林へと移るにつれて、「や」はさらに漸増し、『玉海集』から延宝期末まではほぼ等しい五〇％内外となる。

Ⅲ表 「や」の使用頻度と位置の変化

書名	部分	調査句数	や		上五末や	
		句	句	%	句	%
菟玖波集	全	119	7	(5.9)	1	(14.3)
竹林抄	〃	285	42	(14.7)	8	(19.0)
園塵	〃	413	99	(24.0)	16	(16.2)
宗祇発句集	春・夏	906	203	(22.4)	27	(13.3)
犬子集	〃	949	375	(39.5)	93	(24.8)
玉海集	春	939	496	(52.8)	145	(29.2)
佐夜中山集	〃	363	210	(57.9)	55	(26.2)
誹諧時勢粧	春・夏	238	107	(45.0)	42	(39.3)
千宜理記	春	589	294	(49.9)	122	(41.5)
誹諧当世男	全	333	195	(58.6)	137	(70.3)
俳諧三部抄	〃	915	390	(42.6)	215	(55.1)
江戸新道	〃	215	148	(68.8)	111	(75.0)
江戸蛇之鮓	春・夏	213	126	(59.2)	74	(58.7)
坂東太郎	春	216	86	(39.8)	56	(65.1)
江戸弁慶	〃	213	126	(59.2)	79	(62.7)
東日記	〃	253	116	(45.8)	61	(52.6)
おくれ双六	春・夏	197	108	(54.8)	73	(68.2)
俳諧雑巾	春	256	107	(41.8)	60	(56.1)
白根嶽	春・夏	115	28	(24.3)	19	(67.9)
続の原	全	158	27	(17.1)	22	(81.5)
庵桜	上	205	47	(22.9)	31	(66.0)
蓮実	春・夏	150	28	(18.7)	23	(82.1)

※「上五末や」の％は、「や」の句数を100とする。

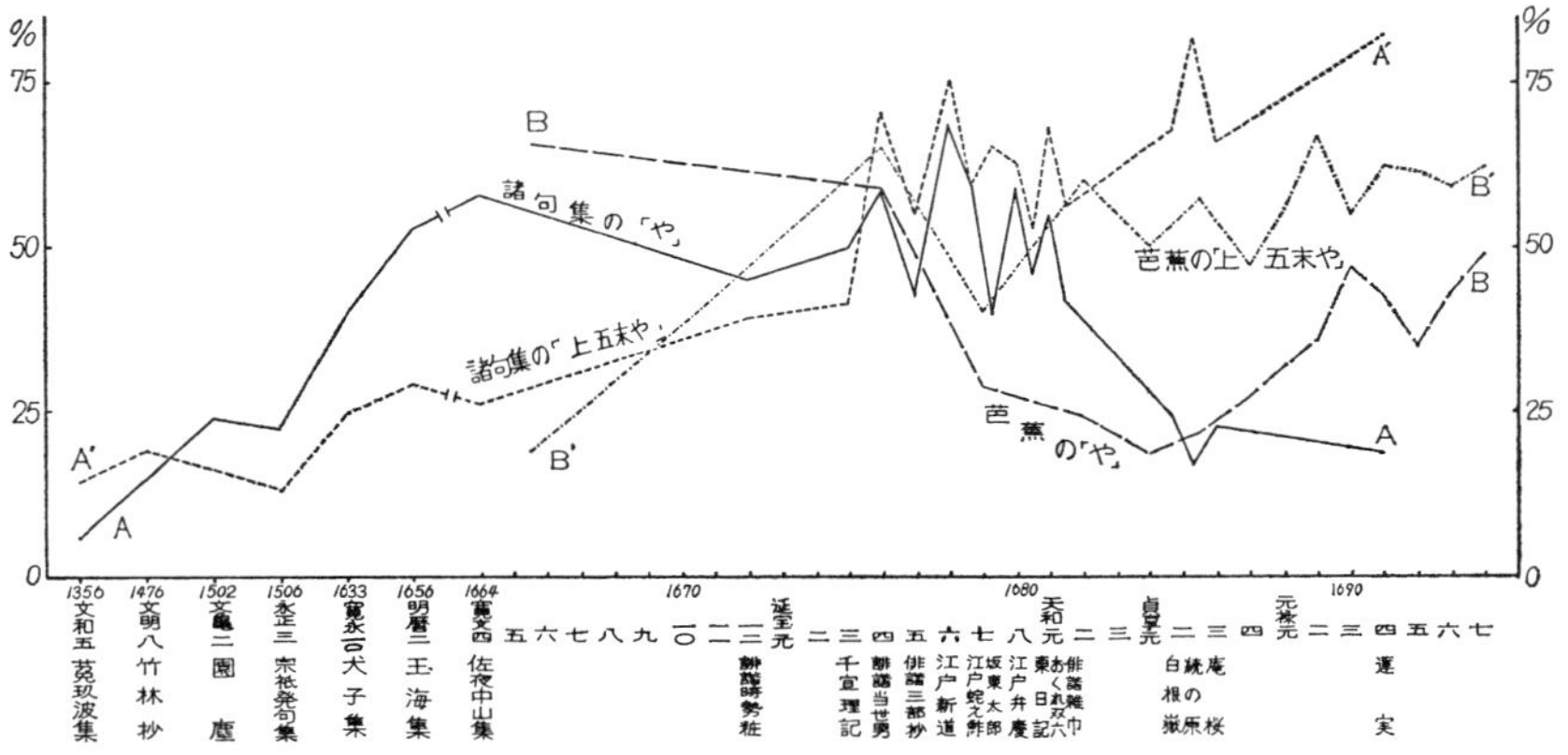

Ⅲ図 「や」の使用頻度と位置の変化

Ⅳ表　「や」の内訳

書名	調査句数	や	中七切れや			上五切れや			座五切れや
			中七末や	中七内のや	小計	上五末や	上五内のや	小計	
	句	句	句	句	句	句	句	句	句
宗祇発句集	906	203	32	107	139	27	36	63	1
犬子集	949	375	150	122	272	93	10	103	0
玉海集	939	496	188	147	335	145	15	160	1
俳諧三部抄	915	390	101	45	146	215	27	242	2
安楽音	814	433	59	58	117	292	23	315	1

Ⅴ表　諷取り句の「や」

書名・別		部分	調査句数	や		上五末や	
			句	句	%	句	%
佐夜中山集	巻一	春	363	210	(57.9)	55	(26.2)
	巻二　本哥取	〃	214	120	(56.1)	36	(30.0)
	巻三　諷之詞	〃	249	132	(53.0)	67	(50.8)
誹諧時勢粧	巻一古哥之詞	春・夏	238	107	(45.0)	42	(39.3)
	〃　諷	〃	134	75	(56.0)	40	(53.3)

※「上五末や」の％は、「や」の句数を100とする。

④そして、「や」は天和期以後激減する。
⑤談林時代にはいると、「や」の内でも「上五末や」が急速に増え、その漸増傾向は元禄期まで続く。

③は①の現象の継続発展と解されるが、④⑤をどう説明すべきであろうか。これらの考察に先立ち、いま一度、貞門の「や」を検討しておこう。

貞門で増加傾向を一層高めた「や」は、その大部分が中七に置かれていた。従って⑤は、貞門から談林への過程を、「中七や」から「上五や」への変化として捉えるのを許すかに見える。しかしここで、貞門を「中七や」の時代と規定するのはいささか軽率に過ぎるようだ。連歌時代もまた「中七や」が多かったからである。ここで、貞門における「や」の内訳を調べてみよう。確かにⅣ表を見ると「中七や」は多い。しかも「中七末や」が大幅に増えたことは明らかである。しかし「上五や」の欄を見ると、「上五末や」もほぼ同じ増加率で増えており、わずかに「中七末や」の増え方が多いとはいえ、それをもって顕著な傾向とは決して見做せないのである（＝現象㈠）。ではなぜ「中七や」が多いのか、その理由は一に「中七内のや」（『白髪集』でいう「中のや」など、中七内部に位置する「や」）の存続に帰せられる。その使用率は連歌のそれとほぼ等しく、

⑥談林時代にはいって「中七内のや」は激減する。[13]

のと、まさに対照的である（＝現象㈡）。

統計から見た右の二現象は、貞門独自の「や」の用法の不在を想像させはしまいか。作法書が「発句の切字……以上連歌のごとく成べき歟」（増補はなひ草）というのも、これを証するかのようである。例えば現象㈡であるが、この「や」は連歌における「や」の代表的用法として、使用率は全句の五〇％にも及んでいた。俳諧がより俳諧らしくなるにつれ、忌避され消滅の方向へ歩む（決して消滅はしないが）のは自然の趨勢だったと察せられ、それだけにまた、貞門の発句は連歌らしさを残していたと言えよう。思えば貞門時代は、未だすべてについて連歌の影響色濃く、連歌壇俳壇の一致も近年指摘されているが、新様式に慣れぬ作者達は、連歌との区別に意識的に「や」を多用したとはいうものの、用法の実態はまだ連歌に近かったのではあるまいか。『毛吹草』に「てにをは計をはいかいめかして心はみな連歌にひとし」とする批評は、この間の事情をも物語るであろう。

ここで貞門についてもう一つ加えるなら、「や」を含めたすべての切字につき「中七切れ」が多かったことが言える。座五に体言を据える傾向は「かな」の減少に反比例して進行していたから、急増した季語の処理に慣れぬ作者達が、これを座五に置いた結果、おのずと中七末に切字が来ることが殖えたためと思われる。

ここで漸く⑤の解釈に戻ろう。談林時代にはいって、「や」の用法には明らかに実質的な変化が現れた。「中七や」は句内句末ともに減少し、「や」はひとえに上五末へと集中する。ここに始めて、俳諧独自の「や」の用法が出現したが、その際、座五はほとんど体言で終ったから、統計的にはF形式はここで成立したと言える。すなわち、

俳諧独自のパターンとしてのF形式の成立は、切字「や」が俳諧独自の用法を獲得するのと相俟って実現したのであった。こう見れば、F形式が俳諧史において以後長く使用されるのも頷けよう。ここで⑤の現象が成った要因を考えてみる。

それには二つの方向があったと思われる。本来相互に作用し合って一現象を成したものであるが、強いて区別すれば、第一は意識的にその表現効果を狙った積極的要因であり、第二は流行の新句風がもたらした消極的要因である。前者については、一にまず音勢上よりした口拍子のよさ、軽快さが挙げられる。冒頭五音で句切って下に続く時、そこには快いリズムが生じる。このことは、寛文期の『佐夜中山集』『時勢粧』において、「諷取り」の部の「上五末や」が他の部のそれより遥かに多い事実（V表参照）が暗示的である。談林俳諧の音律上の軽快性については既に指摘されているが、これは「上五末や」の増加とも無関係ではない。ではなぜ、上五末で切ると快いリズムが生じるのであろうか。それは『撃蒙抄』にも「自余は五七の間にて切べし」と記すように、和歌の七五調に慣れたリズム感が、連歌を通して俳諧にも流れ込んでいるためと思われる。試みに、連歌俳諧を問わず「中七切れ」また「座五切れ」の句を見るがよい。ほとんど例外なく、上五末に浅い休止があるのを認め得るであろう。[14] 逆に「上五切れ」の場合は、中七末に小休止を置くことを必ずしも要しないのである。かように、十七音においては五・七五と切るのが最も自然な音律をなすのであるが、これは談林俳諧までは強く意識されなかった。それまでの「や」が作る浅い断切では、「中七切れ」の場合にできる二ケ所の断切は句を三分せず、さほど目や耳に障りはしなかった。しかし後述する如く、談林において「や」の断切は深くなる。その深い「や」は、発見された最もふさわしい一ケ所を求めて上五へ集中したのであろう。二は、第二の消極的要因と一層有機的に絡み合って表裏をなすものであるが、冒頭に短かく鋭く提示することによって生じる、鮮明なイメージ効果である。「正月や先ヅきよき物あら筵」の句を評して、「正月の五文字に力あるべし」（宇陀法師）と言った「力」とは、音の響きのほかにこのような効果もさしてのことであろう。発想の契機となる季題を冒頭におけば、鑑賞の際の導入は容易になるであろうし、奇抜な語であれば注意も引きやすいであろう。貞門から談林へと移るにつれ、キャッチ・ワードともいうべき印象鮮明な語を上五に置く傾向は、次第に進行するようで、「上五末や」の増加もこれと軌を一にする。また、その「や」の上に置かれる語として単一の名詞が多く選ばれるに至るのも、これを裏付けるであろう。「呼び出すや（＝名所のや）」なる用語の発生も、以上のことをよく説明している。第二の要因については次節で論ずることにしよう。

五　雅俗イメージの対照

談林発句の作風のうち、当面の論述のため重視すべきは、俗語の増加がもたらした俳諧性の変質にあると思われる。貞門から談林へと移るにつれ、一七音中に占める俗語素材の比率は急速に増大するが、これは貞門の、縁語や掛詞また雅文中に配された俗語の違和感といった用語中心の面白さを、談林の雅俗のイメージの異和感が生み出す面白さへと転化して行った。これを実例で示すため、ここで遡って連歌以来のF形式の句を見てみることとしよう。F形式を選ぶのは、同じ形式であるほど変容が理解しやすいと思うからである。句の選択は恣意によった。

青柳や春の宮井の手向草　（宗祇発句集）

連歌であるから勿論すべて雅語で仕立てられ、和歌的美意識でもって〝集合された全体のイメージ〟（以下イメジャリーと呼ぶ）が統一されている。また「や」の断切が深くないのは、その前後の論理が一貫し、「や」を「は」に換えさえすれば、語法的な連続が可能となり一文章化され得るからである。またこの句の場合、「や」はコピュラ（繫辞）の機能さえ果しており、連歌発句のすべてが同様というわけではないが、〝同一主題の反復〟である芭蕉のF型式の原型をなすものとして注意される。

撫子や夏野の原の落し種　　守武

俗語「落し種」が撫子の縁語となって俳諧化される。しかし、イメジャリーは優しい雅の世界を失っていない。

春雨やかすむ木のめのかけ薬　（犬子集）

俗語「かけ薬」と掛詞「め（芽と目）」で俳諧化。やはり、自然諷詠のイメジャリーを基調として俳諧があり、しかもその俳諧性は「めのかけ薬」の修辞にあるのであって、そのイメージにあるのではない。「や」の用法も連歌に近いが、不調和な俗語が露頭してイメジャリーの統一を破りつつある点に貞門らしさが認められる。

薬子やなめて味はふあめが舌　（佐夜中山集）

書ぞめやこゝろいそ〳〵筆の海　（同）

寛文期にはいるとイメジャリーは次第に連歌的な世界から遠ざかる。それはおそらく、一句中に俗語が増えたためと思われ、「や」も心なしか断切を深める。しかし、俳諧化したかに見えるイメジャリーは充分には明確でない。まだ掛詞「あめが舌（天が下）」縁語「いそ―海」のごとき貞門の修辞技法を残すゆえであろう。それにしても、かような俳風の兆候は興味ぶかい。重頼自身は「何やかや道具多きは馬のせに台所荷が付も見苦し」（佐夜中山集、俳学之大概）と諭したが、大勢は無自覚的ながら新しきへと向いつつあったのである。後に荷兮が「さよの中山集より発句の風躰はなく〳〵しくせられたり」（橋守）と記すのが想起されよう。

若水や腰たはむまで荷棒《になひ》　（江戸蛇之鮓）

蓬萊や米高うして武家の春　（俳諧雑巾）

談林に至ると貞門的修辞技法は払拭され、明らかに俗的イメージ乃至イメジャリーの横溢が感じられる。ここではもう、俗語は単に用語としての面白みを訴えるに止まらず、俗的イメージ乃至イメジャリー形象の素材として機能している。しかも雅俗のイメージは「や」を隔てて対置され、両者の齟齬懸隔甚しい対応、すなわち荘子流の寓言に新たな俳諧性が見出される。その結果、「や」の断切は深まり質的に機能を変化せざるを得ない。「や」は、対比される雅俗イメージのパラドックスの斬新さを際立てる魔術師であり、二重力の支点となるのである。(15)

ここで問題をもとに戻すと、かかるイメージの対比的構成において、最も効果的であったのがF型式であったと思われる。既に見たように、「や」は本来の係り機能をもって座五と呼応しようとするが、語法的連続性を失ったここに至り、イメージにおいてのみよく照応の効果を発揮するのである。そしてその際の「や」の位置としては、中七末に置かれるより、座五から適当に離れた上五末の方が好ましいであろう。F型式はかかる理由を背景に、簡易な技法として談林において急速に増加して行った。(16)そして様々なヴァラエティーを生んで表現手法を豊富にしたのである。中でも、上五に意表をついた俗語を置く次の形式など顕著に現れ、談林的特色を形成して行く。

質札や何どの月切ころもがへ　（誹諧当世男）

白味噌や雪につゝめる鶯菜　（俳諧三部抄）

「や」は、七五へあたかも謎解きの如き期待を抱かせ、読者の興をそそるのである。ここに生ずるわずかな間隙こそ、パラドキシカルな対比をいやが上にも引き立てる秘密なのである。

以上見てきたように、⑤の現象の主たる要因は、談林俳諧が俗的イメジャリーの形象に努力したことにある。この事実は、俳諧が近世の純粋詩へ昇華する不可欠の前提を解決したものとして評価すべきであろう。彼等は、今言うイメージやイメジャリーにそのまま相当する用語を持たなかったが、その事実は充分自覚していたものと思われる。「俳諧といふ事、世間にはあれたる様の詞をいふとおもへり。さらにしからず。只おもひよらぬ風情をよめるを、俳諧といふ也。」（近来俳諧風躰抄）と彼等が言う時、「詞」に対立する「風情」は、詩的感興の素因としてのイメージやイメジャリーを当然予想し、これを含むこともあり得たのではあるまいか。とすれば彼等は、「風情を詞にあらはし一句をかざり一句の本心に大きなる俳言の道具をてつしりと入たきものなり　風情計にては句よはくな

る事有　しかあれ共詞にて俳言をもたす事一句にてもあらば物わらひなるべし　古風のやまひ是ならん」（詠句大概）とも述べていた。単に俳言を用いたというだけでは古風であり、その俳言が全体の句趣形成に参与してこそ、新俳諧の一句は仕立てられるというのであろう。そのためには、「大きなる俳言の道具をてつしりと」また数多く投入することが要請されるようになる。延宝末年から生じた字余りや漢詩文調の流行が、かかる傾向の延長上に位することは言うまでもない。単純な思考をもってすれば、豊富にイメージ内容を詰め込まれた一句の句姿の安定をはかるため、切字はおのずとその位置を句の上方に求めたようにも思われる。

六　芭蕉の場合

ようやく最初に掲げた芭蕉に帰ることにしよう。芭蕉もまた時代の人である限りにおいて時の俳風の内に育ち、極端にそれからはずれるものではなかった。しかしなお、次の如き独自な傾向を示すのを看過するわけにはいかない。以下は、〈芭蕉の「や」使用の年次的変化[17]〉を示すため、Ⅵ表によってⅢ図にB・B′ラインを書き加え、これをA・A′ラインと比較して得た観察結果である。

⑦延宝三〜五年までの「や」の頻度は、同時代の一般傾向にほぼ等しい。
⑧延宝六〜八年において「や」の使用は突如激減し、この傾向は貞享元年まで続く。この現象は一般傾向より徹底し、時間的にも先行したかに見える。
⑨貞享二〜三年以後、再びゆるやかな「や」の増加が見られ、晩年まで続く。これに反し、一般傾向にはこの回復現象が見られない。

また、特に「上五末や」の使用については次の事実が見取れる。
⑩延宝三〜五年において、芭蕉の同時代人と同様に「上五末や」に強い関心を示した。

VI表　芭蕉の「や」使用の年次的変化

年代		調査句数	や		上五末や	
		句	句	%	句	%
寛文	4 〜 7	32	21	(65.6)	4	(19.0)
〃	9 〜 12	8	5	(62.5)	2	(40.0)
延宝	3 〜 5	39	23	(59.0)	15	(65.2)
〃	6 〜 8	35	10	(28.6)	4	(40.0)
天和	元 〜 3	41	10	(24.4)	6	(60.0)
貞享	元	43	8	(18.6)	4	(50.0)
〃	2 ・ 3	64	14	(21.9)	8	(57.2)
〃	4	62	17	(27.4)	8	(47.1)
元禄	元	120	38	(31.7)	21	(55.3)
〃	2	142	51	(35.9)	34	(66.7)
〃	3	62	29	(46.8)	16	(55.2)
〃	4	87	37	(42.5)	23	(62.2)
〃	5	37	13	(35.1)	8	(61.5)
〃	6	63	27	(42.9)	16	(59.3)
〃	7	92	45	(48.9)	28	(62.2)

※「上五末や」の％は、「や」の句数を100とする。

⑪延宝六〜八年には「上五末や」使用を急に減少させる。

⑫天和元〜三年に再び「上五末や」使用は50％台に回復し、以後晩年までほぼこの使用率が維持されて安定する。これに反し一般傾向は、「や」の使用率が低下するにもかかわらず貞享期以後も「上五末や」使用率の漸増を続かせる。

詳述するまでもなく、⑧は⑪に起因するものであった。芭蕉における切字「や」の使用は、転換期である延宝末年から貞享初年に至る期間を中にはさんで、初期・中期・晩期に分ち得るであろう。

初期はF形式体得の時期であった。芭蕉も同時代人同様これを駆使し、「や」の前後に分極化された雅俗両イメージのパラドックスを楽しんだ。しかも、

天秤や京江戸かけて千代の春　（誹諧当世男）

武蔵野や一寸ほどな鹿の声　（同）

の如く、この形式の効果を充分に発揮した佳句が多い。ことに、広と小、視覚と聴覚を対比させた後者など、「古池や」の句の原型とさえ言える。

中期は、反省と模索とそしてF形式再生の時期であった。この形式が持つ技法上の可能性が十全に開花した時期であるから、これをもって長いF形式の歴史における完成期とも呼べるであろう。

談林俳諧における安易なF形式の乱用は、たちまちその類型化を来し、やがて陳腐なものとなる。逸早く芭蕉はこれに気付き、F形式の多用を控え、切字「や」の句は減った。これが⑪⑧の現象である。やがて一般もこれに追随する（④の現象）が、芭蕉その人に限っても、文芸上の深刻な反省模索期に入る前、既に技法において談林風に反省を加える事実は注意されてよい。ともかくこの時期の当初、「や」はすこぶる激減した。あたかもこの時流行した字余りや漢詩文調の異体が、F形式を含めた過去の類型を破壊し、その忌避の傾向を押し進めたのは勿論である。この空白期を体験して初めてF形式は再生した。新たなF形式は、談林のそれといかに異なったのであろうか。

その準備はすでに延宝末年から始まっていた。『ほの〳〵立』で順也は、芭蕉の、

枯枝に烏とまりたるや秋の暮

を掲げて「当風」と賞し、従来の「中にぶらりの句」とは異なると評した。この句の特色は、季語「秋の暮」が他の部分と極めてよく調和し、全体として俗的世界にイメジャリーが統一された点に見出される。貞門から談林にかけて、俳諧性は専ら素材相互の違和感に求められた。詞からイメージに移っても、その本質は変っていない。しかし俳諧が滑稽ではあっても詩である限り、素材相互のあまりな不調和は、詩としての全一な凝集を妨るものでしかない。すなわち、蕉風の樹立もまたF形式の再生も、かかる反省の上に実現したのであった。

⑨の現象の開始は、この認識に立った詩法の確立を示すものである。山本氏が挙げられた数句のうち、「秋風や」と「明ぼのや」の二句は貞享元年の作であるが、この〝野ざらしの旅〟の前後、芭蕉の手によってF形式は文芸的完成を見たのであった。その特質は、談林の不調和性を脱してイメジャリーを統一し、破綻なき詩を形象した点に認められるが、なおかつ重要なことは、同時に談林が達成したパラドキシカルなイメージ対応の技法を継承し、こ

れを発展せしめたこと、すなわち断絶的統一を実現したことであった。すなわち、「や」の両側に配置されたイメージは、異質ではあるが談林の如く殊更対立を好むのではなく、そこに内的な親和関係を有することが求められるのである。「や」が作る断切は、談林ではイメージの不調和がそれを深めたが、芭蕉ではイメージの質と次元の差違がそれを深めることになる。従って深い断切を残しつつも、かえってそこにイメージ相互の微妙な内的感応（照応）を生むこととなるのである。これはまさに、新たな詩性の誕生であった。この高度な詩法が、漢詩文調の体験を経て獲得されたものであること[18]は言うまでもないが、芭蕉に談林の経験なく、また連歌以来の伝統なくして果してこれを樹立し得たかは疑わしい。やはり、芭蕉は談林に学び伝統を継いで、これを超克したのであった。談林が努めたイメージ乃至素材の量的凝縮を芭蕉は質的凝縮へと転じたのであり、連歌の雅的同質イメジャリーの統一性に学んで、芭蕉は俗的異質異次元イメジャリーの統一性の実現に成功したのであった。「や」の機能についても同じ様に言えるであろう。談林で論理の飛躍をもたらした切れの深い「や」に、芭蕉は余情の深みを見出したのである。またその「や」を利用して、連歌の単層的イメジャリーに匹敵する屈折的重層的イメジャリーの発句文芸を成立させたのであった。

さて、芭蕉の「や」使用の晩期は、その展開と応用の時期であった。一般傾向がF形式と「や」をすっかり遠ざける頃、⑫に見るごとく芭蕉は自信をもってその使用を増やして行った。F形式の量的盛況を談林とするなら、今やF形式は質的全盛を迎えることとなる。山本氏が挙げられた数句が、すべて元禄初年までの作であることは意味深い。芭蕉は自らが発見したこの手法を、この時期縦横に駆使するかのようである。しかし、一旦完成を見た形式を安穏に墨守するには、芭蕉の探求心はあまりにも激しかった。新しみを華とし、発句上手と称される芭蕉は、F形式で体験した手法を多様に応用し、新たなスタイルを分化して行ったようである。今その過程の詳細を明らめ得ぬが、大まかに言えば次のように言えるであろう。

一は、晩年の軽みの俳風に近づくにつれ、F形式が作る断切の深さに警戒が払われて来たことである。例えば、没年の作、

朝露によごれて涼し瓜の泥　（笈日記）

白菊の目に立てて見る塵もなし　（同）

が、真蹟ではそれぞれ「朝露や」「白菊や」であったことなど、その一例ではあるまいか。とは言っても、F形式を避け始めたのでは決してない。乱用を戒め、より繊細な配慮が加えられたということなのである。その数が減ってないし、深い感動を表明する際には、「この道を」を改めて、

此道や行人なしに秋の暮　（其便）

とする如き例も見られるのである。しかし、総じて断切が浅く、句作りがおとなしくなる傾向が認められる。

二は、異質または異次元イメージのパラドックスを用いず、同質イメージによるイメジャリーの統一をはかる句が見えることである。

鶯や竹の子藪に老を鳴　（炭俵）

この「や」は、連歌で見たコピュラ機能を持ち、論理は素直に七五へ流れて行く。宗祇が雅語でなした同質イメジャリーの統一を、芭蕉は俗語で験してみたのである。

菊の香や奈良には古き仏達　（追善之日記）

この句の上五は、「古池や」に代表されるF形式の典型のそれとは異なる。七五が、「蛙飛こむ水の音」が「古池」の世界の一部であったごとき、同一主題の繰り返しではないからだ。二素材の次元の差違にもかかわらず、その位相が鑑賞者の意識に稀薄なのは、両者が同時に同一視界内に把握された対象ではなく、それぞれが別箇の世界を領有しながら、素材相互の強い親和力のため、情調においてかえって新たな統一世界を形象し得たためと思われる。

更に言えば、上五はしばしば発想の契機をなすものであるが、この句の七五が上五から触発されたものはイメージの同質性ということのみであって、上五に対し何らイメージの所属性乃至類縁性を有しないという点である。この場合の二つの素材は、一方が認識された時、かつて認識され、作者の詩嚢中に眠り続けていた他の一方が突如として意識表層へ躍り出で、結合を遂げるのである。（凡兆の「下京や雪つむ上のよるの雨」の上五が、七五より後に案じすえられたという『去来抄』の挿話も、かかる制作過程をいうのであろう。）ここで、同じ上五を持つ前年の作、

菊の香や庭に切たる履の底　（続猿蓑）

と比較してみよう。この七五も同一主題の繰返しとは言えぬものの、七五が上五の場面に所属する点において、その発想をかなり上五に負うている。上五（題の場合が多い）から想起されて七五が出、一句が成る場合、同一世界を重層化するため、異質イメージの配置や次元の懸隔が必要となる。その背行する二要素の均衡の上、分極化される二素材の遠心性の上に見出される統一美、ここにパラドックスの詩性はあった。これに対して晩年の芭蕉は、同質イメージの重層による、求心的渾一化をも試みたと言えよう。この場合F形式は、談林の創始したパラドックスの美学から解放され、イメージの重層性屈折性のみをその本質的機能として残すこととなる。そしてむしろ、イメージより表象の重層を実現することとなるのである。連句における匂付の発句における実践と思えるが、[19]「や」は、やはりこの場合もその秘密を生み出す折点として生き続けるのである。

「や」に関するものではないが、芭蕉が到達した発句表現について土芳は次のように記していた。

発句の事は行て帰る心の味也。たとへば、山里は萬歳おそし梅の花といふ類なり。山里は萬歳おそしといひはなして、むめは咲るといふ心のごとくに行て帰るの心発句也。山里は萬歳の遅といふ斗のひとへは平句の位なり。先師も発句は取合ものと知るべしと云侍るよし、ある俳書にも侍る也。題の中より出る事はすくなき也。もし出ても大様ふるしと也。（くろさうし）

「行て帰るの心」とはつまり屈折的、重層的表現を言うのであろう。「取合」とは素材またはイメージの配合または照応をさすが、これは異質の場合も同質の場合もあるであろう。「こがねを打のべたるやうに……よく取合する」（去来抄）とはその統一性をいうのである。最後の「題の中より云々」はいかなる事か。『宇陀法師』にも「題の中より出る事は、よき事はたま〳〵にて」とあるが、おそらくは発想の範囲を拡大せよとの謂であろう。F形式の到達も、かかる認識を踏まえてのことと思われる。発句技法の真髄を体得した時、芭蕉にとってすべての切字は、F形式を含めてすべて自家薬籠中のものとなっていた。「きれ字に用る時は、四十八字皆切字なり」（去来抄）とは、その深い自信を示すものであろう。一般が「や」を忌避し、わずかに用いる場合は専らF形式という固定観念を脱し得ぬ頃（⑨⑫参照）、芭蕉はすでに種々様々な「や」を用いていたのである。

七　むすび

芭蕉が達成した俳諧のすべては、その後の俳諧史に大きく影響する。切字「や」の用法も、蕉風復興を叫ぶ安永天明期以後の俳人達にはかなり正しく理解されたようである。例えば『俳諧天爾波抄』（富士谷御杖）は次のように記している。

　文月や六日もつねの夜には似ず　　芭蕉

これらいづれも正例なり。この文月やの句は地名ならねど、文月の六日といふべきをやといひし句なれば、同じ例なりと知るべし。これより転じて、やの字の下をば上とはつゞかぬ事をもよめり。

　広沢やひとりしぐるゝ沼太郎　　史那

　松しまや鶴に身をかれほとゝぎす　　曾良

（中　略）

古池やかはずとびこむ水の音　　芭蕉

これら此例なり。……やは、他のもの丶つきそひがたき心をいふ也。……連俳にては、正例よりも此例なるをむねとする事、さらにこのみての事にあらず、やむことをえざる勢によれり。その故といふは、哥は、もじ数おほくして、いかなる事をも正しくいはるれども、連俳は、字数すくなければ、いかにもして、ひとつのてにはに、多くの心をこもらせ、詞をはぶかざれば、句をなしがたきが故に、此転例を正例のごとくつかふ也。

「上五末や」の本質を極めて正確に解説したものと言えよう。かかる理論的解明は、芭蕉の作品とともに近世後期俳人の実作に充分寄与したことと思われる。蕪村一人についてみても、その句集には、

朝露や村千軒の市の音

虫干や甥の僧訪ふ東大寺

などのF形式のほか、

春雨や小磯の小貝ぬる丶ほど

のごとき新たな感性を示した、柔軟で多様な「や」の用法が登場する。自己の句境に応じて自由な探求を続けた芭蕉の態度を、安永天明の詩人は遺産として受け継いだのであろう。そしてまた、近代へと伝えるのである。

（1）志田義秀「人口に膾炙してゐる俳句」（『俳文学の考察』収）三三一頁。

（2）新潮叢書『俳句の世界』一四四頁。

（3）『竹林抄』の「松風やしたに秋ふく萩のこゑ」など。

（4）この方法をとるものに、先に野中常雄「切字を中心とした俳句表現の変遷」（『連歌俳諧研究』七・八合併号）がある。

（5）各句集の使用テキストは次の通り。
菟玖波集—日本古典全書、竹林抄・園塵—続群書類従、宗祇発句集・芭蕉発句集—岩波文庫、犬子集—俳諧文庫、玉海集—日本俳書大系

（6）切字の種類によって所収句を分類し、その実数、およびそれの調査句数に対する百分比の二つを掲げた（図は百分比のみ）。ただし「や」については、他の切字と併用される場合もすべてその実数に加えた。

（7）切字の一句中における位置によって所収句を分類し、前項同様に処理した。

（8）『俊頼髄脳』に、発句の完結性を説いて、「夏の夜をみぢかきものといひそめし」を「夏の夜をみじかきものと思ふかな」と改めさせる記事が見える。また、後の『連歌諸体秘伝抄』にも、「かなと云候ては何なる発句にても候へ、難なく候よし先達も申されし、能々相伝すべき子細也」とある。

（9）宗砌の『密伝抄』には「切てには」の語が見えるから、〝切字〟の定着はそれ以後と思われる。

（10）『宇陀法師』（李由・許六）に至って、ようやく、「切や」の用法にF形式の句（芭蕉の「朝顔や昼は鎖おろす門の垣」）が揚げられた。

（11）各句集の使用テキストは次の通り。
佐夜中山集・千宜理記・坂東太郎—板本、誹諧時勢粧—尾形仂蔵写本、俳諧三部抄—近世文学未刊本叢書、江戸新道・江戸弁慶—俳諧文庫、その他—日本俳書大系

（12）「や」の使用頻度の変化については、「や」を含む句の実数、およびそれの調査句数に対する百分比の二つを掲げた。「や」の位置の変化については、上五句末に「や」を含む句の実数、およびそれの「や」を含む句の実数に対する百分比の二つを掲げて示した（共に図は百分比のみ）。

（13）この傾向は、寛文期の重頼関係俳書から兆し始める。『佐夜中山集』諷取の部—「や」一三二句中二三句。『時勢粧』—一〇七句中一九句。

（14）岡崎義恵氏も「五七・五と切れる場合でも、音律的には五で先づ小休止を置いて七五とつづけるのが一般的な味ひ方のやうである。」（『芸術としての俳諧』一八頁）と述べておられる。

（15）川崎寿彦『分析批評入門』の用語を借りた。

(16) 既に寛文四年刊の『蠅打』では、「右五句共に、大きに初心躰也」とするうちの四句まで、F形式またはこれに類する句を挙げている。

(17) 尾形仂等編『定本芭蕉大成』の本位句について、註(12)のような処理を施した。

(18) 小西甚一氏が、「や」を境とした実・虚また虚・実の形を漢詩表現の影響と説かれるなどその一例。(『文学』三一ノ九所収「兵どもが夢のあと」—芭蕉句分析批評の試み・2—一〇三頁以下)

(19) 横沢三郎氏も「菊の香や…古き仏達」の句を例として、「両者の象徴する情調のとり合せ」を指摘される。(創元社版『芭蕉講座』二「にほひ・うつり・ひびき」七三頁)

(付記) 右の一編は、佐賀大学文理学部に提出した昭和三十二年度卒業論文を改稿し加筆したものである。大谷篤蔵先生からテーマを与えられ、こまやかなご指導のもとに調べた。発表後、遠ざかっていたところ、二〇一九年、高山れおな氏の御眼にとまり、その著『切字と切れ』(邑書林刊)においてご紹介いただいた。また同氏により、ウェブマガジン「週刊俳句」六五〇号(同年一〇月六日号)に再録された。このことあってここに付載している。

文筺より

竹の子の皮をはぐやうに

――若い日に受けた導きの数々

「学問する」とはどのようなことか、私が識って行った道のりを振り返ってみたい。

私が業績と呼べるものを始めて発表したのは、昭和三十六年九月のことで、新資料の宗因の連歌の翻刻とその解説である。すでに二十九歳。島津忠夫先生が祐徳神社の資料群の中に片々たる写本として在るのを見付け、私に与えてくださったのである。同座した連衆は佐賀藩士や僧侶たち。その一人一人をその時代の中に確認していく作業は、調査に手間をかけるほど史実を明らかにできる喜びを教えてくれ、それだけでも初学びの価値は十分にあったわけだが、先生は、それ以上の大きな体験を与えてくださった。

島津先生は、この写本資料に登場する佐賀の連歌作者たちが、俳諧の雄編『時勢粧』にも出句することに気付かれたのである。この孤本は当時まだ翻刻されておらず、先生は、わざわざ所蔵者の尾形仂氏のもとで披見してこられたのだった。先生は、それぞれの作者が連歌にも俳諧にも参加していることを指摘され、初期俳諧が連歌壇を母胎として現れることを示唆し、私にそのことを書くように勧められた。私は、あまりにも大きな問題であることに驚き、自分の任ではないとただちに辞退申しあげた。先生がまとめられた論文は、先生の著作集第三巻に第十四章として収められている。

私は、文字通り目から鱗が落ちる思いをした。中世の連歌が終わり近世の俳諧が始まる、といった教科書的認識を越え、生の資料がヴィヴィッドな歴史を教えてくれることを学んだ。それが面白かった。そして、学問するということは、既成の常識をこわし、より正しい見方を教えてくれる、これこそが学問の真の意義であり、そこに学問する喜びもある、と識った。

この年の夏、中村幸彦先生の第一論文集である『近世小説史の研究』(桜楓社刊)の紹介を、『語文研究』十三号に書くよう編集部から求められた。この夏休みに私たちは、中村先生や島津先生に指導されて、太宰府天満宮の資料の整理に当たっていた。中村先生にお暇をいただき、まる一週間その執筆に専念した。一二編の論文を丁寧に読み、ノートをとって行ったのだが、大変難渋した。一編一編が大きな岩山のように感じられ、それを必死によじ登った。

今も心に残る、そこで得た中村先生の学問の方法のイメージは、次のようなものだった。テーマに切り込むために、まず一つの問題点を見出す。その問題点を得ると、それを解明するために推論に従って多くの資料を整え、その資料を駆使して論を立てて解答を得る。さらに次の問題点を見出して、推論して資料を整え、それを論証する。そのような複数の問題点の解決があって、さらに上位の問題点が生み出されてくる。これがまた次の問題点に派生していって、推論・資料の取りそろえ・論証という手順を繰り返す操作の末に、ようやく一編の論文の結論が導き出される。そのような重厚な論文が一二編、仮名草子から人情本まで近世小説のほとんどの様式を取り上げているので、全体で近世小説史を構成することになる。私はそこに、運動会で人が築くピラミッドのような美しさを見た。

一週間の体験のイメージは、右のようなものとして記憶に在る。そして、紙である一冊の論文集が、まるで鉄筋コンクリートの構造物のように感じられた。大地に基礎をもち、ハンマーで叩いても決して崩れないような。論文には簡単には壊れない強度が求められる、と識った。

中村先生は実に多くのことをお教えくださったが、今とくに、次の二つのお言葉を思い出す。一つは、昭和三十四年七月、天理図書館に出向く前に、先生にご挨拶にうかがった際だった。修士論文の資料を得るため、二週間ほどの長期調査に出かけたのである。先生は、「綿屋の本を皆見て来い」とこともなげに言われた。勿論、全国随一の俳書コレクション・綿屋文庫の閲読を、わずか二週間で果たせるはずはない。しかし、その後も永く学問に携わってきたのは、せめて安永天明期の俳書だけでも皆見よう、と思い続けていた故であろう。そのことを、今ようやく覚るのである。

もう一つは、講義の中での、「君たちは佶屈な論文を書け」というお言葉である。どうか、誤解しないでいただきたい。鬼面人を驚かすような難解な論文を、というのでは決してない。中村先生は、好んで人の上に出ようとする人間の対極に在った。未知の在野の研究者の質問にも、丁寧にお返事を認めておられた。ともあれ私は、右のご著書紹介の仕事で、その「佶屈」の意味するところをじっくり体感し得たのだった。〈推論→資料の取りそろえ→論証〉の何段階にもわたる積み重ね、これを一つ一つ理解しながら読み進むにはかなりの集中力を要する。長時間にわたり緊張を維持するのは相当しんどい。まさに先生のご論文は、「佶屈」以外の何ものでもなかった。論理性に富んだ粘りある強靱な思考力・構想力――これこそが先生の「佶屈」の正体なのである。

右の新刊紹介の執筆体験は、私に中村先生の学問の質を、かなり理解させた。限りなく多くの資料に接すること、幾重にも幾重にも疑問を重ね、論証を重ねること、と。

ここで、一回だけ先生が添削してくださった拙文のことを思い出す。最初に提出したレポートだったか、赤インクの大きな斜線が各所に加えられ、文章量が三分の二か半分ほどに減らされていた。確かさを欠く甘い部分、論旨展開に必要でない部分、感想のような部分、つまり贅肉部分が次から次に小気味よいように削ぎ落とされたのである。無駄な部分が介在すれば、一筋の論旨を貫く鋭さが失われる。あの赤インクは、常に明断さを目指せ、とのお諭しだったのだろう。

右の新刊紹介の中で、私か驚いて書き記していることが、いま一つある。それは、思考力の強靱つまり〈強さ〉とともに、それに並ぶ別の側面として、〈柔らかさ〉を持ち合わせよ、という教訓であった。例えば次のように先生は述べられる。

この文学（近世俗文学）を理解する為には、文学性を真正面の目的としてのぞむ前に、竹の子の皮をはぐやうに、時代的な皮を、一枚づつ大事にかけてはいでゆかねばならぬ。（二二頁。著述集第五巻一五頁）

文学性を論ずる前に、大小の事象の一つ一つを丁寧に解決しつつ進んで行けとの教えだが、私の心には、「竹の子の皮をはぐやうに」「一枚づつ大事にかけて」という比喩の部分がことに印象深く刻み込まれた。用心深くあれ、柔軟であれ、とも読めるからである。

先に先生の学問の方法のイメージの中で「問題点を見出す」といったのは、言い換えれば「切り口となる観点を見付ける」ということになる。これこそ、作品その他もろもろの対象を、先入主抜きで虚心に受け入れる中でしか得られないだろう。それに、資料を読み、事象に接する際には、研ぎ澄まされた感性と繊細な精神とが常に求められる。

先生の論文集を読んでいると、いたるところで、この注意深さ、目配りの細やかさに出会う。切り口の発見の場合にとどまるものではない。一定のまとまりある何かが分かって行く過程には、小さな気付きを無数に伴うのだろう。「柔らかさ」においても、粘り強い積み重ねが大切なのだ。

この「柔らかさ」ということは、もう一組の相対する研究態度にもかかわってくる。それは、巨視と微視という対語で説明できる。文学史にも及ぶような大胆なとらえ方と、小さな誤記から作者の意識を読みとるような細心緻密なとらえ方とを、常に二つともに備えておく、ということである。

先生からは、方法は対象に応じて編み出すべき、ということも学んだ。しかし今、中村先生の学問のすべてを語ることはできないし、私にその力があるかも疑わしい。ここでは、ご論文集の紹介の中で学び得た、その柱の部分を述べたに過ぎない。ともあれ先生の『近世小説史の研究』が、私にとって学問するうえでの特別な一冊であることは間違いない。

中村先生のお教えとして、いま一つ欠かせぬことがある。それは学問をする者が備えるべき、心の在り方を示されたことである。先生は、「毅然とせよ」というお言葉をしばしば口にされた。「綿屋の本を皆見て来い」というのもまさにその精神であろう。気迫をもって臨むのでなければ、大切なことは分かってこない、それが著述集十五巻を残された先生の、自らのご体験から生まれた信念であった。あれほど慎重を期する先生が、「論を立てるときは大胆であれ」とも言われた。真に学問を愛するなら、新しいものを生まねばならぬ、それにはそれ相応の覚悟が要るのだ、そう先生はおっしゃりたかったのだろう。

先生の慎重さは、先生の謙虚さにつながっていたと思う。その謙虚さは、柔らかな物腰によく現れていたお人柄にもよるが、人並みすぐれて多くを究められていた故であろう。まだ究め得ていない部分の大きさを、誰よりもご存じだったはずだから。

中村先生の学問は、作品や作者の問題にとどまらずに、時代の思想状況や作品の伝達をになう書肆の問題など、文学の成立にかかわってくる事象のすべてに目を配れ、というお立場だった。複数の歴史的事象の複合的な絡み合いに注意せよ、ということである。このお考えを、私は大変容易に理解した。それは、高校時代の世界史で、そのような方法こそ歴史研究の本道である、と学んでいたからである。終戦の時、私は旧制中学の一年生だった。途中で新制に変わり、高校二年の時に世界史の授業を受けた。昭和二十四年頃に初めて設けられた新しい教科である。皇国史観に基く国史を学び、東洋史・西洋史という語しか知らぬ生徒たちにとって、世界を一つのものとして歴史を考えるという思想は、大変新鮮なものだった。

私は石田明先生に教わったのだが、先生は、歴史を静的な史実の羅列としてでなく、さまざまな要因が複雑に絡み合いながら一つの時代を創りだしていく、まさに生きている動的な姿として理解させようとされた。この春、京大の西洋史学科を出たばかりの先生は、熱っぽく語り、教室外でもいろいろとお教えくださり、書物もお借りした。先生は大塚久雄の著作を奨められた。こうした中で、歴史の在るべき姿と歴史を学ぶことの面白さを識ったのである。

中村先生の学問の基本的方法を知るには、著述集第二巻の「前言」と第三巻の「近世文学史の構想」が簡便である。この内容は、近世文学史の講義の一回目に話されたもので、私はいつもここに帰って考えることにしている。先生はこの中で、文学生活の中核をなす要素として、作品・作家・鑑賞者・伝播者の四つを挙げ、創作・鑑賞・伝播という三つの人間活動を示している。これらを念頭に置くことは、研究を進めて行くうえで不可欠な条件である。

この中核となるべき要素その他について、より多面的な知識を与えてくれたのは、長谷川泉著の『近代文学研究法』（一九六六年、明治書院刊。一九七三年五版）であった。四十歳の頃、今井源衛先生が雑談の中でお奨めくださったのである。

学部でお教えを受けた大谷篤蔵先生は、昭和三十三年春に大学院に進んでからは、学問の在り方について論されることは一度もなかった。ただ、入学の前にご挨拶にうかがった際に、餞とされたのだろう、たった一言おっしゃった。

田中、すぐに書いてはいけないぞ。（上方弁だったか）

とだけ。

私はそのお教えを守ろうと努めてきたが、年を経るごとに、そのお言葉の意味するところ、その重みをしみじみと感じる。

先生に、「蕉風連句における「人間」」（『俳林閒歩』収）というご論文がある。その内容は講義でも承っていたが、芭蕉の連句論としては勿論、芭蕉論としても最高水準の論文と思う。これからの芭蕉研究にとどまらず、近世文学研究全般に大きな示唆を与え得る力を秘めている。ご発表は昭和二十八年五月だが、シベリア抑留から復員されたのは二十三年七月だった。芭蕉の全生涯の連句を論じたこの論文が、復員後の五年間だけで成ったとはどうしても思えない。

先輩から、先生は背嚢に岩波文庫の万葉集と芭蕉七部集を入れて出征されたそうだ、と聞いたことがある。軍務での寸暇に、先生は芭蕉を読み、芭蕉を考えておられたに違いない。熟成された思考のもつ強み、この論文の滋味は読む者を納得させずにはいない。先生が日々の生活の中で身につけて行かれた人間観、それを抜きにしてこの論文はないだろう。軍務の合間にも先生は考え続けておられたのだ。先生のお宅にお邪魔した際に、「お父ちゃんはいつお勉強してんの」との幼いお嬢さんの無邪気な問いに、先生が〈朝起きてから夜寝るまでずうっと勉強している〉というようなお答えをなさったことがあった。いつも考え続けている、との意であったろう。

先生は、抑留時代については黙して語られなかった。たった二回、北朝鮮で終戦を迎えたこと、それとシベリアで耳にしたロシア人のコーラスの美しさを話されただけである。壁塗りか何かの作業をしていた彼らが、誰ともなく歌い出して、見事なハーモニーを成したのだという。女性兵士の群とお聞きしたかも知れない。天山山脈の北にあるアルマアタという酷寒の街で、収容所の生活でたまさか得られた短い余暇に、丸刈のお頭で将校服を召された先生は、七部集を読み蕉風連句のことを考えておられた。私には、そのように思えてならない。

読みつづけ、考え続けること――。

私の学問を培ってきたお教えの数々を、思い出すままに記してみた。若い方々のお役に立てばと書き始めたが、どうやら私の戴恩記になっていたようである。

（二〇一四年七月『雅俗』一三号）

（付記）本稿は、「リレーエッセイ　私の研究履歴」と題する連載で、冒頭にプロフィール欄があり、その内に「思い出の研究書（論文）」という一項がある。それへは、「中村幸彦「西鶴の創作意識とその推移」。　エッセイ本文に記した『近世小説史の研究』で読んだ。人間洞察に裏打ちされた文学研究を知った。」と回答した。

風呂敷の結び方

中村幸彦先生にはじめてお会いしたのは、昭和三十年の八月だった。大谷篤蔵先生が、万葉旅行の行程の中に、天理図書館訪問を組みこんで下さったからである。その三年の後、九大大学院に進学した私は、同じ春に着任された中村先生の講筵に連なる身となった。爾来四十年、先生から頂いた御恩は例えようもなく大きく、かつ重い。従って、述べるべき事柄も多いわけだが、ここには院生時代のもっとも鮮明な記憶を記すことにする。

知られるように、中村先生の九大御着任を契機に、九州では、それまで眠っていた和漢古典籍のコレクションが次々と日の目を見ることになった。新出資料も多く、その披露をもかねて、昭和三十六年度の俳文学会の全国大会は九大が担当することになる。その時の想い出のいくつかである。

新出資料の展覧会の会場の選定について相談している時だった。当初は、福岡市都心部のデパートの催し場を使う案があった。そのためには、かなり早めに予約する必要があったが、借り上げの日程を明確に決め得る段階には至っていなかった。その準備会の末席にあった私は、「少し日程に幅をもたせて依頼しておいてはいかがでしょう」と提案した。その時の先生のお叱りのお言葉は、今も思い出すほど大層きびしいものだった。語気が激しいだけでなく、「学問をする者がとる態度ではない」といった内容の、厳とした一言が胸にこたえた。学問をする者の事の処し方―それは生き方とも言えよう―、そういうものがあるのだ、それを身につけねば、と心がけるようになった。

学会の前日に、各所蔵者から借り受けた資料を、展覧会の会場まで運ぶ準備をした。私たちがいくつもの風呂敷包みをつくる作業を御覧になっていた先生は、包みの一つを自らこしらえて見せて、こうおっしゃった。「風呂敷は、中身の縦長の方向を先に結び、横の短い方を後から結ぶものだ」。私はそのお言葉を、授業でかねて教わっていることに近いものとして感じとっていた。思えば先生は、風呂敷包みを右手で小脇にかかえて御出勤なさることが多かった。そのお姿をも思い出すせいか、その後の私には、風呂敷を包むごとに右のお言葉を思い出す癖がついた。そしてそのたびに、対象に即するという、先生の学問の方法の原点にふれる思いを抱くのである。

学会の事後処理もいろいろとあったが、私には、後援して下さった方々へのお礼の挨拶回りのお供を命じられた。ある新聞社の本社を訪ねたところ、文化部長だか、責任ある地位の方は、社の保養施設に出かけていて不在だった。先生は、そこで名刺を置いて事をませると思いきや、車をかなり遠い郊外にあるその施設に向かわせた。ようやく着いてみると、ご当人はグラウンドにいらした。明るい秋の日の下、白い軽装のその人に、背広姿の先生が鄭重に頭を下げておいでのお姿が、今も鮮やかに目に浮かぶ。

先生は、講義の中で、まれに御自分の生い立ちを垣間見させて下さることがあった。伊藤仁斎について述べられた折か、こんな話をなされた。先生がまだ学生のころの正月に、ご母堂が「商家の我が家は正月の神棚に算盤を供えるのが習わしだが、お前は学問をするのだから書物を供えよ」と諭された。そこで先生は、仁斎の『童子問』を供えられた、というのである。そのことを先生は、懐かしそうに微笑んで話された。算盤は町人学者に連なる、と私は今になってようやく気がつく。そして右に記した学会の際の三つのお姿も、はるか彼方の、近世上方町人のイメージに重なって見えてくる。

私は先生から、はかり知れないお教えを賜った。だが、はたしてどれだけを守り得たのか……。常に忸怩たる私とはいえ、先生への感謝の思いは尽きない。そして、その感謝の念の核にあるものは、人間の在り方と学問とを一体としてお教えいただいた、という一事である。

どこまでも深く澄んだ先生のお眼の光、そのお眼に時として慈愛の色がさし、目尻に小皺がよられる、その御尊顔をもう永遠に仰ぐことができない。

中村学の根底にあるもの

（一九九八年八月『混沌』二二号）

中村幸彦先生が急逝された。自ら瘦柳軒と戯号されたお体にもかかわらず、シンに強い生命力を宿されるお姿に慣れてしまった私は、いつまでもご存命であるかのように錯覚していた。昨年十一月の由良での拝顔がお別れになろうとは、夢にも思わなかった。

先生のご講筵に連なってから四十年を経た。その間に不肖の弟子が賜ったご慈愛の深さを思うと、改めて粛然とする。そしてご学恩に応えることの乏しきを愧じ入る。

私が少しでも学問的業績を挙げ得たとするなら、先生が該博な知識のみならず、多様な研究方法をお与えくださったからだろう。対象が方法を規定するというお立場で、自在に手法を駆使できるようお導きくださった。それだけでも十二分に幸せなことなのに、先生は私に、学問にとって必要な精神面での何かをも吹き込んでくださった。昭和四十年二月発行の『語文研究』十九号は、近世文学小特輯の形をとっている。その編集後記の中で先生は、次のように記された。

○今後も、かかる特輯を計画、若い会員諸氏へ突然に御依頼することがあると予想されるが、それについて、今私の机上にある永田善斎の膾余雑録の語を引いておく。「書ヲ読ミ道ヲ学ブノ人ハ、気魄ヲシテ大ナラシムルニ在リ、気魄大ナラザレバ、機ニ臨ミ務ニ応ズルニ、必ズ許多（ソコバク）窒礙ノ処有リ、筆ヲ下スニ及ビテモ、又飛揚シ生動シ、水湧キ山起ルノ言無シ」と。老婆心までに。

実はこの小特輯に際し、私一人が原稿を提出できなかった。従って後記のこの部分が、私に対する先生の戒めであるのは明白だった。精神的に脆弱な部分をもつ私は、このように先生のお心遣い溢れる叱咤を受け、少しずつ論文が書けるようになっていった。先生は、私たちが若い時は、「君達は佶屈な論文を書け」と指導された。しばらく後になると、「論を立てるに大胆であれ」とも説かれた。また修士論文のために天理図書館へ出かける時のお言葉は、「綿屋文庫の俳書を全部見てこい」であった。常に先生はお励ましくださり、学問の世界へ突き進む気概をお示しになった。

私が先生から学び得たものは、先生の壮大な学問世界のほんの一部に過ぎないだろう。それにもかかわらず、私の先生への敬慕の念は尽きない。それはひとえに、先生のご人格に深く触れ得たからであろう。四十年の間のさまざまの記憶の中でも、特に鮮やかに心に残る場面がある。祐徳神社の鍋島家蔵書の整理作業の折だった。宿の夕食が終わってくつろいだ雑談の中で、柱にもたれた先生が、ある身近な方の逝去のいきさつを顧みて、「夫婦というものは、お互いが相手の半分をしてやらねばならないものだ」としみじみ語られた。その方の早世を惜しみつつ、結婚をひかえた私たちに、伴侶への目配り・気配りの大切さをお教えくださったのである。また九州での学会の前だったか、ある中堅の研究者の欠席を知って、「○○君は奥さんが病気だから大変だろうな」と、ほつりともらされた。短いが、愁いの色を帯びたお一言だった。このようなことを通して私たちは、常に挙止端正で、物事の筋を貫き、学問においてあのように厳しい先生が、実は情に充ちた温かいお人柄であることを知っていった。

そのような先生のご人格は、ひとつは先生のご経歴ともかかわるのであろう。先生は幼くしてご尊父を失われ、また二度にわたってご令室に先立たれた。そのようなおつらいご体験を克服なされたうえでのご人格とお察しするが、私は、先生の学問の魅力に、先生のそのようなご人格の反映を見ないではおれない。先生の膨大なご業績の中でも、私は「西鶴の創作意識とその推移」に特にひかれる。『好色一代男』においてすでに物の本への対抗意識をいだいていた西鶴が、「道」の談理から「世間智」の談理に向かい、「人心」をも即物的に把握して、『西鶴織留』では人間の心を固定の相としてでなく流動の相でとらえるに至った、というご論述。ご講義でも魅了されたが、何度読み返してもやはり新鮮な感動を覚える。そしてその度に、人生体験豊かな先生だからこそかような理解に到達し得たのだ、と思ってしまう。たとえば次の下りがある。

が人生探求は人生の肯定と否定のくりかえしによって、深化するものであって、『一代男』の西鶴に、否定の重なりの稀薄さは、やはり認めねばなるまい。（著述集第五巻一三〇頁）

ここで事もなげに記された一行は、人生に対する先生の確固としたある理解に裏付けられている。この一事によっても、この論文が、先生のご人格あって始めて成り得たことを思うのである。

先生の深い森のようなご事績を思う時、長いご生涯にわたってその営為を貫かせたものに思いを致さずにはおれない。単なる知的探求心にとどまらぬ、もっと根源的な強い何かを先生はお持ちだったに違いない。それはおそらくは、人間と人間存在についての深いご関心にかかわるはずだが、とても私などに確かめ得ることではなかった。ともあれ先生は、誰よりも深く読み取る人であった。例えば先生が、「小沢蘆庵歌論の新検討」を執筆されたのは、次のような疑問からであった。

それより、筆者は『ふるの中道』の歌論を読む毎に思う。蘆庵はすぐれた歌人であったが、賀茂真淵の如く学識のある文章家でもなく、本居宣長の如く博通の理論家でもない。この『ふるの中道』の文章は、雅文としては文法の誤りもあり、理論文としても理を尽しているともいい難い。それでいて、精一杯の格調高い雅文をもって、はりつめて世に訴えんとしている。その切実さは、何に発するのであろうか。（著述集第一巻二六九頁）

ご指摘の蘆庵の筆致の高揚は、私など気づかないままですませていた。ご察知は練達のご眼力あってこそであろうが、やはりこの場合も、先生の内部で、人間の生きる姿へのあくなきご関心が働いていたのだと思う。

先生が、近世の作品は近世の時代に即して読むべし、と強く主張されたことはよく知られている。と同時に先生は、古今東西のあらゆるものを読まれた。院生時代に研究室におじゃました時、机上の隅にジードの著作が置かれていたのを記憶している。先生は、日本文学全体の中で近世文学を考えておられたのと同様に、世界文学の中での日本近世文学をも考えておられたのではあるまいか。このようなことも、先生の文学への志向が、人間の生の営みへの深いご関心に裏打ちされていたことを物語るように思われる。

周知のように先生は、豊饒なその学識を、在野の人をも含めて、求める者には誰にでも惜しみなく分かち与えられた。真に卓越した文学研究は、すぐれてヒューマンな、気高い魂から生まれる——先生のご生涯は、まさにそのことを証するものであった、と私は思う。

（一九九九年一月『雅俗』六号）

一編舎十九の笑いの温かさ

江戸時代も終わりに近く、佐賀に一人の滑稽小説の作者が現れた。十返舎一九をもじって一編舎十九と戯れの号を使うが、実は、着座という家老に次ぐ高い身分の佐賀藩士だった。蒲原次右衛門家に養子に入り、この名家を継いだ蒲原孝栄である。大蔵と通称した。天明三年（一七八三）の生まれ、安政四年（一八五七）に七十五歳で没している。

大蔵の経歴には、二つの大きな節目がある。一つは、文政十三年（一八三〇）二月、四十八歳という若さで致仕したことである。この月、仕えた藩主斉直が退いて直正の治世となった。これに伴う退隠である。もう一つは、養父すなわち妻十百の父蒲原孝古が、長崎詰勤番の役にあったため、フェートン号事件の責任をとって文化五年（一八〇八）に自刃したことである。この後三箇年、蒲原家は藩士の名跡を召し上げられる。

時に大蔵は二十六歳。ことさら早い大蔵の隠居は、若い身に受けた深い痛手と無関係ではあるまい。

大蔵の最初の作品の三十数丁目のあたり、主人公が下関で有名な稲荷町の妓楼に入る場面がある。遊女をはべらせて宴もたけなわの頃、主人公が突然、若い頃の思い出をつぶやく。「さて、ひょんな事を思ひ出した。先年、文化五年辰の年か、役内より検分の事で、若津に罷《まか》り越した事が有った。其の時……。ア丶久しい事の」と。若津は筑後川の河口に近い、柳川領の港である。所こそ違え領外の港と検分、そして文化五年。大蔵の全作品の内、作品の成立年を示す場合を除くと、年次を明記するのはこの部分だけである。フェートン号事件は、大蔵の生涯を貫く原体験として、心の底に座を占めて去らなかったのである。

四十八歳で隠居してからの二十数年、大蔵は、金立山の南麓に庵を結び、ここで滑稽小説を創作することで、余生を活かした。その数は、長編一つを含めて、およそ三〇点に及んだと推定される。刊行されることはなく、自筆の写本から流布していった。

人は、どんな事をどんな風に笑うのだろうか。大蔵すなわち十九の滑稽小説、江戸文芸の場合は滑稽本と呼ぶが、そのことを十九の滑稽本の中に垣間見てみたい。滑稽本の笑いには、もじりや地口など言語遊技的な技法の駆使や、死者が再び現世にもどってくるなど、荒唐無稽の趣向をこらした筋立てがもたらす類も多い。そのような文芸表現の面からの検討は一応脇におき、対象という点にしぼって考えてみたいのである。

最初の作品『伊勢道中不案内記』は、肥後の家老クラスの武士が、従者をつれて上方見物を兼ねたお伊勢参りをする話である。一九の『東海道中膝栗毛』を意識した作であることは言うまでもない。主人公はその名も富田愚津郎兵衛安房。つまり、トンデもないグズ男。安房はヤスハルと振り仮名をつけているが、アホウとも読めそうだ。この男、地位をかさに着て尊大に振る舞うが、実は大変な愚か者で小心、その上に欲深でけちん坊で好色家。その正体が行く先々のさまざまな出来事によって暴露され、それでもまた失敗を重ねて行くのが、この作の大きな筋である。読者は、主人公の多彩な人間的弱点を見て笑うことになる。

この笑いは、特定の一人にだけ焦点を合わせて笑うのだが、これによらない方法もある。例えば、この作の冒頭部、黒崎（現北九州市八幡西区内）の宿の前で、主人公の従者たちが、宿の玄関にかかった佐賀藩重臣三人の宿札を読んで、からかい気味に笑い合う場面である。倉永申芸《しんげい》を評して「さるの芸と書くばん」と言い、牧司書の「司」の字を「同といふ字の壁うっぽけやアたよふな字」と解説する。そして、肥前の家中は難しい名をつけたがる、用心して近づかぬ方が身のため、と結ぶのである。

ところが、この三人は、いずれも当時、佐賀に実在した人物なのである。愚津郎兵衛の一行は、肥後藩士であるはずなのに、使う言葉は佐賀方言である。肥後藩士に仕立てたのは、作者が立場をわきまえての手立てに過ぎない。内容に佐賀のことが出ても、少しもおかしくないのである。とすると、従者が三人の重臣の名前をからかうのは、作者十九による批判を含むものと解せる。実在する三人に何らかの問題点を意識するからこそ、意図的にその名を取り込んだわけで、当時の読者には、その軽いトゲが意味するところを理解できた、と思われる。それとなく刺すという方法は、相手が権力の座に近いほど選ばれる。すなわち、風刺である。この三人は、藩政の中枢を握るグループかもしれない。

十九の作品のいずれにも、この社会的な批評の態度が濃く現れる。武士の高慢、僧侶の堕落、商人の貪欲などの諸悪はもちろん、主人の気に添うよう、守をする子にせんべいを買い与える使用人とか、代官巡回の通達に右往左往する村役とか、庶民の日常生活に現れる人間的な弱さも見逃していない。そしてそのような描写の対象が、人間的な弱さという枠を越えて、たくましい面をも含み、世態の諸相の描写へと拡げられて行く。そこに笑いを伴いながら。

人は人、つまり他人の行動を見て笑う。十九の諸作には、この手の高い声の笑いが最も多い。それが第一の笑いだろう。人がバナナの皮を踏んで転ぶと笑う。しかし、自分の場合はすぐには笑えない。無事を確認できた場合、人によっては自分を笑うことがあるかも知れない。

自分を笑う——これは第二の笑いだろう。十九にも、その笑いがしばしば現れる。この場合、自分とは、作中の人であっても作者自身に重なることが多い。

十九は、第一作の序文からまず自分を笑っている。「余は久しく伊勢参拝の志願あれど、金といふ車なければ……居ながらにして思ひを達せんにはと、目を閉ぢて心を伊勢路にはせ……行路の苦しみ無く、金銭の費へなくして心を慰む。しかは有れど、是や夢にして餅を喰ふがごとく、味はひ口に覚えで腹に満たず」と。

このように、自らの貧しさを笑うことしばしばだが、その随一は、最も短い作の『隠家の春』だろう。草庵生活の貧しさそのものを素材化しているのである。草庵に盗人が入る。盗む物が何もないので、さすがの盗人も驚く。ようやく床の脇に鎧櫃を見つけ、これほど落ちぶれてもさすが武門のはしくれ、と喜び、さぞ名品だろうと蓋をとると、

内より、「ア、たりかア。蚊の入るてへ」。

貧家の主人が、蚊帳を持たず、鎧櫃の中で蚊をしのいで寝ていた、というわけである。

もちろん、創作としての誇張はある。しかし十九が、自己を冷静に客観視する、高い視点を持ち続けていたことは疑いない。作品では貧しさが前面に出るが、十九は、自らのすべてについて省みることを怠らなかったはずだ。そのゆとりある心の姿勢から、自らへ向ける笑いが生まれる。

ここで、十九の作品全部の中で、とくに心に残った場面を二つ挙げてみる。

一つは、初期の作『古今風俗太平記』の、高い身分の武士の家庭を描いた部分である。

御秘蔵娘のやせ千代は、玉椿と玉露香、雪ひら鍋に湯とり飯、はかりにかけて拾匁、菜《さい》はいつでも花がつを。肝臓円とウニカウル、見事に病者にそだてあげ、疱瘡までの御命。医者どのこやしの薬

これね、中間《ちゅうげん》直八、詰めだすき、肴洗ひにかゝり切り。

鳶《とび》とからすは川のはた、榎の木の枝に常年中、川路ばたをにらみ詰め。流しの先はぬすど犬、どつと嵐と骨喧嘩。やしなひ取りの進物は、秋餅三升切り込み重、乳母・禿僧《がっそう》が大悦び。

前半は、過保護に育って病人扱いされる娘の様。玉椿などは菓子の名、湯とり飯は水を加えて柔らかく炊き直した飯、肝臓円などは薬の名、医者どのこやしは医者を豊かにするの意、中間は奉公人、詰めだすきは働き詰めの意。末尾のやしなひ取りの進物は、肥料とする糞尿を汲ませてもらった百姓からの返礼である。切り込み重は入れ子式の重箱の一種、禿僧は少年の使用人。私は、この前半と末尾に挟まれた、「鳶とからすは」から「骨喧嘩」までの部分にひかれたのである。とくに「どつと嵐と骨喧嘩」という短い一句に。

挟まれた部分は、いわば自然描写である。「川路ばた」は、川沿いの地面の意。「どつ」は犬をののしって呼んだ語。「嵐」は風のこと。上には、鳶と烏が、餌をねらっていつも榎木の枝にとまっている。下では、風に転がる骨を、犬がなかなかくわえられないで、まるで風と取り合って「喧嘩」をしているようだ、と表現したわけである。私はここで、ふっと軽く笑ってしまった。

人は、命を守ろうと精一杯に生きている。お千代の両親は、病身の娘のため心を痛め、乳母たちはわずかな実入りに喜びをかくせない。その人間の営みの間に挟まれて描かれる動物たちもまた、己の命を守ろうと精一杯に生きている。私は、「どつと嵐と骨喧嘩」のところで、なぜふっと笑ったのだろう。「嵐と骨喧嘩」という表現上のおかしみも確かにある。しかし本質は、作者十九の優しい眼を感じてしまったから、ということではなかったのか。あたかも一茶の俳諧の世界のようだ、とも思った。十九は、人間はもちろん、生きるものすべてに眼を注いでいる。その精一杯に生きる姿を見逃せないでいる。

ところで、優しい眼差しは笑いに通じる、とはたして言えるのだろうか。その問いの答えとしては、赤ん坊に接する時、誰であれ人の表情がなごみ、やがて優しい微笑みが浮かんでくる、という事実を挙げたい。

笑いは本来的には理知の分野の心の働きである。バナナの皮を踏んで転んだ人を見て笑う、笑う心のその深い底には、〈自分は危機を回避できた〉と判断する、猿人か原始人かの心が潜んでいると思われる。権力者を風刺する場合の笑いに、〈彼にはこれこれの問題点がある〉との判断が働いているのは、容易に理解できよう。赤ん坊を見て笑う者の心にも、笑いであるから理知の働きが当然ある。少子化現象を全面的に良しと判断する人がいるだろうか。赤ん坊の誕生は、原則としては人にとって常に良しと判断されるはずの現象である。

しかし赤ん坊に接する場合、人は理知の働きだけで笑うのではない。そこには感情の大きな関与がある。笑いには、感情の要素を多分にもつものがあるわけだ。微笑みは、表情としてはかすかな動きである。しかし時として、笑いの内容はふくよかで密度濃いものになる。風に吹かれて転がる骨を追う犬の姿に、十九は、人間と同じく精一杯に生きようとする姿を見出した。そこに共感した。その情が働いたからこそ、作品の細部に書き込んだのである。微笑ましい一点景として。

自他の区別を越えて、生きるものすべてに向けられる笑い、ある程度の感情的要素を含む笑い、これが第三の笑いである。

心に残ったもう一つの場面は、最晩年の作『町方盛衰記』の結びの部分である。裕福な町人の家庭内のいざこざとして、下女をめぐる夫婦の諍《いさか》いや親をなぶる野良息子を描いた作者は、最後に橋の下の乞食の親子の歳末を描写する。破れた莚《むしろ》を垂れ下げて風を防ぎ、俵《たわら》を身にまとい、焚き火に茶出しを掛け、親子がしみじみと言葉を交わす。

あるてへ、めん〳〵は餅つく世話もなし、すゝ取りする家はなし、天山を枕屛風、紺紙ばりの天井、正月の来ても盆の来ても、親子まへ米五合あれば、此の茶出しでかゆ煮て済むもんぢゃるてへが。八戸（宿）から長瀬町迄行けば、米弐升はとって戻る。今より楽はござらぬばん。のふ、とっさん。争いの絶えぬ富者の家庭と、信頼と愛情に結ばれた乞食の親子と。読者は判断を下し、貧しくとも人間的に良く生きようとする社会的弱者をいとおしむ。作者の眼の温かさに、読者もいつしか付き従う。そして、「天山を枕屏風、紺紙ばりの天井」という言葉にかすかに微笑む。やせ我慢の口上と知りつつ、その爽やかな心行きに声援を送りたくなる。

この場面が、十九の創作の終着点であったことは、多くを考えさせる。フェートン号事件以来、幾多の苦難を乗り越え、さまざまな人生体験を経て来たからこそ、老境に至った今、かような洒脱で滋味ある作品を成したのだろう。しかし思い返してみるなら、第一作の愚津郎兵衛に対しても、十九は決して冷たくはなかった。人間的弱点を多くもつ主人公だからこそ、温かい眼がどこかで注がれていたように思われる。

十九は多くの苦難を重ねていた。そのたびに、自らを省みる力が加わったことだろう。自己を第三者の眼で直視し得た者は、やがて人の弱さを包み込む力を備えるようになる。それ故、自らを笑える者は、自他の区別を越えて、生きる者すべてに温かい眼を注げるようになる。十九の全作品に通底するのは、このような作者の眼差しのようだ。

かつて、佐賀の街には気品があった。武家屋敷の刈り込まれた笹垣が、雨上がりの朝、しっとりと濡れた白い砂地の小路に映えて、静謐な心の世界をつくってくれた。それが、晩年の十九の、静かな境地に通うように思う。

十九の墓は、佐賀市嘉瀬町の臨滄庵にある。掃苔に赴いて、その墓碑が小さいのに驚いたことがある。何か、十九その人の人柄にふれ得たようで、心に不思議な嬉しさがわいてきたのだった。

（二〇〇五年十一月　『佐賀ユーモア協会創立十周年記念誌』）

（付記）一編舎十九作の滑稽本二〇作品は、『佐賀県近世史料』第九編第一巻に翻刻されている。またその後に『膝栗毛附録』が現れ、佐賀県立図書館に収められた。

海

お彼岸を過ぎてもまだ残暑をおぼえるのに、空だけはどこか秋の色あいを帯びてきた。日曜日の今日、遠くの小学校の校庭から、運動会の行進曲が流れて来る。

外地で生まれた私は、小学校をその地で終えた。六年間使った教科書のさし絵は、よく知らぬ内地の風物や子供の生活を描いているものが多かった。たとえばその服装だが、内地の農村の子は、頭は帽子なのに、着物を着、下駄をはいているのである。私たちは、おぼろげに、自分たちの置かれた環境の特異さを知って行くのだった。

そのような教科書を使って学んだ教室での場面が、今も鮮かに思い出されることがある。次はその一つ。

それは今日の天気のように、九月のよく晴れた日だった。室内は、廊下がわの席や天井までも明るかった。初めての夏休みを私たちは終え、すでに学校にもなれていた。その時間は国語で、二、三学期に使う真新しい教科書の第一課を開いていた。

ムカフノ山ニノボツタラ
山ノムカフハ村ダツタ
タンボノツヅク村ダツタ
ツヅクタンボノソノサキハ
ヒロイヒロイ海ダツタ
青イ青イ海ダツタ
小サイ白ホガニツ三ツ
青イ海ニウイテイタ
トホクノホウニウイテイタ

私たちはたくみな先生の説明で、山に向かって歩く少年の一人になっていた。その地には見られぬタンボのイメージも与えられた。白ホは近くの大河を流れるジャンクから連想した。そして私は、その夏はじめて海を知っていた。

——私は緑の平地を寄切る。赤土を踏んで山に登る。そして突然視界が開け、眼前に広い平野と紺碧の海を見る。私にはその突然の眺望の展開と、その時の少年の喜びがよく理解できた。いな、むしろその時、少年の心になりきって感動した。私は興奮していた。

昨今の出版界で、昔の教科書の複刻が一つのブームになっている。書店の棚に並べられた懐しい表紙を見て立ち止り、三十年ぶりにこのページと対面した。ある雑誌に、同年輩らしい筆者がこの詩の思い出を書いていた。幼な友達に出会って尋ねると、やはりよくおぼえていると言った。ある哲学者の日記に、息子がこの詩を暗誦していて、「お父ちゃん、この歌は悲しい見たいやね」と言ったと書いてあるのを読んだ。この息子も、今は小学生の子の親であろう。

思えばこの詩は、私の幼い魂にはじめて文学的体験をもたらしたようである。そのようなみずみずしい体験を、人は年老いても失うことはあるまい。私は今も、遠く無限に広がる海を思う。そしてその海は、きまって長い坂を登りつめて見る海なのである。

（一九七〇年一〇月　『海流』〈九州工業大学学生の同人誌〉一号）

（付記）　右の詩に基いた詩として、牟礼慶子作「すばらしい海」という佳品がある。詩集『来歴』収。

若い日の旅

昭和二十八年四月二十五日、大学に入ったばかりの私は、佐賀から長崎までの徒歩旅行を試みた。

竜泰寺小路の下宿を八時半頃出発し、大学前の道を西に向かう。鹿島への最短コースを五万分之一の地図上に求め、佐賀平野を斜めに横断しようとするのである。大学の塀を過ぎ十五縄手橋を渡ると、そこはもう春の田園であった。緑の麦と黄色の菜の花と紫紅色のレンゲが地表を覆い、この三色がどこまでもどこまでも続いていて、終日むせるような香りの中を歩くことになる。うららかな春日和で空には柔かい春の光が充ち、ヒバリの歌声が楽しげだった。耕耘機も見ぬ時代、車の数も少く、野の静寂は保たれていた。

私の服装は学生服にズック靴で、登山帽はかぶっていたようだ。肩には、下宿のおばさんが作ってくれた握り飯の風呂敷包をかけている。道は厘外《りんげ》に至り、やがて相応津に出る。ここに渡し場があり、対岸に声をかけると、小家から現れた男が小さな渡し舟をこぎ寄せてくれた。渡し賃四円。紫霞む天山を右に見ながら歩を進める。正午、土手に腰を下ろして握り飯をほおばり、昼過ぎには福富村を通過、三時頃には南有明村も過ぎて長崎本線の踏切を越えた。鹿島駅前を通ったのは四時頃、鹿島の街では四〇円のパンと三五円のチョコレートと五円分の食塩を買った。塩を買ったのは、佐藤春夫の作品で、徒歩旅行のあと塩湯に足をつけて疲れを取るという話を読んでいたからである。

祐徳神社には五時二〇分に着いた。神官がおこもりの人と一緒に拝殿で夜を過してもよいとすすめてくれたが、なお先に進むことにする。神社の横手の道を南下して古枝村の谷あいを分け入ると、道は次第に細くそして登り坂になり、やがて日が陰ってくる。その山道を三〇分ほど歩き、登り切ったところに矢答という小さな部落があった。午後七時、もう日はすっかり暮れていた。

私は手近の一軒の農家の門口に立ち、一夜の宿を乞うた。その家には、お婆さんと赤ん坊を負うた若いお嫁さんとがいた。お婆さんは、「息子が麓に下っているのでお泊めできないが、青年団が公民館に合宿するので頼んであげよう」と親切に言い、ひとまず靴を脱ぐようすすめてくれた。土間から薪が燃える囲炉裏の傍に上り、質素な客膳に載せられた食事をいただく。味噌汁と鯖の煮付けが出た。お婆さんは、佐賀から歩いてきた私にさほど驚かなかった。ずっと以前、学生が熊本から歩いて来たことがあり、その人は朴歯の下駄をはいていた、ということであった。食事がすむと、お婆さんは部落の公民館に案内してくれた。そこには三人の青年が泊っていた。私は挨拶をし、布団と布団の間に寝かせてもらった。

翌朝は四時半に出発、真っ暗な山道を経ヶ岳の山頂へと向かう。長崎への徒歩旅行の行程に、この県境の一〇七五メートルの頂を含めたかったのである。五時四〇分御来光を拝む。太陽が顔を出したのは阿蘇山あたりだったろうか。山道に座って鹿島で買ったパンを食べ、半分を昼食のために残した。九時三六分経ヶ岳頂上を極める。次いで多良岳に登り、金泉寺の山小屋に出たのは正午だった。

道は、ここから緩やかになった。五家原岳を歩く頃、路傍に白スミレが咲いているのを見付けて摘む。三時前だったろうか、雨が降り出した。そのまま草原の道をたどる内、その細い道が消えてしまう。いつの間にか道を誤っていたのだ。折から雨が激しくなって慌てる。ここで冷静にならねばと地図を見直すと、どうやら右手にそれてしまったらしい。思い切って九〇度左に方向を換え、草を分けて山腹を横切って行くと、一〇分ほどで元の道に出た。赤土の下り坂が急になる。滑りそうなのでどんどん駆ける。中までぬれたズック靴が足にへばりつく。やがて雨が止んだ。道もなだらかになった。その頃左手に虹を見る。諫早湾とそのむこうの雲仙岳を見晴るかす広い景観だった。虹の右足は諫早湾にあり、左足はすぐ手前の谷間の部落にさしこまれていた。私はこの虹を生涯忘れることはないだろう。前の日の夕暮れ、矢答部落へ登る谷間の道で見たシャガの群落と共に……。その花の群は、薄暗い杉木立の中、谷川に沿って夢のようにほの白く続いていた。一日歩き通して疲れた私に、その花々がどんなに優しくまた気高く見えたことか。

諫早へと向かう尾根伝いの道はかなり長かった。私の疲労もいや増すようになった。日暮頃漸く諫早の街に近づき、道は本明川に沿って鉄橋の下をくぐろうとする。その時であった。トンネルから出て来た下りの普通列車が左手から現れ、轟々と音を立てて鉄橋を渡って行った。それを仰ぎ見る内、私は自分のとっている行動が無性に腹立たしく思えて来た。自己陶酔的な空疎のものに思えて来た。私はこれ以上長崎まで歩き続けるのは無意味だと思った。六時五〇分諫早駅に着き、ここからバスに乗って長崎の家へ帰った。

この旅に要した費用は、七〇円のバス代を含めて二一九円だった。この旅を終えてから、親指など足の爪三本が抜け落ちた。伸したままだった爪が、ぬれたズック靴の中で圧迫されて痛んだのである。佐賀にもどってから、矢筈の農家と青年団に礼状を書き、農家には小城羊羹一本、青年団には彼等が珍しがっていた五万分之一の地図を買って送った。いずれからもお礼の葉書が返って来た。殊に青年達の素朴な文字が嬉しかった。

諫早で旅を断念したのが良かったのか悪かったのか、未だに私にはわからない。

（一九八二年三月『アレテイア』〈佐賀大学教養部配付誌〉三号）

夏花三題

梅雨の晴れ間、遠くに積乱雲を望む。夏休みが近い、と心につぶやく。若い頃から、夏休みが近づくと期待で胸がふくれた。八月も末になると、無惨な計画倒れを嘆くのが常なのに、翌年の梅雨明けにはまた美しい夢を描いた。

その朝も、休暇の初めで、同じ気負いが心にあった。前夜、西鹿児島駅を発った私は（当時は鹿児島にいた）、夜行列車を鳥栖で捨て、鈍行で基山へ、支線に乗り換えて甘木へと、早朝の筑後平野を東へ進んでいた。早い夏の朝はすでに明けていたが、プラットホームにも車内にも人影は乏しく、二時間ほど、静寂と快い朝の冷気の中に身を置いていた。秋月行きのバスは、甘木の街の平坦を過ぎ、川に沿いながら、次第に山間《やまあい》を分けて登る。山はまだ朝靄の中にある。夜行列車の寝不足もあって、バスの揺れが眠気を誘う。

そのような眼に、突然、淡い薄紅の塊が近近と映った。ネムの花――。樹冠にあふれる花花は集合して透明な気体に見え、パステルの色調は流れる朝靄に溶けあって揺れた。そしてたちまち視界の後に去った。

その日の仕事は、秋月郷土館蔵の『八帖花伝書』の調査だった。ある叢書に解題を頼まれたのだが、専門外の書物ゆえ、多少気が重かった。それが、直に触れ、書誌を確かめる内、次第に楽しくなって行った。かねて近世中後期の庶民文芸を扱うことが多い私は、大振りの風格ある古典籍に接することが少ない。それがこの日だけは、豪宕な寛永期の写本をじっくり調べ、甚だ贅沢な気分を味わったのである。朱色の元糸が切れ、乱丁が生じていたのを正した。鳥の子紙の丁をめくっては天地の裁断の意図を考え、筆蹟にその書写者の俤を想った。

その日、郷土館は、一般見学者の来ない、庭に面した広い座敷を宛てがってくれた。仕事をしている間、近くを流れる小川のせせらぎが絶えなかった。豊かな水源を持つ上、降り続いた雨で水かさが増していたのである。かしましいほどではなく、心を鎮める清い水音だった。

秋月には、一種別郷の雰囲気がある。私は日がな一日ほとんど人に会わず、一冊の本を眼に、せせらぎだけを耳にして過した。記憶の中で純化されて行くこの一日を、刷毛で掃いたようにネムの花が彩る。

花の思い出は丹波へと移る。その日私は、天の橋立の北岸にある京都府立丹後郷土資料館へ赴くため、京都から山陰本線の特急に乗り込んでいた。列車は新緑の保津峡を遡り、亀岡を過ぎ、次第に丹波高地の山間部へと進んで行く。やがて両側の車窓に、木立ちが間近く迫るようになる。

車内がかげるので外を見ると、重なり合う葉の上に、白っぽい紐のようなものが見えた。房になった木の花で、少女の制服の襟元のリボンのように、テープ状に何本か垂れ、風の中で揺らいでいる。とっさに、クリの花だ、と気付いた。朝鮮半島で育った私は。内地(日本本土のこと)から来た客に、内地の丹波栗は朝鮮の栗の四、五倍も大きい、と聞いて驚いたことがある。その幼時の知識が甦ったのである。

懐しさをこめて見直すと、花は絶え間なく車窓に現れては過ぎる。繁り合う葉にまぎれて目立たない花が、精一杯に存在を告げる。白っぽい黄緑が、或いは濃く、或いは淡く、或いは長く、或いは短かく、眺めても眺めても連なって行く。弁当を遣う間も、活字に眼を落とす間も、車窓から消えることがない。ガラスの彼方なので、香りも葉ずれの音も届かない。ただただ白くけぶる房のイメージだけが網膜に焼き付き、脳裏に刻み込まれる。私はいつしかガラスの向こうの静謐な空間と一つになり、車内の騒音も耳に入らなくなる。旗の波に送られる出征兵士のように、白い花房との交歓をいつまでも続ける。

資料館では、蝶夢の書簡八十余通を撮影した。館員が、撮影条件を良くするため暗幕を引いてくれた。薄暗い部屋の中で、十八世紀の俳僧の肉筆と向かい合って二日を過した。ファインダーの中の蝶夢の筆蹟に、初夏の日に映えるクリの花が重なる。

現在の私は、若い頃のフィールドに住む、という幸せに恵まれている。私の研究は、佐賀県下に伝わる資料の紹介から始まった。

内容豊富な文庫を各地に持つ佐賀県だが、多久市の郷土資料館はとりわけ懐しい。かつて炭鉱の街として栄えた多久は、江戸時代、孔子聖廟を持つ文教の地として、佐賀藩でも独自の地位を占めていた。

その資料館へ、長崎の高校に勤める頃、一日の休暇をとって出かけた。多久へは、佐賀市から唐津行きのバスで一時間ほど走る。莇原（アザンバル、あざみばらの訛り）で乗り換えて、さらに二十分ほどで着く。今はもっと時間短縮されているが、県外からだと、当時はかなりの道のりだった。それだけに、資料館に近づくと、この山間の僻隅にと、別天地に入る思いがした。

資料館は、炭鉱を開いた高取伊好の寄付に成る西溪公園の一隅にあり、市立図書館を兼ねていた。公園は、奥の方が裏山を借景にした日本庭園、手前は直線が多い西洋庭園風に造られ、瀟洒な趣きを持つ。図書館はその右手にあった。それは何とも可憐な、宝石箱のような白堊の小洋館で、創設者晩年の、大正期のロマンが伝わった。

正面の入口を入ると、玄関もなくすぐに閲覧室になる。高い天井の下、子供用の低い卓や椅子が並び、閲覧者はいなかった。館内には、色白の若い婦人が一人勤め、司書の仕事と事務の一切を兼ねていた。洋館の裏に、赤煉瓦造りの小振りな書庫があり（これは今も使う）、その書庫から資料を出して来て下さる。私は二階の和室で、寛文期、松江重頼自筆の俳諧巻子本を調べ始めた。広い公園の中、人気があるのはこの図書館だけ、しばらくは全くの静寂の中にいる。そして午後も二時を回った頃、くぐもった声が階下から漸く聞こえて来る。下校した小学生の一人二人が、児童書の閲覧にやって来たのである。仕事が終ると、婦人は熱いお茶を入れて下さった。古文書解読をしておいでで、私に一、二の意見を求めたりした。

その後、幾度か訪れた私も、勤務地の関係で、多久とはいつしか疎遠になった。その間にこの婦人・細川章さんは、地域の旧家を丹念に回って古文書や古い蔵書を発掘し、それを図書館で受託して整理し、幾つもの目録を編んだ。そして遠く京都まで出向いて、近世佐賀最高の漢詩人・草場佩川の子孫を捜し出された。同家には、佩川と一族の資料が完全な形で残されていた。後にサントリー財団は、細川さんの三十年のお仕事を讃え、社会文化賞を贈っている。

公園の奥に小さな池がある。ある日訪れて散策すると、スイレンがワインレッドの花を一つ二つ付けていた。清雅な公園の片隅でひっそりと開くその花は、大き過ぎも小さ過ぎもしない。己れの矜持を花弁の先にまで示し、艶やかにみずみずしく輝いている。花の数が控え目なのも好もしく、静まり返った真昼の水面に、いささかも動じぬ姿で浮いている。

仕事に疲れた時、ふっと山陰のこのスイレンが眼に浮かぶ。車を駆って出かけ、人影のない小径を歩きたくなったりする。

（一九九〇年八月　『西日本国語国文学会会報』）

著述目録

著書

1 清水宗川聞書（共著） 西日本国語国文学会（同学会翻刻双書第2期第8冊） 一九六五年一〇月
2 寛政期諸国俳人書簡集―太田可笛宛―（共著） 義仲寺史蹟保存会 一九七三（昭和四八）年 九月
3 天明期諸国俳人書簡集―富田杜音宛―（共著） 落柿舎保存会 一九七七年一二月
4 松操和歌集 本文と研究（共著） 鹿児島県立短期大学地域研究所（同研究所叢書第2輯） 一九八〇年 三月
5 八帖花伝書（単著） 在九州国文資料影印叢書刊行会（同叢書第2期第8冊） 一九八一年 五月
6 佐賀の文学（共著） 新郷土刊行協会 一九八七年 一月
7 『芭蕉翁絵詞伝』再摺本 解説・翻刻・註（単著） 芸艸堂 一九八九年 四月
8 天明俳書集 全八巻（共編著） 臨川書店 一九九一（平成三）年一〇月
9 時雨会集成（共著） 義仲寺史蹟保存会・落柿舎保存会 一九九三年一一月
10 天明俳諧集（新日本古典文学大系73）（共著） 岩波書店 一九九八年 四月
11 蕉風復興運動と蕪村 岩波書店 二〇〇〇年 七月
12 佐賀県近世史料 第九篇第一巻（編著） 佐賀県立図書館 二〇〇四年 三月
13 蝶夢全集（共編著） 和泉書院 二〇一三年 五月
14 蕉風復興運動と蕪村 岩波オンデマンドブックス 岩波書店 二〇二二年 七月
15 蝶夢全集 続（共編著） 和泉書院 二〇二二年一一月
16 安永天明俳諧の研究（本書）

論文（＊は本書に、○は『蕉風復興運動と蕪村』に収録。）

1 資料翻刻・鹿島鍋島家蔵『宗因連哥』 佐賀大学文学論集 三号 一九六一（昭和三六）年 九月
2 翻刻『西郭俗湖月抄草案』 語文研究 一四号 一九六二年 五月
3 兼好の古今伝授について—細川文庫蔵三条西実隆筆『古今和歌集』奥書の報告— 佐賀大学文学論集 四号 一九六二年 九月
※ 有精堂出版刊『方丈記・徒然草』（日本文学研究資料叢書第2期第9冊）に再録 一九七一年 七月
4 翻刻「維舟点賦何柚誹諧百韻」 佐賀大学文学論集 六号 一九六五年 一月
※ ゆまに書房刊『古典文学翻刻集成』第3巻に再録 一九九九年一一月
5 蝶夢の俳壇登場をめぐる諸問題（上） 語文研究 二一号 一九六六年 二月
6 五木庵五木・潮水父子の俳諧資料 佐賀大学文学論集 九号 一九六八年 二月
○7 蝶夢を扶けた人々—俳諧中興運動の地方的基盤— 国文学・言語と文芸 六二号 一九六九年 一月
※ 有精堂出版刊『蕪村・一茶』（日本文学研究資料叢書第3期第14冊）に再録 一九七五年 六月
＊8 「古池や—」型発句の完成—芭蕉切字用法の一として— 佐賀大学文学論集 一〇号 一九六九年 二月
※ ウエブマガジン「週刊俳句」六五〇号（一〇月六日号）に再録 二〇一九年一〇月
9 蝶夢の俳壇登場をめぐる諸問題（中） 語文研究 二八号 一九七〇年 五月
＊10 蝶夢の俳壇登場をめぐる諸問題（下ノ一） 語文研究 三〇号 一九七一年 三月
＊11 蝶夢の俳壇登場をめぐる諸問題（下ノ二） 語文研究 三三号 一九七二年 五月
12 中興運動の復古意識と蕉風表現 国文学・解釈と鑑賞 九月号 一九七二年 九月
＊13 『俳諧古選』の成立 中央公論社刊『近世文学・作家と作品』（中村幸彦博士還暦記念論文集）所収 一九七三年 一月
14 二柳の俳論 大阪藝文會刊『近世大阪藝文叢談』（大谷篤蔵先生還暦記念論文集）所収 一九七三年 三月
＊15 無外庵既白小伝 近世文芸・資料と考証 九号 一九七四年 二月
16 時雨会と『しぐれ会』 『義仲寺』誌 九四号 一九七四年一一月

○17　蕉門中興運動の二潮流―京俳壇を中心に―　連歌俳諧研究　五〇号　一九七六年　二月
＊18　祭られた芭蕉　国文学・解釈と鑑賞　三月号　一九七六年　三月
＊19　立川曾秋と『曾秋随筆』―蕉門俳諧と石門心学の接点として―　鹿児島大学教育学部研究紀要　二七巻　一九七六年　三月
20　蕪村が占めた座標―京の中興俳壇の中で―　角川書店刊『蕪村・一茶』（鑑賞日本古典文学三二巻）所収　一九七六年　三月
21　蕪村の詩精神　国文学・解釈と鑑賞　三月号　一九七八年　三月
22　『芭蕉翁絵詞伝』の性格（上）　鹿児島大学教育学部研究紀要　二九巻　一九七八年　三月
23　漂泊イメージの原像―『芭蕉翁絵詞伝』　集英社刊『芭蕉・蕪村』（図説日本の古典第一四巻）所収　一九七八年一〇月
○24　『明和辛卯春』から『初懐紙』へ―夜半亭春帖の変容―　雄山閣刊『芭蕉・蕪村・一茶』（栗山理一先生古稀記念論文集）所収　一九七八年一一月
＊25　『芭蕉翁絵詞伝』の性格（下）　鹿児島大学教育学部研究紀要　三〇巻　一九七九年　三月
○26　地方系春帖と蕪村一派―特に樗良をめぐって―　文学　一〇月号　一九八四年一〇月
　※　ぺりかん社刊『江戸人物読本・与謝蕪村』に再録　一九九〇年一〇月
27　『通俗大明女仙伝』解題　汲古書院刊『近世白話小説翻訳集』第三巻所収　一九八五年　一月
○28　「我」の情の承認―影写説と白雄・蕪村など―　連歌俳諧研究　七一号　一九八六年　七月
○29　拾子と蕉門俳諧―国老・藩儒・町人を結んだ人情―　福岡県刊『福岡県史』近世研究編福岡藩（三）所収　一九八七年一二月
○30　春日郊行の俳諧―新しい場の成立―　江戸文学　三号　一九九〇（平成二）年　六月
○31　「世」に対する「我」―『新虚栗』刊行の史的意義―　佐賀大学教養部刊『アジアの中の日本―その文化と社会に関する綜合的研究―』所収　一九九一年　三月
○32　趣向の料としての実情―蕪村の方法を例に―　江戸時代文学誌　八号　一九九一年一二月
＊33　蕪村発句の「中」　講談社刊『蕪村全集』月報　三号　一九九三年　三月
34　『菊の道』―鳥栖の古俳諧―　おうふう刊『九州学を楽しむ』所収　一九九四年　三月
＊35　翻刻・蝶夢編『墨直し』六種　佐賀大学教養部研究紀要　二八号　一九九六年　三月
＊36　安永・天明期俳諧における蕪村―〃姿・情〃をめぐって―　国文学・解釈と教材の研究　一二月号　一九九六年一二月

○37 〝思いやる（想像ル）心〟の詩歌―鳥酔系俳人の場合― 佐賀大国文 二六号 一九九八年 三月

論文その他

○38 〝思いやる（想像ル）心〟の詩歌―宣長と蕪村の場合― 別府大学国語国文学 四〇号 一九九八年一二月
○39 〝思いやる（想像ル）心〟の詩歌―小沢蘆庵の場合― 雅俗 六号 一九九九年 一月
＊40 行脚俳人と近江商人・西川可昌―京の後背地としての八幡俳壇― 別府大学大学院紀要 一号 一九九九年 三月
＊41 蕉風復興の宣言―「義仲寺芭蕉堂再建募縁疏」をめぐって― ビブリア 一一六号 二〇〇一年一〇月
＊42 佐賀美濃派俳壇の誕生前夜 葉隠研究 四七号 二〇〇二年 七月
＊43 もう一つの旅―行脚俳人の境涯 江戸文学 二八号 二〇〇三年 六月
44 ちょっと佐賀学・文学（一二回連載）
幕末佐賀の一編舎十九 佐賀藩の重臣・石井如自『肥ノ逢橋因縁録』 日蓮僧・十方庵画山 大伴旅人の雅遊『蚊柱百句』
『須古心中物語』 詩人・伊東静雄 『小川島鯨鯢合戦』 漢詩人・石井鶴山 歌謡「脊振山霊験」 黄檗僧詩人・大潮
佐賀新聞 二〇〇五年一月～一二月
＊45 蕪村の「鮒ずしや」の句 俳句研究 二月号 二〇〇五年 二月
＊46 俳諧随想（六回連載） 俳句研究 七月～十二月号 二〇〇六年七月～一二月
＊47 『雨中の伽』の著者の素顔 西日本国語国文学会会報 二〇〇六年 八月
＊48 『安永三年蕪村春帖』の位置―挿絵の解釈をふまえて― ビブリア 一二六号 二〇〇六年一〇月
＊49 地方から編む文学史 『島津忠夫著作集』十巻月報 二〇〇六年一〇月
＊50 月明文庫探訪の思い出・加賀行脚俳人の南下・行脚俳人甚化のこと
俳句雑誌くらげ 四・五・六月号 二〇〇七年四・五・六月
51 佐賀美濃派俳諧の展開―深江文庫の紹介をかねて― 佐賀大国文 三六号 二〇〇八年 三月
52 『鳥栖市誌』第三巻第五編第四章第三節の分担執筆 『鳥栖市誌』二〇〇八年 三月
＊53 蕪村「花ちりて」句文の解釈―深沢了子氏の新説をめぐって― 連歌俳諧研究 一一七号 二〇〇九年 九月

54 芭蕉を俳聖にした人―蝶夢のお話（五〇回連載）　『落柿舎』誌　一九八～二四八号　二〇一〇年秋～二四年春
＊55 日本詩歌史の忘れられた巨星―蝶夢の佳句のもたらす不思議さ　リポート笠間　五五号　二〇一三年一一月
＊56 発句は自己の楽しみ―蝶夢の表現理念の新しさ　文学　九・一〇月号　二〇一四年　九月
57 五升庵蝶夢伝―芭蕉顕彰の生涯（三六回連載）　『義仲寺』誌　三四〇～三七七号　二〇一四年九月～二三年一二月
＊58 虹の松原一揆の俳諧　文化冊子草茫々通信　八号　二〇一五年　七月
＊59 蕪村の句は近代的か？　『柿衞文庫・蕪村の手紙展図録』　二〇一六年　九月
＊60 新出した蕪村発句の解釈―古典研究に兆し始めた危うさ　リポート笠間　六一号　二〇一六年一一月
＊61 〝自然に出る〟こそが内実――「風雅のまこと」を解く　二〇二四年　一月

資料翻刻（詳しい解説を付すものは論文の部に収めた。3は共著）

1 翻刻・俳書『安楽音』　有明工業高等専門学校紀要　二号　一九六七（昭和四二）年　三月
※　ゆまに書房刊『古典文学翻刻集成』第一巻に再録　一九九八年一〇月
2 資料「五木庵五木俳行脚日記」　九州工業大学研究報告　一七号　一九六九年　三月
3 安井滄洲紀行集　付・志濃武草―南九州の国文学関係資料（五）　鹿児島県立短期大学地域研究所研究年報　五号　一九七七年　三月
4 翻刻・麦水俳諧春帖四種―『春濃夜』・『三津祢』・『大盞曲』・逸題春帖―　鹿児島大学教育学部研究紀要　三三号　一九八一年　三月
※　ゆまに書房刊『古典文学翻刻集成』第六巻に再録　一九九九年一一月
5 翻刻・暁台春帖『東君』　笠間書院刊『俳文学論集』（宮本三郎先生追悼論文集）所収　一九八一年一〇月
6 翻刻・俳書『笠の晴』　地域文化研究　一号　一九八七年　三月
7 翻刻・俳書『残夢塚集』　地域文化研究　二号　一九八八年　三月
8 翻刻・俳書『卯花集』　佐賀大国文　一八号　一九九〇（平成二）年一一月
9 翻刻・山領梅山『大和路日記』　佐賀大国文　二一号　一九九二年一一月

10 翻刻・年賀集『千代の遊び』　香椎潟　三八号　一九九三年　三月
11 翻刻・俳書『以左奈宇太』　佐賀大国文　二三号　一九九五年　二月
12 翻刻・俳書『夏木立』　佐賀大国文　二五号　一九九七年　三月
13 翻刻『国歌私言』　世界思想社刊『日本文学史論』（島津忠夫先生古稀記念論集）所収　一九九七年　九月
＊14 翻刻・俳書『翠の曠集』　佐賀大国文　三一号　二〇〇三年　三月
15 翻刻・俳書『雲米与之野』　別府大学国語国文学　四五号　二〇〇三年一二月

一九九七年以前の分については、事典・辞書の仕事や書評の類、また一般向け著述を省いたが、九八年以降については一般向け著述も収めた。

略　歴

一九三二年（昭和七）四月二十五日、ソウル市（当時の呼称は朝鮮の京城府）に生まれる。父政吉・母ツル子の長男。

京城公立中学校一年時、終戦により長崎に引き揚げ、長崎県立長崎中学校へ編入学。県立長崎東高等学校卒業。佐賀大学文理学部理学専攻に入学、転科して同文学専攻国語国文学課程を卒業。九州大学大学院文学研究科修士課程国語学国文学専攻へ入学、同博士課程を単位取得して退学する（後、学位を授与される）。

長崎県立長崎西高等学校教諭、有明工業高等専門学校講師、九州工業大学助教授、鹿児島大学助教授・教授（教育学部）、佐賀大学教授（教養部・文化教育学部。一時期、評議員・附属図書館長を兼任）、また別府大学教授（文学部。大学院担当）を歴任する。一九六三年四月から二〇〇四年三月まで。

その後は十数年ほど、朝日カルチャーセンター福岡教室（のちに佐賀出張講座）の講師、兼ねて義仲寺責任役員・落柿舎保存会理事（非常勤の庵主）などを務めた。

人名索引

あとがき

この書は、私の二冊目の論文集である。先の一冊は二〇〇〇年の刊行だから、ほぼ四半世紀を経たことになる。遅延は、蝶夢に携わっていたことにもよる。ともかくも懸案を果たすことができて、ほっと一息ついた。そして、ここまでの齢を許されたことを思い、しばし頭を垂れる。

まず書名について。俳諧の研究の最初は、誰か一人を対象に選ぶのが普通で、私も嘯山の研究から始めた。しかし研究を進める内に、新たな問題意識が芽生えてき、安永天明期俳諧の史的意義というテーマに行き着いた。やがて、その中心的課題として蕉風復興運動の解明という副次テーマが生まれ、前著を編んだ。蕪村・嘯山・蝶夢という主要作家も、その中にそれぞれの位置を得ることになる。

そのような次第で、私はもっぱら安永天明期俳諧を研究して数十年を過ごしてきた。何とも幅狭く限定したものである。その模索の過程で、この期の俳諧がはらむ重大さに気付くようになった。この期の俳諧は、日本詩歌史上で一つの転換点の位置を占めている、と。古代中世の詩歌と近代詩歌とを媒介している、ということである。

また、この着目に端を発し、〝日本詩歌史〟という観念をいだくようにもなった。各様式の歴史の束を超えた、日本人が詩歌に託した内的要求の歴史である。今は夢想に過ぎぬものの、次代の方々が、現実に替えてくださることを願う。それは、私たちの心性史や感情史の構想にも寄与するはずである。

当書の内容は、右の大仰な言いぐさに見合うものではない。体系的な論文集ではなく、これまでの研究のまとめに過ぎない。しかも考察対象が、上方それも京俳壇に偏っている。また、記事の重複をあえてし、意図あって一般向けの文章をも収めている。何はとも私としては、この期の俳諧の姿を、具体的イメージとして日本文学史の中に定着させたかったのである。ごく最後の段階に至って、蝶夢に導かれ「風雅のまこと」の内実を伺い得た（六〇頁）のは望外の喜びで、天の恵みとさえ思える。

一つ心に残るのは、修士論文で扱った嘯山の年譜考を収め得なかったこと、追加資料を集めながら、改稿に至らなかった。

また、このようなこともある。私は前著において、新しい文芸の登場に際し、地方的なものが参与していること（第二章）、自然との接触が意義をもつこと（第三章）の二点を指摘した。だが、この二点をきわめて重い要件と考え続けながら、その二点についてさらに考察を深めることをしていない。結論を先に言うと、この二条件が主客二元的な認識や豊かな情をもたらしたと察するのだが、それが新しい文芸にどのように関わって行って創造をもたらしたのか、その機構についての具体的様相の説明が不足しているのである。例えば、地方の生産力の向上の背景があって、個人の主体意識も強まり、筑前福岡の町人たちの拾い子事業や近江八幡の西川可昌の家訓が現れた、などのことを総括し整理してお示しすべきだった、と。仕事を振り返る今、その欠に思い至っている。

私は若い日に、動きようがなく、ただ佇んでいたように感じられる何年かをもつ。ようやく自分をとりもどせたのは、何人かの優れた師と心通う友に恵まれたからである。次はその内から。

中島清一郎先生には、高校二年で物理を教わった。航空工学科ご出身の先生は、戦後、航空機生産が禁じられていた数年の間、教壇に立たれたのである。私は出来が悪い生徒だったのに、まだ独身でいらした先生のお宅にたびたびお邪魔した。いま振り返り、先生の貴重なお時間を奪った申し訳なさに身を正す。私は先生のお言葉と生き方から、個我の自由と自立ということ、自分で考えるということ、それも論理性と明晰さを重んずべきことを学んだ。また先生は、詩歌の価値に目覚めさせた。鈴木信太郎の『フランス詩法』を読んでおられ、文学研究にも科学的合理性が求められることを説かれた。

有田俊雄君は、高校二年の秋から一年ほど、毎朝登校時、遠回りをして私の家まで迎えに来てくれた。最近の再会時に、そのことを謝すると、「不登校になりそうだったから」と言葉を返された。私は耳を疑った。恥ずかしいことに私は、この時、研究者としての道を歩み得た僥倖の源を、初めて返り見たのだった。宮本清之助君は、大学入学の際、リルケの『マルテの手記』（大山定一訳、養徳社刊）を贈ってくれた。孤立してなお人間性豊かに生きるべきことを学んだ。その後の人生でも、生きる支えとなった。

ともあれ二年の空白を経て、佐賀大学の文理学部に入ったのだった。その二年目も後期になって、理科の学生でありながら麻生朝道先生の万葉集演習を履修し、これを機に国文学の徒となった。それ以来、いかほど多くの方々に導かれ、助けていただいたことだろう。長かった歳月の記憶をたどりながら、あの方この方のお姿に思いを馳せている。

ごく最近では、先の『蝶夢全集　続』で丸山雍成氏にお教えを得、第二論文で浅田徹氏のご批正をいただき、この書では藤堂俊英師より法然の法話のお示しを賜わった。また、老骨鞭打つこのたびの編纂には、大学院来の旧友・山口康子氏がお励ましくださった。

いま生涯の仕事を結ぶに当たり、若年時も含め、ご恩をいただいたすべての方々へ感謝し、心静かにその念いを新たにしている。

最後に、妻の玲子にお礼を言いたい。私は最近、家事を担うことになり、その負担の重さを身にしみて知った。妻が六十年の間これを担ってくれたことの重大さに思い至り、妻の支えあって始めて長い研究生活が成ったのだ、と初めて覚った。

和泉書院の社長・廣橋研三氏と専務・廣橋和美氏には、今回も大変お世話になった。このお二人が、信頼できる皆さんと一つになるお仕事、そこに自分の著書の一切をお預けし、上梓を静かに待つ心は安らかである。その幸せを三たび体験できた。まことに有難いことである。

二〇二四年六月二十五日

田中道雄

（追記）先の『蝶夢全集　続』の編纂に際し、田崎哲郎氏に、古帆宛の蝶夢書簡多数が豊橋市中央図書館に収蔵されていることをご高教いただきながら、その謝辞を漏らしていた。そのことをここにお詫びし、改めて御礼申しあげる。

■著者紹介
田中道雄（たなか　みちお）
一九三二年生。佐賀大学名誉教授。
（著書）『蕉風復興運動と蕪村』二〇〇〇年、岩波書店ほか。

研究叢書 572

安永天明俳諧の研究

二〇二四年一〇月三一日初版第一刷発行
（検印省略）

著者　田中道雄
発行者　廣橋研三
印刷所　亜細亜印刷
製本所　渋谷文泉閣
発行所　有限会社 和泉書院
大阪市天王寺区上之宮町七-六
〒五四三-〇〇三七
電話　〇六-六七七一-一四六七
振替　〇〇九七〇-八-一五〇四三

ISBN 978-4-7576-1103-0　C3395

蝶夢全集

田中道雄・田坂英俊・中森康之編著

■A5上製函入／口絵カラー八頁・九九二頁
二五三〇〇円

近世中期の京都の俳人で、芭蕉顕彰の立役者だった前衛的文人僧・五升庵蝶夢の全作品を網羅した全集。発句篇・文章篇・紀行篇・俳論篇・編纂的著作・編纂した撰集の六篇に解題・解説・年譜・発句索引・人名索引を付す。

蝶夢全集 続

田中道雄・田坂英俊・玉城　司・中森康之・伊藤善隆編著

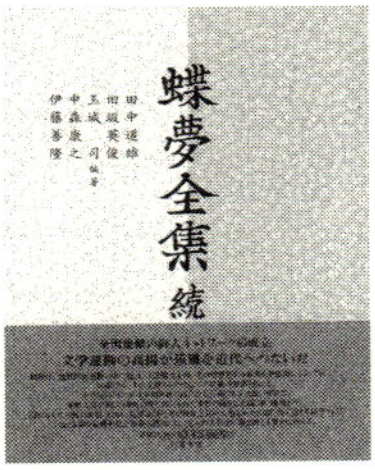

■A5上製函入／口絵カラー六頁・モノクロ二頁・九二〇頁
二五三〇〇円

蝶夢は、芭蕉顕彰を目指す中で、情感豊かな新しい俳風を求める一大気運を全俳壇に創り出し、この点でも大きな功績を残した。続編は、その文壇リーダーとしての活動の実態を伝えた。連句篇・点巻篇・書簡篇などに解題・解説・発句索引・人名索引を付す。

（価格は10%税込）